文選李善注

四部備要

集部

中華書局據鄱陽胡氏校
刻本校刊

桐鄉 陸費逵總勘
杭縣 高時顯 吳汝霖 輯校
杭縣 丁輔之監造

文選卷第三十八

梁昭明太子撰

文林郎守太子右內率府錄事參軍事崇賢館直學士臣李善注上

表下

爲范始興作求立太宰碑表

爲吳令謝詢求爲諸孫置守冢人表孫盛晉陽秋曰謝詢河東人終於吳令

張士然孫盛晉陽秋曰張悛字士然吳國人也元康中吳令謝詢表爲孫氏置守冢人悛爲其文詔從之晉百官名曰悛爲太子庶子

臣聞成湯革夏而封杞武王入殷而建宋尚書曰乃爾先祖成湯革夏駿命漢書酈生曰昔湯放桀封其後於杞呂氏春秋曰武王入殷立成湯之後於宋春秋征伐則晉脩虞祀燕祭齊廟左氏傳曰晉滅虢遂襲虞滅之而修虞祀歸其職貢於王傅子曰樂毅伐齊遂下齊七十餘城置吏屬燕爲郡而修齊之宗廟夫一國爲一人興先賢爲後成湯夏禹賢與國後桀紂無道而失國誠仁聖所哀悼而不忍也故三王敦繼絕之德春秋貴柔服之義論語曰繼絕世柔服已見劉琨勸進表昔漢高受命追存六國凡諸絕祚一時並祀漢書曰高祖撥亂猶修祀六國又詔曰秦皇帝楚隱王魏安釐王齊愍王趙悼襄王皆絕亡後其與秦始皇帝守冢三十家趙及魏公子亡忌各五家令視其冢復亡與它事親與項羽對爭存亡逮羽之死臨哭其喪漢書灌嬰斬項羽東城漢王爲發喪哭臨而去將以位嘗侔尊力嘗均勢雖功奪其成而恩與其敗且暴與疾顛禮之若舊班固

漢書項羽贊曰舜重瞳子項羽又重瞳子豈其苗裔邪何其與之暴也國語單襄公曰高位寔疾顛殘戮之尸乃以公
葬漢書曰初懷王封羽為魯公乃以魯公禮葬羽於穀城若使羽位承前緒世有哲王一朝力
屈全身從命則楚廟不隳有後可冀伏惟大晉應天順民武成止戈
應天順民已見上左氏傳楚子謂潘黨曰夫文止戈為武西戎有卽序之人京邑開吳蜀之館書曰
織皮崑崙析支渠搜西戎卽敘洛陽故宮名曰馬市在城東吳蜀二主館與相連興滅加乎萬國繼絕接于
百世論語子曰興滅國繼絕世雖三五弘道商周稱仁洋洋之義未足以喻是以
孫氏雖家失吳祚而族蒙晉榮子弟量才比肩進取懷金侯服佩青
千里懷金已見上謝平原內史表佩青已見上求通親親表毛詩曰侯服于周天命靡常東觀漢記楊喬曰臣伏念二千石典牧千
里當時受恩多有過望臣闚春雨潤木自葉流根鴟鴞恤功愛子及
室毛詩曰鴟鴞鴟鴞既取我子無毀我室故天稱罔極之恩聖有綢繆之惠罔極已見上求通親
親表毛詩曰徹彼桑土綢繆牖戶追惟吳僞武烈皇帝吳志孫堅字文臺吳郡人蓋孫武後也權既稱尊號謚堅
曰武烈皇帝遭漢室之弱值亂臣之強首唱義兵先衆犯難破董卓於陽
人濟神器於甄井戰吳志曰堅屯梁東為卓軍所攻潰圍而出堅復合於陽人大破卓軍漢書音義韋昭曰神器天子

璽符也吳書曰初堅入洛軍城南甄官井上每旦有五色氣舉軍驚怪莫敢汲堅命人浚探得漢傳國璽文曰受命于天既壽永昌方圓四寸上紐交五龍龍上一角缺甄音真威震羣狡名顯往朝桓王才武弱冠承業吳志曰孫策字伯符堅子也權稱尊號追謚策曰長沙桓王招百越之士奮鷹揚之勢漢書曰故衡山王芮從百越之兵以佐諸侯誅暴秦詩曰維師尚父時維鷹揚西赴許都將迎幼主雖元勳未終然至忠已著吳志曰曹公與袁紹相距於官渡策陰謀襲許迎漢帝未發爲故吳郡太守許貢客所殺夫家積義勇之基世傳扶危之業進爲徇漢之臣退爲開吳之主而蒸嘗絕於三葉園陵殘於薪爲采薪者所踐毀也臣竊悼之伏見吳平之初明詔追錄先賢欲封其墓愚謂二君並宜應書二君堅策也故舉勞則力輸先代論德則惠存江南正刑則罪非晉寇從坐則異世已輕若列先賢之數蒙詔書之恩裁加表異以寵亡靈則人望克厭誰不曰宜二君私奴多在墓側今爲平民乞差五人蠲其徭役使四時修護頹毀掃除塋壠永以爲常

讓中書令表諸晉書並云讓中書監此云令恐誤也

庾元規 何法盛晉書潁川庾錄曰亮字元規爲中書郎肅祖欲使爲中書監上疏肅祖納亮言封永昌公後遷司馬錄尚書事薨

臣亮言臣凡庸固陋少無檢操昔以中州多故舊邦喪亂 中州爲洛陽庾氏潁川人近洛陽故云中州舊邦 隨侍先臣遠庇有道爰客逃難求食而已 何法盛晉書曰亮父琛爲會稽太守亮少隨父會稽又曰中宗爲鎮東將軍鎮建鄴論語季康子以就有道孔安國尚書序曰逃難解散 不悟徼時之福遭遇嘉運先帝龍興乘異常之顧 先帝謂中宗元帝也尚書序曰漢室龍興 既眷同國士又申之婚姻 何法盛晉書曰中宗欽亮名德故申婚姻又曰中宗娉亮妹爲皇太子妃國士婚姻已見懷舊賦 遂階親寵累忝非服弱冠濯纓沐浴玄風 孟子曰滄浪之水清兮可以濯我纓沐浴已見上求自試表注 頻繁省闥出總六軍 何法盛晉書曰王敦表亮爲中領軍 十餘年間位超先達無勞被遇無與臣比小人祿薄福過災生止足之分臣所宜守 老子曰知足不辱知止不殆 而偷榮昧進日爾一日謗讟既集上塵聖朝始欲自聞而先帝登遐 先帝謂元帝也登遐已見上文 區區微誠竟未上達陛下踐祚聖政維新 臧榮緒晉書曰明帝諱紹字道畿元帝太子也禮曰成王幼不能莅祚周公作相踐祚而治詩曰周雖舊邦其命維新 宰輔賢明

庶寮咸允康哉之歌實在至公康哉之歌已見景福殿賦仲長子昌言曰人主臨之以至公行之以至仁而國恩不已復以臣領中書臣領中書則示天下以私矣何者臣於陛下后之兄也王隱晉書曰明穆皇后庾氏字文君琛第二女生成帝孫盛晉陽秋曰庾亮明穆皇后之兄也姻婭之嫌實與骨肉中表不同雖太上至公聖德無私老子曰太上下知有之河上公曰太上謂太古無名之君也無私已見上求通親親表注然世之喪道有自來矣悠悠六合皆私其姻者也人皆有私則謂天下無公矣是以前後二漢咸以抑后黨安進婚族危向使西京七族東京六姓西京七族已見西京賦東京六姓章德竇后和熹鄧后安思閻后桓思竇后順烈梁后靈思何后皆非姻黨各以平進縱不悉全決不盡敗今之盡敗更由姻昵臣歷觀庶姓在世無黨於朝無援於時植根之本輕也薄也苟無大瑕猶或見容至於外戚憑託天地勢連四時根援扶疎重矣大矣而財居權寵四海側目漢書曰列侯宗室見郅都側目而視也事有不允罪不容誅身既招殃國為之弊其故何邪直由婚媾之私羣情之所不能免故率其所嫌而嫌之於國是以疏附則信姻進則疑疑積於百

姓之心則禍成重闈之內矣此皆往代成鑒可爲寒心者也夫萬物之所不通聖賢因而不奪冒親以求一才之用未若防嫌以明公道韓詩外傳曰公道達而私門塞今以臣之才兼如此之嫌而使內處心膂呂音外揔兵權尚書穆王曰今命汝作朕股肱心膂賈逵國語注曰膂脊也以此求治未之聞也以此招禍可立待也孫卿子曰亂則危辱滅亡可立而待也雖陛下二相明其愚款二相王敦王導也王隱晉書曰王敦字處仲中宗時爲大將軍謀逆肅祖以爲丞相不受又曰王導字茂弘中宗時爲侍中肅祖即位敦平進太保不拜後爲丞相朝士百寮頗識其情天下之人何可門到戶說使皆坦然邪孝經曰君子之教以孝非家至而日見之鄭玄曰非門到戶至而見之楚辭曰衆不可戶說兮孰云察予之中情尚書序曰坦然明白夫富貴寵榮臣所不能忘也刑罰貧賤臣所不能甘也今恭命則愈違命則苦臣雖不達何事背時違上自貽患責邪實仰覽殷鑒曩已知弊毛詩曰殷鑒不遠在夏后之世身不足惜爲國取悔是以悾悾屢陳丹款曹大家蟬賦曰復丹款之未足留滯恨乎天際也而微誠淺薄未垂察諒憂惶屏營不知所厝屏營已見上謝平原內史表以臣今地不可以進明矣且違命已久臣之罪又積矣歸骸私門

以待刑書漢書曰彭宣上書乞骸骨歸鄉里私門已見本篇注尚書曰哀矜折獄明啓刑書願陛下垂天地之鑒察臣之愚則雖死之日猶生之年矣

薦譙元彥表孫盛晉陽秋曰譙秀字元彥巴西人譙周孫性清不交於俗李雄盜蜀安車徵秀秀不應躬耕山藪桓溫平蜀反役上表薦秀

桓元子何法盛晉書曰桓溫字元子譙國人為琅邪王文學後進位大司馬薨

臣聞太朴既虧則高尚之標顯易曰不事王侯高尚其事道喪時昏則忠貞之義彰道喪已見江淹雜體詩左氏傳荀息曰公家之利知無不為忠也送往事居耦俱無猜貞也故有洗耳投淵以振玄邈之風洗耳許由也琴操曰堯大許由之志禪為天子由以其不善乃臨河洗耳莊子曰舜以天下讓其友北人無擇北人無擇曰異哉后之為人也欲以其辱行慢我吾羞見之因自投清泠之淵亦有秉心矯迹以敦在三之節國語曰晉武公伐翼殺哀侯止欒子曰苟無死矣吾令子為上卿辭曰成聞之人生於三事之如一父生之師教之君食之韋昭曰三君父師也是故上代之君莫不崇重斯軌所以篤俗訓民靜一流競魏書文帝令曰樹德垂聲崇化篤俗伏惟大晉應符御世應符已見上文論語比考讖曰聖王御世河龍負卷舒圖運無常通時有屯蹇神州丘墟三方圮裂神州見吳都賦注兔罝絕響於中林

白駒無聞於空谷 毛詩曰肅肅兔罝施于中林鄭玄曰兔罝之人能恭敬則是賢者衆多也又曰皎皎白駒在彼空谷
生芻一束其人如玉 斯有識之所悼心大雅之所嘆息者也 劉歆移書曰有識之所歎愍阮瑀爲
曹公與孫權書曰大雅之人不肯爲此 大
陛下聖德嗣興方恢天緒 何法盛晉書曰孝宗穆帝諱聃字彭子康
帝崩乃即位 臣昔奉役有事西土鯨鯢既懸思宣大化 何法盛晉書曰李勢盜蜀溫伐勢勢
出軍戰于笮橋軍敗面縛請命鯨鯢喻李勢也鯨鯢已見上文謝朓入公山詩 訪諸故老搜揚潛逸庶武羅
於羿浞之墟想王蠋於亡齊之境 左氏傳魏絳曰昔后羿因夏人以代夏政弃武羅伯因熊髡尨
圉而用寒浞寒浞伯明氏之讒子弟也虞羿于田以取其國家杜預曰四子皆羿之良臣也史記曰燕之初入齊聞畫邑人王蠋賢令軍
中曰環畫邑三十里毋入以王蠋之故已而使人謂蠋曰齊人多高子之義吾以爲將封子萬家蠋固謝燕人曰子不聽吾引三軍而屠
畫邑王蠋曰忠臣不事二君貞女不更二夫齊王不聽吾諫則退而耕於野國既破亡吾不能存今又劫之以兵爲君將是助桀爲暴也
與其生無義固不如享名遂經其頸於樹枝自奮絕脰而死 竊聞巴西譙秀植操貞固 易曰貞固足以幹事
抱德肥遯揚清渭波 文子曰養生以經世抱德以終年可謂體道矣楚辭曰淈其泥而揚其波渭水已見西征賦
于時皇極遘道消之會羣黎蹈顛沛之艱 道消顛沛已見謝平原內史表 中華有顧
瞻之哀幽谷無遷喬之望 毛詩曰顧瞻周道中心怛兮遷喬已見劉琨荅盧諶詩 凶命屢招姦

威仍逼孫盛晉陽秋曰李雄安車徵秀雄叔父驤驤子壽辟命皆不應也身寄虎吻危同朝露莊子孔子
曰丘幾不免虎口哉朝露已見上求自試表而能抗節玉立誓不降辱琴操莊周歌曰避世佚道志潔如玉
論語子曰不降其志不辱其身伯夷叔齊與不杜門絶迹不面僞庭進免龔勝亡身之禍退
無薛方詭對之譏漢書曰王莽既篡遣使者奉璽書太子師及祭酒卬綬安車駟馬迎龔勝勝自知不見聽卽謂門人
高暉曰吾受漢室厚恩無以報今老矣旦暮入地誼豈以一身事二姓下見故主哉語畢遂不復開口飲食積十四日死時年七十九矣
又曰薛方字子容王莽以安車迎方方因使者辭謝曰堯舜在上下有巢許今明主方隆唐虞之德亦猶小臣欲守箕山之節也使者以
聞莽說其言不强致說音悅雖園綺之棲商洛管寧之默遼海漢書曰園公綺季當秦之世避而入
商洛深山管寧遼東已見謝朓郡內登望詩博物志廉翻夢人謂己曰余孤竹君之子遼海漂吾棺槨也方之於秀殆無
以過于今西土以爲美談西土蜀也夫旌德禮賢化道之所先崇表殊節
聖喆之上務方今六合未康豺豕當路遺黎偷薄義聲弗聞漢書曰偷薄之
政自是滋矣魏志崔琰書諫文帝曰盤遊滋後義聲不聞益宜振起道義之徒以敦流遯之弊若
秀蒙蒲帛之徵漢書曰武帝初卽位使使者束帛加璧安車以蒲輪駕駟迎申公也足以鎮靜頹風軌
訓囂俗魏文帝令曰道薄於當年風頹於百代幽遐仰流九服知化矣周書曰乃辨九服之國

解尚書表（檀道鸞晉陽秋曰桓玄僭位仲文以佐命親貴帝初反正抗表自解）

殷仲文

臣聞洪波振壑川無恬鱗（魏略王脩奏記曰涓流之水無洪波之勢七發曰橫暴之極魚鱉失勢顛倒偃側也）驚飆拂野林無靜柯（家語吾丘曰樹欲靜而風搖之）何者勢弱則受制於巨力質微則莫以自保於理雖可得而言於臣寔所敢喻昔桓玄之世誠復驅迫者衆至於愚臣罪實深矣進不能見危授命忘身殉國（論語子張問士子曰見危致命見利思義司馬遷荅任少卿書曰李陵常思奮不顧身以殉國家之急）退不能辭粟首陽拂衣高謝（史記曰伯夷叔齊恥武王伐紂義不食周粟隱於首陽山）遂乃宴安昏寵叨昧僞封（左傳曰宴安酖毒不可懷也）錫文篡事曾無獨固（曾無固守之節亦從於衆也晉中興書曰詔加桓玄爲楚王備九錫之禮玄到姑孰朝臣勸進玄遂篡位）名義以之俱淪情節自茲兼撓宜其極法以判忠邪鎮軍臣裕（鎮軍宋高祖也）匡復社稷大弘善貸（馮衍與田邑書曰左平山東右匡社稷老子曰夫惟道善貸且成）佇一戮於微命申三驅於大信（楚辭曰蜂蛾微命力何固三驅已見東都賦）既惠之以首領復引之以縶維（左氏傳宋公曰若以大夫之靈得保首領以沒縶維已見上文）于時皇輿否隔天

人未泰用志進退惟力是視惟力是視已見東京賦是以僶俛從事自同全人毛詩曰何有何無僶俛求之呂氏春秋曰任天下而不強此之謂全人高誘曰全人全德之人無虧闕也今宸極反正惟新告始反正已見謝靈運述祖德詩惟新已見庾元規讓中書令表憲章既明品物思舊禮曰仲尼憲章文武品物已見歎逝賦臣亦胡顏之厚可以顯居榮次尚書曰予心顏厚有忸怩乞解所職待罪私門私門已見上庾元規讓中書令表違謝闕庭乃心愧戀謹拜表以聞臣某云云

爲宋公至洛陽謁五陵表晉書曰義熙十二年洛陽平裕命修晉五陵置守備

傅季友

臣裕言近振旅河湄揚旍西邁左氏傳季文子曰中國不振旅蠻夷入伐詩曰居河之湄將居舊京威懷司雍威懷已見潘岳關中詩太康地記曰司州司隸校尉治漢武帝初置其界本西得梁州之地今以三輔爲雍州河流遄疾道阻且長詩曰遡洄從之道阻且長加以伊洛榛蕪津塗久廢蜀志許靖與曹公書曰袁術方命圮族津塗四塞伐木通逕淹引時月東觀漢記曰岑彭伐樹木開道直出黎丘始以今月十二日次故洛水浮橋山川無改城闕爲墟宮廟隳頓鍾簴空列

觀宇之餘鞠爲禾黍鞠爲茂草已見西征賦毛詩序曰過故宗廟宮室盡爲禾黍麼里蕭條雞犬罕音蕭條已見上西征賦東觀漢記曰北夷寇作無雞鳴狗吠之聲感舊永懷痛心在目劉琨荅盧諶詩曰京我皇晉痛心在目以其月十五日奉謁五陵郭緣生述征記曰北邙東則乾脯山山西南晉文帝崇陽陵陵西武帝峻陽陵邙之東北宣帝高原陵景帝峻平陵邙之南則惠帝陵也墳塋幽淪百年荒翳天衢開泰情禮獲申故老掩涕三軍悽感瞻拜之日憤慨交集行河南太守毛脩之等沈約宋書曰毛脩之字敬文滎陽人也高祖將伐羌爲河南河內二郡太守戍洛陽既開翦荊棘繕修毀垣左氏傳戎子駒支曰驅其狐狸翦其荊棘西京賦曰步毀垣而延竚職司既備蕃衛如舊伏惟聖懷遠慕兼慰不勝下情謹遣傳詔殿中中郎臣某奉表以聞

爲宋公求加贈劉前軍表沈約宋書曰劉穆之字道和東莞人爲前將軍卒追贈儀同三司高祖又表於天子於是重贈侍中司徒封南昌縣侯

傅季友

臣聞崇賢旌善王教所先王隱晉書衞瓘上言曰崇賢舉善而教用彰謝承後漢書曰滕延拜京兆尹旌善爲務念功簡勞義深追遠尚書禹曰惟帝念功論語曰慎終追遠民德歸厚矣故司勳秉策在勤必記周禮曰凡有功者銘書於王之太常德之休明沒而彌著左氏傳王孫滿曰德之休明故尚書

左僕射前軍將軍臣穆之爰自布衣協佐義始裴子野宋略曰高祖潛謀匡復署穆之主
簿委以腹心 內竭謀猷外勤庶政尚書曰爾有嘉謀嘉猷則入告爾后于內又曰庶政惟和萬邦咸寧密勿
軍國心力俱盡韓詩曰密勿同心不宜有怒密勿僶俛也及登庸朝右尹司京畿沈約宋書曰穆
之為尚書左僕射又曰加丹陽尹尚書曰若時登庸敷讚百揆翼新大猷尚書曰納于百揆毛詩曰匪大猷是經惟
邇言是聽頃戎車遠役居中作扞沈約宋書曰高祖北伐轉穆之左僕射甲仗五十人入居東城毛詩曰左旋右
抽中軍作好鄭玄曰居軍中為容好也 撫寧之勳實洽朝野識量局致棟幹之器也蜀志
曰文帝察黃權有局量易曰棟隆之吉不橈于下也方宣讚盛化緝隆聖世志績未究遠邇悼
心皇恩褒述班同三事蜀志曰偉度姓胡為諸葛亮主簿故見褒述尚書曰三事大夫敬爾有官榮哀既
備寵靈已泰論語子貢曰夫子其生也榮其死也哀寵靈已見江淹雜體詩臣伏思尋自義熙草創
艱患未弭王隱晉書曰義熙安帝年號國語太子曰天禍至于今未弭乎外虞既殷內難亦荐沈約宋書
曰義熙五年慕容超數為邊患公抗表北伐公之北伐也徐道覆乃有闚閫之志勸盧循承虛而下循從之公羊傳曰君子避內難不避
外難時屯世故靡有寧歲周易曰屯剛柔始交而難生又曰屯難也潘正叔迎大駕詩曰世故尚未夷國語姜氏告
於公子曰子之行晉無寧歲 臣以寡劣負荷國重實賴穆之匡翼之勳豈惟讜言

嘉謀溢于民聽若乃忠規密謨潛慮帷幕造膝詭辭莫見其際穀梁傳曰士造辟而言詭辭而出范甯曰辟君也詭辭而出不以實告人也風俗通曰禮諫有五諷爲上故入則造膝出則詭辭禮曰善則稱君過則稱己王隱晉書曰樂廣任誠保素莫見其際事隱於皇朝功隱於視聽者不可勝記所以陳力一紀遂克有成國語狐偃曰畜力一紀可以遠矣又舅犯曰若克有成晉之柔嘉是甘出征入輔幸不辱命微夫人之左右未有寧濟其事者矣左氏傳重耳曰微夫人力之不及此爾雅曰左右助也寧濟己見曹植責躬詩履謙居寡守之彌固易曰九三勞謙君子有終吉王弼曰履得其位也每議及封爵輒深自抑絕所以勳高當年而茅土弗及三輔決錄曰茂陵馬氏代襲茅土撫事永念胡寧可昧謂宜加贈正司追甄士宇俾忠貞之烈不泯於身後大賚所及永秩於善人論語曰周有大賚善人是富臣契闊屯夷旋觀終始金蘭之分義深情感易曰二人同心其利斷金同心之言其臭如蘭是以獻其乃懷布之朝聽所啓上合請付外詳議

爲齊明帝讓宣城郡公第一表蕭子顯齊書曰明皇帝始安貞王道生子初太祖封西昌侯鬱林王海陵王封宣城郡公也

任彥昇

臣鸞言被臺司召以臣爲侍中中書監驃騎大將軍開府儀同三司
揚州刺史錄尚書事封宣城郡開國公食邑三千戶加兵五千人臣
本庸才智力淺短毋丘儉表曰禹爲之朝不畜庸才東觀漢記李通上疏曰臣經術短淺智能空薄太祖高
皇帝篤猶子之愛降家人之慈蕭子顯齊書太祖高皇帝諱道成道生卽太祖之弟也禮記曰兄弟之子
猶子也蓋引而進之漢書曰齊悼惠王肥孝惠二年入朝帝與齊王燕飲太后前置齊王上坐如家人禮世祖武帝情等
布衣寄深同氣蕭子顯齊書曰世祖武皇帝諱賾字宣遠太祖長子晉中興書庾亮上疏曰先帝謬顧情同布衣曹植求
自試表曰與國分形同氣憂患共之武皇大漸實奉話言尚書王曰嗚呼疾大漸惟幾毛詩曰其惟哲人告之話言
雖自見之明庸近所蔽韓子曰楚莊王欲伐越莊子曰伐越何也王曰以政亂兵弱莊子曰臣患知之如目見百
步之外不能自見其頰故曰自見之謂明愚夫一至偶識量己劉劭人物志曰一至謂之偏材偏材小雅之質也爾
雅曰偶遇也郭璞曰偶爾值也庾元規表曰仰覽殷鑑量己知弊實不忍自固於綴衣之辰拒違於
玉几之側尚書顧命曰出綴衣於庭越翼日王崩玉几見下句遂荷顧託導揚末命又曰后憑玉几導揚
末命雖嗣君棄常獲罪宣德嗣君謂鬱林王也爲宣太后所廢左傳申繻曰人棄常而妖興漢書曰太后召昌邑
王賀賀曰我安得罪而召我哉王室不造職臣之由不造已見嵇康幽憤詩職汝之由已見王仲宣贈文叔良詩

何者親則東牟任惟博陸漢書曰齊悼惠王子興居爲東牟侯又曰武帝遺詔封博陸侯徒懷子孟
社稷之對何救昌邑爭臣之譏漢書霍光奏曰昌邑王賀不可以承天緒當廢皇太后詔可王曰聞天子
有爭臣七人雖无道不失天下光謝曰王行自絕於天臣寧負王不負社稷四海之議於何逃責且陵土
未乾訓誓在耳曹植求自試表曰墳土未乾而身名並滅左傳晉穆嬴曰今君雖終言猶在耳家國之事一
至於斯謂鬱林猖蹶顚蹶也孫盛晉陽春秋曰郤超假還東簡文帝謂之曰致意尊公家國之事遂至於此非臣之尤
誰任其咎毛詩曰發言盈庭誰敢執其咎將何以肅拜高寢虔奉武園寢廟已見吳都賦園陵已
見上張士然表悼心失圖泣血待旦左傳楚薳啓彊曰孤與二三臣悼心失圖尚書曰先王昧爽坐以待旦寧
容復徼榮於家恥宴安於國危晉中興書曰卞壼表曰豈敢干祿位以徼時榮乎宴安已見上解尚書表
驃騎上將之元勳神州儀刑之列岳漢書曰霍去病征匈奴有絕漠之勳始置驃騎將軍位在三公
上班固衞青述曰長平桓桓上將之元神州已見上薦譙元彥表鄭氏毛詩箋曰儀則刑法也尙書古稱司會中書
實管王言周禮曰司會中大夫二人鄭玄曰司會主天下之事若今之尚書耳沈約宋書曰置祕書令典尚書奏事文帝黃初
初改爲中書令且虛飾寵章委成禦侮王隱晉書曰武帝詔山濤曰勿復爲虛飾之煩詩曰予曰有禦侮臣
知不愜物誰謂宜但命輕鴻毛責重山岳戰國策唐雎謂楚王曰國權輕於鴻毛而積禍重於

山岳陽泉養性賦曰況性命之幾微如鴻毛之漂輕毋上儉之遼東詩曰憂責重山岳誰能爲我擔存沒同歸毀譽一

貫莊子曰哀公曰何謂材命仲尼曰存亡毀譽是事之變吳志周魴與曹休書曰志行雖微存沒一節周易曰殊途而同歸書曰爲善

不同同歸于治莊子老聃曰彼以死生爲一條以可不可爲一貫也辭一官不減身累增一職已黷朝

經七略曰位累我躬賈逵國語注曰黷慢朝經也家語孔子曰治天下國家有九經其所以行者一也便當自同體國

不爲飾讓穀梁傳曰大夫國體也何休曰君之卿佐是謂股肱故曰國體孫皓詔紀陟曰故特任使莫復飾讓至於功

均一匡賞同千室論語孔子曰管仲相桓公一匡天下左傳曰晉侯滅赤狄潞氏晉侯賞桓子狄臣千室光宅

近甸奄有全邦光宅已見吳都賦謝承後漢書曰周防及守近甸嘉瑞表應毛詩曰奄有龜蒙漢書淮南王上書曰淮南

全國之時殞越爲期不敢聞命左傳齊侯對宰孔曰小白恐殞越于下亦願曲留降鑒卽垂

順許鉅平之懇誠必固永昌之丹慊獲申鉅平羊祜永昌庾亮並見上表乃知君臣

之道綽有餘裕孟子曰欲爲君盡君道欲爲臣盡臣道又曰吾聞之也有官守者不得其職則去有言責者不得其言則

去我無官守我無言責則吾進退豈不綽綽然有餘裕哉苟曰易昭敢守難奪故可庶心弘議酌

己親物者矣不勝荷懼屏營之誠謹附某官某甲奉表以聞臣諱誠

惶誠恐

爲范尚書讓吏部封侯第一表范雲字彥龍與梁武同事齊竟陵王爲八友又與雲任處相近更增親密及爲天子以爲吏部尚書甚敬雲嘗語其二弟曰我昔與雲情同昆弟汝當爲我呼雲爲兄

任彥昇

臣雲言被尚書召以臣爲散騎常侍吏部尚書封霄城縣開國侯食邑千戸奉命震驚心顏無措臣雲頓首頓首死罪死罪臣素門凡流輪翮無取張載贈棗子琰詩曰輶車運在輪飛骨須六翮進謝中庸退慚狂狷禮記仲尼曰君子中庸小人反中庸論語子曰狂者進取狷者有所不爲也固嘗鑽厲求學而一經不治漢書曰韋賢少子玄成復以明經歷位至丞相故鄒魯諺曰遺子黃金滿籯不如一經篆刻爲文而三冬靡就法言曰童子彫蟲篆刻漢書東方朔上書曰臣朔學書三冬文史足用負書燕魏空殫菽粟戰國策曰蘇秦說秦王書十上而說不納去秦而歸負書擔囊孟子曰聖人之治天下使菽粟如水火躡屩齊楚徒失貧賤史記曰虞卿躡蹻檐簦說趙孝成王徐廣曰蹻草履也韓詩外傳曰田子方謂魏太子曰貧賤可以驕人矣志不得則受履而適秦楚耳安往而不得吾貧賤乎旣而分虎出守以囊被見嗤漢書文紀曰初與郡守爲銅虎符漢書曰王陽父子皆好車馬衣服其自奉養極爲鮮明及遷徙去處所載不過囊衣爾持斧作牧以薏苡興謗漢書曰暴勝之持斧逐捕盜賊周禮曰八命作牧范

曄後漢書曰吳祐父恢爲南海太守欲殺青簡以寫經書祐諫曰今大人踰越五嶺遠在海濱其俗誠陋然舊多珍怪上爲國家所疑下爲權戚所望此書若成則載之兼兩昔馬援以薏苡與謗王陽以衣囊徼名嫌疑之閒誠先賢所慎也赭衣爲虜見獄吏之尊漢書賈山上書曰秦赭衣半道羣盜滿山又曰人有上書告周勃欲反下廷尉勃恐不知致辭勃以千金與獄吏獄吏乃書牘背示之曰以公主爲證勃既出曰吾嘗將百萬軍然安知獄吏之貴也除名爲民知井臼之逸孫盛晉陽秋曰劉弘顧望除名爲民東觀漢記曰馮敬通廢於家娶北地任氏女爲妻忌不得畜媵妾兒女常自操井臼也百年上壽既曰徒然莊子盜跖謂孔子曰人上壽百歲中壽八十如其誠說亦以過半亂離斯瘼欲以安歸毛詩曰亂離瘼矣爰其適歸薛君曰瘼散也閉門荒郊再離寒暑閉門已見恨賦毛詩曰載離寒暑兼以東皐數畝控帶朝夕秋興賦曰耕東皐之沃壤輸黍稷之餘稅朝夕已見江賦關外一區悵望鍾阜漢書楊僕上書曰恥爲關外人又曰楊雄有宅一區蔡邕詩序曰暮宿河南悵望許慎曰鍾山北陸無日之地雖室無趙女而門多好事楊惲與孫會宗書曰婦趙女也雅善鼓瑟漢書曰楊雄素貧嗜酒人希至其門時有好事者載酒肴從游學祿微賜金而懽同娛老賜金娛老謂疏廣也已見張景陽詠史詩折芰燔枯此焉自足謝承後漢書曰鄭敬字次都釣魚大澤折芰而坐以蒲薦肉瓠瓢盈酒琴書自樂焚枯已見應璩百一詩陛下應期萬世接統千祀莊子曰萬世之後而遇大聖知其解者是旦暮遇之也漢書司馬談曰今天子接千歲之統

千景附八百不謀周書曰湯放桀而歸於亳三千諸侯大會然後卽天子之位又曰武王將渡河中流白魚入于王舟王俯取出涘以祭不謀同辭不期同時一朝會武王於郊下者八百諸侯臣釁等離心功慚同德尚書武王曰受有億兆夷人離心離德予有亂臣十人同心同德泥首在顏輿棺未毀張溫表曰臨去武昌庶得泥首闕下輿棺卽輿櫬也已見潘安仁贈陸機詩締構草昧敢叨天功締構見魏都賦易曰天造草昧鄭玄曰草草創也昧爽也左氏傳介之推曰竊人之財猶謂之盜況貪天之功以爲己力獄訟謳謌示民同志獄訟謳謌已見劉越石勸進表而隆器大名一朝揔集莊子曰語大功立大名此朝廷之士也左傳仲尼曰惟名與器不可以假人顧己反躬何以臻此正當以接閈白水列宅舊豐光武居白水已見南都賦東觀漢記曰吳漢南陽人也爲人質厚少文上以其南陽人故親之漢書曰盧綰豐人也與高祖同里蕭曹等特以事見禮至其親幸莫及綰也忘捨講之尤存諸公之費東觀漢記曰初上學長安時過朱祐祐嘗留上須講竟乃談話及帝登位車駕幸祐第問主人得無去我講乎祐曰不敢又曰上初學長安南陽大人賢者往來長安爲之邸閣稽疑資用乏與同舍生韓子合錢買驢令從者僦以給諸公費俯拾青紫豈待明經漢書夏侯勝曰士病不明經苟明其取青紫如俛拾地芥臣雲頓首頓首死罪死罪夫銓衡之重關諸隆替陸機顧譚誄曰還吏部尚書才長於銓衡而綜核人物遠惟則哲在帝猶難尚書咎繇曰在知人禹曰咸若時惟帝其難之知人則哲能官人漢魏已降達識

繼軌雅俗所歸惟稱許郭孫綽子或問雅俗曰判風流正位分涇渭殊流雅鄭異調題帖分明標榜可觀斯謂
之雅俗矣范曄後漢書曰郭泰字林宗性明知人好獎訓士類其獎拔士人皆如所鑒又曰許劭字子將少峻名節好獎人倫多所賞識
故天下言拔士者咸稱許郭拔十得五尚曰比肩習鑿齒襄陽耆舊傳記曰龐統爲郡功曹性好人倫每所稱述
多過其中時人怪問之統曰方欲興長道業不美其談卽聲名不足慕企卽爲善者少今拔十失五猶得其半而可以崇邁世教使有志
自厲不亦可乎戰國策曰淳于髡一日而見七人宣王曰寡人聞千里一士是比肩而至也今子一朝而見七人不亦衆乎其餘
得失未聞偶察童幼天機暫發顧無足算魏志曰王脩識高柔於弱冠異王基於童幼天機已
見文賦論語曰斗筲之人何足算也在魏則毛玠公方居晉則山濤識量魏志曰毛玠字孝先陳留
人也爲尚書僕射典選舉先賢行狀曰玠雅量公正魏氏春秋曰山濤爲選曹郎遷尚書以臣況之一何遼落世說
袁彥伯曰江山遼落居然有萬里勢齊季陵遲官方淆亂毛詩序曰禮義陵遲莊子曰是非之塗森然淆亂鴻
都不綱西園成市華嶠後漢書曰元和元年置鴻都門學其諸生皆敕州郡三公舉用辟召或出爲刺史太守入爲尚
書侍中乃有封侯賜爵者士君子皆恥與爲列焉漢記曰靈帝卽位太后臨朝於西園賣官自關內侯以下入錢各有差金章有
盈筲之談華貂深不足之歎金章盈筲未詳虞預晉錄曰趙王倫篡位時侍中常侍九十七人每朝小人滿
庭貂蟬半座時人謠曰貂不足狗尾續草創惟始義存改作恭己南面責成斯在論語子曰

舜夫何爲哉恭己正南面而已淮南子曰人主之術責成而不勞豈宜妄加寵私以乏王事附蟬之

飾空成寵章董巴輿服志曰侍中中常侍冠武弁大冠加金璫附蟬爲文求之公私授受交失近

世侯者功緒參差或足食關中或成軍河內漢書曰蕭何以丞相留收巴蜀使給軍食漢王

擊楚何守關中後爲酇侯范曄後漢書曰上拜寇恂河內太守上謂恂曰河內完富吾將因是而起昔高祖留蕭何鎮關中今吾委公以

河內後封雍奴侯或制勝帷幄或門人加親漢書高祖曰夫運籌於帷帳之中決勝千里之外吾不如子房

可封留侯東觀漢記曰拜前將軍鄧禹爲大司徒制曰孔子曰自吾有回也門人日以親封禹爲酇侯或與時抑揚或

隱若敵國班固漢書叔孫通述曰叔孫奉常與時抑揚稅介免冑禮義是創通爲稷嗣君也東觀漢記曰吳漢自初從征伐兵

有不利軍營不如意漢常獨繕檠弓戟上時令人視吳公何爲還言方作攻具上曰差強人意隱若一敵國矣封漢廣平侯或策

定禁中或功成野戰東觀漢記曰殤帝崩惟安帝宜承大統車騎將軍鄧騭定策禁中封騭爲上蔡侯漢書鄂千秋

曰曹參雖有野戰略地之功此特一時之事又曰賜參爵列侯食邑平陽或盛德如卓茂或師道如桓榮

東觀漢記曰卓茂字子容南陽人也漢官儀注曰世祖中興特擢盛德南陽卓茂爲太傅封宣德侯東觀漢記曰桓榮字春卿沛國人也

治歐陽尚書事九江朱文剛窮極師道賜榮爵關內侯或四姓侍祠已無足紀應劭漢官典職曰四姓侍祠侯

顏氏家訓曰漢明帝時外戚有樊氏郭氏陰氏馬氏是爲四姓謂之小侯者或以侍祠非列侯故曰小侯五侯外戚且非

舊章漢書曰成帝昔封舅王譚王立王根王逢時王商爲列侯五人同日封故世謂之五侯而臣之所附惟在
恩澤漢書恩澤侯表曰公孫弘自海瀕而登宰相寵以列侯之爵既義異疇庸實榮乖儒者陸機高祖
功臣頌曰帝疇爾庸後嗣是膺雖小人貪幸豈獨無心臣本自諸生家承素業東觀漢記
相者謂班超曰祭酒布衣諸生耳董仲舒不遇賦曰若不反身於素業莫隨世而轉輪門無富貴易農而仕東方
朔戒子書曰飽食安步以仕易農乃祖玄平道風秀世晉中興書曰范汪字玄平善言玄理爲吏部郎徙吏部尚
書徐兗二州刺史爰在中興儀刑多士中興謂元帝也位裁元凱任止牧伯尚書郎古元凱
也刺史卽古牧伯也左傳太史克曰昔高陽氏有才子八人蒼舒隤敳檮戭大臨尨降庭堅仲容叔達謂之八凱高辛氏有才子八人伯
奮仲堪叔獻季仲伯虎仲熊叔豹季貍謂之八元高祖少連夙秉高尚王僧孺范氏譜曰汪生少連所富
者義所乏者時富義謂殷干木已見魏都賦漢書文帝曰惜李廣不逢時薄宦東朝謝病下邑王僧
孺范氏譜曰少連太子舍人餘杭令先志不忘愚臣是庶且去歲冬初國學之老博士
耳今茲首夏將亞冢司劉璠梁典曰齊永元初雲爲廣州刺史因廢家居久之爲國子博士梁書曰天監元年雲
遷散騎常侍吏部尚書雖千秋之一日九遷荀爽之十旬遠至東觀漢記馬援與楊廣書曰車
丞相高寢郎一月九遷爲丞相者知武帝恨誅衞太子上書訟之然日當爲月字之誤也范曄後漢書荀爽字慈明獻帝卽位董卓輔政

徵爽爽欲遁吏持之急不得去因復就拜平原相行至宛陵復追爲光祿勳視事三日進拜司空爽自被徵命及登台司九十五日方之微臣未爲速達臣雖無識惟利是視至於虧名損實爲國爲身尚書伊尹曰臣爲上爲德爲下爲民知其不可不敢妄冒陛下不棄菅蒯愛同絲麻左氏傳君子曰詩云雖有絲麻無棄菅蒯雖有姬姜無棄憔悴儻平生之言猶在聽覽宿心素志無復貳辭嵇康幽憤詩曰內負宿心王隱晉書甄彬奏曰不宜違人之素志矜臣所乞特迴寵命則彝章載穆微物知免臣今在假不容詣省不任荷懼之至謹奉表以聞臣雲誠惶以下

爲蕭揚州薦士表

蕭子顯齊書曰始安王遙光爲揚州刺史劉璠梁典曰齊建武初有詔舉士始安王表薦琅邪王暕及王僧孺

任彥昇

臣王言臣聞求賢暫勞垂拱永逸呂氏春秋曰賢主勞於求人而佚於治事方之疏壤取類導川孟子曰舜使禹疏九河禹掘地而注之海國語太子晉曰伯禹疏川導滯伏惟陛下道隱旒纊信充符璽老子曰大象無形道隱無名河上公注曰道潛隱使人無能指名也大戴禮孔子曰古者絻而前旒所以蔽明也黈纊塞耳所以掩聽也絻古冕字絖古纊字音義並同莊子曰聖人治天下爲符璽以信之六飛同塵五讓高世漢書爰盎

謂文帝曰陛下有高世之行三陛下從代乘六乘傳馳不測之淵雖
賁育之勇不及陛下陛下至代邸西向讓天子者三南向讓者再夫
許由一讓而陛下五以天下讓過許由四矣又曰
今陛下騁六飛馳不測老子曰和其光而同其塵
白駒空谷振鷺在
庭白駒已見桓元子薦譙元彥表毛詩曰振
鷺于飛于彼西雍我客戾止亦有斯容
猶懼隱鱗卜祝藏器屠
保
司馬遷書曰僕之先人文史星歷近乎卜祝之閒易曰君子藏器
於身待時而動鶡冠子曰伊尹酒保太公屠牛海內荒亂立爲世
師
物色關下委裘河上
列仙傳曰關令尹喜內學老子西遊先見其
氣知真人當過物色而遮之果得老子晏子
曰治天下若委裘用賢委裘之實桓公聽管仲而趙襄子信王登此
之謂委裘然委裘謂用賢也神仙傳曰河上公莫知其姓名也嘗讀
老子道德
經漢孝
文帝駕從而詰之
非取製於一狐諒求味於兼采
王褒講德論曰千
金之裘非一狐之
腋張璠易注序曰
蜜蜂以兼采爲味
五聲倦響九工是詢
鬻子曰昔者大禹治天下以
五聲聽治九工已見王元長
策秀
才文
寢議廟堂借聽輿皁
說苑晉東郭氏曰肉食者失計於廟堂藿
食得不肝腦塗地班固漢書匈奴贊曰漢
與忠言嘉謀之臣相與議事於廟堂之上左
氏傳曰晉侯聽輿人之誦輿皁已見射雉賦
臣位任隆重義兼家邦
實欲使名實不違徼倖路絕
鄧析子曰循名責實君之事也奉法
宣令臣之職也徼倖已見李令伯表
勢
門上品猶當格以清談
說苑晏子曰陂池之魚入於勢門謝靈運宋
書序曰下品無高門上品無賤族王隱晉書
曰祖約清談平
裁老而不倦
英俊下僚不可限以位貌
左太沖詠史詩曰世冑
躡高位英俊沈下僚
竊

見祕書丞琅邪臣王暕年二十一字思晦七葉重光海內冠冕梁書曰儉
子暕字思晦何之元梁典曰侍中領右驍騎王騫字思晦太尉文憲
公長子也左僕射王暕字思寂文憲公次子也王筠爲騫碑亦云騫
字思晦據此及梁書明梁典及碑誤也晉中興書曰王祥弟覽覽生
導導生洽洽生珣珣生曇首沈約宋書曰王僧綽曇首長子遇害子
儉嗣也尚書曰宣重光晉中興書庾冰疏曰臣因循家寵冠冕當世神清氣茂允迪中和淮南子曰神清者嗜欲不
能亂蔡洪張錡狀曰錡資氣早茂才幹足任尚書曰允迪厥德禮曰以樂德教國子中和祗庸孝友叔寶理遣之談彥
輔名教之樂臧榮緒晉書曰衛玠字叔寶好言玄理拜太子洗馬嘗以人有不及可以情恕非意相干可以理遣故終身不
見喜慍之容世說曰王平子胡母彥國諸人昔以放任爲達或去衣裸體樂廣曰名教中自有樂地何爲乃爾故以暉映先
達領袖後進孫盛晉陽秋曰裴秀有風操十餘歲時人爲之語曰後進領袖有裴秀居無塵雜家有賜
書韋昭吳書曰劉基不妄交游門無雜賓漢書曰班幼與兄嗣共游學家有賜書好古之士自遠方至彪辭賦清新屬
言玄遠陸機陸雲別傳曰雲亦善屬文清新不及機而口辯持論過之臧榮緒晉書曰阮籍雖放誕不拘禮教然發言玄遠宰
邇人曠物疏道親毛詩曰其室則邇其人甚遠尹文子曰處名位雖不肖不患物不親己在貧賤不患物不疏己親疏
係乎勢利不係乎不肖與仁賢也養素丘園台階虛位養素已見謝宣遠送孔令詩庠序公朝萬
夫傾望孟子曰夏曰校殷曰序周曰庠學則三代共之曹植求通親親表曰執政不廢於公朝豈徒荀令可想

李公不亡而已哉臧榮緒晉書曰荀顗字景倩潁陽人也魏太尉彧之第六子黃初末除中郎高祖輔政見顗異之曰顗令君之子也近見袁偘亦曜卿之子也皆有父風范曄後漢書曰李固字子堅漢中郡南鄭人司徒郃之子少好學四方有志之士多慕其風而來學京師咸嘆曰是復為李公矣

前晉安郡侯官令東海王僧孺年三十五字僧孺理尚棲約思致恬敏劉璠梁典曰王僧孺字僧孺東海郯人六歲解屬文梁與除鎮軍記室稍遷蘭陵太守卒於諮議

既筆耕為養亦傭書成學東觀漢記曰班超家貧為官傭寫書投筆嘆曰丈夫獨不效傅介子立功絕域之地以封侯安久筆耕乎東觀漢記耕或為研范曄漢書曰班超為官傭書以供養吳志曰闞澤字德潤會稽人家世農夫至澤好學無以資常為人傭書以供紙筆所寫既畢誦讀亦徧

至乃集螢映雪編蒲緝柳檀道鸞晉陽春秋曰車胤字武子學而不倦貧不常得油夏月則練囊盛數十螢火以夜繼日焉孫氏世錄曰孫康家貧常映雪讀書清介交遊不雜漢書曰路溫舒取澤中蒲截為牒編用寫書楚國先賢傳曰孫敬到洛在太學左右一小屋安止母然後入學編楊柳簡以為經

先言往行人物雅俗易曰君子多識前言往行以畜其德孫綽子或問人物曰察虛實審真偽斷成敗定終始斯可謂之人物矣雅俗已見范雲讓表

甘泉遺儀南宮故事胡廣漢官制度曰天子出車駕次第謂之鹵簿長安時出祠天於甘泉用之名曰甘泉鹵簿范曄後漢書曰鄭弘為尚書令弘前後所陳有補益著之南宮以為故事

畫地成圖抵掌可述漢書張安世子千秋為中郎將將兵擊烏桓還謁大將軍霍光問戰鬬方略山川形勢千秋口對兵事畫地成圖无所忘失戰國策曰蘇

秦說趙王抵掌而言豈直鼮廷鼠有必對之辯竹書無落簡之謬摯虞三輔決錄注曰竇攸舉孝廉為郎世祖大會靈臺得鼠如豹文熒熒光澤世祖異之以問羣臣莫能知者攸對曰鼮鼠也詔問何以知之攸對曰見爾雅詔案秘書如攸言賜帛百匹張隱文士傳曰人有嵩山下得竹簡一枚兩行科斗書人莫能識張華以問束皙皙曰此明帝顯節陵策文驗校果然朝廷士庶皆服其博識暕坐鎮雅俗弘益已多僧孺訪對不休質疑斯在班固漢書董仲舒述曰讜言訪對為世純儒太玄經曰爰質所疑宋衷曰質問也並東序之秘寶瑚璉之茂器書曰大玉夷玉天球河圖在東序典引曰御東序之秘寶論語子貢問曰賜也何如子曰汝器也曰何器也曰瑚璉也誠言以人廢而才實世資論語子曰君子不以言舉人不以人廢言解嘲曰鄒衍頡頏而取世資班固漢書翟方進述曰用合時宜器周世資臨表悚戰猶懼未允不任下情云云

為褚諮議蓁讓代兄襲封表蕭子顯齊書曰褚蓁字茂緒為義興太守改封巴東郡表讓封賁子霽詔許之官至前將軍卒然此表與集詳略不同疑是藁本辭多宂長

任彥昇

臣蓁言昨被司徒符仰稱詔旨許臣兄賁所請以臣襲封南康郡公臣門籍勳蔭光錫土宇臣賁世載承家允膺長德蕭子顯齊書曰褚淵長子賁字蔚先

官歷散騎常侍上表稱疾讓封與弟蓁國語曰祭公謀父曰弈世載德韋昭曰載成也易曰開國承家小人勿用左氏傳王子朝曰王后
無嫡則擇立長年鈞以德德鈞以卜而深鑒止足脫屣千乘老子曰知足不辱知止不殆吳都賦曰輕脫屣於千
乘遂乃遠謬推恩近萃庸薄能以國讓弘義有歸左氏傳公子魚曰能以國讓仁孰大
焉匹夫難奪守以勿貳昔武始迫家臣之策陵陽感鮑生之言張以
誠請丁爲理屈東觀漢記曰張純字伯仁建武初先詣闕封武始侯子奮字穉通兄根常被病純病困勑家丞翕司空無
功爵不當傳嗣純薨大行移書問嗣翕上書奪詔封奮奮上書曰根不病哀臣小稱病今翕移臣又曰丁綝爲陵陽侯薨長子鴻字季公
讓位於弟盛逃去鴻初與九江鮑駿友善及鴻亡駿遇於東海陽狂不識駿駿乃止讓之曰今子以兄弟私恩而絕父不滅之基可謂智
乎鴻感悟垂涕乃還就國且先臣以大宗絕緒命臣出纂傍統禮記曰繼別爲宗鄭玄曰別子之嫡
也族人尊之謂之大宗是宗子也稟承在昔理絕終天天道無終而云終天永訣之辭也徐廣赴謝車騎葬還詩
曰潛擴既掩扉終天隔幽壤潘岳哀永逝曰今奈何兮一舉邈終天而不反永惟情事觸目崩殞若使賁
高延陵之風臣忘子臧之節左傳曰吳子諸樊既除喪將立季札辭曰曹宣公之卒也諸侯與曹人不義曹
君將立子臧子臧去之遂不爲也以成曹君君子曰能守節君義嗣也誰敢奸君有國非吾節也札雖不才願附於子臧之節是廢
德舉豈曰能賢左氏傳曰宋公疾召大司馬孔父而屬殤公焉對曰羣臣願奉馮也公曰先君以寡人爲賢使主社稷若

棄德不讓是廢先君之舉豈曰能賢陛下察其丹款特賜停絶丹款已見庾元規表不然投身草澤苟遂愚誠耳謝承後漢書曰朱寵隱身草澤不勝丹慊之至謹詣闕拜表以聞臣誠惶誠恐以下

爲范始興作求立太宰碑表

吳均齊春秋曰竟陵文宣王子良薨西昌侯以天子命假黄鉞太宰蕭子顯齊書曰建武中故吏范雲上表爲子良立碑事不行

任彥昇

臣雲言原夫存樹風猷沒著徽烈尚書曰彰善癉惡樹之風聲應璩與王將軍書曰雀鼠雖愚猶知徽烈既絶故老之口必資不刋之書西征賦曰北惟奉明邑號千人訊諸故老造自帝詢杜預傳序曰左丘明受經於仲尼以爲經者不刋之書也而藏諸名山則陵谷遷貿司馬遷書曰僕誠以著此書藏諸名山毛詩曰高岸爲谷深谷爲陵府之延閣則青編落簡劉歆七略曰孝武皇帝勑丞相公孫弘廣開獻書之路百年之閒書積如山故內則延閣廣內秘書之府又曰尚書有青絲編目錄然則配天之迹存乎泗水之上漢書平紀曰郊祀高祖以配天酈善長水經注曰泗水南有泗水亭漢高祖廟前有碑延熹十年立素王之道紀於沂川之側家語南宮敬叔曰孔子生於衰周讚明易道以爲法或者天將欲素王之乎何其盛也沂水南有孔子舊廟漢魏以來列七碑二碑無字由是崇師之義擬迹於西河禮記曾子謂子夏曰事夫子於洙泗之閒退而老西河之上使西河

之人疑汝於夫子七略曰西河燕趙之間尊主之情致之於堯禹尊主謂伊尹也恥其君不如堯舜已見曹子建
通親親表禹亦聖帝故連言之故精廬妄啓必窮鐫勒之盛東觀漢記曰王阜年十一辭父母欲出精廬以
尚幼不見聽荊州圖曰陰令劉喜魏時宰縣雅好博古教學立碑君長一城亦盡刊刻之美陳寔別傳曰寔
卒蔡邕爲立碑刻銘然寔爲太丘宰故曰一城也況乎甄陶周召孕育伊顏周公召公伊尹顏回也典引曰
孕虞育夏甄殷陶周故太宰竟陵文宣王臣某與存與亡則義刑社稷漢書文帝即位
絳侯爲丞相爰盎進曰丞相何如人上曰社稷臣盎曰絳侯所謂功臣非社稷臣社稷臣主存與存主亡與亡如淳曰人主在時與共治
不以主亡而不行其政令也嚴天配帝則周公其人孝經子曰孝莫大於嚴父嚴父莫大於配天則周公其人
也昔者周公郊祀后稷以配天宗祀文王於明堂以配上帝體國端朝出藩入守進思必告之道
退無苟利之專尚書曰爾有嘉謀嘉猷則入告爾后于內公羊傳曰大夫出境有可以安社稷利國家者則專之可也左
氏傳曰子產曰苟利社稷死生以之五教以倫百揆時序尚書帝曰契汝作司徒敬敷五教在寬又曰納于百揆百
揆時序若夫一言一行盛德之風孟子曰舜聞一善言見一善行若決江河沛然莫之能禦也易云日新之
謂盛德琴書藝業述作之茂漢書曰鄭敬字次都琴書自樂禮記曰作者之謂聖述者之謂明明聖者述作之謂
也道非兼濟事止樂善亦無得而稱焉周易曰智周萬物而道濟天下東觀漢記曰上嘗問東平

王蒼曰在家何業最樂蒼對曰爲善最樂上嗟歎之論語曰齊景公有馬千駟死之日民無德而稱焉人之云亡忽移
歲序詩曰人之云亡邦國殄瘁鴟鴞東徙松檟成行言成王未知周公之意類鬱林之嫌子良而周公有居攝
之情由子良有代宗之議故假鴟鴞以喻焉吳均齊春秋曰鬱林王即位子良謝疾不視事帝嫌之又潘璥以仗防之子良既有代宗議
憂懼不敢朝事而子良薨毛詩序曰鴟鴞周公救亂也成王未知周公之志乃作詩以遺王名之曰鴟鴞焉說苑曰梟與鳩相遇鳩曰子
安之梟曰我將東徙鳩曰何梟曰西方之人皆惡我聲鳩曰子鳴於是鳴鳩曰子改鳴則可不改子鳴雖東徙猶惡子也左傳伍子胥曰
樹吾墓檟六府臣僚三藩士女蕭子顯齊書曰子良爲輔國將軍征虜將軍竟陵王鎮北將軍征北將軍護軍將軍
斯謂六府子良又爲會稽太守南徐州刺史又南兗州刺史斯謂之三藩也人蓄油素家懷鉛筆油素已見吳都
賦葛龔與梁相牋曰曹褒寢懷鉛筆行誦文書瞻彼景山徒然望慕景山謂墳也毛詩曰陟彼景山劉楨贈五官中
郎將詩曰望慕結不解昔晉氏初禁立碑晉令曰諸葬者不得作祠堂碑石獸魏舒之亡亦從班
列而阮略既泯故首冒嚴科爲之者竟免刑戮致之者反蒙嘉歎陳留
志曰阮略字德規爲齊國內史爲政表賢黜惡化風大行卒於郡齊人欲爲立碑時官制嚴峻自司徒魏舒已下皆不得立齊人思略不
已遂共冒禁樹碑然後詣闕待罪朝廷聞之尤歎其惠至於道被如仁功參微管本宜在常均
之外如仁微管並見上傳季友修張良教故太宰淵丞相嶷親賢並軌即爲成規褚淵碑即

王儉所制蕭子顯齊書曰豫章文獻王嶷字宣儼薨贈丞相南陽樂藹爲建立碑第二子恪託沈約及孔稚珪爲文乞依二公前例賜許刊立寧容使長想九原樵蘇罔識其禁駐蹕長陵輶軒不知所適禮記曰趙文子與叔譽觀乎九原文子曰死者如可作也吾誰與歸戰國策顏蠋謂齊王曰秦攻齊令曰敢有去柳下季壟五十步樵採者罪死不赦東觀漢記和帝詔曰高祖功臣蕭曹爲首朕望長陵東門見二臣之隴感焉臣里閭孤賤才無可甄值齊網之弘弛賓客之禁范曄後漢書曰建武中禁網尚寬諸王既長各招引賓客策名委質忽焉二紀左氏傳狐突曰策名委質其二乃辟慮先犬馬厚恩不荅列女傳曰梁寡高行曰妾之夫不幸早死先犬馬填溝壑虞貞節曰人受命於天而命長犬馬受命於天而命短妾之夫反先犬馬死矣而弊帷毀蓋未蓐螻蟻禮記仲尼曰吾聞之弊帷不棄爲埋馬也弊蓋不棄爲埋狗也戰國策安陵君謂楚王曰犬馬臣願得式黃泉蓐螻蟻延叔堅戰國策論曰爲王先用墳黃泉爲王作蓐以御螻蟻珠襦玉匣遽飾幽泉西京雜記曰漢帝及諸侯王送死皆珠襦玉匣匣形如鎧甲連以金縷皆鏤爲蛟龍鸞鳳龜龍之形所謂交龍玉匣陛下弘奬名教不隔微物使臣得駿奔南浦長號北陵南浦迎喪北陵送葬既曲逢前施實仰覬後澤儻驗杜預山頂之言庶存馬駿必拜之感襄陽記曰杜元凱好爲身後名常自言百年後必高岸爲谷深谷爲陵作二碑敘其平吳勳一沈萬山下一沈峴山下謂參佐曰何知後代不在山頭乎臧榮緒晉書曰扶風王駿字子臧宣帝第

七子也都督雍涼州諸軍事後甍民吏樹碑讚述德範長老見碑無不拜之言其遺愛如此　臨表悲懼言不自宣

臣誠惶已下

文選卷第三十八

賜進士出身通奉大夫江南蘇松常鎮太等處承宣布政使司布政使胡克家重校刊

一珍做宋版印

文選卷第三十九

梁昭明太子撰

文林郎守太子右内率府錄事參軍事崇賢館直學士臣李善注上

上書

上書秦始皇一首

李斯 史記曰李斯者楚上蔡人也西說秦秦拜斯爲客卿會韓使鄭國來閒秦以作溉渠已而覺秦宗室大臣皆言秦王曰諸侯人來秦者秪爲其主游閒秦耳請一切逐客李斯議亦在逐中斯乃上書秦王乃除逐客之令復李斯官始皇帝以斯爲丞相後二世具斯五刑論腰斬咸陽市

臣聞吏議逐客竊以爲過矣昔穆公求士西取由余於戎 史記曰戎王使由余於秦秦後歸由余繆公又使人閒要由余遂去降秦繆公以客禮禮之 東得百里奚於宛 史記曰晉獻公以百里奚爲秦穆公夫人媵於秦百里奚亡秦走宛楚之鄙人執之繆公聞百里奚欲重贖之恐楚子不許以五羖羊皮贖之楚人許與之繆公與議國事大悅授之國政 迎蹇叔於宋 史記曰百里奚謂繆公曰臣不及臣友蹇叔蹇叔賢而世莫知繆公使人厚幣迎蹇叔以爲上大夫 來丕豹公孫支於晉 左氏傳曰晉郤芮丕鄭丕豹奔秦又曰秦伯謂公孫支曰夷吾其定乎對曰今其言多忌克難哉杜預曰公孫支秦大夫子桑也 此五子者不產於秦穆公用之并國三十遂霸西戎 史記曰秦用由余謀伐戎王益國十二開地千里遂霸西戎 孝公用商鞅之法移風易俗民以殷盛國以富彊百姓樂用諸侯親服 史記曰獻公卒子孝公立又曰衛鞅西入秦說孝公變法修刑內務耕稼外勸戰死之士賞罰三年百姓便之天子致胙諸侯畢賀也 獲楚魏之師舉地千里至

今治彊史記曰衞鞅將兵圍魏安邑降之又曰衞鞅擊魏公子卬封鞅爲列侯號商君卬五剛切惠王用張儀之

計拔三川之地西幷巴蜀北收上郡南取漢中史記曰孝公卒子惠文君立又曰惠文君八年張儀復相秦攻韓宜陽降之云孝王十年納魏上郡張儀伐蜀滅之又攻楚漢中取地六百里置漢中郡史記云孝王納上郡此云惠王疑此誤也又曰武王立張儀死武王謂甘茂曰寡人欲通車三川窺周室使甘茂伐宜陽拔之然通三川是武王張儀已死此云惠王用張儀之計拔三川疑此誤也三川韓界也宜陽韓邑也包九夷制鄢郢九夷屬楚夷也鄢郢楚二縣也蓋秦令人據之也東據成皐之險割膏腴之壤成皐縣名周之東境遂散六國之從六國韓魏燕趙齊楚也漢書音義文穎曰關東爲從使之西面事秦功施到今史記曰惠王卒韓魏齊楚皆賓從昭王

得范雎廢穰侯逐華陽史記曰孝王卒立異母弟爲昭襄王又曰穰侯魏冉者秦昭王母宣太后之弟太后二弟其異父長弟曰穰侯姓魏氏名冉同父弟曰芊戎爲華陽君魏冉爲相國范雎說秦昭王言穰侯權重諸侯昭王乃免相國逐華陽君關外

彊公室杜私門蠶食諸侯使秦成帝業春秋保乾圖曰光閭害蠶食天下高誘淮南子注曰蠶食無餘也此四君者皆以客之功由此觀之客何負於秦哉負猶累也向使

四君卻客而弗納疏士而弗用是使國無富利之實而秦無彊大之

名也今陛下致昆山之玉有和隨之寶新序固桑對晉平公曰夫劍產於越珠產於江南玉產於

昆山此三寶皆無足而致墨子曰和氏之璧隨侯之珠垂明月之珠服太阿之劒越絕書曰楚王召歐冶子
干將作鐵劒二枚一曰太阿乘纖離之馬建翠鳳之旗樹靈鼉徒河切之鼓孫卿曰纖離蒲
梢皆馬名鄭玄禮記注曰鱓皮可以冒鼓此數寶者秦不生一焉而陛下悅之何也必秦
國之所生然後可則夜光之璧不飾朝廷犀象之器不爲玩好而趙
衛之女不充後庭駿良駃決騠啼不實外廄周書曰正北以駃騠爲獻廣雅曰駃馬屬江
南金錫不爲用西蜀丹青不爲采所以飾後宮充下陳下陳猶後列也晏子曰有
二女願得入身於下陳娛心意悅耳目者必出於秦然後可則是宛於元切珠之
簪傅璣之珥阿縞之衣錦繡之飾不進於前言以宛珠飾簪以璣傅珥也說文曰珥瑱也徐
廣曰齊之東阿縣繒帛所出者也此解阿義與子虛不同各依其說而留之舊注既少不足稱臣以別之他皆類此而隨俗雅
化佳冶窈窕趙女不立於側也隨俗雅化謂閑雅變化而能隨俗也夫擊甕叩缶彈箏
搏髀而歌呼嗚嗚快耳者真秦之聲也說文曰甕汲瓶也於貢切說文曰缶瓦器秦鼓之以節樂
缶甫友切鄭衛桑閒韶虞武象者異國之樂也禮記曰鄭衛之音亂世之音也又曰桑閒濮上亡國
之音也樂動聲儀曰舜樂曰簫韶又曰周樂伐時曰武象宋均曰武象象伐時用干戈徐廣曰韶一作昭今棄叩缶擊甕

而就鄭衛退彈箏而取韶虞若是者何也快意當前適觀而已矣高誘呂氏春秋注曰適中適也今取人則不然不問可否不論曲直非秦者去爲客者逐然則是所重者在乎色樂珠玉而所輕者在乎民人也此非所以跨海內制諸侯之術也臣聞地廣者粟多國大者人衆兵彊者則士勇是以太山不讓土壤故能成其大河海不擇細流故能就其深管子曰海不辭水故成其大山不辭土石故能成其高王者不卻衆庶故能明其德文子曰聖人不讓負薪之言以廣其名是以地無四方民無異國四時充美鬼神降福此五帝三王之所以無敵也今乃棄黔首以資敵國郭象莊子注曰資者給齎之謂卻賓客以業諸侯使天下之士退而不敢西向裹足不入秦此所謂藉寇兵而齎盜糧者也戰國策范雎說秦王曰此所謂藉賊兵而齎盜食者也說文曰齎持遺也夫物不產於秦可寶者多士不產於秦願忠者衆今逐客以資敵國損民以益讎內自虛而外樹怨諸侯求國無危不可得也

上書吳王一首

鄒陽漢書曰鄒陽齊人也陽事吳王濞王以太子事陰有邪謀陽奏書諫爲其事尚隱惡不指斥言故先引秦爲喻因道胡越齊趙之難然後乃致其意

臣聞秦倚曲臺之宮應劭曰始皇帝所治處也若漢家未央宮也三輔黃圖曰未央有曲臺殿懸衡天下如淳曰衡猶稱之衡也言其懸法度於其上申子曰君必有明法正義若權衡以稱輕重所以一羣臣也畫地而人不犯兵加胡越至其晚節末路張耳陳勝連從子容兵之據以叩函谷咸陽遂危史記曰陳勝字涉陽城人也勝爲王號爲張楚西擊秦又曰張耳大梁人也陳勝起蘄以耳爲校尉廣雅曰據引也言相引以爲援也何則列郡不相親萬室不相救也今胡數涉北河之外史記曰秦惠王遊至北河徐廣曰戎地之河上也上覆飛鳥下不見伏兔蘇林曰覆盡也言胡上射飛鳥下盡地之伏兔鬭城不休救兵不至死者相隨輦車相屬轉粟流輸去千里不絕鄭玄禮記注曰流猶行也何則彊趙責於河閒應劭曰趙幽王爲呂后所幽死文帝立其長子遂爲趙王取趙之河閒立弟辟彊爲河閒王至子哀王无嗣國除遂欲復還得河閒也六齊望於惠后孟康曰高后割濟南郡爲呂王台奉邑又割琅邪郡封營陵侯劉澤爲琅邪王文帝乃立悼惠王六子爲王言六齊不保今日之恩而追怨惠帝與呂后漢書曰文帝閔濟北逆亂自滅盡封悼惠王諸子爲列侯後齊文王薨无子於是分齊爲六將閭爲齊王惠爲濟北王賢爲淄川王雄渠爲膠東王卬爲膠西王辟光爲

濟南王也城陽顧於盧博孟康曰城陽王喜也喜父章與弟興居討諸呂有功本當盡以趙地王章梁地王興居文帝聞
其欲立齊王更以二郡王之章失職歲餘薨興居誅死盧博濟北王治處喜故顧念而怨也二郡謂城陽章所封濟北興居所封興居誅
死故喜顧念而恨也泰山郡有博縣濟北縣三淮南之心思墳墓張晏曰淮南厲王三子為三王念其父見遷殺
也漢書曰上憐淮南王不軌上乃立厲王三子安為淮南王勃為衡山王賜為廬江王大王不憂臣恐救兵之
不專孟康曰不專救漢也如淳曰皆自私怨宿憤不能為吳也若吳舉兵反天子來討謂四國但有意不敢相救也以孟康解其文
故言不專救漢如淳解其意故二云不能為吳二說相成義乃可明胡馬遂進窺於邯鄲越水長沙還
舟青陽蘇林曰青陽水名也言胡越水陸共伐漢也善曰此同孟康之義也張晏曰還舟聚舟也言胡為趙難越為吳難不可恃
也善曰此識同如淳之說秦始皇本紀曰荊王獻青陽之田已而背約要擊我南郡雖使梁并淮陽之兵下淮
東越廣陵以遏越人之糧漢亦折西河而下北守漳水以輔大國胡
亦益進越亦益深此臣之所為大王患也善曰大國謂趙也陽假言吳思助漢今胡越俱來伐
之漢雖復使梁并淮陽之兵以遏越人之糧漢截西河以下而助於趙終無所益故胡亦益進越亦益深此臣為大王患也然其意欲破
吳計雖使當為乃使越人當為吳人輒當為禦言吳趙欲來伐漢漢乃使梁并淮陽之兵以止吳人之糧漢截西河以禦於趙如此則趙
不得進吳不得深陽惡指斥故假胡越錯亂其辭自此以下乃致其意焉臣聞蛟龍驤首奮翼則浮雲出

流霧雨咸集聖王厎節脩德則游談之士歸義思名善曰厎與砥同厎礪也戰國策
蘇秦說趙王曰外客游談之士无敢自進於前漢書王莽傳曰遊者爲之談說今臣盡知畢議易精極慮如淳
曰改易精思以謀慮之則無國而不可奸善曰爾雅曰奸求也奸與干同飾固陋之心則何王
之門不可曳長裾乎然臣所以歷數王之朝背淮千里而自致者非
惡臣國而樂吳民竊高下風之行尤悅大王之義善曰新序公孫龍謂平原君曰臣居
魯則聞下風高先生之知悅先生之行故願大王無忽察聽其至善曰劉瓛周易注曰至極也謂極言之
臣聞鷙至鳥累百不如一鶚孟康曰鶚大鵰也如淳曰鷙鳥比諸侯鶚比天子夫全趙之時
服虔曰全趙趙未分之時應劭曰後分爲三武力鼎士袨縣服叢臺之下者一旦成市服虔
曰袨服大盛玄黃服也臣瓚以爲鼎士舉鼎之士叢臺趙王之臺不能止幽王之湛患韋昭曰高帝子幽王友也
呂后殺之湛今沈字也淮南連山東之俠死士盈朝不能還厲王之西也善曰漢書
曰淮南厲王長謀反廢遷蜀韋昭曰徙蜀嚴道然則計議不得雖諸賁不能安其位亦明矣
善曰左氏傳曰吳公子光享王鱄設諸寘劍於魚中以進抽劍以刺王說苑曰勇士孟賁水行不避蛟龍陸行不避狼虎故願大
王審畫而已始孝文皇帝據關入立寒心銷志不明求衣臣瓚以爲文帝入關

而立以天下多難故乃寒心戰栗未明而起自立天子之後使東牟朱虛東褒儀父之後應劭曰天下已定文帝遣朱虛侯章東喻齊王嘉其首舉兵欲誅諸呂猶春秋褒邾儀父者也深割嬰兒王之應劭曰封齊王六子爲王其中有小嬰兒孝文帝於骨肉厚也壤子王梁代益以淮陽善曰此言文帝之時梁王揖代王參淮陽王武後梁王揖早薨徙武爲梁王也然參揖皆少故云壤也晉灼曰方言梁益之閒所愛諱其肥盛曰壤也善曰方言云瑋其肥盛晉書注以瑋爲諱卒仆濟北囚弟於雍者豈非象新垣等哉善曰漢書曰濟北王興居聞帝之代乃反棘蒲侯擊之興居自殺又曰淮南王道死雍應劭曰二國有姦臣如新垣平等勸王共反也今天子新據先帝之遺業善曰今天子景帝也先帝文帝也左規山東右制關中變權易勢大臣難知大王弗察臣恐周鼎復起於漢如淳曰新垣平詐言周鼎在泗水中臣望東北汾陰有金寶氣鼎在其中弗迎則不至爲吳計者猶新垣平之言周鼎終不可得也新垣過計於朝服虔曰過誤也則我吳遺嗣不可期於世矣高皇帝燒棧道灌章邯應劭曰章邯爲雍王高祖以水灌其城破之燒棧道言高祖涉所燒之棧道也史記曰張良說漢王燒絕棧道也兵不留行善曰言攻之易故不稽留也收弊人之倦東馳函谷西楚大破張晏曰項羽自號西楚霸王水攻則章邯以亡其城陸擊則荆王以失其地如淳曰荆亦楚謂項王敗走也此皆國家之不幾者也孟康曰言國家不可庶幾

得之願大王孰察之也

獄中上書自明

鄒陽 [漢書曰陽以吳王不可說去之梁從孝王游羊勝公孫詭等疾陽惡之於孝王孝王怒陽下獄吏將殺之陽乃從獄中上書書奏孝王立出之卒為上客]

臣聞忠無不報信不見疑臣常以為然徒虛語耳昔者荊軻慕燕丹之義白虹貫日太子畏之[如淳曰白虹兵象日為君善曰畏畏其不成也列士傳曰荊軻發後太子相氣見白虹貫日不徹曰吾事不成矣後聞軻死太子曰吾知其然也]衛先生為秦畫長平之事太白食昴昭王疑之[蘇林曰白起為秦伐趙破長平軍欲遂滅趙遣衛先生說昭王益兵糧為應侯所害事用不成其精誠上達於天故太白為之食昴昴趙分也將有兵故太白食昴食者干歷也如淳曰太白天之將軍也]夫精誠變天地而信不諭兩主豈不哀哉今臣盡忠竭誠畢議願知[張晏曰盡其計議願王知之]左右不明卒從吏訊為世所疑[張晏曰左右不明不敢斥王也訊考三日問之知與前辭同不也]是使荊軻衛先生復起而燕秦不寤也願大王孰察之昔玉人獻寶楚王誅之[善曰韓子曰楚人和氏得璞玉於楚山之下奉而獻之武王武王使人相之玉人曰石也王刖和左足武王薨成王即位和又獻之玉人又曰]

石也刖其右足李斯竭忠胡亥極刑善曰史記曰始皇以李斯爲丞相始皇崩胡亥立斯具五刑者也是以
箕子陽狂接輿避世恐遭此患善曰史記曰紂淫亂不止箕子懼乃佯狂爲奴論語曰楚狂接輿歌而過
孔子曰鳳兮鳳兮何德之衰願大王察玉人李斯之意而後楚王胡亥之聽善曰以其
計謬故令後之毋使臣爲箕子接輿所笑臣聞比干剖心子胥鴟夷善曰史記曰比
干彊諫紂怒曰吾聞聖人心有七竅剖比干觀其心又曰子胥自剄王乃以子胥尸盛以鴟夷之革浮之江中應劭曰取馬革爲鴟夷鴟
夷榼形臣始不信乃今知之願大王孰察少加憐焉語曰白頭如新漢書
音義曰或初不相識相知至白頭不相知傾蓋如故文穎曰傾蓋猶交蓋駐車也善曰家語曰孔子之郯遭程子於塗傾蓋而
語終日甚相悅何則知與不知也故樊於期逃秦之燕藉荊軻首以奉丹事
善曰史記曰荊軻見樊於期曰今聞秦購將軍首金千斤邑萬家今有言可以解燕國之患報將軍之仇首何如於期曰爲之奈何軻曰
願得將軍首以獻秦王秦王必喜見臣臣左手把其袖右手揕其胸於期遂自剄徐廣曰揕丁鴆切王奢去齊之魏臨
城自剄以卻齊而存魏善曰漢書音義曰王奢齊臣也自齊亡之魏齊伐魏奢登城謂齊將曰今君之來不過以
奢故也義不苟生以爲魏累遂自剄夫王奢樊於期非新於齊秦而故於燕魏也所以
去二國死兩君者行合於志而慕義無窮也是以蘇秦不信於天下

爲燕尾生服虔曰蘇秦於秦不出其信於燕則出尾生之信也善曰史記蘇秦曰尾生與女子期於梁下女子不來水至不去
抱梁柱而死白圭戰亡六城爲魏取中山張晏曰白圭爲中山將亡六城殆欲誅之亡入魏文侯厚遇之
還拔中山何則誠有以相知也蘇秦相燕人惡之於燕燕王善曰惡謂讒短也
按劍而怒食以駃騠孟康曰敬重蘇秦雖有讒惡王更膳以珍奇之味也白圭顯於中山人惡
之於魏文侯善曰言白圭拔中山而文侯尊顯而人說短於文侯文侯投以夜光之璧何則兩主
二臣剖心析肝相信豈移於浮辭哉故女無美惡入宮見妬士無賢
不肖入朝見嫉昔者司馬喜臏鼻引脚於宋卒相中山善曰戰國策曰司馬喜三相中
山尚書呂刑曰臏者脫去人之臏也郭璞三蒼解詁曰臏膝蓋也范睢摺脅折齒於魏卒爲應侯善曰
史記曰范睢隨魏中大夫須賈使齊齊襄王賜范睢金十斤及牛酒須賈以爲持魏國陰事告齊以告魏相魏之諸公子魏齊使舍人笞
擊范睢折脅摺齒睢得出亡入秦爲應侯廣雅曰摺折也力合切此二人者皆信必然之畫捐朋黨
之私挾孤獨之交故不能自免於嫉妬之人也是以申徒狄蹈雍之
河服虔曰殷之末世人也如淳曰莊周云申徒狄諫而不聽負石自投河善曰爾雅曰水自河出爲雍言狄先蹈雍而後入河也雍一
龍切徐衍負石入海漢書音義曰徐衍周之末人也見列士傳善曰論語讖曰徐衍負石伐子自貍守分亡身握石失軀

宋均曰狸猶殺也力之切不容身於世新語曰窮澤之民身不容於世世無紹介通之義不苟取比周於
朝以移主上之心善曰言皆義不苟取比周朋黨在朝廷以移主上之心妄求合也六韜曰結連朋黨比周爲權杜預
曰比近也周密也故百里奚乞食於路穆公委之以政說苑鄒子說梁王曰百里奚乞食於路而
穆公委之以政甯戚飯牛車下而桓公任之以國善曰呂氏春秋曰甯戚飯牛車下望桓公而悲擊牛
角疾歌鄒子說苑鄒子說梁王曰甯戚扣轅行歌桓公任之以國此二人豈素宦於朝借譽於左右
然後二主用之哉感於心合於意堅如膠漆昆弟不能離豈惑於衆
口哉故偏聽生姦獨任成亂昔魯聽季孫之說而逐孔子善曰論語曰齊人饋
女樂季桓子受之三日不朝孔子行宋信子冉之計囚墨翟文子曰子罕也冉音任善曰未詳夫以孔
墨之辯不能自免於讒諛而二國以危何則衆口鑠金積毀銷骨國語
泠州鳩曰衆心成城衆口鑠金賈逵曰鑠消也衆口所惡金爲之銷亡積毀銷骨謂積讒善曰毀之言骨肉之親爲之銷滅是以
秦用戎人由余而霸中國齊用越人子臧而彊威宣善曰言齊任子臧故威宣二王
所以彊盛史記曰齊桓公卒子威王因齊立威王卒子宣王辟彊立張晏曰子臧越人也此二國豈拘於俗牽於
世繫奇偏之辭哉公聽並觀垂明當世善曰公聽言無私也並觀言無偏也尸子曰論是非者自

公心聽之而後可知也故意合則胡越爲昆弟由余子臧是矣不合則骨肉爲讎敵朱象管蔡是矣善曰史記曰舜弟象傲帝常欲殺舜丹朱堯子讎敵未聞尚書曰周公位冢宰羣叔流言乃致管叔于商囚蔡叔于郭鄰今人主誠能用齊秦之明後宋魯之聽則五霸不足侔三王易爲比也是以聖王覺悟捐子之之心而不悅田常之賢善曰史記曰燕王噲屬國於子之子之南面行王事齊因伐燕燕王噲死子之乃亡又曰齊田常殺簡公而立平公平公即位田常爲相五年齊國政皆歸田常封比干之後修孕婦之墓應劭曰紂剖姙者觀其胎産故功業覆於天下何則欲善無猒也夫晉文公親其讎而彊霸諸侯張晏曰寺人勃鞮也善曰國語曰初獻公使寺人勃鞮伐文公於蒲城文公踰垣寺人斬其袪及入寺人求見於是呂郤冀芮畏偪悔納公謀作亂伯楚知之故求見公公遽見之伯楚以呂郤之謀告公韋昭曰寺人掌內祛袂也勃鞮字伯楚齊桓公用其仇而一匡天下善曰左傳寺人披謂晉侯曰齊桓公置射鉤而使管仲相論語曰管仲相桓公霸諸侯一匡天下民到于今受其賜何則慈仁殷勤誠嘉於心此不可以虛辭借也至夫秦用商鞅之法東弱韓魏立彊天下而卒車裂之善曰商鞅車裂已見西征賦越用大夫種之謀禽勁吳而霸中國遂誅其身善曰史記曰越王句踐舉國政屬大夫種越平吳以兵北渡淮東方諸侯畢賀稱霸王范蠡乃去遺大夫種書

種見稱疾不朝人或讒種作亂越王乃賜種劍而自殺是以孫叔敖三去相而不悔善曰史記曰孫叔敖
楚之處士也虞丘相進之三月而相楚三得相而不喜知其材自得之也三去相而不悔知其非己之罪也於陵子仲辭
三公為人灌園善曰列女傳曰於陵子終賢楚王欲以為相使使者往聘迎之子終出使者與其妻逃乃為人灌園今
人主誠能去驕傲之心懷可報之意善曰言士有功可報者思必報披心腹見情素
善曰戰國策曰蔡澤說應侯曰公孫鞅事孝王竭知謀示情素隳肝膽施德厚終與之窮達無愛於
士善曰於士所求無所愛惜也則桀之狗可使吠堯而跖之客可使刺由應劭曰由許由
也跖盜跖也韋昭曰言恩厚無不使善曰戰國策刁鞮謂田單曰跖之狗或吠堯非其主也吠音吠並同何況因萬乘之
權假聖王之資乎然則荊軻湛七族要離燔妻子豈足為大王道哉
應劭曰荊軻為燕刺秦王不成而死其七族坐之湛沒也張晏曰七族上至高祖下至曾孫善曰呂氏春秋曰吳王闔閭欲殺王子慶忌
要離曰王誠助臣請必能吳王曰諾明旦加罪焉執其妻子燔而揚其灰高誘曰吳王偽加要離罪燒妻子揚其灰臣聞明月
之珠夜光之璧以暗投人於道衆莫不按劍相眄者何則無因而至
前也蟠木根柢輪囷離奇張晏曰柢下本也輪囷離奇委曲盤戾也蘇林曰柢音蔕善曰廣雅曰蟠曲也囷去
倫切離薄基切奇音衣而為萬乘器者何則以左右先為之容也善曰器謂服玩之屬容謂

雕飾杜預左氏傳注曰容形容也故無因而至前雖出隋侯之珠夜光之璧秖足結怨而不見德故有人先談則枯木朽株樹功而不忘善曰談或爲游今天下布衣窮居之士身在貧賤雖蒙堯舜之術挾伊管之辯善曰伊尹管仲懷龍逢比干之意欲盡忠當世之君而素無根柢之容雖竭精神欲開忠信輔人主之治則人主必襲按劍相眄之跡矣善曰小雅曰開達也是使布衣之士不得爲枯木朽株之資也是以聖王制世御俗獨化於陶鈞之上張晏曰陶家名模下圓轉者爲鈞以其能制器爲大小比之於天也善曰論語考比讖曰引五子以避俗遠邦殊域莫不向風而不牽乎卑辭之語不奪乎衆多之口善曰聖人有深謀善計而即行之不爲卑辭所牽制戰國策蘇秦曰卑辭以謝君衆口已見上文故秦皇帝任中庶子蒙嘉之言以信荊軻之說而匕首竊發善曰戰國策曰荊軻既至秦持千金之資幣厚遺秦王寵臣中庶子蒙嘉嘉爲先言於秦王曰燕願舉國爲內臣如郡縣又獻燕督亢之地圖圖窮匕首見秦王驚自引而起乃引其匕首以擿秦王通俗文曰匕首其頭類匕故曰匕首短而便用周文獵涇渭載呂尚而歸以王天下六韜曰文王田于渭陽卒見呂尚坐茅而漁戰國策曰范雎謂秦王曰臣聞呂尚遇文王立爲太師史記曰西伯獵果遇太公于渭俱爲師也秦信左右而亡周用烏集而王

善曰漢書音義曰太公望塗遘卒遇共成王功如烏鵲之暴集也何則以其能越拘攣之語馳域外之義獨觀於昭曠之道也今人主沈諂諛之辭牽於帷墻之制善曰漢書音義曰言爲左右便辟侍帷墻臣妾所見牽制說文曰墻垣蔽也然帷妾之所止墻臣之所居也使不羈之士與牛驥同皁漢書音義曰皁食牛馬器以木作如槽善曰不羈謂才行高遠不可羈繫也此鮑焦所以忿於世而不留富貴之樂也善曰列士傳曰鮑焦怨世不用己采疏於道子貢難曰非其世而采其疏此焦之有哉棄其疏乃立枯於洛水之上疏卽古蔬字臣聞盛飾入朝者不以私汙義砥厲名號者不以利傷行善曰孔安國尚書傳曰砥磨石也論語撰考讖曰子罕言利利傷行也故里名勝母曾子不入邑號朝歌墨子迴車晉灼曰史記樂書紂作朝歌之音朝歌者不時也善曰淮南子曰墨子非樂不入朝歌然古有此事未詳其本今欲使天下恢廓之士誘於威重之權脅於位勢之貴回面汙行以事諂諛之人而求親近於左右則士有伏死堀穴巖藪之中耳安有盡忠信而趨闕下者哉

上書諫獵　司馬長卿

臣聞物有同類而殊能者故力稱烏獲捷言慶忌勇期賁育善曰史記曰秦

武王有力士烏獲孟說皆至大官呂氏春秋曰吳王欲殺王子慶忌謂要離曰吾嘗以馬逐之江上而不能及說苑曰勇士孟賁水行不避蛟龍陸行不避狼虎戰國策范雎曰夏育之勇焉而死臣之愚暗竊以為人誠有之獸亦宜然今陛下好凌岨險射猛獸卒然遇軼才之獸駭不存之地犯屬車之清塵漢書音義曰大駕屬車八十一乘善曰車塵言清尊之意也輿不及還轅人不暇施功雖有烏獲逢蒙之伎力不得用枯木朽株盡為難矣善曰吳越春秋陳音曰黃帝作弓後有楚狐父以道傳羿羿傳逢蒙是胡越起於轂下而羌夷接軫也豈不殆哉雖萬全無患然本非天子所宜近也且夫清道而後行中路而馳猶時有銜橛之變張揖曰銜馬勒也橛騑馬口長銜也善曰家語子曰郊之日氾埽清路行者必止莊子伯樂曰我善調馬前有飾橛而後鞭策之威而況乎涉豐草騁丘墟善曰毛詩曰湛湛露斯在彼豐草呂氏春秋吳為丘墟前有利獸之樂而內无存變之意善曰鄭玄禮記注曰利猶貪也其為害也不亦難矣夫輕萬乘之重不以為安而樂出萬有一危之塗以為娛臣竊為陛下不取也蓋聞明者遠見於未萌而智者避危於无形善曰太公金匱曰明者見兆於未萌智者避危於无形禍固多藏於隱微而發於人所忽者也故鄙諺曰家累千金坐

不垂堂張揖曰畏櫩瓦墮中人也此言雖小可以喻大臣願陛下留意幸察

上書諫吳王

枚叔善曰漢書曰枚乘字叔淮陰人爲吳王濞郎中吳王初怨望謀爲逆也乘奏書諫王不納遂去之從梁孝王遊後景帝拜乘弘農都尉卒然乘之卒在相如之前而今在後誤也

臣聞得全者昌失全者亡善曰史記淳于髡說鄒忌子曰得全全昌失全全亡舜无立錐之地以有天下禹无十戶之聚以王諸侯湯武之士不過百里善曰韓子曰舜无置錐之地於後世而德結史記蘇秦說趙王曰舜无咫尺之地以有天下禹无百人之聚以王諸侯湯武之士不過百里立爲天子誠得其道也上不絕三光之明下不傷百姓之心者有王術也善曰不絕其明言合度也高誘淮南子注曰三光日月星也故父子之道天性也善曰父子喻君臣也孝經曰父子之道天性也忠臣不避重誅以直諫則事无遺策功流萬世臣乘願披腹心而效愚忠惟大王少加意念惻怛之心於臣乘言夫以一縷之任係千鈞之重上懸之无極之高下垂之不測之淵雖甚愚之人猶知哀其將絕也馬方駭鼓而驚之係方絕又重鎮之係絕於天不可復結墜入深淵難

以復出善曰孔叢子曰齊東郭亥欲攻田氏子貢曰今子士也位卑於圖大殆非子之任也夫以一縷之任繫千鈞之重上懸之於
无極之高下垂於不測之深傍人皆畏其絕而造之者不知其子之謂乎馬方駭鼓而驚之繫方絕重鎮之馬奔車覆六轡不禁繫絕其
高墜入於深其危必矣亥曰吾已矣其出不出閒不容髮蘇林曰臣改計取福正在今日言其激切甚急善曰曾子
曰律歷迭相治也其閒不容髮矣能聽忠臣之言百舉必脫善曰孫卿子曰平則慮險安則慮危是百舉不
陷也必若所欲為危於累卵難於上天善曰說苑曰晉靈公造九層臺苟息聞之求見曰臣能累十二
博棊加九雞卵棊上公曰危哉論語曰天不可階而升也變所欲為易於反掌安於泰山善曰反掌言易
也孟子曰武丁有天下猶反掌也春秋保乾圖曰安於泰山與日合符今欲極天命之上壽弊无窮之
極樂善曰弊猶盡也究萬乘之勢不出反掌之易居泰山之安而欲乘累卵
之危走上天之難此愚臣之所大惑也顏師古曰走趣也走音奏人性有畏其影
而惡其迹卻背而走迹逾多影逾疾不如就陰而止影滅迹絕善曰莊子
漁父曰人有畏影惡迹而去之走者舉足逾數而迹疾而影不離自以為尚遲疾走不休絕力而死不知處陰以休影靜處以息迹愚亦
甚矣孫卿子以為涓蜀梁欲人勿聞莫若勿言欲人勿知莫若勿為欲湯之滄漢書
音義或曰滄寒也一人炊之百人揚之無益也不如絕薪止火而已善曰呂氏春秋

曰夫以湯止沸沸愈不止去火則止矣不絕之於彼而救之於此譬由抱薪而救火也
善曰文子曰不治其本而救其末無異鑿渠而止水抱薪而救火也養由基楚之善射者也去楊葉百
步百發百中善曰戰國策蘇厲謂周君曰養由基善射去柳葉百步而射百發百中楊葉之大加百中
焉可謂善射矣然其所止百步之內耳比於臣乘未知操弓持矢也
福生有基禍生有胎服虔曰基胎皆始也納其基絕其胎禍何自來善曰自從也太
山之霤力救切穿石殫極之紞斷幹晉灼曰紞古綆字殫盡也極之綆幹幹井上四交之幹常爲汲者所
契傷也水非石之鑽索非木之鋸漸靡使之然也夫銖銖而稱之至石
必差寸寸而度之至丈必過張晏曰乘所轉四萬六千八十銖而至於石合而稱之必有盈縮也石稱
丈量徑而寡失善曰文子曰夫事煩難治也法苛難行也多求難贍也寸而度之至丈必差銖而稱之至石必過石稱丈
量徑而寡失故大較易爲智曲辯難爲惠也徑直也夫十圍之木始生而蘖足可搔而絕手可
擢而抓善曰尸子曰千丈之木始若蘖足易去也莊子曰橡樟初生可抓而絕廣雅曰搔抓也字林曰搔先牢切抓壯交切據
其未生先其未形磨礱砥礪不見其損有時而盡善曰賈逵國語注曰礱磨也礱力公
切尚書注砥磨石也種樹畜養不見其益有時而大積德累行不知其善有時

而用棄義背理不知其惡有時而亡臣願大王孰計而身行之此百世不易之道也

上書重諫吴王

枚叔善曰漢書曰吴王舉兵西嚮以誅晁錯爲名漢聞之斬錯以謝諸侯乘於是復說吴王

昔秦西舉胡戎之難北備榆中之關善曰胡戎爲難舉兵而却也漢書曰金城郡有榆中縣南距羌莋之塞東當六國之從善曰漢書曰南夷自巂東北君長十數莋都最大莋在洛切六國已見李斯書六國乘信陵之籍善曰漢書音義曰无忌嘗揔五國却秦有地資也明蘇秦之約厲荊軻之威并力一心以備秦然秦卒禽六國滅其社稷而并天下是何也則地利不同而民輕重不等也今漢據全秦之地兼六國之衆修戎狄之義顔師古曰修恩義以撫戎狄而南朝羌莋此其與秦地相什而民相百大王之所明知也善曰言地多秦十倍民多百倍今夫讒諛之臣爲大王計者不論骨肉之義民之輕重國之大小以爲吴禍此臣所以爲大王患也夫舉吴兵以訾於漢李奇曰訾量也譬猶蠅蚋之附羣牛腐肉之齒利劍鋒接必無

事矣善曰說文曰秦謂之蚋楚謂之蚊蚋而銳切齧猶當也天下聞吳率失職諸侯願責先帝之遺約今漢親誅其三公以謝前過善曰謂誅晁錯也錯爲御史大夫故曰三公是大王威加於天下而功越於湯武也夫吳有諸侯之位而富實於天子有隱匿之名而居過於中國韋昭曰隱匿謂僻在東南夫漢幷二十四郡十七諸侯方輸錯出張晏曰漢時有二十四郡十七王也善曰此言貢獻之多方輸四方更輸錯雜而出也軍行數千里不絕於郊其珍怪不如山東之府如淳曰山東吳王之府藏也善曰錯出張云錯互出攻則謂與軍遠行也軍一爲運錯出謂四方更輸交錯出獻之而行也轉粟西鄉陸行不絕水行滿河不如海陵之倉如淳曰言漢京師仰須山東漕運以給耳臣瓚曰海陵縣名有吳太倉脩治上林雜以離宮積聚玩好圈守禽獸不如長洲之苑服虔曰吳苑也韋昭曰長洲在吳東游曲臺臨上路不如朝夕之池張晏曰曲臺長安臺臨道上也蘇林曰以海水朝夕爲池深壁高壘副以關城不如江淮之險此臣之所爲大王樂也今大王還兵疾歸尚得十半善曰言王早還冀十分之中得半安全不然漢知吳有吞天下之心赫然加怒遣羽林黃頭循江而下蘇林曰羽林黃頭郎習水戰者襲大王之都魯東海絕吳之饟道善曰吳饟

軍自海入河故命魯國入東海郡以絕其道也地里志有魯國及東海郡梁王飾車騎習戰射積粟固守
以偪滎陽待吳之飢大王雖欲反都亦不得已夫三淮南之計不負
其約晉灼曰吳楚反皆守約不從也齊王殺身以滅其迹晉灼曰齊孝王將閭也吳楚反堅守距三國不從後
欒布等聞初與三國有謀欲伐之王懼自殺善曰漢書曰齊王聞吳楚平乃自殺今乘已言之漢書與此必有一誤也四國不
得出兵其郡晉灼曰膠東膠西濟北菑川四國王也發兵應吳楚趙囚邯鄲此不可掩亦已明
矣應劭曰漢將酈寄圍趙王於邯鄲與囚無異也善曰杜預注左氏傳曰掩匿也今大王已去千里之國而
制於十里之內矣張晏曰吳地方千里梁下屯兵方十里言王必見制於此地張韓將北地如淳曰張
羽韓韓安國也善曰將北地謂將兵在吳軍之北也弓高宿左右服虔曰弓高侯韓頹當也如淳曰宿軍左右兵
不得下壁軍不得太息臣竊哀之願大王孰察焉

詣建平王上書

江文通梁書曰宋建平王景素好士淹隨在南兖州廣陵令郭彥文得罪辭連淹繫州獄中上書景素覽書即出之

昔者賤臣叩心飛霜擊於燕地淮南子曰鄒衍盡忠於燕惠王惠王信譖而繫之鄒子仰天而哭正夏而

天爲之降霜春秋考異郵曰桓公殺賢吏民含痛流涕叩心庶女告天振風襲於齊臺淮南子曰庶女告天
雷電下擊景公臺隕海水大出許慎曰庶女齊之少寡無子養姑姑無男有女女利母財而殺母以誣告寡婦婦不能自解故寃告天司
馬彪莊子注曰襲入也下官每讀其書未嘗不廢卷流涕沈約書曰郡縣爲封國者內史相並於國
主稱臣去任便止世祖孝建中始改此制爲下官太史公曰始齊之蒯通讀樂毅報燕書未嘗不廢書而泣也楊雄見屈原作離騷悲其
文讀之流涕也何者士有一定之論女有不易之行淮南子文也高誘曰士有同志同德其交接有
一會而分定故曰有一定之論也貞女專一亦無二心雖有偏喪不須更醮故曰有不易之行信而見疑貞而爲戮
是以壯夫義士伏死而不顧者此也史記曰屈原信而見疑忠而被謗能無怨乎法言曰壯夫不爲
左氏傳曰義士猶或非之又曰君子曰臣治煩去惑者也是以伏死而爭李陵與蘇武書曰足下遭時不遇至於伏劍不顧下官
聞仁不可恃善不可依謂徒虛語乃今知之馬遷悲士不遇賦曰理不可據智不可恃鄒陽
書曰臣常以爲然徒虛語耳又曰臣始不信今乃知之伏願大王暫停左右少加憐察鄒陽書曰左右
不明卒從吏訊又曰願王熟察少加憐焉下官本蓬戶桑樞之人布衣韋帶之士淮南子曰處窮
僻之鄉蓬戶甕牖揉桑以爲樞此齊人所謂形植黎黑憂悲而不得志也高誘曰編蓬爲戶揉桑條爲戶樞說苑唐且謂秦王曰大王嘗
聞布衣韋帶之士怒乎伏尸二人流血五步退不飾詩書以驚愚進不買名聲於天下淮南

子曰古之人同氣于天地與一世而優游及僞之生飾智以驚愚設詐以巧上又曰周室衰而王道廢儒墨於是博學擬聖飾詩書以買名譽於天下
日者謬得升降承明之闕出入金華之殿漢書帝賜嚴助書曰君猒承明之廬又曰班伯少受詩於師丹上方向學鄭寬中張禹朝夕入說尚書論語於金華殿中詔伯受焉何常不局影凝嚴側
身局禁者乎詩序曰側身脩行班婕妤自傷賦曰應門閉兮禁闥局竊慕大王之義復爲門下
之賓備鳴盜淺術之餘豫三五賤伎之末史記曰孟嘗君入秦昭王乃囚孟嘗君謀欲殺之孟嘗君謀欲使人抵昭王幸姬求解姬曰妾願得君狐白裘此時孟嘗君有一狐白裘入獻之昭王無他裘孟嘗君患之偏問客莫能對最下爲狗盜者曰臣能得狐白裘乃夜爲狗以入秦宮藏中取所獻狐白裘至以獻幸姬姬爲言昭王孟嘗君得出馳去至關關法雞鳴出客孟嘗君恐追至客之居下坐者能爲雞鳴遂得出之如食頃追至關已後孟嘗君乃還抱朴子軍術曰大將軍當明案九宮視年在宮常就三居五五五爲死三三爲生能知三五橫行天下司馬遷書曰使得奏薄伎
大王惠以恩光顧以顏色鄭玄詩箋曰爲光言天子恩澤光耀被及己也曹植豔歌曰長者賜顏色泰山可動移實佩荊卿黃金之賜竊感
豫讓國士之分矣燕丹子曰荊軻之燕燕太子東宮臨池而觀軻拾瓦投鼃太子令人奉盤金軻用抵抵盡復進軻曰非爲太子愛金但臂痛耳史記趙襄子數豫讓曰子嘗事范中行氏智伯滅之不爲報讎臣事智伯死而子何獨爲報讎也豫讓曰中行氏衆人遇我我故衆人報之智伯國士遇我我故國士報之常欲結纓伏劍少謝萬一左氏傳曰衞太子迫孔悝

於厠强盟之子路曰太子无勇若燔臺半必舍孔叔太子聞之懼下石乞盂黶敵子路以戈擊之斷纓子路曰君子死冠不免結纓而死
又曰晉侯殺里克公使謂之曰子弑二君與一大夫爲子君者不亦難乎對曰臣聞命矣伏劍而死莊子曰弇堈曰今於道秋毛之端万
分未得處一焉剖心摩踵以報所天鄒陽上書自明曰剖心析肝孟子曰墨子兼愛摩頂致於踵利天下爲之劉熙
曰致至也左氏傳箴尹克黃曰君天也何休曰君者臣之天不圖小人固陋坐貽謗黷楊惲書曰言固陋之
愚也迹墜昭憲身恨幽圄陸機謝內史表曰幽執囹圄當爲誅始履影弔心酸鼻痛骨詩曰
顧瞻周道中心弔兮高唐賦曰孤子寡婦寒心酸鼻太子丹謂麴武曰今秦王反戾天常每念之痛入骨髓下官聞虧名
爲辱虧形次之尸子曰衆以虧形爲辱君子以虧義爲辱是以每一念來忽若有遺李陵答蘇
武書曰每一念至忽然亡生加以涉旬月迫季秋天光沈陰左右無色司馬遷答任少卿書
曰今少卿抱不測之罪涉旬月迫季冬呂氏春秋曰行秋令則天多沈陰蔡邕月令章句曰陰者密雲也沈者雲之重也身非木
石與獄吏爲伍司馬遷答任少卿書曰身非木石獨與法吏爲伍此少卿所以仰天槌心泣
盡而繼之以血也李陵與蘇武書曰何圖志未立而怨已成此陵所以仰天槌心而泣血也韓子曰卞和乃抱其璞而
哭於楚山三日三夜泣盡繼之以血下官雖乏之鄉曲之譽然嘗聞君子之行矣燕丹子夏扶曰
士无鄉曲之譽則未可以論行其上則隱於簾肆之閑臥於巖石之下漢書曰谷口有鄭子真蜀

有嚴君平君平卜筮於成都市裁日閱數人得百錢足自養則閉肆下簾而授老子論衡谷口鄭子真耕於巖石之下名震京師

次則結綬金馬之庭高議雲臺之上

漢書曰蕭育與朱博友故長安語曰蕭朱結綬西都賦曰承明金馬著作之庭東觀漢記曰建初元年詔賈逵曰南宮雲臺使出左氏大義

退則虜南越之君係單于之頸

漢書曰南越與漢和親乃遣終軍使南越軍自請願受長纓必羈南越王而致闕下又賈誼曰行臣之計請必係單于之頸而制其命

俱啓丹冊並圖青史

漢書曰高祖論功定封以丹書之信重以白馬之盟又有青史子音義曰古史官記事

寧當爭分寸之末競錐刀之利哉

左氏傳曰叔向詒子產書曰錐刀之末將盡爭之

下官聞積毀銷金積讒磨骨

鄒陽上書曰衆口鑠金積毀消骨

遠則直生取疑於盜金近則伯魚被名於不義

漢書曰直不疑南陽人爲郎事文帝其同舍有告歸誤持其同舍郎金已而同舍郎覺妄意不疑不疑謝有之買金償後告歸者至而歸金亡金郎大慙范曄後漢書曰第五倫字伯魚京兆人舉孝廉補淮陽醫工長後從王朝京師得會帝戲倫謂倫曰聞卿爲吏篣婦公不過從兄飯寧有之耶倫對曰臣三娶妻皆无父少遭飢亂實不妄過人食帝大笑

彼之二子猶或如是況在下官焉能自免昔上將之耻絳侯幽獄名臣之羞史遷下室

司馬遷答任少卿書曰絳侯誅諸呂囚於請室又曰而僕又茸以蠶室

至如下官當何言哉

司馬遷書曰如僕尚何言哉

夫魯連之智辭祿而不返

史記曰秦使白起圍趙聞魯仲連責新垣衍秦軍遂引去

平原君欲封仲連連謝終不肯受接輿之賢行歌而忘歸楚狂接輿已見鄒陽書子陵閉關於東越仲蔚杜門於西秦亦良可知也范曄後漢書曰嚴光字子陵會稽餘姚人少有高名與光武同游學及即位變名姓隱身不見趙岐三輔決錄注曰張仲蔚扶風人也少與同郡魏景卿隱身不仕所居蓬蒿沒人若使下官事非其虛罪得其實亦當鉗口吞舌伏匕首以殞身莊子曰鉗墨翟之口燕丹子荊軻曰田光向軻吞舌而死何以見齊魯奇節之人燕趙悲歌之士乎左氏傳子方曰子事我而有私於其讎何以見魯衞之士漢書王先生謂鄒陽曰今子欲安之乎陽曰齊楚多辨智韓魏時有奇節吾將歷問之史記荊軻之燕高漸離悲歌擊筑荊軻和而歌於市中又曰趙大夫悲歌慷慨者也方今聖曆欽明天下樂業尚書曰放勛欽明管子曰天下有道人樂其業青雲浮雒榮光塞河尚書中候曰成王觀于洛河沈璧禮畢王退俟至于日昧榮光並出幕河青雲浮洛青龍臨壇銜玄甲之圖吐之而去西洎臨洮土刀切狄道北距飛狐陽原淮南子曰秦之時丁壯丈夫西至臨洮狄道東至會稽浮石南至豫章桂林北至飛狐陽原高誘曰臨洮隴西之縣洮水出北狄道漢陽之臨洮也飛狐蓋在代郡飛狐山陽原蓋在太原莫不浸仁沐義照景飲醴而已楊雄覈靈賦曰文王之始起浸仁漸義會賢儹智儹音攢論語摘輔像曰帝率握炤景飲醴蓂莢爲曆宋均曰炤景謂景星所炤也而下官抱痛圜門含憤獄戶周禮曰以圜土教罷民鄭司農曰圜土獄城也一物之微有足悲者家語孔子謂哀公曰

一物失理亂亡之端此思憂則憂可知矣仰惟大王少垂明白則梧丘之魂不愧於沈首鵠亭之鬼無恨於灰骨晏子春秋曰景公田於梧丘夜坐睡夢見五丈夫倚徙稱无罪公問晏子曰昔先公靈公出畋有五丈夫來驚獸悉斷其頭而葬之命曰五丈夫丘命人掘之五頭同穴公令厚葬之乃恩及白骨說苑曰景公畋於梧丘謝承後漢書曰蒼梧廣信女子蘇娥行宿高安鵠巢亭爲亭長龔壽所殺及婢致富取其財物埋致樓下交阯刺史周敞行部宿亭覺壽姦罪奏之殺壽列異傳曰鵠奔亭不任肝膽之切敬因執事以聞

啓

奉荅勑示七夕詩啓一首

任昉集詔曰聊爲七夕詩五韻殊未近詠歌卿雖訥於言辯於才可

任彥昇

卽制付使者

臣昉啓奉勑幷賜示七夕五韻竊惟帝迹多緒俯同不一春秋合誠圖曰黃帝布迹必稽功務法宋均曰迹行迹謂功績也春秋保乾圖曰帝異緒託情風什希世罕工毛詩題曰關雎之什魯靈光殿賦曰邈希世而特出雖漢在四世魏稱三祖四世漢武帝也三祖謂魏武文明也魏志高貴鄉公詔曰昔三祖神武聖德應天受祚寧足以繼想南風克諧調露家語曰昔者舜彈五絃琴造南風之詩其詩曰南風之薰兮可以解吾民之慍兮南風之時兮可以阜吾民之財兮王肅曰薰風至貌也樂動聲儀曰時元氣者受氣於天布之於地以時出

入物者也四時之節動靜各有分職不得相越謂調露之樂也宋均曰調露調和致甘露也使物茂長之樂也性與天道事
絕稱言論語子貢曰夫子之文章可得而聞也夫子之言性與天道不可得而聞也豈其多幸親逢旦暮
左氏傳羊舌職曰民之多幸國之不幸莊子曰萬世之後而一遇大聖知其解者是旦暮遇也臣早奉龍潛與賈馬
而入室易曰潛龍勿用法言曰若以孔門用賦賈誼升堂相如入室晚屬天飛比嚴徐而待詔易曰
飛龍在天利見大人答賓戲曰泥蟠天飛者應龍之神也漢書曰嚴安徐樂上疏言世務上召見乃拜樂安皆爲郎中又曰東方朔待詔
金馬門惟君知臣見於訥言之旨左氏傳君子曰古人有言曰知臣莫若君論語子曰君子欲訥於言而敏
於行取求不疵表於辯才之戲左氏傳曰初申侯有寵於楚文王文王曰唯我知汝汝專利而不猒余取余求
不汝疵瑕也裴詭集有辯才論謹輒牽率庸陋式訓天獎拙速雖効蚩鄙已彰孫子兵法
曰兵聞拙速未睹工久陳琳牋曰蚩鄙益著闇纘上詩表曰勞者歌其事貴露蚩鄙臨啓慚恧女六切罔識所寘

謹啓

爲卞彬謝脩卞忠貞墓啓一首蕭子顯齊書曰卞彬字士蔚官至綏建太守卒濟陰

卞錄曰壼字望之永嘉中除著作郎蘇峻稱兵爲尚書令右將軍領右衛峻至東陵口六軍敗績壼乘馬被甲赴賊二子眕盱見父去隨從俱爲賊所害贈侍中開府謚忠貞公眕音真忍切盱休于切

任彥昇

臣彬啓伏見詔書并鄭義泰宣勑當賜修理臣亡高祖晉故驃騎大將軍建興忠貞公壼墳塋臣門緒不昌天道所昧忠遘身危孝積家禍名教同悲隱淪惆悵王隱晉書述曰壼及二子死徵士翟湯聞而歎曰父爲忠臣子爲孝子忠孝之道萃於一門可謂賢哉名教謂王隱隱淪謂翟湯世說樂廣曰名教中自有樂地桓子新論曰天下神人五二曰隱淪而年世貿遷孤裔淪塞廣雅曰貿易也遂使碑表蕪滅丘樹荒毀狐兔成穴童牧哀歌桓子新論曰雍門周以琴見孟嘗君曰臣切悲千秋萬歲後墳墓生荊棘狐兔穴其中樵兒牧豎躑躅而歌其上也感慨自哀日月纏迫劉公幹贈五官中郎詩曰感慨以長歎陛下弘宣教義非求效於方今杜預左氏傳序曰弘宣祖業仲長子昌言曰引之於教義說苑曰聖王布德施惠非求報於百姓也壼餘烈不泯固陳力於異世春秋元命苞曰文王積善所潤之餘烈論語子曰周任有言曰陳力就列不能者止但加等之渥近闕於晉典左氏傳曰凡諸侯薨於朝會加一等死王事加二等樵蘇之刑遠流於皇代戰國策顏觸謂齊王曰秦攻齊令曰敢有去柳下季壟五十步樵採者罪死不赦臣亦何人敢謝斯幸不任悲荷之至謹奉啓事以聞謹啓

啓蕭太傅固辭奪禮一首

劉璠梁典曰昉爲尚書殿中郎父憂去職居喪不知鹽味冬月單衫廬于墓側齊明作相乃起爲建武將軍驃騎記室再三固辭帝見其辭切亦不能奪

任彥昇

昉啓近啓歸訴庶諒窮款奉被還旨未垂哀察悼心失圖泣血待旦左氏傳楚薳啓彊曰孤與二三臣悼心失圖毛詩曰鼠思泣血尚書曰坐以待旦君於品庶示均鎔造鵩鳥賦曰品庶每生倉頡篇曰鎔炭鑪所以行銷鐵也干祿祈榮更爲自拔論語曰子張學干祿虧教廢禮豈闕視聽言己之所陳但正虧教而廢禮豈敢闕自於視聽哉所不忍言具陳茲啓言事迫情切口不忍言故陳此啓公羊傳曰謂之新宮不忍言也昉往從末宦祿不代耕晉中興書簡文詔曰祿不代耕非經通之制也飢寒無甘旨之資限役廢晨昏之半禮記曰命士已上父子皆異宮昧爽而朝慈以旨甘鄭玄曰慈愛敬進之也又曰凡爲人子之禮冬溫而夏凊昏定而晨省膝下之懽已同過隙孝經曰故親生之膝下以養父母禮記曰君子三年之喪二十五月而畢若駟之過隙然而遂亟之則是无窮几筵之慕幾何可憑孫卿子孔子謂魯哀公曰君入廟而右登自阼階仰視榱棟俛見几筵其器存其人亡君以此思哀則哀將焉不至矣左氏傳曰人壽幾何且奠酹不親如在安寄鄭玄周禮注曰喪所薦饋曰奠聲類曰酹以酒祭地也酹力外切論語子曰吾不與祭如不祭又曰

祭神如神在晨暮寂寥閴苦覓切若無主埤蒼曰閴靜也喪服傳曰无主者其无祭主王隱晉書曰傅咸遭繼
母憂上書曰咸身无兄弟到官之日喪祭无主所守既無別理窮咽豈及多喻呂安答嵇康論曰易了之
理不在多喻明公功格區宇感通有塗尚書曰時則有若伊尹格于皇天東京賦曰區宇乂寧周易曰寂然
不動感而遂通若霈然降臨賜寢嚴命孟子曰沛然下雨是知孝治所被爰至無心
孝經曰昔者明王之以孝治天下也韓詩外傳曰阿谷之女謂子貢曰吾鄙野之人僻陋无心錫類所及匪徒教義
毛詩曰孝子不匱永錫爾類不任崩迫之情謹奉啓事陳聞謹啓

文選卷第三十九

賜進士出身通奉大夫江南蘇松常鎮太等處承宣布政使司布政使胡克家重校刊

文選卷第四十

梁昭明太子撰

文林郎守太子右內率府錄事參軍事崇賢館直學士臣李善注上

彈事

牋

奏記

彈事

任彥昇 梁典曰高祖即位昉為吏部郎遷中丞

御史中丞臣任昉稽首言臣聞將軍死綏咫步無却 司馬法曰將軍死綏注曰綏却也有前一尺無却一寸杜預左氏傳注曰古名退軍為綏 顧望避敵逗橈 奴教切 有刑 漢書曰廷尉王恢逗橈當斬音義曰逗曲行避敵也橈顧望也 至乃趙母深識乞不為坐 史記曰趙王將使趙括為將其母上書曰括不可使將王曰母置之吾已決矣母曰王終遣之即有不稱妾得無坐乎王許諾 魏主著令抵罪已輕 魏志太祖令曰自命將征行但賞功而不罰罪非國典也其諸侯將出征敗軍者抵罪失利者免官 是知敗軍之將身死家戮

爰自古昔明罰斯在魏志太祖令曰將者軍破於外而家受罪於內也漢書廣武君曰敗軍之將不可以語勇新序
曰臣侮其主身死妻子為戮呂氏春秋曰民有逆天之道者罪死家戮也臣昉頓首頓首死罪死罪竊尋
玁狁侵軼暫擾疆陲王師薄伐所向風靡玁狁謂後魏也魏收後魏書曰太祖道武諱珪改稱
魏王左氏傳曰北戎侵鄭鄭伯曰彼徒我車懼其侵軼我也杜預曰軼突也毛詩曰於鑠王師又曰薄伐玁狁至于太原晉起居注曰檀
道濟所向風靡是以淮徐獻捷河兗凱歸尚書曰海岱及淮惟徐州左氏傳曰齊侯來獻戎捷尚書曰濟河惟
兗州周禮曰師有功則凱樂東關無一戰之勞塗中罕千金之費吳厤曰諸葛恪作東關魏軍距
之恪令丁奉等兵便亂斫遂大破北軍歷陽郡圖經曰東關歷陽縣西南一百里史記蔡澤曰白起一戰舉鄢郢吳志曰晉命鎮東大將
軍司馬伷向塗中伏滔北征記曰金城西沂澗魏步道所出也文子曰起師十萬日費千金張湛曰日有千金之費而司部縣
隔斜臨寇境沈約宋書曰宋世分郢州為司州故使狡虜憑陵淹移歲月杜預左氏傳注曰狡
狡猾也左氏傳子產曰今陳介恃楚眾憑陵弊邑故司州刺史蔡道恭劉璠梁典曰天監三年司州刺史漢壽伯
蔡道恭卒於圍道恭少以勇力聞及病猶自力行城數日不能起聞戰鼓聲憤吒而卒眾猶拒守無有二心攻圍二年無有叛者入秋霖
雨洪澍一夜城穨壯士猶戰不降及城陷捶其餘眾求恭屍卒不能得率厲義勇奮不顧命潘安仁汧馬督誄曰
率厲有方司馬遷書曰常思奮不顧身全城守死自冬徂秋潘安仁汧馬督誄大將軍疏曰臨危奮節保穀全城

論語子曰守死善道猶有轉戰無窮亟摧醜虜史記曰驃騎將軍轉戰過烏支山毛詩曰鋪敦淮濆仍執醜虜
方之居延則陵降而恭守比之疎勒則耿存而蔡亡漢書曰武帝遣驃騎都尉李陵
將兵五千人出居延北與單于戰陵兵敗降匈奴范曄後漢書曰耿恭守伯宗為戊己校尉恭以疏勒城傍有澗水可固乃據之匈奴復
來攻恭於城中穿井十五丈不得水恭仰嘆曰聞昔貳師將軍取佩刀刺山飛泉涌出今漢德神明豈有窮哉乃整衣服向井再拜為吏
士禱有飛泉奔出衆皆稱萬歲乃令吏士揚水示虜虜以為神明引去也若使郢部救兵微接聲援鄒陽上書
曰臣恐救兵之不專英雄記曰袁術嚴兵為呂布作聲援則單于之首久懸北闕漢書宣帝詔曰傅介子斬樓蘭
王安歸首懸之北闕豈直受降可築涉安啓士而已哉漢書曰武帝遣因杅將軍公孫敖築塞外受降
城杅音于孟又曰涉安侯於單于以匈奴單于太子降尚書曰建邦啓土實由郢州刺史臣景宗受命致
討不時言邁晉起居注詔曰檀道濟奉命致討所向風靡毛詩曰旋車言邁故使蝟音謂結蟻聚水草
有依漢書曰賈誼曰高帝王功臣反者蝟毛而起吳志曰錢唐大帥种式等蟻聚為寇漢書曰獫狁獯粥居于邊地逐水草遷徙
方復按甲盤桓緩救資敵魏志曰司馬文王征諸葛誕六軍按甲而誕自困廣雅曰盤桓不進也李斯上書曰
今遂客以資敵遂令孤城窮守力屈凶威謝承後漢書胡爽曰耿恭以甲兵守孤城於絕域史記李左車謂韓
信曰今足下情見力屈欲戰不拔左氏傳晉溫季曰逃威也杜預曰凶賊為害故曰威也雖然猶應固守三關更

謀進取而退師延頸自貽虧衂劉璠梁典曰宣城王以冠軍將軍曹景宗爲郢州刺史初司州被圍詔荊
郢發兵往援曹景宗爲都督及荊州援軍至三關頓兵不進聞司州沒卽日退還延頸敵人縱暴緣邊景宗不能禦遂失三關諸戍有司
奏罰罪景宗聞之輒去州伏闕泥首待罪帝一無所問三關延頸二戍名也管子曰民無恥不可以固守漢書曰諸將曰楚數進取如淳
曰進取多所攻也毛詩曰自貽伊戚陳琳檄豫州曰傷夷折衂衂折挫也疆場侵駭職是之由左氏傳曰齊人侵魯
疆疆吏來告公曰疆場之事愼守其一又范宣子數諸戎曰言語漏泄則職汝之由不有嚴刑誅賞安寘景宗
卽主史記曰繁法嚴刑而天下振西征賦曰㚬徒御以誅賞毛萇詩傳曰寘置也主謂爲主首也王隱晉書庾純自劾曰醉酒荒迷
昏亂儀度卽主謹按河南尹庾純云云然以主爲句則臣當下讀也臣謹案使持節都督郢司二州諸
軍事左將軍郢州刺史湘西縣開國侯臣景宗擢自行閒遘茲多幸
漢書衞青曰臣幸得待罪行閒左氏傳羊舌職曰民之多幸國之不幸也指蹤非擬獲獸何勤漢書曰上先封蕭何
爲酇侯功臣皆曰蕭何未有汗馬勞顧居臣等上何也上曰諸君知獵乎曰知之上曰知獵狗乎曰知之上曰夫獵追殺者狗也而發蹤
指示獸處者人也今諸公徒能走得獸者功狗也如蕭何發蹤指示功人也羣臣莫敢言賞茂通侯榮高列將漢書
蘇武謂李陵曰武父子位列將爵通侯應劭曰通侯者言其功德通於王室張晏曰後改爲列侯列侯見序列也方言曰列班列也負
檐裁弛鍾鼎遽列左傳曰齊侯使敬仲爲卿辭曰弛於負檐君之惠也又曰宋左師每食擊鍾家語曰子路南游楚列

鼎而食廣雅曰列陳也和戎莫効二八已陳左氏傳曰鄭人賂晉侯以女樂二八晉侯以樂之半賜魏絳曰子教
寡人和諸戎狄也自頂至踵功歸造化孟子曰墨子兼愛摩頂致於踵趙岐曰致至也淮南子曰大丈夫恬然無
爲與造化逍遙也潤草塗原豈獲自已喻巴蜀曰肝腦塗中原膏液潤野草而不辭也且道恭云逝
城守累旬景宗之存一朝棄甲史記曰沛令閉城守左氏傳曰宋華元爲植巡功城者謳曰睅其目皤其
腹棄甲而復生曹死蔡優劣若是惟此人斯有靦面目毛詩曰彼何人斯居河之湄又曰有
靦面目視人罔極毛萇曰靦姡也鄭玄曰汝姡然有面目也昔漢光命將坐知千里東觀漢記曰代郡太守劉
興將數百騎攻賈覽上狀檄至光武知其必敗報書曰欲復進兵恐失其頭首也詔書到興已爲覽所殺長史得檄以爲國家坐知千里
也魏武置法案以從事魏書曰太祖自作兵書諸將征伐皆以新書從事從令者克捷違教者負敗故能
出必以律錙銖無爽周易曰師出以律鄭玄禮記注曰八兩爲錙漢書曰二十四銖爲兩伏惟聖武英
挺略不世出漢書蒯通說韓信曰功無二於天下略不世出料敵制變萬里無差趙充國頌曰料敵制
勝威謀靡伉奉而行之實弘廟筭西征賦曰彼雖衆其焉用故制勝於廟筭孫子曰夫未戰而廟筭勝得筭多也
惟此庸固理絕言提晉起居注宋公表曰臣實庸固毛詩曰匪面命之言提其耳自逆胡縱逸久
患諸夏劉琨勸進表曰逆胡劉曜縱逸西都漢書匈奴傳贊曰久矣夷狄之爲患聖朝乃顧將一車書駢馬

督誄曰聖朝西顧關右震惶禮記曰書同文車同軌愍彼司氓致辱非所晉起居注曰大司馬表曰園陵辱於非所早朝永嘆載懷矜惻致茲虧喪何所逃罪宜正刑書肅明典憲左氏傳仲尼曰叔向古之遺直也邢侯之獄言其貪也以正刑書臣謹以劾請以見事免景宗所居官下太常削爵土收付廷尉法獄治罪其軍佐職僚偏裨將帥絓胡卦切諸應及咎者別攝治書侍御史隨違續奏臣謹奉白簡以聞云云

奏彈劉整一首

沈約齊紀曰整宋吳興太守兄子也歷位持節都督交廣越三州也

任彥昇

御史中丞臣任昉稽首言臣聞馬援奉嫂不冠不入氾毓字孤家無常子東觀漢記曰馬援事寡嫂雖在閨內必衣冠然後入見王隱晉書曰氾毓字稚春濟北人也敦睦九族青土號其家兒無常母衣無常主也氾音凡毓音育是以義士節夫聞之有立左氏傳臧哀伯曰武王克商遷九鼎於洛邑義士猶或非之東京賦曰貞夫懷節班固漢書贊曰孟子曰聞伯夷之風懦夫有立志千載美談斯爲稱首公羊傳曰魯人至今以爲美談封禪書曰承保鴻名而常爲稱首也臣昉頓首頓首死罪死罪謹案齊故西陽內史劉寅妻范詣臺訴列稱出適劉氏二十許年劉氏喪亡撫養孤

弱叔郎整常欲傷害侵奪分前奴教子當伯並已入衆又以錢婢姊
妹弟温仍留奴自使伯又奪寅息逡婢綠草私貸得錢並不分逡寅
第二庶息師利去歲十月往整田上經十二日整便責范米六斗哺
食米未展送忽至戶前隔箔攘拳大罵突進房中屛風上取車帷準
米去二月九日夜婢采音偷車欄夾杖龍牽范問失物之意整便打
息逡整及母并奴婢等六人來至范屋中高聲大罵婢采音舉手查
范臂求攝檢如訴狀輒攝整亡父舊使奴海蛤到臺辯問列稱整亡
父興道先爲零陵郡得奴婢四人分財以奴教子乞大息寅亡寅後
第二弟整仍奪教子云應入衆整便留自使婢姊及弟各准錢五千
文不分逡其奴當伯先是衆奴整兄弟未分財之前整兄寅以當伯
貼錢七千共衆作田寅罷西陽郡還雖未別火食寅以私錢七千贖
當伯仍使上廣州去後寅喪亡整兄弟後分奴婢唯餘婢綠草入衆
整復云寅未分財贖當伯又應屬衆整意貪得當伯推綠草與逡整

規當伯還擬欲自取當伯遂經七年不返整疑已死亡不迴更奪取婢綠草貨得錢七千整兄弟及姊共分此錢又不分逡寅妻范云當伯是士夫私贖應屬息逡當伯天監二年六月從廣州還至整復奪取云應充衆准雇借上廣州四年夫直今在整處使進責整婢采音劉整兄寅第二息師利去年十月十二日忽往整墅停住十二日整就兄妻范求米六斗哺食范未得還整怒仍自進范所住屏風上取車帷爲質范送米六斗整即納受范今年二月九日夜失車欄子夾杖龍牽等范及息逡道是采音所偷整聞聲仍打逡范喚問何意打我兒整母子爾時便同出中庭隔箔與范相罵婢采音及奴教子楚玉法志等四人于時在整母子左右整語采音其道汝偷車校具汝何不進裏罵之既進爭口舉手誤查范臂車欄夾杖龍牽實非采音所偷進責寅妻范奴苟奴列孃去二月九日夜失車欄夾杖龍牽疑是整婢采音所偷苟奴與郎逡往津陽門糴米遇見采音在津陽門

賣車欄龍牽苟奴登時欲捉取逡語苟奴已爾不須復取苟奴隱僻
少時伺視人買龍牽售五千錢苟奴仍隨逡歸宅不見度錢並如采
音苟奴等列狀粗與范訴相應重覈當伯教子列孃被奪今在整處
使悉與海蛤列不異以事訴法令史潘僧尚議整若輒略兄子逡分
前婢貨賣及奴教子等私使若無官令輒收付近獄測治諸所連逮
絓應洗之源委之獄官悉以法制從事如法所稱整即主 昭明刪此文大略故
詳引之令與彈相應也 臣謹案新除中軍參軍臣劉整閭閻闒茸名教所絕 史記
太史公曰李斯自閭閻歷諸侯弔屈原曰闒茸尊顯讒諛得志世說曰王平子胡毋彥國諸人皆任放為達或有裸體樂廣曰名教中自
有樂地何爲乃爾 直以前代外戚仕因紈袴 漢書曰班伯出與王許子弟爲羣在綺襦紈袴之閒非其好也
惡積釁稔親舊側目 左氏傳萇弘曰毛得必亡是昆吾稔之日也杜預曰稔熟也惡積與桀同誅漢書郅都傳列侯
宗室見都側目而視 理絕通問而妄肆醜辭 謂大罵也禮記曰嫂叔不通問諸毋不漱裳包咸論語注曰肆極意
敢言也詩曰好言自口莠言自口毛萇曰莠醜也 終夕不寐而謬加大杖 謂打逡也謝承後漢書曰或問第五
倫曰公有私乎對曰吾兄子嘗病一夜十往退而安寢吾子有病雖不省視而竟夕不眠若是者豈可謂無私乎家語曰孔子謂曾子曰

汝不聞乎昔瞽叟有子曰舜舜事瞽叟也小捶則待過大杖則逃走故瞽叟不犯不父之罪而舜不失烝烝之孝薛包分財

取其老弱范曄後漢書曰汝南薛包字孟嘗好學篤行弟子求分異居包不能止乃中分其財奴婢引其老者曰與我共事久

若不能使也田廬取其荒頓者曰吾少時所治意所戀也器物取朽敗者曰我素所服食身口所安後徵拜侍中高鳳自穢

爭訟寡嫂東觀漢書曰高鳳字文通南陽人也鳳年老聲名著聞太守連召請恐不得免自言鳳本巫家不應為吏又與寡嫂

詐訟田遂不仕未見孟嘗之深心唯數文通之僞迹顏延年詠向秀曰深心託毫素袁彥伯名臣頌

曰迹洿必僞昔人睦親衣無常主顏延年陶徵士誄曰睦親之行衣无常主已見上文整之撫姪食

有故人謂責米也西京雜記曰公孫弘起家徒步為丞相故人齊高賀從之弘食以脫粟飯覆以布被賀怨曰何用故人富貴為

脫粟布被我自有之弘大慙賀乃告人曰公孫弘內廚五鼎外饍一肴豈可以臨天下於是朝右疑其矯焉弘嘆曰寧逢惡賓不逢故人

何其不能折契鍾庾而襜切昌占帷交質謂取車帷也漢書曰高祖從王媪武負貰酒兩家常折券

棄責左氏傳晏子曰釜十則鍾杜預曰六斛四斗也包咸論語注曰十六斗為庾詩曰漸車帷裳毛萇曰帷裳婦人車飾鄭玄曰帷裳童

容也方言曰江淮謂襜褕為童容也左氏傳曰鄭伯怨王王曰無之故周鄭交質人之無情一何至此莊子惠子

謂莊子曰人故無情乎莊子曰然惠子曰人而無情何謂之人實教義所不容紳冕所共棄仲長子昌言曰

引之於教義嵇康絕交書曰世教所不容臣等參議請以見事免整所除官輒勒外收付

廷尉法獄治罪諸所連逮應洗之源委之獄官悉以法制從事婢采音不款偷車龍牽請付獄測實其宗長及地界職司初無糾舉及諸連逮請不足申盡臣昉云云誠惶誠恐以聞

奏彈王源一首

沈休文吳均齊春秋曰永明八年沈約爲中丞

給事黃門侍郎兼御史中丞吳興邑中正臣沈約稽首言臣聞齊大非偶著乎前誥辭霍不婚垂稱往烈左氏傳曰齊侯欲以文姜妻鄭太子忽忽辭人問其故太子曰人各有偶齊大非吾偶也漢書曰雋不疑爲京兆尹大將軍霍光欲以女妻之不疑固辭不肯當班固不疑述曰不疑膚敏應變當理辭霍不婚逡巡致仕若乃交二族之和辨伉合之義升降窊隆誠非一揆禮記曰婚禮者將合二姓之好上以事宗廟下以繼後代也左氏傳施氏之婦怒施氏曰己不能庇其伉儷尚書曰道有升降政繇俗革吳都賦曰窊隆異等孟子曰先聖後聖其揆一也固宜本其門素不相奪倫尚書曰八音克諧無相奪倫使秦晉有匹涇渭無舛左氏傳曰晉公子重耳至於秦秦伯納女五人懷嬴與焉奉匜沃盥既而揮之怒曰秦晉匹也何以卑我孫綽子曰或問雅俗曰涇渭分流雅鄭異調自宋氏失御禮教雕衰荅賓戲曰周失其御衣冠之

族曰失其序 范曄後漢書霍諝奏記曰宋光衣冠子孫袁子正書曰古者命士已上皆有冠冕故謂之冠族左氏傳鄭莊公曰周之子孫日失其序 姻婭淪雜罔計廝 音斯 庶 毛詩曰瑣瑣姻婭則無膴仕毛萇曰兩壻相謂曰婭漢書曰有廝養卒如淳曰廝賤也 販鬻祖曾以爲賈 音古 道 鄭玄周禮注曰居賣物曰賈 明目腆顏曾無愧畏 丁德禮厲志賦曰苟神祇之我昭永明目而無怍孔安國尚書傳曰腆厚也毛詩曰不愧於人不畏於天 若夫盛德之胄世業可懷 左氏傳史趙曰盛德必百世祀幽通賦曰違世業之可懷 欒郤之家前徽未遠 左氏傳叔向曰欒郤胥原降在皁隸杜預曰晉舊臣之族也 既壯而室竊貲莫非皁 隸禮記曰三十壯有室鄭玄曰有室有妻妻稱室也解嘲曰司馬長卿竊貲卓氏左氏傳曰人有十等士臣皁又曰輿臣隸 結褵以行箕箒咸失其所 詩曰親結其褵九十其儀毛萇曰褵婦人之褘也毋戒女施衿結褵國語曰越王勾踐行成於吳曰一介適女執箕箒於王宮者也 志士聞而傷心舊老爲之歎息 論語子曰志士仁人無求生以害仁也 自宸歷御寓弘革典憲雖除舊布新而斯風未殄 左氏傳曰有星孛於大辰申須曰彗所以除舊布新也尚書曰商俗靡靡利口惟賢餘風未殄公其念哉 陛下所以負扆 於紀切 興言思清弊俗者也 禮曰天子負斧扆南向而立鄭玄曰負之言背也斧依爲斧文屏風扆與依同詩曰興言出宿尚書曰弊化奢麗萬世同流 臣實儒品謬掌天憲 范曄後漢書劉陶上疏曰今權臣口含天憲 雖埋輪之志無屈權右 范曄後漢書曰張綱

字文紀爲侍御史順帝遣八使詢風俗餘人受命之部綱獨埋其車
輪於洛陽都亭曰豺狼當路安問狐狸遂奏大將軍梁冀東觀漢記
曰皇甫嵩上言四姓權右咸各斂手也而狐鼠微物亦蠹大猷應璩詩曰城狐不可掘社鼠不可熏晏子春秋
景公問晏子曰治國亦有常乎對曰讒佞之人隱在君側猶社鼠不熏也去此乃治矣范曄後漢書虞延謂馬成曰爾民之巨蠹久依城
社不畏熏燒毛詩曰秩秩大猷也風聞東海王源嫁女與富陽滿氏漢書曰尉佗曰風聞老夫父母
墓已壞創賈逵國語注曰風采也采聽商旅之言也源雖人品庸陋冑實參華曾祖雅位登八
命檀道鸞晉陽秋曰王雅字茂德東海郯人爲右僕射周禮曰八命作牧鄭司農曰一州之牧也王之三公亦八命也祖少卿
內侍帷幄父璿升采儲闈亦居清顯尚書曰亮采惠疇孔安國注曰采事也何法盛陳郡謝錄曰謝
石以有大勳遂居清顯源頻叨諸府戎禁豫班通徹應劭漢書注曰舊曰徹侯避武帝諱曰通侯也而
託姻結好唯利是求左氏傳晉侯使呂相絕秦曰秦與晉出入秦惟利是視玷辱流輩莫斯爲
甚孝經鉤命訣曰名毀行廢玷辱先人源人身在遠輒攝媒人劉嗣之到臺辯問嗣之
列稱吳郡滿璋之相承云是高平舊族寵奮胤冑魏志滿寵字伯寧景初二年爲太尉
寵子偉嗣世說曰偉弟子奮元康中至司隸校尉荀綽冀州記曰奮高平人也家計溫足見託爲息鸞覓婚
漢書董仲舒對策曰家溫而食厚祿王源見告窮盡即索璋之簿閥漢書朱博曰王卿憂公賷閥閱詣府

音義曰明其等曰閥積功曰閱也曰見璋之任王國侍郎鸞又爲王慈吳郡正閤主簿吳均齊春秋曰王慈字伯寶早有令譽稍歷侍中吳郡太守源父子因共詳議判與爲婚璋之下錢五萬以爲聘禮娶妻及納徵皆曰聘周禮曰穀圭以聘女源先喪婦又以所聘餘直納妾如其所列則與風聞符同竊尋璋之姓族士庶莫辨滿奮身殞西朝胤嗣殄沒武秋之後無聞東晉晉初都洛陽故曰西朝後在江東故曰東晉臧榮緒晉書陳晷有譽西朝干寶晉紀曰苗願殺司隸校尉滿奮荀綽冀州記曰滿奮字武秋公羊傳曰紀子伯者何謂無聞焉爾其爲虛託不言自顯王滿連姻寔駭物聽漢書音義曰連親姻也尚書大傳曰文王施政而物皆聽潘楊之睦有異於此潘岳楊仲武誄曰潘楊之睦有自來矣曹子建求自試表曰古之受爵祿者有異於此且買妾納媵因聘爲資左氏傳鄭子產曰故志曰買妾不知其姓則卜之施衿之費化充牀第儀禮曰女嫁母施衿結帨鄭玄曰帨佩巾也左氏傳曰趙武過鄭伯有賦鶉之賁賁趙孟曰牀第之言不踰閾杜預曰第簀也鄙情贅行造次以之蜀志諸葛亮表李平曰臣知平鄙情欲因行止之際逼臣取利也老子曰自伐無功自矜不長其在道曰餘食贅行王弼曰更爲疣贅也糾慝繩違允茲簡裁源即主言其違慝信當此簡之所貶裁尚書曰繩愆糾繆格其非心臣謹案南郡丞王源忝藉世資得參纓冕漢書音義曰無忌卻秦有地資也同人者貌

異人者心列子曰夏桀殷紂魯桓齊穆狀貌七竅皆同於人而有禽獸之心也以彼行媒同之抱布禮記
曰男女非有行媒不相知名詩曰氓之蚩蚩抱布貿絲匪來貿絲來即我謀且非我族類往哲格言薰蕕
不雜聞之前典左氏傳曰公欲求成于楚而叛晉季文子曰史佚之志有之非我族類其心必異論語考比讖曰格言成
法家語顏回曰回聞薰蕕不同器而藏汧馬督誄曰聞之前典豈有六卿之胄納女於管庫之人尚書
曰六卿分職禮記曰晉文謂趙文子知人所舉晉國管庫之士七十有餘家鄭玄曰管管鍵者也宋子河魴同穴於
輿臺之鬼毛詩曰豈其食魚必河之魴豈其娶妻必齊之姜豈其食魚必河之鯉豈其娶妻必宋之子又曰穀則異室死則同
穴左氏傳曰皁臣輿又曰僕臣臺高門降衡雖自己作陸雲荅兄書曰高門降衡脩庭樹蓬蔑祖辱親
於事爲甚說文懱輕易也蔑與懱古字同此風弗翦其源遂開點世塵家將被比屋
尚書大傳曰周民可比屋而封宜寘以明科黜之流伍使已汚之族永愧於昔辰方
媾之黨革心於來日賈子曰宋昭公革心易行臣等參議請以見事免源所居官
禁錮終身輒下禁止視事如故言禁止其視事之法當如故事也源官品應黃紙臣
輒奉白簡以聞臣約誠惶誠恐云云

牋

答臨淄侯牋

楊德祖 典略曰楊脩字德祖太尉彪子謙恭材博自魏太子以下並爭與交好又是時臨淄侯以才捷愛幸秉意投脩數與脩書脩荅牋後曹公以脩前後漏泄言教交關諸侯乃收殺之

脩死罪死罪不侍數日若彌年載毛萇詩傳曰彌終也豈由愛顧之隆使係仰之情深邪損辱嘉命蔚矣其文易曰君子豹變其文蔚也誦讀反覆雖諷雅頌不復過此說文曰諷誦也若仲宣之擅漢表陳氏之跨冀域徐劉之顯青豫應生之發魏國斯皆然矣仲宣投劉表寓流楚壤故云漢表孔璋窘身袁氏故云冀域偉長淹留高密故云青也公幹淪飄許京故云豫德璉時居汝潁汝潁太祖食邑故云魏也至於脩者聽采風聲仰德不暇尚書曰樹之風聲自周章於省覽何遑高視哉家語曰孔子出乎四門周章遠望曹植書曰足下高視於上京也伏惟君侯少長貴盛體發旦之資有聖善之教發武王名也旦周公名也毛詩曰凱風自南吹彼棘心母氏聖善我無令人遠近觀者徒謂能宣昭懿德光贊大業而已毛詩曰宣昭義問又曰人之秉彝好是懿德周易曰富有之謂大業不復謂能兼覽傳記留思文章今乃含王超陳度越數子矣漢書桓譚曰楊子之書文義至深必度越諸子矣觀者駭視而拭目聽

者傾首而竦耳非夫體通性達受之自然其孰能至於此乎老子曰天法道道法自然鍾會曰莫知所出故曰自然又嘗親見執事握牘持筆有所造作若成誦在心借卽書於手曾不斯須少留思慮仲尼日月無得踰焉論語子貢曰仲尼不可毀也仲尼日月也無得而踰焉脩之仰望殆如此矣是以對鶡而辭作暑賦彌日而不獻植爲鶡鳥賦亦命脩爲之而脩辭讓植又作大暑賦而脩亦作之竟日不敢獻見西施之容歸增其貌者也越絕書曰越王乃飾美女西施鄭巴使大夫種獻之於吳王伏想執事不知其然猥受顧錫教使刋定鄭玄禮記注曰刋削也春秋之成莫能損益呂氏淮南字直千金然而弟子箝口市人拱手者聖賢卓犖固所以殊絕凡庸也史記曰孔子在位聽訟文辭有可與共者弗獨有也至於爲春秋筆則筆削則削子夏之徒不能贊一辭桓子新論曰秦呂不韋請迎高妙作呂氏春秋漢之淮南王聘天下辯通以著篇章書成皆布之都市懸置千金以延示衆士而莫能有變易者乃其事約豔體具而言微也今之賦頌古詩之流不更孔公風雅無別耳兩都賦序曰賦者古詩之流也文雖出此而意微殊脩家子雲老不曉事強著一書悔其少作曹植書曰楊雄猶稱壯夫不爲楊子法言或問吾子少好賦曰然童子彫蟲篆刻俄而曰壯夫不爲少失照切若此仲山周旦之儔爲皆有諐邪毛詩序曰七月

周公遭變陳王業之艱難然詩無仲山甫作者而吉父美仲山父之德未詳德祖何以言之 君侯忘聖賢之顯迹

述鄙宗之過言竊以爲未之思也楚辭曰吾聞作忠以造怨忽謂之過言論語曰未之思也若乃

不忘經國之大美流千載之英聲曹植書曰采庶官之實錄成一家之言東京賦曰忘經國之長基封禪書曰飛英聲銘功景鍾書名竹帛國語晉悼公曰昔克路之役秦來圖敗晉功魏顆以其身却退秦師于輔氏親止杜回其勳銘于景鍾韋昭曰景鍾景公鍾也墨子曰以其所獲書於竹帛傳遺後世子孫也斯自雅量素所畜也

豈與文章相妨害哉輒受所惠竊備矇瞍誦詠而已詩曰矇瞍奏工敢望惠

施以忝莊氏曹植書曰其言之不慚恃惠子之知我也修言己豈敢望比惠施之德以忝辱於莊周之相知乎莊周喻植也惠施莊周相知者也故引之季緒璅璅何足以云曹植書曰劉季緒好詆訶文章魏志曰劉季緒名脩劉表子官至樂安太守反答造次不能宣備脩死罪死罪

與魏文帝牋一首

繁休伯文章志曰繁欽字休伯潁川人少以文辯知名以豫州從事稍遷至丞相主簿病卒文帝集序云上西征余守譙繁欽從時薛訪車子能喉囀與笳同音欽牋還與余而盛歎之雖過其實而其文甚麗

正月八日壬寅領主簿繁欽死罪死罪近屢奉牋不足自宣頃諸鼓

吹廣求異妓時都尉薛訪車子年始十四左氏傳曰叔孫氏之車子鉏商獲麟能喉囀
引聲與笳同音白上呈見果如其言許慎淮南子注曰果成也即日故共觀試乃
知天壤之所生誠有自然之妙物也潛氣內轉哀音外激大不抗越
細不幽散廣雅曰抗高也聲悲舊笳曲美常均樂汁圖徵曰聖人往承天以立五均均者亦律調五聲之
均也宋均曰長八尺施絃也及與黃門鼓吹溫胡迭唱迭和漢書曰鄭聲尤集黃門集樂之所漢書音
義如淳曰今樂家五日一習樂為理樂桓譚新論曰漢之三主內置黃門工倡喉所發音無不響應曲折沈
浮尋變入節自初呈試中閒二句胡欲慠其所不知尚之以一曲巧
竭意匱既已不能左氏傳韓宣子如楚叔向為介王欲慠叔向以其所不知而不能也而此孺子遺聲
抑揚不可勝窮優遊轉化餘弄未盡暨其清激悲吟雜以怨慕暨及也
詠北狄之遐征奏胡馬之長思古詩曰胡馬依北風悽入肝脾哀感頑豔是時
日在西隅涼風拂衽說文曰衽衣衿也背山臨谿流泉東逝同坐仰嘆觀者
俯聽莫不泫泣殞涕悲懷慷慨自左騏史妠謇姐名倡魏志文帝令杜夔與左騏
等於賓客之中吹笙鼓琴然騏與顛音同也其史妠謇姐蓋亦當時之樂人聲類曰妠奴紺切說文曰嫿字或作姐古字假借也姐子也

切能識以來耳目所見僉曰詭異未之聞也李陵與蘇武書曰陵自有識以來士之立操未有如子卿者也說文曰詭變也竊惟聖體兼愛好奇莊子仲尼謂老聃曰兼愛無私也是以因牋先白委曲伏想御聞必含餘懽冀事速訖旋侍光塵寓目階庭與聽斯調左氏傳曰得臣與寓目焉宴喜之樂蓋亦無量詩曰吉甫宴喜欽死罪死罪

荅東阿王牋一首

陳孔璋文章志曰陳琳字孔璋廣陵人也避亂冀州袁紹辟之使典密事紹死魏太祖辟爲軍謀祭酒典記室病卒

琳死罪死罪昨加恩辱命幷示龜賦披覽粲然君侯體高世之才秉青蓱干將之器漢書袁盎諫文帝曰陛下有高世之行三呂氏春秋曰趙襄子遊於圃中至於梁馬卻不肯進青蓱爲參乘青蓱進視下豫讓卻寢佯爲死人叱青蓱曰去長者且有事青蓱曰少而與子友子今日爲大事而我言之失相與之道子賊吾君而我不言失爲人臣之道如我者唯死之可也退而自殺青蓱豫讓之友也張叔及論曰青蓱砥礪於鋒鍔庖丁剖犧於用刀越絕書曰楚令歐冶子干將爲鐵劍二枚吳越春秋曰干將者吳人造劍二枚一曰干將二曰莫邪拂鐘無聲應機立斷說苑曰西閭過東渡河中流而溺舡人接而出之問曰子何之過曰欲說東諸侯舡人曰子渡河而溺安能說東諸侯乎過曰獨不聞干將莫

邪拂鍾不錚試物不知然以之綴屨曾不如兩錢之錐今子持櫬乘扁舟子所能也若試與子東說諸侯王見一國之主子之蒙蒙然無異於未覩猶也又曰淳于髠三稱鄒忌三知之髠等辭屈而去故所以尚于將莫邪者貴於立斷此乃天然異稟非鑽仰者所庶幾也言天性自然受於異氣也孔安國尚書傳曰稟受也論語顏淵曰仰之彌高鑽之彌堅音義

既遠清辭妙句焱絕煥炳說文曰焱火華也鹽念切譬猶飛兔流星超山越海龍驥所不敢追況於駑馬可得齊足呂氏春秋曰飛兔騕褭古之駿馬也流星言疾也李尤七嘆曰神奔電驅星流矢驚則莫若益野駒楚辭曰驢騾儇蹇而齊足騰夫聽白雪之音觀綠水之節然後東野巴人蚩鄙益著宋玉諷賦曰臣援琴而鼓之爲幽蘭白雪之曲淮南子曰手會綠水之趨高誘曰綠水古詩也東野下里之音也宋玉對問曰客有歌於郢中者其始曰下里巴人也載懽載笑欲罷不能詩曰既見復關載笑載言論語顏淵曰夫子博我以文約我以禮欲罷不能謹韞櫝玩耽以爲吟頌論語子貢曰有美玉於斯韞櫝而藏諸吟誦謂謳吟歌誦琳死罪死罪

荅魏太子牋一首魏略曰魏郡大疫故太子與質書質報之

吳季重魏志吳質字季重濟陰人以文才爲文帝所善爲朝歌長官至振威將軍文帝爲太子時重荅此牋

也

二月八日庚寅臣質言奉讀手命追亡慮存恩哀之隆形於文墨日
月冉冉歲不我與楚辭曰老冉冉而逾施論語陽貨曰歲不我與昔侍左右厠坐衆賢出有
微行之遊入有管絃之懽漢書曰武帝微行私出張晏曰騎出入市里若微賤之所爲故曰微行置酒
樂飲賦詩稱壽漢書曰陳平厚具樂飲太尉史記曰武安君起爲壽如淳曰上酒謂稱壽也自謂可終始
相保並騁材力效節明主何意數年之閒死喪略盡臣獨何德以堪
久長陳徐劉應才學所著誠如來命惜其不遂可爲痛切凡此數子
於雍容侍從實其人也兩都賦序曰雍容揄揚漢書曰嚴助侍燕從容若乃邊境有虞羣下
鼎沸軍書輻至羽檄交馳於彼諸賢非其任也漢書田延年曰羣下鼎沸社稷將傾又息
夫躬上疏曰軍書交馳而輻湊羽檄重積而狎至往者孝武之世文章爲盛若東方朔枚皐
之徒不能持論卽阮陳之儔也漢書東方朔枚皐不根持論上頗俳優畜之其唯嚴助壽
王與聞政事然皆不慎其身善謀於國卒以敗亡臣竊恥之漢書曰唯嚴助
與吾丘壽王見任用後淮南王朝賂遺助竟坐棄市書壽王後坐事誅
論語曰冉子退朝子曰何晏也對曰有政子曰其事也如有政雖不
吾以吾其與聞之至於司馬長卿稱疾避事以著書爲務則徐生庶幾焉漢書

司馬相如常稱疾避事又長卿妻曰長卿時時著書人又取去魏文書曰偉長著中論二十餘篇爾雅曰尚庶幾也而今各逝
已為異物矣鵩鳥賦曰化為異物又何足患後來君子實可畏也魏文書曰後生可畏來者難誣伏
惟所天左氏傳箴尹克黃曰君天也何休墨守曰君者臣之天也優游典籍之場休息篇章之囿
班固荅賓戲曰婆娑乎藝術之場休息乎篇籍之囿項代曰場圃講藝之處發言抗論窮理盡微周易窮理盡性
孔安國尚書傳曰微妙也摛藻下筆鸞龍之文奮矣鸞龍鱗羽之有五彩設以喻焉荅賓戲曰摛藻如春華班
固與弟超書曰傅武仲下筆不休雖年齊蕭王才實百之魏文書曰吾德不及蕭王年與之齊矣東觀漢記曰
更始遣使者立光武為蕭王漢書劉向上疏曰陳湯比於貳師功德百之此衆議所以歸高遠近所以同
聲周易曰同聲相應然年歲若墜今質已四十二矣白髮生鬢所慮日深實
不復若平日之時也但欲保身勑行不蹈有過之地以為知己之累
耳莊子曰可以保身孔安國尚書傳曰勑正也慎子曰久處無過之地則世俗聽矣遊宴之歡難可再遇盛
年一過實不可追臣幸得下愚之才值風雲之會論語子曰唯上智與下愚不移周易
曰雲從龍風從虎時邁齒臷徒結切尚書曰日月逾邁左氏傳宰孔謂齊侯曰伯舅耋老杜預曰七十曰耋也猶欲
觸匈奮首展其割裂之用也不勝慺慺尚書曰慺慺謹敬也以來命備悉故略

陳至情質死罪死罪

在元城與魏太子牋一首

吴季重魏略曰質遷元城令之官過鄴辭太子到縣與太子牋

臣質言前蒙延納侍宴終日鄭玄禮記注曰延進也燿靈匿景繼以華燈楚辭曰角宿未旦燿靈焉藏廣雅曰燿靈日也楚辭曰蘭膏明燭華燈錯雖虞卿適趙平原入秦受贈千金浮觴旬日無以過也史記曰虞卿者游說之士也說趙孝成王一見賜金百鎰再見爲上卿故號爲虞卿又曰秦昭王爲書遺平原君曰寡人聞君之高義願與君爲布衣之交君幸過寡人願與爲十日之飲平原君遂入秦見昭王小器易盈先取沈頓醒寤之後不識所言孔安國尚書傳曰沈謂醉冥也頓猶弊也卽以五日到官初至承前未知深淺言每事承前無所改易也深淺猶善惡也然觀地形察土宜左氏傳賓媚人曰先王疆理天下物土之宜西帶常山連岡平代漢書有恒山郡張晏曰恒山在西漢書代郡有平邑及代二縣北鄴栢人乃高帝之所忌也漢書上東擊韓信餘寇東垣還過趙趙相貫高等恥上不禮其王陰謀欲殺上上欲宿心動問縣名何曰栢人上曰栢人者迫於人也去弗宿重以泜水漸漬疆宇漢書恒山郡元氏縣有泜水首受中丘西山窮泉谷入黃河泜音脂喟然歎息思淮陰之奇譎亮成安之失策漢書成安君陳餘背

漢之趙遣張耳與韓信擊破趙井陘斬陳餘泜水上奇譎謂拔趙幟立漢幟失策謂不用李左車之言也南望邯鄲想廉
藺之風廉頗藺相如趙國之賢將也故想其風邯鄲趙所都也東接鉅鹿存李齊之流漢書文帝問馮
唐曰吾居代時吾尚食監高祛數為我言趙將李齊之賢戰於鉅鹿下吾每飲食意未嘗不在鉅鹿也都人士女服習
禮教西都賦曰都人士女殊異乎五方皆懷慷慨之節包左車之計漢書廣武君李左車說成安君
曰聞漢將韓信議欲以下趙願假臣奇兵三萬人絕其輜重足下深溝高壘堅壁勿與戰吾奇兵絕其後兩將之首可致戲下成安君不
聽也而質闇弱無以莅之毛萇詩傳曰莅臨也若乃邁德種恩樹之風聲尚書咎繇邁種
德風聲已見上使農夫逸豫於疆畔女工吟咏於機杼固非質之所能也詩曰
爾公爾侯逸豫無期漢書酈食其曰農夫釋耒紅女下機工與紅同毛詩序曰吟咏情性至於奉遵科教班揚明
令爾雅曰科條也下無威福之吏邑無豪俠之傑尚書曰臣無有作福作威賦事行刑資
於故實國語樊穆仲曰魯侯賦事行刑必問於遺訓而咨於故實抑亦懍懍有庶幾之心孔安國尚書傳
曰懍懍危懼貌往者嚴助釋承明之懽受會稽之位壽王去侍從之娛統東
郡之任其後皆克復舊職追尋前軌今獨不然不亦異乎漢書曰嚴助為中大
夫上問所欲對曰願為會稽太守數年賜書制詔會稽太守君厭承明之廬出為郡吏久不聞問助恐上書謝願奉三年計最詔許因留

侍中又曰吾上書王舍格五召待詔拜侍中後為東郡尉復徵入為光祿大夫侍中張敞在外自謂無奇陳咸憤積思入京城漢書曰張敞為膠東相與朱邑書曰值敞遠守劇郡馭於繩墨胸臆約結固無奇矣又曰陳咸字子康為南陽守咸數賂遺陳湯與書曰即蒙子公力得入帝城死不恨矣後竟入為少府又曰陳湯字子公彼豈虛談夸論誑燿世俗哉斯實薄郡守之榮顯左右之勤也古今一揆先後不貿爾雅曰貿易也焉知來者之不如今論語曰後生可畏焉知來者之不如今聊以當覲不敢多云

質死罪死罪

為鄭沖勸晉王牋一首

阮嗣宗臧榮緒晉書曰鄭沖字文和滎陽人也位至太傅又曰魏帝封晉太祖為晉公太原等十郡為邑進位相國備禮九錫太祖讓不受公卿將校皆詣府勸進阮籍為其辭魏帝高貴鄉公也太祖晉文帝也

沖等死罪死罪伏見嘉命顯至竊聞明公固讓沖等眷眷實有愚心以為聖王作制百代同風褒德賞功有自來矣漢書武帝詔曰古者賞有功褒有德左氏傳叔孫曰叔出季處有自來矣昔伊尹有莘氏之媵田證切臣耳一佐成湯遂荷阿衡之號說苑鄒子說梁王曰伊尹有莘之媵臣湯立以為三公史記曰伊尹欲干湯乃為有莘媵臣毛詩曰實維阿衡實左右商王毛萇曰阿衡

伊尹也周公藉已成之勢據旣安之業光宅曲阜奄有龜蒙尚書曰光宅天下又
曰魯侯伯禽宅曲阜毛詩曰奄有龜蒙遂荒大東毛萇曰龜山蒙山也呂尚磻溪之漁者一朝指麾乃
封營丘尚書中候曰王卽迴駕水畔至磻溪之水呂尚釣於崖史記曰西伯以呂尚爲太師武王東伐師尚父左仗黃鉞右秉白
旄以誓武王以平商封尚父於齊營丘魏書荀攸勸進曰昔周公承文武之迹受已成之業呂望暫把旄鉞一時指麾皆大啓土宇跨州
兼國自是以來功薄而賞厚者不可勝數東觀漢記曹節上書曰功薄賞厚誠有踧踖也然賢
哲之士猶以爲美談公羊傳曰魯人至今以爲美談況自先相國以來世有明德王隱
晉書宣紀曰天子策命上爲相國又景紀曰天子策上爲相國毛詩曰世有哲王尚書曰明德惟馨翼輔魏室以綏天
下朝無闕政民無謗言南都賦曰朝無闕政風烈昭宣左氏傳曰晉悼公卽位民無謗言所以復霸也前者
明公西征靈州北臨沙漠榆中以西望風震服羌戎東馳迴首內向
王隱晉書文紀曰姜維出隴右上帥輕兵到靈州大破之諸虜震服漢北地郡有靈州縣金城郡有榆中縣李陵書曰遠聽之臣望風馳
命爾雅曰震懼也長楊賦曰靡節西征羌僰東馳封禪文曰昆虫闓澤回首面內劇秦美新曰回首內嚮喁喁如也東誅叛逆
全軍獨尅禽闔閭之將斬輕銳之卒以萬萬計威加南海名懾之涉切
三越王隱晉書文紀曰諸葛誕反上親臨西園四面並攻須臾陷潰斬送誕首魏志曰誕閉城自守遣小子靚至吳請救吳遣唐咨

王祚來應誕及斬誕唐咨王祚皆降吳兵萬衆器仗軍實山積孫子兵法曰用兵之法全軍爲上破軍次之闔閭吳王也以比孫權爾雅曰慴懼也郭璞曰即慴字也漢書有三越謂吳越及南越閩越也宇內康寧苛慝不作過秦論曰包舉宇內尚書五福三曰康寧左氏傳晉叔向曰有楚國者其弃疾乎君居陳蔡苛慝不作盜賊伏隱也是以殊俗畏威東夷獻舞范曄後漢書曰東夷自少康以後世服王化獻其樂舞故聖上覽乃昔以來禮典舊章開國光宅顯茲太原毛詩曰率由舊章周易曰大君有命開國承家明公宜承聖旨受茲介福允當天人易曰受茲介福以中正也左氏傳楚子曰軍志云允當則歸元功盛勳光光如彼國士嘉祚巍巍如此內外協同靡愆靡違由斯征伐則可朝服濟江掃除吳會國語曰齊教大成定三革隱五刃朝服以濟河而無怵惕焉文事勝矣西塞江源望祀岷山漢書曰江水祀蜀塞特牲亦牛犢塞謂報神恩也禮記曰東巡狩望祀山川漢書曰秦幷天下令祠官祠瀆山瀆山蜀之岷山也迴戈弭節以麾天下長楊賦曰迴戈聊指南越相夷靡節西征羌僰東馳今以靡爲弭誤也遠無不服邇無不肅國語祭公謀父曰近無不聽遠無不服今大魏之德光于唐虞明公盛勳超於桓文然後臨滄洲而謝支伯登箕山而揖許由豈不盛乎莊子曰舜讓天下於子州支伯子州支伯曰予有幽憂之病方且治之未暇治天下支或爲交呂氏春秋曰昔堯朝許由於沛澤之中請屬天下於夫子許由遂之箕山之下

至公至平誰與為鄰仲長子昌言曰人主臨之以至公莊子魯侯曰其道幽遠而無人吾誰與之為鄰何必
勤勤小讓也哉沖等不通大體敢以陳聞

拜中軍記室辭隋王牋一首

謝玄暉蕭子顯齊書曰謝朓為隋王子隆府文學世祖勅朓可還都遷新安王中軍記室牋辭子隆世祖武
皇帝

故吏文學謝朓死罪死罪即日被尚書召以朓補中軍新安王記室
參軍朓聞潢汙之水願朝宗而每竭左氏傳曰潢汙行潦之水尚書曰江漢朝宗于海駑蹇
之乘希沃若而中疲班固王命論曰駑蹇之乘不騁千里之塗王逸楚辭注曰蹇跛也法言曰希驥之馬亦驥之乘
也李軌曰希望也詩曰我馬維駱六轡沃若沃若調柔也何則皐壤搖落對之惆悵莊子仲尼謂顏回曰山林
與皐壤與使我欣欣而樂樂未畢也哀又繼之楚辭曰草木搖落而變衰又曰惆悵兮私自憐歧路西東或以歔
唈烏合切淮南子曰楊子見歧路而哭之為其可以南可以北又曰雍門周見於孟嘗孟嘗君為之鳴唈流涕歔欷與鳴同況迺
服義徒擁歸志莫從言密服義之情也楚辭曰身服義而未沫鄭玄儀禮注曰擁抱也孟子曰予浩然有歸志曹植
應詔詩曰朝覲莫從邈若墜雨翩似秋蔕潘岳楊氏七哀詩曰漼如葉落樹邈然雨絕天論衡曰雲散水墜成為雨

矣郭璞遊仙詩曰在世無千月命如秋葉帶眺實庸流行能無算鄭玄論語注曰算數也屬天地休
明山川受納天地喻帝山川喻王左氏傳王孫滿曰德之休明又伯宗曰川澤納汙山藪藏疾褒采一介抽
揚小善尚書秦穆公曰如有一介臣周書陰符太公曰好用小善不得真賢也蔡邕玄表賦曰庶小善之有益故捨耒
場圃奉筆兔園詩曰九月築場圃西京雜記曰梁孝王好宮室苑圃之樂築兔園也東亂三江西浮七
澤言嘗從子隆也蕭子顯齊書曰隋王子隆爲東中郎將會稽太守後遷西將軍荊州刺史三江越境也七澤楚境也孔安國尚書傳
曰正絕流曰亂尚書曰三江既入震澤厎定楚辭曰過夏首而西浮子虛賦曰臣聞楚有七澤契闊戎旃從容讌語
毛詩曰死生契闊周禮九旗通帛曰旃劉向七言曰讌處從容觀詩書毛詩曰燕笑語兮是以有譽處兮長裾日曳後乘
載脂鄒陽上書曰何王之門不可曳長裾乎魏文帝與吳質書曰文學託乘於後車毛詩曰載脂載舝還車言邁榮立府
庭恩加顏色曹植豔歌行曰長者賜顏色沐髮晞陽未測涯涘楚辭曰朝濯髮於湯谷兮夕晞余身
乎九陽撫臆論報早誓肌骨演連珠曰撫臆論心陳思王責躬表曰抱釁歸藩刻肌刻骨不悟滄溟
未運波臣自蕩莊子曰鯤化而爲鳥其名曰鵬海運則將徙於南溟司馬彪曰轉運也又曰莊周謂監河侯曰周顧視車
轍中有鮒魚焉曰我東海之波臣也君豈有升斗之水而活我哉渤澥方春旅翮先謝滄溟渤澥皆以喻王波臣
旅翮皆自喻也解嘲曰若江湖之魚渤澥之鳥清切藩房寂寥舊蓽藩房王府舊蓽朓舍也劉楨贈徐幹詩曰拘限

清切禁中情無由宣左氏傳曰華門圭竇之人皆陵其上輕舟反溯弔影獨留言舟反而己留也洛神賦曰浮輕舟而上溯曹子建責躬表曰形影相弔五情愧赧白雲在天龍門不見穆天子傳西王母爲天子謠曰白雲在天山陵自出道路悠遠山川間之將子無死尚能復來楚辭曰過夏首而西浮顧龍門而不見王逸曰龍門楚東門也去德滋永思德滋深莊子徐無鬼謂女商曰子不聞夫越之流人乎去國數日見其所知而喜去國旬月見所嘗見於國中而喜及朞年也見似人者而喜矣不亦去人滋久者思人滋深乎唯待青江可望候歸艎於春渚冀王入朝而己候於江渚也杜預左氏傳注曰艅艎舟名也朱邸方開効蓬心於秋實史記曰諸侯朝天子於天子之所立舍曰邸諸侯朱戶故曰朱邸莊子謂惠子曰夫子拙於用大則夫子猶蓬之心也夫韓詩外傳簡王曰夫春樹桃李秋得食其實也如其簪履或存衽席無改韓詩外傳曰少原之野婦人刈蓍薪而失簪哭甚哀賈子曰楚昭王亡其踦履已行三十步復還取之左右曰何惜此王曰吾悲與之俱出不俱反自是楚國無相棄者韓子曰文公至河命席蓐捐之咎犯聞之曰席蓐所臥也而君弃之臣不勝其哀鄭玄周禮注曰衽席乃單席也雖復身填溝壑猶望妻子知歸列女傳梁高行曰妾夫不幸早死先狗馬填溝壑東觀漢記張湛謂朱暉曰願以妻子託朱生攬涕告辭悲來橫集楚辭曰思美人兮攬涕而竚眙又曰涕橫集而成行漢書中山靖王曰不知涕泣之橫集不任犬馬之誠史記丞相青翟曰臣不勝犬馬心

到大司馬記室牋一首

任彥昇劉璠梁典曰宣德太后以公爲大司馬錄尚書事以任昉爲記室用舊也
記室參軍事任昉死罪死罪伏承以今月令辰肅膺典策劉歆甘泉賦曰擇吉
日之令辰德顯功高光副四海東觀漢記明帝冊曰剖符封侯或以德顯朱浮與彭寵書曰伯通自伐以爲功高天
下含生之倫庇身有地曹植對酒行曰含生蒙澤草木茂延左氏傳子反曰信以守禮禮以庇身況昉受
教君子將二十年魏文帝令曰況吾託士人之末列曾受教君子哉咳苦改切唾爲恩聘睞成
飾莊子孔子謂漁父曰丘幸聞咳唾之音古詩曰聘睞以適意小人懷惠顧知死所論語子曰小人懷惠左氏
傳其友謂狼瞫曰盍死瞫曰吾未獲死所昔承嘉宴屬有緒言提挈苦結切之旨形乎善謔
豈謂多幸斯言不渝梁史曰始高祖遇昉於竟陵王西邸從容謂昉曰我登三府當以卿爲記室昉亦戲高祖曰我
若登三事當以卿爲騎兵高祖善騎射也至是故引昉符昔言也莊子孔子謂漁父曰曩者先生有緒言而去漢書廝養卒曰兩人左提
右挈滅燕易矣詩曰善戲謔兮漢書衞青曰臣幸得待罪行閒左氏傳羊舌職曰民之多幸國之不幸詩曰實命不渝毛萇曰渝變也
雖情謬先覺而迹淪驕餌知梁武之必貴爲謬先覺也猶仕齊邦是淪驕餌也論語子曰抑亦先覺者是賢乎
漢書桓生欲借書班嗣報曰不絓聖人之網不齅驕君之餌也不湯沐具而非弔大廈構而相賀淮南子曰
湯沐具而蟣蝨相弔大廈成而燕雀相賀憂樂別也明公道冠二儀勳超遂古易曰易有太極是生兩儀楚辭

曰遂古之初誰傳道也　將使伊周奉轡桓文扶轂上林賦曰孫叔奉轡羽獵賦曰齊桓曾不足使扶轂神

功無紀作物何稱言聖德幽玄同夫二者既無功而可紀亦何名而可稱莊子曰神人無功聖人無名司馬彪曰神人

無功言脩自然不立功也聖人無名不立名也莊子曰造物者為人司馬彪曰造物謂道也　府朝初建俊賢翹首

阮籍奏記曰羣英翹首俊賢抗足　惟此魚目唐突璵璠魚目似珠璵璠魯玉也雒書曰秦失金鏡魚目入珠韓詩

外傳曰白骨類象魚目似珠左氏傳曰季平子卒陽虎將以璵璠斂孔融汝潁優劣論陳羣曰頗有蕪菁唐突人參也　顧己循

涯寔知塵忝千載一逢再造難荅東觀漢記太史官曰耿況千載而一遇者也易曰天造草昧言王者

之恩同於上帝故云再造也　雖則殞越且知非報左氏傳齊侯曰小白恐隕越于下毛詩曰匪報也永以為好也

不勝荷戴屏營之情國語申胥曰昔楚靈王獨行屏營　謹詣廳奉白牋謝聞昉死罪

死罪

百辟勸進今上牋一首

任彥昇何之元梁典曰高祖武皇帝諱衍字叔達姓蕭氏本蘭陵郡縣中都里人也劉璠梁典曰帝詔授公

梁公加公九錫公辭於是左長史王瑩等勸進公猶謙讓未之許瑩等又牋並任昉之辭也帝謂寶融也史記

曰司馬遷自序作今上本紀然遷以漢武見在故云今上也

近以朝命蘊策冒奏丹誠方言曰蘊崇也謂尊崇而加策命也蘊與韞同奉被還命未蒙虛
受易曰君子以虛受人搢紳顒顒深所未達司馬相如封禪書曰因雜搢紳先生之略術李奇曰搢插笏於紳紳
大帶薛君韓詩章句曰萬人顒顒仰天告愬論語子曰上未達也蓋聞受金於府通人之弘致呂氏春秋
曰魯國之法魯人為人臣妾於諸侯有能贖之者取其金於府子貢贖魯人於諸侯來而辭不取其金孔子曰賜失之矣自今以往魯人
不贖人矣鄭玄禮記注曰致之言至也高蹈海隅匹夫之小節莊子曰舜以天下讓其友石戶之農石戶之農
以舜之德為未至於是夫負妻戴攜子以入于海終身不反魏書荀攸勸進曰信匹夫細行攸等所大懼是以履乘石而
周公不以為疑尸子曰昔者武王崩成王少周公旦踐東宮履乘石假為天子七年周禮曰王行先乘石鄭司農曰乘石
王所登上車之石也增玉璜而太公不以為讓尚書中候曰王即田雞水畔至磻溪之水呂尚釣於崖王下拜
曰切望公七年乃今見光景于斯尚立變名答曰望釣得玉璜刻曰姬受命呂佐旌德合昌來提撰爾雒鈐報在齊宋均曰旌理也況
世哲繼軌先德在民毛詩曰世有哲王晉中興書曰王綏八世德名繼軌左氏傳晉士鞅謂秦伯曰欒武子之德在
人如周人思召公焉經綸草昧嘆深微管易曰雲雷屯君子以經綸又曰天造草昧論語子曰管仲相桓公霸諸侯
一匡天下民到于今受其賜微管仲吾其被髮左衽矣加以朱方之役荆河是依劉璠梁典曰蕭順之生高
帝及兄懿懿為豫州刺史鎮歷陽護軍將軍崔慧景反破左興衆十萬於鍾山宮城拒守豫州聞難投袂而起戰於越城破慧景走追斬

之除侍中還尚書令左氏傳曰冬吳伐楚以報朱方之役杜預曰朱方吳邑也尚書禹貢曰荆河惟豫州班師振旅大造
王室尚書曰班師振旅孔安國曰班還也兵入曰振旅言整衆也左氏傳呂相曰我有大造于西雖累繭救宋重
胝存楚說文曰黶黑皺也古典切戰國策曰公輸般爲楚設機械將以攻宋墨子聞之百舍重繭往見公輸般輸般服焉請見之
王王曰善哉請無攻宋高誘曰公輸般魯班之子百舍百里一舍也重繭累胝也淮南子曰申包胥累繭重胝七日七夜至于秦庭以見
秦王曰使下臣告急秦王乃發軍擊吳果大破之以存楚國胝竹尼切居今觀古曾何足云而惑甚盜
鍾功疑不賞呂氏春秋曰范氏亡有得其鍾者欲負而走則大鍾不可負以椎毀之鍾況然有音恐人聞之而奪己遽掩其
耳惡聞其過亦由此也漢書蒯通謂韓信曰臣聞勇略震主者身危功蓋天下者不賞皇天后土不勝其酷左氏
傳晉大夫謂秦伯曰君履后土而戴皇天是以玉馬駿犇表微子之去金版出地告龍逢
之怨劉璠梁典曰東昏荒淫歸政閹豎尚書令懿於中書省飲鴆薨論語比考讖曰殷惑女妲己玉馬走宋均曰女妲己有美色也
玉馬喻賢臣奔去也論語陰嬉讖曰庚子之日金版剋書出地庭中曰臣族虐王禽宋均曰謂殺關龍之後庚子日庭中地有此版異也
龍同姓稱族王虐殺我必見禽也明公據鞍輟哭厲三軍之志獨居掩涕激義士之
心劉璠梁典曰高祖告難於荆州行事蕭穎冑建牙陳伐吳志曰孫策亡權悲感未視事張昭謂權曰方今天下鼎沸何得寢伏哀戚
乃扶上馬陳兵而出范曄後漢書曰馬援據鞍顧眄三國名臣頌曰輟哭止哀東觀漢記曰光武兄齊武王以譖遇害上獨居不御酒肉

坐臥枕席有涕泣處晉中興書劉肩謂邵續曰莫若亢大順以激義士之心奉忠正以厲軍民之志故能使海若登祇
罄圖效祉楚辭曰使湘靈鼓瑟兮令海若舞馮夷王逸曰海若海神名也管子曰登山之神有俞兒者長尺人物具焉霸王之
君興登山之神見且走馬前走導也爾雅曰罄盡也山戎孤竹束馬景從漢書郊祀志曰齊桓公曰寡人北伐山戎
過孤竹束馬懸車上辟耳之山東都賦曰天官景從伐罪弔民一匡靖亂尚書曰奉辭伐罪孟子曰湯始征自葛誅
其君弔其民論語子曰管仲相桓公一匡天下左氏傳宰孔謂晉侯曰君務靖亂無勤於行匪叨天功實勤濡足
左氏傳介之推曰竊人之財猶謂之盜況貪天功以爲己力韓詩外傳曰申徒狄非其世將自投於河崔嘉聞而止之曰聖人仁人民之
父母今爲濡足故不救人可乎且明公本自諸生取樂名教鍾離意別傳曰嚴遵與光武皇帝俱爲諸生樂
廣曰名教中自有樂地何爲乃爾道風素論坐鎮雅俗王隱晉書劉琨表曰李術以素論門望不可與樵采同日
也孫綽子曰或問雅俗曰涇渭分流雅鄭異調不習孫吳遘茲神武曹植上疏曰不取孫吳而闇與之會周易曰古
之聰明睿智神武而不殺者夫驅盡誅之坻濟必封之俗史記周公曰後嗣王紂其民皆可誅尚書大傳曰周
民可比屋而封也孔安國尚書傳曰濟成也王充論衡曰堯舜之民比屋可封桀紂之民比屋可誅也龜玉不毀誰之
功歟論語曰季氏將伐顓臾冉有季路見於孔子孔子曰虎兕出於柙龜玉毀於櫝中是誰之過歟獨爲君子將使
伊周何地謝承後漢書王暢誅劉表曰蘧伯恥獨爲君子何地謂何地自處也某等不達通變實有愚

誠周易曰通其變使民不倦不任悾款悉心重謁論語注曰悾悾誠愨也廣雅曰款誠也伏願時膺
典冊式副民望左氏傳師曠謂晉侯曰夫君神之主而民之望也

奏記

詣蔣公一首

阮嗣宗臧榮緒晉書曰太尉蔣濟聞籍有才儁而辟之籍詣都亭奏記初濟恐籍不至得記欣然遣卒迎之而籍已去濟大怒於是鄉親共喻之籍乃就吏後謝病歸復爲尚書郎籍本有濟世志屬魏晉之際天下多故遂酣飲爲常文帝初欲爲武帝求婚於籍籍醉六十日不得言而已

籍死罪死罪伏惟明公以含一之德據上台之位尚書曰伊尹作咸有一德泰階六符經曰中階上星謂諸侯三公漢書音義曰泰階三台羣英翹首俊賢抗足易通卦驗曰萬人聞鷄鳴皆翹首開府之日人人自以爲掾屬辟書始下下走爲首辟猶召也司馬遷書曰太史公牛馬走應劭漢書注曰走僕也子夏處西河之上而文侯擁篲史記曰卜商字子夏禮記曾子謂子夏曰事夫子於洙泗之閒退而老於西河之上呂氏春秋曰主曰魏文侯師子夏李奇漢書注曰擁篲爲恭也如今卒持箒也鄒子居黍谷之陰而昭王陪乘劉向別錄曰鄒衍在燕有谷寒不生五穀鄒子吹律而溫生黍七略曰方士傳言鄒子在燕其遊諸

侯畏之皆郊迎而擁篲鄭玄周禮注曰陪乘參乘也夫布衣窮居韋帶之士王公大人所以屈體而下之者爲道存也鄒陽上書曰布衣窮居之士身在貧賤說苑唐且謂秦王曰大王嘗聞布衣韋帶之士怒乎呂氏春秋曰王公大人從而化之此得之於學也莊子曰若夫人者目擊而道存焉籍無鄒卜之德而有其陋猥見採擢無以稱當方將耕於東皋之陽輸黍稷之稅以避當塗者之路漢書武帝制曰守文之君當塗之士欲則先王之法以翼戴其世主者甚衆也負薪疲病足力不強孟子曰孟子有疾王使人問疾孟仲子對曰昔者有王命有負薪之憂不能造朝列子曰非足力之所及也補吏之召非所克堪乞迴謬恩以光清舉

文選卷第四十

賜進士出身通奉大夫江南蘇松常鎮太等處承宣布政使司布政使胡克家重校刊

文選卷第四十一

梁昭明太子撰

文林郎守太子右內率府錄事參軍事崇賢館直學士臣李善注上

書上

答蘇武書一首　李少卿

子卿足下蔡邕獨斷曰陛下者羣臣與至尊言不敢指斥天子故呼在陛下者而告之因卑達尊之意也及羣臣庶士相與言殿下閤下足下侍者執事之屬皆此類也勤宣令德策名清時左氏傳僖公二十三年狐突對晉惠公曰策名委質

貳乃辟也策名謂臣之名清時謂昭帝之時榮問休暢幸甚幸甚小雅曰非分而得謂之幸遠託異
國昔人所悲桓子新論雍門周鼓琴見孟嘗君曰先生鼓琴亦能令悲乎對曰所能令悲者遠赴絕國無相見期若此人者
但聞飛鳥之號秋風蕭條則心傷矣望風懷想能不依依昔者不遺遠辱還答慰誨
懃有踰骨肉陵雖不敏孝經曰參不敏能不慨然自從初降以至今日身之
窮困獨坐愁苦終日無覩但見異類家語孔子曰舜之為君暢於異類王肅曰異類四方夷狄也
韋韝古豆切毳川芮切幙以禦風雨羶肉酪漿以充飢渴說文曰韝臂衣也漢書董君綠
幘傅韝注曰韝形如射韝以縛左右手以於事便也毳幙氈帳也烏孫公主歌曰肉為食酪為漿舉目言笑誰與為
歡胡地玄冰邊土慘裂說文曰慘毒也廣雅曰裂分也但聞悲風蕭條之聲涼秋九
月塞外草衰夜不能寐側耳遠聽胡笳互動牧馬悲鳴杜摯笳賦序曰笳者李伯
陽入西戎所作也傅玄笳賦序曰吹葉為聲說文作葭毛詩曰驒驒牧馬吟嘯成羣邊聲四起晨坐聽之
不覺淚下嗟乎子卿陵獨何心能不悲哉與子別後益復無聊賈逵國語
注曰聊賴也上念老母臨年被戮妻子無辜並為鯨鯢左氏傳楚子曰古者明王伐不敬取
其鯨鯢而封之以為大戮杜預曰鯨鯢大魚名以喻不義之人吞食小國身負國恩為世所悲背恩不報為負恩也

鄭玄禮記注曰負背也子歸受榮我留受辱命也如何身出禮義之鄉而入無知之俗違弃君親之恩長爲蠻夷之域傷已令先君之嗣先君謂其父當戶也卽廣之子更成戎狄之族又自悲矣功大罪小不蒙明察孤負陵心區區之意每一念至忽然忘生陵不難刺七亦切心以自明刎亡粉切頸以見志顧國家於我已矣王逸注離騷曰已矣絕望之辭也殺身無益適足增羞故每攘臂忍辱輒復苟活孟子曰馮婦攘臂下車衆皆悅之左右之人見陵如此以爲不入耳之歡來相勸勉異方之樂秖音支令人悲增忉怛耳爾雅曰忉憂也方言曰怛痛也嗟乎子卿人之相知貴相知心前書倉卒七忽未盡所懷故復略而言之昔先帝授陵步卒五千先帝謂武帝也出征絕域五將失道陵獨遇戰漢書武紀曰天漢二年將軍李廣利出酒泉公孫敖出西河騎都尉李陵將步卒五千出居延時無五將未審陵書之誤而武紀略之集表云臣以天漢二年到塞外尋被詔書責臣不進臣輒引師前到浚稽山五將失道詳此亦不云其名而裹萬里之糧帥徒步之師出天漢之外入強胡之域漢書蕭何曰語曰天漢其稱甚美臣瓚按流俗語曰天漢其言常以漢配天此美名也以五千之衆對十萬之軍策疲乏之兵當新羈之馬說文

（曰羈馬絡頭也）然猶斬將搴（居展切）旗追奔逐北（史記曰斬將搴旗之士臣瓚按拔取曰搴商君書曰戰勝逐北服虔漢書注曰師敗曰北）滅跡掃塵斬其梟帥（張晏漢書注曰驍勇也若六博之梟）使三軍之士視死如歸（呂氏春秋管仲謂齊侯曰平原廣域車不結軌士不旋踵鼓之使三軍之士視死如歸臣不如王子成父）陵也不才希當大任（呂氏春秋淳于髡曰臣不肖不足以當大任）意謂此時功難堪矣（說文作戡戡勝也此堪是地名今傳俗用）匈奴既敗舉國興師（劉兆穀梁注曰舉盡也）更練精兵強踰十萬單于臨陣親自合圍客主之形既不相如（而去切）步馬之勢又甚懸絕疲兵再戰一以當千然猶扶乘創（初良切）痛決命爭首（漢書曰陵與單于連戰士卒矢傷三創者載輦兩創者將車一創者持兵）死傷積野餘不滿百而皆扶病不任干戈然陵振臂一呼創病皆起舉刃指虜胡馬奔走兵盡矢窮人無尺鐵猶復徒首奮呼（火故切徒空也言空首奮擊无復甲冑）爭為先登當此時也天地為陵震怒戰士為陵飲血（血卽淚也燕丹子曰太子唏嘘飲淚）單于謂陵不可復得便欲引還而賊臣教之遂便復戰（賊臣謂管敢也李陵傳云軍候管敢為軍旅候被校尉笞之五十乃亡入匈奴于時匈奴與陵戰至塞恐漢有伏兵欲引還敢曰漢無伏兵匈奴因大進新兵陵戰蘭于山漢軍敗弓矢並盡陵於是遂降）故陵不免耳

昔高皇帝以三十萬衆困於平城當此之時猛將如雲謀臣如雨然猶七日不食僅乃得免史記曰高祖自將擊韓王信遂至平城爲匈奴所圍七日不得食用陳平祕計始得免毛詩曰齊子歸止其從如雲又曰其從如雨何休公羊注曰僅纔也況當陵者豈易爲力哉而執事者云云謂漢朝執事之人也苟怨陵以不死然陵不死罪也子卿視陵豈偷生之士而惜死之人哉寧有背君親捐妻子而反爲利者乎然陵不死有所爲也故欲如前書之言報恩於國主耳李陵前與蘇子卿書云陵前爲子卿死之計所以然者冀其駈醜虜翻然南馳故且屈以求伸若將不死功成事立則將上報厚恩下顯祖考之明也誠以虛死不如立節滅名不如報德也琴操曰重耳將自殺子曰申生虛死子復隨之昔范蠡不殉會稽之恥曹沫亡貝切不死三敗之辱卒子律切復勾踐之讎報魯國之羞史記曰吳王發精卒擊越敗之越王乃以餘兵五千人保棲於會稽勾踐令大夫種行成於吳吳王赦越勾踐自會稽七年撫循其士民吳王北會諸侯於黃池范蠡曰可矣乃發兵伐吳吳師敗乃請成於越後四年越復伐吳吳師敗吳王遂自殺又曰曹沫者魯人以勇力事魯莊公爲魯將與齊戰三戰三北莊公懼乃獻遂邑之地以和猶復以爲將齊桓公許與魯會于柯桓公與莊公既盟于壇上曹沫執匕首劫齊桓公桓公問曰子將何欲曹沫曰齊强魯弱而大國侵魯亦已甚矣今魯城壞壓境君其圖之桓公乃許盡還魯之侵地區區之心

切慕此耳何圖志未立而怨已成計未從而骨肉受刑漢書曰公孫敖捕得生口
言陵教單于爲兵以備漢於是陵家母弟妻子皆伏誅此陵所以仰天椎直追切心而泣血也足
下又云漢與功臣不薄子爲漢臣安得不云爾乎昔蕭樊囚縶韓彭
葅醢史記曰相國蕭何爲民請曰長安地狹上林中多空棄地願令民得入田收藁爲獸食上大怒曰相國多受賈人財物乃請吾
苑遂下廷尉械繫之又曰高祖病有人惡樊噲黨呂氏卽曰上一日宮車晏駕則噲欲以兵盡誅戚氏趙王如意之屬高祖大怒乃使陳
平載絳侯代將而卽軍中斬噲陳平畏呂氏執噲詣長安又曰陳豨反韓信在長安欲應之事覺呂后使武士縛信斬於長安鍾室又曰
彭越反高祖赦之遷處蜀道著青衣行至鄭逢呂后從長安來越泣曰願處故昌邑后許諾旣至白上曰彭越壯士也今徙蜀自遺患不
如誅之令其舍人告越反遂夷三族黥布傳薛公曰前年醢彭越往年殺韓信說文曰葅肉醬也鼂錯受戮周魏見
辜鼂錯已見西征賦漢書曰周勃爲丞相十餘月上乃免丞相就國歲餘每河東尉守行縣至絳絳侯勃自畏恐誅常被甲令家人持
兵以自衞其後人有上書告勃欲反下廷尉捕治之又曰竇嬰景帝時吳楚反拜嬰爲大將軍七國破封嬰爲魏其侯坐灌夫罵丞相田
蚡不敬遂論嬰弃市其餘佐命立功之士賈誼亞夫之徒皆信命世之才抱將
相之具而受小人之讒並受禍敗之辱卒使懷才受謗能不得展彼
二子之遐舉誰不爲之痛心哉左氏傳曰太上有立德其次有立功賈誼已見鵩鳥賦漢書曰周亞夫諫

上不用因謝病免相亞夫子爲父買官尚方甲楯五百被召詣廷尉
責問曰君侯欲反乎亞夫曰所買乃葬器也何謂反乎吏侵之益怒
遂入廷尉不食五日歐血而死孟子曰千年一聖五百年一賢聖
未出其中有命世者二子謂范蠡曹沫也言諸侯才能者被囚戮不
如二子之能雪恥報功也陵先將軍功略蓋天地義勇冠三軍徒失貴臣之意剄
身絕域之表此功臣義士所以負戟而長嘆者也何謂不薄哉先將軍謂
李廣也貴臣謂衛青也漢書曰元狩四年大將軍衛青擊匈奴廣爲
前將軍出塞捕虜知單于所居處乃自部精兵而令廣出東道東道
迴遠廣辭曰臣結髮而與匈奴戰願居前大將軍不聽廣意色慍怒
引兵出東道惑失道後大將軍大將軍因問失道狀欲上書報天子
廣未對大將軍長史急責廣廣謂其麾下曰結髮與匈奴大小十餘
戰今幸從大將軍出接單于兵而大將軍令廣部行迴遠又迷失道
豈非天哉且廣年六十餘終不復對刀筆之吏遂
引刀自剄音義鄭德曰以刀割頸爲剄姑鼎切且足下昔以單車
之使適萬乘之虜遭時不遇至於伏劍不顧流離辛苦幾巨依切死朔
北之野漢書曰漢遣蘇武以中郎將持節送匈奴使留在漢者匈奴
方欲使送武會匈奴緱王長水虞常反匈奴中常以告武副
使張勝勝許以貨物與常一人夜亡告之緱王等死虞常生得匈奴
使衛律治其事張勝以告武武曰事如此必及我衛律召武受辭武
謂惠等屈節辱身雖生何面目以歸漢引佩刀以自刺衛
律驚自抱持武武氣絕半日復息乃徙武北海上無人處丁年奉使
皓首而歸丁年謂丁壯之年也漢書曰武留匈奴
凡十九歲始以強壯出及還鬚髮並白老母終堂生妻去

帷漢書陵謂武曰陵來時太夫人已不幸陵送至陽陵子卿婦年少聞以更嫁此天下所希聞古今所未
有也蠻貊之人尚猶嘉子之節況為天下之主乎陵謂足下當享茅
土之薦受千乘之賞尚書緯曰天子社東方青南方赤西方白北方黑上冒以黃土將封諸侯各取方土苴以白茅
以為社論語曰導千乘之國漢書曰兵車千乘諸侯之大者聞子之歸賜不過二百萬位不過典
屬國漢書元始六年武至京師拜為典屬國秩中二千石賜錢二百萬無尺土之封加子之勤而妨
功害能之臣盡為萬戶侯親戚貪佞之類悉為廊廟宰子尚如此陵
復何望哉且漢厚誅陵以不死薄賞子以守節欲使遠聽之臣望風
馳命此實難矣所以每顧而不悔者也陵雖孤恩漢亦負德言陵無功以報
漢為孤恩漢戮陵母為負德論語曰德不孤必有鄰昔人有言雖忠不烈視死如歸陵誠能安
言陵忠誠能安於死事而主豈復能眷眷乎男兒生以不成名死則葬蠻夷中
誰復能屈身稽顙還向北闕使刀筆之吏弄其文墨邪史記張釋之曰秦任刀筆
之吏又功臣曰蕭何徒持文墨顧居臣上願足下勿復望陵嗟乎子卿夫復何言相去萬
里人絕路殊生為別世之人死為異域之鬼長與足下生死辭矣幸

謝故人故人謂任立政大將軍霍光上官桀等勉事聖君足下胤子無恙漢書曰武在匈奴時胡婦生子名通國楚辭曰賴皇天之厚德兮還及君之無恙勿以爲念努力自愛老子曰聖人自愛時因北風復惠德音李陵頓首

報任少卿書一首

司馬子長漢書曰遷既被刑之後爲中書令尊寵任職故人益州刺史任安乃與書責以進賢之義遷報之遷死後其書稍出史記曰任安滎陽人爲衛將軍後爲益州刺史

太史公牛馬走太史公遷父談也走猶僕也言己爲太史公掌牛馬之僕自謙之辭也司馬遷再拜言少卿足下如淳曰少卿任安字也曩者辱賜書教以順於接物推賢進士爲務禮記曰儒有推賢而進意氣懃懃懇懇懃懃懇懇忠款之皃也若望僕不相師而用流俗人之言僕非敢如此也蘇林曰而猶如也禮記曰不從流俗鄭玄曰流俗失俗也僕雖罷駑亦嘗側聞長者之遺風矣側聞謙辭也列子曰吾側聞之禮記曰與長者坐必異席顧自以爲身殘處穢動而見尤言舉動必爲人之所尤過也欲益反損是以獨鬱悒而與誰語鬱悒不通也楚辭曰獨鬱結其誰語諺曰誰爲爲之孰令聽之誰爲猶爲誰也言己假欲爲善當爲誰爲之乎復欲誰聽

之乎蓋鍾子期死伯牙終身不復鼓琴呂氏春秋曰伯牙鼓琴意在太山鍾子期曰善哉巍巍若太山
俄而志在流水子期曰善哉湯湯乎若流水子期死伯牙破琴絶絃終身不復鼓琴以爲世無賞音者何則士爲知己
者用女爲說己者容戰國策曰晉陽之孫豫讓事知伯知伯寵之及趙襄子殺知伯豫讓逃山中曰嗟乎士爲知己
者用女爲悅己者容吾其報智氏矣若僕大質已虧缺矣雖才懷隨和行若由夷隋隋侯珠
也和和氏璧也由許由也夷伯夷也終不可以爲榮適足以見笑而自點耳書辭宜荅
點辱也往前與我書書宜應荅但有事故不獲荅會東從上來又迫賤事服虔曰從武帝還孟康曰卑賤之事
若煩務也如淳曰還爲中書令任職常知中書時偶有賊盜之事晉灼曰賤事家之私事也相見日淺卒卒無須
臾之閒文穎曰卒卒促遽之意也閒隙也得竭至意今少卿抱不測之罪涉旬月迫
季冬如淳曰平居時不肯報其書今安有不測之罪在獄故報任曰書欲使其恕以度己也僕又薄從上雍恐
卒然不可爲諱李奇曰薄迫也迫當從行善曰難言其死故云不可諱是僕終已不得舒憤懣
以曉左右廣雅曰懣悶也楚辭曰惟煩悶以盈胷則長逝者魂魄私恨無窮謂任安恨不見報也
請略陳固陋闕然久不報幸勿爲過僕聞之脩身者智之符也符信也
愛施者仁之端也取與者義之表也恥辱者勇之決也勇士當於此而果決之

立名者行之極也凡人能立志者行中之最極也士有此五者然後可以託於世而列於君子之林矣故禍莫憯於欲利悲莫痛於傷心所可憯者惟欲之與利為禍之極也所可痛者惟傷心之事而可為悲也行莫醜於辱先詬莫大於宮刑醜穢也先謂祖也詬音垢應劭曰詬恥也說文詬或作訽火逅切禮記儒行曰妄常以儒相詬病左氏傳宋元公曰余不忍其詬尋此二書其訓頗同刑餘之人無所比數非一世也所從來遠矣昔衛靈公與雍渠同載孔子適陳家語曰孔子居衛月餘靈公與夫人同車出令宦者雍渠參乘使孔子為次乘遊過市孔子曰吾未見好德如好色於是恥之去衛過曹此言孔子適陳未詳商鞅因景監見趙良寒心史記商君謂趙良曰我化秦孰與五羖大夫賢趙良曰五羖大夫荊之鄙人也繆公知其賢舉之牛口之下加之百姓之上今君之見秦王也因嬖人景監以為主非所以為名也又趙高謂李斯曰釋此不從禍及子孫足為寒心也同子參乘袁絲變色蘇林曰趙談也與遷父同諱故曰同子漢書曰上朝東宮趙談參乘袁絲伏車前曰臣聞天子所與共六尺輿者皆天下豪英今漢雖乏人陛下獨奈何與刀鋸餘同載於是上笑下趙談自古而恥之夫以中才之人事有關於宦豎莫不傷氣而況於慷慨之士乎如今朝廷雖乏人奈何令刀鋸之餘薦天下豪俊哉史記履貂曰臣刀鋸之餘不敢二心僕賴先人緒業廣雅曰緒末也司馬彪莊子注曰緒餘也得待罪輦轂下二十餘

年矣所以自惟上之不能納忠效信有奇策才力之譽自結明主次
之又不能拾遺補闕招賢進能顯巖穴之士外之又不能備行伍攻
城野戰有斬將搴旗之功下之不能積日累勞取尊官厚祿以爲宗
族交遊光寵四者無一遂苟合取容無所短長之效可見如此矣之上
四事無一遂假欲苟合取容亦無其所也史記蔡澤曰吳起言不苟合行不苟容鄉者僕常廁下大夫之列
陪外廷末議臣瓚曰太史令千石故下大夫也外廷郎今僕射外朝也不以此時引維綱盡思慮
今以虧形爲埽除之隸在闒茸之中闒茸猥賤也茸細毛也張揖訓詁以爲闒獋劣也呂忱字林曰
闒茸不肖也乃欲仰首伸眉論列是非不亦輕朝廷羞當世之士邪嗟乎
嗟乎如僕尚何言哉尚何言哉且事本末未易明也僕少負不羈之
行長無鄉曲之譽不羈言材質高遠不可羈繫也燕丹子夏扶曰士無鄉曲之譽未可以論行也主上幸以
先人之故使得奏薄伎服虔曰薄伎薄才也出入周衛之中周衛言宿衛周密也韋昭曰天子有
宿衛之官僕以爲戴盆何以望天言人戴盆則不得望天望天則不得戴盆事不可兼施言己方一心營職不暇
修人事也故絕賓客之知亡室家之業日夜思竭其不肖之才力禮記曰某之子

不肖應劭風俗通曰生子不似父母曰不肖務一心營職以求親媚於主上毛詩曰藹藹多士媚于天子而事乃有大謬不然者夫夫語助也論語夫子曰有是夫僕與李陵俱居門下素非能相善也趣舍異路太公六韜曰夫人皆有性趣舍不同顏師古曰趣所向也舍所廢也未嘗銜盃酒接慇懃之餘懽然僕觀其爲人自守奇士事親孝與士信臨財廉取與義分別有讓恭儉下人常思奮不顧身以徇國家之急顏師古曰徇從也營也其素所蓄積也言其意中舊所蓄積也僕以爲有國士之風一國之中推而爲士夫人臣出萬死不顧一生之計赴公家之難斯以奇矣新序昭奚恤曰使皆赴湯火蹈白刃出萬死不顧一生司馬子反在此今舉事一不當而全軀保妻子之臣隨而媒蘖其短鄭玄周禮注曰舉猶行也臣瓚以爲媒媒謂遘合會之蘖謂生其罪釁也僕誠私心痛之且李陵提步卒不滿五千有五千言不滿者痛之甚也深踐戎馬之地足歷王庭胡地出馬故曰戎馬單于所居之處號曰王庭垂餌音二虎口橫挑彊胡仰億萬之師說文曰挑相呼也李奇曰挑身獨戰不須衆挑茶弔切臣瓚曰挑挑敵求戰也古謂之致師北地高故曰仰與單于連戰十有餘日所殺過平聲半當虜救死扶傷不給顧野王決曰所殺過半當言陵軍殺已過半給供給也旃裘之君長

咸震怖旃裘謂匈奴所服也故言旃裘之君乃悉徵其左右賢王舉引弓之人漢書曰匈奴至
冒頓最强大置左右賢王以其善射故曰引弓之人一國共攻而圍之轉鬭千里矢盡道窮救
兵不至士卒死傷如積子智切然陵一呼勞軍士無不起躬自流涕沬
血飲泣更張空拳孟康曰沬音頮善曰頮古沬字言流血在面如盥頮也說文曰頮洗面也李登聲類云拳或作捲此
言兵已盡但張空拳以擊耳桓寬鹽鐵論曰陳勝無將帥之兵師旅之衆奮空捲而破百萬之軍何晏白起故事白起雖坑趙卒向使預
知必死則前驅空捲猶可畏也况三十萬被堅執銳乎顏師古曰讀爲拳者謬矣拳則屈指不當言張陵時矢盡故張弩之空弓非手拳
也李奇曰拳者弩弓也冒白刃北嚮爭死敵者陵未沒時使有來報史記曰陵至浚稽山
使麾下騎陳步樂還以聞步樂召見道陵將得士死力上甚悅之漢公卿王侯皆奉觴上壽後數史柱
切日陵敗書聞主上爲之食不甘味聽朝不怡大臣憂懼不知所出
僕竊不自料其卑賤見主上慘愴怛都割切悼誠欲效其款款之愚款款
忠實之皃以爲李陵素與士大夫絶甘分少孝經援神契曰母之於子絶少分甘宋均曰少則自絶甘
則分之能得人死力雖古之名將不能過也身雖陷敗彼觀其意且欲
得其當而報於漢張晏曰欲得相當也言欲立効以當罪而報漢恩事已無可奈何其所摧

敗功亦足以暴蒲沃切於天下矣謂摧破匈奴之兵其功足暴露見於天下僕懷欲陳之而
未有路適會召問卽以此指推言陵之功欲以廣主上之意塞睚魚解
切眦柴懈切之辭言欲廣主上之意及塞羣臣睚眦之辭未能盡明明主不曉以爲僕沮
貳師而爲李陵遊說遂下於理漢書曰初上遣貳師李廣利出令陵爲助兵及陵與單于相值而貳師少
功上以遷誣罔欲沮貳師而爲陵遊說下遷腐刑鄭玄禮記注曰理治獄官也拳拳之忠終不能自列禮記子曰
回得一善拳拳不失之矣鄭玄曰拳拳捧持之貌說文曰列分解也因爲誣上卒從吏議言衆吏議以爲誣上家
貧貨賂不足以自贖交遊莫救左右親近不爲一言身非木石獨與
法吏爲伍深幽囹圄之中誰可告愬者此眞少卿所親見僕行事豈
不然乎李陵旣生降隤其家聲蘇林曰家世爲將有名陵降而隤之也顏師古曰隤墜也而僕又
佴之蠶室如淳曰佴次也若人相次也人志切今諸本作茸字蘇林注景紀曰作密室廣大如蠶室故言下蠶室衞宏漢儀以
爲置蠶宮令承諸法云詰蠶室與罪人從事主天下室者屬少府顏監云茸推也人勇切推置蠶室之中重爲天下觀笑
悲夫悲夫事未易一二爲俗人言也僕之先非有剖符丹書之功漢書
曰漢初功臣剖符世爵又曰論功而定封誓於是申以丹書之信重以白馬之盟文史星曆近乎卜祝之閒

固主上所戲弄倡優所畜流俗之所輕也說文曰倡樂也左氏傳曰鮑氏之圉人爲優杜預曰俳優也假令僕伏法受誅若九牛亡一毛與螻蟻何以異螻螻蛄也蟻蚍蜉也皆虫之微者故以自喻而世又不與能死節者與如也言時人以我之死又不如能死節者言死無益也特以爲智窮罪極不能自免卒就死耳何也素所自樹立使然也人固有一死或重於太山或輕於鴻毛用之所趨異也燕丹子荊軻謂太子曰烈士之節死有重於太山有輕於鴻毛者但問用之所在耳太上不辱先其次不辱身其次不辱理色理道理也色顏色也其次不辱辭令辭謂言辭令謂教令其次詘體受辱詘體謂被縲繫其次易服受辱易服謂著赭衣其次關木索被箠楚受辱漢書曰箠長五尺說文曰棰以杖擊也箠與棰同以之笞人同謂之箠楚箠楚皆杖木之名也其次剔毛髮嬰金鐵受辱謂髡鉗也其次毀肌膚斷肢體受辱謂肉刑也最下腐刑極矣蘇林曰宮刑腐臭故曰腐刑傳曰刑不上大夫此言士節不可不勉勵也禮記文也東方朔別傳武帝問曰刑不上大夫何朔曰刑者所以止暴亂誅不義也大夫者天下表儀萬人法則所以共承宗廟而安社稷也猛虎在深山百獸震恐及在檻穽之中搖尾而求食積威約之漸也周禮注曰穿地爲塹所以御禽獸其或超踰則陷焉尚書曰杜乃擭敜乃穽言威爲人制約漸

積至此故有畫地爲牢勢不可入削木爲吏議不可對定計於鮮平聲也
臣瓚曰以爲患吏刻暴雖以木爲吏期於不對疾苛吏之辭也文穎曰未遇刑自殺爲鮮明也此今交手足受木索
暴肌膚受榜箠幽於圜牆之中廣雅曰榜擊也圜牆獄也周禮曰以圜土教罷民當此之時
見獄吏則頭槍七良切地視徒隸則正惕息何者積威約之勢也及以
至是言不辱者所謂強顏耳曷足貴乎且西伯伯也拘於羑里史記曰季
歷卒子昌立是爲西伯西伯文王也崇侯虎譖西伯於殷紂曰西伯積善累德諸侯皆嚮之將不利於帝紂乃囚西伯於羑里王制曰九
州之長曰伯注曰伯長也李斯相也具于五刑史記曰李斯楚上蔡人也從荀卿學帝王之術入秦秦卒用其計二
十餘年竟并天下以斯爲丞相二世立以郎中趙高之譖乃具斯五刑腰斬咸陽漢書刑法志曰漢興之初其大辟尚有夷三族之令曰
當三族者皆先劓斬左右趾笞殺之梟其首菹其骨肉於市其誹謗詈詛者又斷舌故言具具謂五刑也淮陰王也受械
於陳漢書曰韓信爲楚王都下邳信因行縣邑陳兵出入人有變告信欲反上聞患之用陳平謀僞遊雲夢信謁上於陳高祖令武
士縛信載後車信曰果若人言狡兔死良狗亨上曰人告公反遂械信至洛陽赦以爲淮陰侯陳楚之西界也械謂桎梏也彭越
張敖南面稱孤繫獄抵罪史記曰高帝立彭越爲梁王梁王稱疾上使使掩捕梁王囚之洛陽漢書曰趙王張
耳高祖五年薨子敖嗣立尚高祖長女魯元公主七年高祖從平城過趙趙王旦暮自上食禮甚卑有子壻之禮高祖箕踞罵詈甚慢之

趙相貫高趙午說敖曰天下豪傑並起能者先立今王事皇帝甚恭
皇帝遇王無禮請為殺之八年上從東垣過貫高等乃壁人柏人要
之置廁上過欲宿心動問縣名為何曰柏人上曰柏人者迫於人遂
去貫高怨家知其謀反告之於是逮捕趙王諸反者趙午十餘人皆
自刎貫高獨怒罵曰誰令公等為之今王實無反
謀檻車與詣長安高下獄曰吾屬為之王不知也**絳侯誅諸呂權傾**
五伯囚於請室史記曰絳侯周勃與陳平謀誅諸呂而立孝文後勃
被囚已見李陵苔蘇武書漢書音義如淳曰請室請
罪之室若今**魏其大將也衣赭衣關三木**三木在項及手足也魏其
之鍾下也侯已見李陵苔蘇武書周
禮曰上罪梏拲而桎應劭漢書注曰在手曰梏兩手同械曰
拲在足曰桎韋昭曰桎兩手合也梏音告拲音拱桎之栗切**季布為**
朱家鉗奴漢書曰季布楚人也為任俠有名項籍使將兵數窘漢王
項籍滅高祖購求布千金敢舍匿者罪三族布匿於濮陽
周氏周氏曰漢求將軍急臣敢進計布許之乃髡鉗布衣褐致廣柳
車中與其家僮數十人之魯朱家賣之朱家心知季布也買置田舍
乃之洛陽見汝陰滕公說曰季布何罪臣各為其主耳君何不從容
為上言之滕公許諾侍閒果言如朱家旨上乃赦布召見謝拜郎中
灌夫受辱於居室漢書灌夫字仲孺潁陰人也為太僕時坐與衛尉
竇甫飲輕重不得從為燕相及竇嬰失勢兩人相
為引重夫過丞相田蚡蚡曰吾欲與仲孺過魏其侯會孺有服夫曰
將軍迺肯幸臨夫安敢以服為解請語魏其具帳具將軍旦日蚤臨之
蚡許諾夫以語嬰嬰益牛酒夜灑掃帳具自旦候伺至日中蚡不來
夫不懌夫乃自往迎之蚡尚臥駕往又徐行夫益怒遂以為隙元光
四年蚡取燕王女為夫人太后詔曰列侯宗室皆往賀嬰為壽夫行
酒至蚡蚡半膝席曰不能滿觴夫怒乃嘻言曰將軍貴人也畢之時

蚡不肯行酒次至臨汝侯灌賢方與程不識耳語又不避席夫無所發怒乃罵賢曰生毀程不識不直一錢今日長者爲壽乃効兒女曹呫囁耳語蚡謂夫曰今衆辱程將軍仲孺獨不爲李將軍地乎夫曰今日斬頭穴胸何知程李乎乃起蚡遂怒曰此吾驕灌夫罪也籍福起爲謝按夫項令謝夫愈怒不肯謝蚡乃麾騎縛夫置傳舍長史曰今日召宗室有詔劾灌夫罵坐不敬繫於居室如淳曰百官表居室爲保宮今守宮也此人皆身至王侯將相聲聞鄰國及罪至罔加不能引決自裁在塵埃之中古今一體安在其不辱也由此言之勇怯勢也強弱形也審矣何足怪乎孫子兵法曰治亂數也勇怯勢也強弱形也夫人不能早自裁繩墨之外以稍陵遲至於鞭箠之閒乃欲引節斯不亦遠乎古人所以重施刑於大夫者殆爲此也夫人情莫不貪生惡死念父母顧妻子至激於義理者不然乃有所不得已也言激於義理者則不念父母顧妻子也今僕不幸早失父母無兄弟之親獨身孤立少卿視僕於妻子何如哉言己輕妻子故反問之且勇者不必死節言勇烈之人不必死於名節也造次自裁耳怯夫慕義何處不勉焉言怯夫慕義以自立名何處不勉於死哉言皆勉勵自殺僕雖怯懦欲苟活亦頗識去就之分矣何至自沈溺縲紲之辱哉孔安國曰縲黑索也紲攣也所以拘罪人且夫臧獲婢

妾晉灼曰臧獲敗敵所破虜爲奴隸韋昭曰羌人以婢爲妻生子曰獲奴以善人爲妻生子曰臧荊揚海岱淮齊之閒罵奴曰獲齊之
北鄙燕之北郊凡人男而歸婢謂之臧女而歸奴謂之獲皆異方罵奴婢之醜稱也由能引決況僕之不得已
乎所以隱忍苟活幽於糞土之中而不辭者恨私心有所不盡鄙陋
沒世而文彩不表於後世也論語曰君子疾沒世而名不稱古者富貴而名摩滅不
可勝記唯倜儻非常之人稱焉廣雅曰俶儻卓異也蓋文王拘而演周易周易曰易
之興也當文王與紂之事邪又曰作易者其有憂患邪史記本紀曰崇侯譖西伯於殷紂曰西伯積善累德諸侯皆向之將有不利於帝
紂乃囚西伯於羑里西伯演易之八卦爲六十四地理志曰河內湯陰有羑里城西伯所拘韋昭曰羑音酉蒼頡篇曰演引之也仲
尼厄而作春秋史記孔子曰吾道不行矣何以自見於後世哉乃約魯史而作春秋屈原放逐乃賦離
騷史記曰屈原名平楚之同姓爲楚懷王左司徒博文強志敏於辭令王甚任之上官大夫與之同列心害其能懷王使原爲憲令原
草藁未定上官大夫見而欲奪之不與因讒之曰王使屈原爲令衆莫不知每令出平伐其功以爲非我莫爲王也王怒而疏之平病聽
之不聰作離騷經左丘失明厥有國語漢書曰國語左丘明著失明未詳孫子臏腳兵法脩
列史記曰孫臏與龐涓俱學兵法涓事魏惠王自以爲能不及臏乃陰使人召臏臏至涓恐其賢於己則以法刑斷其兩足而黥之欲
隱勿見齊使者田忌善客待之於是田忌進孫子於威王威王問兵法而師之其後魏伐趙趙急請救於齊齊威王欲將臏臏曰刑餘之

人不可於是乃以田忌為將而孫子為師居輜重中主為計謀田忌從之魏果去邯鄲與齊戰於桂陵大破魏軍　不韋遷蜀

世傳呂覽史記曰呂不韋大賈人也莊襄王即位三年薨太子正立為王尊不韋為相國號仲父當是時魏有信陵楚有春申趙有平原齊有孟嘗皆下士喜賓以相傾呂不韋以秦之強大招士厚遇之乃致食客三千人是時諸侯多辯士如荀卿之徒著書布於天下不韋乃使其客人人著所聞集論為八覽十二紀三十餘萬言以為備天下之物古今之事號曰呂氏春秋布咸陽市門懸千金其上延諸侯遊士賓客有能增損一字與千金及始皇帝壯太后通不韋恐禍及己私求嫪毐為舍人詐令以腐罪告之遂得侍太后與太后通九年人有告嫪毐實非宦者下吏治之得情實事連相國秦王恐其為變乃賜不韋書曰君何功於秦秦封君河南食十萬戶君何親於秦號稱仲父後與家屬徙處蜀飲鴆而死

韓非囚秦說難孤憤史記曰韓非者韓之公子也見韓稍弱以書諫王王不能用非心廉直不容於邪枉之臣觀往者得失之變故作孤憤五蠹說難十餘萬言秦王見孤憤五蠹之書曰嗟乎寡人得見此人與游死不恨矣李斯曰此韓非所著書秦因急攻韓韓乃遣非使秦秦王悅之未信用李斯姚賈毀之曰韓非韓之諸公子也今王欲并諸侯非終為韓不為秦此人情也今王不用久留而歸之此自遺患也不如以過法誅之秦王為然下吏治非李斯使人遺藥使自殺韓非欲自陳不得見秦王後悔之使人赦而非已死矣說難孤憤韓子之篇名也

詩三百篇大氐聖賢發憤之所為于偽切作也論語曰詩三百孔安國曰篇之大數也爾雅曰氐致也郭璞曰音指此人皆意有鬱結不得通其道故述往事思來者言故述往前行事思令將來人知己之志乃如左丘無

目孫子斷足終不可用退而論書策以舒其憤思垂空文以自見空文
謂文章也自見己情僕竊不遜近自託於無能之辭論語子曰唯女子與小人爲難養也近之則不孫
網羅天下放失舊聞略考其行事綜其終始稽其成敗興壞之紀上
計軒轅下至于茲爲十表本紀十二書八章世家三十列傳七十凡
百三十篇亦欲以究天人之際通古今之變成一家之言草創未就
會遭此禍惜其不成已就極刑而無慍色僕誠以著此書藏諸名山
傳之其人通邑大都其人謂與己同志者則僕償前辱之責雖萬被戮豈有悔
哉然此可爲智者道難爲俗人言也且負下未易居下流多謗議負累
之下未易居論語曰君子惡居下流而訕上者也僕以口語遇此禍重爲鄉黨所笑以汙烏臥
切辱先人亦何面目復上父母丘墓乎雖累百世垢彌甚耳是以腸
一日而九迴居則忽忽若有所亡出則不知其所往莊子魯哀公問仲尼曰衞有惡
人焉曰哀駘他去寡人而行寡人恤焉若有亡也庚桑子曰吾聞至人尸居環堵之室不知所如往每念斯恥汗未嘗
不發背沾衣也身直爲閨閤之臣寧得自引於深藏巖穴邪故且從

俗淳沈與時俯仰以通其狂惑鬻子曰吾聞之於政也知善不行者謂之狂知惡不改者謂之惑夫狂與惑者聖人之戒也今少卿乃教以推賢進士無乃與僕私心刺力割切謬乎今雖欲自雕琢曼辭以自飾如淳曰曼美也戰國策蘇秦曰夫從人飾辯曼辭高主之節行曼音萬無益於俗不信適足取辱耳要之死日然後是非乃定書不能悉意略陳固陋謹再拜

報孫會宗書一首

楊子幼漢書楊惲字子幼華陰人以才能稱譽為常侍騎與太僕戴長樂相失坐事免為庶人惲見已失爵位遂歸家閒居自治產業起室以財自娛歲餘友人安定太守西河孫會宗與惲書諫之言大臣廢退當杜門惶懼為可憐之意不當治產業通賓客有稱舉惲乃作此書報之

惲材朽行穢文質無所底論語曰文質彬彬然後君子包氏曰彬彬文質相半之貌也底致也幸賴先人餘業得備宿衛遭遇時變以獲爵位漢書曰霍氏謀反惲先聞知霍氏伏誅惲封為平通侯終非其任卒與禍會足下哀其愚矇賜書教督以所不及爾雅曰督正也慇懃甚厚然竊恨足下不深惟其終始而猥隨俗之毀譽也猥猶曲也言鄙

陋之愚心則若逆指而文過言逆會宗之指自文飾己之過論語子日小人之過也必文孔安國曰文飾其過不言實也 默而自守恐違孔氏各言爾志之義論語曰顏淵季路侍子曰盍各言爾志故敢略陳其愚惟君子察焉惲家方隆盛時乘朱輪者十人二千石皆得乘朱輪位在列卿爵為通侯揔領從官應劭曰舊曰徹侯避武帝諱故為通言其功德通於王室也從天子侍從官也與聞政事曾不能以此時有所建明以宣德化又不能與羣僚并力陪輔朝廷之遺忘已負竊位素湌之責久矣論語子曰臧文仲其竊位者歟知柳下惠之賢而不與立毛詩曰彼君子兮不素湌兮 懷祿貪勢不能自退曾子曰君子不安貴位不懷厚祿遂遭變故橫被口語身幽北闕妻子滿獄口語卽戴長樂所告也如淳漢書注曰上章者於公車有不如法者以付北軍尉北軍尉以法罰之楊惲上書遂幽北闕公車門所在也當此之時自以夷滅不足以塞責史記司馬欣謂章邯曰趙高欲以法誅將軍塞責 豈得全其首領復奉先人之丘墓乎左氏傳宋公曰若以大夫之靈得保首領以沒于地伏惟聖主之恩不可勝量君子遊道樂以忘憂史記曰陳平遊道日廣論語曰樂以忘憂 小人全軀說以忘罪楚辭曰與波上下偷以全吾軀乎 竊自念過已大矣行已虧矣長為農夫以沒世矣是故身率妻子勠力耕

桑國語曰勠力一心灌園治產以給公上蘇林漢書注曰充縣官之賦斂不意當復用此爲
譏議也夫人情所不能止者聖人弗禁故君父至尊親送其終也有
時而既終謂終沒也既盡也張晏漢書注曰喪不過三年臣見放逐降居三月復初臣之得罪已三年矣
田家作苦歲時伏臘漢書曰秦繆公作伏祠孟康曰六月伏日也風俗通禮傳曰夏曰嘉平殷曰清祀周曰大蜡故
改爲臘亨羊炰羔斗酒自勞家本秦也能爲秦聲婦趙女也雅善鼓琴
奴婢歌者數人酒後耳熱仰天撫缶而呼嗚嗚應劭漢書注曰缶瓦器也秦人擊之以節
歌李斯上書曰擊甕扣缶而呼嗚嗚快耳者眞秦聲也其詩曰田彼南山蕪穢不治種一頃豆
落而爲萁張晏漢書注曰山高在陽人君之象也蕪穢不治朝廷荒亂也一頃百畝以喻百官也言豆者貞直之物零落在野
喻己見放弃也萁曲而不直言朝臣皆諂諛也臣瓚按田彼南山蕪穢不治言於王朝而遇民亂也種一頃豆落而爲萁雖盡忠効節徒
勞而無獲也人生行樂耳須富貴何時是日也拂衣而喜奮袖低昂頓足
起舞誠淫荒無度不知其不可也惲幸有餘祿方糴賤販貴逐什一
之利什一謂十中之一也尚書大傳曰主者十一而稅此賈豎之事汙烏臥切辱之處惲親行
之下流之人衆毀所歸言處下流爲衆惡毀所舉不寒而慄雖雅知惲者猶隨風

而靡尚何稱譽之有楚辭曰世從容而變化隨風靡而成行董生不云乎明明求仁義常恐不能化民者卿大夫之意也明明求財利常恐困乏者庶人之事也漢書董仲舒對策曰夫皇皇求財利常恐匱乏者庶人之意也皇皇求仁義常恐不能化人者大夫之意也故道不同不相為謀今子尚安得以卿大夫之制而責僕哉論語曰道不同不相為謀言今我親行賈豎之事安得責我卿大夫之制乎夫西河魏土文侯所興有段干木田子方之遺風史記李克謂翟璜曰魏成子東得子夏田子方段干木此三人者君皆師之凜然皆有節槩知去就之分頃者足下離舊土謂去西河臨安定安定山谷之間昆夷舊壤毛詩曰文王西有昆夷之患北有獫狁之難鄭玄曰昆夷西戎也子弟貪鄙豈習俗之移人哉言豈隨懷安貪鄙之俗而移人之本性者哉於今乃睹子之志矣方當盛漢之隆願勉旃無多談

論盛孝章書一首

孔文舉與魏太祖虞預會稽典錄曰盛憲字孝章器量雅偉舉孝廉補尚書郎遷吳郡太守以疾去官孫策平定吳會誅其英豪憲素有名策深忌之初憲與少府孔融善憂其不免禍乃與曹公書由是徵為都尉詔命未至果為權所害子匡奔魏位至征東司馬

歲月不居時節如流國語文姜曰日月不居人誰不安傳毅詩曰徂年如流鮮茲暇日五十之年忽焉已至公爲始滿融又過二公謂曹操言公年始滿五十融過於二歲也海內知識零落殆盡惟有會稽盛孝章尚存其人困於孫氏妻孥湮沒孫氏已見上文毛詩曰樂爾妻孥孔安國尚書大傳曰孥子也單子獨立孤危愁苦若使憂能傷人此子不得永年矣春秋傳曰諸侯有相滅亡者桓公不能救則桓公恥之公羊傳曰邢亡孰亡之蓋狄滅也曷爲不言蓋狄滅之爲桓公諱也曷爲爲桓公諱上無天子下無方伯天下諸侯有相滅亡者桓公不能救則桓公恥之今孝章實丈夫之雄也天下談士依以揚聲而身不免於幽縶命不期於旦夕吾祖不當復論損益之友而朱穆所以絕交也論語子曰益者三友損者三友吾祖卽謂孔子也後漢朱穆感世澆薄莫尚敦厚著絕交論以矯之公誠能馳一介之使加咫尺之書左氏傳晉行人子員對鄭王子伯駢曰君有楚命不使一介行李告於寡君漢書廣武君曰發一乘之使奉咫尺之書則孝章可致友道可弘矣今之少年喜謗前輩或能譏評孝章孝章要爲有天下大名九牧之人所共稱嘆九牧猶九州也左氏傳王孫滿曰貢金九牧孫卿子曰文王監於殷紂此其所以伐殷王而受九牧也燕君市駿馬之骨非欲以騁道里乃當以招

絶足也戰國策郭隗謂燕昭王曰臣聞古之人君有市千里馬者三年而不得於是遣使者賫千金之貨將市於他國未至而千里之馬已死使者乃以五百金買死馬之首以歸其君大怒曰所求者本不市死馬何故損金市死馬乎將誅之使者對曰死馬尚市之況生者乎天下必知君之好也馬將至矣於是朞年而千里馬至者三焉惟公匡復漢室宗社將絶又能正之正之術實須得賢珠玉無脛胡定切而自至者以人好之也況賢者之有足乎韓詩外傳曰蓋胥謂晉平公曰珠出於海玉出於山無足而至者好之也士有足而不至者君不好也昭王築臺以尊郭隗隗雖小才而逢大遇竟能發明主之至心故樂毅自魏往劇辛自趙往鄒衍自齊往史記曰燕昭王於破燕之後卑身厚幣以禮賢者謂郭隗曰齊因孤之國亂而襲破燕孤知國小力少不足以報然誠得賢士與共圖以雪先王之讎也願先生視可者得身事之隗曰王必欲致士先從隗始況賢於隗者豈遠千里哉於是昭王爲隗改築宮而師事之樂毅自魏往鄒衍自齊往劇辛自趙往向使郭隗倒懸而王不解居蟹切臨難而王不拯孟子曰當今之時万乘之國行仁政民悅而歸之猶解倒懸也又曰今燕虐其民而王征之人以爲將拯己於水火之中也則士亦將高翔遠引莫有北首首音獸燕路者矣漢書廣武君曰牛酒以享士大夫北首燕路凡所稱引自公所知而復有云者欲公崇篤斯義因表不悉

爲幽州牧與彭寵書一首

朱叔元 范曄後漢書曰朱浮字叔元沛國蕭人也初從世祖爲大司馬主簿遷偏將軍從破邯鄲後乃爲大將軍幽州牧守薊城浮少有才能頗欲厲風迹收士心辟召州中涿郡王岑之屬以爲從事及王莽時故吏二千石皆引置幕府乃多發諸郡倉穀贍其妻子漁陽太守以爲天下未定不宜多置官屬以費軍食不從其令浮密奏寵遣吏迎妻而不迎其母又受貨賄殺害友人多聚兵穀意計難量寵既積怨聞遂大怒舉兵攻浮浮以書責之

蓋聞智者順時而謀愚者逆理而動常竊悲京城太叔以不知足而無賢輔卒自棄於鄭也 左氏傳曰鄭武公生莊公及共叔段姜氏愛共叔段欲立之亟請於武公公弗許及莊公即位爲之請制公曰制巖邑也虢叔死焉他邑唯命請京使居之謂之京城太叔既而太叔令西鄙北鄙貳於己公子呂曰國不堪貳君將若之何公曰不義不暱厚將崩太叔完聚繕甲兵具卒乘將襲鄭公聞其期曰可矣命子封帥車二百乘以伐京京叛太叔段段入于鄢公伐諸鄢五月辛丑太叔出奔共書曰鄭伯克段于鄢 伯通以名字典郡有佐命之功 名字謂聲譽遠聞也漢書曰陳遵劉竦俱著名字佐命已見李陵書 臨民親職愛惜倉庫而浮秉征伐之任欲權時救急 言朱浮所以招致賓客者此亦權時救急也 二者皆爲國耳即疑浮相譖何不

詣闕自陳而爲滅族之計乎朝廷之於伯通蔡邕獨斷云朝廷者不敢指斥君故言朝廷恩亦厚矣委以大郡任以威武事有杜石之寄情同子孫之親漢書大司農田延年謂霍光曰將軍爲國柱石匹夫媵母尚能致命一飡左氏宣公二年傳曰初趙宣子畋于首山見靈輒餓問其病對曰不食三日矣食之舍其半問之曰宦三年矣未知母之存否今近矣請以遺使盡之而爲之簞食與肉旣而與爲公介靈公比以趙盾驟諫伏甲將攻殺之靈輒乃倒戟以禦之又戰國策曰楚王伐中山中山君亡有二人荷戈而從之中山君顧二人曰子何爲者對曰昔臣之父嘗餓且死君捨飡以餔臣父臣之父且死曰中山君有事汝必赴之是以今來死君之難中山君曰以一杯羹而亡國以一飡而獲二死士媵母未詳豈有身帶三綬職典大邦而不顧恩義生心外叛者乎三綬者古人兼官者一官一綬也范曄後漢書曰更始使謁者韓鴻持節徇北州承制得專拜二千石以下鴻至薊以寵鄉閭故人相見大喜拜寵偏將軍行漁陽太守世祖又以書招寵寵乃發步騎三千人歸世祖世祖承制封建忠侯賜號大將軍伯通與吏民語何以爲顏行步拜起何以爲容坐臥念之何以爲心引鏡窺景何以施眉目舉厝建功何以爲人惜乎棄休令之嘉名造梟鴟之逆謀捐傳葉之慶祚招破敗之重災高論堯舜之道不忍桀紂之性生爲世笑死爲愚鬼不亦哀乎伯通與耿俠遊范曄後漢書曰吳漢說寵從世祖會

上谷太守耿況亦使功曹寇恂詣寵結謀共歸世祖又曰況字俠遊俱起佐命同被國恩俠遊謙讓屢有降挹之言蒼頡篇曰挹損也而伯通自伐以爲功高天下孔安國尚書傳曰自功曰伐往時遼東有豕生子白頭異而獻之行至河東見羣豕皆白懷慙而還若以子之功論於朝廷則爲遼東豕也白頭豕未詳今乃愚妄自比六國張晏漢書注曰齊燕楚韓趙魏六國之時其勢各盛廓土數千里勝兵將百萬故能據國相持多歷年所今天下幾里列郡幾城奈何以區區漁陽而結怨天子區區言小也公羊傳曰司馬子反謂楚王曰以區區之宋猶有不欺之臣此猶河濱之民捧土以塞孟津多見其不知量也論語曰叔孫武叔毀仲尼子貢曰仲尼日月也無得而踰焉人雖欲自絕其何傷於日月乎多見其不知量也方今天下適定海內願安士無賢不肖皆樂立名於世而伯通獨中風狂走自捐盛時內聽嬌婦之失計外信讒邪之諛言東觀漢記曰浮密奏寵上徵之寵既自疑其妻勸寵無應徵今漁陽大郡兵馬衆多奈何爲人所奏而棄此去寵與所親信吏計議吏皆怨浮勸寵止不應徵長爲羣后惡法永爲功臣鑒戒豈不誤哉或本云永爲羣后惡法今檢范曄後漢書有此一句然東觀漢記亦載此書大意雖同辭旨全別蓋錄事者取舍有詳略矣定海內者無私

雖勿以前事自疑願留意顧老母少弟凡舉事無爲親厚者所痛而爲見讎者所快范曄後漢書曰寵齊獨在便室蒼頭子密等三人因寵臥寐共縛著牀又以寵命呼其妻妻入大驚昏夜後解寵手令作記告城門將軍云今遣子密等至子后蘭卿所速開門出勿稽留之書成卽斬寵及妻頭置囊中便持記馳出城因以詣闕封爲不義侯

爲曹洪與魏文帝書一首魏志曰曹洪字子廉太祖從弟

陳孔璋陳琳集曰琳爲曹洪與文帝牋文帝集序曰上平定漢中族父都護還書與余盛稱彼方土地形勢觀其辭如陳琳所敘爲也

十一月五日洪白前初破賊情奓意奢說事頗過其實得九月二十日書得文帝書讀之喜笑把玩無猒亦欲令陳琳作報琳頃多事不能得爲念欲遠以爲懽故自竭老夫之思左氏傳趙孟曰老夫罪戾是懼辭多不可一一粗舉大綱以當談笑漢中地形實有險固四嶽三塗皆不及也左氏傳司馬侯曰四嶽三塗九州之險也杜預曰東嶽岱南嶽衡西嶽華北嶽恒三塗在河南陸渾縣南彼有精甲數萬臨高守要一人揮戟萬夫不得進漢書朱買臣曰一人守險千人不得上而我軍過之若駭

鯨之決細網奔兕之觸魯縞漢書韓安國曰强弩之末力不能穿魯縞音義曰縞曲阜之地俗善作之既皆
輕細故以喻之爾雅曰繒之細者曰縞未足以喻其易雖云王者之師有征無戰漢書淮南
王安上書曰臣聞天子之兵有征無戰言莫之敢校不義而強古人常有左氏傳叔向謂趙孟曰不義而强其斃必
速故唐虞之世蠻夷猾夏尚書舜典曰咎繇蠻夷猾夏寇賊姦宄周宣之盛亦讎大邦
毛詩曰蠢爾蠻荊大邦爲讎詩書歎載言其難也斯皆憑阻恃遠故使其然是以
察茲地勢謂爲中才處之殆難倉卒司馬遷報任少卿書曰夫中才之人事有關於宦豎者莫不傷
氣來命陳彼妖惑之罪敘王師曠蕩之德豈不信然文帝荅洪書曰今魯包凶邪之
心肆蠱惑之政天兵神捎御徒无暴樵牧不臨是夏殷所以喪苗扈所以斃尚書帝曰咨禹惟時有苗不率
汝徂征又曰啓與有扈戰于甘之野我之所以克彼之所以敗也不然商周何以不敵
哉左氏傳鬬廉曰師克在和不在衆商周之不敵君之所聞也昔鬼方聾昧崇虎讒凶殷辛暴虐
三者皆下科也三科之中此等爲下科然高宗有三年之征文王有退脩之軍
盟津有再駕之役周易曰高宗之伐鬼方三年克之左氏傳曰子魚言於宋公曰文王聞崇德亂伐之軍三旬而不降
退而脩德復伐之因壘而降尚書曰惟十有一年武王克殷又曰一月戊午師渡孟津然後殪戎勝殷有此武

功（尚書曰天乃大命文王殪戎殷誕受厥命）焉有星流景集飇奪霆擊長驅山河朝至暮捷若今者也（戰國策曰樂毅輕卒銳兵長驅至齊）由此觀之彼固不逮下愚（彼張魯也下愚指鬼方等）則中才之守不然明矣在中才則謂不然（若中才守之則不可得也）而來示乃以爲彼之惡稔雖有孫田墨氂（力切）而猶無所救竊又疑焉（文帝荅曹洪書曰今魯罪兼苗桀惡稔厲莽縱使宋翟妙機械之巧田單騁奔牛之誑孫吳勒八陣之變猶无益也）何者古之用兵敵國雖亂尚有賢人則不伐也是故三仁未去武王還師（論語曰微子去之箕子爲之奴比干諫而死孔子曰殷有三仁焉史記曰周武王東觀兵於孟津諸侯皆曰紂可伐矣武王曰未知天命未可也乃還師聞殺王子比干囚箕子於是曰殷有重罪不可不伐）宮奇在虞晉不加戎（左氏傳曰晉侯假道於虞以伐虢宮之奇諫曰虢虞之表也虢亡虞必從之諺所謂輔車相依脣亡齒寒其虞虢之謂乎弗聽宮之奇以其族行曰虞不臘矣在此行也不再舉矣）季梁猶在強楚挫謀（左氏傳曰楚王侵隋隋使少師董成鬭伯比言於楚子曰吾不得志於漢東也我則使然我張吾三軍而被吾甲兵以武臨之漢東之國隨爲大隨張必弃小國小國離楚之利也請羸師以張之熊率且比曰季梁在何益注曰季梁隨賢臣也）暨至衆賢奔絀（勑律切）三國爲墟明其無道有人猶可救也且夫墨子之守縈帶爲垣高不可登折箸爲械堅不可入（墨子曰公輸爲雲梯必取宋於是見公輸九設

攻城之機變墨子九距之公輸般之攻城械盡子墨子之守圉有餘公輸般出而曰吾知所以距子矣吾不言子墨子亦曰吾知子之所以距我者吾不言之王問其故子墨子曰公輸子之意不過欲殺臣殺臣宋莫能守乃可攻也然臣之弟子禽滑釐三百人已持守圉之器在宋城上而待楚寇矣雖殺臣不能絕也楚王曰善吾請無攻也若乃距陽平據石門周地圖記曰褒谷西有古陽平關劉淵林蜀都賦注曰石門在漢中之西攄八陣之列騁奔牛之權雜兵書曰八陣一曰方陣二曰圓陣三曰牝陣四曰牡陣五曰衝陣六曰輪陣七曰浮沮陣八曰鴈行陣史記曰田單為將軍破燕城時以千餘牛為絳繒衣畫以五綵龍文束兵刃於角灌脂束葦於尾燒之鑿城數十穴夜縱牛壯士五千人隨其後牛尾熱怒而奔燕軍夜大驚牛尾炬火光明炫燿燕軍視之皆龍文所觸盡死傷五千人因銜枚擊之而城中鼓噪從之老弱皆擊銅器為聲聲動天地燕軍大駭敗走齊人遂夷殺其將騎劫燕軍大亂奔走齊人追亡逐北所過城邑叛燕歸田單而齊七十餘城皆復為齊乃迎襄王於莒焉肯土崩魚爛哉漢書徐樂上書曰臣聞天下之患在於土崩公羊傳曰其言梁亡何自亡也魚爛而亡何休注曰魚爛自內發設令守無巧拙皆可攀附則公輸已陵宋城樂毅已拔即墨矣墨翟之術何稱田單之智何貴老夫不敏未之前聞左氏傳趙孟曰老夫罪戾是懼禮記檀弓曰我未之前聞蓋聞過高唐者効王豹之謳孟子淳于髡曰昔王豹處淇而西河善謳緜駒處高唐而齊女善歌按此文當過高唐者効緜駒之歌但文人用之誤遊睢息惟切渙者學藻繢之綵陳留記曰襄邑渙水出其南睢水經其北傳云睢渙

之閒出文章故其黼黻絺繡日月華蟲以奉宗廟御服焉閉自入益部仰司馬楊王遺風有子勝斐然之志司馬相如楊雄王褒也墨子曰二三子復於子墨子曰告子勝仁子墨子曰未必然也告子爲仁猶跂以爲長偃以爲廣不可久也論語曰吾黨之小子狂簡斐然成章故頗奮文辭異於他日怪乃輕其家丘謂爲倩七靖切人邴原別傳曰原遊學詣孫崧崧曰君以鄭君而舍之以鄭君爲東家丘也原曰君以鄭君爲東家丘以僕爲西家愚夫邪是何言歟夫緣驥垂耳於林坰弔屈原曰驥垂兩耳服鹽車爾雅曰野外謂之林林外謂之坰鴻雀戢翼於汙池周禮有牧田鴻雀鳥之通稱也毛詩曰鴛鴦在梁戢其左翼列子楊朱謂梁王曰鴻鴈高飛不集汙池褻之者固以爲園囿之凡鳥外廏之下乘也穀梁傳晉荀息曰君何不以屈產之乘借道乎公曰此晉國之寶也荀息曰取之中廏置之外廏及整蘭筋相馬經云一筋從玄中出謂之蘭筋玄中者目上陷如井字蘭筋豎者千里揮勁翮陵厲清浮顧眄千里豈可謂其借翰於晨風假足於六駮哉爾雅曰晨風鸇也毛詩曰隰有六駮毛萇曰駮如馬倨牙食虎豹恐猶未信丘言必大噱也洪白孟康漢書注曰丘空也此雖假孔子名而實以空爲戲也或无丘言二字漢書曰趙李諸侍中皆談笑大噱說文曰噱大笑也

文選卷第四十一

賜進士出身通奉大夫江南蘇松常鎮太等處承宣布政使司布政使胡克家重校刊

文選卷第四十二

梁昭明太子撰

文林郎守太子右内率府録事參軍事崇賢館直學士臣李善注上

書中

與從弟君苗君胄書一首

爲曹公作書與孫權一首

吳書曰孫策初與魏武俱事漢薨周瑜魯肅諫權曰將軍承父兄餘資兼六郡之衆兵精糧多何區區而受制於人也權遂據江東西連蜀漢與劉備和親故作書與權望得來同事漢也

阮元瑜 魏志曰阮瑀字元瑜宏才卓逸不羣於俗太祖爲司空召爲軍謀祭酒又管記室書檄多瑀所作又轉丞相倉曹屬卒文章志曰陳留人也

離絶以來于今三年無一日而忘前好亦猶姻媾之義恩情已深爾雅曰壻之父曰姻婦之父曰婚毛詩箋曰重婚曰媾吳志曰策并江東曹公力未能逞且欲撫之乃以弟女配策小弟匡又爲子彰取賁女皆禮辟策弟權翊又命揚州刺史嚴象舉茂才違異之恨中閒尚淺也孤懷此心君豈同哉每覽古今所由改趣因緣侵辱或起瑕釁心忿意危用成大變心既忿恨意不自安若韓信傷心於失楚彭寵積望於無異漢書曰高祖徙信爲楚王後以爲淮陰侯信知漢畏其能稱疾不朝由此日怨陳豨反高祖自將往信陰使人之豨所而與家人謀夜詐赦諸官徒奴欲發兵襲呂后太子范曄後漢書曰光武至薊彭寵上謁自負功德光武接之不能滿以此懷不平光武知之以問幽州牧朱浮浮對曰陛下昔倚爲北道主人寵謂至當

延閣握手交歡並坐既不然所以失望也今盧綰嫌畏於已隙英布憂迫於情漏此事之緣也漢書曰上立盧綰為燕王初上如邯鄲擊陳豨燕王盧綰亦擊其東北豨使王黄求救於匈奴綰亦使其臣張勝於匈奴勝至胡燕王臧荼子衍亡在胡見勝曰公何不令燕且緩豨而與胡和事寬得長王燕勝以為然迺令匈奴兵擊燕綰疑勝與胡反上書請族勝勝還具道所以為者綰寤迺詐論他人以脫勝家屬使得為匈奴間而陰使范齊之豨所欲令連兵無決漢既斬豨其裨將降言燕王綰使范齊通謀豨所上使使召綰綰稱病於是上曰綰果反矣乃遣樊噲伐燕又曰黥布為淮南王漢誅梁王彭越盛其醢以徧賜諸侯至淮南王王大恐陰令人部聚兵伺旁郡警急賁赫為布中大夫上變言布謀反有端可先未發誅也淮南王疑其上言國陰事漢使又來頗有所驗遂族赫家發兵反孤與將軍恩如骨肉割授江南不屬本州豈若淮陰捐舊之恨楊州舊屬江南江南之地盡屬焉今魏徙楊州於壽春而孫權全有江南之地故云屬本州也江都圖經曰江西壽春屬魏魏楊州刺史鎮壽春捐舊或為捐奪誤也抑遏劉馥相厚益隆寧放朱浮顯露之奏魏志劉馥字元穎沛國人也太祖方有袁紹之難謂馥可任以東南之事遂為楊州刺史後漢書曰朱浮為幽州牧奏漁陽守彭寵多買兵器不迎母寵遂反無匿張勝貸他改切故之變張勝有故於胡盧綰匿之而加恩貸也貸或為貳匪有陰構賁音肥赫之告固非燕王淮南之釁也而忍絕王命明棄碩交實為佞人所構會也史記蘇秦謂齊王曰此弃仇讎而得石交者也碩與石古字通論語子曰遠佞人夫似

是之言莫不動聽因形設象易爲變觀戰國策曰曾參殺人人有告曾參母母不信又有人告之
母又不信須臾又有人告之母乃投杼而起示之以禍難激之以恥辱大丈夫雄心能無
憤發吳志曰周瑜云受制於人豈與南面稱孤同哉昔蘇秦說韓羞以牛後韓王按劍作色
而怒雖兵折地割猶不爲悔人之情也戰國策蘇秦爲楚合從說韓王曰臣聞鄙諺曰寧爲雞尸
不爲牛從今西面交臂而臣事秦何以異於牛從也夫以大王之賢也挾彊韓之名臣切爲大王羞之韓王忿然作色攘臂按劍仰天曰
寡人雖死其不事秦延叔堅戰國策注曰尸雞中主也從牛子也從或爲後非也仁君年壯氣盛緒信所嬖
楚辭曰竊悲申包胥之氣盛宋均詩緯注曰緒業也既懼患至兼懷忿恨不能復遠度孤心近
慮事勢遂賫見薄之決計秉翻然之成議加劉備相扇揚事結釁連
推而行之想暢本心不願於此也周易曰推而行之存乎通孤之薄德位高任重
幸蒙國朝將泰之運蕩平天下懷集異類家語注曰異類夷狄也喜得全功長
享其福而姻親坐離厚援生隙漢書谷永曰因而生隙常恐海內多以相責以
爲老夫苞藏禍心陰有鄭武取胡之詐左氏傳趙孟曰老夫罪戾是懼焉能恤遠又曰楚公子圍
聘于鄭鄭使行人子羽與之言曰大國无乃苞藏禍心以圖之韓子曰昔者鄭武公伐胡先以其子妻胡君以娛其意因而問於羣臣曰

吾所用兵誰可伐者大夫關其思對曰胡可武公怒而戮之曰胡兄弟之國也子言伐之何胡君聞之以鄭親己遂不備鄭鄭人襲胡取之也乃使仁君翻然自絕以是忿忿懷慙反側常思除棄小事更申前好小事忿恨前好謂婚姻二族俱榮流祚後嗣以明雅素中誠之效抱懷數年未得散意昔赤壁之役遭離疫氣燒舡自還以避惡地非周瑜水軍所能抑挫也江陵之守物盡穀殫無所復據徙民還師又非瑜之所能敗也赤壁地名在荊州下吳志曰曹公臨荊州權遣周瑜程普為左右督各領萬人與劉備俱進遇於赤壁大破曹公軍燒其餘舡引退士卒飢疫死者太半備瑜等復追至南郡曹公遂北還留曹仁於江陵瑜仁相守歲餘所殺傷甚衆仁委城走荊土本非己分我盡與君冀取其餘言荊州之土非我之分今盡以與君實冀取其餘地耳非相侵肌膚有所割損也列子孟孫陽謂禽子曰有侵若肌膚獲萬金者若為之乎曰為之思計此變無傷於孤何必自遂於此不復還之言我尚冀君之餘地何必荊州之土不復還我哉高帝設爵以延田橫光武指河而誓朱鮪榮美切君之負累豈如二子漢書高紀曰初田橫攻彭越項羽已滅橫懼誅與賓客亡入海上恐其久為亂遣使赦橫曰橫來大者王小者侯謝承後漢書曰光武攻洛陽朱鮪守之上令岑彭說鮪曰赤眉已得長安更始為胡殷所反害今公誰為守乎鮪曰大司徒公被害鮪與其謀誠知罪深不敢降耳彭還白上上謂彭復往

明曉之夫建大事不忌小怨今降官爵可保況誅罰乎上指水曰河水在此吾不食言是以至情願聞德音毛詩曰彼美孟姜德音不忘往年在譙新造舟舡取足自載以至九江貴欲觀湖濼之形定江濱之民耳魏志曰建安十四年三月軍至譙作輕舟治水軍自渦入淮出肥水吳志曰初曹公恐江濱郡縣爲權所略徵令內移轉相警備自廬江九江蘄春廣陵十餘萬皆東渡江江西遂虛合肥以南唯有皖城裴松之吳志注曰濼祖了切非有深入攻戰之計將恐議者大爲己榮左氏傳楚子曰安人之亂以爲己榮自謂策得長無西患重以此故未肯迴情然智者之慮慮於未形達者所規規於未兆金匱曰明者見於未萌智者避危於無形是故子胥知姑蘇之有麋鹿輔果識智伯之爲趙禽漢書伍被謂淮南王曰昔伍子胥諫吳王曰臣今見麋鹿遊姑蘇之臺也越絕書曰姑蘇臺名夫差所造高見三百里戰國策曰智伯與韓魏圍趙於晉陽張孟談陰見韓魏之君曰智伯伐趙趙亡則二君爲之次二君乃與孟談陰約夜遣人入晉陽智果見二君說智伯曰二主色動而變必背君矣不如殺之智伯曰不可智果見言之不聽出便易姓爲輔氏穆生謝病以免楚難鄒陽北遊不同吳禍漢書曰穆生不嗜酒楚王戊常設醴後忘設焉穆生退曰可以逝矣遂謝病去後戊乃與吳王通謀遂應吳王反又曰鄒陽仕吳吳王有邪謀陽奏書諫吳王王不納去之梁從孝王遊此四士者豈聖人哉徒通變思深以微知著耳范子計然曰見微知著以君之明觀孤術

數量君所據相計土地豈勢少力乏不能遠舉割江之表晏安而已哉甚未然也若恃水戰臨江塞要欲令王師終不得渡亦未必也夫水戰千里情巧萬端越爲三軍吳會不禦漢潛夏陽魏豹不意江河雖廣其長難衞也左氏傳曰越子伐吳吳子禦之笠澤夾水而陳越子爲左右句卒使夜或左或右鼓譟而進吳師分以禦之越子以三軍潛涉當吳中軍而鼓之吳師大亂遂敗之漢書曰韓信爲左丞相進擊魏王豹魏王豹盛兵蒲坂塞臨晉信迺益爲疑兵陳舡欲渡至於臨晉而伏兵從夏陽以木罌渡軍襲安邑魏王豹驚張兵迎信信遂虜豹而歸凡事有宜不得盡言將修舊好而張形勢更無以威脅重敵人重威重也言以威重迫脅敵人然有所恐恐書無益何則往者軍逼而自引還今日在遠而興慰納辭遜意狹謂其力盡適以增驕不足相動但明効古當自圖之耳昔淮南信左吳之策漢書曰淮南王安謀反日夜與左吳等按輿地圖部署兵所從出入漢隗囂納王元之言范曄後漢書曰隗囂字季孟天水人更始亂囂亡歸天水招聚其衆自稱西州上將軍遣子恂詣闕囂將王元說囂曰天水完富天下士馬最强元請一丸泥東封函谷此萬世一時也囂心然元計遂反彭寵受親吏之計彭寵已見朱浮與彭寵書二夫不寤終爲世笑梁王不受詭勝竇融斥逐張玄二賢既覺福亦隨之

願君少留意焉（漢書曰梁孝王怨袁盎與羊勝公孫詭之屬陰使人刺殺袁盎天子意梁逐賊果梁使之遣使覆案梁事捕公孫詭羊勝皆匿王後宮韓安國泣諫王王乃令出之勝詭皆自殺梁王使韓安國因長公主謝上怒稍解范曄後漢書竇融字周公扶風人也行西河五大郡大將軍事遙聞光武即位心欲東向隗囂使辨士張玄遊說西河曰今各據土宇與隴蜀合從高可為六國下不失尉陀融召豪傑計議遂決策東向奉書獻馬光武賜融璽綬為涼州牧封安豐侯後遷大司空）若能內取子布外擊劉備（吳志曰張昭字子布）以効赤心用復前好則江表之任長以相付高位重爵坦然可觀上令聖朝無東顧之勞下令百姓保安全之福君享其榮孤受其利豈不快哉若忽至誠以處僥倖婉彼二人不忍加罪（婉猶親愛也二人劉備張昭也）所謂小人之仁大仁之賊大雅之人不肯為此也（韓子曰行小忠則大忠之賊也班固漢書贊曰大雅卓爾不羣河閒獻王近之矣）若憐子布願言俱存亦能傾心去恨順君之情更與從事取其後善（史記曰王溫舒徙諸名禍猾吏與從事廣雅曰從行也）也但禽劉備亦足為効開設二者審處一焉聞荆楊諸將並得降者皆言交州為君所執豫章距命不承執事（吳志曰孫輔字國儀假節交州刺史遣使與曹公相聞事覺權幽縶之數歲卒又曰劉繇字正禮避亂淮浦詔遣為楊州刺史繇不敢之州遂南保豫章）疫旱並行人兵減

損各求進軍其言云云孤聞此言未以爲悅然道路既遠降者難信幸人之災君子不爲左氏傳曰秦飢使乞糴于晉晉人弗與慶鄭曰背施無親幸災不仁且又百姓國家之有加懷區區樂欲崇和庶幾明德來見昭副不勞而定於孤益貴是故按兵守次遣書致意古者兵交使在其中左氏傳曰晉欒書伐鄭鄭使伯蠲行成晉人殺之非禮也兵交使在其間可也願仁君及孤虛心回意以應詩人補袞之歎而慎周易牽復之義毛詩曰袞職有闕惟仲山甫補之周易曰牽復吉濯鱗清流飛翼天衢良時在茲勗之而已

與朝歌令吳質書一首典略曰質爲朝歌長大軍西征太子南在孟津小城與質書漢書曰魏郡有朝歌縣　魏文帝

五月十八日丕白季重無恙爾雅曰恙憂也塗路雖局官守有限爾雅曰局近也孟子曰吾聞有官守者不得其職則去願言之懷良不可任毛詩曰願言思子杜預左氏傳注曰任當也足下所治僻左書問致簡益用增勞每念昔日南皮之遊漢書勃海郡有南皮縣誠不可忘既妙思六經逍遙百氏莊子孔子謂老聃曰丘治詩書禮樂易春秋六經自以爲久矣淮南子曰

百家異說各有所出彈棊閒設終以六博藝經曰棊正彈法二人對局白黑棊各六枚先列棊相當更先控二彈不
得各去控一棊先補角世說曰彈棊出魏宮大體以巾角拂棊子也高談娛心哀箏順耳馳騁北場旅
食南館儀禮曰尊士旅食于門鄭玄注曰旅衆也士衆謂未得正祿所謂庶人在官者浮甘瓜於清泉沈朱
李於寒水白日既匿繼以朗月同乘竝載以遊後園輿輪徐動參從
無聲清風夜起悲笳微吟樂往哀來愴然傷懷列女傳陶荅子妻曰樂極必哀莊子仲尼
曰樂未畢哀又繼之余顧而言斯樂難常足下之徒咸以為然今果分別各在
一方元瑜長逝化為異物司馬遷荅任少卿書曰則長逝者魂魄私恨無窮鵩鳥賦曰化為異物又何足患莊
子曰假於異物託於同體郭象曰今死生聚散變化無方皆異物也每一念至何時可言方今蕤賓紀
時景風扇物禮記曰仲夏之月律中蕤賓易通卦驗曰夏至則景風至天氣和暖衆果具繁時駕
而遊北遵河曲從者鳴笳以啓路文學託乘於後車毛詩曰命彼後車謂之載之
節同時異物是人非我勞如何毛詩曰道之云遠我勞如何今遣騎到鄴故使枉
道相過行矣自愛老子曰聖人自愛丕白

與吳質書一首典略曰初徐幹劉楨應瑒阮瑀陳琳王粲等與質並見友於太子二十二年魏大疫諸人

多死故太子與質書

魏文帝

二月三日丕白歲月易得別來行復四年行猶且也三年不見東山猶歎其遠況乃過之思何可支毛詩曰我徂東山慆慆不歸自我不見于今三年杜預左氏傳注曰不支不能相支持也雖書疏往返未足解其勞結昔年疾疫親故多離其災徐陳應劉一時俱逝痛可言邪昔日遊處行則連輿止則接席何曾須臾相失每至觴酌流行絲竹並奏酒酣耳熱仰而賦詩楊惲報孫會宗書曰酒後耳熱仰天撫缶當此之時忽然不自知樂也謂百年己分可長共相保何圖數年之間零落略盡言之傷心頃撰其遺文都為一集廣雅曰撰定也都凡也觀其姓名已為鬼錄追思昔遊猶在心目而此諸子化為糞壤可復道哉觀古今文人類不護細行鮮能以名節自立尚書曰不矜細行終累大德而偉長獨懷文抱質恬惔寡欲有箕山之志可謂彬彬君子者矣論語子曰文質彬彬然後君子桓子新論雍門周曰身財高妙懷質抱真老子曰少私寡欲呂氏春秋曰昔堯朝許由於沛澤之中曰請屬天下於夫子許由遂之箕山之下著中論二十餘篇成一家之言辭義典雅足傳于後此子為不

朽矣文章志曰徐幹字偉長北海人太祖召以爲軍謀祭酒轉太子文學以道德見稱著書二十篇號曰中論司馬遷書曰通古今之變成一家之言德璉常斐然有述作之意論語曰斐然成章又曰述而不作其才學足以著書美志不遂良可痛惜間者歷覽諸子之文對之抆淚既痛逝者行自念也楚辭曰孤行吟而抆淚孔璋章表殊健微爲繁富公幹有逸氣但未遒耳其五言詩之善者妙絶時人言其詩之善者時人不能逮也元瑜書記翩翩致足樂也仲宣續自善於辭賦言仲宣最少續彼衆賢自善於辭賦也續或爲獨惜其體弱不足起其文典論論文曰文以氣爲主氣之清濁有體謂之體弱也至於所善古人無以遠過昔伯牙絶絃於鍾期仲尼覆醢於子路痛知音之難遇傷門人之莫逮呂氏春秋曰子期死而伯牙乃破琴絶絃禮記曰孔子哭子路於中庭有人弔者而夫子拜之既哭進使者而問故使者曰醢之矣遂命覆醢諸子但爲未及古人自一時之儁也今之存者已不逮矣後生可畏來者難誣然恐吾與足下不及見也論語子曰後生可畏焉知來者之不如今年行已長大所懷萬端時有所慮至通夜不瞑志意何時復類昔日已成老翁但未白頭耳光武言年三十餘在兵中十歲所更非一東觀漢記光武賜隗

朗書曰吾年已三十餘在兵中十歲所更非一獸浮語虛辭耳吾德不及之年與之齊矣以犬羊之
質服虎豹之文無衆星之明假日月之光法言曰敢問質曰羊質而虎皮見草而悅見豺而戰
文子曰百星之明不如一月之光賈子曰主之與臣若日月之與星也動見瞻觀何時易乎恐永不復
得爲昔日遊也少壯真當努力古詩曰少壯不努力老大乃傷悲年一過往何可攀
援莊子北海若曰年不可攀時不可止消息盈虛終則又始古人思炳燭夜遊良有以也古詩曰晝短苦
夜長何不秉燭遊秉或作炳頃何以自娛頗復有所述造不東望於邑裁書敘心
楚辭曰長呼吸以於邑丕白

與鍾大理書一首

魏志曰鍾繇字元常魏國初建爲大理魏略曰後太祖征漢中太子在孟津聞繇有玉玦欲得之而難公索使臨淄侯轉因人說之繇卽送之太子與繇書

魏文帝

丕白良玉比德君子珪璋見美詩人禮記孔子曰君子比德於玉毛詩曰顒顒卬卬如珪如璋晉
之垂棘魯之璵璠宋之結綠楚之和璞垂棘見下文左氏傳曰季平子卒陽虎將以璵璠歛戰國
策應侯謂秦王曰宋有結綠楚有和璞此二者而爲天下之名器也價越萬金貴重都城尹文子曰魏有田父耕于
野得玉徑尺不知其玉也弃之于野鄰人盜之以獻魏王魏王召玉工相之玉工賀曰敢賀大王得天下之寶臣所未嘗見王問其價玉

工曰此無價以當之五城之都聊可一觀魏王立賜獻者千金長食上大夫之祿有稱疇昔流聲將來孔子家語
曰流聲後裔是以垂棘出晉虞虢雙禽左氏傳曰晉荀息請以屈產之乘與垂棘之璧假道於虞以伐虢虞
公許之宮之奇曰虞不臘矣晉滅虢虢公醜奔京師旋館於虞遂襲虞滅之和璧入秦相如抗節孝經援神契曰
抗節厲義通乎至德竊見玉書稱美玉白如截肪黑譬純漆赤擬雞冠黃侔蒸
栗王逸正部論曰或問玉符曰赤如雞冠黃如蒸栗白如猪肪黑如純漆玉之符也通俗文曰脂在腰曰肪音方側聞斯語
未覩厥狀雖德非君子義無詩人高山景行私所仰慕毛詩曰高山仰止景行行
止然四寶邈焉已遠秦漢未聞有貞比也求之曠年不遇厥真私願
不果飢渴未副許慎淮南子注曰果成也孔叢子子思謂魯穆公曰君若飢渴待賢近日南陽宗惠叔
稱君侯昔有美玦聞之驚喜笑與抃會說文曰抃拊手也當自白書恐傳言
未審未敢作書是以令舍弟子建因荀仲茂荀氏家傳曰荀宏字仲茂爲太子文學時從容
喻鄙旨乃不忽遺厚見周稱周稱謂緜書也鄴騎既到寶玦初至捧匣跪發
五內震駭緜在鄴城太子在孟津也李陵詩曰行行且自割無令五內傷緄窮匣開爛然滿目延篤與李
文德書曰吾誦伏犧氏之易煥兮爛兮其滿目猥以蒙鄙之姿得覩希世之寶不煩一介之

使不損連城之價既有秦昭章臺之觀而無藺生詭奪之誑史記曰趙惠文王得和氏之璧秦昭王聞之使人遺趙王書願以十五城易璧趙王遂使相如奉璧西入秦秦王坐章臺見相如相如奉璧奏王相如視秦王無意償趙城乃前曰璧有瑕請指之王授相如相如持璧倚柱怒髮上衝冠曰觀大王無償趙城色故臣復取璧大王必欲急臣臣頭與璧俱碎於柱矣嘉貺益腆敢不欽承謹奉賦一篇以讚揚麗質不白

與楊德祖書一首典略曰臨淄侯以才捷愛幸秉意投脩數與脩書論諸才人優劣

曹子建

植白數日不見思子爲勞想同之也僕少小好爲文章迄至于今二十有五年矣然今世作者可略而言也昔仲宣獨步於漢南孔璋鷹揚於河朔仲宣在荊州故曰漢南孔璋廣陵人在冀州袁紹記室故曰河朔仲長子昌言曰清如冰碧潔如霜露輕賤世俗高立獨步此士之次也毛詩曰惟師尚父時惟鷹揚偉長擅名於青土公幹振藻於海隅徐偉長居北海郡禹貢之青州也故云青土公幹東平寧陽人也寧陽邊齊故云海隅呂氏春秋曰東方爲海隅青州齊也德璉發跡於此魏足下高視於上京德璉南頓人也近許都故曰此魏脩太尉之子故曰上京當此之時人人自謂握靈蛇之珠家家自謂抱荊山之玉淮南子曰隨侯之珠高誘曰隨侯見大蛇傷斷

以藥傅而塗之後蛇於大江中銜珠以報之因曰隋侯之珠韓子曰楚人和氏得玉璞於楚山之中奉而獻之文王使玉人治其璞而得
寶吾王於是設天網以該之頓八紘以掩之今悉集茲國矣吾王謂操也崔
寔本論曰舉彌天之網以羅海內之雄淮南子曰九州之外是有八澤八澤之外乃有八紘然此數子猶復不能
飛軒絕跡一舉千里韓詩外傳蓋胥曰鴻鵠一舉千里所恃者六翮爾以孔璋之才不閑於
辭賦而多自謂能與司馬長卿同風譬畫虎不成反爲狗也東觀漢記曰馬
援誡子嚴書曰効杜季良而不成陷爲天下輕薄子所謂畫虎不成反類狗也前書嘲之反作論盛道僕讚
其文夫鍾期不失聽于今稱之列子曰伯牙善鼓琴鍾子期善聽吾亦不能忘歎者
畏後世之嗤余也世人之著述不能無病僕常好人譏彈其文有不
善者應時改定荀子曰有人道我善者是吾賊也道我惡者是吾師也昔丁敬禮常作小文使
僕潤飾之論語曰行人子羽脩飾之東里子產潤色之僕自以才不過古卧切若人辭不爲
也若人謂敬禮也論語子謂子賤君子哉若人包曰若人若此之人也敬禮謂僕卿何所疑難文之佳
惡吾自得之後世誰相知定吾文者邪吾常歎此達言以爲美談公羊
傳曰魯人至今以爲美談昔尼父之文辭與人通流至於制春秋游夏之徒乃不

能措一辭禮記曰魯哀公曰嗚呼尼父史記曰孔子文辭有可與共者至于春秋子游子夏之徒不能贊一辭過此而
言不病者吾未之見也蓋有南威之容乃可以論其淑媛于戀切爲劉季緒張
本戰國策曰晉平公得南威三日不聽朝遂推而遠之曰後世必有以色亡國者爾雅曰美女爲媛有龍泉之利乃可
以議其斷丁段切割戰國策蘇秦說韓王曰韓之劍戟龍淵大阿陸斷牛馬水擊鴻鴈劉季緒才不能
逮於作者摯虞文章志曰劉表子官至樂安太守著詩賦頌六篇而好詆丁禮切訶呼歌切文章掎
居綺切摭之石切利病說文曰訶大言也又曰掎偏引也昔田巴毀五帝罪三王呰紫五
霸於稷下一旦而服千人魯連一說使終身杜口魯連子曰齊之辯者曰田巴辯於狙
丘而議於稷下毀五帝罪三王一日而服千人有徐劫弟子曰魯連謂劫曰臣願當田子使不敢復說七略曰齊有稷城門也齊談說之
士期會於稷下者甚衆漢書鄧公謂景帝曰內杜忠臣之口劉生之辯未若田氏今之仲連求之
不難可無息乎毛萇詩傳曰息止也人各有好尚蘭茝昌待切蓀蕙之芳衆人所
好而海畔有逐臭之夫喻人評文章愛好不同也呂氏春秋曰人有大臭者其親戚兄弟妻妾知識无能與居者
自苦而居海上人有悅其臭者晝夜隨而不去咸池六莖之發衆人所共樂而墨翟有非之
之論豈可同哉樂動聲儀曰黃帝樂曰咸池漢書曰顓頊作六莖樂墨子有非樂篇今往僕少小所著

辭賦一通相與夫街談巷說必有可采擊轅之歌有應風雅（漢書曰小說家者街談巷語道聽塗說之所造也崔駰曰竊作頌一篇以當野人擊轅之歌班固集曰擊轅相杵亦足樂也）匹夫之思未易輕棄也（我此一通同匹夫之思也）辭賦小道固未足以揄揚大義彰示來世也昔楊子雲先朝執戟之臣耳猶稱壯夫不爲也（漢書曰楊雄奏羽獵賦爲郎然郎皆執戟而侍也東方朔荅客難曰官不過侍郎位不過執戟楊子法言曰彫蟲篆刻壯夫不爲也）吾雖德薄位爲藩侯猶庶幾勠力上國流惠下民（國語曰勠力一心四子講德論曰賢敏以流惠）建永世之業留金石之功（尚書王曰與國咸休永世无窮吳越春秋樂師謂越王曰君王德可刻金石）豈徒以翰墨爲勳績辭賦爲君子哉若吾志未果吾道不行則將采庶官之實錄辯時俗之得失（班固漢書司馬遷贊曰有良史之才其文直其事該不虛美不隱惡故謂之實錄應劭曰言其實錄事也）定仁義之衷成一家之言（司馬遷書曰通古今之變成一家之言）雖未能藏之於名山將以傳之於同好（司馬遷書曰僕誠以著此書藏之名山尚書序曰好古博雅君子與我同志亦所不隱也）非要（一召切）之皓首豈今日之論乎其言之不慙恃惠子之知我也（張平子書曰其言之不慙恃鮑子之知我）明早相迎書不盡懷植白

與吳季重書一首 典略曰質出爲朝歌長臨淄侯與質書　　曹子建

植白季重足下前日雖因常調得爲密坐 曹大家敬器頌曰侍帝王之密坐 雖燕飲彌日其於別遠會稀猶不盡其勞積也 毛詩曰彌終也 若夫觴酌凌波於前簫笳發音於後足下鷹揚其體鳳歎虎視 鷹揚已見上文足下謂季重也鳳以喻文也虎以喻武也歎猶歌也取美壯之意山海經曰丹穴之山有鳥名曰鳳飲食自歌自舞易曰虎視眈眈 謂蕭曹不足儔衛霍不足侔也左顧右眄謂若無人豈非吾子壯志哉 史記曰荊軻與高漸離歌於市已而相泣傍若无人 過屠門而大嚼 慈躍切 雖不得肉貴且快意 桓子新論曰人聞長安樂則出門向西而笑知肉味美對屠門而大嚼 當斯之時願舉太山以爲肉傾東海以爲酒伐雲夢之竹以爲笛斬泗濱之梓以爲箏 尚書曰雲土夢作乂孔安國曰雲夢之澤在江南尚書曰泗濱浮磬 食若塡巨壑飲若灌漏卮 莊子淳芒謂苑風曰夫大壑之爲物也注焉而不滿取之而不竭淮南子曰今夫霤水足以溢壺榼而江河不能實漏卮 其樂固難量豈非大丈夫之樂哉然日不我與曜靈急節 楚辭曰角宿未旦曜靈焉藏廣雅曰曜靈日也 面有逸景之速別有參商之闊 左氏傳子產曰昔高辛氏有二子伯曰閼伯季曰實沈不相能后帝不臧遷閼伯于商丘主辰商人是因故辰爲商星遷實沈於大夏主參唐

人是因其季葉曰唐叔故參爲晉星思欲抑六龍之首頓羲和之轡楚辭曰貫鴻濛以東竭兮維六龍於
扶桑又曰吾令羲和弭節兮折若木之華閉濛汜之谷楚辭曰折若木以拂日兮聊逍遙以相佯王逸曰若
木在崑崙言折取若木以拂擊蔽日使之還却也楚辭曰出自陽谷次於濛汜天路高邈良久無緣仲長子昌言曰
蕩蕩乎若昇天路而不知夫所登也懷戀反側如何如何得所來訊文采委曲曄若春
榮瀏若清風荅賓戲曰摛藻如春華毛詩曰吉甫作頌穆如清風楚辭曰秋風瀏以蕭蕭兮申詠反覆曠若
復面其諸賢所著文章想還所治復申詠之也所治謂朝歌也可令憙許記切
事小吏諷而誦之周禮曰諷誦言語鄭玄曰背文曰諷以聲節之曰誦夫文章之難非獨今也
古之君子猶亦病諸論語子曰堯舜其猶病諸家有千里驥而不珍焉人懷盈尺
和氏無貴矣言驥及和氏以希爲貴今若家有千里人懷盈尺卽驥及和氏寧得珍貴乎呂氏春秋曰所爲貴驥者爲其一
日千里也淮南子曰聖人不貴尺璧而重寸陰韓子曰楚人和氏得玉璞於楚山之中遂名曰和氏之璧夫君子而知音
樂古之達論謂之通而蔽墨翟不好伎何爲過朝歌而迴車乎足下
好伎值墨翟迴車之縣想足下助我張目也又聞足下在彼自有佳
政夫求而不得者有之矣未有不求而得者也法言曰學者所以有求爲君子求而不得

者有矣未有不求而得之者也且改轍易行非良樂之御呂氏春秋曰古之善相馬者若趙之王良秦之伯樂尤盡其妙也左氏傳曰晉趙鞅納衛太子于戚將戰郵无恤御杜預曰郵无恤王良也易民而治非楚鄭之政戰國策曰趙告謂趙王曰臣聞之聖人不易民而教智者不變俗而勸史記曰循吏楚有孫叔敖鄭有子產而二國俱治是不易之民也願足下勉之而已矣適對嘉賓口授不悉往來數相聞曹植白植集此書別題云夫爲君子而不知音樂古之達論謂之通而蔽墨翟自不好伎何謂過朝歌而迴車乎足下好伎而正值墨氏迴車之縣想足下助我張目也今本以墨翟之好伎置和氏无貴矣之下蓋昭明移之與季重之書相映耳

荅東阿王書一首

吳季重

質白信到奉所惠貺發函伸紙是何文采之巨麗而慰喻之綢繆乎夫登東嶽者然後知衆山之邐迤也奉至尊者然後知百里之卑微也法言曰觀書者譬如觀山升東嶽而知衆山之邐迤也況介丘乎下句蓋季重自況也自旋之初伏念五六日至于旬時尚書曰要囚服念五六日至于旬時精散思越惘若有失非敢羨寵光之休慕猗頓之富毛詩曰既見君子爲龍爲光毛萇曰龍寵也孔叢子子產問子順曰臣匱於財聞猗頓善殖貨欲學之然先生同國也當知其術願以告我荅曰然我知之猗頓魯之窮士也耕則常飢桑則常寒聞朱公富往之問術焉朱公告之曰子欲速富

當畜五牸於是乃適河大畜牛羊于猗氏之南十年之間其滋息不可計貲擬王公馳名天下以興富於猗氏故曰猗頓誠以身
賤犬馬德輕鴻毛戰國策魯連說張相國曰鴻毛之輕也而不能自舉至乃歷玄闕排金門升
玉堂三輔舊事曰未央宮北有玄武闕解嘲曰歷金門上玉堂有日矣伏虛檻於前殿臨曲池而行
觴楚辭曰坐堂伏檻臨曲池既威儀虧替言辭漏渫思列反雖恃平原養士之懿愧
無毛遂燿穎之才史記曰秦之圍邯鄲使平原君求救合從於楚約與食客門下有勇士文武備具者二十人偕得十
九人餘无可取者毛遂自讚於平原君平原君曰夫賢士之處俗譬若錐之處囊中其末立見今在左右未有所稱誦是先生无所有也
毛遂曰臣今日請處囊中耳使遂早得處囊中乃穎脫而出非特其末見而已深蒙薛公折節之禮而無馮
諼火爰切三窟之効漢書曰淮南王折節下士戰國策曰齊人有馮諼者貧乏不能自存使人屬孟嘗君願寄食門下孟
嘗君曰諾孟嘗問門下諸客誰習會計能為文收債於薛者乎馮諼曰能於是約車促裝單衣載契而辭問曰收債畢何市而反孟嘗君
曰視吾家所寡有者驅而之薛矯命以債賜諸人因燒其券人稱萬歲長驅到齊孟嘗君見之曰何市而反曰竊計君家所無不有所乏
者義爾為君市義孟嘗不悅後有毀孟嘗君於湣王孟嘗君就國于薛未至百里老幼迎於道中孟嘗君顧馮諼曰先生為文市義乃今
見矣馮諼曰狡兎有三窟免其死耳今君有一窟未得高枕而臥也請為君復鑿二窟孟嘗君乃與車五十乘金五百斤西遊於梁梁惠王
聘孟嘗君齊王聞之君臣恐懼使太傅謝孟嘗君曰願君顧先王之宗廟姑反國統民馮諼謂孟嘗君請先王之祭器立宗廟於薛廟成

還謂孟嘗君曰三窟已就請君高枕爲樂矣屢獲信陵虛左之德又無侯生可述之美史記
曰魏公子置酒大會賓客公子從車騎虛左自迎夷門侯生侯生攝衣冠直載公子上坐不讓欲以觀公子公子執轡愈恭侯生謂公子
曰今日嬴之爲公子亦足矣市人皆以嬴爲小人而以公子爲長者能下士也凡此數者乃賀之所以憤積
於胸臆懷眷而悁邑者也若追前宴謂之未究傾海爲酒并山爲肴
伐竹雲夢斬梓泗濱然後極雅意盡歡情信公子之壯觀非鄙人之
所庶幾也封禪書曰天下之壯觀周易曰顏氏之子其殆庶幾乎若質之志實在所天左氏傳箴尹克
黃曰君天也思投印釋黻朝夕侍坐鑽仲父之遺訓覽老氏之要言仲父仲尼
也老氏老子也對清酤而不酌抑嘉肴而不享毛詩曰既載清酤又曰嘉肴脾臄使西施出
帷嫫母侍側越絕書曰越王乃飾美女西施使大夫種獻之於吳王楚辭曰西施媞而不得見兮嫫母勃屑而日侍王逸曰
嫫母醜女也斯盛德之所蹈明哲之所保也周易曰日新之謂盛德毛詩曰既明且哲以保其身若
乃近者之觀實蕩鄙心秦箏發徽二八迭奏楚辭曰挾秦箏而彈徽又曰二八齊容起鄭舞
塤簫激於華屋靈鼓動於座右舞賦曰燿華屋而熺洞房周禮曰靈鼓靈鼓也耳嘈嘈於無
聞情踴躍於鞍馬謂可北懾肅慎使貢其楛矢南震百越使獻其白

雉家語曰孔子之陳陳惠公賓之有隼集庭而死楛矢貫之惠公使使如孔子之館問之孔子曰昔武王克商於是肅慎氏貢楛矢石砮其長尺有咫故銘其楛曰肅慎氏貢矢以分太姬配虞胡公而封諸陳王肅曰肅慎北夷國名也楛木名也砮箭鏃也太公金匱曰武王伐殷四夷聞各以來貢越裳獻白雉重譯而至又況權備夫何足視乎還治諷采所著觀省英瑋實賦頌之宗作者之師也漢書曰司馬相如為辭宗賦頌之首蔚衆賢所述亦各有志昔趙武過鄭七子賦詩春秋載列以為美談左氏傳曰趙武與諸侯大夫會過鄭鄭伯享趙孟於垂隴七子從趙孟曰七子從君以寵武也請皆賦詩以卒君貺武亦以觀七子之志子展賦草虫伯有賦鶉之奔奔子西賦黍苗之四章子產賦隰桑子大叔賦野有蔓草叔段賦蟋蟀公孫段賦桑扈質小人也無以承命又所荅貺辭醜義陋申之再三赧然汗下尚書曰至于再至于三小雅曰面慙曰赧此邦之人閑習辭賦三事大夫莫不諷誦何但小吏之有乎毛詩曰三事大夫莫肯夙夜重惠苦言訓以政事史記衛鞅曰苦言藥也甘言疾也惻隱之恩形乎文墨謝承後漢書曰甄豐惻隱之恩發於自然墨子迴車而質四年雖無德與民式歌且舞淮南子曰曾子至孝不過勝母里墨子非樂不入朝歌鄒陽上書曰里名勝母曾子不入邑號朝歌墨子迴車毛詩曰雖无德與女式歌且舞式作或者非儒墨不同固以久矣然一旅之衆不足以揚名左氏傳伍員曰少康有衆一旅杜預曰一

旅伍百人也步武之閒不足以騁跡司馬法曰六尺曰步禮記曰堂上接武鄭玄注曰武跡也若不改轍易御將何以效其力哉今處此而求大功猶絆良驥之足而責以千里之任檻援猴之勢而望其巧捷之能者也淮南子曰兩絆騏驥而求其致千里置猨檻中則與豚同非不巧捷也無所肆其能也不勝見恤謹附遣白荅不敢繁辭吳質白

與滿公琰書一首賈弼之山公表注曰滿寵子炳字公琰為別部司馬

應休璉公琰前日曾過休璉至明日欲遣書謝值公琰又使人來召璩璩別事不得往故為報

璩白昨者不遺猥見照臨雖昔侯生納顧於夷門毛公受眷於逆旅無以過也夷門侯嬴也已見吳季重荅東阿王書史記曰趙有處士毛公藏於博徒薛公藏於賣漿家魏公子欲見之兩人自匿不肯見公子聞所在乃閒步往從此兩人遊甚歡左氏傳荀息曰今號為不道保於逆旅外嘉郎君謙下之德內幸頑才見誠知己歡欣踴躍情有無量是以奔騁御僕宣命周求陽書喻於詹何楊倩說於范武說苑曰宓子賤將適單父陽書謂子賤曰吾少賤無以送子今贈子以釣道夫投綸錯餌迎而吸之者楊鱎也其為魚味薄而美若亡若存若食若不食者魴其為魚味厚子賤至單父冠蓋逆之者交接於道子賤曰陽書所謂楊鱎者也乃請者老尊賢與之共化列子曰詹何楚人也以獨繭為綸芒針為鉤荊棘為竿剖粒為餌而引盈車之魚韓

子曰宋人有酤酒者升槪甚平遇客甚謹爲酒甚美懸幟甚高然而不售酒酸怪其故問其所知閭長者楊倩曰汝狗猛曰狗猛則酒美
何故而不售曰人畏焉或令孺子懷錢挈壺甕而往酤狗迎而齕之此酒所以酸不售也夫國亦然有道之士懷其術而欲以輔萬乘之
主大臣爲猛狗迎而齕之人主之所以蔽脅而有道之士所以不用也范武未詳故使鮮魚出於潛淵芳旨
發自幽巷繁組綺錯羽爵飛騰楚辭曰瑤漿蜜勺實羽觴兮漢書音義曰羽觴作生爵形儀禮曰請媵爵
鄭玄曰今文媵多作騰牙曠高徽義渠哀激列子伯牙善鼓琴左氏傳曰師曠侍於晉侯杜預曰師曠晉樂太師
也許慎淮南子注曰鼓琴循絃謂之徽戰國策曰義渠君之魏高誘曰義渠西戎國名也其樂未聞當此之時仲孺不
辭同產之服孟公不顧尚書之期漢書曰灌夫字仲孺夫嘗有姊服過丞相田蚡蚡從容曰吾欲與仲
孺過魏其侯會仲孺有服夫曰將軍乃肯幸臨魏其侯夫安敢以服爲辭又曰陳遵字孟公嗜酒好賓客每取客車轄投井中雖有急終
不去嘗有部刺史奏事過遵值其方飲刺史候遵霑醉時突入見遵母叩頭自白日當對尚書有期會狀母迺令刺史從後閤出去徒
恨宴樂始酣白日傾夕驪駒就駕意不宣展漢書曰諸博士共持酒肉勞王式江翁謂歌吹
諸生曰歌驪駒王式曰聞之於師客歌驪駒主人歌客毋庸歸今諸君爲主人日尚早未可也服虔曰大戴禮篇客欲去歌之文穎曰其
辭曰驪駒在門僕夫具存驪駒在路僕夫整駕追惟耿介迄于明發楚辭曰獨耿介而不適隨毛詩曰明發不寐
欲遺書會承來命知諸君子復有漳渠之會夫漳渠西有伯陽之館

北有曠野之望伯陽卽老子也詩曰率彼曠野高樹翳朝雲文禽蔽綠水沙場夷敞清風肅穆是京臺之樂也得無流而不反乎淮南子曰令尹子瑕請飲莊王許諾子瑕具於京臺莊王不往曰吾聞京臺者南望獵山北臨方皇左江右淮其樂忘歸若吾薄德之人不可以當此樂也恐流而不能自反高誘曰京臺高臺也方皇大澤也適有事務須自經營何休公羊傳注曰適遇也不獲侍坐良增邑邑邑邑不樂也因白不悉璩白

與侍郎曹長思書一首

應休璉

璩白足下去後甚相思想叔田有無人之歌闉闍有匪存之思風人之作豈虛也哉毛詩曰叔于田巷無居人又曰出其闉闍有女如荼又曰雖則如雲匪我思存闉音因闍音都王肅以宿德顯授何曾以後進見拔魏志曰王肅字子雍黃初中爲散騎黃門侍郎臧榮緒晉書曰何曾字穎考陳國人也曾弱冠累遷散騎侍郎給事黃門郎東觀漢記梁商上書曰猥復超起宿德論語子曰後進於禮樂君子也皆鷹揚虎視有萬里之望薄援助者不能追參於高妙復歛翼於故枝桓子新論曰昔顏淵有高妙次聖之才聞一知十塊然獨處有離羣之志淮南子曰卓然獨立塊然幽處禮記子夏曰吾離羣索居亦已久矣汲黯樂在郎署何武恥爲宰相千載揆之知其有由也漢書

汲黯字長孺拜淮陽太守黯伏地謝不受印綬臣願爲中郎出入禁闥臣之願也又曰何武字君公爲御史司空多所舉奏號爲煩碎不稱賢公恥義未詳

德非陳平門無結駟之跡漢書曰陳平家貧好讀書張負隨平至其家家負郭窮巷以席爲門然門外多長者車轍

學非楊雄堂無好事之客漢書曰楊雄家素貧嗜酒人稀至其門時有好事者載酒肴從雄遊學

才劣仲舒無下帷之思家貧孟公無置酒之樂漢書曰董仲舒廣川人以學春秋孝景時爲博士下帷講誦又曰陳遵字孟公嗜酒每大飲賓客滿堂遵過寡婦左阿君置酒歌謳遵起舞跳梁樂之

悲風起於閨闥紅塵蔽於机榻幸有袁生時步玉趾樵蘇不爨清談而已左氏傳楚宰薳啓彊謂魯侯曰今君若步玉趾辱見寡君也漢書廣武君李左車說成安君曰樵蘇後爨師不宿飽晉灼曰樵取薪也蘇取草也

有似周黨之過平聲閔子東觀漢記曰太原閔貢字仲叔與周黨相遇含菽飲水無菜茹也

夫皮朽者毛落川涸者魚逝蔡邕正論曰皮朽則毛落水涸則魚逝其勢然也

春生者繁華秋榮者零悴周書陰符太公曰春道生萬物榮秋道成萬物零

自然之數豈有恨哉聊爲大弟陳其苦懷耳想還在近故不益言璩白

與廣川長岑文瑜書一首廣川縣時旱祈雨不得作書以戲之

應休璉

璩白頃者炎旱日更增甚沙礫銷鑠草木焦卷呂氏春秋曰湯時大旱七年煎沙爛石山

（海經曰十日所落草木焦卷）處涼臺而有鬱蒸（之剩切）之煩浴寒水而有灼爛之慘宇宙雖廣無陰以憩雲漢之詩何以過此（毛詩雲漢曰赫赫炎炎云我無所鄭玄曰言無所芘蔭而處也）土龍矯首於玄寺泥人鶴立於闕里（淮南子曰聖人用物若用朱絲約芻狗若爲土龍以求雨芻狗待之而求福土龍待之而得食高誘曰土龍致雨雨而成穀故待土龍之神而得穀食玄寺道場也風俗通曰尚書御史所止皆曰寺故後代道場及祠宇皆取其稱焉淮南子曰西施毛嬙猶倛醜也高誘曰倛醜請雨土人也司馬彪續漢書梅福上書曰仲尼之廟不出闕里）修之歷旬靜無徵効明勸教之術非致雨之備也知恤下人躬自暴露拜起靈壇勤亦至矣（司馬彪續漢書曰郡國旱各掃除社稷公卿官長以次行雩禮求雨）昔夏禹之解陽盱殷湯之禱桑林（淮南子曰禹爲水以身解於陽盱之河湯苦旱以身禱於桑林之祭高誘曰爲治水解禱以身爲質解讀解除之解陽盱河蓋在秦地桑山之林能興雲致雨故禱之盱音紆）言未發而水旋流辭未卒而澤滂沛（說苑曰湯之時大旱七年使人持三足鼎而祝山川蓋辭未已而天下大雨也）今者雲重積而復散雨垂落而復收得無賢聖殊品優劣異姿割髮宜及膚翦爪宜侵肌乎（呂氏春秋曰昔殷湯尅夏而大旱五年湯乃身禱於桑林於是翦其髮䴡其手自以爲犧用祈福於上帝民乃甚悅雨乃至䴡音酈）大周征殷而年豐衛伐邢而致雨（左氏傳衛人伐邢於是衛大旱甯莊曰昔周飢

克殷而年豐今邢方無道諸侯無伯天
其或者欲使衛討邢乎從之師興而雨善否之應甚於影響未可以
為不然也尚書曰惠迪吉從逆凶惟影響想雅思所未及謹書起予論語子曰起予者商也應
璩白

與從弟君苗君胄書一首此書言欲歸田故報二從弟也　應休璉

璩報閑者北遊喜歡無量登芒濟河曠若發矇說文曰芒洛北大阜也禮記曰昭然若發蒙矣如淳漢書注曰以物蒙覆其頭而為發去其人欲之耳風伯掃塗雨師灑道韓子師曠曰黃帝合鬼神於太山之上風伯進掃雨師灑道列仙傳曰赤松子為雨師按轡清路周望山野亦既至止酌彼春酒詩曰亦既見止又曰至止肅肅又曰為此春酒接武茅茨涼過大夏禮記曰堂上接武鄭玄曰武跡也說文曰屋以草蓋曰茨淮南子曰大夏增加擬於崑崙高誘曰大夏大屋也涼或作椋非也扶寸肴脩味踰方丈尚書大傳曰扶寸而合不崇朝而雨天下鄭玄曰四指為扶扶音膚墨子曰美食方丈目不能徧視口不能徧味逍遙陂塘之上吟詠菀音鬱柳之下淮南子曰禹有陂塘之事毛詩曰菀彼柳斯結春芳以崇佩折若華以騁目楚辭曰紉秋蘭以為佩又曰春蘭兮秋菊毛萇詩傳曰崇充也若華已見曹植與吳季重書弋下高雲之鳥餌出深淵之魚蒲且子餘切讚善便嬛一緣切稱妙何其樂哉列子詹何曰臣聞蒲

且子之弋弱弓微繳乘風振之連雙鶬於青雲之上用心專也淮南子曰雖有鉤鍼芳餌加以詹何便嬛之妙猶不能與罔罟爭得也高誘曰便嬛白翁時人也七發曰蜎蠉詹何之倫然便嬛卽蜎蠉也雖仲尼忘味於虞韶楚人流遁於京臺無以過也論語曰子在齊聞韶三月不知肉味曰不圖爲樂之至於斯也京臺已見應休璉與滿公琰書班嗣之書信不虛矣漢書曰桓生欲借其書班嗣報曰漁釣一壑則萬物不奸其志棲遲一丘則天下不易其樂來還京都塊然獨處營宅濱洛困於囂塵晏子春秋曰景公欲更晏子之宅近市湫隘囂塵不可居思樂汶上發於寤寐論語曰季氏使閔子騫爲費宰閔子騫曰善爲我辭焉如有復我者則吾必在汶上矣昔伊尹輟耕郅惲投竿思致君於有虞濟蒸人於塗炭孟子曰伊尹耕於有莘之野而樂堯舜之道湯使人以幣聘之囂囂然湯三使往聘之旣而幡然改之曰與我處畎畝之中是以樂堯舜之道吾豈若使是君爲堯舜之君哉吾豈若使是民爲堯舜之民哉吾豈若於吾身親見之哉東觀漢記曰郅惲字君章汝南人也鄭次都隱於弋陽山中惲卽去從次都止漁釣甚娛留數十日惲喟然歎曰天生俊士以爲民也鳥獸不可與同羣子從我爲伊尹乎將爲許巢而去堯舜也次都曰吾年耄矣安得從子子勉正性命勿勞神以害生告別而去惲客於江夏郡擧孝廉爲郎尚書曰民墜塗炭而吾方欲秉耒耜於山陽沈鉤緡於丹水知其不如古人遠矣漢書河內郡有山陽縣又上黨郡高都縣有莞谷丹水所出莞音管然山父不貪天地之樂曾參不慕晉楚之富亦其志也山父卽巢

珍倣宋版印

父也譙周古考史曰許由夏常居巢故一號巢父琴操曰許由夏則巢居冬則穴處飢則仍山而食渴則仍河而飲堯大其志禪爲天子由曰放髮優游所以安己不懼非以貪天下也孟子曾子曰晉楚之富不可及也彼以其富我以吾仁彼以其爵我以吾義吾何慊之

前者邑人念弟無已欲州郡崇禮官師授邑誠美意也歷觀前後來入軍府至有皓首猶未遇也漢書賈誼上疏曰古者內有公卿大夫外有公侯伯子男然後有官小史延及庶人徒有飢寒駿奔之勞尚書曰駿奔走俟河之清人壽幾何左氏傳子駟曰周詩有之曰俟河之清人壽幾何杜預曰言人壽促而河清遲也且宦無金張之援遊無子孟之資漢書金日磾贊曰夷狄亡國羈虜漢庭七葉內侍何其盛矣又張湯贊曰張氏子孫相繼自宣元已來爲侍中中常侍者凡十餘人功臣之後唯有金氏張氏漢書曰霍光字子孟驃騎將軍去病之弟也而圖富貴之榮望殊異之寵是隴西之遊越人之射耳淮南子曰夫乘舟而惑者不知東西見斗極則曉然而寤矣性亦人之斗極有自見也則不失物之情無以自見則動而惑譬若隴西之游愈躁愈沈又曰越人學遠射參天而發適在五步之內不易其儀時已變矣而守其故譬猶越之射爾幸賴先君之靈免負擔之勤左氏傳陳公子完曰免於罪戾弛於負擔追蹤丈人畜雞種黍論語曰子路從而後遇丈人以杖荷蓧子路問曰子見夫子乎丈人曰四體不勤五穀不分孰爲夫子植其杖而耘止子路宿殺雞爲黍而食之漢書鄭朗曰修農圃之疇畜雞種黍潛精墳籍立身揚名斯爲可矣孝經曰立身行道揚名於

後世無或遊言以增邑邑禮記曰大人不倡游言鄭玄曰游浮也不可用之言郊牧之田宜以爲意爾雅曰邑外曰郊周禮有牧田廣開土宇吾將老焉左氏傳曰隱公使營菟裘吾將老焉菟音塗劉杜二生想數往來朱明之期已復至矣爾雅曰夏爲朱明相見在近故不復爲書慎夏自愛璩白

文選卷第四十二

賜進士出身通奉大夫江南蘇松常鎮太等處承宣布政使司布政使胡克家重校刊

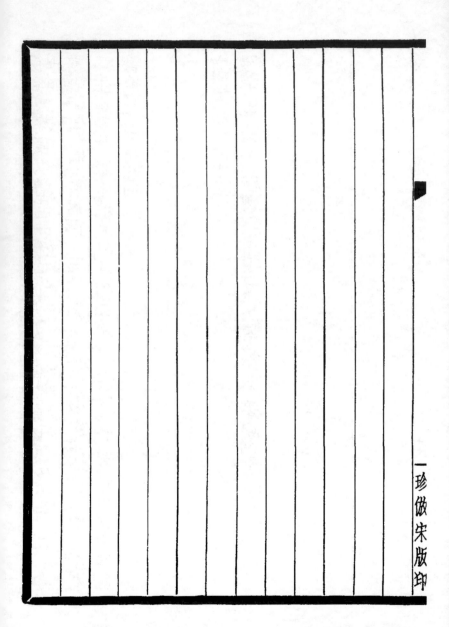

文選卷第四十三

梁昭明太子撰

文林郎守太子右内率府錄事參軍事崇賢館直學士臣李善注上

書下

與山巨源絕交書

魏氏春秋曰山濤爲選曹郎舉康自代康荅書拒絕因自說不堪流俗而非薄湯武大將軍聞而惡焉

嵇叔夜

康白足下昔稱吾於潁川吾常謂之知言稱謂說其情不願仕也悵其素志故謂知言也虞預
晉書曰山嶔守潁川嵆康文集錄注曰河內山嶔守潁川山公族父莊子曰狂屈聞之以黃帝為知言然經怪此意尚
未熟悉於足下何從便得之也言常怪足下何從而便得吾之此意也前年從河東還
顯宗阿都說足下議以吾自代晉氏八王故事注曰公孫崇字顯宗譙國人為尚書郎嵆康文集錄注曰
阿都呂仲悌東平人也康與呂長悌絕交書曰少知阿都志力閑華每喜足下家復有此弟事雖不行知足下故
不知之言不知己之情足下傍通多可而少怪言足下傍通衆藝多有許可少有疑怪言寬容也周易曰
六爻發揮旁通情也法言曰或問行曰旁通厥德李軌曰應萬變而不失其正者唯旁通乎吾直性狹中多所不
堪偶與足下相知耳偶謂偶然非本志也爾雅曰偶遇也郭璞曰偶值也閒聞足下遷惕然不
喜恐足下羞庖人之獨割引尸祝以自助莊子曰庖人雖不治庖尸祝不越樽俎而代之手
薦鸞刀漫平聲之羶腥毛詩曰執其鸞刀以啓其毛莊子北人無擇曰帝欲以辱行漫我高誘呂氏春秋注曰漫汙也
故具為足下陳其可否吾昔讀書得幷介之人或謂無之今乃信其
真有耳幷謂兼善天下也介謂自得無悶也趙岐孟子章句曰伯夷柳下惠介然必偏中和為貴性有所不堪真
不可強今空語同知有達人無所不堪外不殊俗而內不失正與一

世同其波流而悔吝不生耳空語猶虛說也共知有通達之人至於世事無所不堪言己不能則而行之也太玄經曰君子內正而外馴莊子曰與物委虵而同其波周易曰悔吝者憂虞之象也老子莊周吾之師也親居賤職柳下惠東方朔達人也安乎卑位吾豈敢短之哉史記曰莊子名周嘗為蒙漆園吏列仙傳曰李耳為周柱下史轉為守藏史論語曰柳下惠為士師漢書曰東方朔著論設客難己位卑以自慰諭孟子曰為貧仕者辭尊居卑又曰位卑言高罪也又仲尼兼愛不羞執鞭子文無欲卿相而三登令尹是乃君子思濟物之意也莊子仲尼謂老聃曰兼愛無私仁之情也論語子曰富而可求雖執鞭之士吾亦為之子張問令尹子文三仕為令尹無喜色三已之無慍色舊令尹之政必以告新令尹何如子曰忠矣所謂達能兼善而不渝窮則自得而無悶孟子曰古之人窮則獨善其身達則兼善天下又曰柳下惠遺佚而不怨厄窮而不憫以此觀之故堯舜之君世許由之巖棲呂氏春秋曰昔堯朝許由於霈澤之中曰請屬天下於夫子許由遂之箕山之下張升反論曰黃綺引身巖棲南岳子房之佐漢接輿之行歌其揆一也漢書曰上封良為留侯行太子少傅事論語曰楚狂接輿歌而過孔子孟子曰先聖後聖其揆一也仰瞻數君可謂能遂其志者也賈逵國語注曰遂從也故君子百行殊塗而同致循性而動各附所安周易子曰天下同歸而殊塗一致而百慮淮南子曰循性而行或害或利論語讖曰貧而無怨循性動也故有

處朝廷而不出入山林而不反之論（班固漢書贊曰山林之士往而不能反朝廷之士入而不能出）

（二者各有所短）且延陵高子臧之風長卿慕相如之節志氣所託不可奪也

（左氏傳吳子諸樊既除喪將立季札季札辭曰曹宣公之卒也諸侯與曹人不義曹公將立子臧子臧去之遂弗為也以成曹君子曰能守節君義嗣也誰能奸君有國非吾節也札雖不才願附於子臧以無失節史記曰司馬相如字長卿其親名之犬子相如既學慕藺相如之為人更名相如）吾每讀尚子平臺孝威傳慨然慕之想其為人（英雄記曰尚子平有道術為縣功曹休歸自入山擔薪賣以供食飲范曄後漢書曰向子平隱居不仕性尚中和好通老易尚向不同未詳又曰臺佟者字孝威魏郡人隱於武安山鑿穴為居采藥為業佟徒冬切史記太史公曰余讀孔氏書想見其為人）少加孤露母兄見

驕不涉經學性復疏嬾筋駑肉緩頭面常一月十五日不洗不大悶

癢不能沐也每常小便而忍不起令胞中略轉乃起耳又縱逸來久

情意傲散簡與禮相背嬾與慢相成（孔安國論語注曰簡略也言性簡略與禮相背也）而為

儕類見寬不攻其過又讀莊老重增其放（放謂放蕩）故使榮進之心日穨

任實之情轉篤此由禽鹿少見馴育則服從教制長而見羈則狂顧

頓纓赴蹈湯火（楚辭曰狂顧南行王逸曰狂猶遽也）雖飾以金鑣饗以嘉肴逾思長林

而志在豐草也毛詩曰茀厥豐草茀甫物切阮嗣宗口不論人過吾每師之而未能及至性過人與物無傷唯飲酒過差耳莊子仲尼謂顏回曰聖人處物不傷物者物不能傷也李尤盂銘曰飲無求辭纔以相娛荒沈過差可不慎與至爲禮法之士所繩疾之如讎幸賴大將軍保持之耳孫盛晉陽秋曰何曾於太祖坐謂阮籍曰卿任性放蕩敗禮傷教若不革變王憲豈得相容謂太祖宜投之四裔以絜王道太祖曰此賢素羸病君當恕之吾不如嗣宗之賢而有慢弛之闕資材量也又不識人情闇於機宜無萬石之慎而有好盡之累漢書曰萬石君石奮長子建爲郎中令奏事事下建讀之驚恐曰書馬者與尾而五今迺四不足一獲譴死矣其爲謹慎雖他皆如是又曰建奏事於上前卽有可言屏人乃言極切至廷見如不能言者好盡謂言則盡情不如避忌久與事接疵釁日興雖欲無患其可得乎又人倫有禮朝廷有法自惟至熟有必不堪者七甚不可者二卧喜晚起而當關呼之不置一不堪也東觀漢記曰汝郁再徵載病詣公車尚書敕郁自力受拜郁乘輦白衣詣止車門臺遣兩當關扶郁入拜郎中抱琴行吟弋釣草野而吏卒守之不得妄動二不堪也危坐一時痺必寐切不得搖管子曰少者之事先生出入恭敬如有賓客危坐向師顏色無怍說文曰痺濕病也性復多蝨瑟把蒲巴搔無已而當裹以章服揖拜上官三不

堪也素不便書又不喜作書而人閒多事堆案盈机不相酬荅則犯
教傷義欲自勉強則不能久四不堪也不喜弔喪而人道以此為重
己為未見恕者所怨至欲見中傷者言人於己為未見有矜恕之者而纔有所怨乃至欲見中傷言
被疾苦也雖瞿音句然自責然性不可化班固漢書惠帝贊曰聞叔孫通之諫則瞿然欲降心順
俗則詭故不情新序卜偃謂晉侯曰天子降心迎公周書曰飾貌者不情亦終不能獲無咎無譽
如此五不堪也周易曰括囊無咎無譽不喜俗人而當與之共事或賓客盈坐
鳴聲聒耳杜預左氏傳注曰聒讙也囂塵臭處千變百伎在人目前六不堪也心
不耐煩而官事鞅掌機務纏其心世故繁其慮七不堪也毛詩曰或棲遲偃仰
或王事鞅掌尚書曰一日二日萬機又每非湯武而薄周孔在人閒不止此事會顯世
教所不容此甚不可一也剛腸疾惡輕肆直言遇事便發此甚不可
二也以促中小心之性統此九患不有外難當有內病寧可久處人
閒邪又聞道士遺言餌朮黃精令人久壽意甚信之蒼頡篇曰餌食也本草經曰朮
黃精久服輕身延年遊山澤觀魚鳥心甚樂之一行作吏此事便廢安能舍其

所樂而從其所懼哉夫人之相知貴識其天性因而濟之禹不偪伯
成子高全其節也莊子曰堯治天下伯成子高立爲諸侯堯授舜舜授禹伯成子高辭爲諸侯而耕禹往見之則耕在
野禹趨就下風而問焉子高曰昔堯治天下不賞而民勸不罰而民畏今則賞罰而民且不仁德自此衰刑自此立後世之亂自此始矣
耕而不顧仲尼不假蓋於子夏護其短也家語曰孔子將行雨無蓋門人曰商也有焉孔子曰商之爲人
也嗇短於財吾聞與人交者推其長者違其短者故能久也王肅曰短猶嗇甚也近諸葛孔明不偪元直以
入蜀蜀志曰潁川徐庶字元直曹公來征先主在楚聞之率其衆南行亮與徐庶並從爲曹公所追破庶母見獲庶辭先主而指其
心曰本與將軍共圖王霸之業者以此方寸之地也今已失老毋方寸亂矣無益於事請從此别遂詣曹公魏略曰庶名福華子
魚不強幼安以卿相魏志曰華歆字子魚平原人也文帝即位拜相國黃初中詔公卿舉獨行君子歆舉管寧帝以
安車徵之又曰管寧字幼安北海人也華歆舉寧寧遂將家屬浮海還郡詔寧爲太中大夫固辭不受此可謂能相終
始真相知者也足下見直木必不可以爲輪曲者不可以爲桷蓋不
欲以枉其天才令得其所也故四民有業各以得志爲樂管子曰士農工商四
民者國之石民也唯達者爲能通之此足下度內耳不可自見好章甫強越
人以文冕也莊子曰宋人資章甫而適越越人敦髮文身無所用之司馬彪曰敦斷也章甫冠名也己嗜臭腐

養鵷雛以死鼠也莊子曰惠子相梁莊子往見之或謂惠子曰莊子來欲代子相於是惠子恐搜於國中三日三夜莊子往見之曰南方有鳥名鵷雛子知之乎夫鵷雛發南海而飛於北海非梧桐而不止非竹實不食非醴泉不飲於是鴟得腐鼠鵷雛過之仰天而視之曰嚇今子欲以子國嚇我邪吾頃學養生之術方外榮華去滋味游心於寂寞以無為為貴高誘呂氏春秋傳曰外猶賤也莊子曰夫恬淡寂寞虛無無為此天地之平而道德之篤也縱無九患尚不顧足下所好者又有心悶疾頃轉增篤私意自試不能堪其所不樂言己所不樂之事必不能堪而行之自卜已審若道盡塗窮則已耳足下無事寃之令轉於溝壑也左氏傳曰侍者謂楚王曰老而無子知擠於溝壑矣吾新失母兄之歡意常悽切女年十三男年八歲未及成人況復多病顧此悢悢力向如何可言王隱晉書曰紹字延祖十歲而孤事母孝謹國語曰晉趙武冠見韓獻子獻子曰戒之此謂成人鄭玄禮記注曰女子以許嫁為成人廣雅曰悢悢悲也今但願守陋巷教養子孫時與親舊敘闊陳說平生濁酒一盃彈琴一曲志願畢矣足下若嬲嬲擿嬈也音義與嬈同奴了切之不置不過欲為官得人以益時用耳足下舊知吾潦倒麤踈不切事情自惟亦皆不如今日之賢能也若以俗人皆喜榮華獨能離之以此為

快此最近之可得言耳（言俗人皆喜榮華而己獨能離之以此爲快此最近己之情可得言之耳）然使長才廣度無所不淹而能不營乃可貴耳（鄭玄禮記注曰淹復漬也）若吾多病困欲離事自全以保餘年此真所乏耳（言己離於俗事以自安全保其餘年此乃真性之所乏耳非如長才廣度之士而不營之）豈可見黃門而稱貞哉若趣（平）欲共登王塗期於相致時爲懽益一旦迫之必發其狂疾自非重怨不至於此也野人有快炙背而美芹子者欲獻之至尊（列子曰宋國有田父常衣縕黂至春自暴於日當爾時不知有廣夏隩室綿纊狐貉顧謂其妻曰負日之暄人莫知之以獻吾君將有賞也其室告之曰昔人有美戎菽甘枲莖與芹子對鄉豪稱之鄉豪取嘗之苦於口蹙於腹衆哂之）雖有區區之意亦已疏矣（李陵書曰孤負陵區區之意）願足下勿似之其意如此既以解足下并以爲別嵇康白

爲石仲容與孫皓書（臧榮緒晉書曰石苞字仲容太祖輔政都督楊州諸軍事進位征東大將軍又曰太祖遣徐劭孫郁至吳將軍石苞令孫楚作書與孫皓劭至吳不敢爲通）

孫子荊

苞白蓋聞見機而作周易所貴小不事大春秋所誅（周易曰君子見幾而作不俟終）

曰左氏傳曰楚子伐鄭子展曰小所以事大信也小國無信兵亂日至亡無日矣此乃吉凶之萌兆榮辱之所由興也是故許鄭以銜璧全國曹譚以無禮取滅左氏傳楚子圍許蔡侯將許僖公見楚子於武城許男面縛銜璧楚子問諸逢伯對曰昔武王克殷微子啓如是王親釋其縛禮而命之使復其所楚子從之又曰楚子圍鄭克之鄭伯肉袒牽羊以逆王曰其君能下人退三十里而許之平又曰晉公子重耳奔狄及曹曹共公聞其駢脅欲觀其裸浴薄而觀之及即位晉侯圍曹又曰齊桓公之出也過譚譚不禮焉及其入也諸侯皆賀譚又不至冬齊師滅譚譚無禮也載籍既記其成敗古今又著其愚智矣不復廣引譬類崇飾浮辭鄭玄孝經注曰引譬連類尚書序曰翦截浮辭苟以夸大爲名更喪忠告之實論語曰忠告而善道之不可則止無自辱焉今粗論事勢以相覺悟昔炎精幽昧歷數將終東觀漢記曰漢以炎精布燿或幽而光尚書曰天之歷數在爾躬桓靈失德災釁並興孝桓孝靈漢二帝也漢書詔策曰大禹能亡失德豺狼抗爪牙之毒生人陷荼炭之艱漢書杜文謂孫寶曰豺狼當路尚書曰夏有昏德民墜塗炭荼與塗字通用於是九州絶貫皇綱解紐周禮曰職方乃辨九州之國使同貫利荅賓戲曰廓帝紘恢皇綱四海蕭條非復漢有太祖承運神武應期春秋緯曰五德之運各象其類宋均曰運籙運也周易曰古之神武不殺者夫河圖闓苞受曰弟感苗裔出應期征討暴亂克寧區夏尚書曰用肇造我區夏協建靈符天

命既集曹植大魏篇曰大魏應靈符天祿乃始毛詩曰有命既集遂廓洪基奄有魏域曹植魏德論曰武創
洪基克光厥德毛詩曰奄有四方土則神州中岳器則九鼎猶存河圖括地象曰崑崙東南地方五千
里名曰神州中有五岳地圖帝王居之左氏傳王孫滿曰成王定鼎於郟鄏史記曰秦取周九鼎世載淑美重光相
襲國語祭公謀父曰奕世載德尚書王曰昔我君文王武王宣重光新序孔子曰聖人雖生異世相襲若規矩固知四隩
之攸同天下之壯觀也尚書曰九州攸同四隩既宅封禪書曰此事天下之壯觀也公孫淵承籍
父兄世居東裔魏志曰公孫度字叔濟本遼東襄平人度知中國擾攘自立為遼東侯度死子康嗣位康死子晃淵等皆
小衆立兄子恭為遼東太守淵脅奪恭位景初元年徵淵淵遂發兵逆於遼東自立為燕王擁帶燕胡馮凌險遠
左氏傳子產曰今陳介恃楚衆馮陵敝邑講武盤桓不供職貢國語虢文公曰古者三時務農一時講武周禮曰制
其職各以其所能制其貢各以其所有家語孔子曰古者分異姓以遠方之職貢所以無忘服也內傲帝命外通南
國乘桴滄流交疇貨賄葛越布於朔土貂馬延乎吳會魏志曰公孫淵遣使南通
孫權往來贍遺權使張彌許晏等齎金玉珍寶立為燕王論語子曰乘桴浮于海孔安國尚書傳曰草服葛越魏志曰夫餘國出名馬貂
狄自以為控弦十萬奔走足用漢書匈奴傳曰控弦之士三十餘萬信能右折燕齊左
振扶桑凌轢沙漠南面稱王也山海經曰湯谷上有扶木扶木者扶桑也史記曰楚靈王兵强凌轢中原

說文曰漠北方流沙也漢書李陵歌曰經萬里兮度沙漠周易曰聖人南面而聽天下宣王薄伐猛銳長驅魏志
曰景初三年遣大司馬宣王征淵斬淵傳首洛陽戰國策曰樂毅輕卒銳兵長驅至齊師次遼陽而城池不守
漢書曰遼東郡有遼陽縣桴鼓一震而元凶折首左氏傳曰援桴而鼓周易曰有嘉折首獲非其醜然後
遠跡疆場列郡大荒史記樂毅書曰吳王遠跡至郢班固漢書述曰列郡祁連山海經有大荒收離聚散
咸安其居毛詩序曰萬民離散不安其居民庶悅服殊俗款附尚書曰萬姓悅服過秦論曰餘威震于殊
俗自茲遂隆九野清泰淮南子曰所謂一者上通九天下貫九野高誘曰九野八方中央也東夷獻其
樂器肅慎貢其楛矢范曄後漢書曰東夷自少康已後世服王化獻其樂舞魏志曰常道鄉公景元三年肅慎國遣
使重譯來貢弓長三尺五寸三十張楛矢長一尺八寸石砮三百枚曠世不羈應化而至崔寔本論曰孝宣帝方外
安靜單于稽顙來朝百世不羈之虜也巍巍蕩蕩想所具聞論語子曰大哉堯之為君蕩蕩乎民無能名焉巍巍
乎其有成功吳之先主起自荊州遭時擾攘播潛江表吳志曰董卓專朝政孫堅亦舉兵荊
州討卓引軍還住魯陽范曄後漢書馮衍上疏曰遭擾攘之時值兵革之際劉備震懼亦逃巴岷蜀志曰益州牧
劉璋迎先主入益州至涪璋勅諸將勿復關通先主大怒進圍成都璋降先主領益州遂依丘陵積石之固張載
劍閣銘曰巖巖梁山積石峩峩三江五湖浩汗無涯漢書曰吳有三江五湖之利也假氣游魂迄于

四紀魏明帝善哉行曰權實堅子備則亡虜假氣游魂鳥魚爲伍二邦合從子容東西唱和漢書合從連衡力政爭强毛詩曰叔兮伯兮唱予和汝互相扇動距捍中國自謂三分鼎足之勢可與泰山共相終始漢書曰蒯通說韓信曰方今足下三分天下鼎足而居戰國策呂不韋曰其寧泰山相國晉王輔相帝室魏志曰咸熙元年進晉公爵爲王文武桓桓志厲秋霜荀悅申鑒曰人主怒如秋霜廟勝之筭應變無窮孫子曰夫未戰而廟勝得筭多者也又曰善出奇正者無窮如天地獨見之鑒與衆絕慮春秋元命苞曰明王獨見四海歸往主上欽明委以萬機魏志曰陳留王奐字景明封常道鄉公高貴鄉公卒公卿議迎立尚書曰放勛欽明萬幾已見上文長轡遠御妙略潛授偏師同心上下用力稜威奮伐罙入其阻漢書曰武帝報李廣曰威稜憺乎鄰國毛詩曰罙入其阻裒荊之旅毛萇曰罙深也幷敵一向奪其膽氣孫子兵法曰併敵一向千里殺將又曰三軍可奪氣將軍可奪心小戰江介則成都自潰曜兵劍閣而姜維面縛魏志曰景元四年使征西將軍鄧艾鎮西將軍鍾會伐蜀艾自陰平先登至江介西蜀衛將軍諸葛瞻列陣待艾艾遣子惠唐亭侯忠等大破之斬瞻進軍到雒劉禪遣使奉皇帝璽綬爲箋詣艾會統十餘萬衆分從斜谷駱谷入平行至漢中姜維守劍閣距會維等聞瞻已破以其衆東入巴劉禪詔艾降勅維等令降於會維詣會降商君書曰小戰勝逐北無過五里左氏傳曰凡民逃其上曰潰面縛已見上文開地五千列郡三十師不踰時梁益

肅清穀梁傳曰伐不踰時戰不逐奔使竊號之雄稽顙絳闕禮記曰拜而後稽顙傅玄西都賦曰巍巍絳闕
球琳重錦充於府庫左氏傳曰齊侯歸衛侯夫人重錦三十兩夫虢滅虞亡韓幷魏徙左氏
傳曰晉滅虢虢公醜奔京師遂襲虞滅之執虞公史記曰秦始皇十七年攻韓得韓王安二十三年攻魏其王請降此皆前鑒
之驗後事之師也戰國策張孟談謂趙襄子曰前事不忘後事之師又南中呂興深覩天命
吳志曰交阯郡吏呂興等殺太守孫諝使使如魏請太守及兵蟬蛻內向願爲臣妾淮南子曰蟬飲而不食三十日
而蛻孝經曰治家者不敢失於臣妾外失輔車脣齒之援內有毛羽零落之漸左氏傳宮之奇
曰諺所謂輔車相依脣亡齒寒而徘徊危國冀延日月此猶魏武侯却揹河山以自
強大殊不知物有興亡則所美非其地也史記曰吳起者衛人也魏武侯浮西河而下中流顧
謂吳起曰美哉山河之固此魏之寶也起對曰在德不在險若君不修德則舟中之人盡爲敵國也武侯曰善方今百僚濟
濟儁乂盈朝尚書曰百僚師師又曰俊乂在官虎臣武將折衝萬里毛詩曰進厥虎臣闞如虓虎晏
子春秋孔子曰不出罇俎之間而折衝千里之外晏子之謂也國富兵強六軍精練新序曰孫叔敖相楚國富兵強
思復翰飛飲馬南海毛詩曰翰飛戾天鄭玄曰翰高也李陵與蘇武書曰陵當爲單于畜兵養士循先將軍之令將
飲馬河洛收珠南海自頃國家整治器械禮記曰聖人異器械鄭玄曰器械兵甲也修造舟楫簡習

水戰伐樹北山則太行木盡高誘呂氏春秋注曰太行山在河內野王縣北濬決河洛則百
川通流尚書大傳曰百川趨於海樓船萬艘蘇勞千里相望漢書曰江淮以南樓舡十萬自刳木
以來舟車之用未有如今日之盛者也周易曰黃帝堯舜刳木爲舟剡木爲檝驍勇百
萬畜力待時役不再舉今日之謂也六韜太公謂武王曰聖人興兵爲天下除患去賊非利之也故
役不再籍一舉而畢然主上眷眷未便電邁者以爲愛民治國道家所尚老子曰愛
人治國能無知乎崇城自卑文王退舍左氏傳子魚言於宋公曰文王聞崇德亂而伐之軍三旬而不降退修
教而復伐之因壘而降故先開示大信喻以存亡殷勤之旨往使所究若能審
識安危自求多福毛詩曰永言配命自求多福蹷然改容祇承往告漢書曰陸賈說尉佗佗於
是蹷然起坐謝賈稱臣奉漢約追慕南越嬰齊入侍漢書曰南越王胡立天子使嚴助往喻意南越王胡遣其子嬰
齊入侍宿衛北面稱臣伏聽告策禮記曰君之南鄉也答陽之義也臣之北面也荅君也則世祚江
表永爲藩輔左氏傳王賜齊侯命曰世祚太師豐報顯賞隆於今日矣若侮慢不式
王命然後謀力雲合指麾風從范曄後漢書張綱謂張嬰曰大兵雲合豈不危乎雍益二州
順流而東青徐戰士列江而西荊楊兗豫爭驅八衝征東甲卒虎步

秣陵征東即石苞也李陵詩曰幸託不肖軀且當猛虎步漢書丹陽郡有秣陵縣爾乃皇輿整駕六師徐
征羽檄燭日旌旗流星羽鳥羽也漢書高祖曰吾以羽檄徵天下兵檄或爲校遊龍曜路歌吹
盈耳周禮曰凡馬八尺爲龍樂稽耀嘉曰武王興師誅于商萬國咸喜前歌後舞論語子曰洋洋乎盈耳哉士卒奔邁
其會如林尚書曰受率其旅若林煙塵俱起震天駭地渴賞之士鋒鏑爭先忽
然一旦身首橫分宗祀屠覆取誡萬世引領南望良以寒心左氏傳穆叔謂晉侯曰引領西望曰庶幾乎高唐賦曰寒心酸鼻夫治膏肓者必進苦口之藥決狐疑者必
告逆耳之言左氏傳曰晉景公夢疾爲二豎子一曰居肓之上一曰居膏之下若我何史記曰沛公入秦宮樊噲諫沛公不聽張良曰忠言逆耳利於行良藥苦口利於病願公聽樊噲言楚辭曰心猶豫而狐疑如其迷謬未知所投恐
愈附見其已困扁鵲知其無功也列子曰楊朱之友曰季梁得病七日大漸謁醫俞氏俞氏曰汝始則胎氣不足乳湩有餘疾非一朝一夕之故其所由來者漸矣季梁曰良醫也且食之史記號中庶子曰上古之時醫病不以湯液又曰扁鵲過齊桓侯客之入朝見曰君有疾在腠理不療將深桓侯曰寡人無疾過五日扁鵲復見曰君有疾在腸胃間不療將深桓侯不應後五日扁鵲復見望桓侯而走桓侯使人問其故扁鵲曰疾其在骨髓雖司命無奈何今在骨髓臣是以無請也後五日桓侯體痛使人召扁鵲扁鵲已逃去桓侯遂死郭璞穆天子傳注曰湩乳汁也竹用切勉思良圖惟所去就左氏傳令尹子常曰敢弗

艮圖曾子曰君子愼其所去就石苞白

與嵇茂齊書

趙景真 嵇紹集曰趙景真與從兄茂齊書時人誤謂呂仲悌與先君書故具列本末趙至字景真代郡人州辟遼東從事從兄太子舍人蕃字茂齊與至同年相親至始詣遼東時作此書與茂齊干寶晉紀以為呂安與嵇康書二說不同故題云景真而書曰安

安白昔李叟入秦及關而歎梁生適越登岳長謠列子曰楊朱南之沛老聃西游於秦邀於郊至梁而過老子老子中道仰天歎曰始以汝為可教今不可教也楊朱曰請聞其過老子曰睢睢而盱盱而誰與居范曄後漢書梁鴻字伯鸞扶風人也東出關過京師作五噫之歌曰陟彼北邙兮噫顧瞻帝京兮噫宮室崔嵬兮噫人之劬勞兮噫遼遼未央兮噫肅宗聞而非之求鴻不得居齊魯之閒又去適吳然老子之歎不為入秦梁鴻長謠不由適越且復以至郊為及關升邙為登岳斯蓋取意而略文也夫以嘉遯之舉猶懷戀恨況乎不得已者哉周易曰嘉遯貞吉惟別之後離羣獨游背榮宴辭倫好經迥路涉沙漠鳴雞戒旦則飄爾晨征燕禮曰燕小臣戒盟者鄭玄曰警戒告語焉陳琳武庫車賦曰啓明戒旦長庚告昏日薄西山則馬首靡託漢書楊雄反騷曰恐日薄於西山左氏傳荀偃曰唯余馬首是瞻尋歷曲阻則沈思紆結乘高遠眺則

山川悠隔或乃迴飈狂厲白日寢光踦踵交錯陵隰相望徘徊九臯之內慷慨重臯之巔毛詩曰鶴鳴九臯進無所依退無所據涉澤求蹊披榛覓路嘯詠溝渠良不可度斯亦行路之艱難然非吾心之所懼也至若蘭茝傾頓桂林移植根萌未樹牙淺絃急常恐風波潛駭危機密發斯所以怵惕於長衢按轡而歎息也喻身之危也根萌未樹故恐風波潛駭牙淺絃急故懼危機密發也本或有於長衢之下云按轡而歎息者非也又北土之性難以託根投人夜光鮮不按劍鄒陽上書曰夜光之璧以闇投人於道衆人莫不按劍也今將植橘柚於玄朔蔕華藕於脩陵曹植橘賦曰背江洲之氣煖處玄朔之肅清淮南子曰夫以其所修而游不用之鄉若樹荷山上畜火井中也表龍章於裸壤奏韶舞於聾俗固難以取貴矣龍袞龍之服也章章甫之冠也裸壤文身也莊子曰宋人資章甫適諸越越人斷髮文身無所用之又肩吾曰聾者無以與乎鍾鼓之聲夫物不我貴則莫之與莫之與則傷之者至矣周易曰無交而求則人不與也莫之與則傷之者至矣飄颻遠游之士託身無人之鄉揔轡遐路則有前言之艱懸罄陋宇則有後慮之戒前言之艱謂經迴路涉沙漠以下也後慮之戒謂北土之性難以託根以下也朝霞啓暉則身疲於遄征蔡琰詩曰遄征日遐

邁太陽戢曜則情劬於夕惕（正歷曰日太陽也周易曰夕惕若厲）肆目平隰則遼廓而無覩極聽脩原則淹寂而無聞吁其悲矣心傷悴矣然後乃知步驟之士不足爲貴也若迺顧影中原憤氣雲踊哀物悼世激情風烈龍睇大野虎嘯六合猛氣紛紜雄心四據（阮元瑜爲曹公與孫權書曰大丈夫雄心能無憤發）思躡雲梯橫奮八極披艱掃穢蕩海夷岳（范曄後漢書田邑與馮衍書曰欲摇太山蕩北海）蹴崐崘使西倒蹋太山令東覆平滌九區恢維宇宙斯亦吾之鄙願也（劉騊駼郡太守箴曰大漢遵因化洽九區）時不我與垂翼遠逝（周易曰明夷于飛垂其翼君子于行三日不食有攸）往鋒鉅靡加翅翮摧屈自非知命誰能不憤悒者哉（周易曰樂天知命故不憂）吾子植根芳苑擢秀清流布葉華崖飛藻雲肆俯據潛龍之淵仰蔭棲鳳之林榮曜眩其前豔色餌其後良儔交其左聲名馳其右翱翔倫黨之間弄姿帷房之裏從容顧眄綽有餘裕俯仰吟嘯自以爲得志矣豈能與吾同大丈夫之憂樂者哉去矣嵇生永離隔矣煢煢飄寄臨沙漠矣悠悠三千路難涉矣攜手之期邈無日矣思心彌結誰云

釋矣無金玉爾音而有遐心毛詩曰無金玉爾音而有遐心身雖胡越意存斷金淮南子曰自其異者視之肝膽胡越也周易曰二人同心其利斷金各敬爾儀敦履璞沈毛詩曰各敬爾儀繁華流蕩君子弗欽臨書悵然知復何云

與陳伯之書

劉璠梁典曰帝使呂僧珍寓書於陳伯之丘遲之辭也伯之歸于魏爲通散常侍何之元梁典云天監五年前平南將軍陳伯之以其衆自壽陽歸降不書伯之前史失之梁史以爲丘遲與伯之書

丘希範

遲頓首陳將軍足下無恙幸甚幸甚將軍勇冠三軍才爲世出李陵與蘇武書曰陵先將軍功略蓋天地義勇冠三軍蘇武荅李陵書曰每念足下才爲世生器爲時出棄鷰雀之小志慕鴻鵠以高翔史記曰陳涉嘗爲人庸耕輟耕壠上悵恨久之曰苟富貴無相忘庸者笑而應之曰若爲庸耕何富貴也陳涉太息曰嗟乎鷰雀安知鴻鵠之志哉昔因機變化遭遇明主劉璠梁典曰高祖得陳虎牙幢主蘇隆厚加禮賜使致命江州刺史陳伯之伯之虎牙父也蘇隆還稱伯之許降乃遣鄧元起前驅逼之伯之聞鄧近以應義師立功立事開國稱孤延篤與張奐書曰烈士殉名立功立事周易曰大君有命開國承家老子曰王侯自稱孤寡不穀朱輪華轂擁旄萬里何其壯也史記蒯通說武信君曰今范陽令乘朱輪華轂班固涿邪山祝文曰杖節擁旄征人伐鼓荀悅漢記

日今之州牧號爲萬里漢書樊噲說高祖曰始陛下定天下何其壯也如何一旦爲奔亡之虜聞鳴鏑而股戰對穹廬以屈膝又何劣邪漢書曰冒頓乃作爲鳴鏑音義曰箭鏑也如今鳴箭史記曰魏勃退立股戰漢書烏孫公主歌曰穹廬爲室兮旃爲牆音義曰穹廬旃帳也喻巴蜀文曰交臂受事屈膝請和漢書樊噲曰今天下已定又何憊邪尋君去就之際非有他故直以不能內審諸己外受流言呂氏春秋曰君子必審諸己然後任尚書曰管叔乃流言於國沈迷猖獗以至於此劉公幹雜詩曰沈迷領簿書回回自昏亂蜀志先主謂諸葛亮曰孤遂用猖獗至于今日志猶未已聖朝赦罪責功棄瑕錄用鄒潤甫爲諸葛穆荅晉王令曰高世之君赦罪責功略小收大吳志陸瑁與暨豔書曰此乃漢高棄瑕錄用之時也推赤心於天下安反側於萬物東觀漢記曰上破銅馬等封降賊渠率諸將未能信賊亦兩心上勑降賊各歸營勒兵待上輕騎入按行賊營賊將曰蕭王推赤心置人腹中安得不效死又曰漢兵破邯鄲誅王郎收文書得將吏人謗毀公言可擊者數千章公會諸將燒之曰令反側子自安軍之所知不假僕一二談也長楊賦曰僕嘗倦談不能一二其詳朱鮪涉丁牒切與喋同血於友于張繡剚刃於愛子漢主不以爲疑魏君待之若舊謝承後漢書曰光武攻洛陽朱鮪守之上令岑彭說鮪曰赤眉已得長安更始爲胡殷所反害今公誰爲守乎鮪曰大司徒公被害鮪與其謀誠知罪深不敢降耳彭還白上上謂彭復往明曉之夫建大事不忌小怨今降官爵可保況誅罰乎春秋合誠圖曰戰龍門之下涉血相創如淳漢書注曰殺

血滂沱爲喋血尚書曰孝乎惟孝友于兄弟魏志曰建安二年公到
宛張繡降既而悔之復反公與戰軍敗爲流矢所中長子昂弟子安
民遇害四年張繡率衆降封列侯漢書曰蒯通說范陽令曰慈父孝
子所不敢剚刃公之腹者畏秦法也李奇曰東方之人以物插地中
皆爲剚也況將軍無昔人之罪而勳重於當世夫迷塗知反往哲是與楚辭
曰迴朕車而復路及迷塗之未遠不遠而復先典攸高主上屈法申恩吞舟是漏范曄
後漢書明帝詔曰先帝不忍親親之恩枉屈大法鹽鐵論曰明王茂其德教而緩其刑罰網漏吞舟之魚將軍松柏不翦
親戚安居仲長子昌言曰古之葬松柏梧桐以識其墳高臺未傾愛妾尚在桓子新論雍門周說孟嘗
君曰千秋萬歲後高臺既已傾曲池又已平悠悠爾心亦何可言毛詩曰青青子衿悠悠我心今功臣
名將鴈行有序應劭漢官儀典職楊喬糾羊柔曰柔知丞郎鴈行威儀有序佩紫懷黃讚帷幄之
謀魏書荀攸勸進曰諸將佩紫懷金蓋以數百史記蔡澤曰懷黃金之印結紫綬於腰東觀漢記詔鄧禹曰將軍深執忠孝與朕謀謨
帷幄乘軺建節奉疆場之任如淳漢書注曰二馬爲軺傳漢書曰終軍爲謁者使行郡國建節東出關左氏傳曰
齊人來侵魯疆疆吏來告公曰疆場之事慎守其一並刑馬作誓傳之子孫漢書曰漢王卽皇帝之位論功而封
之申以丹書之信重以白馬之盟將軍獨靦顏借命驅馳氈裘之長寧不哀哉毛詩曰有
靦面目司馬遷書曰氈裘之君長咸震懼夫以慕容超之強身送東市姚泓之盛面縛西

邵沈約宋書曰慕容超大掠淮北宋公表請北伐遂屠廣固超踰城都走高胥獲之送超京師斬于建康又曰公以舟師進討至洛陽王鎮惡剋長安生禽姚泓執送泓斬于建康市左氏傳曰楚子圍許許僖公見楚子於武城面縛銜璧

故知霜露所均不育異類

禮記曰天之所覆地之所載日月所照霜露所墜李陵與蘇武書曰但見異類

姬漢舊邦無取雜種

姬周姓也漢書曰匈奴凡二十四長呼衍氏蘭氏後有須卜氏此三姓其貴種也

北虜僭盜中原多歷年所

魏收後魏書曰太祖道武諱珪改稱魏王都平城孝文皇帝諱宏自平城遷都洛陽東觀漢記曰北虜遣使和親尚書周公曰故殷陟配天多歷年所

惡積禍盈理至燋爛

周易曰惡不積不足以滅身故惡積而不可掩燋爛見下文

況偽孽昏狡自相夷戮

魏收後魏書曰世宗宣武帝諱恪景元三年蕭衍廢其主寶融自僭立稱梁宣武即位凡一十六年然梁武之初當宣武之日偽孽蓋指宣武也虞預晉書西陽王羕上書曰朱旗南指自相夷戮

部落攜離酋豪猜貳

晉中興書曰胡俗以部落為種類屠各取豪貴文穎漢書注曰羌胡名大師為酋國語伯陽父曰國之將亡百姓攜貳韋昭曰攜離也貳二心也

方當繫頸蠻邸懸首藁街

漢書曰沛公至霸上秦王子嬰係頸以組又陳湯上疏曰斬郅支首及名王以下宜懸頭藁街蠻夷邸間

而將軍魚游於沸鼎之中鷰巢於飛幕之上不亦惑乎

袁崧後漢書朱穆上疏曰養魚沸鼎之中棲鳥烈火之上用之不時必也燋爛左氏傳曰吳季札曰夫子之在此也猶鷰巢于幕之上

暮春三月江南草長雜花生樹羣鶯亂飛見故國之旗鼓感平生於

疇日撫絃登陴婢移切豈不愴恨袁宏漢獻帝春秋臧洪報袁紹書曰每登城勤兵望主人之旗鼓感故交之綢繆撫弦搦矢不覺涕流之覆面也左氏傳曰晉邊吏讓鄭曰今執事撊然授兵登陴所以廉公之思趙將吳子之泣西河史記曰廉頗爲趙將伐齊大破之拜爲上卿趙孝成王卒悼襄王立使樂乘代之頗怒攻樂乘樂乘遂奔魏之大梁久之魏王不能信用而趙亦數困於秦兵趙王思復得廉頗廉頗亦思復用於趙王以爲老遂不召呂氏春秋曰吳起治西河王錯譖之魏武侯武侯使人召吳起至岸門止車而立望西河泣數下其僕曰竊觀公之志視天下若舍屣今去西河而泣何也吳起雪泣應之曰子弗識也君誠知我而使我畢能秦必可亡西河今君聽讒人之議不知我西河之爲秦不久矣起入荊西河果入秦人之情也將軍獨無情哉司馬遷與任安書曰夫人情莫不念父毋顧妻子莊子惠子曰人故無情乎想早勵良規自求多福魏志明帝報王朗詔曰欽納至言思聞良規多福已見上文當今皇帝盛明天下安樂皇帝梁武也解嘲曰遭盛明之世漢書曰孝惠高后時天下安樂白環西獻楛矢東來世本曰舜時西王母獻白環及佩家語孔子曰昔武王尅商於是肅慎氏貢楛矢石砮夜郎滇池解辮請職朝鮮昌海蹶角受化漢書曰夜郎滇池皆椎結嶲昆明編髮漢拜唐蒙郎中遂見夜郎王多同又曰始楚威王時使將軍莊繑將兵略巴黔中繑至滇池欲歸報會秦奪楚黔中郡道塞不通以其衆王滇池又朝鮮王滿燕人孝惠高后時滿爲外臣又曰西域有昌蒲海一名鹽澤去玉門陽關三百餘里孟子曰武王之伐殷也百姓若崩厥角趙岐曰厥角叩頭以額角犀厥地也唯北狄野心掘強

沙塞之間欲延歲月之命耳左氏傳令尹子文曰諺云狼子野心漢書伍被說淮南王曰東保會稽南通勁越屈強江淮之間可以延歲月之壽耳范曄後漢書匈奴論曰世祖用事諸夏未遑沙塞之事中軍臨川殿下何之元梁典曰高祖即位以宏爲臨川郡王天監三年以宏爲中軍將軍明德茂親揔茲戎重劉璠梁典曰天監四年詔臨川王宏北討干寶晉紀河間王顒表曰成都王穎明德茂親功高勳重晉中興書桓溫檄曰幕府不才忝荷戎重弔民洛汭伐罪秦中孟子曰湯始征自葛始誅其君弔其民尚書曰東至于洛汭又曰奉詞伐罪漢書田肯曰陛下既得韓信又治秦中若遂不改方思僕言聊布往懷君其詳之顏延之和謝靈運詩曰聊用布所懷丘遲頓首

重荅劉秣陵沼書劉璠梁典曰劉沼字明信爲秣陵令

劉孝標劉峻自序曰峻字孝標平原人也生於秣陵縣朞月歸故鄉八歲遇桑梓顛覆身充僕圉齊永明四年二月逃還京師後爲崔豫州刑獄參軍梁天監中詔峻東掌石渠閣以病乞骸骨後隱東陽金華山

劉侯既重有斯難值余有天倫之戚竟未之致也孝標集有沼難辨命論書穀梁傳曰兄弟天倫也何休曰兄先弟後天之倫次尋而此君長逝化爲異物魏文帝與吳質書曰元瑜長逝化爲異物緒言餘論蘊而莫傳莊子謂漁父曰曩者先生有緒言而去子虛賦曰願聞先生之餘論或有自其家得而示余者余悲其音徽未沫昧而其人已亡楚辭曰芳菲菲而難虧兮芳至今猶未沫

王逸曰沬已也孫卿子曰其器存其人亡以此思哀則哀將焉不至青簡尚新而宿草將列風俗通曰劉向別錄
殺青者直治青竹作簡書之耳禮記曰朋友之墓有宿草而不哭焉泫然不知涕之無從也禮記門人曰防墓崩
孔子泫然流涕又曰孔子之衛遇舊館人之喪入而哭之遇一哀而出涕曰予惡夫涕之無從也雖隙駟不留尺波
電謝墨子曰人之生乎地上無幾何也譬之猶駟而過郤也郤古隙字也陸機詩曰寸陰無停晷尺波豈徒旋而秋菊春
蘭英華靡絕楚辭曰春蘭兮秋菊長無絕兮終古故存其梗槩更酬其旨東京賦曰其梗概如此
若使墨翟之言無爽宣室之談有徵墨子曰昔周宣王殺其臣杜伯而不辜杜伯曰吾君殺我而不
辜若以死者為無知則止矣若死而有知不出三年必使吾君知之期三年周宣王合諸侯而田於圃車數百乘從數千人滿野日中杜
伯乘白馬素車朱衣冠執朱弓挾朱矢追宣王射之車上中心折脊殪車中伏弢而死若書之說觀之則鬼神之有豈可疑哉漢書曰文
帝受釐宣室因感鬼神事問鬼神之本賈誼具道所以然之故冀東平之樹望咸陽而西靡蓋山之
泉聞絃歌而赴節聖賢冢墓記曰東平思王冢在東平無鹽人傳云思王歸國京師後葬其冢上松柏西靡宣城記曰
臨城縣南四十里蓋山高百許丈有舒姑泉昔有舒氏女與其父析薪此泉處坐牽挽不動乃還告家比還唯見清泉湛然女母曰吾女
本好音樂乃絃歌泉涌迴流有朱鯉一雙今作樂嬉戲泉固涌出也文賦曰舞者赴節以投袂但懸劍空壠有恨如
何劉向新序曰延陵季子將西聘晉帶寶劍以過徐君徐君不言而色欲之季子為有上國之事未獻也然心許之矣致使於晉顧反

則徐君死於是以劍帶徐君墓樹而去

移書讓太常博士并序

劉子駿漢書曰劉歆字子駿向少子也少通詩書能屬文爲黃門郎至中壘校尉王莽簒位爲羲和京兆尹卒

歆親近欲建立左氏春秋及毛詩逸禮古文尙書皆列於學官哀帝令歆與五經博士講論其議諸儒博士或不肯置對言諸博士既不肯立左氏而又不肯與歆論議相對也歆因移書太常博士責讓之曰昔唐虞既衰而三代迭興聖帝明王累起相襲其道甚著周室既微而禮樂不正道之難全也如此是故孔子憂道不行歷國應聘自衞反魯然後樂正雅頌乃得其所論語子曰吾自衞反魯然後樂正雅頌各得其所修易序書制作春秋以記帝王之道論語讖曰自衞反魯刪詩書修春秋春秋元命苞孔子曰丘作春秋王道成及夫子沒而微言絕七十子卒而大義乖論語讖曰子夏六十四人共撰仲尼微言重遭戰國棄籩豆之禮理軍旅之陣孔氏之道抑而孫吳之術興論語曰衞靈公問陳於孔子孔子對曰俎豆之事則嘗聞之矣軍旅

之事未之學也漢書曰孫子兵法八十二篇又曰吳起三十八篇陵夷至于暴秦焚經書殺儒士設
挾書之法行是古之罪道術由此遂滅漢書武帝制曰大道微缺陵夷至于桀紂之行作史記李
斯曰臣請天下敢有藏詩書百家語者悉詣廷尉雜燒之以古非今者族又盧生爲始皇求仙藥亡去始皇大怒使御史按問諸生諸生
犯禁者四百六十八人皆坑之咸陽漢興去聖帝明王遐遠仲尼之道又絕法度無所
因襲時獨有一叔孫通略定禮儀漢書叔孫通曰臣願頗采古禮與秦儀雜就之上曰可天下
惟有易卜未有他書漢書曰秦燔書而易爲筮卜之事傳者不絕至於孝惠之世乃除挾
書之律漢書曰孝惠四年除挾書律然公卿大臣絳灌之屬咸介冑武夫莫以爲
意楚漢春秋曰漢已定天下論羣臣破敵禽將活死不衰絳灌樊噲是也功成名立臣爲爪牙世世相屬百世無邪絳侯周勃是也然
絳灌自一人非絳侯與灌嬰至孝文皇帝始使掌故晁錯從伏生受尚書史記曰伏生者
濟南人也故爲秦博士孝文聞伏生修尚書年九十餘老不能行詔太常掌故晁錯往受之尚書初出於屋壁朽
折散絕漢書曰秦燔書禁學濟南伏生獨壁藏之漢亡失求得二十九篇也今其書見在時師傳讀而
已詩始萌芽天下衆書往往頗出皆諸子傳說猶廣立於學官爲置
博士在朝之儒唯賈生而已賈生賈誼也至孝武皇帝然後鄒魯梁趙頗

有詩禮春秋先師皆出於建元之間漢書曰建元孝武皇帝年號也當此之時一人不能獨盡其經或爲雅或爲頌相合而成成一經也泰誓後得博士集而讚之七略曰孝武皇帝末有人得泰誓書於壁中者獻之與博士使讚說之因傳以教今泰誓篇是也故詔書曰禮壞樂崩書缺簡脫朕甚閔焉禮稽命徵曰文王見禮壞樂崩道孤而無主也時漢興已七八十年離於全經固以遠矣服虔漢書注曰漢與秦相去七八十年韋昭曰全經未焚書之時也及魯恭王壞孔子宅欲以爲宮而得古文於壞壁之中逸禮有三十九篇書十六篇天漢之後孔安國獻之遭巫蠱倉卒之難未及施行漢書曰武帝末魯恭王壞孔子宅欲以廣宮而得古文尚書及禮論語孝經孔安國者孔子後也悉得其書以考二十九篇得多十六篇安國獻之遭巫蠱事未列于學官天漢武帝年號也及春秋左氏丘明所脩漢書曰仲尼以魯周公之國史官有法故有左丘明觀其史記丘明作傳皆古文舊書多者二十餘通藏於祕府伏而未發孝成皇帝愍學殘文缺稍離其真乃陳發祕藏校理舊文得此三事以考學官所傳經或脫簡或脫編漢書曰劉向以古文校歐陽大小夏侯三家經文酒誥脫一簡召誥脫二簡博問人間則有魯國桓公趙國貫公膠東庸生之遺學與此同抑而未

施（七略曰禮家先魯有桓生說經頗異論語家近琅邪王卿不審名及膠東庸生皆以教然則庸生亦未詳其名也）此乃有
識者之所歎愍士君子之所嗟痛也往者綴學之士不思廢絕之闕
苟因陋就寡分文析字煩言碎辭學者罷老且不能究其一藝信口
說而背傳記是末師而非往古至於國家將有大事若立辟雍封禪
巡狩之儀則幽冥而莫知其原猶欲保殘守缺挾恐見破之私意而
亡從善服義之公心或懷疾妬不考情實雷同相從隨聲是非（禮記曰無
雷同）抑此三學以尚書為不備謂左氏不傳春秋豈不哀哉（臣瓚漢書注曰當時
學者謂尚書唯有二十八篇不知本有百篇）今聖上德通神明繼統揚業亦愍此文教錯
亂學士若茲雖深照其情猶依違謙讓樂與士君子同之故下明詔
試左氏可立不遺近臣奉旨銜命將以輔弱扶微與二三君子比意
同力冀得廢遺今則不然深閉固距而不肯試猥以不誦絕之欲以
杜塞餘道絕滅微學夫可與樂成難與慮始（太公金匱曰夫人可以樂成難以慮始）此
乃衆庶之所為耳非所望於士君子也且此數家之事皆先帝所親

論今上所考視其爲古文舊書皆有徵驗內外相應豈苟而已哉夫禮失求之於野古文不猶愈於野乎漢書班固曰仲尼有言禮失而求諸野往者博士書有歐陽春秋公羊易則施孟漢書曰歐陽生字和伯千乘人也事伏生又曰樂陵侯史高言穀梁子本魯學公羊氏迺齊學又曰施讎字長卿沛人也從田王孫受易又曰孟喜字長卿東海人也從田王孫受易然孝宣帝猶復廣立穀梁春秋梁丘易大小夏侯尚書漢書曰梁丘字長翁琅邪人也從京房受易又曰夏侯勝從濟南伏生受尚書勝傳從兄子建建又事歐陽高由是尚書有大小夏侯之學義雖相反猶並置之何則與其過而廢之寧過而立之傳曰文武之道未墜於地在人賢者志其大者不賢者志其小者論語子貢曰文武之道未墜於地在今人賢者識其大者不賢者識其小者此數家之言所以兼包大小之義豈可偏絶哉若必專己守殘黨同門妬道眞違明詔失聖意以陷於文吏之議甚爲二三君子不取也

北山移文

孔德璋蕭子顯齊書曰孔稚珪字德璋會稽人也少涉學有美譽舉秀才解褐宋安成王車騎法曹行參軍稍遷至太子詹事卒

鍾山之英草堂之靈梁簡文帝草堂傳曰汝南周顒昔經在蜀以蜀草堂寺林壑可懷乃於鍾嶺雷次宗學館立寺因名草堂亦號山茨馳煙驛路勒移山庭夫以耿介拔俗之標蕭灑出塵之想楚辭曰獨耿介而不隨孫盛晉陽秋曰呂安志量開曠有拔俗風氣莊子曰孔子彷徨塵垢之外逍遙無為之業度白雪以方絜干青雲而直上吾方知之矣孟子曰白雪之白也猶白玉之白也子虛賦曰上干青雲若其亭亭物表皎皎霞外芥千金而不盻屣萬乘其如脫爾雅曰芥草也史記曰秦軍引去平原君乃置酒酒酣起前以千金為魯連壽魯連笑曰所貴於天下之士者為人排患釋難解紛而不取也卽有取者是商賈之事而連不忍為也遂辭平原君而去淮南子曰堯年衰志閔舉天下而傳之舜猶却行而脫屣也許慎曰言其易也劉熙孟子注曰屣草屨可屨聞鳳吹於洛浦值薪歌於延瀨固亦有焉列仙傳曰王子喬周宣王太子晉也好吹笙作鳳鳴遊伊雒之間薪歌延瀨未聞豈期終始參差蒼黃翻覆淚翟子之悲慟朱公之終始參差歧路也蒼黃翻覆素絲也翟墨翟也朱楊朱也淮南子哭曰楊子見歧路而哭之為其可以南可以北墨子見練絲而泣之為其可以黃可以黑高誘曰閔其別與化也乍迴跡以心染或先貞而後黷何其謬哉蒼頡篇曰黷垢也嗚呼尚生不存仲氏既往山阿寂寥千載誰賞尚生子平也已見上文范曄後漢書曰仲長統字公理山陽人也性俶儻默語無常每州郡命召輒稱疾不就世有周子雋俗之士蕭子顯齊

書曰周顒字彥倫汝南人也釋褐海陵國侍郎元徽中出爲剡令建元中爲長沙王後軍參軍山陰令稍遷國子博士卒於官既文
既博亦玄亦史然而學遁東魯習隱南郭莊子曰魯君聞顏闔得道人也使人以幣先焉顏闔
守陋閭使者至曰此顏闔之家與顏闔對曰此闔之家使者致幣顏闔對曰恐聽謬而遺使者罪不若審之使者反審之復來求之則不
得矣又曰南郭子綦隱机而坐仰天嗒然似喪其偶郭象曰嗒焉解體若失其配匹也嗒土合切偶吹草堂濫巾北
岳偶吹卽齊竽也偶匹對之名巾隱者之飾東觀漢記曰江革專心養母幅巾屐屩誘我松桂欺我雲壑雖
假容於江皐乃纓情於好爵楚辭曰將馳騖兮江皐周易曰我有好爵吾與爾縻之其始至也
將欲排巢父拉許由傲百氏蔑王侯風情張日霜氣橫秋或歎幽人
長往或怨王孫不遊周易曰幽人貞吉西征賦曰悮山潛之逸士悼長往而不反楚辭曰王孫遊兮不歸春草生兮
萋萋談空空於釋部覈玄玄於道流蕭子顯齊書曰顒汎涉百家長於佛理著三宗論兼善老易釋部內
典也漢書曰道家流者出於史官歷記成敗存亡禍福古今之道也務光何足比涓子不能儔列仙傳曰務光
者夏時人也耳長七寸好琴服蒲韭根殷湯伐桀因光而謀光曰非吾事也湯得天下已而讓光光遂負石沈窾水而自匿列仙傳曰涓
子者齊人也好餌术隱於宕山能風及其鳴騶入谷鶴書赴隴如淳漢書注曰騶馬以給騶使乘之臧榮緒晉
書曰騶六人蕭子良古今篆隸文體曰鶴頭書與偃波書俱詔板所用在漢則謂之尺一簡髣髴鵠頭故有其稱形馳魄散

志變神動爾乃眉軒席次袂聳筵上焚芰製而裂荷衣抗塵容而走
俗狀楚辭曰製芰荷以爲衣集芙蓉而爲裳王逸曰製裁也風雲悽其帶憤石泉咽而下愴望
林巒而有失顧草木而如喪至其紐金章綰墨綬金章銅印也漢書曰萬戶以上爲令
秩千石至六百石又曰秩六百石以上皆銀印墨綬跨屬城之雄冠百里之首蔡邕陳留太守行縣頌曰府君
勸耕桑于屬縣漢書曰縣大率百里張英風於海甸馳妙譽於浙右阮籍詠懷詩曰英風截雲霓字書曰
江水東至會稽山陰爲浙右道帙長殯法筵久埋敲扑諠囂犯其慮牒訴倥偬裝
其懷過秦論曰執敲扑以鞭笞天下楚辭曰悲余生之無歡兮愁倥偬於山陸王逸曰倥偬困苦也琴歌既斷酒賦
無續董仲舒集七言琴歌二首西京雜記鄒陽酒賦常綢繆於結課每紛綸於折獄廣雅曰課第也
然今考第爲課也尚書王曰哀敬折獄明啓刑書籠張趙於往圖架卓魯於前籙漢書曰張敞字子高
稍遷至山陽太守又曰趙廣漢字子都涿郡人也爲陽翟令以化行尤異遷京輔都尉范曄後漢書曰卓茂字子康南陽人也遷密令視
人如子吏人親愛而不忍欺又曰魯恭字仲康扶風人也拜中牟令螟傷稼犬牙緣界不入中牟希蹤三輔豪馳聲
九州牧漢書曰內史武帝更名京兆尹左內史更名左馮翊主爵中尉更名右扶風是爲三輔左氏傳王孫滿曰夏之方有德也
貢金九牧杜預曰九州之牧貢金也使我高霞孤映明月獨舉成公綏鷹賦曰陵高霞而輕舉青松落

陰白雲誰侶磵石摧絶無與歸石逕荒涼徒延佇至於還飈入幕寫霧出楹蕙帳空兮夜鵠怨山人去兮曉猨驚昔聞投簪逸海岸今見解蘭縛塵纓投簪疎廣也東海人故曰海岸也摯虞徵士胡昭贊曰投簪卷帶韜聲匿跡蘭蘭佩也於是南岳獻嘲北壟騰笑列壑爭譏攢峯竦誚慨遊子之我欺悲無人以赴弔禮記曰凡訃於其君之臣曰某死鄭玄曰訃或作赴赴至也故其林慙無盡磵愧不歇秋桂遺風春蘿罷月騁西山之逸議馳東皋之素謁馳騁猶宣布也逸議隱逸之議也素謁貧素之謁也史記伯夷叔齊詩曰登彼西山兮採其薇矣阮籍奏記曰將耕東皋之陽稚珪集訓張長史詩曰同貧清風館共素白雲室杜預左氏傳注曰謁告也謂告語於人亦談議之流今又促裝下邑浪拽翊制上京楚辭曰漁父鼓拽而去王逸曰船舷也浪猶鼓也韋昭漢書注曰拽楫也雖情投於魏闕或假步於山扃呂氏春秋曰中山公子牟謂詹子曰身在江海之上心居魏闕之下高誘曰魏闕象魏也說文曰扃外閉之關也豈可使芳杜厚顏薜荔無恥尚書曰余心顏厚有忸怩碧嶺再辱丹崖重滓塵游躅於蕙路汙淥池以洗耳皇甫謐高士傳曰巢父聞許由為堯所讓也以為汙乃臨池而洗耳宜扃岫幌掩雲關斂輕霧藏鳴湍截來轅於谷口杜妄轡於郊端於是叢條瞋膽疊穎怒魄或飛柯以折

輪乍低枝而掃跡請迴俗士駕爲君謝逋客孔安國尚書傳曰逋亡也晉灼漢書注曰以辭相告曰謝

文選卷第四十三

賜進士出身通奉大夫江南蘇松常鎮太等處承宣布政使司布政使胡克家重校刊

文選卷第四十四

梁昭明太子撰

文林郎守太子右內率府錄事參軍事崇賢館直學士臣李善注上

檄

司馬長卿喻巴蜀檄一首

陳孔璋爲袁紹檄豫州一首

檄吳將校部曲文一首

鍾士季檄蜀文一首

司馬長卿難蜀父老一首

喻巴蜀檄一首漢書曰相如爲郎數歲會唐蒙使略通夜郎僰中徵發巴蜀吏卒千人郡又多爲發轉漕萬餘人用軍興法誅其渠率巴蜀人大驚恐上聞之乃遣相如責唐蒙等因喻告巴蜀人以非上之意也

司馬長卿

告巴蜀太守蠻夷自擅不討之日久矣時侵犯邊境勞士大夫陛下

卽位存撫天下安集中國然後興師出兵北征匈奴單于怖駭交臂受事屈膝請和戰國策張儀曰儀交臂而事齊楚康居西域重譯納貢稽顙來享禮記王制曰五方之人言語不通北方曰譯說文曰譯傳也傳四夷之語也漢書西域傳曰康居國去長安萬二千三百里春秋說題辭曰盛德則感越裳重譯禮記孔子曰拜之而後稽顙毛詩曰自彼氐羌莫不來享爾雅曰享獻也移師東指閩越相誅右弔番禺太子入朝文穎曰弔至也番禺南海郡縣治也東伐越後至番禺故言右也顏師古曰南越爲東越所伐漢以兵救之南越蒙天子德惠故遣太子朝所以云弔也非訓至也太子卽嬰齊也閩越地名也越有二此其一也南夷之君西僰之長言君者大之也僰蒲北切文穎曰僰爲縣常效貢職不敢惰怠論語撰考讖曰穿胸儋耳莫不貢職延頸舉踵喁喁然呂氏春秋曰聖人南面而立天下皆延頸舉踵矣論語素王受命讖曰莫不喁喁延頸歸德皆嚮風慕義欲爲臣妾論語撰考讖曰遠都殊域莫不嚮風又曰殊悲欲見鄉黨慕義史記張良曰百姓莫不嚮風慕義願爲臣妾道里遼遠山川阻深不能自致鄭玄禮記注曰致之言至也夫不順者已誅而爲善者未賞呂氏春秋曰先王之法爲善者賞爲不善者罰古之道也故遣中郎將往賓中郎將卽之唐蒙也發巴蜀之士各五百人以奉幣帛衞使者不然張揖曰不然之變也靡有兵革之事戰鬪之患今聞其乃發軍興制張揖曰發三軍之衆也興制謂起軍

法制追將帥也驚懼子弟憂患長老郡又擅爲轉粟運輸皆非陛下之意也

當行者或亡逃自賊殺亦非人臣之節也夫邊郡之士聞烽舉燧燔

張揖曰晝舉烽夜燔燧皆攝弓而馳荷兵而走攝謂張弓注矢而持之攝奴頰切流汗相屬唯

恐居後觸白刃冒流矢議不反顧計不旋踵人懷怒心如報私讎彼

豈樂死惡生非編列之民而與巴蜀異主哉編列謂編戶也淮南子曰編戶齊民計深

慮遠急國家之難而樂盡人臣之道也故有剖符之封析珪而爵如淳

曰析中分也白藏天子青在諸侯位爲通侯處列東第東第甲宅也居帝城之東故曰東第張揖曰列東第在天

子下方終則遺顯號於後世傳土地於子孫行事甚忠敬居位甚安逸

名聲施於無窮功烈著而不滅是以賢人君子肝腦塗中原膏液潤

野草而不辭也春秋考異郵曰枯骸收胲血膏潤草胲古才切今奉幣役至南夷即自賊殺

或亡逃抵誅抵至也亡逃而至於誅也一曰逃亡被誅而抵拒於誅也如淳曰抵其罪而誅戮之也一曰誅者亡不肯受誅

也身死無名謚爲至愚無名言無善名也謚猶號也恥及父母爲天下笑人之度

量相越豈不遠哉春秋合誠圖曰君殺妻誅爲天下笑然此非獨行者之罪也父兄之

教不先子弟之率不謹寡廉鮮恥而俗不長厚也其被刑戮不亦宜乎陛下患使者有司之若彼悼不肖愚民之如此故遣信使 誠信之使也 曉諭百姓以發卒之事因數之以不忠死亡之罪讓三老孝悌以不教誨之過 漢書景帝詔曰置三老孝悌以道民焉 方今田時重煩百姓 重難也不欲召聚之 已親見近縣 張揖曰檄以示巴蜀城旁近縣 恐遠所谿谷山澤之民不徧聞檄到亟下縣道 亟急也漢書曰縣有蠻夷曰道 使咸喻陛下之意無忽

爲袁紹檄豫州一首 魏氏春秋曰袁紹伐許乃檄州郡

陳孔璋 魏志曰琳避難冀州袁本初使典文章作此檄以告劉備言曹公失德不堪依附宜歸本初也後紹敗琳歸曹公曹公曰卿昔爲本初移書但可罪狀孤而已惡惡止其身何乃上及父祖邪琳謝罪曰矢在絃上不可不發曹公愛其才而不責之

左將軍領豫州刺史郡國相守 蜀志曰先主歸陶謙謙表先主爲豫州刺史後歸曹公曹公表爲左將軍

蓋聞明主圖危以制變忠臣慮難以立權是以有非常之人然後有非常之事有非常之事然後立非常之功 難蜀父老曰世必有非常之人然後有非常之事有

非常之事然後有非常之功 夫非常者故非常人所擬也曩者彊秦弱主趙高執柄專制朝權威福由己時人迫脅莫敢正言終有望夷之敗 史記曰秦二世夢白虎嚙其左驂馬殺之問占夢卜涇水爲祟二世乃齊望夷宮欲祠涇水使使責讓趙高以盜事高懼乃陰與其女婿咸陽令閻樂數二世二世自殺張華曰望夷宮在長安西北長平觀故臺處是臨涇水作之以望北夷也漢書曰王氏浸盛羣下莫敢正言 祖宗焚滅汙辱至今永爲世鑒及臻呂后季年產祿專政內兼二軍外統梁趙擅斷萬機決事省禁下陵上替海內寒心 漢書曰張辟彊謂丞相陳平請拜呂台呂產爲將將兵居南北軍丞相如辟彊計太后臨朝以呂侯子台爲呂王台弟產產爲梁王建成侯侯釋之子祿爲趙王呂后崩將軍祿相國產顓兵秉政韋昭國語注曰季末也左氏傳閔子騫曰下陵上替能無亂乎高唐賦曰寒心酸鼻 於是絳侯朱虛興兵奮怒誅夷逆暴尊立太宗 漢書曰產祿因謀作亂齊悼惠王子朱虛侯章在京師知其謀使人告兄齊王令發兵章欲與太尉勃內應以誅諸呂又曰呂祿呂產欲作亂朱虛侯章與太尉勃等誅之大臣乃謀迎代王代王立是爲孝文皇帝 故能王道興隆光明顯融此則大臣立權之明表也 明表謂明白之表儀也 司空曹操祖父中常侍騰與左悺徐璜並作妖孽饕餮放橫傷化虐民 司馬彪續漢書曰曹騰字季興少除黃門桓帝即位加特進范曄後漢書曰左悺河南人也爲小黃門徐璜下邳人也爲中常侍左氏傳史克

曰縉雲氏有不才子天下之人謂之饕餮山海經曰鉤吾山有獸羊身人面其目腋下虎齒人爪其音如嬰兒名曰狍鴞食人郭璞云為
物貪婪食人未盡還害其身象在禹鼎左氏傳所謂饕餮者也狍音咆父嵩乞匄攜養因贓假位魏志曰曹
騰養子嵩官至太尉莫能審其生本末司馬彪續漢書曰嵩字巨高說文曰匄乞也古賴切輿金輦璧輸貨權門
漢書曰息夫躬交遊貴戚趨走權門為名竊盜鼎司傾覆重器周易曰鼎金鉉鄭玄尚書注曰鼎三公象也文子老
子曰天下之大器也操贅閹遺醜本無懿德贅謂假相連屬也莊子曰附贅懸肬然肬贅假肉也贅之銳切肬音
尤僄狡鋒協好亂樂禍幕府董統鷹揚掃除凶逆魏志曰大將軍何進與紹誅諸閹宦
進被殺紹遂勒兵捕諸閹人無少長皆殺之漢書音義曰衛青征匈奴大克獲帝就拜大將軍於幕中因曰幕府續遇董卓
侵官暴國董卓字仲穎隴西人為相國卓以山東豪傑並起乃徙天子都長安燔燒宮室卓至西京呂布誅卓左氏傳欒鍼謂
欒書曰侵官冒也失官慢也於是提劍揮鼓發命東夏收羅英雄棄瑕取用魏志曰董
卓呼紹欲廢帝紹不應因橫刀長揖而出遂奔冀州卓因拜紹渤海太守紹遂以渤海之衆以攻卓故遂與操同諮合
謀授以裨師裨師偏師也漢書衛青傳曰裨將及校尉侯者九人謂其鷹犬之才爪牙可任謝承
後漢書陳龜表曰臣累世展鷹犬搏擊之用至乃愚佻短略輕進易退字書曰佻輕也勑聊切傷夷
折衂數喪師徒幕府輒復分兵命銳脩完補輯表行東郡領兗州刺

史謝承後漢書曰袁紹以曹操爲東郡太守劉公山爲兗州公山爲黃巾所殺乃以操爲兗州刺史被以虎文獎蹙威柄被以虎文則羊質虎文也法言曰敢問質曰羊質而虎皮見草而說見豺而戰魏志作獎蹴蹴成也言獎成其威柄也冀獲秦師一尅之報左氏傳曰秦孟明帥師伐晉晉侯禦之秦師敗績又曰秦伯伐晉濟河焚舟取王官及郊晉人不出遂霸西戎用孟明也而操遂承資跋扈肆行凶忒謝承後漢書曰操得兗州兵衆強盛內懷反紹意毛詩曰無然畔援鄭玄曰畔援猶跋扈也西京賦曰睢盱跋扈賈逵國語注曰肆恣也孔安國尚書傳曰忒惡也割剝元元殘賢害善太公金匱曰天道無親常與善人今海內陸沈於殷久矣何乃急急於元元哉高誘戰國策注曰元元善也張奐與屯留君書曰氣厲流行傷賢害善故九江太守邊讓英才俊偉天下知名直言正色論不阿諂身首被梟懸之誅妻孥受灰滅之咎魏志曰太祖在兗州陳留邊讓言議頗侵太祖太祖殺讓族其家臣瓚漢書注曰懸首於木曰梟尚書曰予則孥戮汝自是士林憤痛民怨彌重林喻多也司馬遷書曰列於君子之林孔安國尚書傳曰民咨胥怨一夫奮臂舉州同聲史記武臣曰陳王奮臂爲天下唱始周易曰同聲相應故躬破於徐方地奪於呂布彷徨東裔蹈據無所魏志曰陶謙爲徐州刺史太祖征謙糧少引軍還又曰太祖與呂布戰於濮陽太祖軍不利幕府惟強幹弱枝之義且不登叛人之黨叛人謂呂布也漢書曰徙二千石高貲富人豪傑并兼之家於諸陵蓋亦以強幹弱枝非爲奉山園也左氏傳曰園

宋彭城非宋地也於是爲宋討魚石故稱宋且不登叛人故復援旌擐甲席卷起征紹征呂布諸史不載蓋史略也左氏傳曰擐甲執兵杜預曰擐貫也胡慢切春秋握誠圖曰諸侯氷散席卷各爭恣妄金鼓響振布衆奔沮漢書曰膠西王叩頭漢軍壁弓高侯執金鼓見之拯其死亡之患復其方伯之位謝承後漢書曰操圍呂布於濮陽爲布所破投紹紹哀之乃給兵五千人還取兗州說文曰拯上舉也則幕府無德於兗土之民而有大造於操也左氏傳呂相絕秦曰秦師克還無害則是我有大造於西也後會鑾駕反旆羣虜寇攻魏志曰董卓徙天子都長安後韓暹以天子還雒陽時冀州方有北鄙之警匪遑離局魏志曰冀州牧韓馥以冀州讓紹紹遂領冀州謝承後漢書曰公孫瓚非紹立劉伯安歛其衆攻紹禮記曰各司其局鄭玄曰局部分也故使從事中郎徐勛就發遣操使繕脩郊廟翊衛幼主操便放志專行脅遷當御省禁魏志曰天子還洛陽太祖遂至洛陽衛京師脅遷謂迫脅天子而遷徙也卑侮王室敗法亂紀家語孔子曰是謂壞法亂紀也坐領三臺專制朝政應劭漢官儀曰尚書爲中臺御史爲憲臺謁者爲外臺爵賞由心刑戮在口所愛光五宗所惡滅三族宗亦族也漢書徐自爲曰古有三族而王溫舒罪至同時而五族乎家語曰宰予爲臨淄大夫與田常之亂夷三族也羣談者受顯誅腹議者蒙隱戮漢書曰上既造白鹿皮幣令下顏異不應反脣張湯奏異腹非論死自是之後有腹非之法也百寮鉗口道

路以目莊子曰鉗墨翟之口史記曰周厲王行暴虐侈傲國人謗王王怒得衛巫使監謗者以告則殺之國人莫敢言道路以目
鉗其嚴切尚書記朝會公卿充員品而已故太尉楊彪典歷二司享國極
位操因緣眦睚被以非罪榜楚參并五毒備至觸情任忒不顧憲綱
范曄後漢書曰彪字文先代董卓為司空又代黃琬為司徒時袁術僭亂操託彪與術婚姻誣以欲圖廢置奏收下獄劾以大逆漢書曰
王莽誅翟義夷滅三族皆至同坑以五毒參并葬之如淳曰野葛狼毒之屬韓詩外傳曰不肖者觸情縱欲也又議郎趙彥
忠諫直言義有可納是以聖朝含聽改容加飾操欲迷奪時明杜絕
言路擅收立殺不俟報聞又梁孝王先帝母昆墳陵尊顯桑梓松柏
猶宜肅恭而操帥將吏士親臨發掘破棺躶尸掠取金寶至令聖朝
流涕士民傷懷漢書曰孝文皇帝竇皇后生孝景帝梁孝王武曹瞞傳曰曹操破梁孝王棺收金寶天子聞之哀泣昆或
為弟毛詩曰維桑與梓必恭敬止仲長子昌言曰古之葬者松柏以識其墳操又特置發丘中郎將摸金
校尉所過隳突無骸不露身處三公之位而行桀虜之態汙國虐民
毒施人鬼加其細政苛慘科防互設罾繳充蹊坑穽塞路舉手挂網
羅動足觸機陷是以兗豫有無聊之民帝都有吁嗟之怨戰國策蘇秦曰上下

相怨民無所聊家語孔子曰今人之言惡者比之於桀紂民怨其虐莫不吁嗟歷觀載籍無道之臣貪殘酷
烈於操爲甚幕府方詰外姦未及整訓鄭玄禮記注曰詰謂問其罪也去質切加緒含
容冀可彌縫左氏傳展喜對齊侯曰桓公是以糾合諸侯彌縫其闕而匡救其災而操豺狼野心潛包
禍謀劉向列女傳曰羊舌叔姬者叔向之母也長姒產男叔姬往觀之曰其聲狼也狼子野心非是莫滅羊舌氏乎乃欲摧
橈棟梁孤弱漢室周易曰棟橈之凶不可以有輔除滅忠正專爲梟雄往者伐鼓北
征公孫瓚魏志曰公孫瓚字伯圭董卓至洛陽還瓚奮武將軍封薊侯范曄後漢書曰公孫瓚大破黃巾威震河北紹自將擊
之強寇桀逆拒圍一年操因其未破陰交書命外助王師內相掩襲
左氏傳曰凡師輕曰襲杜預曰掩其不備也故引兵造河方舟北濟會其行人發露瓚亦
梟夷魏志曰紹悉軍圍瓚瓚自知必敗盡殺其妻子乃自殺故使鋒芒挫縮厥圖不果爾乃大
軍過蕩西山屠各左校皆束手奉質爭爲前登犬羊殘醜消淪山谷
范曄後漢書曰黑山賊于毒等覆鄴城紹入朝歌鹿腸山破之斬毒又擊左校郭太賢等遂及西營屠各戰於常山晉中興書曰胡俗其
入居塞者有屠各種最豪貴故得爲單于統領諸種於是操師震慴晨夜逋遁屯據敖倉阻河
爲固魏志曰袁紹將進軍攻許公留于禁屯河上公軍官欲度漢書音義曰敖地名在滎陽西北上臨河有太倉以螗蜋

之斧禦隆車之隧莊子蘧伯玉謂顏闔曰汝不知夫螗蜋乎怒其臂以當車轍不知其不勝任也幕府奉漢

威靈折衝宇宙班孟堅與陳文通書曰奉國威靈信志方外晏子春秋孔子曰不出樽俎之閒而折衝千里之外晏子之謂

也長戟百萬胡騎千羣奮中黃育獲之士騁良弓勁弩之勢尸子中黃伯曰

余左執太行之獶而右搏彫虎戰國策范睢說秦王曰烏獲之力焉而死夏育之勇焉而死文子曰狡兔得而獵犬烹高鳥盡而良弓藏

史記蘇秦說韓王曰天下之彊弓勁弩皆從韓出幷州越太行青州涉濟漯魏志曰袁紹出長子譚爲青州

外甥高幹爲幷州淮南子曰何謂九山曰太行羊腸高誘曰太行直河內野王縣尚書曰浮于濟漯達于河大軍汎黃河

而角其前荊州下宛葉而掎其後魏志曰劉表爲荊州刺史北與袁紹相結左氏傳狄子駒支曰譬如

捕鹿晉人角之諸戎掎之征伐軍有前後猶如捕獸一人捉角一人戾足說文曰掎戾足也雷霆虎步並集虜庭

李陵詩曰幸託不肖軀且當猛虎步若舉炎火以焫飛蓬覆滄海以沃熛炭有何不滅

者哉楚辭曰離憂患而迺寤兮若縱火於秋蓬黃石公三略曰夫以義而誅不義若決江河而溉熒火其剋必矣聲類曰焫燒也說

文曰熛火飛也又操軍吏士其可戰者皆自出幽冀或故營部曲咸怨曠思

歸流涕北顧毛詩序曰男女怨曠其餘兗豫之民及呂布張揚之遺衆呂布張揚已見

九錫文覆亡迫脅權時苟從各被創夷人爲讎敵尚書曰父師曰召敵讎弗怠若迴

旆方徂登高岡而擊鼓吹揚素揮以啓降路廣雅曰徽幡也徽與揮古通用必土崩瓦解不俟血刃漢書徐樂上書曰何謂土崩秦之末葉是也人困而主不恤下怨而上不知此之謂土崩何謂瓦解吳楚齊越之兵是也當此之時安土樂俗之人衆故諸侯無外境之助此之謂瓦解孫卿子曰舜伐有苗禹伐共工湯伐有夏文王伐崇武王伐紂遠方慕義兵不血刃方今漢室陵遲綱維弛絕聖朝無一介之輔股肱無折衝之勢尚書秦穆公曰如有一介臣尚書大傳曰股肱臣也折衝已見上文方畿之內簡練之臣皆垂頭揭翼莫所憑恃雖有忠義之佐脅於暴虐之臣焉能展其節又操持部曲精兵七百圍守宮闕外託宿衛內實拘執懼其篡逆之萌因斯而作說文曰逆而奪取曰篡叉患切此乃忠臣肝腦塗地之秋烈士立功之會可不勗哉喻巴蜀文曰肝腦塗中原漢書曰一敗塗地尚書曰勗哉夫子操又矯命稱制遣使發兵恐邊遠州郡過聽而給與強寇弱主違衆旅叛漢書以旅爲助舉以喪名爲天下笑則明哲不取也即日幽并青冀四州並進魏志曰紹以中子熙爲幽州書到荊州便勒見兵與建忠將軍協同聲勢魏志曰張繡以軍功稱遷至建忠將軍屯宛與劉表合州郡各整戎馬羅落境界舉師揚威並匡社稷則非常之功於是乎

著其得操首者封五千戶侯賞錢五千萬部曲偏裨將校諸吏降者勿有所問廣宣恩信班揚符賞布告天下咸使知聖朝有拘逼之難如律令風俗通曰謹按律者法也皐陶謨虞一云始造律時主所制曰令漢書著甲令夫吏者始也當先自正然後正人故文書下如律令言當履繩墨動不失律令也

檄吳將校部曲文一首　陳孔璋

年月朔日子尚書令彧魏志曰荀彧字文若潁川人也太祖進彧爲漢侍中守尚書令告江東諸將校部曲及孫權宗親中外蓋聞禍福無門惟人所召左氏傳閔子騫之辭夫見機而作不處凶危上聖之明也周易曰君子見機而作不俟終日臨事制變困而能通智者之慮也漢書曰江充因變制宜周易曰困而不失其所亨其唯君子乎王弼曰窮必通也漸漬荒沈往而不反下愚之蔽也是以大雅君子於安思危以遠咎悔班固漢書贊曰大雅卓爾不羣河閒獻王近之矣封禪書曰興必慮衰安必慮危小人臨禍懷佚以待死亡二者之量不亦殊乎孫權小子未辨菽麥左氏傳曰晉周子有兄而無慧不能辨菽麥要領不足以膏齊斧名字不足以洿簡墨漢書音義服虔注曰易曰喪其齊斧未聞其說張晏曰斧鉞也以整齊天

下應劭曰齊利也虞喜志林曰齊側皆切凡師出必齊戒入廟受斧故曰齊斧也譬猶鷇卵始生翰毛爾雅曰生而自食曰雛待哺曰鷇郭璞曰鳥子須母食鄭玄尚書大傳注曰翰毛毛長大者而便陸梁放肆顧行吠主西京賦曰怪獸陸梁戰國策刁勃謂田單曰跖之狗吠堯非其主也謂爲舟楫足以距皇威江湖可以逃靈誅不知天網設張以在綱目爨鑊之魚期於消爛也若使水而可恃則洞庭無三苗之墟子陽無荊門之敗尚書帝曰咨禹惟時有苗弗率汝徂征三旬苗民逆命帝乃誕敷文德七旬有苗格孔安國曰三苗之國左洞庭右彭蠡范曄後漢書曰公孫述字子陽自立爲蜀王遣任滿據荊門帝令征南大將軍岑彭攻之滿大敗朝鮮之壘不刊南越之旍不拔史記曰天子拜涉何爲遼東部都尉朝鮮襲殺何天子遣左將軍荀彘擊朝鮮朝鮮人殺其王右渠來降定朝鮮爲四郡又曰南越呂嘉反以主爵都尉楊僕爲樓船將軍下橫浦咸會番禺南越以平遂爲九郡又曰東越王餘善反遣橫海將軍韓悅出句章越建成侯敖殺餘善以其衆降昔夫差承闔閭之遠跡用申胥之訓兵棲越會稽可謂強矣史記曰吳王闔閭死立太子夫差又樂毅遺燕惠王書曰昔伍子胥說聽於闔閭而吳王遠跡至郢韋昭國語注曰申胥楚大夫伍奢之子子胥也名員員奔吳吳與地故曰申胥史記曰吳王夫差伐越敗之越王勾踐乃以甲兵五千人棲於會稽及其抗衡上國與晉爭長都城屠於勾踐武卒散於黃池終於覆滅身罄越軍毛萇詩注曰抗舉也鄭玄周禮注曰稱上

曰衡抗衡謂對舉以爭輕重也史記陸賈曰以區區之越與天子抗衡爲敵國又曰吳王夫差北會諸侯於黃池欲霸中國吳王與晉定公爭長乃長晉定公吳引兵歸國又曰吳與晉人相遇黃池之上吳晉爭彊晉人擊之大敗吳御越王聞之襲吳吳王聞之去晉而歸與越戰不勝城門不守遂圍王宮而殺夫差及吳王濞驕恣屈強猖猾始亂漢書曰吳王濞高帝兄仲之子也立濞爲吳王孝景五年起兵於廣陵左氏傳曰鄭子太叔卒晉趙簡子曰黃父之會夫子語我九言曰無始亂無怙富自以兵強國富勢陵京城太尉帥師甫下滎陽則七國之軍瓦解冰泮漢書曰七國反書聞天子遣條侯周亞夫往擊楚敗之七國吳王濞楚王戊趙王遂膠西王卬濟南王辟光淄川王賢膠東王渠鄭玄周禮注曰甫始也瓦解已見上文淮南子曰冰泮而農桑起濞之罵言未絕於口而丹徒之刃以陷其胸漢書曰吳王敗乃與戲下壯士千人夜亡渡淮走丹徒保東越漢使人以利啗東越東越卽紿吳王吳王出勞軍漢使人鏦殺吳王漢書賈誼上疏曰適啓其口匕首已陷其胸矣紿音殆何則天威不可當而悖逆之罪重也且江湖之衆不足恃也自董卓作亂以迄於今將三十載其閒豪桀縱橫熊據虎跱強如二袁勇如呂布二袁袁紹袁術也魏志曰呂布便弓馬旅力過人號爲飛將跨州連郡有威有名十有餘輩其餘鋒捍特起鸖視狼顧爭爲梟雄者不可勝數淮南子曰鴟視虎顧鹽鐵論曰無鹿駭狼顧之憂然皆伏鈇嬰鉞首腰分離雲散原

燎罔有子遺尚書曰若火之燎于原毛詩曰周餘黎民靡有子遺近者關中諸將復相合聚續
爲叛亂魏志張魯據漢中遣鍾繇討之是時關中諸將疑繇欲自襲馬超遂與楊秋李湛宜成等反遣曹仁討之超等屯潼關公
勑諸將關西兵精悍堅壁勿與戰阻二華據河渭驅率羌胡齊鋒東向氣高志遠似
若無敵丞相秉鉞鷹揚順風烈火元戎啓行未鼓而破魏志曰公西征馬超公自
潼關北度未濟超赴船急戰丁斐曰放馬以餌賊賊亂取馬公乃得渡循河爲甬而南賊追距渭口公乃分兵結營於渭南賊夜攻營伏
兵擊破之進軍渡渭超等數挑戰不許公乃與剋日會戰先以輕兵挑之戰良久乃縱彊騎夾擊大破之斬宜成李湛等漢書元后詔曰
運獨見之明奮無前之威毛詩曰武王載旆有虔秉鉞如火烈烈則莫我敢遏又曰元戎十乘以先啓行伏尸千萬流血
漂櫓此皆天下所共知也戰國策秦王謂唐且曰天子之怒伏尸百萬流血千里賈誼過秦曰伏尸百萬流血漂櫓
是後大軍所以臨江而不濟者以韓約馬超逋逸迸脫走還涼州
復欲鳴吠魏志曰曹公斬宜成遂超走涼州典略曰韓遂字文約在涼州阻兵爲亂積三十年建安二十年乃死逆賊
宋建僭號河首同惡相救並爲脣齒魏志曰初隴西宋建自稱河首平漢王聚衆枹罕夏侯淵討之
屠枹罕斬建涼州又鎮南將軍張魯負固不恭魏志曰張魯字公旗據漢中以鬼道教人自號師君長雄
巴漢垂三十年漢末力不能征遂就寵魯爲鎮民中郎將漢寧太祖征之周禮曰負固不服則攻之皆我王誅所當先

加故且觀兵旋旆魏志曰建安十七年公征孫權攻破江西營乃引軍還史記曰武王東觀兵至于孟津諸侯皆曰帝
紂可伐武王曰未可乃還師復整六師長驅西征致天下誅魏志曰建安二十年公西征張魯偏
將涉隴則建約梟夷旍首萬里魏志曰韓遂在顯親夏侯淵欲襲取之遂走後淵大破遂軍得其旍麾斬
建及遂死已見上文軍入散關則羣氐率服王侯豪帥奔走前驅魏志曰公西征張魯自陳
倉出散關至河池氐王竇茂恃險不服攻屠之進臨漢中則陽平不守魏志曰西征張魯至陽平魯使弟衞據陽
平關公乃遣高祚等乘險夜襲大破之十萬之師土崩魚爛張魯逋竄走入巴中懷恩
悔過委質還降魏志曰魯弟衞夜遁魯潰走巴中遣人慰喻魯盡家屬出降土崩已見上文公羊傳曰其言梁亡何自亡
也奈何魚爛而亡何休曰魚爛從內發左氏傳狐突曰策名委質巴夷王朴胡賨邑侯杜濩各帥種
落共舉巴郡以奉王職魏志曰建安二十年七姓巴夷王朴胡賨邑侯杜濩舉巴夷賨民來附於是分巴郡以胡
爲巴東太守濩巴西太守孫盛曰朴音浮濩音護鉦鼓一動二方俱定利盡西海兵不鈍鋒
戰國策司馬錯曰今伐蜀利盡西海而諸侯不以爲貪漢書淮南王安上疏曰不勞一卒不頓一戟又曰不挫一兵之鋒鈍與頓同若
此之事皆上天威明社稷神武非徒人力所能立也聖朝寬仁覆載
允信允文春秋考異郵曰赤帝之精寬仁大度禮記曰天無私覆地無私載毛詩曰允文允武昭假列祖大啓爵命

以示四方魯及胡濩皆享萬戶之封魯之五子各受千室之邑魏志曰胡濩者皆封列侯又曰封魯及五子皆爲列侯胡濩子弟部曲將校爲列侯將軍已下千有餘人百姓安堵四民反業漢書曰高祖入關吏民皆安堵如故管子曰士農工商四民者國之石民而建約之屬皆爲鯨鯢左氏傳楚子曰古者明王伐不敬取其鯨鯢而封以爲大戮超之妻孥焚首金城魏志曰南安趙衢討超梟其妻子漢書有金城郡父母嬰孩覆尸許市范曄後漢書曰建安元年遷都于許非國家鍾禍於彼降福於此也逆順之分不得不然漢書涓勳曰甚誖逆順之理夫鷙鳥之擊先高攫鷙之勢也牧野之威孟津之退也此述往年未伐之意尚書序曰武王與受戰於牧野又曰惟十有一年武王伐殷孔安國曰諸侯僉同乃退以示弱今者枳棘翦扞戎夏以清枳棘以喻殘賊也翦扞翦除而防衛之也杜預左氏傳注曰扞衛也音捍萬里肅齊六師無事故大舉天師百萬之衆魏志曰建安二十一年治兵遂征孫權也與匈奴南單于呼完廚及六郡烏桓丁令屠各湟中羌僰魏志曰建安二十一年匈奴南單于呼廚泉將其名王來朝待以客禮漢書曰諸羌言願得度湟水北然湟水左右羌之所居湟音皇丁令屠各已見上文霆奮席卷自壽春而南漢書九江郡有壽春邑又使征西將軍夏侯淵等魏志曰夏侯淵字妙才惇族弟也爲征西將軍率精甲五萬

及武都氐羌巴漢銳卒南臨汶江搤據庸蜀魏志曰建安二十一年留夏侯淵屯漢中江夏襄陽諸軍橫截湘沅以臨豫章樓船橫海之師直指吳會漢書曰東越反上遣橫海將軍韓說樓船將軍楊僕入軍於越萬里剋期五道並入大舉天師至壽春而南一道也使征西甲卒五萬二道也及武都至庸蜀三道也江夏至豫章四道也樓船至會稽五道也權之期命於是至矣丞相銜奉國威為民除害元惡大憝必當梟夷尚書成王曰元惡大憝至於枝附葉從皆非詔書所特禽疾楊雄覈靈賦曰枝附葉從表立景隨故每破滅強敵未嘗不務在先降後誅拔將取才各盡其用是以立功之士莫不翹足引領望風響應新序趙良謂商君曰君亡可翹足而待也左氏傳穆叔謂晉侯曰引領西望曰庶幾乎尚書曰惟影響孔安國曰若影之隨形響之應聲昔袁術僭逆王誅將加則廬江太守劉勳先舉其郡還歸國家魏志曰建安四年袁術敗於陳術病死廬江大守劉勳率衆降封為列侯呂布作亂師臨下邳張遼侯成率衆出降魏志曰張遼字文遠鴈門人也以兵屬呂布太祖破呂布於下邳遼將衆降拜中郎將爵為關內侯還討眭固薛洪樛尚開城就化魏志曰眭固屬袁紹屯射犬公進軍臨河使史渙曹仁渡河擊之固使張楊故長史薛洪河內太守樛尚留守自將兵以迎紹求救與渙仁遇交戰大破之斬固公遂濟河圍射犬洪尚率衆降封為列侯樛音留官渡之

役則張郃高奐舉事立功魏志曰公擊淳于瓊留曹洪守紹使張郃高覽攻曹洪郃等聞瓊破遂來降魏志云
高覽此云奐蓋有二名郃烏合切後討袁尚則都督將軍馬延故豫州刺史陰夔射
聲校尉郭昭臨陣來降魏志曰公圍尚營未合尚懼遣故豫州刺史陰夔及陳琳乞降公不許圍益急尚夜遯保
岐山追擊之其將馬延等臨陣降衆大潰圍守鄴城則將軍蘇游反爲內應魏志曰尚攻譚留蘇由守
鄴公進軍到洹水審由降游與由同審配兄子開門入兵魏志曰袁尚走中山盡獲其輜重印綬節鉞使尚降人示
其家城中崩沮審配兄子榮夜開所守東城門內兵配逆戰敗生禽配斬之既誅袁譚則幽州大將焦觸
攻逐袁熙舉事來服魏志曰建安十年袁熙大將焦觸叛熙尚奔三郡烏丸觸等舉其縣來降凡此之輩
數百人皆忠壯果烈有智有仁悉與丞相參圖畫策折衝討難芟敵
搴旗靜安海內豈輕舉措也哉誠乃天啓其心計深慮遠西京賦曰天啓其心
司馬相如喻巴蜀文曰計深慮遠急國家之難審邪正之津明可否之分勇不虛死節不苟
立屈伸變化唯道所存故乃建丘山之功享不訾之祿荅客難曰所欲必得功若
丘山賈逵國語注曰訾言量也朝爲仇虜夕爲上將所謂臨難知變轉禍爲福者也
說苑孔子曰聖人轉禍爲福報怨以德若夫說誘甘言懷寶小惠毛詩曰盜言孔甘論語曰好行小惠泥

滯苟且沒而不覺隨波漂流與熛俱滅者亦甚衆多吉凶得失豈不
哀哉昔歲軍在漢中東西懸隔合肥遺守不滿五千權親以數萬之
衆破敗奔走今乃欲當禦雷霆難以冀矣魏志曰太祖使張遼與樂進等將七千餘人屯合肥
太祖征張魯俄而權率十萬衆圍合肥於是遼夜募敢從之士得八百人明日大戰平旦遼被甲持戟先登陷陣殺千人斬二將權登高
冢以長戟自守遼呼權不敢動權守合肥十餘日城不可拔乃引退夫天道助順人道助信周易曰天之所助者
順也人之所助信也事上之謂義親親之謂仁盛孝章君也而權誅之吳志曰權殺吳
郡太守盛憲會稽典錄曰憲字孝章孫輔兄也而權殺之典略曰孫輔恐權不能守江東因權出行東治乃遣人賫
書呼曹公行人以告權乃還偽若不知與張昭共見輔權謂輔曰兄厭樂耶何爲呼他人輔云無是權投書與昭以示輔輔慚無辭乃悉
斬輔親近徙輔置東吳賊義殘仁莫斯爲甚孟子齊王曰臣弑其君可乎孟子曰賊仁者謂之賊賊義者謂之殘
殘賊之人謂之一夫聞誅一夫紂矣未聞弑其君也乃神靈之逋罪下民所同讎辜讎之人謂
之凶賊是故伊摯去夏不爲傷德飛廉死紂不可謂賢尚書曰伊尹去亳適夏旣
醜有夏復歸于亳孫子曰殷之興也伊摯在夏魏武曰伊摯伊尹也孟子曰周公相武王誅紂驅飛廉於海隅而戮之何者去
就之道各有宜也丞相深惟江東舊德名臣多在載籍近魏叔英秀

出高峙著名海內虞文繡砥礪清節耽學好古周泰明當世儁彥德行脩明皆宜膺受多福保乂子孫尚書曰承膺多福又曰保乂王家而周盛門戶無辜被戮遺類流離湮沒林莽言之可爲愴然聞魏周榮虞仲翔各紹堂構能負析薪吳志曰虞翻字仲翔尚書曰若考作室既厎法厥子乃弗肯堂矧肯構左氏傳鄭子產曰古人有言曰其父析薪其子弗克負荷及吳諸顧陸舊族長者世有高位當報漢德顯祖揚名及諸將校孫權婚親皆我國家良寶利器尚書曰所寶惟賢則邇人安聖主得賢臣頌曰夫賢者國家器用也所任賢則趨舍省而功施普器用利則用力少而就効衆也而並見驅迮雨絕於天有斧無柯何以自濟陸賈新語曰有斧無柯何以治之相隨顛沒不亦哀乎蓋鳳鳴高岡以遠罻羅賢聖之德也毛詩曰鳳皇鳴矣于彼高岡梧桐生矣于彼朝陽鸋鴂之鳥巢於葦苕苕折子破下愚之惑也韓詩曰鴟鴞鴟鴞既取我子無毀我室鴟鴞鸋鴂鳥名也鴟鴞所以愛養其子者適以病之愛憐養其子者謂堅固其窠巢病之者謂不知託於大樹茂枝反敷之葦蕑風至蕑折巢覆有子則死有卵則破是其病也字林曰鸋鴂鸋也上乃丁切下古穴切廣雅曰鸋鴂工雀也荀卿子曰南方鳥名蒙鳩爲巢編之以髮繫之葦苕苕折卵破巢非不牢所繫之弱也說文曰葦大葭也苕與蕑同今江東之地無異葦苕諸賢處之信亦危矣聖朝開

弘曠蕩重惜民命誅在一人與衆無忌故設非常之賞以待非常之功司馬長卿難蜀父老曰有非常之事然後有非常之功乃霸夫烈士奮命之㫁時也可不勉乎若能翻然大舉建立元勳以應顯祿福之上也如其未能未能如上之計筭量大小以存易亡亦其次也漢書鄒陽上書曰昔者鄭祭仲許宋人立公子突以活其君非其義也春秋記之爲其以生易死以存易亡夫係蹄在足則猛虎絕其蹯戰國策魏魁謂建信君曰人有置係蹄者而得虎虎怒跌蹯而去虎之情匪不愛其蹯也然而不以環寸之蹯害七尺之軀有權也今國家者非直七尺之軀也而君之身於王非環寸之蹯也願公早圖之也延叔堅曰係蹄獸絆也蝮蛇在手則壯士斷其節漢書曰項梁使使趨齊兵擊章邯田榮曰楚殺田假趙殺田角田閒乃出兵楚不殺假趙亦不殺角閒齊王曰蝮螫手則斬手螫足則斬足何者爲害於身也田假田角田閒於楚趙非手足之戚何故不殺螫音釋何則以其所全者重以其所棄者輕若乃樂禍懷寧迷而忘復周易曰迷復之凶反君道也闇大雅之所保背先賢之去就毛詩大雅曰既明且哲以保其身忽朝陽之安甘折若之末日忘一日以至覆沒大兵一放玉石俱碎尚書曰火炎崑岡玉石俱焚雖欲救之亦無及已史記衞平謂宋王曰後雖悔之亦無及已故令往購募爵賞科條如左檄到詳思至言如詔律令

檄蜀文一首 魏志曰景元四年令鍾會伐蜀會至漢中蜀大將姜維等守劍閣距會會移檄檄蜀將吏

鍾士季 魏志鍾會字士季潁川人少敏慧夙成爲祕書郎遷鎮西將軍後爲司徒謀反於蜀爲衆兵所殺

往者漢祚衰微率土分崩生民之命幾於泯滅我太祖武皇帝神武聖哲撥亂反正魏志曰有太武皇帝爲魏太祖公羊傳曰君子曷爲春秋撥亂世反諸正莫近乎春秋拯其將墜造我區夏尚書曰文王用肇造我區夏高祖文皇帝應天順民受命踐祚魏志曰文帝爲魏高祖周易曰湯武革命順乎天而應乎人禮記曰成王幼不能莅祚周公相踐祚而治烈祖明皇帝奕世重光恢拓洪業魏志曰明皇帝爲魏烈祖國語祭公謀父曰奕世載德尚書曰昔我君文王武王宣重光漢書武帝詔曰何行而可以彰先帝之洪業休德然江山之外異政殊俗毛詩序曰國異政家殊俗率土齊民未蒙王化難蜀父老曰劉齊人以附夷狄如淳曰齊人齊等無有貴賤故謂之齊若今言平人也此三祖所以顧懷遺志也劇秦美新曰后土顧懷今主上聖德欽明紹隆前緒主上陳留王奐也尚書曰放勛欽明宰輔忠肅明允劬勞王室宰輔司馬文王也左氏傳史克對魯侯曰齊聖廣淵明允篤誠忠肅恭懿宣慈惠和布政垂惠而萬邦協和毛詩曰布政優優尚書曰百姓昭明協和萬邦施德百蠻而肅慎致貢毛詩曰因時百蠻大戴禮孔子曰昔舜教通于四海之外肅慎北發渠搜氐羌來服悼彼巴蜀獨爲匪民毛詩

曰哀我征夫獨爲匪民 愍此百姓勞役未已是以命授六師龔行天罰尚書曰予惟龔行天之罰征西雍州鎮西諸軍五道並進魏志曰詔使征西將軍鄧艾督諸軍趣甘松沓中雍州刺史諸葛緒督諸軍趣武街高樓鎮西將軍鍾會由駱谷伐蜀古之行軍以仁爲本以義治之司馬法曰古者以仁爲本以義治之之謂正曹操曰古者五帝三王以來也仁者生而不名義者成而不有王者之師有征無戰孫卿子曰王者有誅無戰漢書淮南王上書曰天子之兵有征無戰莫敢校之故虞舜舞干戚而服有苗尚書曰帝乃誕敷文德舞干羽于兩階七旬有苗格周武有散財發廩表閭之義尚書曰式商容之閭散鹿臺之財發鉅橋之粟今鎮西奉辭銜命攝統戎車尚書禹曰奉辭伐罪漢書孫寶曰臣幸得銜命奉使庶弘文告之訓以濟元元之命國語曰祭公謀父曰有征罰之備有文告之辭元元已見上文非欲窮武極戰以快一朝之志新序李克對魏武侯曰好戰窮武未有不亡者故略陳安危之要其敬聽話言毛詩曰告之話言益州先主以命世英才興兵新野困躓冀徐之郊制命紹布之手太祖拯而濟之興隆大好中更背違棄同即異蜀志曰先主姓劉諱備字玄德涿郡人也靈帝末黃巾起先主率其屬討賊有功除安喜尉後領徐州呂布襲徐州虜先主妻子乃求和於布後歸曹公曹公厚遇之以爲豫州牧後背曹公歸袁紹漢書張良曰湯武伐桀紂封其後者能制其死命也左氏傳子太叔曰棄同即異是謂

離德諸葛孔明仍規秦川姜伯約屢出隴右蜀志曰姜維字伯約勞動我邊境侵
擾我氐羌方國家多故未遑脩九伐之征也周禮曰以九伐之法正邦國馮弱犯寡則眚之
賊賢害民則伐之暴內陵外則壇之野荒民散則削之負固不服則侵之賊殺其親則正之放弒其君則殘之犯令陵政則杜之內外亂
鳥獸行則滅之今邊境乂清方內無事蓄力待時併兵一向孫子兵法曰併敵一向千里殺
將而巴蜀一州之衆分張守備難以禦天下之師段谷侯和沮傷之
氣難以敵堂堂之陣魏志曰姜維趣上邽鄧艾與戰于段谷大破之又曰姜維寇圯陽鄧艾拒之破維于侯和漢書
公乘興上書曰王尊厲奔北之吏起沮傷之氣黃帝出軍決曰始立牙之日吉氣來應旗幡指敵或從風而來金鐸之聲揚以清鼓鞞之
音婉而鳴是謂堂堂之陣整整之旗此大勝之徵也比年已來曾無寧歲國語姜氏告公子曰自子之行晉無寧
歲征夫勤瘁難以當子來之民毛詩曰經始勿亟庶民子來此皆諸賢所共親見
蜀侯見禽於秦公孫述授首於漢史記曰秦惠文君八年張儀復相伐蜀滅之公孫述已見吳都賦
九州之險是非一姓此皆諸君所備聞也左氏傳司馬侯曰九州之險也是非一姓明者
見危於無形智者規福於未萌太公金匱曰明者見危於未萌智者避危於無形是以微子
去商長為周賓毛詩序曰有客微子來見祖廟也鄭玄曰武王既黜殷命殺武庚微子代殷後既受命來朝而見之於廟

陳平背項立功於漢史記曰陳平懼項王誅遂至脩武降漢拜平爲都尉豈宴安鴆毒懷祿而不變哉左氏傳管敬仲曰宴安鴆毒不可懷也漢書楊惲曰懷祿貪勢不能自退今國朝隆天覆之恩宰輔弘寬恕之德禮記孔子曰天無私覆地無私載先惠後誅好生惡殺尚書大傳成王問周公曰舜何以也周公曰其政也好生而惡殺往者吳將孫壹舉衆內附位爲上司寵秩殊異吳志曰孫壹爲江夏太守及孫綝誅滕胤呂據據胤皆壹之妹夫也綝遣朱異潛襲壹異至武昌壹知其攻己率部曲將胤妻奔魏魏以壹爲車騎將軍封吳侯 文欽唐咨爲國大害叛主讎賊還爲戎首咨困偪禽獲欽二子還降皆將軍封侯咨豫聞國事魏志曰文欽字仲若曹爽之邑人也與毌丘儉舉兵反大將軍司馬文王臨淮討之諸葛誕遂殺欽欽子鴦及虎踰城出自歸大將軍大將軍表鴦虎爲將軍各賜爵關內侯大將軍乃自臨圍四面進兵同時鼓譟登城唐咨面縛降拜咨安遠將軍禮記子思曰無爲戎首鄭玄曰爲兵主曰戎首 壹等窮踧歸命猶加上寵況巴蜀賢智見機而作者哉見機已見上文誠能深鑒成敗邈然高蹈投跡微子之蹤措身陳平之軌則福同古人慶流來裔百姓士民安堵樂業安堵已見上文農不易畝市不迴肆呂氏春秋曰桀爲無道湯立爲天子夏民大悅農不去疇商不變肆 去累卵之危就永安之計豈不美與說苑曰晉靈公造九層臺孫息聞之求見曰臣能累

十二博棊加九雞子其上公曰作之孫息以棊子置下加九雞子其上公曰危哉若偷安旦夕迷而不反大兵一放玉石俱碎雖欲悔之亦無及也並已見上文各具宣布咸使知聞

難蜀父老一首漢書曰武帝時相如使蜀長老多言通西南夷之不為國用大臣亦以為然相如業已建之不敢諫乃著書假蜀父老為辭而已以語難之以諷天子因宣其使指令百姓知天子意焉

司馬長卿

漢興七十有八載德茂存乎六世六世謂自高祖至武帝威武紛紜湛恩汪濊韋昭曰湛音沈張揖曰汪濊深貌也善曰汪烏黃切濊烏外切羣生霑濡洋溢乎方外於是乃命使西征隨流而攘風之所被罔不披靡因朝冉從駹定筰存邛服虔曰冉駹筰邛皆蜀郡西部也應劭曰蜀郡岷江本冉駹也文穎曰邛今為邛都縣筰今為定筰縣皆屬越巂善曰駹蒙江切筰音鑿略斯榆舉苞蒲鄭玄曰斯音曳張揖曰斯俞本結俞國名也服虔曰苞蒲夷種也結軌還轅東鄉將報楚辭曰結余軫于西山王逸曰結旋也至于蜀都耆老大夫搢紳先生之徒二十有七人儼然造焉辭畢進曰蓋聞天子之牧夷狄也其義羈縻勿絕而已應劭漢官儀曰馬曰羈牛曰縻言四夷如牛馬之受羈縻也今罷三郡之士通夜郎之塗三年於茲而功

不竟士卒勞倦萬民不贍今又接之以西夷百姓力屈恐不能卒業此亦使者之累也竊爲左右患之且夫邛筰西夷之與中國並也歷年茲多不可記已孟子曰禹之相舜歷年茲多仁者不以德來強者不以力幷意者其殆不可乎不可猶不堪也以其不堪爲用故棄之也今割齊民以附夷狄附謂令之親附也齊民巳見上文傲所恃以事無用鄙人固陋不識所謂使者曰烏謂此乎必若所云則是蜀不變服而巴不化俗也應劭曰巴蜀皆古蠻夷椎結左衽之人也僕常惡聞若說然斯事體大固非觀者之所覯也余之行急其詳不可得聞已請爲大夫粗陳其略孟子曰其詳不可得聞嘗聞其略矣韋昭曰粗猶略也徂古切蓋世必有非常之人然後有非常之事有非常之事然後有非常之功夫非常者固常人之所異也故曰非常之原黎民懼焉張揖曰非常之事其本難知衆民懼也尚書曰黎民於變時雍及臻厥成天下晏如也昔者洪水沸出氾濫衍溢張揖曰溢溢也郭璞三蒼解詁曰溢水聲也字林云匹寸切古漢書爲溢今爲衍非也民人升降移徙崎嶇而不安夏后氏感之乃堙洪塞源決江疏河張揖曰疏通也灑沈澹災張揖曰灑分也韋昭曰灑史紙切蘇

林曰澹音淡言分其沈溺搖動之災也灑或作漸字書曰漸水索也
賜移切說文曰澹水搖也徒濫切顏師古曰沈深也澹安也言分散
其深水以安定其災也灑所宜切東歸之於海而天下永寧當斯之勤豈惟民哉心
煩於慮而身親其勞躬腠胝無胈膚不生毛張晏曰躬體也孟康曰腠腠理也韋昭曰胈其
中小毛也蒲葛切郭璞三蒼解詁曰胝蹣也竹施切莊子曰兩祖女
浣於白水之上者禹過之而趨曰治天下奈何女曰股無胈脛不生
毛顏色烈凍手足胼胝何以至是也胼步千切故休烈顯乎無窮聲稱浹乎于茲且夫賢君
之踐位也豈特委瑣喔齱拘文牽俗應劭曰喔齱急促之貌也善曰喔音握脩誦習傳
當世取說云爾哉必將崇論吰議鄧展曰字詁云吰今宏字創業垂統為萬世
規孟子曰君子創業垂統為可繼故馳騖乎兼容并包而勤思乎參天貳地己比德於地是
貳地也地與己并天是三也且詩不云乎普天之下莫非王土率土之濱莫非王
臣毛詩小雅文濱涯也本或作賓是以六合之內八方之外浸淫衍溢懷生之物有
不浸潤於澤者賢君恥之今封疆之內冠帶之倫咸獲嘉祉靡有闕
遺矣而夷狄殊俗之國遼絕異黨之域舟車不通人跡罕至政教未
加流風猶微孟子曰故家遺俗流風善政猶有存者內之則時犯義侵禮於邊境外之

則邪行橫作放殺其上君臣易位尊卑失序父老不辜幼孤爲奴虜
係縲號泣張揖曰爲人所係戰國策曰韓魏父子老弱係虜於道路內嚮而怨曰蓋聞中國有至
仁焉德洋恩普物靡不得其所今獨曷爲遺己舉踵思慕若枯旱之
望雨孟子曰湯始征葛伯民望之若大旱之望雨戾夫爲之垂涕況乎上聖又焉能已故
北出師以討強胡南馳使以誚勁越四面風德二方之君鱗集仰流
論語比考讖曰賜風德宋均曰賜能言語故可使風諭以德也二方謂西夷南夷也鱗集相次也願得受號者以億
計故乃關沫若漢書音義曰以沫若水爲關也張揖曰沫水出蜀西徼外入于江若水出廣平徼外出旄牛入江沫音妹
徼牂牁張揖曰徼塞也以木柵水爲夷狄之界鏤靈山梁孫原張揖曰鑿通山道置靈道縣屬越巂郡孫水出
登縣南至會無縣入若水李奇曰於孫水之本作獨梁創道德之塗垂仁義之統將博恩廣施
遠撫長駕長駕謂所駕者遠使疏逖不閉曶爽闇昧得耀乎光明韋昭曰曶梅憒切言
疏遠之國不被壅閉曶爽闇昧後得乎光明言化之所被者遠也郭璞三蒼解詁曰曶旦明也字林音勿尚書曰甲子昧爽孔安國曰昧
早旦也爽明也以偃甲兵於此而息討伐於彼遐邇一體中外禔福不亦康
乎說文曰禔安也音支夫拯民於沈溺奉至尊之休德反衰世之陵夷繼周氏

之絕業天子之亟務也凌夷卽陵遲也史記張釋之曰秦陵遲而至於二世天下土崩漢書作陵夷至於二世百姓雖勞又惡可以已乎哉且夫王者固未有不始於憂勤而終於逸樂者也毛詩序曰始於憂勤終於逸樂然則受命之符合在於此方將增太山之封加梁父之事鳴和鸞揚樂頌上減五下登三李奇曰五帝之德比漢爲減三王之德漢出其上觀者未覩旨聽者未聞音猶鷦鵬已翔乎寥廓之宇而羅者猶視乎藪澤悲夫樂緯曰鷦鵬狀如鳳皇爾雅曰寥深也空廓寥寥也於是諸大夫茫然喪其所懷來失厥所以進喟然並稱曰允哉漢德此鄙人之所願聞也百姓雖勞請以身先之敞罔靡徙遷延而辭避尚書大傳曰魏文侯問子夏子夏乃遷延而退

文選卷第四十四

賜進士出身通奉大夫江南蘇松常鎮太等處承宣布政使司布政使胡克家重校刊

文選卷第四十五

梁昭明太子撰

文林郎守太子右內率府錄事參軍事崇賢館直學士臣李善注上

對問

設論

辭

序上

皇甫士安三都賦序一首

石季倫思歸引序一首

對問

對楚王問一首

宋玉

楚襄王問於宋玉曰先生其有遺行與遺行可遺弃之行也韓詩外傳子路謂孔子曰夫子尚有遺行乎奚居之隱何士民衆庶不譽之甚也宋玉對曰唯然有之願大王寬其罪使得畢其辭客有歌於郢中者其始曰下里巴人國中屬而和者數千人其爲陽阿薤露國中屬而和者數百人其爲陽春白雪國中屬而和者不過數十人引商刻羽雜以流徵國中屬而和者不過數人而已是其曲彌高其和彌寡故鳥有鳳而魚有鯤曾子曰聞諸夫子曰羽蟲之精者曰鳳鱗蟲之精者曰龍淮南子曰孟春之月其蟲鱗許慎曰鱗龍之屬也鳳皇上擊九千里絕雲霓負蒼天翱翔乎杳冥之上夫蕃籬之鷃豈能與之料天地之高哉鯤

魚朝發崐崙之墟爾雅曰河出崐崙墟色白郭璞曰墟山下基也暴鬐於碣石暮宿於孟諸孔安國尚書傳曰碣石海畔山夫尺澤之鯢豈能與之量江海之大哉尺澤言小也故非獨鳥有鳳而魚有鯤也士亦有之夫聖人瑰意琦行超然獨處夫世俗之民又安知臣之所為哉

設論

荅客難一首

東方曼倩漢書曰朔上書陳農戰強國之計推意放蕩終不見用因著論設客難己用位卑以自慰

諭

客難東方朔曰蘇秦張儀壹當萬乘之主而身都卿相之位如淳曰都謂居也澤及後世今子大夫脩先王之術慕聖人之義諷誦詩書百家之言不可勝記著於竹帛脣腐齒落服膺而不可釋禮記曰回之為人也得一善則拳拳服膺而不失之矣好學樂道之效明白甚矣自以為智能海內無雙則可謂博聞辯智矣然悉力盡忠以事聖帝曠日持久積數十年官不過侍

郎位不過執戟史記韓信曰臣事項王官不過侍郎位不過執戟意者尚有遺行邪遺行已見上文也同胞之徒無所容居其故何也蘇林曰音胞胎之胞言親兄弟也東方先生喟然長息仰而應之曰是故非子之所能備彼一時也此一時也豈可同哉孟子謂充虞曰彼一時也此一時也夫蘇秦張儀之時周室大壞諸侯不朝力政爭權相禽以兵慎子曰昔周室之衰也厲王擾亂天下諸侯力政人欲獨行以相兼幷爲十二國未有雌雄張晏曰周千八百國在者十二謂魯衛齊宋楚鄭燕趙韓魏秦中山春秋孔演圖曰天運三百歲雌雄代起得士者強失士者亡故說得行焉孔叢子子思謂曾子曰今天下諸侯方欲力爭競招英雄以自輔翼此乃得士則昌失士則亡之秋也身處尊位珍寶充內外有倉廩蔡邕月令章句曰穀藏曰倉米藏曰廩澤及後世子孫長享今則不然聖帝德流天下震慴諸侯賓服連四海之外以爲帶安於覆盂韓詩外傳曰君子之居也晏如覆杅盂與杅同音于天下平均合爲一家動發舉事猶運之掌賢與不肖何以異哉列子曰楊朱見梁惠王言治天下猶運之掌禮記子曰道之不明也我知之矣賢者過之不肖者不及遵天之道順地之理物無不得其所故綏之則安動之則苦尊之則爲將卑之則爲虜抗之則在青雲之上抑之

則在深淵之下用之則爲虎不用則爲鼠雖欲盡節効情安知前後
夫天地之大士民之衆竭精馳說並進輻湊者不可勝數文子曰羣臣輻湊
悉力慕之困於衣食或失門戶言上書忤旨或被誅戮使蘇秦張儀與僕並生
於今之世曾不得掌故安敢望侍郎乎應劭漢書注曰掌故百石吏主故事者傳曰天
下無害雖有聖人無所施才上下和同雖有賢者無所立功故曰時
異事異韓子曰文王行仁義而王天下偃王行仁義而喪其國故曰時異則事異雖然安可以不務脩身
乎哉詩曰鼓鍾于宮聲聞于外鶴鳴九皐聲聞于天毛詩小雅文也毛萇曰有諸中
必見於外也又曰皐澤也苟能脩身何患不榮太公體行仁義七十有二乃設用
於文武得信厥說封於齊七百歲而不絕說苑鄒子說梁王曰太公年七十而相周九十而封
齊此士所以日夜孳孳脩學敏行而不敢怠也孟子曰雞鳴而起孳孳爲善舜之徒也
譬若鶺鴒飛且鳴矣毛詩曰題彼鶺鴒載飛載鳴毛萇曰題視也傳曰天不爲人之惡寒
而輟其冬地不爲人之惡險而輟其廣君子不爲小人之匈匈而易
其行天有常度地有常形君子有常行君子道其常小人計其功詩

云禮義之不愆何恤人之言皆孫卿子文水至清則無魚人至察則無徒
冕而前旒所以蔽明黈纊充耳所以塞聰皆大戴禮孔子之辭也薛綜東京賦注曰黈纊以黃
緜爲丸懸冠兩邊當耳不欲聞不急之言也明有所不見聰有所不聞舉大德赦小過無
求備於一人之義也論語曰仲弓爲季氏宰問政子曰先有司赦小過舉賢才尚書曰與人弗求備檢身若不及
枉而直之使自得之優而柔之使自求之揆而度之使自索之皆大戴禮
孔子之辭也家語亦同王肅曰雖當直枉從容使自得也優寬和柔之使自求其宜也揆度其法以開視之使自索得也趙岐孟子注曰
使自得其本善性也蓋聖人之教化如此欲其自得之自得之則敏且廣矣今
世之處士時雖不用塊然無徒廓然獨居上觀許由下察接輿計同
范蠡忠合子胥史記曰勾踐之棲會稽范蠡令卑辭厚禮以遺吳後欲伐吳勾踐復問蠡蠡曰可矣遂滅之天下
和平與義相扶寡偶少徒固其宜也子何疑於予哉若夫燕之用樂
毅秦之任李斯酈食其之下齊史記曰樂毅去趙適魏聞燕昭王好賢樂毅爲魏昭王使於燕燕時以禮
待之遂委質爲臣下又曰秦卒用李斯計謀竟并天下以斯爲丞相漢書酈食其謂上曰臣說齊王使爲漢而稱東藩上曰善乃說齊齊
王田廣以爲然迺罷歷下守戰之備說行如流曲從如環所欲必得功若丘山海內定

國家安是遇其時者也子又何怪之邪語曰以筦窺天以蠡測海以筳撞鍾豈能通其條貫考其文理發其音聲哉服虔曰筦音管張晏曰蠡瓠瓢也文穎曰筳音庭莊子曰魏牟謂公孫龍曰乃規規而求之以察索之以辯是直用管窺天用錐指地不亦小乎說苑趙襄子謂子路曰吾嘗問孔子曰先生事七十君無明君乎孔子不對何謂賢邪子路曰建天下之鳴鍾撞之以筳豈能發其音聲哉猶是觀之譬由鼱鼩之襲狗孤豚之咋虎至則靡耳何功之有如淳曰鼱音精服虔曰鼩音劬李巡爾雅注曰鼱鼩一名奚鼠應劭風俗通曰按方言豚豬子也今人相駡曰孤豚之子是也說文曰靡爛也亡皮切靡與糜古字通也今以下愚而非處士雖欲勿困固不得已此適足以明其不知權變而終惑於大道也

解嘲一首并序

楊子雲

哀帝時丁傅董賢用事漢書曰定陶丁姬哀帝母也兄明爲大司馬又曰孝哀傅皇后哀帝卽位封后父晏爲孔鄉侯諸附離之者起家至二千石漢書音義莊子曰附離不以膠漆時雄方草創大玄有以自守泊如也人有嘲雄以玄之尚白服虔曰玄當黑而尚白將無可用雄解之

號曰解嘲其辭曰客嘲楊子曰吾聞上世之士人綱人紀不生則已
尚書曰先王肇修人紀孔安國曰修爲人綱紀也孔叢子子魚曰丈夫不生則已生則有云爲於世也 生必上尊人君
下榮父母析人之珪儋人之爵懷人之符分人之祿 說文曰儋荷也應劭曰文帝始
與諸王竹使符 紆青拖紫朱丹其轂 東觀漢記曰印綬漢制公侯紫綬九卿青綬漢書曰吏二千石朱兩轓 今
吾子幸得遭明盛之世處不諱之朝與羣賢同行歷金門上玉堂有
日矣 應劭曰待詔金馬門晉灼曰黃圖有大玉堂小玉堂 曾不能畫一奇出一策上說人主下
談公卿目如燿星舌如電光一從一橫論者莫當 史記秦王曰知一從一橫其說何
顧默而作太玄五千文枝葉扶疏獨說數十餘萬言 以樹喻文也說文曰扶疏四布
也 深者入黃泉高者出蒼天大者含元氣細者入無閒 春秋命厤序曰元氣正則
天地八卦孳無閒言至微也淮南子曰出入無閒 然而位不過侍郎擢纔給事黃門 蘇林曰擢之纔
爲給事黃門不長作 意者玄得無尙白乎何爲官之拓落也 拓落猶遼落不諧偶也 楊子
笑而應之曰客徒朱丹吾轂不知一跌將赤吾之族也 廣雅曰跌差也赤謂誅滅
也 往昔周網解結羣鹿爭逸 服虔曰鹿喻在爵位者 離爲十二合爲六七 十二國已

見上文張晏曰謂齊燕楚韓趙魏爲六就秦爲七四分五剖並爲戰國晉灼曰此直道其分離之意耳鄒陽傳云
濟北四分五裂之國也士無常君國無定臣得士者富失士者貧春秋保乾圖曰得士則安
失士則危矯翼厲翮恣意所存故士或自盛以橐或鑿坏以遁服虔曰范雎入秦藏
於橐中史記王稽辭魏去竊載范雎入秦至湖見車騎曰爲誰王稽曰穰侯范雎曰此恐辱我我寧匿車中有頃穰侯過淮南子曰顏闔
魯君欲相之而不肯使人以幣先焉鑿坏而遁之坏普來切是故鄒衍以頡頏而取世資應劭曰齊人著
書所言多大事故齊人號談天鄒衍仕齊至卿蘇林曰頡音提挈之挈頡頏奇怪之辭也鄒衍著書雖奇怪尙取世以爲資而已爲之節
也言資以避下文也頏苦浪切孟軻雖連去聲蹇猶爲萬乘師蘇林曰連蹇言語不便利也趙岐孟子章指曰
滕文公尊敬孟子若弟子之問師今大漢左東海應劭曰會稽東海也右渠搜服虔曰連西戎國也應劭曰禹
貢析支渠搜屬雍州在金城河間之西前番禺應劭曰南海郡張晏曰南越王都也蘇林曰番音潘後椒塗應劭曰漁
陽之北界東南一尉如淳曰地理志云在會稽西北一候如淳曰地理志曰龍勒玉門陽關有候也徽以糾
墨制以鑕鈇服虔曰制縛束也應劭曰束以繩徽弩之徽說文曰糾三合繩也又曰墨索也公羊傳曰不忍加之鈇鑕何休
注曰斬署之刑也音質散以禮樂風以詩書曠以歲月結以倚廬應劭曰漢律以爲親行三
年服不得選舉結爲倚廬以結其心左氏傳曰齊晏桓子卒晏嬰麤斬衰居倚廬天下之士雷動雲合魚鱗

雜襲咸營于八區史記蒯通曰天下之士雲合霧集魚鱗雜遝遝徒合切家家自以爲稷契人
人自以爲皋陶尚書帝曰俞咨禹汝平水土惟時懋哉禹讓于稷契暨皋陶戴縰垂纓而談者皆
擬於阿衡鄭玄儀禮注曰纚與縰同縰所氏切詩曰實惟阿衡左右商王毛萇曰阿衡伊尹也五尺童子羞比
晏嬰與夷吾孫卿子曰仲尼之門五尺豎子羞言五伯當塗者升青雲失路者委溝渠旦
握權則爲卿相夕失勢則爲匹夫譬若江湖之崖渤澥之島乘鴈集
不爲之多雙鳧飛不爲之少方言曰飛鳥曰雙四鴈曰乘昔三仁去而殷墟二老
歸而周熾三仁微子箕子比干孟子曰伯夷避紂居北海之濱聞文王作興曰盍歸乎來吾聞西伯善養老者二老者天下之
大老也子胥死而吳亡種蠡存而越霸史記曰吳既誅子胥遂伐齊越王勾踐襲殺吳太子王聞乃歸
與越平越王勾踐遂滅吳又曰越王勾踐返國奉國政屬大夫種而使范蠡行成爲質於吳後越大破吳也五羖入而秦
喜樂毅出而燕懼史記曰百里奚亡秦走宛秦穆公聞百里奚欲重贖之恐楚不與請以五羖皮贖之楚人許與之繆
公與語國事繆公大悅又曰樂毅伐齊破之燕昭王死子立爲燕惠王乃使騎劫代將而召毅毅畏誅遂西奔趙惠王恐趙用樂毅以伐
燕也范睢以折摺而危穰侯危穰侯已見李斯上書折摺已見鄒陽上書晉灼曰摺古拉字也力荅切蔡澤
以噤吟而笑唐舉史記曰唐舉見蔡澤熟視而笑曰吾聞聖人不相殆先生乎韋昭曰噤欺稟切吟疑甚切故當

其有事也非蕭曹子房平勃樊霍則不能安當其無事也章句之徒相與坐而守之亦無所患故世亂則聖哲馳騖而不足世治則庸夫高枕而有餘說苑曰管仲庸夫也桓公得之以爲仲父漢書賈誼曰陛下高枕終無山東之憂楚辭曰堯舜皆有舉任兮故高枕而自適夫上世之士或解縛而相或釋褐而傳左氏傳曰齊鮑叔帥師來言曰子糾親也請君討之管召讎也請受而甘心焉乃殺子糾于生竇召忽死之管仲請囚鮑叔受之及堂阜而脫之歸而以告曰管夷吾治於高傒使相可也公從之墨子曰傅說被褐帶索庸築傅巖武丁得之舉以爲三公或倚夷門而笑應劭曰侯嬴也秦伐趙趙求救於魏無忌將百餘人往過嬴嬴無所譏更還見嬴嬴笑之以謀告無忌韋昭曰笑人不知己也或橫江潭而漁服虔曰漁父也或七十說而不遇應劭曰孔丘也已見東方朔荅客難或立談而封侯史記曰虞卿說趙孝成王再見爲趙上卿故號爲虞卿譙周曰食邑於虞也或枉千乘於陋巷呂氏春秋曰齊桓公見小臣稷一日三至弗得見從者曰萬乘之主見布衣之士一日三至而不得見亦可以止矣桓公曰不然士傲爵祿者固輕其主君傲霸王者亦輕其士從夫子傲爵祿吾庸敢傲霸王乎或擁篲而先驅擁篲鄒衍也七略曰方士傳言鄒子是在燕其游諸侯畏之皆郊迎擁篲也以士頗得信其舌而奮其筆窒隙蹈瑕而無所詘也李奇曰君臣上下有瑕隙乖離之漸則可抵而取之窒竹栗切當今縣令不請士郡守不迎師羣卿不揖客將相不

俛眉言奇者見疑行殊者得辟言世尚同而惡異爾雅曰辟罪也行趨步也行胡庚切是以欲談者卷舌而同聲欲步者擬足而投跡言不敢奇異也故欲談者卷舌不言待彼發而同其聲欲行者擬足不前待彼行而投其跡也周易曰子曰同聲相應莊子曰多物將往投跡者衆嚮使上世之士處乎今世策非甲科史記曰歲課甲科爲郎中乙科爲太子舍人然甲科爲第一行非孝廉舉非方正獨可抗疏時道是非高得待詔下觸聞罷又安得青紫言抗疏有所觸犯者帝報以聞而罷之言不任用也且吾聞之炎炎者滅隆隆者絶觀雷觀火爲盈爲實如淳曰周易云雷雨之動滿盈滿水也雷極則爲水火之光炎炎不可久久亦消滅爲灰炭之實也天收其聲地藏其熱高明之家鬼瞰其室李奇曰鬼神害盈而福謙攫拏者亡默默者存位極者高危自守者身全是故知玄知默守道之極淮南子曰天道玄默無容無則爰清爰靜游神之庭老子曰知清知靜爲天下正惟寂惟漠守德之宅莊子曰恬淡寂漠虛無無爲此道德之質也世異事變人道不殊彼我易時未知何如李奇曰或能勝之今子乃以鴟梟而笑鳳皇執蝘蜓而嘲龜龍不亦病乎孫卿雲賦曰以龜龍爲蝘蜓鴟梟爲鳳皇說文曰在壁曰蝘蜓在草曰蜥蜴蝘烏典切蜓徒顯切子之笑我玄之尚白吾亦笑子病甚不遇俞跗與

扁鵲也悲夫史記中庶子謂扁鵲曰臣聞上古之時醫有俞跗醫病不以湯液法言曰扁鵲盧人而善醫跗音附客曰
然則靡玄無所成名乎論語曰君子去仁惡乎成名范蔡以下何必玄哉楊子曰
范睢魏之亡命也折脅摺髂免於徽索埤蒼曰髂腰骨也口亞切翕肩蹈背扶服
入橐孟子曰脅肩諂笑劉熙曰脅肩悚體也入橐已見上文激卬萬乘之主介涇陽抵穰侯而
代之當也如淳曰激卬怒也善曰史記曰范睢至秦上書因感怒昭王昭王乃免相國逐涇陽君於關外又曰秦昭王母宣太
后長弟曰穰侯姓魏名冉昭王同母弟曰涇陽君蘇林曰介者間其兄弟使疎也說文曰抵側擊也音紙蔡澤山東之匹
夫也顩頤折頞涕唾流沫西揖強秦之相搤其咽而亢其氣拊其背
而奪其位時也韋昭曰曲上曰顩欺甚切史記曰蔡澤聞應侯內慙乃西入秦應侯使人召蔡澤蔡澤入則揖應侯應侯
延入坐數曰言於秦昭王曰客有從山東來者曰蔡澤其人辯士昭王與語悅之應侯請歸相印遂拜蔡澤爲相說文曰頞鼻莖也於達
切沫洒面也呼憒切廣雅曰咽嗌也一千切嗌音益天下已定金革已平都於洛陽禮記子夏曰三年之
喪卒金革之事無避也禮歟漢書曰高祖西都洛陽婁敬委輅脫輓掉三寸之舌建不拔之策
舉中國徙之長安適也漢書曰婁敬戍隴西過洛陽高帝在焉敬脫輓輅見上言便宜又說上曰陛下都洛
陽不便不如入關據秦之固是日車駕西都長安應劭曰輅謂以木當胷以輓車也論語摘輔像曰子貢掉三寸之舌動於四海之內

五帝垂典三王傳禮百世不易叔孫通起於枹鼓之閑解甲投戈遂
作君臣之儀得也左氏傳曰援枹而鼓漢書叔孫通曰臣願徵魯諸生弟子共起朝儀也呂刑靡敝秦
法酷烈尚書呂命序曰穆王訓夏贖刑禮記曰國家靡敝鄧展曰靡音糜聖漢權制而蕭何造律宜
也漢書曰相國蕭何捃摭秦法取其宜於時者作律九章故有造蕭何之律於唐虞之世則悖
矣服虔曰悖猶繆也悖布迷切悖或作繆有作叔孫通儀於夏殷之時則惑矣有建婁
敬之策於成周之世則乖矣左氏傳曰召公糾合宗族于成周有談范蔡之說於金
張許史之閑則狂矣金日磾張安世許廣漢史恭史高也夫蕭規曹隨留侯畫策陳平
出奇功若泰山嚮若坻隤應劭曰天水有大坂名曰隴坻其山堆傍着崩落作聲聞數百里故曰坻隤坻丁禮
切韋昭坻音若是理之是字書曰巴蜀名山堆落曰坻韓子曰泰山之功長立於國家日月之名久著於天地雖其人之膽
智哉亦會其時之可爲也故爲可爲於可爲之時則從爲不可爲於
不可爲之時則凶若夫藺生收功於章臺晉灼曰相如獻璧於此臺四皓采榮於
南山四皓已見上文采榮采取榮名也公孫創業於金馬驃騎發跡於祁連孟康曰公孫弘
對策於金馬門史記曰弘至太常對策爲第一拜爲博士又曰驃騎將軍霍去病擊匈奴至祁連山捕首虜甚多司馬長卿

竊貲於卓氏東方朔割炙於細君史記曰文君夜亡奔相如卓王孫不得已分予文君僮百人錢百萬爲富人居漢書曰伏日詔賜從官肉太官丞日晏不來東方朔獨拔劍割肉即懷肉去太官奏之上曰先生起自責也朔曰受賜不待詔何無禮也拔劍割肉一何壯也割之不多又何廉也歸遺細君又何仁也上笑曰使先生自責乃反自譽復賜酒一石肉百斤歸遺細君割炙割損其炙也僕誠不能與此數子並故默然獨守吾太玄

荅賓戲一首并序

班孟堅

永平中爲郎典校祕書專篤志於儒學以著述爲業或譏以無功項岱曰或有譏班固雖篤志博學無功勞於時仕不富貴也又感東方朔楊雄自喻以不遭蘇張范蔡之時曾不折之以正道明君子之所守故聊復應焉其辭曰

賓戲主人曰蓋聞聖人有一定之論烈士有不易之分項岱曰謂庖羲堯舜文王周公孔子也論論道化也一定五經垂之萬世後人不能改也分決也謂許由巢父伯成子高夷齊吳札志自然之決不可變易也善曰淮南子曰士有一定之論女有不易之行亦云名而已矣如淳曰唯貴得名耳故太上有立德其次有立功左氏傳叔孫豹之辭也夫德不得後身而特盛功不得背時而獨彰言德

以潤身而功以濟世故德不得後其身而特盛功不得背其時而獨彰言貴及身與時也是以聖哲之治棲棲遑
遑言貴及時故不避棲遑之弊也棲遑不安居之意也孔席不暖墨突不黔韋昭曰暖溫也言坐不暖席也文子
曰墨子無黔突孔子無煖席非以貪祿慕位欲起天下之利除萬民之害也小雅曰黔黑也巨炎切由此言之取舍者
昔人之上務著作者前列之餘事耳劉德曰取者施行道德也舍者守靜無爲也今吾子
幸遊帝王之世躬帶紱冕之服師古曰帶大帶冕冠也項岱曰冕服三公卿大夫之服也浮英華
湛道德英華草木之美故以喻帝德也浮沈言其洋溢可游泳也禮斗威儀曰帝者德其英華湛古沈字字或爲耽於義雖同非
古文也矕龍虎之文舊矣孟康曰矕被也蘇林曰謂被龍虎之衣也易曰大人虎變其文炳言文章之盛久也矕莫
版切卒不能攄首尾奮翼鱗項岱曰攄舒也翼鱗皆謂飛龍振拔洿塗跨騰風雲說文曰洿
濁水不流也塗泥也使見之者影駭聞之者響震言見之者雖影而必駭聞之者雖響而必震言驚懼之甚
不俟形聲也蒼頡篇曰駭驚也爾雅曰震懼也徒樂枕經籍書紆體衡門上無所蔕下無所
根韋昭曰蔕都計切獨攄意乎宇宙之外銳思於毫芒之內項岱曰毫毛也芒毛之顛杪也
潛神默記緪以年歲如淳曰緪音亘竟之亘方言曰緪竟也古鄧切晉灼曰以亘爲緪然而器不賈
於當己用不効於一世劉德曰賈讎也賈音古雖馳辯如濤波如淳曰潮水之激者爲濤波

摛藻如春華韋昭曰摛布也勑施切藻水草之有文者鹽鐵論曰文學繁於春華猶無益於殿最也漢書
音義曰上功曰最下功曰殿意者且運朝夕之策定合會之計使存有顯號亡有
美謚不亦優乎主人逌爾而笑曰項岱曰逌寬舒顏色之貌也讀作攸若賓之言所謂
見世利之華闇道德之實守窔奧之熒燭未仰天庭而覩白日也應劭
曰爾雅曰西南隅謂之奧東南隅謂之窔字林曰窔一弔切熒小光也曩者王塗蕪穢周失其馭項岱曰周
王失牧御之化也侯伯方軌戰國橫騖項岱曰方併也軌轍也東西交馳謂之騖七國爭彊車既併轍騎復橫騖
於是七雄虓闞分裂諸夏龍戰虎爭晉灼曰詩云闞如虓虎項岱曰龍以喻人君周易曰龍戰于野
其血玄黃虎以喻猛力爭不以任也遊說之徒風颮電激並起而救之其餘猋飛景附
霅煜其閒者蓋不可勝載韋昭曰颮風之聚猥者也音庖晉灼曰霅音暴爾之暴說文熛火飛也猋與熛古字
通並必遙切霅煜光明之貌也霅炎輒切煜弋叔切當此之時搦朽摩鈍鉛刀皆能一斷韋昭曰搦
摩也女握切韓詩外傳陳饒謂宋燕曰鉛刀畜之而干將用之不亦難乎是故魯連飛一矢而蹶千金魯連
已見上文李奇曰蹶蹋也虞卿以顧眄而捐相印史記曰秦昭王遺趙王書持魏齊頭來魏齊亡出見趙相虞卿
虞卿度趙王終不可說乃解其印與魏齊閒行夫啾發投曲感耳之聲項岱曰啾口吟也合投曲投合歌曲也

之律度淫鼃而不可聽者非韶夏之樂也李奇曰淫鼃不正也因勢合變遇時
之容項岱曰容宜也或因際會之勢合變譎之事遇時獨蹔得容也本遇多爲偶容多爲會風移俗易乖迕而
不可通者非君子之法也及至從人合之衡人散之韋昭曰從人合之助六國者衡
人散之佐秦者也亡命漂說羇旅騁辭項岱曰委君之徒謂之亡命謂亡君命也晉曰左傳陳敬仲曰羇旅之臣
杜預曰羇寄也旅客也商鞅挾三術以鑽孝公服虔曰王霸富國彊兵爲三術李斯奮時務而
要始皇項岱曰奮發也時務謂六國更相攻伐爭爲雄伯之務彼皆躡風塵之會履顛沛之勢
項岱曰彼謂商鞅李斯輩也風發於天以喻君上塵從下起以喻斯等據徼乘邪以求一日之富貴言據
徼幸而乘邪僻也朝爲榮華夕爲顦顇福不盈眥禍溢於世李奇曰當富貴之間視之不滿
目凶人且以自悔況吉士而是賴乎項岱曰凶人謂商鞅之輩臨死敗皆悔恨之言吉士班固以自
託也尚書曰其惟吉士且功不可以虛成名不可以僞立韓設辨以激君呂行
詐以賈國服虔曰韓韓非設辨於始皇韋昭曰呂不韋立子楚以市秦利說難既遒其身乃囚應劭曰遒
好也項岱曰韓非作說難之書欲以爲天下法式上書既終而爲李斯所疾乃囚而死秦貨既貴厥宗亦墜史記
曰秦昭王子子楚質於趙呂不韋賈邯鄲見曰此奇貨可居乃以五百金與子楚復以五百金買奇物玩好而遊秦獻華陽夫人立子楚

爲嫡嗣秦王薨謚爲孝文子楚代立爲莊襄王以呂不韋爲丞相竟飲酖而死故云厥宗亦墜尚書曰弗德罔大墜厥宗是以仲
尼抗浮雲之志孟軻養浩然之氣孔叢子子思曰抗志則不愧於道論語子曰不義而富且貴於我如
浮雲孟子曰我善養吾浩然之氣敢問何謂浩然之氣曰難言也其爲氣也至大至剛以直養而無害則塞乎天地之閒項岱曰皓白也
如天之氣皓然也彼豈樂爲迂闊哉道不可以貳也項岱曰迂遠也貳二也君子履端於始歸成於
終擬聖人之道豈可二行如斯鞅韓非不韋之徒也善曰說文曰迂羽夫切方今大漢灑埽羣穢夷險芟
荒晉灼曰發開也今諸本皆作芟字善曰埽卽今掃字也廓帝紘恢皇綱項岱曰紘張也皇君也善曰許慎淮南子
注曰紘維也基隆於羲農規廣於黃唐其君天下也炎之如日威之如神
函之如海養之如春說文曰炎火也謂光照也史記曰帝堯其仁如天其智如神就之如日望之如雲朝錯新書曰
臣聞帝王之道包之如海養之如春是以六合之內莫不同源共流韋昭曰六合天地四方也沐浴
玄德稟仰太龢史記太公曰沐浴膏澤尚書曰玄德升聞法言曰或問太和曰其在唐虞成周也龢古和字枝附
葉著譬猶草木之植山林鳥魚之毓川澤得氣者蕃滋失時者零落
項岱曰蕃盛也零凋病也言遇遇仕者昌盛不遇者凋病如萬物於天地之閒也參天地而施化豈云人事之
厚薄哉項岱曰參三也言漢家之施化布德周參天地豈人所能論耶今吾子處皇代而論戰國曜

所聞而疑所覿欲從埜敦而度高乎泰山懷沇濫而測深乎重淵亦
未至也服虔曰敦音頓頓丘也應劭曰爾雅曰前高埜丘如覆敦者敦丘也爾雅曰沇泉穴出穴出仄出也濫泉正出正出涌出
也服虔曰沇音軌韋昭曰濫音檻埜音旄郭璞爾雅注曰敦盂也都回切賓曰若夫鞅斯之倫衰周之凶
人既聞命矣項岱曰周衰王霸起鞅斯說得行故言衰周凶人也敢問上古之士處身行道輔
世成名可述於後者默而已乎主人曰何為其然也昔者咎繇謨虞
箕子訪周尚書曰咎繇矢厥謨又曰武王勝殷以箕子歸又曰王訪于箕子言通帝王謀合神聖殷
說夢發於傅巖周望兆動於渭濱尚書曰高宗夢得說使百工營求諸傅巖史記曰太公望以漁釣奸
周西伯將出占之曰所獲非龍非虎非熊非羆所獲霸王之輔西伯果遇太公渭濱齊甯激聲於康衢漢良受
書於邳垠說苑陳子說梁王曰甯戚飯牛康衢擊車輻而歌桓公得之而霸也爾雅曰五達曰康四達曰衢漢書曰張良從容
步遊下邳圯上有一老父出一編書曰讀是則為王者師晉灼曰垠涯也邳水之涯也皆竢命而神交匪詞言
之所信故能建必然之策展無窮之勳也近者陸子優游新語以興
董生下帷發藻儒林鄭玄曰優游不仕也史記高帝拜陸賈為太中大夫謂賈曰試為我著秦所以失天下我所以
得之者何陸生乃祖述存亡之徵凡著十二篇號其書曰新語又曰董仲舒以治春秋為博士下帷講誦弟子或莫見其面劉向

司籍辨章舊聞揚雄譚思法言太玄項岱曰司主也籍書籍也善曰漢書曰光祿大夫劉向校經傳
諸子詩賦每一卷書已向輒條其篇目撮其指意錄而奏之又曰揚雄譚思渾天又譔十二卷象論語號曰法言渾天即太玄經也皆
及時君之門闈究先聖之壼奧應劭曰爾雅曰宮中巷謂之壼苦本切婆娑乎術藝之
場項岱曰婆娑偃息也場圃講經藝之處也休息乎篇籍之囿以全其質而發其文用納
乎聖德烈炳乎後人斯非亞與項岱曰聖德明君知賢而納用之也烈業也後人著書傳之後世若
乃伯夷抗行於首陽柳惠降志於辱仕顏潛樂於簞瓢孔終篇於西
狩論語子曰賢哉回也一簞食一瓢飲在陋巷人不堪其憂回也不改其樂左氏傳曰哀公十四年春西狩獲麟春秋元命包曰孔子
曰丘作春秋始於元終於麟王道成也聲盈塞於天淵真吾徒之師表也項岱曰言若此之榮名上
達皇天下洞重泉也且吾聞之一陰一陽天地之方周易曰一陰一陽之謂道孔安國論語注曰方猶常
也乃文乃質王道之綱項岱曰或施質道或施文道此王者所以爲綱維也善曰春秋元命包曰一質一文據天
地之道天質而地文曰正朔三而改文質再而復有同有異聖哲之常項岱曰有同仕遇而進有異不合而退此
聖人之常道故曰慎脩所志守爾天符委命供己味道之腴項岱曰符相命也腴道之
美者也善曰文子曰不言之歸不道之道若或通焉謂之天符桓譚荅楊雄書曰子雲勤味道腴者也神之聽之名其

舍諸項岱曰有賢智君子行之如此神豈舍之乎將必福祿之善曰毛詩曰神之聽之式穀與汝賓又不聞和氏
之璧韞於荊石隨侯之珠藏於蚌蛤乎歷世莫眡不知其將含景曜
吐英精曠千載而流光也韓子曰楚人和氏得璞玉於楚山之中奉而獻之成王使玉人理其璞而得寶焉遂
名曰和氏之璧淮南子曰隨侯之珠和氏之璧得之者富失之者貧高誘曰隨侯見大蛇傷斷以藥傅而塗之後蛇於江中銜大珠以報
之因名曰隨侯之珠應龍潛於潢汙魚黿媟之項岱曰天有九龍應龍有翼服虔曰左氏傳注曰蓄小水謂之
潢不洩謂之汙不覬其能奮靈德合風雲超忽荒而躆昊蒼也項岱曰忽荒天上也昊蒼
皆天名也徐廣史記注躆音戟躆與據同謂之足戟持之並京逆切故夫泥蟠而天飛者應龍之神也
先賤而後貴者和隨之珍也時暗而久章者君子之真也項岱曰時暗未顯用
時也久舊也章明也言君子懷德雖初時未見顯用後亦終自明達如應龍蟠屈而升天隨和先賤而後貴也如此是比君子道德之真
言屈伸如一無變也善曰淮南子曰君子之道久而章遠而隆也若乃牙曠清耳於管絃離婁眇目
於毫分項岱曰牙伯牙也曠師曠也管鍾律之管絃琴瑟之調也毫分秋毫之末分也善曰纏子董無心曰離婁之目察秋毫之
末於百步之外可謂明矣逢蒙絕技於弧矢般輸摧巧於斧斤吳越春秋陳章曰黃帝作弓後有楚
狐父以其道傳羿羿傳逢蒙項岱曰公輸若之族名班韋昭曰摧猶專也良樂軼能於相馭烏獲抗力於

千鈞項岱曰良王良晉人也樂伯樂秦穆公時人也軼過也王良善御馬伯樂工相馬抗力力抗也三十斤曰鈞千鈞者三萬斤善曰呂氏春秋薄疑說衞嗣君曰烏獲舉千鈞又況一斤乎和鵲發精於鍼石研桑心計於無垠左氏傳曰晉侯求醫於秦秦伯使醫和視之史記曰扁鵲使弟子子陽厲鍼砥石又曰越王勾踐困於會稽之上乃用范蠡計然韋昭曰研范蠡之師計然之名也漢書曰桑弘羊雒陽賈人子以心計為侍中也走亦不任厠技於彼列故密爾自娛於斯文服虔曰走孟堅自謂也爾雅曰密靜也

辭

秋風辭一首并序

漢武帝

上行幸河東祠后土顧視帝京欣然中流與羣臣飲燕上歡甚乃自作秋風辭曰

秋風起兮白雲飛草木黃落兮鴈南歸禮記曰季秋之月草木黃落鴻鴈來賓蘭有秀兮菊有芳攜佳人兮不能忘泛樓舡兮濟汾河應劭漢書注曰作大舡上施樓故號曰樓舡橫中流兮揚素波列女傳津吏女歌曰水揚波兮杳冥冥簫鼓鳴兮發棹歌棹歌引棹而歌歡樂極兮哀情多列女傳陶荅子妻曰樂極必哀來少壯幾時兮奈老何古長歌行曰少壯不

努力老大乃悲傷

歸去來一首

陶淵明 序曰余家貧又心憚遠役彭澤縣去家百里故便求之及少日眷然有歸與之情自免去職因事順心命篇曰歸去來

歸去來兮田園將蕪胡不歸毛詩曰式微式微胡不歸既自以心爲形役奚惆悵而獨悲淮南子曰是皆形神俱役者也楚辭曰惆悵兮而私自憐悟已往之不諫知來者之可追論語楚狂接輿歌曰往者不可諫來者猶可追實迷途其未遠覺今是而昨非迷途已見上遲與陳伯之書莊子謂惠子曰孔子行年六十而化始時所是卒而非之未知今之所謂是之非五十九非也舟遙遙以輕颺風飄飄而吹衣問征夫以前路恨晨光之熹微毛詩曰駪駪征夫聲類曰熹亦熙字也熙光明也乃瞻衡宇載欣載奔毛詩曰衡門之下可以棲遲僮僕歡迎稚子候門周易曰得僮僕貞史記曰楚懷王稚子子蘭三逕就荒松菊猶存三輔決錄曰蔣詡字元卿舍中三逕唯羊仲求仲從之遊皆挫廉逃名不出攜幼入室有酒盈罇戰國策曰扶老攜幼迎孟嘗君嵇康贈秀才詩曰旨酒盈樽引壺觴以自酌眄庭柯以怡顏陸機高祖功臣頌曰怡顏高覽倚南窻以寄傲審容膝之易

安韓詩外傳北郭先生妻曰今結駟列騎所安不過容膝食方丈於前所甘不過一肉園日涉以成趣門雖設
而常關爾雅曰堂上謂之行堂下謂之步門外謂之趨中庭謂之走郭璞曰此皆人行步趨走之處因以名趨遊聲也七喻切
策扶老以流憩時矯首而遐觀易林曰鳩杖扶老衣食百口王逸楚辭注曰矯舉也雲無心以
出岫鳥倦飛而知還景翳翳以將入撫孤松而盤桓丁儀妻寡婦賦曰時翳翳而稍
陰日亹亹以西墜爾雅曰盤桓不進也歸去來兮請息交以絕游列子曰公孫穆屏親昵絕交游世與
我而相遺復駕言兮焉求桓子新論曰凡人性難極也難知也故其絕異者常為世俗所遺失焉毛詩曰駕言
出遊又曰知我者謂我心憂不知我者謂我何求悅親戚之情話樂琴書以消憂說文曰話會合為善
言也劉歆遂初賦曰玩琴書以滌暢農人告余以春兮將有事乎西疇賈逵國語注曰一井為疇或
命巾車或棹孤舟孔叢子孔子歌曰巾車命駕將適唐都鄭玄周禮注曰巾猶衣也既窈窕以尋壑
亦崎嶇而經丘曹攄贈石荊州詩曰窈窕山道深埤蒼曰崎嶇不安之貌木欣欣以向榮泉涓涓
而始流毛萇詩傳曰欣欣樂也家語金人銘曰涓涓不壅為江為河善萬物之得時感吾生之行
休大戴禮曰君道當則萬物皆得其宜郭璞遊仙詩曰吾生獨不化莊子曰其生若浮其死若休已矣乎寓形宇內
復幾時曷不委心任去留尸子老萊子曰人生於天地之閒寄也琴賦曰委性命兮任去留胡為遑

遑欲何之（孟子曰傳云孔子三月無君則遑遑如也孔叢子孔子歌曰天下如一欲何之）富貴非吾願帝鄉不可期（大戴禮孔子曰所謂賢人者躬爲匹夫而不願富貴莊子華封人謂堯曰乘彼白雲至于帝鄉）懷良辰以孤往或植杖而耘耔（東征賦曰選良辰而將行淮南子要略曰山谷之人輕天下細萬物而獨往者也司馬彪曰獨往任自然不復顧世論語曰植其杖而耘毛詩曰或耘或耔）登東皋以舒嘯臨清流而賦詩（阮籍奏記曰將耕東皋之陽毛萇詩傳曰舒緩也琴賦曰臨清流而賦新詩）聊乘化以歸盡樂夫天命復奚疑（家語孔子曰化於陰陽象形而發謂之生化窮數盡謂之死莊子曰生有所乎萌死有所乎歸周易曰樂天知命故不憂）

序上

毛詩序一首　卜子夏（家語曰卜商字子夏衛人也）　鄭氏箋

關雎后妃之德也風之始也所以風天下而正夫婦也故用之鄉人焉用之邦國焉風風也教也風以動之教以化之詩者志之所之也在心爲志發言爲詩情動於中而形於言言之不足故嗟嘆之嗟嘆之不足故永歌之永歌之不足不知手之舞之足之蹈之也情發於聲聲成文謂之音（發猶見也聲謂宮商角徵羽也聲成文者宮商上下相應也）治世之音安以樂

其政和亂世之音怨以怒其政乖亡國之音哀以思其民困故正得失動天地感鬼神莫近於詩先王以是經夫婦成孝敬厚人倫美教化移風俗故詩有六義焉一曰風二曰賦三曰比四曰興五曰雅六曰頌上以風化下下以風刺上主文而譎諫言之者無罪聞之者足以戒故曰風風化風刺皆謂譬喻不斥言也主文主與樂宮商相應也譎諫詠歌依違不直諫也至于王道衰禮義廢政教失國異政家殊俗而變風變雅作矣國史明乎得失之迹傷人倫之廢哀刑政之苛吟詠情性以風其上達於事變而懷其舊俗者也故變風發乎情止乎禮義發乎情民之性也止乎禮義先王之澤也是以一國之事繫一人之本謂之風言天下之事形四方之風謂之雅雅者正也言王政之所由廢興也政有小大故有小雅焉有大雅焉頌者美盛德之形容以其成功告於神明者也是謂四始詩之志也始者謂王道興衰之所由也然則關雎麟趾之化王者之風故繫之周公南言化自北而南也鵲巢騶虞之德諸侯之風也先王之所以

教故繫之召公自從也從北而南謂其化從岐周被江漢之域先王斥太王王季文王也周南召南正始之道王化之基是以關雎樂得淑女以配君子憂在進賢不淫其色哀窈窕思賢才而無傷善之心焉是關雎之義也哀蓋字之誤也哀當爲衷衷謂中心念恕之也无傷善之心謂好仇也

尚書序一首

孔安國漢書曰孔安國以治尚書爲武帝博士臨淮太守

古者伏犧氏之王天下也始畫八卦造書契以代結繩之政由是文籍生焉伏羲神農黃帝之書謂之三墳言大道也少昊顓頊高辛唐虞之書謂之五典言常道也至于夏商周之書雖設教不倫雅誥奧義其歸一揆是故歷代寶之以爲大訓八卦之說謂之八索求其義也九州之志謂之九丘丘聚也言九州所有土地所生風氣所宜皆聚此書也春秋左氏傳曰楚左史倚相能讀三墳五典八索九丘卽謂上世帝王遺書也先君孔子生於周末覩史籍之煩文懼覽之者

不一遂乃定禮樂明舊章刪詩爲三百篇約史記而修春秋讚易道以黜八索述職方以除九丘討論墳典斷自唐虞以下訖於周芟夷煩亂翦截浮辭舉其宏綱撮其機要足以垂世立教典謨訓誥誓命之文凡百篇所以恢弘至道示人主以軌範也帝王之制坦然明白可舉而行三千之徒並受其義及秦始皇滅先代典籍焚書坑儒天下學士逃難解散我先人用藏其家書于屋壁漢室龍興開設學校旁求儒雅以闡大猷濟南伏生年過九十失其本經口以傳授裁二十餘篇以其上古之書謂之尚書百篇之義世莫得聞至魯共王好治宮室壞孔子舊宅以廣其居於壁中得先人所藏古文虞夏商周之書及傳論語孝經皆科斗文字王又升孔子堂聞金石絲竹之音乃不壞宅悉以書還孔氏科斗書廢已久時人無能知者以所聞伏生之書考論文義定其可知者爲隸古定更以竹簡寫之增多伏生二十五篇伏生又以舜典合於堯典益稷合於皐陶謨盤庚三篇合

爲一康王之誥合於顧命復出此篇幷序凡五十九篇爲四十六卷其餘錯亂摩滅不可復知悉上送官藏之書府以待能者承詔爲五十九篇作傳於是遂研精覃思博考經籍採摭羣言以立訓傳約文申義敷暢厥旨庶幾有補於將來書序序所以爲作者之意昭然義見宜相附近故引之各冠其篇首定五十八篇旣畢會國有巫蠱事經籍道息用不復以聞傳之子孫以貽後世若好古博雅君子與我同志亦所不隱也

春秋左氏傳序一首

杜預 臧榮緒晉書曰杜預字元凱京兆人也起家拜尚書郎稍遷至鎭南大將軍都督荊州諸軍事平吳加位特進薨

春秋者魯史記之名也記事者以事繫日以日繫月以月繫時以時繫年所以紀遠近別同異也故史之所記必表年以首事年有四時故錯舉以爲所記之名也周禮有史官掌邦國四方之事達四方之

志諸侯亦各有國史大事書之於策小事簡牘而已孟子曰楚謂之檮杌晉謂之乘而魯謂之春秋其實一也韓宣子適魯見易象與魯春秋曰周禮盡在魯矣吾乃今知周公之德與周之所以王也韓子所見蓋周之舊典禮經也周德既衰官失其守上之人不能使春秋昭明赴告策書諸所記注多違舊章仲尼因魯史策書成文考其真僞而志其典禮上以遵周公之遺制下以明將來之法其教之所存文之所害則刋而正之以示勸誡其餘皆卽用舊史史有文質辭有詳略不必改也故傳曰其善志又曰非聖人孰能修之蓋周公之志仲尼從而明之左丘明受經於仲尼以爲經者不刋之書也故傳或先經以始事或後經以終義或依經以辨理或錯經以合異隨義而發其例之所重舊史遺文略不盡舉非聖人所修之要故也身爲國史躬覽載籍必廣記而備言之其文緩其旨遠將令學者原始要終尋其枝葉究其所窮優而柔之使自求之饜而飫之使自趨之若江

海之浸膏澤之潤渙然冰釋怡然理順然後爲得也其發凡以言例皆經國之常制周公之垂法史書之舊章仲尼從而脩之以成一經之通體其微顯闡幽裁成義類者皆據舊例而發義指行事以正褒貶諸稱書不書先書故書不言不稱書曰之類皆所以起新舊發大義謂之變例然亦有史所不書卽以爲義者此蓋春秋新意故傳不言凡曲而暢之也其經無義例因行事而言則傳直言其歸趣而已非例也故發傳之體有三而爲例之情有五一曰微而顯文見於此而義起在彼稱族尊君命舍族尊夫人梁亡城緣陵之類是也二曰志而晦約言示制推以知例參會不地與謀曰及之類是也三曰婉而成章曲從義訓以示大順諸所諱避璧假許田之類是也四曰盡而不汙直書其事具文見意丹楹刻桷天王求車齊侯獻捷之類是也五曰懲惡而勸善求名而亡欲蓋而章書齊豹盜三叛人名之類是也推此五體以尋經傳觸類而長之附于二百四十二年行事王

道之正人倫之紀備矣或曰春秋以錯文見義若如所論則經當有事同文異而無其義也先儒所傳皆不其然答曰春秋雖以一字爲褒貶然皆須數句以成言非如八卦之爻可錯綜爲六十四也固當依傳以爲斷古今言左氏春秋者多矣今其遺文可見者十數家大體轉相祖述進不成爲錯綜經文以盡其變退不守丘明之傳於丘明之傳有所不通皆沒而不說而更膚引公羊穀梁適足自亂預今所以爲異專脩丘明之傳以釋經經之條貫必出於傳傳之義例總歸諸凡推變例以正褒貶簡二傳而去異端蓋丘明之志也其有疑錯則備論而闕之以俟後賢然劉子駿創通大義賈景伯父子許惠卿皆先儒之美者也末有潁子嚴者雖淺近亦復名家故特舉劉賈許潁之違以見同異分經之年與傳之年相附比其義類各隨而解之名曰經傳集解又別集諸例及地名譜第歷數相與爲部凡四十部十五卷皆顯其異同從而釋之名曰釋例將令學者觀其所聚異

同之說釋例詳之也或曰春秋之作左傳及穀梁無明文說者以爲仲尼自衛反魯修春秋立素王丘明爲素臣言公羊者亦云黜周而王魯危行言遜以避當時之害故微其文隱其義公羊經止獲麟而左氏經終孔丘卒敢問所安荅曰異乎余所聞仲尼曰文王既沒文不在茲乎此制作之本意也歎曰鳳鳥不至河不出圖吾已矣夫蓋傷時王之政也麟鳳五靈王者之嘉瑞也今麟出非其時虛其應而失其歸此聖人所以爲感也絕筆于獲麟之一句者所感而起固所以爲終也曰然春秋何始於魯隱公荅曰周平王東周之始王也隱公讓國之賢君也考乎其時則相接言乎其位則列國本乎其始則周公之祚胤也若平王能祈天永命紹開中興隱公能弘宣祖業光啓王室則西周之美可尋文武之跡不墜是故因其歷數附其行事采周之舊以會成王義垂法將來所書之王卽平王也所用之歷卽周正也所稱之公卽魯隱也安在其黜周而王魯乎子曰如有用我

者吾其爲東周乎此其義也若夫制作之文所以彰往考來情見乎辭言高則旨遠辭約則義微此理之常非隱之也聖人包周身之防既作之後方復隱諱以避患非所聞也子路使門人爲臣孔子以爲欺天而云仲尼素王丘明素臣又非通論也先儒以爲制作三年文成致麟既已妖妄又引經以至仲尼卒亦又近誣據公羊經止獲麟而左氏小邾射不在三叛之數故余以爲感麟而作作起獲麟則文止於所起爲得其實至於反袂拭面稱吾道窮亦無取焉

三都賦序一首（臧榮緒晉書曰左思作三都賦世人未重皇甫謐有高名於世思乃造而示之謐稱善爲其賦序也）

皇甫士安（臧榮緒晉書曰皇甫謐字士安安定朝那人年二十始受書得風痺疾猶手不輟卷舉孝廉不行又辟著作不應卒於家）

玄晏先生曰（謐自序曰始志乎學而自號玄晏先生玄靜也晏安也先生學人之通稱也）古人稱不歌而頌謂之賦（漢書曰傳云不歌而頌謂之賦）然則賦也者所以因物造端敷弘體理欲

人不能加也漢書曰登高能賦可以爲大夫言感物造端材智深美可以列爲大夫也釋名曰賦敷也敷布其義謂之賦
引而申之故文必極美觸類而長之故辭必盡麗周易曰引而申之觸類而長之天下
之能事畢矣然則美麗之文賦之作也法言曰詩人之賦麗以則昔之爲文者非苟尚
辭而已法言曰或曰君子尚辭乎曰君子事之爲尚將以紐之王教本乎勸戒也說文曰紐系也
女九切自夏殷以前其文隱沒靡得而詳焉夏有五子之歌殷有湯頌周監二代文
質之體百世可知論語子曰周監於二代郁郁乎文哉吾從周又子曰其或繼周者雖百世可知也故孔子
采萬國之風正雅頌之名集而謂之詩漢書曰古有采詩之官王者所以觀風俗知得失自考正
也孔子純取周詩詩人之作雜有賦體子夏序詩曰一曰風二曰賦故知賦
者古詩之流也兩都賦序曰賦者古詩之流也至于戰國王道陵遲風雅寖頓於是
賢人失志辭賦作焉漢書曰春秋之後周道寖壞而賢人失志之賦作矣是以孫卿屈原之屬
遺文炳然辭義可觀西都賦序曰文章炳焉論語曰必有可觀者焉存其所感咸有古詩之
意皆因文以寄其心託理以全其制賦之首也漢書曰大儒孫卿及楚臣屈原離讒憂國
皆作賦以風喻咸有惻隱古詩之義班固漢書述曰蔚爲辭宗賦頌之首又宋玉之徒淫文放發言過于

實誇競之興體失之漸風雅之則於是乎乖漢書曰其後宋玉唐勒競爲侈麗宏衍之詞沒其風諭之義法言曰辭人之賦麗以淫逮漢賈誼頗節之以禮自時厥後綴文之士不率典言並務恢張其文博誕空類孔安國尚書大傳曰誕大也大者罩天地之表細者入毫纖之內雖充車聯駟不足以載廣夏接榱不容以居也其中高者至如相如上林楊雄甘泉班固兩都張衡二京馬融廣成王生靈光范曄後漢書曰馬融爲校書郎時鄧太后臨朝遂寢蒐狩之禮故猾賊縱橫融以爲文武之道聖賢不墜上廣成頌以諷諫初極宏侈之辭終以約簡之制煥乎有文蔚爾鱗集皆近代辭賦之偉也論語子曰大哉堯之爲君煥乎其有文章也周易曰君子豹變其文蔚也難蜀父老曰鱗集仰流若夫土有常產俗有舊風方以類聚物以羣分周易曰方以類聚物以羣分吉凶生矣而長卿之儔過以非方之物寄以中域虛張異類託有於無祖構之士雷同影附流宕忘反非一時也徐廣史記註曰祖者宗習之謂也蔡邕郭有道碑曰望形表而影附謝承後漢書序曰士庶流宕他州異境曩者漢室內潰四海圮裂孫劉二氏割有交益魏武撥亂擁據函夏公羊傳曰撥亂反正函夏已見赭白馬賦故作者先爲吳蜀二客盛稱其本土

險阻瓌琦可以偏王埤蒼曰瓌瑋珍琦也而却爲魏主述其都畿弘敞豐麗奄有諸華之意言吳蜀以擒滅比亡國而魏以交禪比唐虞既已著逆順且以爲鑒戒漢書曰甚誘逆之理西京賦曰鑒戒唐詩蓋蜀包梁岷之資吳割荊南之富魏跨中區之衍考分次之多少計殖物之衆寡星之分次物之生殖也周禮曰以星土辨九州之地所封域又曰動物宜毛植物宜阜比風俗之清濁課士人之優劣亦不可同年而語矣過秦論曰則不可同年而語矣二國之士各沐浴所聞史記曰太史公曰成王作頌沐浴膏澤家自以爲我土樂人自以爲我民良皆非通方之論也作者又因客主之辭正之以魏都折之以王道其物土所出可得披圖而校左氏傳賓媚人曰疆理天下物土之宜杜預曰播殖之物各從土宜體國經制可得按記而驗豈誣也哉周禮曰惟王建國體國經野鄭玄曰體猶分也

思歸引序一首　石季倫

余少有大志夸邁流俗弱冠登朝臧榮緒晉書曰崇早有智慧年二十餘爲修武令有能名范曄後漢書馬援曰吾從弟少遊哀吾慷慨多大志禮記曰不從流俗班固漢書述曰矯矯賈生弱冠登朝歷位二十五年五

十以事去官臧榮緒晉書曰崇爲大司農坐未被書擅去官免 晚節更樂放逸篤好林藪魏太祖祭喬玄文曰非至親之篤好胡肯爲此辭哉 遂肥遁於河陽別業周易曰肥遁無不利 其制宅也卻阻長堤前臨清渠百木幾於萬株流水周於舍下楚辭曰水周兮堂下 有觀閣池沼多養魚鳥家素習技頗有秦趙之聲班固漢書楊惲報孫會宗書曰家本秦人能爲秦聲婦趙女也雅善瑟鼓 出則以游目弋釣爲事入則有琴書之娛楚辭曰忽反顧以游目 劉歆遂初賦曰玩琴書以條暢 又好服食咽氣志在不朽古詩曰服食求神仙 傲然有凌雲之操漢書曰司馬相如既奏大人賦天子曰飄飄有凌雲之氣仲長子昌言曰節操凌高雲 歘許勿 復見牽羈婆娑於九列臧榮緒晉書曰崇後爲太僕 困於人閒煩黷常思歸而永歎賈逵國語注曰黷嫚也毛詩曰永歎 尋覽樂篇有思歸引琴操思歸者衞女之所作也欲歸不得心悲憂傷援琴而歌作思歸引 儻古人之情有同於今故制此曲此曲有絃無歌今爲作歌辭以述余懷恨時無知音者令造新聲而播於絲竹也周禮曰播之以八音

文選卷第四十五

賜進士出身通奉大夫江南蘇松常鎮太等處承宣布政使司布政使胡克家重校刊

文選卷第四十六

梁昭明太子撰

文林郎守太子右內率府錄事參軍事崇賢館直學士臣李善注上

序下

陸士衡豪士賦序一首

顏延年三月三日曲水詩序一首

王元長三月三日曲水詩序一首

任彥昇王文憲集序一首

豪士賦序一首

陸士衡臧榮緒晉書曰機惡齊王冏矜功自伐受爵不讓及齊亡作豪士賦呂氏春秋曰老聃孔子墨翟關尹子列子陳駢楊朱孫臏王寥兒良此十人者皆天下之豪士也然機猶假美號以名賦也

夫立德之基有常而建功之路不一左氏傳穆叔曰太上有立德其次有立功何則循心以爲量者存乎我言立德必循於心故存乎我因物以成務者繫乎彼言建功必因於物故

繫乎彼存夫我者隆殺止乎其域繫乎物者豐約唯所遭遇言德有常量至域便
止功無常則因遇乃成域謂身也落葉俟微風以隕而風之力蓋寡漢書王恢謂韓安國曰夫草木
遭霜者不可以遇風孟嘗遭雍門而泣而琴之感以末桓子新論曰雍門周以琴見孟嘗君孟嘗君曰
先生鼓琴亦能令文悲乎對曰臣竊爲足下有所悲千秋萬歲後墳墓生荊棘游童牧豎躑躅其足而歌其上曰孟嘗君之尊貴亦猶若
是乎於是孟嘗喟然太息涕承睫而未下雍門周引琴而鼓之徐動宮徵揮角羽初終而成曲孟嘗君遂歔欷而就之是琴之感以末也
何者欲隕之葉無所假烈風將墜之泣不足繁哀響也是故苟時啓
於天理盡於民時既啓之於天理又盡於人事言立功易也庸夫可以濟聖賢之功斗筲
可以定烈士之業說苑曰管仲庸夫也桓公得之以爲仲父論語子貢曰今之從政者何如子曰噫斗筲之人何足算
也故曰才不半古而功已倍之蓋得之於時勢也孟子曰當今之時萬乘之國行仁政
民之悅之猶解倒懸也故事半古之人功必倍之唯此時爲然歷觀古今徵一時之功而居伊周之
位者有矣孟子曰彼時此一時一夫我之自我智士猶嬰其累物之相物昆蟲
皆有此情孟子曰爾爲爾我爲我文子曰譬吾處於天下亦爲一物也然則我亦物也而物亦物也物之與我也有何以相物
也禮記曰昆蟲未蟄鄭玄曰昆明也明蟲者陽而生陰而藏夫以自我之量而挾非常之勳神器

暉其顧盼萬物隨其俯仰老子曰天下神器不可爲也爲者敗之心玩居常之安耳飽
從諛之說史記汲黯曰上置公卿寧令從諛承意陷主於不義乎豈識乎功在身外任出才表
者哉且好榮惡辱有生之所大期孫卿子曰好榮惡辱好利惡害是君子小人之所同忌盈害
上鬼神猶且不免周易曰鬼神害盈而福謙左氏傳狼瞫曰周志有之勇則害上不登於明堂人主操其
常柄天下服其大節韓子曰操生殺之柄此人主之勢也左氏傳仲尼曰唯器與名不可以假人君之所司也政之
大節也故曰天可讎乎左氏傳曰楚子入于雲中鄖公辛之弟懷將殺王辛曰君討臣誰敢讎之君命天也若死天命
將誰讎乎而時有袨服荷戟立于廟門之下援旗誓衆奮於阡陌之上漢書
曰宣帝祠孝昭廟先敺旄頭劒挺墮地首垂泥中刃嚮乘輿車馬驚於是召梁丘賀筮之有兵謀不吉上還使有司侍祠時霍氏外孫
代郡太守任宣坐謀反誅宣子章爲公車丞亡在渭城界中夜袨服入廟居郎閒執戟立廟門待上至欲爲逆發覺伏誅蘇林曰袨服黑
服也過秦論曰陳涉躡足行伍之閒而俛起阡陌之中斬木爲兵揭竿爲旗援于元切況乎代主制命自下財
物者哉后以財成而臣爲之故云自下尸子曰天生萬物聖人財之廣樹恩不足以敵怨勤興利
不足以補害故曰代大匠斲者必傷其手老子曰夫代大匠斲希有不傷其手且夫政
由甯氏忠臣所爲慷慨祭則寡人人主所不久堪左氏傳曰衛獻公使與甯喜言曰苟

反國政由甯氏祭則寡人是以君顗鞅鞅於亮不悅公旦之舉高平師師側目博陸
之勢尚書序曰召公爲保周公爲師相成王爲左右召公不悅漢書景帝目送周亞夫曰此之鞅鞅非少主臣也又曰魏相字弱翁
遷御史四歲代韋賢爲丞相封高平侯班固述魏相曰高平師師惟辟作威圖黜凶害天子是毗韋昭曰師師相尊法也漢書曰列侯宗
室見邳都側目又曰霍光爲博陸侯而成王不遺嫌吝於懷宣帝若負芒刺於背非其
然者與尚書曰武王既喪管叔及羣弟流言於國曰公將不利於孺子孔安國曰成王信流言而疑周公漢書曰宣帝始立謁見
高廟大將軍霍光從參乘上內嚴憚之若有芒刺在背嗟乎光于四表德莫富焉王曰叔父親
莫昵焉尚書曰光被四表毛詩曰王曰叔父毛萇曰叔父謂周公也登帝大位功莫厚焉守節沒
齒忠莫至焉漢書昭帝崩霍光上奏曰太宗亡嗣孝武皇帝曾孫病己可以嗣孝昭皇帝太后詔可尚書伊尹曰天位艱哉
李陵與蘇武書曰薄賞子以守節論語或問管仲曰奪伯氏駢邑三百飯疏食沒齒無怨言而傾側顛沛僅而自
全則伊生抱明允以嬰戮文子懷忠敬而齒劍固其所也尚書曰太甲既立不
明伊尹放諸桐左氏傳曰高陽氏有才子明允篤誠紀年曰太甲潛出自桐殺伊尹吳越春秋曰文種者本楚南郢人也姓文字少禽禮
記孔子曰儒有懷忠信以待舉史記曰勾踐平吳人或讒大夫種且作亂越王乃賜種劍曰子教寡人伐吳七術寡人用其三而敗吳其
四在子子爲我從先王試之種遂自殺枚叔上書諫吳王曰腐肉之齒利劍也因斯以言夫以篤聖穆親如

彼之懿(謂周公也)大德至忠如此之盛(謂霍光也)尚不能取信於人主之懷止謗於衆多之口(鄒陽於獄上書曰不奪乎衆多之口)過此以往惡(烏)覩其可安危之理斷可識矣又況乎饕(土高)大名以冒道家之忌運短才而易聖哲所難者哉(穀梁傳曰君不尸小事臣不專大名老子曰富貴而驕自遺其咎莊子曰功成者隳名成者虧孰能去功與名而還與衆人)身危由於勢過而不知去勢以求安禍積起於寵盛而不知辭寵以招福見百姓之謀己則申宮警守以崇不畜之威(左氏傳曰公待於壞隤申宮警備設守而後行杜預曰申整宮備也)懼萬民之不服則嚴刑峻制以賈(古)傷心之怨(新序曰商鞅爲嚴刑峻法易古三代之制杜預左氏傳注曰賈賣也尚書曰民罔不盡傷心)然後威窮乎震主而怨行乎上下(漢書蒯通說韓信曰臣聞勇略震主者身危功蓋天下者不賞)衆心日陊(直氏)危機將發而方偃仰瞪(直孕)眄謂足以夸世(毛詩曰或棲遲偃仰魯靈光殿賦曰齊首目以瞪眄埤蒼曰瞪直視也)笑古人之未工亡己事之已拙知曩勳之可矜暗成敗之有會是以事窮運盡必於顛仆(音赴)風起塵合而禍至常酷也(荅賓戲曰彼皆躡風塵之會履顛沛之勢項岱曰彼謂李斯輩也風發於天以喻君上塵從下起以喻斯等)聖人忌功名之過己惡寵祿之踰量

蓋爲此也夫惡欲之大端賢愚所共有禮記曰飲食男女人之大欲存焉死亡貧苦人之大惡存焉故惡欲者心之大端也而游子殉高位於生前志士思垂名於身後受生之分唯此而已夫蓋世之業名莫大焉漢書曰項羽歌曰力拔山兮氣蓋世震主之勢位莫盛焉震主已見上文率意無違欲莫順焉借使伊人頗覽天道知盡不可益盈難久持周易曰天道虧盈而益謙毛詩序曰太平之君子能持盈守成超然自引高揖而退司馬遷報任少卿書曰寧得自引深藏巖穴耶則巍巍之盛仰邈前賢洋洋之風俯冠來籍而大欲不乏於身至樂無愆乎舊節彌效而德彌廣身逾逸而名逾劭爾雅注曰劭美也此之不爲彼之必昧然後河海之跡堙爲窮流一簣之釁積成山岳論語曰譬如爲山未成一簣止吾止也名編凶頑之條身猒荼毒之痛豈不謬哉毛詩曰人之貪亂寧爲荼毒故聊賦焉庶使百世少有寤云

三月三日曲水詩序一首風俗通曰周禮女巫掌歲時祓除疾病禊者絜也於水上盥絜也巳者祉也邪疾巳去祈介祉也韓詩曰三月桃花水之時鄭國之俗三月上巳於溱洧兩水之上執蘭招魂祓除不祥也續齊諧記曰晉武帝問尚書摯虞曰三月曲水其義何荅曰漢章帝時平原徐肇以三月初生三女至三日而俱

士一村以爲怪乃招攜至水濱盥洗遂因水以泛觴曲水之義起於此帝曰若所談非好事尚書郎束皙曰仲治小生不足以知臣請說其始昔周公成洛邑因流水以泛酒故逸詩曰羽觴隨流波又秦昭王三日置酒河曲見有金人出奉水心劍曰令君制有西夏乃因其處立爲曲水二漢相沿皆爲盛集帝曰善賜金五十斤左遷仲治爲陽城令裴子野宋略曰文帝元嘉十一年三月丙申禊飲於樂遊苑且祖道江夏王義恭衡陽王義季有詔會者咸作詩

詔太子中庶子顏延年作序

顏延年

夫方策既載皇王之迹已殊鐘石畢陳舞詠之情不一禮記哀公問政子曰文武之道布在方冊春秋說題辭曰尚書者二帝之跡三王之義所推期運明受命之際郭象莊子注曰皇王殊跡隨世爲名漢書曰石曰磬金曰鐘毛詩序曰永歌之不足不知手之舞之雖淵流遂往詳略異聞上林賦曰恐後代靡麗遂往而不反春秋序曰史有文質辭有詳略然其宅天衷立民極莫不崇尚其道神明其位東京賦曰豈如宅中而圖大呂氏春秋曰古之王者擇天之中而立國擇國之中而立宮周禮曰設官分職以爲民極周易曰聖人以神明其德拓土洛世貽統固萬葉而爲量者也魏志高堂隆上疏曰拓跡垂統必俟聖賢晉中興書詔桓玄曰藩衞王家垂固萬葉有宋函夏帝圖弘遠揚雄河東賦曰函夏之大漢書服虔曰函夏諸夏也孝經鉤命決曰已乃授帝圖掇秘文高祖以聖武定鼎規同造物宋高祖也左氏傳王孫滿謂楚子曰成王定鼎于郟鄏莊子孔子曰夫造

物者爲人司馬彪曰造物者爲道皇上以叡文承歷景屬宸居皇上宋文帝也尚書曰叡哲文明又曰天
之歷數在爾躬景光景連屬也典引曰高光二聖宸居其域蔡邕曰如北辰居其所而衆星拱之隆周之卜既永宗
漢之兆在焉楊雄河東賦曰瞰隆周之大寧左氏傳王孫滿曰成王定鼎於郟鄏卜世三十卜年七百漢書文紀曰兆得大
橫占曰大橫庚庚余爲天王正體毓德於少陽王宰宣哲於元輔正體太子也喪服傳曰父爲長
子三年傳曰何以三年長子正體於上周易曰蠱君子以振民毓德少陽東宮也鄭玄禮記注曰東郊少陽諸侯象也王宰已見曲水詩
毛詩曰宣哲維人文武維后班固涿邪山文曰晀晀將軍大漢元輔晷緯昭應山瀆效靈說文曰晷日影也緯五星
也易乾鑿度曰五緯順軌四時和粟山五嶽也瀆四瀆也效靈山出器車瀆出圖書之類五方雜遝四隩來暨
漢書曰京師五方雜錯尚書曰九州攸同四隩既澤吳都賦曰都輦殷而四隩來暨選賢建戚則宅之於茂典
施命發號必酌之於故實左氏傳士會曰楚君之舉也內姓選於親外姓選於舊又曰蔿敖爲宰擇楚國之令
典尚書武王曰發號施令罔有不臧毛詩序曰能酌先祖之道以養天下國語楚穆仲謂宣王曰魯侯賦事行刑必問於遺訓而資於故
實大予協樂上庠肆教東觀漢記孝明詔曰正大樂官曰大予樂官禮記曰有虞氏養國老於上庠章程
明密品式周備漢書曰高祖命張蒼定章程謝承後漢書曰魏朗爲河內太守明密法令漢書曰宣帝樞機周密品式備
具國容旣令而動軍政象物而具司馬法曰國容不入軍軍容不入國左氏傳曰士會曰蔿敖爲宰百

官象物而動軍政不戒而備箴闕記言校文講藝之官采遺於內輶車朱軒懷荒
振遠之使論德于外左氏傳魏絳曰昔周辛甲之為太史也命百官箴王闕禮記曰言則右史書之西都賓曰啓發
篇章校理秘文講論于六藝稽古於同異楊雄答劉歆書曰嘗聞先代輶軒之使風俗通曰周秦常以八月輶軒使采異代方言辨亡論
曰輶軒騁於南荒尚書大傳曰未命為士不得朱軒西征賦曰銜命則蘇屬國震遠則張博望赬莖素毳昌銳并柯共
穗之瑞史不絕書棧山航海踰沙軼漠之貢府無虛月赬莖朱草也素毳白虎也
并柯連理也共穗嘉禾也左氏傳晉司馬叔侯曰魯之於晉也職貢不乏史不絕書府無虛月如是可矣楊雄交州箴曰航海三萬來牽
其犀軼余日切烈燧千城通驛萬里穹居之君內首稾朔卉服之酋回面受
吏穹居之君匈奴也魏都賦曰思稾正朔尚書曰島夷卉服劇秦美新曰海外遐方回首內嚮漢書曰邛筰之君長欲願為內臣妾請
吏北面是以異人慕嚮俊民閼出班固漢書贊曰羣士慕嚮異人並出尚書曰俊民用章漢書曰漢興詩書
往往閼出警蹕清夷表裏悅穆仲長子昌言曰姦慝既弭警蹕清夷將從縣中宇張樂岱郊
言將從都洛邑封禪泰山也莊子曰北門成問於黃帝曰帝張咸池之樂於洞庭之野增類帝之宮飭禮神之
館塗歌邑誦以望屬車之塵者久矣禮記曰天子將出征類于上帝類祭也西都賦曰禮神祇懷百
靈司馬相如諫獵曰犯屬車之清塵日躔直連胃維月軌青陸漢書曰日月初躔星之紀韋昭曰躔處也禮記曰季

春之月日在胃王仲宣思征賦曰在建安之二八星步次於箕維漢書天文志曰月順入軌道河圖帝覽嬉曰立春春分月從東青道杜預左氏傳注曰陸道也皇祇發生之始后王布和之辰皇天神也祇地神也周禮曰大宗伯掌天神地祇之禮曹植九詠曰皇祇降兮潛靈舞爾雅曰春爲發生禮記曰后王命冢宰降德于衆兆人又曰孟春之月命相布德和令思對上靈之心以惠庶萌之願加以二王于邁出餞戒告二王已見上文毛詩曰從公于邁韓詩章句曰送行飲酒曰餞燕禮曰小臣戒盟者鄭玄曰君以宴禮勞使臣則警戒告語焉有詔掌故爰命司歷封禪書曰宜命掌故左氏傳仲尼曰今火猶西流司歷過也獻洛飲之禮具上巳之儀洛飲上巳並已見上注南除輦道北清禁林左關巖隥都鄧右梁潮源略亭皐跨芝廛苑太液懷會山上林賦曰輦道纚屬西都賓曰集禁林而屯聚難西蜀父老曰關沫若梁孫原穆天子傳曰天子東升于三道隥郭璞曰隥阪也上林賦曰亭皐千里靡不被築洛神賦曰稅駕乎衡皐秣駟乎芝田漢書有太液池松石峻垝古毀蔥翠陰煙游泳之所攢萃翔驟之所往還於是離宮設衛別殿周徼音叫西都賓曰離宮別觀三十六所周以鉤陳之位衛以嚴更之署周廬千列徼道綺錯旌門洞立延帷接枑周禮曰王之會同爲帷宮設旌門揚雄蜀都賦曰延帷揚幕接帳連岡又周禮曰王之會同之舍設梐枑再重杜子春曰梐枑行馬也閱水環階引池分席歎逝賦曰閱水以成川春官聯事蒼靈奉塗然後昇秘駕胤緹徒兮

騎搖玉鸞發流吹言春官聯事以供職蒼靈奉塗以衛行也周禮有春官宗伯又曰以官府之六聯合邦治二曰賓客
之聯事蒼靈青帝也尚書帝命驗曰帝者承天立五府蒼曰靈府鄭玄曰蒼帝靈威仰之府續漢書曰緹騎二百人屬執金吾楚辭曰鳴
玉鸞之啾啾兮淮南子曰龍舟鷁首浮吹以虞天動神移淵旋雲被以降于行所禮也羽獵賦曰
天動地岌淮南子曰藏志九旋之淵蔡邕獨斷曰天子以天下爲家自謂所居爲行在所既而帝暉臨幄百司定
列鳳蓋俄軫虹旗委旆俄軫委旆不行也東都主人曰鳳蓋棽纚楚辭曰回朕車俾西引搴虹旗於玉門肴
蔌芬藉觴醳亦泛浮毛詩曰其肴維何炰鼈及魚其蔌維何維筍及蒲鄭玄禮記注曰醳旨酒也姸歌妙
舞之容銜組樹羽之器古姸歌篇曰姸歌展妙聲發曲吐令辭邊讓章華賦曰妙舞麗於陽阿阮諶三禮圖曰筍
虡兩頭並爲龍以銜組曹植九詠曰雲龍兮銜組流羽兮交横毛詩曰設業設簴崇牙樹羽三奏四上之調六莖
九成之曲競氣繁聲合變爭節韓子曰師曠奏清徵一奏有玄鶴二八來集再奏而列三奏延頸而鳴攄
翼而舞馬融琴賦曰師曠三奏而神物下楚辭曰四上競氣極聲變王逸曰四上謂代奏鄭衞也漢書曰顓頊作六莖尚書曰簫韶九成
鳳皇來儀龍文飾轡青翰侍御班固西域傳贊曰蒲梢龍文魚目汗血之馬也說苑莊辛謂襄城君曰鄂君乘青翰
之舟汎新波之中華裔殷至觀聽騖集揚袂風山舉袖陰澤靚莊藻野袨服
縟川籍田賦曰居靡都鄙民無華裔蜀都賦曰觀聽之所踊躍法言曰雷震揚天風薄于山上林賦曰靚莊刻飾鄒陽上書曰袨服

叢臺之下者一日成市說文曰縟繁彩色也故以殷隱賑外區煥衍都內者矣西京賦曰鄉邑殷賑張載劍閣銘曰矧茲狹隘王之外區王粲羽獵賦曰叢華雜沓煥衍陸離上膺萬壽下禔氏移百福毛詩曰報以介福萬壽無疆司馬相如難蜀文曰中外禔福毛詩曰介爾百福帀筵禀和闔堂依德情盤景遽歡洽日斜金駕揔駟聖儀載佇悵鈞臺之未臨慨酆宮之不縣左氏傳曰楚子合諸侯於申椒舉言於楚子曰夏啓有鈞臺之享康王有酆宮之朝方且排鳳闕以高遊開爵園而廣宴關中記曰建章圓闕臨北道銅鳳在上故號鳳闕鄴中記曰銅爵臺西有爵園並命在位展詩發志楚辭曰展詩兮會舞王逸曰展舒也周易曰有孚發若信以發志也則夫誦美有章陳信無愧者歟毛詩序曰頌者美盛德之形容左傳曰楚子木問趙孟曰范武子之德何如對曰祝史陳信於鬼神無愧辭

三月三日曲水詩序一首

王元長蕭子顯齊書曰武帝永明九年三月三日幸芳林園禊飲朝臣勑王融爲序文藻富麗當代稱之

臣聞出豫爲象鈞天之樂張焉時乘既位御氣之駕翔焉周易豫卦曰先王作樂殷薦上帝史記曰趙簡子病二日而悟曰我之帝所甚樂與百神遊于鈞天廣樂九奏萬舞莊子曰北門成問於黃帝曰帝張咸池之樂於洞庭之野莊子曰乘天地之正而御六氣之辨穆天子傳曰天子命駕八駿之乘遂東南翔行馳千里郭璞曰行如飛翔也是

以得一奉宸逍遙襄城之域體元則大悵望姑射之阿然窅眇寂寥其獨適者已老子曰王侯得一而天下正尚書曰惟辟奉天宸與辰同已見上文莊子曰黃帝將見大隗于具茨之山至襄城之野東都主人曰體元立制繼天而作論語子曰唯天爲大唯堯則之莊子曰堯治天下之民平海內之政往見四子藐姑射之山汾水之陽窅然喪其天下焉家語孔子曰聖人舉事可施於百姓非獨適一身之行至如夏后兩龍載驅璿臺之上穆滿八駿如舞瑤水之陰亦有饗云固不與萬民共也山海經曰大樂之野夏后啓於此舞九代馬乘兩龍毛詩曰載馳載驅周爰咨諏易歸藏曰昔者夏后啓筮享神於晉之墟作爲璿臺於水之陽穆滿八駿已見江賦又穆天子傳曰天子北升太山之上以望四野乙丑天子觴西王母於瑤池之上毛詩曰執轡如組兩驂如舞孟子曰今王田獵於此百姓聞王車馬之音與羽毛之美父子不相見兄弟妻子離散此無他不與民同樂也我大齊之握機創歷誕命建家接禮貳宮考庸太室蕭子顯齊書曰齊太祖高皇帝諱道成字紹伯受宋禪尚書曰我文考文王誕膺天命又曰永建乃家孟子曰舜尚見帝帝館甥於貳室亦饗舜迭爲賓主是天子而友匹夫也趙岐曰尚上也舜在畎畝之時堯友禮之舜上見堯堯舍之於副宮堯亦就饗舜之所設更爲賓主尚書大傳曰維十月五祀舜爲賓客禹爲主人樂正進贊曰尚考太室之義唐爲虞賓鄭玄曰舜既使禹攝天下之事於祭祀避之居賓客之位獻酒則爲亞獻尚考猶言往時也太室明堂之中央室也義當爲儀儀禮儀也謂祭太室之禮堯爲舜賓也幽明獻期雷風通饗昭華之珍既徙延喜

之玉攸歸曾子夫子曰天道曰圓地道曰方方曰幽圓曰明禮記曰明則有禮樂幽則有鬼神太公伏符陰謀曰武王伐紂四
海神河伯皆曰天伐殷立周謹來受命顧㱿時雨論語讖曰仲尼云吾聞堯率舜等遊首山觀河渚一老曰河圖將來告帝期尚書曰納
于大麓烈風雷雨不迷尚書大傳曰舜將禪禹八風循通又曰堯得舜推而尊之贈以昭華之玉尚書璇璣玉鈐曰玄圭出刻曰延喜之
玉革宋受天保生萬國度時洛邑靜鹿丘之歎遷鼎息大坰之慙周書武王
曰膺受大命革殷受天明命又曰我聞古商先王成湯保生商人又度邑篇曰維王克殷乃永歎曰嗚呼不淑充天之對自鹿至于丘中
具明不寢帝王世紀曰湯即天子位遂遷九鼎于亳至大坰而有慙德周書丘或爲苑紹清和於帝猷聯顯懿
於王表駿發開其遠祥定爾固其洪業言以清和之德繼於大道楊子雲劇秦美新曰鏡淳粹之
至精聆清和之正聲蔡邕月令論曰出北闈視帝猷法言曰昔在有熊高辛唐虞三代咸有顯懿故天因而瑞之爲神明主河圖曰成帝
德者堯開王表者禹毛詩曰濬哲維商長發其祥又曰駿發爾私又曰天保定爾亦孔之固劇秦美新曰制作六經洪業皇帝體
膺上聖運鍾下武冠五行之秀氣邁三代之英風昭章雲漢暉麗日
月牢籠天地彈壓山川設神理以景俗敷文化以柔遠澤普汜而無
私法含弘而不殺蕭子顯齊書曰世祖武皇帝諱賾字宣遠以太子即位墨子曰上聖立爲天子其次立爲三公毛詩
序曰下武嗣文也禮記曰人者五行之秀又孔子曰大道之行也三代之英丘未之逮而有志焉毛詩曰倬彼雲漢爲章于天譬猶天子

爲法度於天下也周易曰聖人與日月合其明淮南子曰帝者體太一牢籠天地彈壓山川神理猶神道也周易曰聖人以神道設教而
天下服劉義恭丹徒宮集曰昭化景俗玄教凝神廣雅曰景炤也尚書曰帝乃誕敷文德録圖曰女聞偃兵建文化尚書曰柔遠能邇淮
南子曰覆露昭道普氾而無私周易曰含弘光大品物咸亨又曰古之聰明叡智神武而不殺者夫潛夫論曰簡刑薄威不殺不誅此德
之上也 猶且具明廢寢昃晷忘餐念負重於春冰懷御奔於秋駕 具明已見
上文尚書曰文王自朝至于日中昃弗皇暇食鄧析子曰明君之御民若乘奔而無轡履冰而負重也尚書曰若蹈虎尾涉於春冰莊子
曰尹儒學御三年而無所得夜夢受秋駕明日往朝師師曰今將教子以秋駕司馬彪曰秋駕法駕也 可謂巍巍弗與
蕩蕩誰名秉靈圖而非泰涉孟門其何嶮 論語子曰巍巍乎舜禹之有天下而不與焉又曰大
哉堯之爲君蕩蕩乎民無能名焉春秋漢含孳曰天子南面秉圖書成公綏大河賦曰靈圖授録於羲皇孟子曰以其道舜受堯之天下
不以爲泰呂氏春秋曰舜修德而苗服孔子聞之曰通乎德之情則孟門太行不爲嶮矣 儲后睿哲在躬妙善居
質內積和順外發英華斧藻至德琢磨令範言炳丹青道潤金璧出
龍樓而問豎入虎闈而齒胄愛敬盡於一人光耀究於四海 蕭子顯齊書曰
世祖立皇太子長楙漢書疏廣曰太子國儲副君尚書曰睿作聖明作哲禮記曰清明在躬桓子新論曰聖賢之材不世而妙善之技不
傳禮記曰和順積中而英華外發法言曰吾未見斧藻其德若斧藻其楶者應劭漢官儀曰太子太傅曰就月將琢磨玉質言太子有玉

之質瑑磨以道也法言或問聖人之言炳若丹青有諸曰丹青初則
炳久則渝渝乎哉淮南子曰夫道潤乎草木浸乎金石毛詩曰如金
如錫如珪如璧漢書成紀曰上嘗召太子出龍樓門禮記曰文王之
爲太子朝於王季日三雞初鳴至寢門外問內豎曰今日安否何如
周禮曰師氏以三德教國子居虎門之左蔡邕明堂月令論曰周官
有闈門之學禮記曰行一物而三善皆得者惟世子而已其齒於學
之謂也尚書曰夔典樂教胄子孝經曰愛敬盡於事親毛詩曰夙夜
匪懈以事一人呂氏春秋曰愛敬盡於事親光耀加於百姓究於四
海此天子
之孝也
若夫族茂麟趾宗固盤石跨掩昌姬韜軼炎漢毛詩曰麟
之趾振振
公子漢書宋昌曰帝王子弟犬牙相制所謂盤石之宗春秋錄圖
曰倉精萌姬稷之後昌東觀漢記序曰漢以炎精布耀或幽而光元
宰比肩於尚父中鉉繼踵乎周南分陝流勿翦之懽來仕允克施之
譽莫不如珪如璋令聞令望朱芾斯皇室家君王者也元宰冢宰也
中鉉司徒也
說苑晏子謂楚王曰齊之臨淄比肩繼踵毛詩曰惟師尚父周易曰
鼎金鉉鄭玄曰金鉉喻明道能舉君之官職也鄭玄尚書注曰鼎三
公象也毛詩序曰周南言化自北而南故繫之周公公羊傳曰自陝
以西召公主之毛詩曰蔽芾甘棠勿翦勿伐召伯所茇國語曰秦后
太子來仕其車千乘韋昭曰王仕於晉也班固漢書貢禹贊曰禹既
黃髮以德來仕尚書曰君陳克施有政毛詩曰如珪如璋令問令望
又曰朱芾斯
皇室家君王
本枝之盛如此稽古之政如彼用能免羣生於湯火納
百姓於休和草萊樂業守屏稱事毛詩曰文王孫子本枝百世尚書
曰若稽古帝堯史記曰文帝時會

天下新去湯火人人樂業左氏傳君子曰一人刑善百姓休和莊子曰農夫無草萊之事則不比禮記諸侯曰某士之守臣其在邊邑曰某屏尸子曰能官者必稱事

引鏡皆明目臨池無洗耳沈冥之怨既缺薖軸之疾

已消譙周考史曰公孫述竊位於蜀蜀人任永乃託目盲及述誅永澡盥引鏡自照曰時清則目明也皇甫謐高士傳曰堯致天下讓許由巢父聞之以為汙乃臨池水而洗耳漢書曰蜀嚴沈冥侯巴曰嚴君平常病不事沈冥而死亦絜矣毛詩曰考槃在陸碩人之軸考槃在阿碩人之薖鄭玄曰薖飢意軸病也謂賢人隱居而離困病也薖苦和切

興廉舉孝歲時於外府署

行議年日夕于中甸漢書曰詔執事與廉舉孝又詔曰有懿稱明德者遣詣相國府署行議年蘇林曰行狀年紀也尚書曰五百里甸服

協律揔章之司厚倫正俗崇文成均之職導德齊禮

漢書曰李延年為協律都尉魏志曰明帝立揔章觀荀氏傳曰勗為光祿大夫公以為魏杜夔所制律呂檢校大樂揔章鼓吹八音與律呂乖毛詩序曰先王以是厚人倫美教化移風俗風俗通曰為政之要辨風正俗最其上也魏志曰明帝置崇文觀徵善文者以充之周禮曰大司樂掌成均之法以教建國之學校而合國之子弟焉論語子曰導之以德齊之以禮

挈壺宣夜辯氣朔於靈臺

書笏珥彤紀言事於仙室

周禮夏官曰挈壺氏掌懸壺蔡邕天文志曰言天體者有三家其一曰宣夜鄭玄毛詩箋曰天子有靈臺者所以觀祲象察氣之妖祥左氏傳曰公既視朔遂登觀臺以望而書雲物禮記曰造受命於君則書於笏潘岳賈武公誄曰惟帝以公通揚祖宗延登東序服衮珥彤史記曰秦文公初有史以紀事禮記曰動則左史書之華嶠後漢書曰學者稱東觀

爲老氏藏室道家蓬萊今故言仙室褰帷斷裳危冠空履之吏彯搖武猛扛鼎揭旗之
士後漢賈琮爲冀州刺史車垂赤帷而行及至州自言曰刺史當遠視廣聽糾察美惡何反垂帷裳以自掩塞乎乃命御者褰之百城
聞風自然震悚漢書曰蓋寬饒初拜爲司馬未出殿斷其單衣令短離地說苑曰楚人長劍危冠而有子西漢書曰唐遵以明經飭行顯
名於世衣弊履穿又曰霍去病每從大將軍受詔與壯士爲嫖姚校尉華嶠後漢書曰丁自爲武猛校尉法言曰或問力能扛鴻鼎揭華
旗知德亦有之乎曰百人也勤恤民隱糾逖王慝射集隼於高墉繳大風於長隧
不仁者遠惟道斯行國語祭公謀父曰勤恤民隱而除其害左氏傳曰王謂晉文侯曰以綏四方糾逖王慝周易曰
公用射隼于高墉之上淮南子曰堯之時大風爲害堯命羿繳大風於青丘之澤許慎曰大風風伯也毛詩曰大風有隧論語子夏曰舜
有天下選於衆舉皐陶不仁者遠矣禮記曰大道之行也讒夸蔑聞攘爭掩息稀鳴桴於砥路鞠
茂草於圓扉毛詩曰好言自口莠言自口尚書曰無或攘竊說文曰桴鼓柄也漢書曰張敞爲京兆尹桴鼓稀鳴市無偷盜
毛詩曰周道如砥其直如矢又曰踧踧周道鞫爲茂草周禮曰以圜土教罷民耆年闕市井之游稚齒豐車
馬之好宮鄰昭泰荒憬九永清夷史記太史公曰文帝時百姓皆安自年六七十翁未嘗至市井游遨嬉戲
如小兒狀閑居賦曰昆弟班白兒童稚齒杜氏幽求子曰年五歲聞有鳩車之樂七歲有竹馬之歡應劭漢官儀曰不制之臣相與比周
比周者宮鄰金虎宮鄰金虎者言小人在位比周相進與君爲鄰堅若金讒言人惡若虎毛詩曰憬彼淮夷來獻其琛仲長子昌言曰警

夷譯清侮食來王左言入侍離身反踵之君髽側麻首貫胸之長屈膝厥
角請受纓縻漢書匈奴傳曰壯者食肥美老者食其餘貴壯健賤老弱也古本作晦食周書曰東越侮食尚書曰四夷來王
楊雄蜀王本紀曰蜀之先名曰蠶叢柏濩魚鳧開明是時人民椎髻左言漢書曰南越王太子嬰齊入侍周書曰離身染齒之國以龍角
神龜為獻爾雅曰北方有比肩人焉迭食而迭望郭璞曰此即半體之人人各有一目一鼻孔一臂一脚亦猶魚鼠之相合爾呂氏春秋
曰舜登為天子大人反踵皆被其澤高誘淮南子注曰反踵國名其人南行迹北向也淮南子曰三苗髽首山海經曰有貫胸國其人胸
有竅括地圖曰禹平天下會于會稽之野又南經防風之神弩射之有迅雷二神恐以刃自貫其心禹哀之乃拔刃療以不死之草皆生
是為貫胸之民喻巴蜀文曰交臂受事屈膝請和孟子曰武王之伐殷百姓若崩厥角趙岐曰厥角叩頭以額角犀搬地也漢書終軍曰
願受長纓必羈南越王致之闕下難蜀父老曰蓋聞天子之牧夷狄也其義羈縻勿絕而已文鉞碧砮之琛奇幹
善芳之賦紈牛露犬之玩乘黃茲白之駟文鉞未詳一曰鉞當為越杜篤展武論曰文越水震
鄉風仰流徐廣晉紀曰鮮卑以碧石為寶王沈魏書曰東夷矢用楛青石為鏃孔安國尚書傳曰砮中矢鏃也家語孔子曰昔武王克商
於是肅慎氏貢楛矢石砮其長尺有咫周書曰成王時貢奇幹善芳者頭若雄雞佩之令人不昧孔晁曰奇幹亦北狄善芳者鳥名不昧
不忘也周書曰卜盧國獻紈牛紈牛小牛也又曰渠搜獻鼩犬鼩犬露犬也能飛食虎豹又曰自民乘黃乘黃者似狐其背有兩角又曰
西方正北曰義渠獻茲白茲白者若馬鋸齒食虎豹盈衍儲邸充仞郊虞匭牘相尋鞮譯無曠

儲邸猶府藏也郊虞掌山澤之官也尚書曰苞匭菁茆匭音軌聘禮曰賈人啓櫝取圭垂繅而受宰晉中興書王禹上言曰貢篚相尋連
舟載路周官曰鞮鞻氏掌四夷之樂禮記曰西方曰狄鞮北方曰譯尚書大傳曰成王時越裳氏重九譯而獻白雉一尉候於
西東合車書於南北暢轂埋轔轔之轍綏而惟旍卷悠悠之旆楊雄解嘲曰東
南一尉西北一候禮記曰書同文車同軌毛詩曰文茵暢轂范曄後漢書曰張綱埋其車輪於洛陽都亭毛詩曰有車轔轔禮記曰武車
綏旌魏都賦曰虹旌攝麾以就卷毛詩曰悠悠旆旌四方無拂五戎不距偃革辭軒銷金罷刃
周書曰四方無拂奄有天下又曰五戎不距加用飾旅漢書張良曰昔武王伐殷紂事已畢偃革為軒陳琳應機曰治刃銷鋒偃武行德
天瑞降地符升澤馬來器車出紫脫華朱英秀佞枝植歷草孳詩緯曰天
下和同天瑞降地符升孝經援神契曰德至山陵則澤出神馬禮記曰山出器車禮斗威儀曰人君乘土而王其政太平而遠方神獻其
朱英紫脫宋均注曰紫脫北方之物上值紫宮凡言常生者不死也死則主當之尚書大傳曰德先地序則朱草生瑞應圖曰朱草亦曰
朱英田俅子曰黃帝時有草生於帝庭階若佞臣入朝則草指之名曰屈軼是以佞人不敢進也又曰堯為天子蓂莢生於庭為帝成歷
尚書帝命驗曰舜受命蓂莢孳雲潤星暉風揚月至江海呈象龜龍載文京房易飛候曰青雲
潤澤蔽日在西北為舉賢良禮斗威儀曰君乘土其政平則鎮星黃而多暉禮含文嘉曰朋友有舊內外有差則箕為之直月至風揚宋
均曰月至月行以度至也禮斗威儀曰其君乘水而王江海著其象龜龍被文而見宋均曰龜龍水物也文青黃白赤黑也具有此色見

於水故曰徵方握河沈璧封山紀石邁三五而不追踐八九之遙迹帝王世紀
曰堯與羣臣沈璧於河乃爲握河記今尚書侯是也孝經鉤命決曰
封于太山考績燔柴禪于梁父刻石紀號禮記逸禮曰三皇禪云云
五帝禪亭亭史記楚子西曰孔子上述三五之法明周召之業八
九謂七十二君曹植魏德論曰越八九於往素踵黃帝之靈矩功
既成矣世既貞矣信可以優游暇豫作樂崇德者歟禮記曰王者功成作樂老子曰
王侯得一以爲天下貞曹植魏德論曰帝猷成矣股肱貞矣尚書大
傳曰周公作樂優游三年孫子兵法曰人效死而上能用之雖優游
暇譽令猶行也譽猶豫古字通周易曰先王作樂崇德于時青鳥司開條風發歲粵上斯巳惟
暮之春左氏傳郯子曰青鳥氏司啓者也易通卦驗曰立春條風至楚辭曰獻歲發春汨吾南行上巳已見上文毛詩曰嗟嗟保
介惟暮之春同律克和樹草自樂禊飲之日在茲風舞之情咸蕩去肅表
乎時訓行慶動於天矚周禮曰太師掌六律六同以合陰陽之聲鄭玄曰同陰律也尚書曰八音克諧孔安國曰
諧和也漢書文帝詔曰方春和時草木羣生之物皆有以自樂禮傳
曰禊者潔也仲春之時於水上釁潔也論語曰風乎舞雩詠而歸蔡
邕月令章句曰秋冬肅急之後故布生德和政令去
肅急禮記曰孟春之月命相布德和令行慶施惠載懷平圃乃睠
芳林芳林園者福地奧區之湊丹陵若水之舊殿殿上均平姚澤膴
膴尚於周原狹豐邑之未宏陋譙居之猶褊山海經曰槐江之山實惟帝之平圃南望崐崙

十洲記曰芳林園在青溪菰首橋東齊高帝舊宅齊有天子爲舊宮宮東築山鑿池號曰芳林園遁甲開山圖曰驪山之西原有阜名曰
風涼雍州之福地西京賦曰實惟地之奧區神皐帝王世紀曰堯生於丹陵呂氏春秋曰顓頊生於若水乃登爲帝又曰舜陶於河濱釣
於雷澤登爲天子賢士歸之萬人譽之陳陳殷殷無不戴悅高誘曰殷盛也呂氏春秋曰舜爲天子輒輒啟啟莫不戴悅高誘曰啟啟動
而喜貌也殷殷或爲啟啟故兩引之輒知葉切啟仕勤切帝王世紀曰瞽叟之妻曰握登生舜於姚墟故姓姚氏堯求賢而四嶽薦舜堯
乃命于順澤之陽毛詩曰周原膴膴堇荼如飴漢高祖豐人魏太祖譙人求中和而經處揆景緯以裁基
飛觀神行虛檐臨雲構周禮曰以土圭之法正日影日至之影尺有五寸謂之地中陰陽之所和故曰中和也景
日也緯星也毛詩曰定之方中作爲楚宮揆之以日作爲楚室東京賦曰飛閣神行莫我能形劉公幹詩曰大夏雲構離房作
設層樓閌起負朝陽而抗殿跨靈沼而浮榮鏡文虹於綺疏浸蘭泉
於玉砌蜀都賦曰百室離房李尤平樂館銘曰層樓通閣禁闈洞房爾雅曰山東曰朝陽西京賦曰疏龍首以抗殿狀巍峩以嶪
岌毛詩曰王在靈沼鄭玄禮記注曰榮屋翼也傅玄陽春賦曰丹霞播景文虹竟天李尤東觀銘曰房闈內布綺疏外陳張衡七辨曰迴
飈拂其寮蘭泉注其庭劉楨魯都賦曰金陛玉砌玄栭雲阿幽幽叢薄秩秩斯干曲拂邅迴潺湲
徑復楚辭曰叢薄深林人上慄毛詩曰秩秩斯干幽幽南山淮南子曰曲拂邅迴以像偶語高誘曰拂戾邅迴水流也楚辭曰川谷
徑復流潺湲新荓泛沚華桐發岫雜天采於柔荑亂嚶聲於緜羽禮記月令曰季

春之月桐始華蓱始生爾雅曰小洲曰沚山有穴爲岫毛詩曰桃之
夭夭灼灼其華又曰手如柔荑又曰鳥鳴嚶嚶又曰緜蠻黄鳥薛君
注曰緜蠻文貌禁軒承幸清宮俟宴緹帷宿置帟幕宵懸如淳漢書注曰省中本爲禁中然乘
輿之物通呼曰禁漢書曰太僕先清宮南都賦曰朱帷連綱鄭司農
周禮注曰在旁曰帷在上曰幕鄭玄曰帟在幕若幄中坐上承塵也
皆以繒爲之既而滅宿澄霞登光辨色式道執殳展軨効駕徐鑾警節明
鍾暢音宿列宿也張平子東京賦曰以須消啓明掃朝霞登天光於扶桑禮記曰朝辨色始入漢書曰式道左右中候也毛詩曰
伯也執殳禮記曰君車已駕則僕展軨效駕鄭玄曰展軨具視也效駕白已駕也淳于髡斗酒說曰明鍾擊磬調歌紼舞七萃連
鑣九斿由齊軌建旗拂霓揚葭振木周穆王傳曰天子賜七萃之士郭璞曰萃聚也猶傳有七輿大
夫張景陽七命曰駟馬連鑣文穎曰甘泉鹵簿天子出道車五乘斿車九乘蔡邕釋誨曰羣車方奔于險路安能與之齊軌東京賦曰龍
輅充庭雲旗拂霓列子曰秦青撫節悲歌聲振林木魚甲煙聚貝冑星羅重英曲瑵側絞之飾絕
景遺風之騎昭灼甄部駔祖朗駿函列虎視龍超雷駭電逝轟轟隱隱
紛紛軫軫羌難得而稱計孫卿子曰楚鮫革犀兕以爲甲堅如金石毛詩曰公徒三萬貝冑朱綅又曰二矛重
英西京賦曰葩瑵曲莖魏書曰上所乘馬名絕景爲矢所中呂氏春秋曰故須青龍之匹遺風之乘孫子兵法曰長陳爲甄魏都賦曰冀
馬塡廄而駔駿周易曰虎視眈眈南都賦曰馬鹿超而龍驤潘岳閑居賦曰礮石雷駭嵇康贈秀才詩曰風馳電逝說文曰轟轟羣車聲

也羽獵賦曰隱隱軫軫被陵緣坂莫莫紛紛山谷爲之風飈左思吳都賦曰羌難得而覼縷爾乃迴輿駐罕嶽鎮
淵渟睟邃容有穆賓儀式序授几肆筵因流波而成次蕙肴芳醴任
激水而推移東觀漢記曰天子行有畢罕孫子兵法曰其鎮如山其渟如淵石崇楚妃歎曰矯矯莊王淵渟嶽峙孟子曰君
子所性仁義禮智根於心其生色也睟然見於面趙岐曰睟潤澤貌也毛詩曰天子穆穆又曰序賓以賢又曰式序在位又曰或肆之筵
或授之几古逸詩云羽觴隨流波楚辭曰蕙肴蒸兮蘭藉子虛賦曰涌泉清池激水推移葆佾陳階金匏在席戚
奏翿舞籥動邠詩張晏漢書注曰以翠羽爲葆也佾舞行列也毛詩曰我姑酌彼金罍禮記曰器用陶匏司馬彪續漢
書曰執干戚舞雲翹周禮曰籥章掌土鼓豳籥又曰仲春擊土鼓歌豳詩以迎暑也召鳴鳥于弇菴州追伶倫
於嶰谷發參差於王子傳妙靡於帝江山海經曰弇州之山五采之鳥名曰鳴鳥爰有百樂歌舞
之風漢書黃帝使伶倫自大夏之西崐崘之陰取竹嶰谷斷兩節閒而吹之以爲黃鍾之宮孟康曰解脫也谷竹溝也取竹之脫無溝節
者楚辭曰望夫君兮未來吹參差兮誰思列仙傳曰王子喬好吹笙作鳳鳴山海經曰天山有神鳥其狀如黃囊其文丹六足四翼渾沌
無面目是識歌舞寔惟帝江正歌有闋羽觴無筭上陳景福之賜下獻南山之壽
信凱讌之在藻知和樂於食苹桑榆之陰不居草露之滋方渥儀禮曰工
告于樂正曰正歌備禮記曰有司告以樂闋鄭玄曰闋終也楚辭曰瑶漿蜜勺實羽觴燕禮曰無筭之爵毛詩曰君子萬年介爾景福又

曰如南山之壽不騫不崩又曰魚在在藻有莘其尾王在在鎬飲酒樂愷毛詩序曰鹿鳴廢則和樂缺詩曰呦呦鹿鳴食野之苹桑榆曰
所入也東觀漢記光武曰失之東隅收之桑榆毛詩曰湛湛露斯在彼豐草有詔曰今日嘉會咸可賦詩
周易曰嘉會足以合禮楊雄蜀都賦曰吉日嘉會凡四十有五人其辭云爾

王文憲集序一首 任彥昇

公諱儉字仲寶瑯邪臨沂魚依人也蕭子顯齊書曰王儉字仲寶其先自秦至宋國
史家諜待協詳焉琅邪王氏錄曰王氏之先出自周王子晉秦有王翦王離世爲名將七略曰子雲家諜言以甘露元年生
也晉中興以來六世名德海內冠冕晉中興書曰王祥弟覽生導導生洽洽生珣珣生曇首沈約宋
書曰王僧綽曇首長子遇害子儉嗣晉中興書庾冰疏曰臣因家寵冠冕當世古語云仁人之利天道運行
左氏傳君子曰仁人之言其利博哉莊子曰天道運行而無所積故萬物成故呂虔歸其佩刀郭璞筮以
淮水晉中興書曰魏徐州刺史任城呂虔有刀工相之爲三公可服此刀虔謂別駕王祥曰苟非其人乃或爲害卿有公輔之量故
以此相與及祥死之日以刀授弟覽曰吾兒凡汝後必興之足稱此刀故以相與王氏家譜曰初王導渡淮使郭璞筮之卦成璞曰吉無
不利淮水絕王氏滅若離翦之止殺吉駿之誠感蓋有助焉史記曰王翦者頻陽人也事秦始皇
使翦將兵而攻趙閼與破之後遂拔趙陳勝之反秦秦使王翦之孫王離擊趙王孔安國尚書傳曰以殺止殺終無犯者漢書曰王吉字

子陽琅邪人也爲諫議大夫子駿亦爲諫議大夫超遷御史大夫吉居長安其東家有大棗樹垂吉庭中吉婦取棗以啖吉吉後知之乃
去婦東家聞而欲伐其樹鄰里固請吉令還婦子駿元帝時爲御史大夫妻死不復娶漢書張賀贊曰賀之陰德亦有助云公之
生也誕授命世體三才之茂踐得二之機周易曰有天道焉有地道焉兼三才而兩之又子曰
知幾其神乎顏氏之子其殆庶幾乎有不善未嘗不知知而未嘗復行韓康伯曰在理則昧造形則悟顏子之分也失之於幾故有不善
得之於二不遠而復故知之未嘗復行也信乃昴宿垂芒德精降祉春秋佐助期曰漢相蕭何昴星精垂芒謂
發秀也精星也異苑曰汝南陳仲弓從諸息姪詣潁川荀季和父子于時德星爲之聚太史奏五百里內必有賢人集焉有一于
此蔚爲帝師漢書曰張良從容步游下邳圯上有一老父出一編書曰讀是則爲王者師況乃淵角殊祥
山庭異表論語撰考讖曰顏回有角額似月形淵水也月是水積故名淵摘輔像曰子貢山庭斗繞口謂面有三庭言山在中
鼻高有異相也故子貢至孝顏回至仁也望衢罕窺其術觀海莫際其瀾孟子曰觀海有術必觀其瀾趙
岐曰瀾水中大波也宏覽載籍博游才義若乃金版玉匱之書海上名山之旨
七略曰太公金版玉匱雖近世之文然多善者抱朴子曰鄭君有玉匱記金版經范曄後漢書曰荀爽遭黨錮隱於海上又遁漢濱以著
述爲事題爲新書凡百餘篇司馬遷書曰僕誠著此書藏諸名山沈鬱澹雅之思離堅合異之談楊雄
爲方言劉歆與雄書曰非子雲澹雅之才沈鬱之志不能成此書莊子公孫龍問於魏牟曰龍少學先王之道長明仁義之行合同異離

堅白呂氏春秋曰相劍者曰白所以為堅也黃所以為紉也黃白雜則堅且紉良劍也難者曰黃白雜則不堅且不紉又柔則鋩堅則折
劍折且鋩焉得為利劍也莫不揔制清衷遞為心極斯固通人之所包非虛明之
絕境不可窮者其唯神用者乎言金版玉匱之書無不制在情衷為心之極斯故通人君子或能兼而包
之故非王公之絕境也然其不可窮而盡者其唯有神用乎言難測也衷中心也虛明亦心也然檢鏡所歸人倫以
表雲屋天構匠者何自咸洛不守憲章中輟劉琨勸進表曰仍承西朝不守禮記曰仲尼憲
章文武賀生達禮之宗蔡公儒林之亞晉中興書曰賀循字彥先博覽羣書尤明三禮為江東儒宗徵
拜博士又曰諸葛恢字道明時潁川荀顗字道明陳留蔡謨字道明俱有名譽號曰中興三明時人為之歌曰京都三明各有名蔡氏儒
雅荀葛清闕典未補大備茲日劇秦美新曰帝典闕而不補至若齒危髮秀之老含經
味道之生鄭玄禮記注曰危高也然齒危謂高年也髮秀猶秀眉也東觀漢記杜詩謂功曹郭丹曰今功曹稽古含經可謂至
德桓譚荅楊雄書曰子雲勤味道腴莫不北面人宗自同資敬漢書曰于定國為廷尉乃迎學春秋身執經北
面備弟子禮孝經曰資於事父以事母而敬同性託夷遠少屏塵雜自非可以弘獎風流增
益標勝未嘗留心習鑿齒晉陽秋曰王夷甫樂廣俱以宅心事外名重於時故天下之言風流者稱王樂焉朞歲
而孤叔父司空簡穆公早所器異蕭子顯齊書曰王僧虔兄僧綽之子儉又曰世祖即位遷僧虔為侍

中虆贈司空侍中如故諡簡穆公年始志學家門禮訓皆折衷丁仲於公論語子曰吾十有五而志
于學羽獵賦序曰不折衷于泉臺孝友之性豈伊橋梓夷雅之體無待韋弦毛詩曰張仲孝
友尚書大傳曰伯禽與康叔朝於成王見于周公三見而三笞之康叔有駭色乃與伯禽問於商子曰吾二子見於周公三見而三笞何
也商子曰南山之陽有木名橋北山之陰有木名梓二子蓋往觀焉於是二子如其言而往觀之見橋木高而仰見梓木實而俯反以告
商子商子曰橋者父道也梓者子道也二子明日復見入門而趨登堂而跪周公迎拂其首而勞之曰汝安見君子乎二子以實對公曰
君子哉商子也言王公有孝友之性自天而成豈惟見橋梓而知也夷平也禮性也韋皮繩喻緩也弦弓弦喻急也孫子曰由禮則雅不
由禮則夷韓子曰西門豹之性急故佩韋以自緩董安于之心緩故佩弦以自急言王公平雅之性無待此韋弦以成也蓋自天性得中
也汝郁之幼挺淳至黃琬之早標聰察曾何足尚東觀漢記曰汝郁字幼異陳國人年
五歲母被病不能飲食郁常抱持啼泣亦不肯飲食母憐之强為餐飯欺言已愈郁察母顏色不平輒復不食宗親共奇異之因字幼異
挺拔也淳至謂淳孝之甚至也范曄後漢書曰黃琬字公琰少失父母而辨慧祖父瓊育之瓊初為魏郡太守建和元年正月日蝕京師
不見而瓊以狀聞梁太后詔問所蝕多少瓊思其對而未知所出琬年七歲在傍曰何不言日蝕之餘如月之初瓊大驚即以其言應詔
標立也言此二子淳孝聰察比之王公則二子曾何足尚也年六歲襲封豫寧侯拜日家人以公
尚幼弗之先告既襲珪組對揚王命因便感咽若不自勝蕭子顯齊書曰儉數

歲襲爵豫寧侯拜受茅土流涕嗚咽江表傳曰潘濬見孫權涕泣交橫哀咽不能自勝初宋明帝居蕃與公母武康公主素不協及即位有詔廢毀舊塋投棄棺柩公以死固請誓不遵奉表啓酸切義感人神太宗聞而悲之遂無以奪也太宗宋明帝也蕭子顯齊書曰宋明帝以儉嫡母武康公主同太初巫蠱事不可以爲婦姑欲開冢離葬儉因人自陳密以死請故事不行初拜秘書郎遷太子舍人以選尚公主拜駙馬都尉吴均齊春秋曰宋明帝太始中儉尚陽羨公主拜駙馬都尉爲秘書郎太子舍人元徽初遷秘書丞沈約宋書曰蒼梧王改年曰元徽吴均齊春秋曰儉超遷秘書丞於是采公曾之中經刋弘度之四部蕭子顯齊書曰儉又撰定元徽四部書目王隱晉書曰荀勗字公曾領秘書監與中書令張華依劉向別錄整理錯亂又得汲冢竹書身自撰次以爲中經臧榮緒晉書曰李充字弘度爲著作郎于時典籍混亂刪除煩重以類相從分爲四部甚有條貫秘閣以爲永制五經爲甲部史記爲乙部諸子爲丙部詩賦爲丁部依劉歆七略更撰七志蕭子顯齊書曰秘書丞上表求校墳籍撰七志四十卷上表獻之漢書曰劉歆總羣書而奏其七略故有輯略有六藝略有諸子略有詩賦略有兵書略有術數略有方技略蓋嘗賦詩云稷契匡虞夏伊呂翼商周自是始有應務之跡生民屬心矣時司徒袁粲有高世之度脫落塵俗沈約宋書曰袁粲字景倩順帝即位遷中書監司徒侍中袁喬與褚左軍解交書曰雖欲虛詠濠肆脫落儀制其能

乎得見公弱齡便望風推服歎曰衣冠禮樂在是矣吳均齊春秋曰儉精神秀徹體識聰異司徒袁粲見之歎曰宰相之門也括栝豫章雖小已有棟梁之氣矣時粲位亞台司公年始弱冠春秋漢含孳曰三公象五嶽在天法三能台與能同禮記曰人生二十曰弱冠年勢不侔公與之抗禮漢書婁敬曰今欲比隆成康之時臣竊以不侔矣又曰將軍衛青位既益尊然汲黯與抗禮因贈粲詩要以歲暮之期申以止足之戒韓詩曰蟋蟀在堂歲聿其暮薛君曰暮晚也言君之年歲已晚也老子曰知足不辱知止不殆粲答詩曰老夫亦何寄之子照清襟服闋拜司徒右長史儉遭所生母憂服闋也司徒袁粲也出為義興太守風化之美奏課為最漢書曰倪寬為司農都尉大司農奏課聯最韋昭曰聯得第一也還除給事黃門侍郎旬日遷尚書吏部郎參選昔毛玠之公清李重之識會兼之者公也魏志曰毛玠字孝先陳留人也少為縣吏以公清稱魏國初建以玠為尚書僕射復典選舉傅暢晉諸公讚曰王戎為選官時李重李毅二人操異俱處要職戎以識會待之各得其所玠音介俄還侍中以愍侯始終之職固辭不拜蕭子顯齊書曰升明二年儉遷長史兼侍中以父終此職固讓沈約宋書曰王僧綽遷侍中二凶巫蠱事洩上召僧綽具言之劭於宮夜饗將士僧綽密以啓聞頃之劭亂檢太祖巾箱得僧綽所啓饗士并廢諸王事乃收害焉世祖贈散騎常侍金紫謚愍侯補太尉右長史蕭子顯齊書曰進太祖太尉也時聖武定業肇基王

命聖武謂齊高帝也干寶晉武革命論曰高光爭伐定功業也尚書曰至于太王肇基王迹寤寐風雲實資人傑
毛詩曰寤寐思服毛萇曰服思之也周易曰雲從龍風從虎聖人作而萬物覩漢書高祖曰夫運籌於帷幄之中決勝千里之外吾不如
子房鎮國家撫百姓給餉饋不絕粮道吾不如蕭何連百萬之衆戰必勝攻必取吾不如韓信三者皆人傑吾能用之是以宸
居膺列宿之表圖緯著王佐之符若漢高祖之膺五星李通之著赤伏宸居已見上文班固漢書贊曰
劉向稱董仲舒有王佐之才俄還左長史齊臺初建蕭子顯齊書曰進太祖位相國爲齊公也以公爲
尚書右僕射領吏部時年二十八宋末艱虞百王澆季班固漢書贊曰漢承百王
之弊禮紊舊宗樂傾恒軌自朝章國紀典彝備物奏議符策文辭表記
素意所不蓄前古所未行皆取定俄頃神無滯用太祖受命太祖謂齊高祖
也以佐命之功封南昌縣開國公食邑二千戶建元二年還尚書左
僕射領選如故自營郃分司盧欽兼掌譽望所歸允集茲曰應劭漢官儀曰
獻帝建始四年始置左右僕射以執金吾營郃爲左僕射衛臻爲右僕射今以策劭爲營郃誤也營役瓊切郃烏合切虞預晉書曰盧欽
少好學爲尚書僕射領吏部欽清實選舉稱爲廉平尋表解選詔加侍中又授太子詹事侍中
僕射如故固辭侍中改授散騎常侍餘如故太祖崩遺詔以公爲侍

中尚書令鎮國將軍永明元年進號衛將軍二年以本官領丹陽尹本官謂侍中尚書令六輔殊風五方異俗漢書曰皃寬遷左內史表奏開六輔渠韋昭注曰六輔謂京兆馮翊扶風河東河南河內五方已見上文公不謀聲訓而楚夏移情楊雄與桓譚書曰望風景附聲訓自結史記曰淮南沛陳汝南郡此西楚也潁川南陽夏人之居也故至今謂之夏故能使解劍拜仇歸田息訟謝承後漢書曰許荊字子張吳郡人兄子世嘗報讎殺人其讎操兵欲殺世荊與相遇乃解劍長跪曰今願身代世死仇讎者曰許掾郡中稱君為賢何敢相侵遂解劍而去漢書曰韓延壽為東郡太守春因行縣至高陵人有昆弟相與訟田延壽乃自悔責閉閤不出於是訟者宗族傳相責讓此兩昆弟深自悔皆自髡肉袒謝願以田相移終不敢復爭延壽乃起聽事前郡尹溫太真劉真長或功銘鼎彝或德標素尚王隱晉書曰溫嶠字太真太原人也為郡尹後平蘇峻之亂臧榮緒晉書曰劉惔字真長沛國人也為丹陽尹性重莊老禮記曰鼎有銘銘者論譔其先祖之德美功烈勳勞而酌之祭器左氏傳臧武仲曰大伐小取其所得以作彝器銘其功以示子孫孔欣猛虎行曰飢不食邪蒿菜倦不息無終里邪蒿乖素尚無終喪若始臭味風雲千載無爽言其感應千載不差也左氏傳季武子謂晉范宣子曰今譬於草木寡君之臭味也楚辭曰虎嘯而谷風至龍舉而景雲從言物類之相感也王逸曰虎陽物也谷風陽氣也言虎悲嘯而吟則谷風至而應其類龍介蟲陰物也景雲亦陰也言神龍將舉升天則景雲覆而扶之輔其類也親加弔祭表薦孤遺遠協神期用彰世祀左氏傳史趙曰盛德必百世祀

時簡穆公薨以撫養之恩特深恆慕表求解職有詔不許蕭子顯齊書曰儉父僧綽遇害為叔父僧虔所養國學初興華夷慕義經師人表允資望實漢書平帝詔曰校書置經師一人任昉雜傳魏德公謂郭林宗曰經師易獲人師難遭何法盛晉中興書曰王安期為東海王越記室參軍敕子毗曰王參軍人倫之表汝其師之復以本官領國子祭酒三年解丹陽尹領太子少傅餘悉如故挂服捐駒前良取則臥轍棄子後予胥怨挂服未詳王隱晉書曰王遜字邵伯為上洛太守遜在郡有私馬生駒私牛生犢悉留以付郡云是為郡所產以還官也三輔決錄曰長安劉氏唯有孟公談者取則范曄後漢書曰侯霸字君仲為臨淮太守王莽敗霸率全一郡更始元年遣使徵霸百姓號哭遮使者車或當道而臥皆曰願乞侯君復留朞年百姓乃戒其乳婦棄其孩子侯君當去必不能全也尚書曰湯初征自葛東征西夷怨南征北狄怨曰奚獨後予王言儉解丹陽尹百姓亦如此戀之皇太子不矜天姿俯同人範師友之義穆若金蘭蜀志曰諸葛亮與杜微書曰今年始十八天姿仁敏愛德下士說苑曰燕昭王問於郭隗曰寡人地狹人寡齊人削取八城宗廟恐危社稷存之有道乎郭隗曰帝者之臣其實師也王者之臣其實友也王誠能與隗請為天下之士開路周易曰二人同心其利斷金同心之言其臭如蘭又領本州大中正頃之解職四年以本號開府儀同三司餘悉如故本號衞將軍也謙光愈遠大典未申謂辭儀同三司也周易曰謙尊而光卑而不可踰君子之終也六年又申前命

儀同三司之命七年固辭選任帝所重違選任尚書令也謝承後漢書曰楊賜讓還侯爵朝廷重違其志也詔加中書監猶參掌選事長與追專車之恨公曾甘鳳池之失言昔者任非其人或專車而獨坐或發志於見奪今儉有德故專車者追恨失之者甘心臧榮緒晉書曰和嶠爲黃門侍郎遷中書令舊監令共車入朝及嶠爲令荀勗爲監嶠不禮勗常以意氣加之每同乘高抗專車而坐乃使監令異車自嶠始也晉中興書曰荀勗字公曾從中書監爲尚書令人賀之乃發恚云奪我鳳皇池卿諸人賀我邪夫奔競之塗有自來矣晉諸公讚曰傅宣定九品未訖劉疇代之悉改宣法於是人人望品求者奔競以難知之性協易失之情桓子新論曰凡人性難極也難知也故其絕異者常爲世俗所遺失焉必使無訟事深弘誘論語子曰聽訟吾猶人也必也使無訟乎公提衡惟允一紀于兹漢書曰衡平也所以平輕重也言選曹以材授官似衡之平物故取以喻焉韓子曰貴賤不相踰愚智提衡而立孫綽王蒙誄曰提衡左府舉直閑邪孔安國尚書傳曰十二年曰紀拔奇取異興微繼絕王隱晉書羊祜曰吾不能取異於屠釣拔奇於版築豈不愧知人之難哉與微卽與滅也論語子曰與滅國繼絕世望側階而容賢候景風而式典燕丹太子曰田光見太子太子側階而迎家語孔子謂魯哀公曰衛有士曰慶足者國有大事則必赴而治之國無事則退而容賢靈公悅而敬之王肅曰言其所以退欲以容賢於朝也淮南子曰景風至施爵祿賞有功春秋三十有八七年五月三日薨于建康官舍皇朝軫慟儲鉉傷情漢書疏廣曰太子國

銘副君周易曰鼎金鉉鄭玄尚書注曰鼎三公象也有識銜悲行路掩泣說苑雍門周說孟嘗君曰有識之士莫不
爲足下寒心酸鼻論衡曰行路之人皆能論之豈直舂者不相工女寢機而已哉史記趙良謂商鞅曰
五羖大夫死秦國男女流涕童子不歌謠舂者不相杵劉縚聖賢本紀曰子產治鄭二十年卒國人哭於巷婦人哭於機故以痛
深衣冠悲纏教義豈非功深砥礪道邁舟航尚書高宗曰若金用汝作礪若濟巨川用汝作
舟檝沒世遺愛古之益友左氏傳曰子產卒仲尼聞之出涕曰古之遺愛也班固漢書贊曰劉向指明梓柱以推廢
興豈非直諒多聞古之益友與追贈太尉侍中中書監如故給節加羽葆鼓吹增班
劍六十人漢官儀曰班劍者以虎皮飾之謚曰文憲禮也謚法曰忠信接禮曰文博文多能曰憲公在
物斯厚居身以約玩好絕於耳目布素表於造次齊春秋曰儉不好聲色未嘗遊宴衣
袤服用自周而已周禮曰凡式貢之餘財以供玩好之用尚書曰弗役耳目則百度惟貞論語子曰造次必於是室無姬姜門多長者左氏傳君子曰詩曰雖有姬姜無棄憔悴漢書曰陳平少時家貧然門外多長者車轍立言必雅未
嘗顯其所長孝經援神契曰矜莊嚴栗出言必雅孫資別傳曰朝臣會議資奏是非擇善者推而成之終不顯己之德持
論從容未嘗言人所短風俗通曰太尉范滂辨於持論謝承後漢書曰夏勤從容議論吳志曰是儀時時有所進
未嘗言人之短弘長風流許與氣類檀道鸞晉陽秋曰謝安爲桓溫司馬不存小察盡弘長之風風流已見上文謝

承後漢書曰桓龗邴營氣類經緯士人雖單門後進必加善誘三輔決錄曰王豹出自單門論語曰夫子善誘
人勗以丹霄之價弘以青冥之期鍾會集言程盛曰丹霄之鳳青冥之龍公銓品人倫
各盡其用廣雅曰稱謂之銓聲類曰銓所以稱物也居厚者不矜其多處薄者不怨其少
老子曰前識者道之華而愚之始是以大丈夫處厚不處薄窮涯而反盈量知歸莊子市南子曰君涉於江南而
浮於四海望之而不見其涯愈往而不知其所窮送君者皆自涯而反皇朝以治定制禮功成作樂禮記
曰王者功成作樂治定制禮思我民譽緝熙帝圖左氏傳曰晉悼公即位六官之長皆民譽也毛詩曰維清緝熙
文王之典帝圖已見上文雖張曹爭論於漢朝荀摯至競爽於晉世東觀漢記曰張酺拜太尉
章帝詔射聲校尉曹褒案漢舊儀制漢禮酺以爲褒制禮非禎祥之特達有似異端之術上疏曰褒不被刑誅無以絕毀實亂道之路臧
榮緒晉書曰太尉荀顗先受太祖勑述新禮太康初尚書僕射朱整奏付尚書郎摯虞討論之虞表所宜增損條目改正禮新昔異狀凡
十五事左氏傳晏子曰二惠競爽猶可無以仰摸淵旨取則後昆尚書曰以義制事以禮制心垂裕後昆
每荒服請罪遠夷慕義宣威授指寔寄宏略理積則神無忤往事感
則悅情斯來無是己之心事隔於容諂罕愛憎之情理絕於毀譽造
理常若可干臨事每不可奪約己不以廉物弘量不以容非魏文帝典論曰

君子謹乎約己弘乎接物魏志孟康薦崔林曰體高雅之弘量謝承後漢書郎顗章曰陛下寬不容非攻乎異端歸之
正義論語曰攻乎異端斯害也已公生自華宗世務簡隔魏志曹植上疏曰華宗貴族必應斯舉漢書曰
嚴安徐樂上書言世務至於軍國遠圖刑政大典旣道在廊廟則理擅民宗若
乃明練庶務鑒達治體潘尼潘岳碣曰君深達治體垂化三宰懸然天得不謀成心求
之載籍翰牘所未紀訊之遺老耳目所不接至若文案自環主者百
數皆深文爲吏積習成姦漢書曰張湯務在深文拘守職之吏應劭風俗通曰積習而成不敢獨否蓄筆
削之刑懷輕重之意漢書曰今有司請定法削卽削筆卽筆服虔曰言隨君意也又曰嚴延年爲涿郡太守掾趙繡
按高氏卽爲兩劾欲先白其輕者觀延年意焉怒乃出其重劾公乘理照物動必研機晉中興書謝安石上疏曰
王恭超登清任當虛心乘理周易曰夫易所以極深研幾當時嗟服若有神道周易曰聖人以神道設教而天下服
矣豈非希世之雋民瑚璉之宏器汝南先賢傳曰謝子微高才遠見許劭年十八時乃歎息曰此希世
之偉人也論語子貢問曰賜也何如子曰汝器也曰何器也曰瑚璉也昉行無異操才無異能得奉名
節迄將一紀魏志董昭謂太祖曰明公樂保名節而無大責一言之譽東陵侔於西山一眄
之榮鄭璞踰於周寶路粹爲曹公與孔融書曰邀一言之譽者討有餘矣莊子曰伯夷死名於首陽之下盜跖死利

於東陵之上彼所殉仁義也則俗謂之君子其所殉貨財也則俗謂之小人其所殉一也司馬彪曰東陵陵名今屬濟南也法言曰夷齊無仲尼則西山餓夫列子曰吾師老商氏三年之後始得夫子一盱而已戰國策應侯曰鄭人謂玉之未理者為璞周人謂鼠之未腊者為璞周人懷璞過鄭問賈曰欲買璞乎鄭賈曰欲之出其璞示之乃鼠也因謝而不取高誘曰理治也鼠未爍腊者號之為璞尚書曰弘璧琬琰在西序孔安國曰皆歷代傳寶士感知己懷此何極曹植祭橋玄文曰士死知己懷此無忘出入禮闈朝夕舊館十州記曰崇禮闈即尚書上省門崇禮東建禮門即尚書下舍門然尚書省二門名禮故曰禮闈也瞻棟宇而興慕撫身名而悼恩孫卿子孔子謂哀公曰吾入廟仰視榱棟俛見几筵君以此思哀則哀將焉而不至矣公自幼及長述作不倦仲長子昌言曰子長班固述作之士固以理窮言行事該軍國豈直彫章縟采而已哉說文曰縟繁也彩色也若乃統體必善綴賞無地王彪之賦曰於是乎統體而詠之雖楚趙羣才漢魏衆作曾何足云曾何足云楚有屈原趙有荀卿漢則司馬楊雄魏則陳思王粲昉嘗以筆札見知思以薄技效德陸機表詣吳王曰臣本以筆札見知淮南子曰齊伐楚市偷進謂楚將子發曰臣有薄技願而行之是用綴緝遺文永貽世範袁宏三國名臣贊序曰風軌德音為世作範為如干秩如干卷所撰古今集記今書七志為一家言不列于集集錄如左

文選卷第四十六

賜進士出身通奉大夫江南蘇松常鎮太等處承宣布政使司布政使胡克家重校刊

文選卷第四十七

梁昭明太子撰

文林郎守太子右內率府錄事參軍事崇賢館直學士臣李善注上

頌

王子淵聖主得賢臣頌一首

楊子雲趙充國頌一首

史孝山出師頌一首

劉伯倫酒德頌一首

陸士衡漢高祖功臣頌一首

贊

夏侯孝若東方朔畫贊一首

袁彥伯三國名臣序贊一首

頌

聖主得賢臣頌一首善曰漢書曰王襃既爲益州刺史王襄作中和樂職宣布詩王襄因奏言襃有軼才上乃徵襃既至詔爲聖主得賢臣頌

王子淵

夫荷旃被毳者難與道純緜之麗密應劭曰不知純緜之麗密也瓚以爲純緜羹藜唅糗者不足與論太牢之滋味服虔曰唅音含糗乾食也今臣僻在西蜀生於窮巷之中長於蓬茨之下戰國策張儀曰蜀西僻之國而戎翟之長也風賦曰起於窮巷之閒列子曰北宮子庇其蓬室若廣廈之蔭廣雅曰茨覆也無有游觀廣覽之知顧有至愚極陋之累不足以塞厚望應明旨雖然敢不略陳愚心而杼情素戰國策蔡澤說應侯曰公孫鞅事孝公竭知謀示情素記曰恭惟春秋法五始之要在乎審己正統而已服虔曰恭敬也胡廣曰五始一曰元二曰春三曰王四曰正月五曰公卽位夫賢者國家之器用也所任賢則趨舍省而功施普器用利則用力少而就效衆故工人之用鈍器也勞筋苦骨終日矻矻如淳曰矻矻健作貌苦骨切及至巧冶鑄干將之璞清水淬其鋒越砥斂其鍔應劭曰傳曰得一寶劒不如一甌冶甌冶卽巧冶也越絕書曰楚王召風胡子而問之曰寡人聞吳有干將越有甌冶願請此二人爲鐵劒吳越春秋曰干將者吳人造劒二枚一曰干將二曰莫耶郭璞三蒼解詁曰焠作刀鋻也焠子妹切鋻工練切說文云

鍔劍刃也音灼曰砥石出南昌故曰越砥水斷蛟龍陸剸犀革胡非子曰負長劍赴榛薄析兕豹赴深淵斷蛟龍字林曰剸截也漢書音義曰剸章兗切忽若篲氾畫塗如淳曰若以篲掃於氾灑之處也篲音遂塗路也如此則使離婁督繩公輸削墨雖崇臺五層延袤百丈而不溷者工用相得也孟子曰離婁之明趙岐曰古之明目者也黃帝時人鄭玄禮記注曰公輸若匠師也般若之族多伎巧者也史記曰蒙恬築長城延袤萬餘里王逸楚辭注曰溷亂也胡困切庸人之御駑馬亦傷吻弊策而不進於行胷喘膚汗人極馬倦及至駕齧膝驂乘旦應劭曰馬怒有餘氣常齧膝而行也張晏曰齧膝乘旦皆良馬名也駕則旦至故以為名王良執靶韓哀附輿張晏曰王良郵無卹也世本云韓哀侯作御也時已有御此復言之加其精巧也音義或曰靶音霸謂轡也縱騁馳騖忽如影靡過都越國蹶如歷塊追奔電逐遺風遺風風之疾者也周流八極萬里一息何其遼哉人馬相得也故服絺綌之涼者不苦盛暑之鬱燠論語曰當暑袗絺綌孔安國曰絺綌葛也襲狐貉之煖者不憂至寒之淒滄論語曰狐貉之厚以居何則有其具者易其備賢人君子亦聖王之所以易海內也是以嘔一侯切喻受之應劭曰嘔喻和悅貌開寬裕之路以延天下之英俊也夫竭智附賢者必建仁策索人求士者必樹

伯迹昔周公躬吐握之勞故有圄空之隆韓詩外傳曰成王封伯禽於魯周公誡之曰無以魯國驕士吾一沐三握髮一飯三吐哺猶恐失天下之士也文子曰法寬刑緩囹圄空虛齊桓設庭燎之禮故有匡合之功韓詩外傳曰齊桓公設庭燎爲士之欲造見者朞年而士不至於是東野人有以九九見者桓公使戲之曰九九足以見乎鄙人曰臣不以九九足以見也臣聞君設庭燎以待士朞年而士不至夫士之所以不至者君天下之賢君也四方之士皆自以爲不及君故不至也夫九九薄能而君猶禮之況賢於九九者乎桓公曰善乃禮之朞月四方之士相選而並至矣論語子曰管仲相桓公一匡天下民到于今受其賜又子曰桓公九合諸侯不以兵車管仲之力也由此觀之君人者勤於求賢而逸於得人人臣亦然呂氏春秋曰賢主勞於求賢而逸於治事昔賢者之未遭遇也圖事揆策則君不用其謀陳見悃誠則上不然其信郭璞三蒼解詁曰悃誠信也苦本切進仕不得施效斥逐又非其愆是故伊尹勤於鼎俎太公困於鼓刀魯連子曰伊尹負鼎佩刀以干湯得意故尊宰舍尉繚子曰太公屠牛朝歌文子曰伊尹負鼎而干湯呂望鼓刀而入周百里自鬻寧戚飯牛離此患也孟子萬章問曰或曰百里奚自鬻於秦要秦穆公信乎孟子曰不然好事者爲之也甯戚飯牛已見鄒陽上書及其遇明君遭聖主也運籌合上意諫諍則見聽進退得關其忠任職得行其術去卑辱奧渫而升本朝離蔬釋蹻而享膏粱

張晏曰奧幽也渫狎也辱汙也如淳曰奧音郁應劭曰離此蔬食釋此木屬瓚案屬以繩爲屨也國語欒伯請公族大夫膏粱之性難正也賈逵曰膏肉之肥者粱食之精者言其食肥美者率驕放其性難正也剖符錫壤而光祖考傳之子孫以資說士故世必有聖智之君而後有賢明之臣虎嘯而谷風洌龍興而致雲氣周易曰雲從龍風從虎管輅別傳曰龍者陽精以潛于陰幽靈上通和氣感神二物相扶故能興雲虎者陰精而居于陽依木長嘯動於巽林二數相感故能運風蟋蟀俟秋吟蜉蝣出以陰易通卦驗曰立秋蜻蛚鳴蔡邕月令章句曰蟋蟀蟲名世謂之蜻蛚也毛詩傳曰蜉蝣渠略也又蟲魚疏曰渠略甲下有翅能飛夏月陰時出地中易曰飛龍在天利見大人乾卦之辭也龍以喻大人言龍飛在天喻聖人之德顯故天下萬物而利見之王肅曰大人在位之日也詩曰思皇多士生此王國毛詩大雅文也毛萇曰皇天也鄭玄曰思願也願天多生賢人於邦故世平主聖俊乂將自至若堯舜禹湯文武之君獲稷契臯陶伊尹呂望之臣明明在朝穆穆列布尚書曰厥后惟明明又曰則以穆穆在乃位聚精會神相得益章雖伯牙操遞鐘蓬門子彎烏號猶未足以喻其意也晉灼曰遞音迭遞之遞二十四鍾各有節奏聲之不常故曰遞鍾瓚以爲楚辭曰奏伯牙之號鍾馬融長笛賦曰號鍾高調號鍾琴名也謂伯牙以善鼓琴不說能擊鍾也且漢書多借假或以遞爲號不得便以迭遞判其音也善曰孫卿子曰羿蓬門善服射者也吳越春秋陳音曰黃帝作弓後有楚狐父

以其道傳羿羿傳逢蒙漢書曰黃帝鼎成龍迎黃帝黃帝上騎小臣持龍髯拔墮墮黃帝之弓百姓仰望黃帝龍髯號故名其弓曰烏號故聖主必待賢臣而弘功業俊士亦俟明主以顯其德上下俱欲懽然交欣千載一會論說無疑翼乎如鴻毛遇順風沛乎若巨魚縱大壑春秋保乾圖曰神明之應疾於倍風吹鴻毛其得意如此則胡禁不止曷令不行化溢四表橫被無窮遐夷貢獻萬祥必臻是以聖主不偏窺望而視已明不殫傾耳而聽已聰恩從祥風翺德與和氣游太平之責塞優游之望得為君之道冀太平而優游今已太平是責塞也今已優游是望得也史記泄公曰今王已出吾責塞尚書大傳曰周公作樂優游三年遵游自然之勢恬淡無為之場莊子曰夫恬淡寂寞虛無無為此天地之平而道德之至休徵自至壽考無疆雍容垂拱永永萬年尚書曰垂拱而天下治何必偃仰詘信若彭祖呴噓呼吸如喬松眇然絕俗離世哉莊子曰吹呴呼吸吐故納新熊經鳥伸為壽而已矣彭祖壽考者之所好也列仙傳曰王子喬好吹笙道人浮丘公接以上嵩山又曰赤松子者神農時雨師也至崑崙山上常止西王母石室中詩曰濟濟多士文王以寧蓋信乎其以寧也

趙充國頌一首

漢書曰成帝時西羌嘗有警上思將帥之臣追美充國乃召黃門郎楊雄即充國圖畫而

頌 之

楊子雲

明靈惟宣戎有先零 漢書曰諸羌先零豪然先零羌別號 先零猖狂侵漢西疆 漢書宣紀曰元鳳元年西羌反 漢命虎臣惟後將軍 毛詩曰進厥虎臣闞如虓虎漢書曰昭帝時擢充國為後將軍 整我六師是討是震 漢書曰遣後將軍趙充國擊西羌毛詩曰整我六師以脩我戎又曰徐方震驚 既臨其域諭以威德 漢書曰充國至西部都尉府欲以威信招降罕幵乃上疏曰因田致穀威德兼行 有守矜功謂之弗克 應劭曰酒泉太守辛武賢言充國屯田之便不如擊之論語讖曰重耳反譎伐德矜功 請奮其旅于罕之羌 韋昭曰罕羌名也蘇林曰在金城南武賢言但擊罕羌先零自降也 天子命我從之鮮陽 應劭曰宣帝使充國共討罕幵於鮮水陽 營平守節屢奏封章 漢書曰充國封營平侯屢奏封章言屯田之便不從武賢之策 料敵制勝威謀靡亢 制勝已見張景陽雜詩 遂克西戎還師于京 漢書曰充國奏言凡斬首七千六百級降者三萬一千二百請罷屯兵奏可充國振旅而還 鬼方賓服罔有不庭 毛詩曰內奰于中國覃及鬼方毛萇曰鬼方遠方也世本注曰鬼方於漢則先零戎是也尚書曰惟周王四征弗庭 昔周之宣有方有虎詩人歌功乃列于雅 詩小雅曰方叔莅止其車三千又大雅曰江漢之滸王命召虎 在漢中興充國作武赳赳桓桓亦紹厥後 毛詩曰赳赳武夫公侯干城尚書曰武王曰勗哉夫子尚桓桓

出師頌一首 范曄後漢書曰鄧騭字昭伯女弟爲和熹皇后安帝立騭爲虎賁中郎將封上蔡侯涼部叛羌搖蕩西州詔騭將兵擊之車駕幸平樂觀餞送騭西屯漢陽征西校尉任尚與羌戰大敗之遣中郎將迎拜騭爲大將軍既至大會羣臣賜以束帛乘馬

史孝山 范曄後漢書曰王莽末沛國史岑字孝山以文章顯文章志及集林今書七志並同皆載岑出師頌而流別集及集林又載岑和熹鄧后頌幷序計莽之末以訖和熹百有餘年又東觀漢記東平王蒼上光武中興頌明帝問校書郎此與誰等對云前世史岑之比斯則莽末之史岑明帝之時已云前世不得爲和熹之頌明矣然蓋有二史岑字子孝者仕王莽之末字孝山者當和熹之際但書典散亡未詳孝山爵里諸家遂以孝山之文載於子孝之集非也騭則鄧后之兄元舅則騭也

茫茫上天降祚有漢兆基開業人神攸贊五曜霄映素靈夜歎皇運來授萬寶增煥 漢書曰元年冬十月五星聚于東井沛公至霸上應劭曰五星所在其下以義取天下也又曰高祖夜經澤中有大蛇當徑拔劍斬蛇蛇分爲兩後人至蛇所有一嫗夜哭人問嫗嫗曰吾子白帝子化爲蛇當道今者赤帝子斬之也 歷紀十二天命中易 漢書曰漢起元高祖終于孝平王莽之誅十有二世也 西零不順東夷遘逆 西零卽先零也 乃命上將授以雄戟 子虛賦曰建干將之雄戟 桓桓上將寔天所啓 桓桓已見上文

左氏傳晉侯賜畢萬魏卜偃曰以是始賞天啓之矣允文允武明詩悅禮毛詩曰允文允武昭格烈祖左氏傳趙衰曰郤縠說禮樂而敦詩書憲章百揆爲世作楷禮記曰仲尼憲章文武尚書曰納于百揆禮記曰今世行之後世以爲楷昔在孟津惟師尚父尚書曰武王伐殷師渡孟津毛詩曰維師尚父時惟鷹揚諒彼武王素旄一麾渾一區宇鬻子曰武王伐紂乃命太公把旄以麾之紂軍反走尚書曰王右秉白旄以麾蒼生更始朔風變楚蒼生猶黔首也尚書曰至于海隅蒼生朔北方也楚南方也史記子貢問樂曰舜彈五絃之琴歌南風之詩而天下治紂爲朝歌北鄙之音身死國亡何也夫南風之詩者生長之音舜樂好之故天下治也夫北者敗也鄙者陋也紂樂好之故身死國亡薄伐獫狁至于太原毛詩小雅文也鄭玄曰薄伐言逐出之而已詩人歌之猶歎其艱況我將軍窮城極邊鼓無停響旗不蹔褰澤霑遐荒功銘鼎鉉禮記曰夫鼎者有銘銘者論譔其先祖之德美功烈勳勞而酌之祭器自成其名焉周易曰鼎金鉉我出我師于彼西疆毛詩曰我出我車于彼牧矣天子餞我路車乘黃言念伯舅恩深渭陽毛詩序曰渭陽康公念母也我見舅氏如母存焉又曰我送舅氏曰至渭陽何以贈之路車乘黃介珪既削列壤酬勳毛詩曰錫爾介珪以作爾寶今我將軍啓土上郡尚書曰建邦啓土也傳子傳孫顯顯令問毛詩曰假樂君子顯顯令德又曰令問令望

酒德頌一首

劉伯倫 臧榮緒晉書曰劉伶字伯倫沛國人也志氣曠放以宇宙爲狹著酒德頌爲建威參軍卒以壽終

有大人先生以天地爲一朝萬期爲須臾日月爲扃牖八荒爲庭衢行無轍迹居無室廬 老子曰善行無轍迹馬融琴賦曰游閑公子中道失志居無室廬罔所自置 幕天席地縱意所如止則操巵執觚動則挈榼提壺 說文曰榼酒器也苦闔切 唯酒是務焉知其餘有貴介公子搢紳處士 左氏傳曰伯州黎謂鄭皇頡曰夫子爲王子圍寡君之貴介弟也司馬相如封禪書曰因雜搢紳先生之略術臣瓚曰縉赤白色紳大帶應劭風俗通曰處士者隱居放言 聞吾風聲議其所以乃奮袂攘襟怒目切齒 北征賦曰遂奮袂而北征戰國策張儀說魏王曰天下遊士莫不瞋目切齒 陳說禮法是非鋒起 春秋感精符曰禍亂鋒起君若贅旒 先生於是方捧甖承槽銜杯漱醪 劉熙孟子注曰槽者齊俗名之如酒槽也 奮髯踑踞枕麴藉糟 漢書曰朱博遷琅邪齊部舒緩博奮髯抵几曰觀齊兒欲以爲俗耶又曰尉佗魋結箕倨 無思無慮其樂陶陶兀然而醉豁爾而醒靜聽不聞雷霆之聲熟視不覩泰山之形不覺寒暑之切肌利欲之感情 莊子曰知反於帝宮見黃帝而問焉曰何思何慮則知道黃帝曰無思無慮始知道毛詩曰君子陶陶 俯觀萬物擾

擾焉如江漢之載浮萍廣雅曰擾擾亂也焉猶何如也二豪侍側焉如蜾蠃之與螟蛉二豪公子處士也隨己而化類蜾蠃之變螟蛉也法言曰螟蛉之子蜾蠃祝之曰類我類我久則肖之矣速哉七十子之化仲尼也李軌曰螟蛉桑蟲也蜾蠃蜂蟲也肖類也蜂蟲無子取桑蟲蔽而殪之幽而養之祝曰類我久則化而成蜂蟲矣速疾哉二三子受學仲尼之化疾也

漢高祖功臣頌一首　陸士衡

相國鄼文終侯沛蕭何相國平陽懿侯沛曹參太子少傅留文成侯韓張良丞相曲逆獻侯陽武陳平楚王淮陰韓信梁王昌邑彭越淮南王六縣布趙景王大梁張耳韓王韓信燕王豐盧綰長沙文王吳芮荊王沛劉賈太傅安國懿侯王陵左丞相絳武侯沛周勃相國舞陽侯沛樊噲右丞相曲周景侯高陽酈商太僕汝陰文侯沛夏侯嬰丞相潁陰懿侯睢陽灌嬰代丞相陽陵景侯魏傅寬車騎將軍信武肅侯靳歙大行廣野君高陽酈食其中郎建信侯齊劉敬太中大夫楚陸賈太子太傅稷嗣君薛叔孫通魏無知護軍中尉隨何新成三

老董公轅生將軍紀信御史大夫沛周苛平國君侯公右三十一人

與定天下安社稷者也頌曰

芒芒宇宙上墋下黷天以清爲常地以靜爲本今上墋下黷言亂常也墋不清澄之貌也楚錦切國語觀射父曰民

神異業敬而不黷賈逵曰黷嫚也波振四海塵飛五岳波振塵飛以喻亂也九服徘徊三靈改

卜周書曰乃辨九服之國春秋元命苞曰造起天地鑄演人君通三靈之貺交錯同端赫矣高祖肇載天祿尚書

曰天祿永終沈跡中鄉飛名帝錄中鄉卽中陽里也漢書曰高祖中陽里人尚書璇璣鈐孔子曰五帝出受錄圖

慶雲應輝皇階授木漢書范增謂項羽曰吾使人望沛公其氣皆爲龍成五色此天子氣急擊之勿失春秋孔演圖

曰天子皆五帝精必有諸神扶助使開階立遂宋均曰遂道也春秋保乾圖曰黑帝治八百歲運極而授木蒼帝七百二十歲而授火言

漢之歷運爲周木德所授也龍興泗濱虎嘯豐谷尚書序曰漢室龍興漢書曰高祖爲泗上亭長淮南子曰虎嘯

而谷風至漢書曰高祖居沛豐彤雲晝聚素靈夜哭漢書曰高祖隱於芒碭山澤閒呂后求常得之高祖怪問呂后

后曰季所居上常有雲氣故從往常求得季彤丹色也素靈夜哭已見上文金精仍頹朱光以渥漢書郊祀志曰

秦襄公自以居西主少昊之神作西時祠白帝至獻公時櫟陽雨金以爲瑞又作畦時祠白帝少昊金德也朱光謂漢也殺之者明漢當

滅秦也萬邦宅心駿民效足尚書曰宅心知訓又曰俊民用章曹植與陳琳書曰驥騄不常一步應良御而効足

堂堂蕭公王迹是因蕭何爲丞相故曰公論語曾子曰堂堂乎張也難與並爲仁矣綢繆叡后無競
維人毛詩曰無競維人四方其訓之外濟六師內撫三秦漢書曰漢王與諸侯擊楚何守關中漢王數失軍何
常與關中卒輒補缺應劭曰章邯爲雍王司馬欣爲塞王董翳爲翟王分王秦地故曰三秦拔奇夷難邁德振民
漢書曰何進韓信漢王以爲大將軍黥布反上自將擊之使使問相國何爲曰爲上在軍拊循百姓尚書曰咎繇邁種德周易曰君子以
振民毓德體國垂制上穆下親周禮曰惟王建國體國經野班固蕭何述曰營都立宮定制修文然重威則上穆刑
約則下親名蓋羣后是謂宗臣班固漢書贊曰蕭何曹參位冠羣后聲施後世爲一代之宗臣張晏曰宗臣國所宗
也平陽樂道在變則通論語曰貧而樂周易曰易窮則變變則通爰淵爰嘿有此武功莊子
曰君子淵默而雷聲毛詩曰文王受命有此武功長驅河朔電擊壤東漢書曰秦將王離圍鉅鹿參擊王離軍成
陽南大破之又擊三秦軍壤東破之文穎曰壤東地名也班固漢書述曰長驅大舉電擊雷震協策淮陰亞迹蕭公
漢書曰魏王豹反參以假丞相別與韓信東攻魏將孫遫大破之又從韓信擊趙大破之又從韓信擊龍且大破之又曰謁者鄂秋曰位
次蕭何第一曹參次之文成作師通幽洞冥漢書張良終謚曰文成侯又曰張良從容步游下邳圯上有老父出
一編書曰讀是則爲王者師永言配命因心則靈毛詩曰永言配命自求多福又曰維此王季因心則友窮
神觀化望影揣情周易曰窮神知化德之盛也史記太史公曰虛鄉斷事揣情爲趙畫策鬼谷子曰測深揣情鬼

無隱謀物無遯形武關是闢鴻門是寧漢書曰漢王與良西入武關良曰臣聞秦將屠者賈豎易
動以利今持重寶啗秦將秦將果欲連和沛公欲聽之良曰此其將欲叛士卒恐不從不如因其解擊之沛公乃擊秦軍大破之又曰項
羽至鴻門欲擊沛公良因要項伯見沛公沛公令伯具言沛公不敢背項王項羽意乃解周易曰人謀鬼謀百姓與能隨難滎
陽卽謀下邑隨難滎陽見下文漢書曰漢王兵還至下邑漢王曰吾欲捐關以東誰可與共功者良曰九江王英布楚梟將
彭越反梁地此兩人可急使韓信可屬大事當一面卽欲捐之此三人楚可破也銷印惎忌廢推齊勸立漢書
曰項羽急圍漢王滎陽酈食其曰誠復立六國後楚必斂衽而朝漢王曰善趣刻印先生行佩之良曰誰爲陛下畫此計者陛下大事去
矣且楚唯無彊六國復撓而從之陛下焉得而臣之漢王曰趣銷印後韓信破齊欲自立爲齊王漢王怒良勸漢王因封之班固漢書述
張良曰推齊銷印驅致越信運籌固陵定策東襲三王從風五侯允集漢書曰漢王與齊王
信魏相國彭越期會擊楚至固陵不會漢王謂張良曰諸侯不從奈何良曰今能取睢陽以北至穀城以王彭越從陳以東傅海與齊王
信則楚易敗也於是韓信彭越皆引兵來黥布隨劉賈皆會項羽敗自刎淮南子曰施于寡妻至于兄弟天下從風漢書曰漢王用良計
諸侯皆至史記曰漢部五諸侯兵東伐楚又蘇秦曰梁從風而動霸楚實喪皇漢凱入周禮曰師有功則愷樂
怡顏高覽彌翼鳳戢託迹黃老辭世却粒史記良曰願弃人間事從赤松子游耳乃學辟穀導
引輕身曲逆宏達好謀能深西都賦曰大雅宏達論語子曰好謀而成遊精杳漢神迹是尋

重玄匪奧九地匪沈重玄天也鄧析子曰九地之下重天之巔伐謀先兆擠響于音言將伐其
謀先其未兆欲墜其響在於爲音然兆爲謀始響爲音初也孫子曰上兵伐謀其次伐交鶡冠子曰音者所以調聲也未聞音出而響過
其聲者也奇謀六奮嘉慮四迴漢書曰陳平凡六出奇計或頗秘之世莫得聞宋仲子法言注曰張良爲高祖畫策
六陳平出奇策四皆權謀非正也然機之比言有符仲子之說未詳相承而誤或別有所憑也規主於足離項于懷
格人乃謝楚翼寔摧漢書曰淮陰侯破齊王使使來言漢王漢王怒而罵平躡漢王漢王寤乃厚遇齊使音義曰躡
謂平躡漢王足也漢書陳平曰項羽骨鯁之臣亞父鍾離眛龍且周殷之屬不過數人大王捐數萬金行反閒閒其君臣破楚必矣漢王
以爲然反閒既行羽果疑亞父亞父去發病死尚書曰格人元龜罔敢知吉韓王窘執胡馬洞開漢書曰人有上
書告楚王韓信反陳平曰陛下第出僞遊雲夢信聞天子以好遊出其勢必郊迎謁陛下因禽之此特萬世之事也高祖以爲然信果郊
迎即執縛之毛萇詩傳曰窘困也漢書曰上至平城爲匈奴所圍高祖用平奇計使單于閼氏解圍以得出迎文以謀
高以哀漢書曰呂太后崩平與太尉勃合謀誅諸呂立文帝平本謀也又曰高帝崩平馳至宮哭殊悲灼灼淮陰靈
武冠世策出無方思入神契孔安國尚書傳曰神妙無方蔡邕李咸碑曰明略兼洞與神合契奮臂
雲興騰迹虎噬凌險必夷摧剛則脆呂氏春秋曰凡兵之用也攻亂則脆肇謀漢濱還
定渭表漢書蕭何謂高祖曰必長王漢中無所事信必欲爭天下非信無可與計事者漢王乃拜信大將軍信說漢王曰今王舉

兵而東三秦可傳檄而定也漢王喜遂聽信計舉兵出陳倉定三秦京索既扼引師北討漢書曰漢擊楚彭城漢兵
敗散而還信復發兵與漢王會滎陽復擊破楚京索閒齊趙魏皆反與楚和以信為左丞相擊魏濟河夷魏登山滅
趙漢書曰信遂進擊魏魏盛兵蒲坂塞臨晉信乃益為疑兵陳船欲渡臨晉而伏兵從夏陽以木罌缶渡軍襲安邑虜魏王豹信請北
舉燕趙選輕騎二千人人持一赤幟從閒道登山而望趙軍戒曰趙見我走必空壁逐我若疾入拔趙幟立漢幟後趙空壁爭漢鼓旗奇
兵馳入趙壁皆拔趙幟立漢赤幟趙卒見之大驚遂亂走禽趙王歇威亮火烈勢踰風掃孫子曰兵以詐立以利動
以分合而為變者也故其疾如風侵掠如火則彼三軍可奪氣將軍可奪心此用兵之法也拾代如遺偃齊猶草
漢書曰信進擊代禽夏說閼與李奇曰代相也孟康曰音焉預邑名也漢書曰信發趙兵未發者擊齊信引兵東遂渡河襲齊歷下軍至
臨菑齊王走高密又梅福上書曰高祖取楚如拾遺論語曰草上之風必偃二州肅清四邦咸舉據禹貢九州之
屬魏趙屬冀州齊代屬青州四邦魏代趙齊也乃眷北燕遂表東海漢書曰信用廣武君策發使使燕燕從風而靡
又曰信平齊使人言于漢王齊夸詐多變反覆之國不為假王以鎮之其勢不定請自立為假王漢王乃遣張良立信為齊王表東海已
見九錫文克滅龍且爰取其旅漢書曰齊王走高密使使于楚楚使龍且救齊與信夾濰水陣信乃夜令人為萬餘
囊盛沙以壅水上流引軍半渡擊龍且佯不勝還走龍且果喜曰固知信怯遂追渡水信使人決壅囊水大至龍且軍太半不得渡即急
擊殺龍且楚卒皆降之劉項懸命人謀是與漢書蒯通說信曰當今之時兩主懸命於足下足下為漢則漢勝與

楚則楚勝人謀已見上文念功惟德辭通絕楚漢書曰項王使盱眙人武涉往說信曰足下何不與楚連和三分天
下而王齊信辭曰人信親我背之不祥蒯通知天下權在信深說以三分天下之計信自以功大漢不奪我齊遂不聽尚書曰惟帝念功
彭越觀時弢韜迹匿光人具爾瞻翼爾鷹揚杜預左氏傳注曰韜藏弢與韜古字通也毛詩
曰赫赫師尹人具爾瞻又曰維師尚父時維鷹揚威凌楚域質委漢王靖難河濟即宮舊梁
漢書曰漢使人賜越將軍印綬使下濟陰以擊楚大敗楚軍拜越為魏相國漢敗彭城越皆亡其所下城獨將其兵北居河上往來為漢
王游兵擊楚絕其粮於梁地項籍死封越為梁王都定陶禮記孔悝為鼎銘曰即宮於宗周烈烈黥布眈眈其眂
漢書曰黥布姓英氏項梁定會稽布以兵屬之周易曰虎視眈眈名冠彊楚鋒猶駭電漢書曰楚兵常勝功冠諸
侯者以布數以少敗衆睹幾蟬蛻悟主革面漢書曰漢王使隨何說布布閒行與何歸漢淮南子曰蟬飲不食三
十日而蛻周易曰小人革面以從君也肇彼梟風翻為我扇漢書曰上立布為淮南王與擊項籍天命方
輯王在東夏東夏即陽夏也漢書曰漢王追項羽至陽夏南矯矯三雄至于垓下三雄韓信彭越英布
漢書曰漢王發使使韓信彭越至皆引兵來黥布隨劉賈皆會圍羽垓下毛詩曰矯矯虎臣也元凶既夷寵祿來假
元凶謂項羽班固漢書張湯述曰既成寵祿亦罹咎慝保大全祚非德孰可左氏傳楚子曰保大定功班固漢書
張湯述曰子孫遵業全祚保國謀之不臧舍福取禍毛詩曰謀之不臧則具是依左氏傳劉子曰能者養之以福不

能者敗以取禍張耳之賢有聲梁魏漢書曰張耳大梁人也少時及魏公子毋忌爲客毛詩曰文王有聲士也
罔極自詒伊愧漢書曰張耳陳餘相與爲刎頸交耳與趙王歇走入鉅鹿王離圍之餘自度兵少不敢前後耳得出鉅鹿
責餘餘怒脫印綬與耳耳佩其印綬後餘以兵襲耳耳敗走毛詩曰士也罔極二三其德又曰心之憂矣自詒伊慼詒音怡俯思
舊恩仰察五緯漢書耳曰漢王與我有故而項王強立我我欲之楚甘公曰漢王之入關五星聚東井先至必王耳走漢
易乾鑿度曰五緯順軌四時和肅脫迹違難披榛來洎改策西秦報辱北冀漢書曰漢定三
秦方圍章邯廢丘耳謁漢王又曰漢遣張耳與韓信擊破趙井陘斬餘泜水上追殺趙王歇於襄國泜音祗悴葉更輝枯
條以肄以木爲喻也漢書曰漢立耳爲趙王毛萇詩傳曰斬而復生曰肄王信韓孽宅土開疆我圖
爾才越遷晉陽漢書曰韓王信故韓襄王孽孫也漢立信爲韓王上以信壯武乃更以太原郡爲韓國徙信以備胡都晉
陽毛萇詩曰我圖爾居盧綰自微婉變我皇漢書曰高祖與綰壯學書又相愛也班固漢書述哀紀曰婉孌董公
惟亮天工跨功踰德祚爾輝章漢書曰羣臣知上欲王綰皆曰綰可王上乃立綰爲燕王章印章也人之貪
禍寧爲亂亡漢書曰高祖崩綰遂將其衆亡入匈奴死胡中毛詩曰民之貪亂寧爲荼毒鄭玄曰天下之民苦王之政欲其
亂亡也吳芮之王祚由梅鋗功微勢弱世載忠賢漢書曰天下之初叛秦吳芮率越人舉兵
以應諸侯沛公攻南陽遇芮之將梅鋗與偕攻析酈上以鋗有功武關故德芮徙爲長沙王高祖賢之詔御史長沙王忠其著之甲令音

義曰鎗呼玄切鄙持盆切肅肅荆王董我三軍漢書劉賈將貳萬人騎數百擊楚孔安國尚書傳曰董督也我圖四方殷薦其勳漢書曰漢王追項籍至固陵賈使人閒招楚大司馬周殷周殷反楚佐賈庸親作勞舊楚是分往踐厥宇大啓淮墳漢書曰高祖子弟弱昆弟少欲王同姓以鎮天下詔立賈為荆王王淮東毛詩曰鋪敦淮墳安國違親悠悠我思依依哲母既明且慈引身伏劍永言固之漢書曰王陵以兵屬漢項羽取陵母實軍中陵使至則東鄉坐陵母欲以招陵陵母私送使者泣曰為老妾語陵善事漢王漢王長者也無以老妾故持二心妾以死送使者遂伏劍而死毛詩曰青青子佩悠悠我思淑人君子實邦之基毛詩曰淑人君子其儀不忒又曰樂只君子邦家之基義形於色憤發于辭漢書曰陵為人少文任氣好直言高后欲立諸呂為王問陵陵曰高皇帝刑白馬而盟曰非劉氏而王者天下共擊之今王呂氏非約也公羊傳曰孔父可謂義形於色矣主亡與亡末命是期主亡與亡已見任昉為范雲立太宰碑表絳侯質木多略寡言漢書曰周勃為人木彊敦厚論語摘輔曰予然公順多略會是忠勇惟帝攸歎漢書曰始呂后問宰相高祖曰安劉氏者必勃也雲騖靈丘景逸上蘭平代禽狶奄有燕韓漢書曰陳狶反勃復擊狶靈丘破之斬狶定代郡九縣燕王盧綰反勃破綰軍上蘭定上谷右北平遼西遼東寧亂以武斃呂以權漢書曰高后崩呂產秉權欲危劉氏勃與丞相平誅諸呂左傳樂桓子謂范宣子曰夫尅亂在權滌穢紫宮徵帝太原漢書曰勃已滅諸呂遂共迎立代王

是爲孝文皇帝勃曰臣無功請得除宮乃與太僕滕公入宮載少帝出乃奉天子法駕迎皇帝代邸張衡羽獵賦曰開閶闔兮坐紫宮
實惟太尉劉宗以安漢書曰惠帝以勃爲太尉安劉氏已見上文挾功震主自古所難漢書
蒯通說韓信曰功略震主者身危勳耀上代身終下藩漢書上曰丞相朕所重其爲朕率列侯之國乃免丞相就
國薨舞陽道迎延帝幽藪漢書曰陳勝初起蕭何曹參使噲求高祖迎立爲沛公范曄後漢書順帝詔曰張揖竄迹
幽藪宣力王室匪惟厥武揔于鴻門披闥帝宇聳顏誚項掩淚悟主漢書
曰項羽在鴻門亞父謀欲殺沛公樊噲聞事急乃持楯入曰沛公先入定咸陽以待大王大王聽小人之言與沛公有隙臣恐天下解心
疑大王也項羽默然高祖嘗病惡見人臥禁中詔戶者無得入羣臣噲乃排闥直入流涕曰始陛下與臣等起豐沛定天下何其壯也今
天下已定又何憊也高帝笑而起尚書帝曰余欲宣力禮記子曰揔干而山立武王事也班固漢書贊曰金日磾以篤敬悟主忠信自著
曲周之進于其哲兄俾率爾徒從王于征漢書曰酈食其進其弟商使將數千人從沛公略地
漢書谷永謝王鳳曰察父哲兄覆育子弟誠無以加振威龍蛻攄武庸城六師寔因克荼禽黥
漢書曰燕王荼反商以將軍從擊荼戰龍蛻破荼軍音義或曰龍脫地名也音奪漢書曰商又從擊黥布兩陳以破布軍又曰布軍與上
兵遇蘄西上乃壁庸城鄧展曰地名也猗歟汝陰綽綽有裕毛詩曰猗與那與又曰此令兄弟綽綽有裕戎
軒肇迹荷策來附漢書曰上降沛爲沛公以嬰爲太僕常奉車馬頻轡殆不釋擁樹皇儲

時乂平城有謀漢書曰嬰從擊項籍漢王不利馳去見孝惠魯元載之漢王急馬罷能取兩兒弃之嬰常收載行面擁樹馳晉灼曰今京師謂抱小兒爲擁樹漢書曰平城之難冒頓乃開一角高帝出欲馳嬰固請徐行弩皆持滿外鄉卒以得脫潁陰銳敏屢爲軍鋒奮戈東城禽項定功漢書曰項籍敗垓下去嬰追籍至東城破之所將卒斬籍乘風藉響高步長江收吳引淮光啓于東漢書曰嬰渡江定吳還定淮北呂氏春秋曰順風而呼聲乃加疾所因便也左氏傳宋向戌曰光啓寡君羣臣安矣陽陵之勳元帥是承漢書曰傅寬屬淮陰擊破齊歷下軍屬丞相參殘博信武薄伐揚節江陵夷王殄國俾亂作懲漢書曰靳歙別定江陵身得江陵王致雒陽上林賦曰揚節上浮毛詩曰戎狄是膺荊舒是懲恢恢廣野誕節令圖進謁嘉謀退守名都東窺白馬北距飛狐卽倉敖庾據險三塗漢書曰漢王數困滎陽成皋計欲捐成皋以東屯鞏雒以距楚酈食其曰願足下急進兵收取滎陽據敖庾之粟塞成皋之險杜太行之道距飛狐之口守白馬之津以示諸侯形制之勢則天下歸矣老子曰天網恢恢班固漢書述曰陳湯誕節救在三哲尚書曰爾有嘉謀嘉猷杜預左氏傳注曰三塗在河南陸渾縣南輶軒東踐漢風載徂漢書曰燕趙已定唯齊未下上使酈食其說齊齊王田廣以爲然罷歷下兵守備身死于齊非說之辜漢書曰韓信聞食其下齊乃襲齊王齊王田廣聞漢兵至以爲食其賣己乃烹食其我皇寔念言祚爾孤漢書曰高祖擧功臣思食其封其子爲高梁侯建信委輅被褐獻寶漢書婁敬脫輅見虞將軍曰臣

願見上言便宜事虞將軍欲與鮮衣敬曰臣衣帛衣帛見衣褐衣褐見不敢易衣虞將軍入言於上上召見 指明周漢銓

時論道移帝伊洛定都酆鎬漢書婁敬謂上曰陛下取天下與周異而都雒陽不便不如入關據秦之固是

曰車駕西都長安班固漢書婁敬述曰敬繇役夫還京定都聲類曰銓所以稱物也柔遠鎮邇寔敬攸考毛詩曰柔

遠能邇以定我王爾雅曰考成也抑抑陸生知言之貫毛詩曰抑抑威儀維德之隅漢書武詔曰詩云九變復貫

知言之選應劭曰言變政復禮合於先王舊貫選善也往制勁越來訪皇漢漢書曰中國初定尉佗平南越因王

之高祖使賈賜佗印為南越王賈卒拜佗為南越王令稱臣奉漢約歸報高帝大悅爾雅曰訪謀也附會平勃夷凶翦

亂漢書曰諸呂欲危劉氏陳平患之賈說平曰天下安注意於相危注意於將將相和天下雖有變權不分君何不交驩太尉深相結

平乃以五百金為絳侯壽太尉勃亦報如之則呂氏謀益壞及誅呂氏賈頗有力焉所謂伊人邦家之彥毛詩曰所

謂伊人於焉逍遙又曰彼己之子邦之彥兮班固漢書王遵贊曰遵實赳赳邦家之彥百王之極舊章靡存班固

漢書贊曰漢承百王之弊典引曰彝倫斁而舊章缺漢德雖朗朝儀則昏稷嗣制禮下肅上尊

穆穆帝典煥其盈門風睎三代憲流後昆漢書叔孫通曰臣願徵魯諸生與臣弟子共起朝儀

高帝曰得無難乎通曰臣願采古禮與秦儀雜就之上曰可其儀就皇帝輦出房諸侯王以下莫不震恐肅敬高帝曰今日知為皇帝之

貴也劇秦美新曰帝典闕而不補毛詩曰韓侯顧之爛其盈門包咸論語注云三代夏殷周也尚書曰垂裕後昆無知叡敏

獨昭奇迹察侔蕭相貺同師錫蕭何進韓信無知進陳平故曰侔也漢書曰陳平降漢因魏無知求見漢
王後上封平平曰非魏無知臣安得進上乃賞魏無知尚書鄉錫帝曰有鰥在下曰虞舜隨何辯達因資於敵紓
漢披楚唯生之績漢書漢王曰孰為我使淮南使之發兵背楚項王必留留數月漢之取天下可萬全隨何曰臣請使
之往說布布歸漢毛詩曰酆水東注惟禹之績皤皤董叟謀我平陰三軍縞素天下歸心漢書
曰漢王南渡平陰津至洛陽新城三老董公遮說漢王曰項王無道放殺其主三軍之衆為之素服東伐四海之內莫不仰德此三王之
舉也漢王曰善於是為義帝發喪兵皆縞素擊楚之殺義帝者論語素王受命讖曰河受圖天下歸心袁生秀朗沈心
善照漢旆南振楚威自撓大略淵回元功響效邈哉惟人何識之妙
漢書曰袁生說漢王曰願軍出武關項王必引兵南走王深壁令滎陽成皐閒且得休王乃復走滎陽如此則楚所備者多力分漢得休
復與之戰破楚必矣漢王從其計出軍宛葉閒羽乃聞漢王在宛果引兵南漢書司馬遷述曰大略孔明史記太史公曰惟祖元功輔臣
股肱紀信誑項軺軒是乘攝齊赴節用死孰懲身與煙消名與風興漢書
曰項羽圍漢王滎陽將軍紀信曰事急矣臣請誑楚可以閒出紀信乃乘王車黃屋左纛曰食盡漢王降楚皆之城東觀以故漢王得遯
羽見紀信問漢王安在曰已出去矣羽燒殺信論語曰攝齊升堂周苛慷慨心若懷冰應劭風俗通曰言人清高
如冰之潔刑可以暴志不可凌漢書曰楚圍漢王滎陽急漢王出去而使苛守滎陽楚破滎陽欲令將苛罵曰若趣

降漢王不然今爲虜矣項王怒烹苛貞軌偕沒亮迹雙升謝承後漢書黃向對策曰雷陳義重出則釁升帝疇爾庸後嗣是膺漢書曰苛子成以父死王事封爲高景侯又曰襄平侯紀通尚符節張晏曰紀信子也晉灼曰紀信焚死不見其後功臣表曰襄平侯紀通父成以將軍從定三秦死王事子侯然則通非信子也機之此言與晏同誤也天地雖順王心有違毛詩曰行道遲遲中心有違懷親望楚永言長悲侯公伏軾皇媼來歸是謂平國寵命有輝漢書曰漢遣陸賈說羽請太公羽弗聽漢復使侯公說羽羽歸太公媼漢書項羽傳曰歸漢王父母妻子漢書音義曰媼母別名也烏老切楚漢春秋曰上欲封侯公匿不肯復見曰此天下之辨士所居傾國故號平國君震風過物清濁効響文子曰昔堯之治天下也舜爲司徒契爲司馬禹爲司空后稷爲田疇奚仲爲工師是以離叛者寡聽從者衆若風之過簫忽然感之各以清濁應物也大人于興利在攸往周易曰巽小亨利有攸往利見大人弘海者川崇山惟壤管子曰海不辭水故能成其大山不辭土故能成其高明主不厭人故能成其衆韶護錯音袞龍比象漢書曰舜作韶湯作護周禮王之吉服享先王即袞龍衣也左傳曰臧哀伯曰五色比象昭其物也明明衆哲同濟天網毛詩曰明明魯侯崔寔本論曰舉彌天之網以羅海內之雄劍宣其利鑒獻其朗廣雅曰鑒炤也鑑謂之鏡文武四充漢祚克廣尚書曰光被四表孔安國曰光充也充溢四外也毛詩曰克廣德心悠悠遐風千載是仰

贊

東方朔畫贊一首并序

夏侯孝若臧榮緒晉書曰夏侯湛字孝若譙國人也美容儀才華富盛早有名譽與潘岳友善時人謂之連璧爲散騎常侍此贊爲當時所重

大夫諱朔字曼倩平原厭次人也漢書曰朔爲太中大夫又曰朔字曼倩平原厭次人漢書地理志無厭次縣而功臣表有厭次侯爰類疑地理誤也魏建安中范曄後漢書曰獻帝改興平三年爲建安元年今云魏疑誤也分厭次以爲樂陵郡故又爲郡人焉漢書平原郡有樂陵縣也事漢武帝漢書具載其事先生瓌瑋博達思周變通家語孔子曰老聃博古而達今王肅曰博達古今而好道周易曰化而裁之謂之變推而行之謂之通又曰變通者趣時者也以爲濁世不可以富貴也故薄遊以取位王逸楚辭序曰不忍以清白久居濁世苟出不可以直道也故頡頏以傲世論語曰直道而事人解嘲曰鄒衍以頡頏而取世資傲世不可以垂訓也故正諫以明節家語南宮叔曰孔子作春秋垂訓後嗣班固漢書贊曰朔正諫似直明節不可以久安也故詼諧以取容班固漢書贊曰朔詼諧逢占其事浮淺字書曰詼啁也口回切孔安國尚書傳曰諧和也史記太史公曰王翦偷合取容潔其道而穢其迹班固

漢書贊曰朔穢德似隱清其質而濁其文弛張而不爲邪進退而不離羣禮記孔子曰一張一弛文武之道鄭玄曰張弛以弓弩喻人也班固漢書東方朔述曰弛張沈浮周易曰上下無常非爲邪也進退無常非離羣也若乃遠心曠度贍智宏材楊子雲解嘲曰雖其人之贍智倜儻博物觸類多能史記曰魯仲連好奇偉倜儻之畫策左氏傳晉侯聞子產之言曰博物君子也周易曰觸類而長之論語太宰曰夫子聖者與何其多能也合變以明筭幽贊以知來周易曰夫爻者何也言乎變者也又曰幽贊於神明而生蓍又曰神以知來智以藏往自三墳五典八索九丘左氏傳曰左史倚相趨過王曰是良史也能讀三墳五典八索九丘陰陽圖緯之學百家衆流之論漢書曰陰陽家流者蓋出於羲和之官圖河圖也緯五緯也謝承後漢書曰尤明圖緯百家衆流已見任昉策秀才文周給敏捷之辯支離覆逆之數莊子曰支離疏鼓策播糈足以食十人糈音所漢書曰上嘗使諸數家射覆不能中使朔射之連中輒賜帛逆逆刺也經脉藥石之藝射御書計之術漢書曰醫經者原人血脉經絡而用度箴石湯火之所施調百藥齊和之所宜周禮曰六藝禮樂射御書數也乃研精而究其理不習而盡其功孔安國尚書序曰研精覃思易曰不習無不利經目而諷於口過耳而闇於心孔融薦禰衡表曰目所一見輒誦於口耳暫聞不忘於心夫其明濟開豁包含弘大凌轢卿相嘲哂豪桀籠罩靡前跆籍貴勢漢書曰張楚並興兵相跆籍蘇林曰跆音臺鄧展曰蹋也出

不休顯賤不憂戚戲萬乘若寮友視儔列如草芥十洲記曰朔弄萬乘傲王公孟子曰天下大悅而將歸己視之如草芥雄節邁倫高氣蓋世漢書項羽歌曰力拔山兮氣蓋世可謂拔乎其萃遊方之外者已孟子曰聖人之於人亦類也出於其類拔於其萃自生民以來未有盛於孔子也莊子曰子桑戶孟子反子琴張三人相與友子桑戶死未葬孔子聞之使子貢往侍事焉或編曲或鼓琴相和而歌子貢趨而進曰敢問臨尸而歌禮乎二人相視而笑曰是惡乎知禮意子貢反以告孔子孔子曰彼遊方之外者也而丘也遊方之內者也司馬彪曰方常也言彼遊心於常教之外也談者又以先生噓吸冲和吐故納新蟬蛻龍變棄俗登仙莊子曰吹呴呼吸吐故納新此導引之士養形之人也淮南子曰至人蟬蛻蛇遊忽然入冥史記趙高曰聖人龍變而從之列仙傳曰東方朔武帝時爲郎宣帝時棄去後見會稽神交造化靈爲星辰淮南子曰大丈夫恬然無爲與造化逍遙高誘曰造化天地也應劭風俗通曰東方朔是太白星精黃帝時爲風后堯時爲務成子周時爲老聃在越爲范蠡齊爲鴟夷子言其變化無常也此又奇怪惚恍不可備論者也大人來守此國此國謂樂陵也其父爲樂陵郡守史傳不載難得而知也僕自京都言歸定省京都洛陽也毛詩曰言告言歸禮記曰凡爲人子之禮昏定而晨省覩先生之縣邑想先生之高風徘徊路寢見先生之遺像楚辭曰馮翼遺像何以識之逍遙城郭觀先生之祠宇慨然有懷乃作頌焉其辭曰

矯矯先生肥遯居貞〔矯矯輕舉之貌也毛詩曰矯矯武臣周易曰肥遯無不利又曰居貞之吉順以從上也〕退
不終否進亦避榮〔周易曰物不可以終否故受之以同人〕臨世濯足希古振纓〔楚辭漁父歌曰
滄浪之水清可以濯我纓滄浪之水濁可以濯我足〕涅而無滓既濁能清〔論語子曰涅而不緇老子曰孰能濁以靜
之徐清淮南子曰濁而徐清冲而徐盈〕無滓伊何高明克柔〔尚書曰沈潛剛克高明柔克〕能清伊何
視汙若浮〔班固東方朔述曰懷肉汙殿弛張浮沈〕樂在必行處淪罔憂〔周易曰樂則行之憂則違之〕
跨世凌時遠蹈獨游瞻望往代爰想遐蹤邈邈先生其道猶龍〔莊子曰孔
子見老聃而弟子問曰夫子見老聃亦何規哉孔子曰吾乃於是乎見龍合而成體散而成章乘乎雲氣而養乎陰陽余口張而不能嗋
予有何規於老聃哉〕染迹朝隱和而不同〔史記東方朔曰如朔所謂避俗於朝廷閒也論語子曰君子和而不同〕
棲遲下位聊以從容〔毛詩曰或棲遲偃仰孟子曰居下位而不獲於上不可得而治也尚書曰寬而有制從容以和〕
我來自東言適茲邑〔茲邑謂樂陵也毛詩曰我來自東零雨其濛爾雅曰適往也〕敬問墟墳企佇
原隰〔王仲宣贈蔡子篤詩曰允企伊佇〕墟墓徒存精靈永戢民思其軌祠宇斯立徘
徊寺寢遺像在圖周旋祠宇庭序荒蕪〔爾雅曰東西牆謂之序〕榱棟傾落草萊
弗除〔呂氏春秋曰農夫弗除〕肅肅先生豈焉是居是居弗形悠悠我情〔悠悠已見上文〕

昔在有德罔不遺靈天秩有禮神監孔明尚書咎繇曰天秩有禮自我五禮五庸哉毛詩曰祀事孔明彷彿風塵用垂頌聲

三國名臣序贊一首

袁彥伯檀道鸞晉陽春秋曰袁宏字彥伯陳郡人爲大司馬府記室參軍稍遷至吏部郎出爲東陽郡守卒

夫百姓不能自治故立君以治之漢書成帝詔曰天生衆民不能相治爲之立君以統理之明君不能獨治則爲臣以佐之墨子曰古者同天之義是故選擇賢者立爲天子天子以其知力爲未足獨治天下是以選擇其次立爲三公然則三五迭隆歷世承基史記楚子西曰孔丘述三五之法明周召之業西京賦曰若歷世而長存又曰繼體承基揖讓之與干戈文德之與武功孔叢子曾子謂子思曰舜禹揖讓湯武用師非相詭乃時也尚書武王曰稱爾戈比爾干宋均樂動聲儀注曰武象象伐時用干戈也莫不宗匠陶鈞而羣才緝熙鄧析子曰聖人逍遙一世閒宰匠萬物之形漢書鄒陽上書曰聖王制世御俗獨化於陶鈞之上音義曰陶家名模下圓轉爲鈞毛詩曰維清緝熙元首經略而股肱肆力尚書咎繇歌曰元首明哉股肱良哉遭離不同迹有優劣王命論曰遭遇異時禪代不同孝經鉤命決曰俱在隆平優劣殊迹至於體分冥固道契不墜言至於君臣之體分既固於冥兆上下之契亦存而不墜風美所扇訓革千載其揆一也蒼頡篇曰革戒

也孟子曰先聖後聖其揆一也故二八升而唐朝盛伊呂用而湯武寧舜舉八元八愷用之於堯時也成湯得伊尹武王得呂望而社稷安也三賢進而小白興五臣顯而重耳霸三賢管仲鮑叔牙隰朋也五臣狐偃趙衰顛頡魏武子司空季子中古凌遲斯道替矣居上者不以至公理物為下者必以私路期榮御圓者不以信誠率衆執方者必以權謀自顯呂氏春秋曰天道圓地道方聖人之所以立上下主執圓臣處方方圓不易國乃昌高誘曰上君也下臣也於是君臣離而名教薄世多亂而時不治故蘧甯以之卷舒柳下以之三黜論語子曰君子哉蘧伯玉邦有道則仕邦無道則可卷而懷之又曰甯武子邦有道則智邦無道則愚又曰柳下惠為士師三黜之接輿以之行歌魯連以之赴海論語楚狂接輿歌而過孔子史記曰魯連子下聊城田單歸而欲爵之魯連逃隱於海上衰世之中保持名節君臣相體若合符契則燕昭樂毅古之流也魏志董昭謂太祖曰明公樂保名節論語比考讖曰君子上達與天合符劇秦美新曰地合靈契史記曰樂毅賢好兵為魏昭王使於燕燕昭王以客禮待之樂毅遂委質為臣燕王以為亞卿夫未遇伯樂則千載無一驥戰國策楚客謂春申君曰昔者騏驥駕鹽車上吳坂遷延負轅而不能進見伯樂仰而鳴之知伯樂知己也時值龍顏則當年控三傑漢書曰高祖隆準而龍顏應劭曰顏額顙也漢書上曰夫運策於帷幄之中決勝於千里之外吾不如子房鎮國家撫百姓給

饋餉不絕粮道吾不如蕭何連百萬之軍戰必勝攻必取吾不如韓信三者皆人傑也漢之得材於斯爲貴高
祖雖不以道勝御物羣下得盡其忠蕭曹雖不以三代事主百姓不
失其業靜亂庇人抑亦其次左氏傳宰孔謂晉侯曰君務靜亂無勤於行又劉子謂趙孟曰盍遠績禹功而
大庇民論語子曰抑亦可以爲次也夫時方顛沛則顯不如隱萬物思治則默不如語
毛詩序曰下泉思治也周易曰君子或默或語是以古之君子不患弘道難遭時難遭時匪
難遇君難論語子曰人能弘道非道弘人莊子謂魏王曰士有道德而衣弊履穿此所謂非遭時者也文子老子曰欲治之主
不世出可與之臣不萬一以不世出求不萬一此至化所以千載不一也故有道無時孟子所以咨嗟有
時無君賈生所以垂泣孟子曰齊人有言雖有智慧不如乘勢雖有鎡基不如待時漢書賈誼上疏曰臣竊惟事
勢可爲流涕者二夫萬歲一期有生之通塗桓子新論曰夫聖人乃千載一出然此文云萬歲一期蓋甚言
之以避下文也莊子曰萬世之後而遇大聖知其解者是旦暮遇之也千載一遇賢智之嘉會東觀漢記太史
官曰耿況彭寵俱遭際會順時承風列爲蕃輔忠孝之策千載一遇也博奕論曰誠千載之嘉會百世之良遇也周易曰亨者嘉之會也
遇之不能無欣喪之何能無慨古人之言信有情哉余以暇日常覽
國志考其君臣比其行事雖道謝先代亦異世一時也文若懷獨見

之明而有救世之心文子曰必有獨見之明然後能擅道而行左氏傳子產曰吾以救世論時則民方塗炭計能則莫出魏武尚書曰有夏昏德民墜塗炭故委面霸朝豫議世事舉才不以標鑒故久之而後顯籌畫不以要功故事至而後定雖亡身明順識亦高矣董卓之亂神器遷逼老子曰天下神器不可爲也爲者敗之公達慨然志在致命論語子張曰士見危致命由斯而談故以大存名節至如身爲漢隸而迹入魏幕源流趣舍其亦文若之謂所以存亡殊致始終不同將以文若既明名教有寄乎言文若殞身既明仁義之道且寄迹於名教之地也夫仁義不可不明則時宗舉其致莊子曰仁義已明而分守次之生理不可不全故達識攝其契鷦鷯賦曰生生之理足矣相與弘道豈不遠哉弘道已見上文崔生高朗折而不撓管子曰夫玉溫潤以澤仁也折而不撓勇也所以策名魏武執笏霸朝者蓋以漢主當陽魏后北面者哉鍾會與吳主書曰執笏之心載在名策左傳甯武子曰諸侯朝正於王王宴樂之於是乎賦湛露則天子當陽諸侯用命也禮記曰君之南鄉荅陽之義也臣之北面荅君也若乃一旦進璽君臣易位漢書曰羣臣謹奉天子璽符代王遂即天子位則崔子所不與魏武所不容夫江湖所以濟舟亦所以覆舟孫卿子孔

子曰君者舟也人者水也水則載舟亦能覆舟仁義所以全身亦所以亡身然而先賢玉摧於前來哲攘袂於後仁義已見上文漢書公孫玃曰攘袂而正議者獨大王耳豈非天懷發中而名教束物者乎孔明盤桓俟時而動遐想管樂遠明風流蜀志曰諸葛亮每自比於管仲樂毅時人莫之許也唯博陵崔叔平潁川徐元直與亮友善謂爲信然周易曰君子藏器於身待時而動琴賦曰體制風流莫不相襲治國以禮民無怨聲論語曰爲國以禮孝經援神契曰得萬國之懽心人說喜無怨聲刑罰不濫沒有餘泣蜀志曰廖立爲長水校尉誹謗先帝於是廢立爲庶人徙汶山郡聞諸葛亮卒垂泣曰吾終爲左袵矣左傳聲子曰善爲國者賞不僭而刑不濫雖古之遺愛何以加茲左氏傳曰子產卒仲尼聞之出涕曰古之遺愛也及其臨終顧託受遺作相劉后授之無疑心武侯處之無懼色繼體納之無貳情百姓信之無異辭君臣之際良可詠矣蜀志曰先主於永安病篤召亮成都屬以後事謂亮曰若嗣子可輔輔之如其不才君可自取亮涕泣曰臣敢竭股肱之力繼之以死又勅後主汝與丞相從事事之如父尚書曰成王將崩作顧命班固漢書述曰博陸堂堂受遺武皇春秋元命苞曰繼體守文之君不害聖人之王公瑾卓爾逸志不羣總角料主則素契於伯符吳志曰孫策字伯符江表傳策令曰周公瑾與孤有總角之好骨肉之分毛詩曰總角丱兮晚節曜奇則參分於赤壁吳志曰曹公入荊州權遂遣周瑜與備并力逆曹公

遇於赤壁初一交戰公軍披退惜其齡促志未可量吳志曰瑜還江陵於道疾卒時年三十六子布佐策
致延譽之美國語曰使張老延君譽于四方輟哭止哀有翼戴之功吳志曰策薨以事授權權哭未
及息張昭謂權曰孝廉此寧哭時耶乃扶權上馬使出巡軍士左氏傳叔向謂宣子曰文之伯也翼戴天子神情所涉豈
徒蹇愕而已哉周易曰王臣蹇蹇匪躬之故史記趙良謂商君曰千人諾諾不如一士之愕愕東觀漢記戴馮謝上曰臣
無蹇愕之節而有狂瞽之言字書曰愕直言也然而杜門不用登壇受譏吳志曰權以公孫淵稱蕃遣張彌至
遼東拜淵爲燕王昭諫權不聽昭忿言不用稱疾不朝權恨之土塞其門昭又於內以土封之江表傳曰權既卽尊位請會百官歸功周
瑜昭舉笏欲褒贊功德未及言權曰如張公計今已乞食矣昭大慙伏地流汗然而登壇卽位之時也夫一人之身所
照未異而用舍之間俄有不同論語子曰用之則行舍之則藏況沈迹溝壑遇與不
遇者乎漢書高祖功臣頌曰沈迹中鄉孟子曰志士不忘在溝壑漢書曰楊雄以爲遇不遇命也夫詩頌之作有
自來矣家語孔子曰諸侯之有冠禮有自來矣或以吟詠情性或以述德顯功子夏毛詩序曰
國史明乎得失之迹吟詠情性以風其上頌者美盛德之形容以其成功告於神明者也雖大旨同歸所託或乖
若夫出處有道名體不滯風軌德音爲世作範不可廢也故復撰序
所懷以爲之讚云魏志九人蜀志四人吳志七人荀彧字文若諸葛

亮字孔明周瑜字公瑾荀攸字公達龐統字士元張昭字子布袁煥字曜卿蔣琬字公琰魯肅字子敬崔琰字季珪黃權字公衡諸葛瑾字子瑜徐邈字景山陸遜字伯言陳羣字長文顧雍字元歎夏侯玄字泰初虞翻字仲翔王經字承宗陳泰字玄伯

火德既微運纏大過（火德謂漢也班固漢書高紀贊曰旗幟尚赤協于火德周易曰大過大者過也）洪飈扇海二溟揚波（揚波喻亂也）虯虎雖驚風雲未和（周易曰雲從龍風從虎）潛魚擇淵高鳥候柯（周書曰美爲士者飛鳥歸之蔽於天魚鼈歸之沸於淵左氏傳曰仲尼曰鳥則擇木木豈能擇鳥）赫赫三雄並迴乾軸（潘岳爲賈謐贈陸機詩曰三雄鼎足）競收杞梓爭采松竹（國語聲子謂子木曰若杞梓皮革楚實遺之韋昭曰杞良才也孫子曰真人在冬則松竹也）鳳不及棲龍不暇伏谷無幽蘭嶺無亭菊（香草喻英賢也）英英文若靈鑒洞照應變知微探賾賞要（周易曰君子知微知章又曰探賾索隱鉤深致遠）日月在躬隱之彌曜（莊子曰孔子圍於陳蔡之閒太公任弔之曰子甚者脩身以明汙昭昭乎如揭日月而行故不免也）文明映心鑽之愈妙（孫卿子曰君子通則文而明窮則約而詳論語顏淵曰鑽之彌堅）滄海橫流玉石同碎（孟子曰當堯之時洪水橫流尚書曰火炎崐崗玉石俱焚）達人兼善廢己

存愛孟子曰古人窮則獨善其身達則兼善天下謀解時紛功濟宇內老子曰解其紛始救生人終明風概魏志曰太祖進或爲漢侍中守尚書令董昭等謂太祖宜進爵國公九錫備物以彰殊勳密以咨或或以爲太祖本興義兵以匡朝寧國君子愛人以德不宜如此太祖軍至濡須或病留壽春魏氏春秋曰太祖饋或食發之乃空器也於是飲藥而卒

公達潛朗思同蓍蔡法言曰樗里之智也使知國若葬吾以疾爲蓍蔡也運用無方動攝羣會爰初發迹遘此顛沛神情玄定處之彌泰魏志曰荀攸與議郎何顒等謀殺卓垂就而覺收顒攸繫獄顒憂懼自殺攸言語飲食自若會卓死得免班固漢書述曰子明光光發迹西疆蔡邕楊復碑曰景命不延遘此顛沛愔愔幕裏算無不經魏志荀攸自從太祖征伐常謀謨幃幄時人及子弟莫知其所言左氏傳右尹革曰祈昭之愔愔亹亹通韻迹不暫停雖懷尺璧顧哂連城史記趙惠文王得和氏璧秦昭王聞之使人遺趙王書願以十五城易璧知能拯物愚足全生魏志曰魏國初建攸爲尚書令從征孫權薨太祖每稱公達外愚內智外怯內勇外弱內強不伐善無施勞知可及愚不可及新序溫斯子曰古者有愚以全身莊子曰可以全生郎中溫雅器識純素魏志曰魏國初建爲郎中令莊子曰聖人貴純素之道唯神是守素也者謂其無所雜也純也者謂其不虧其神也能體純素謂之真人貞而不諒通而能固論語子曰君子貞而不諒恂恂德心汪汪軌度論語曰孔子於鄉黨恂恂如也毛詩曰濟濟多士克廣德心范曄後漢書郭林宗曰黃叔度汪汪若萬頃之陂志成弱冠道敷歲暮

禮記曰人生二十曰弱冠韓詩曰蟋蟀在堂歲聿其暮薛君曰言君之年歲已晚也仁者必勇德亦有言論語子曰有德者必有言仁者必有勇雖遇履虎神氣恬然魏志曰呂布襲袁術於阜陵渙往從之遂復爲布所拘留布初與劉備和親後離隙布欲使渙作書罵辱備渙不可再三強之不許布大怒以兵脅渙曰爲之則生不爲則死渙顏色不變笑而應之曰渙聞唯德可以辱人不聞以罵使彼固君子耶且不恥將軍之言彼誠小人耶將復將軍之意則辱在此不在於彼且渙他日之事劉將軍猶今日之事將軍也如一旦一去此復罵將軍可乎布慙而止周易曰履虎尾不咥人亨列子曰至人者神氣不變行不脩飾名迹無愆班固漢書贊曰雋不疑遂立名迹終始可述操不激切素風愈鮮邈哉崔生體正心直天骨疎朗牆宇高嶷蔡邕度侯碑曰明鑒出於自然英風發於天骨論語子貢曰夫子之牆數仞忠存軌迹義形風色義形於色已見上文思樹芳蘭翦除荊棘芳蘭以喻君子荊棘以喻小人人惡其上時不容哲左氏傳曰伯宗之妻曰盜憎主人民惡其上琅琅先生雅杖名節雖遇塵霧猶振霜雪孔融薦禰衡表曰忠果正直志懷霜雪運極道消碎此明月魏志曰炎爲中尉太祖爲魏王楊訓發表襃述盛德炎取訓表草視之與訓書有白炎此書傲世怨謗者太祖怒於是罰炎爲徒隸使人視之辭色無撓太祖遂賜炎死周易曰小人道長君子道消景山恢誕韻與道合桓子新論曰老子其心玄遠而與道合形器不存方寸海納周易曰形乃謂之器王輔嗣曰成形曰器列子文摯謂叔龍曰吾見子之心矣方寸之地虛矣

和而不同通而不雜和而不同已見上文莊子曰純粹而不雜遇醉忘辭在醒貽荅魏志曰太祖時科禁斷酒而徐邈私飲至於沈醉校事趙達問以曹事邈曰中聖人達白太祖甚怒度遼將軍鮮于輔進曰平日醉客謂酒清者爲聖人濁者爲賢人邈性循慎偶醉言耳竟坐免刑文帝踐祚歷潁川典農中郎將車駕幸許昌問邈曰頗復中聖人不邈對曰昔子反斃於穀陽御叔罰於飲酒臣嗜同二子不能自懲時復中之然宿瘤以醜見傳臣以醉見識帝大笑顧左右曰名不虛立後爲光祿大夫薨

長文通雅義格終始思戴元首擬伊同恥尚書曰昔先正保衡作我先王乃曰予弗克俾厥后惟堯舜其心愧恥若撻于市民未知德懼若在己嘉謀肆庭讜言盈耳魏書曰羣前後數陳得失羣爲司空錄尚書事薨尚書曰爾有嘉謀漢書成帝日久不見班生今日復聞讜言論語子曰洋洋乎盈耳哉玉生雖麗光不踰把德積雖微道映天下言德喻玉淵哉泰初宇量高雅器範自然標準無假全身由直迹洿必僞處死匪難理存則易魏志曰曹爽見誅徵夏侯玄爲大鴻臚數年徙太常中書令李豐謀欲以玄輔政誅大將軍以玄代之大將軍徵聞事下廷尉玄臨斬東市顏色不變舉動自若班固漢書楊雄述曰淵哉若人實好斯文史記太史公曰非死者難處死者難萬物波蕩孰任其累六合徒廣容身靡寄范曄後漢書李熊說公孫述曰方今四海波蕩匹夫橫議荀悅漢紀論曰以六合之大一身之微而匹夫無所容豈不哀哉君親自然匪由名教敬授既同情禮兼到孝經曰資於事父以事母而愛同資於事

父以事君而敬同烈烈王生知死不撓求仁不遠期在忠孝漢魏春秋曰魏帝見威權日去
不勝其忿乃召侍中王沈尚書王經散騎常侍王素謂曰司馬昭之心路人所知也吾不能坐受廢辱今日當與卿自出討之世語曰王
沈王業馳告文王尚書王經以正直不出遂被文王殺之魏志曰清河王經甘露中為尚書坐高貴鄉公事誅裴松之曰經字彥緯今云
承宗蓋有二字也班固漢書述曰樂昌篤實不撓不詘論語子曰仁遠乎哉我欲仁斯仁至矣玄伯剛簡大存名體
志在高構增堂及陛漢書賈誼上書曰人主之尊譬如堂羣臣如陛故陛九級上廉遠地則堂高陛亡級廉近地則
堂卑高者難攀卑者易凌理勢然也端委虎門正言彌啟臨危致命盡其心禮干寶晉紀曰高
貴鄉公之弒司馬文王會朝臣謀其故太常陳泰垂涕入文王待之曲室謂曰玄伯卿何以處我對曰誅賈充以謝天下文王曰為吾更
思其次泰言唯有進於此不知其次文王乃久不言為侍中轉左僕射薨左氏傳曰晏平仲端委立於虎門之外見危致命已見上文
堂堂孔明基宇宏邈堂堂已見上文器同生民獨稟先覺孟子曰伊尹曰天之生斯人使先覺
覺後覺也予天民之先覺者也標牓風流遠明管樂孫綽子曰聖賢極其標牓有大力矣管樂已見序也初九
龍盤雅志彌確周易曰初九潛龍勿用何謂也子曰龍德而隱者也確乎其不可拔潛龍也方言曰未升天之龍謂之蟠
龍百六道喪干戈迭用漢書陽九厄曰初入百六陽九音義曰易傳所謂陽九之厄百六之會者也苟非
命世孰掃雰霧孟子曰五百年必有王者興其閒必有名世者廣雅曰命名也爾雅曰天氣下地氣不應曰霧孔安國尚

書傳曰雺陰氣也武功切今協韻音夢

宗子思寧薄言解控蜀志曰劉備漢景帝子中山靖王後也故曰宗子也解控謂彼有急而控告於己己能解之也左氏傳王子伯駢曰無所控告杜預曰控引也

釋褐中林鬱為時棟亮為丞相故曰時棟袁崧後漢書郭林宗與陳留盛仲明書曰足下諸人為時棟梁

士元弘長雅性內融謝承後漢書曰嚴遵雅性高厲

崇善愛物觀始知終孟子曰親親而仁民仁民而愛物六韜曰聖人見其所始則知其所終周易曰終以知始始以知終

喪亂備矣勝塗未隆先生標之振起清風胡廣書曰建洪德流清風

綢繆哲后無妄惟時毛詩曰綢繆束薪毛萇曰綢繆猶纏緜也周易曰無妄之行窮之災也

夙夜匪懈義在緝熙毛詩曰夙夜匪懈以事一人緝熙已見上文

三略既陳霸業已基蜀志曰劉璋既還成都先主當為璋北征漢中統說曰陰選精兵晝夜兼道徑襲成都璋既不武素無備豫大軍卒至一舉便定此上計也楊懷高沛璋之名將各杖強兵據守關頭聞數有牋諫璋使發遣將軍還荊州將軍未去遣與相聞說荊州有急欲還救之並使裝束外作歸形此二子既服將軍英名又喜將軍之去必乘輕騎來見將軍因此執之進取其兵乃向成都此中計也退還白帝連引荊州徐還圖之此下計也若沈吟不去將致大困不可久矣先主然其中計即斬懷沛還向成都所過輒尅龐為軍中郎將卒

公琰殖根不忘中正豈曰摸擬實在雅性亦既羈勒負荷時命推賢恭己久而可敬蜀志曰琬為大將軍錄尚書事卒司馬遷書曰推賢進士為務論語子曰君子其行己也恭又曰晏平仲善與人交久而敬之

公衡仲達秉心

淵塞毛詩曰秉心塞淵媚茲一人臨難不惑毛詩曰媚茲一人應侯順德疇昔不造假翮
鄰國蜀志先主將東伐吳權諫曰吳人悍戰又水戰順流進易退難臣請為先驅以當寇陛下宜為後鎮先主不從以權為鎮北將軍督江北軍先主自在江南吳將陸議乘虛斷圍南軍敗績先主引退而道隔權不得還故率將所領降于魏拜鎮南將軍進能
徽音退不失德蜀志曰魏文帝謂權曰君舍逆效順欲追蹤陳韓耶權對曰臣過受劉氏殊遇降吳不可還蜀無路是以歸命且敗軍之將獲免為幸何古人之可慕先主薨問至魏羣臣咸賀權獨否後為車騎將軍卒六合紛紜民心將
變鳥擇高梧臣須顧眄鳥擇木已見上文公瑾英達朗心獨見披草求君定
交一面崔寔本論曰且觀世人之相論也徒以一面之交定臧否之決桓桓魏武外託霸迹志掩衡
霍恃戰忘敵衡霍二山在吳之境卓卓若人曜奇赤壁三光參分宇宙暫隔淮南子曰夫道紘宇宙而章三光高誘曰三光日月星也子布擅名遭世方擾撫翼桑梓息肩江表
吳志曰張昭彭城人也漢末大亂徐方士民多避難揚土昭南渡江孫策創業命昭為長史撫軍中郎將升堂拜母如比肩之舊文武之事一以委昭班固漢書述曰攜手遯秦撫翼俱起毛詩曰惟桑與梓必恭敬止左氏傳鄭成公子騑曰請息肩于晉王略威夷
吳魏同寶應瑒釋賓曰九有威夷始失其政遂獻宏謨匡此霸道史記商鞅曰吾說孝公以霸道其意欲之桓王之薨大業未純把臂託孤惟賢與親吳志曰孫策臨亡弟權託昭昭率羣寮立而輔

之東觀漢記張堪把朱暉臂曰欲以妻子託朱生輟哭止哀臨難忘身成此南面寔由老臣
吳志張昭謂權曰昔太后桓王不以老臣屬陛下而以陛下屬老臣才爲世出世亦須才蘇武荅李陵書曰每念足
下才爲世生器爲時出得而能任貴在無猜昂昂子敬拔迹草萊荷檐吐奇乃
構雲臺吳志曰初肅見權說權曰爲將軍計惟有鼎足江東以觀天下之釁然後建號帝王以圖天下陸機謝平原表曰振影拔
迹莊子曰農夫無草萊之事淮南子曰雲臺之高高誘曰高際於雲故曰雲臺子瑜都長體性純懿諫而不
犯正而不毅都長謂體貌都閑而雅性長厚也謝承後漢書曰朱晧德行純懿禮記曰事親有隱而無犯鄭玄曰無犯顏色
諫也論語曰事父母幾諫將命公庭退忘私位吳志曰建安二十年權遣使蜀通好劉備與弟亮但公會相見無私
面論語曰將命者出毛詩曰公庭萬舞豈無鶺鴒固慎名器毛詩曰鶺鴒在原兄弟急難左氏傳仲尼曰惟器與
名不可以假人伯言謇謇以道佐世謇謇已見上文出能勤功入能獻替國語史黯謂趙簡子
曰夫事君者諫過而賞善薦可而替不獻能而進賢謀寧社稷解紛挫銳老子曰挫其銳解其紛正以招
疑忠而獲戾吳志曰遜爲丞相太子有不安之議遜上疏陳太子正統宜有盤石之固魯王藩臣當使寵秩有差彼此得所
上下獲安謹叩頭流血以聞書三四上太傅吾粲坐數與遜交書下獄死權累遣中使責讓遜遜憤恚致卒元歎穆遠神
和形檢如彼白珪質無塵玷毛詩曰白圭之玷尚可磨也斯言之玷不可爲也東觀漢記杜詩薦伏湛曰自

行束脩訖無毀玷立上以恒匡上以漸吳志曰雍訪及政職所宜輒密以聞若見納用則歸之上不用終不宜洩
周易曰君子以言有物而行有恒清不增潔濁不加染言得清濁之宜也清濁已見上文仲翔高亮
性不和物吳志曰翻性不協俗多見毀謗好是不羣折而不屈屢摧逆鱗直道受黜
吳志曰翻數犯顏諫諍權不能悅權與張昭論及神仙翻指昭曰彼皆死人而語神仙俗豈有仙人也權積怒非一遂徙翻交州班固漢
書贊曰大雅卓爾不羣韓子曰龍之為蟲也擾柔可狎而騎然其喉下有逆鱗徑寸之處若嬰之則殺人人主有逆鱗說者嬰之則不幾
矣論語柳下惠曰直道而事人焉往而不三黜嘆過孫陽放同賈屈楚辭曰驥躊躇於弊輂兮遇孫陽而得代王逸
曰孫陽伯樂姓名也孔叢子子高對魏王曰駑驥同轅伯樂為之咨嗟玉石相糅和氏為之歎息漢書曰天子以賈誼任公卿之位絳灌
之屬害之乃毀誼天子亦疏之以誼為長沙王太傅誼既適去意不自得及度湘水為賦以弔屈原屈原楚賢臣也被讒放逐作離騷誼
追傷之因以自諭詵詵衆賢千載一遇毛萇詩傳曰詵詵衆多也使陳切千載一遇已見上文整轡高
衢驤首天路鸞鵠賦曰蓐收整轡登樓賦曰假高衢而騁力鄒陽上書曰蛟龍驤首奮翼枚乘樂府詩曰天路隔無期仰
挹玄流俯弘時務毛萇詩傳曰挹斟也名節殊塗雅致同趣周易曰殊塗同歸嵇康贈秀才詩曰
仰慕同趣日月麗天瞻之不墜周易曰日月麗乎天禮記曰夫日月星辰所以瞻仰也非此族也不在祀典呂氏春
秋曰德行昭美比於日月不可息也仁義在躬用之不匱論語比考讖曰仁義在身行之可強毛詩曰孝子不匱毛

萇曰圜竭也 尚想重暉載挹載味 羊秀衛公誄曰仰睎遐風重暉冠世 後生擊節懦夫增氣 魏略王朗荅太祖曰承旨之日撫掌擊節孟子曰聞伯夷之風者貪夫廉懦夫有立志

文選卷第四十七

賜進士出身通奉大夫江南蘇松常鎮太等處承宣布政使司布政使胡克家重校刊

文選卷第四十八

梁昭明太子撰

文林郎守太子右內率府錄事參軍事崇賢館直學士臣李善注上

符命

司馬相如封禪文一首

楊子雲劇秦美新一首

班孟堅典引一首

封禪文一首

司馬長卿史記曰長卿病甚武帝使所忠往求其書及至長卿已卒其妻曰長卿未死時爲一卷書曰有使來求書奏之其遺札書言封禪事所忠奏言

伊上古之初肇自昊穹兮生民張揖曰昊穹春夏天名郭璞爾雅注曰伊發語辭也歷選列辟以迄於秦文穎曰選數也辟君也率邇者踵武逖聽者風聲漢書音義曰率循也邇近也踵躡也武迹也逖遠也近者蹈其迹遠者聽其風聲紛綸威蕤湮滅而不稱者不可勝數張揖曰紛綸亂

貌善曰湮沒也勝盡也繼韶夏崇號謚略可道者七十有二君文穎曰韶明也夏大也德明大
相繼封禪於泰山者七十有二人也管子曰封太山禪梁父者七十有二家罔若淑而不昌疇逆失而能
存應劭曰罔無也若順也淑善也疇誰也服虔曰無有始善而後不昌者又無逆失而能存之者罔與因同軒轅之前遐
哉邈乎其詳不可得聞已五三六經載籍之傳維風可觀也漢書音義曰五
五帝也三三王也經籍所載善惡可知也書曰元首明哉股肱良哉尚書益稷之文也因斯以談
君莫盛於唐堯臣莫賢於后稷后稷創業於唐堯漢書音義曰唐堯之世播殖百穀
公劉發迹於西戎漢書音義曰公劉后稷曾孫文王改制爰周郅隆大行越成文穎
曰郅至也行道也文王始開王業改正朔易服色太平之道於是成也如淳曰越於也而後陵遲衰微千載亡
聲鄭氏曰無聲無有惡聲也豈不善始善終哉漢書音義曰美周家終始相副若一也莊子曰善始善終人猶効之
然無異端慎所由於前謹遺教於後耳言周之先王創制垂業既慎其規模又謹其遺教也故
軌迹夷易易遵也夷易皆平也言周之軌迹平易易可遵奉也二易並盈豉切湛恩厖鴻易豐也
湛深也厖鴻皆大也言湛恩廣大易可豐厚也湛音沈厖莫江切憲度著明易則也垂統理順易繼
也張揖曰垂懸也統緒也理通也文王重易六爻窮理盡性懸於後世其道和順易續而明孔子得錯其象而彖其辭是以業

隆於緝熙而崇冠於二后孟康曰緝熙謂成王也二后謂文武也周公輔成王以致太平功德冠於文武者遵法易故揆厥所元終都攸卒張揖曰都於也卒終也爾雅曰元始也未有殊尤絕迹可考於今者也然猶躡梁父登泰山建顯號施尊名顯號尊名謂封禪也大漢之德逢涌原泉沕潏曼羨張揖曰逢遇也喻其德盛若遇原泉之涌出也服虔曰潏泉貌徐廣曰沕沒也亡必切音義或曰曼羨廣散也旁魄四塞雲布霧散張揖曰旁魄布衍也魄音薄上暢九垓下泝八埏孟康曰暢達也垓重也泝流也埏若餐埏地之八際也言其德上達於九重之天流於地之八際懷生之類沾濡浸潤懷生氣之類皆被恩澤協氣橫流武節猋逝協氣和氣也橫流多也猋逝遠也邇陿遊原遐闊泳沫孟康曰邇近也原本也遐遠也闊廣也泳浮也恩德比之於水近者游其原遠者浮其沫首惡鬱沒晻昧昭晰孟康曰始為惡者皆湮滅晻昧喻夷狄皆化之也穀梁傳曰諸侯不首惡昆蟲闓澤迴首面內文穎曰闓澤皆樂也韋昭曰面向也闓音愷澤音驛然後囿騶虞之珍羣言騶虞之羣在於苑囿之中毛萇詩傳曰騶虞義獸有至信之德則應也徼麋鹿之怪獸漢書音義曰徼遮也遮麋鹿得其奇怪者謂獲白麟也導一莖六穗於庖鄭玄曰導擇也一莖六穗謂嘉禾之米於庖廚以供祭祀犧雙觡共柢之獸服虔曰犧牲也觡角也柢本也武帝獲白麟角共一本用以為牲獲周餘珍放龜于岐文穎曰周放畜餘龜於沼池之中至漢得之於岐山之旁龜能

吐故納新千歲不死招翠黃乘龍於沼漢書音義曰翠黃乘黃也龍翼馬身黃帝乘之而仙言見乘黃而招呼之也禮
樂志曰訾黃其何不來下余吾渥注水中出神馬故言乘龍於沼鬼神接靈圉賓於閑館文穎曰是時上求神
仙之人得上郡之巫長陵女子能與鬼神交接療病輒愈置於上林苑中號曰神君有似於古靈圉禮待之於閑館舍中奇物譎
詭俶儻窮變漢書音義或曰俶儻卓異也奇偉之物譎詭非常卓然絕異窮極事變欽哉符瑞臻茲猶
以爲德薄不敢道封禪蓋周躍魚隕航休之以燎應劭曰航舟也休美也尚書旋機鈐
曰武得兵鈐謀東觀白魚入舟俯取魚以燎也微夫此之爲符也以登介丘不亦恧乎服虔曰介
大丘也言周以白魚爲瑞登泰山封禪不以慙乎小雅曰心慙曰恧女六切進讓之道何其爽歟張揖曰進周也
讓漢也爽差也言周未可封禪爲進漢可封禪而不爲爲讓於是大司馬進曰陛下仁育羣生義
征不譓音惠文穎曰大司馬上公也故先進議譓順也諸夏樂貢百蠻執贄德侔往初功無
與二休烈浹洽符瑞衆變期應紹至不特創見文穎曰不獨一物意造見也創初創也意
泰山梁甫設壇場望幸蓋號以況榮漢書音義曰意者言太山梁甫設壇場望帝封禪紀號以表榮
名也望幸望帝之臨幸也蓋者發語之辭也陛下謙讓而弗發文穎曰弗發往意挈三神之歡缺
王道之儀應劭曰挈絕也李奇曰缺闕也韋昭曰三神上帝太山梁父也羣臣恧焉或曰且天爲質

闡示珍符固不可辭孟康曰天道質昧以符瑞見意不可辭讓若然辭之是泰山靡記而梁甫罔幾也漢書音義曰泰山之上無所表記梁父壇場無所庶幾亦各並時而榮咸濟厥世而屈說者尚何稱於後而云七十二君哉應劭曰屈絕也言古帝王若但作一時之榮畢世而絕者則說無從顯稱於後世也夫修德以錫符奉命以行事不爲進越也文穎曰越踰也不爲苟進而踰禮也故聖王不替而修禮地祇謁款天神漢書音義曰謁告也款誠也言不廢脩禮地祇告誠天神之義也勒功中嶽以章至尊張揖曰蓋先禮中嶽而幸泰山舒盛德發號榮受厚福以浸黎元黎元已見上文皇皇哉此天下之壯觀王者之卒業不可貶也皇皇美也卒終也貶損也卒或爲本願陛下全之張揖曰願以封禪全其終而後因雜搢紳先生之略術使獲燿日月之末光絕炎以展寀錯事漢書音義曰寀官也使諸儒記功著業得覩日月末光殊絕之明以展其官職設錯事業也錯千故切猶兼正列其義祓弗飾厥文作春秋一藝孟康曰猶因也春秋者正天時別人事諸儒既得展事業因兼正天時別人事敘述大義爲一經也將襲舊六爲七攄之亡窮服虔曰舊爲六經漢欲七經孔安國尚書傳曰襲因也俾萬世得激清流揚微波蜚英聲騰茂實蜚古飛字也前聖所以永保鴻名而常爲稱首者用此宜命

掌故悉奏其儀而覽焉漢書音義曰掌故太史官屬主故事者也於是天子俙然改容曰

兪乎朕其試哉張揖曰俙感動之意也許皆切俙或爲沛乃遷思迴慮揔公卿之議詢封禪之事詩大澤之博廣符瑞之富漢書音義曰詩歌詠功德下四章之頌也大澤之博謂自我天覆雲之油油廣博也符瑞之富謂班班之獸以下三章言符應廣大之富饒也遂作頌曰

自我天覆雲之油油漢書音義曰油油雲行貌孟子曰天油然作雲甘露時雨厥壤可遊遊遨也言祥瑞屢臻故可遊遨也滋液滲漉鹿何生不育說文曰滲下漉也又曰漉水下貌韋昭曰滲跣禁切嘉穀六穗我穡曷蓄李奇曰我之稼穡何等不蓄積非惟雨之又潤澤之非惟徧之我氾布護之萬物熙熙懷而慕思周書王子晉曰萬物熙熙非舜而誰名山顯位望君之來韋昭曰名山泰山也顯位封禪之事也君乎君乎侯不邁哉李奇曰侯何也言君何不行封禪

般般之獸樂我君囿謂騶虞也春秋考異郵曰虎班文者陰陽雜也白質黑章其儀可嘉毛萇詩傳曰騶虞白虎黑文旼旼穆穆君子之態漢書音義曰旼旼和也穆穆敬也言容態和且敬有似君子也張揖曰旼音旻態他代切蓋聞其聲今親其來親見其來厥塗靡從天瑞之徵文穎曰其道何從乎此乃天瑞之應茲亦於舜虞氏以興文穎曰百獸率舞則騶虞在其中濯濯之麟遊彼靈時漢書音義

曰武帝祠五畤獲白麟故言遊靈畤也毛詩曰麀鹿濯濯孟冬十月君徂郊祀馳我君輿帝用享
祉帝天帝也白麟馳我君車之前因取燎祭於天天用歆享之荅以祉福也三代之前蓋未嘗有宛宛黃
龍興德而升文穎曰起至德而見也楚辭曰駕八龍之宛宛采色炫燿焕炳煇煌正陽顯見
覺悟黎蒸文穎曰陽明也於傳載之云受命所乘如淳曰書傳授其比類或以漢土德則宜有黃龍之
應於成紀是也故言受命者所乘厥之有章不必諄諄漢書音義曰天之所命表以符瑞章明其德不必諄諄然
有語言也孟子萬章曰舜之有天下也孰與之孟子曰天與之天與之者諄諄然命之乎曰否諄之純切依類託寓喻以
封巒漢書音義曰寓寄也巒山也言依事類託寄以喻封禪披藝觀之天人之際已交上下相
發允荅聖王之德兢兢翼翼尚書曰兢兢業業毛詩曰小心翼翼爾雅曰翼翼敬也故曰於興
必慮衰安必思危太公陰謀机之書曰安不忘危存不忘亡是以湯武至尊嚴不失肅祗
舜在假典顧省闕遺此之謂也徐廣曰假大也湯武雖居至尊嚴之位而猶不失肅祗之道舜所以在於
大典謂能顧省其遺失言漢亦當不失恭敬而自省也祭天是不忘敬也不封禪是遺失也毛詩曰湯降不遲上帝是祗
劇秦美新李充翰林論曰揚子論秦之劇稱新之美此乃計其勝負比其優劣之義漢書王莽下書曰定
有天下之號曰新

揚子雲王莽潛移龜鼎子雲進不能辟戟丹墀亢辭鯁議退不能草玄虛室頤性全眞而反露才以耽
寵詭情以懷祿素餐所刺何以加焉抱朴方之仲尼斯爲過矣
諸吏漢書曰左右曹諸吏皆加官所加或列侯將軍卿大夫中散大夫臣雄稽首再拜上封事
皇帝陛下臣雄經術淺薄行能無異數蒙渥恩拔擢倫比與羣賢並
媿無以稱職臣伏惟陛下以至聖之德龍興登庸欽明尚古登庸欽明已見
上文作民父母爲天下主尚書曰天子作民父母又曰爲天下君執粹清之道鏡照四海
聽聆風俗博覽廣包參天貳地兼并神明難蜀父老曰勤思乎參天貳地神明已見顏延年曲
水詩序配五帝冠三王開闢以來未之聞也開闢已見西征賦臣誠樂昭著新
德光之罔極往時司馬相如作封禪一篇以彰漢氏之休臣常有顚
眴病賈逵國語注曰眩惑也眴與眩古字通恐一旦先犬馬填溝壑先犬馬已見曹子建責躬詩所
懷不章長恨黃泉左氏傳鄭伯曰不及黃泉無相見也服虔曰天玄地黃泉在地中故言黃泉敢竭肝膽
寫腹心作劇秦美新一篇雖未究萬分之一亦臣之極思也萬分處一已見
江文通詣建平王上書臣雄稽首再拜以聞曰權輿天地未祛睢睢盱盱言混沌之

始天地未開萬物睢盱而不定也爾雅曰權輿始也睢盱已見景福殿賦睢許惟切盱音吁或玄而萌或黃而牙言天地方開故玄黃異色而生萌牙也易曰玄黃者天地之雜色也玄黃剖判上下相嘔言天地既開玄黃分判故天地上下相與嘔養萬物也易曰天玄而地黃禮記曰煦嫗覆育萬物鄭玄曰以氣曰煦煦與嘔同況俱切爰初生民帝王始存言初有生民之時帝王之義始存也易曰有天地然後有萬物有萬物然後有男女有男女然後有父子有父子然後有君臣在乎混混茫茫之時舋聞罕漫而不昭察世莫得而云也混混茫茫天地未分舋聞罕漫不明之貌也言天地肇開君臣始樹善惡罕漫而不昭察故世莫得而言之也莊子曰古之人在混茫之中與一時而得澹漠焉厥有云者上罔顯於羲皇罔無也顯明也伏羲為三皇故曰羲皇中莫盛於唐虞邇靡著於成周左氏傳召公曰糾合宗族于成周仲尼不遭用春秋困斯發司馬遷書曰仲尼厄而作春秋言神明所祚兆民所託罔不云道德仁義禮智言有斯四德乃為神明所祚兆民所託獨秦屈起西戎邠荒岐雍之疆史記曰秦自非子為附庸之邑秦號曰秦嬴因襄文宣靈之僭迹史記曰秦莊公卒襄公立卒文公立卒德公立卒宣公立又曰懷公卒懷公太子靈公立立基孝公茂惠文奮昭莊孝公惠文君襄王並已見李斯上書史記曰文王卒子莊襄王立至政破縱擅衡并吞六國遂稱乎始皇史記曰莊襄卒子政立初并天下號始皇帝從橫已見上盛從鞅儀韋斯

之邪政（商鞅張儀呂不韋李斯皆秦相）馳騖起翦恬賁之用兵（史記曰白起攻楚拔鄢郢又曰王翦攻趙拔之翦子賁破定燕齊地又曰蒙恬攻齊大破之）剗滅古文刮語燒書（史記李斯曰請非博士官所職天下敢有藏書詩百家語者詣守尉雜燒之）弛禮崩樂塗民耳目（崩樂已見劉歆移太常博士書六韜曰先塗民耳目遂）欲流唐漂虞滌殷蕩周（流漂滌蕩謂除之也）難除仲尼之篇籍自勒功業（難古然字）改制度軌量咸稽之於秦紀（稽考也紀本紀也言考校而著之秦紀）是以著儒碩老抱其書而遠遯禮官博士卷其舌而不談來儀之鳥肉角之獸狙獷而不臻（來儀鳳也肉角麟也說文曰狙犬暫齧人且餘切又曰獷犬不可親附也古猛切）甘露嘉醴景曜浸潭之瑞潛（嘉醴醴泉也景曜景星有光曜也浸潭謂滋液浸潤能生萬物也潛藏也）大茀經霣巨狄鬼信之妖發（茀彗星也穀梁傳曰星孛入北斗孛之為言猶茀也步內切茀步忽切史記始皇本紀曰彗星光見東方北方漢書音義曰經謂星出東入西出西入東也史記始皇本紀曰有墜星下東郡至地為石漢書曰始皇時有大人身長五丈夷狄之患見臨洮鬼信謂告祖龍死也已見西征賦）神歇靈繹海水羣飛（繹猶緒也言神靈歇其舊緒不福祐之繹或為液海水喻萬民羣飛言亂）二世而亡何其劇與（二世胡亥也為趙高所弒劇甚也言促甚也）帝王之道競競乎不可離已（尚書曰競競業業）夫能貞而明之者窮祥瑞（貞正也言既正且明故祥瑞咸格）回而

昧之者極妖𠎝回邪也言既邪且闇故妖𠎝競集也昧或爲褻上覽古在昔有憑應而尚缺焉壞徹而能全言古帝王之興有憑依瑞應而尚毀缺焉有行壞徹之道而全立者乎言無也故若古者稱堯舜尚書曰若稽古帝堯又云若稽古帝舜威侮者陷桀紂夏桀殷紂也尚書曰威侮五行況盡汛掃前聖數千載功業專用己之私而能享祐者哉况况始皇也私私所爲也而能享祐言不能也毛詩曰洒掃庭內毛萇曰洒灑也洒與汛同所買切會漢祖龍騰豐沛奮迅宛葉漢高祖發迹在於豐沛滅秦道自宛葉自武關與項羽戮力咸陽武關已見陸機高祖功臣頌漢書沛公謝羽曰與將軍戮力攻秦不自意先入關創業蜀漢發迹三秦漢書曰項羽立沛公爲漢王王巴蜀漢中又曰韓信因陳三秦易并之計漢王聽信策尅項山東而帝天下漢書曰灌嬰追斬羽東城漢王卽皇帝位于氾水之陽擿秦政慘酷尤煩者應時而蠲蠲除也漢書沛公召秦豪桀曰父老苦秦苛法久矣與父老約法三章餘悉除秦法如儒林刑辟歷紀圖典之用稍增焉歷紀歷數綱紀也秦餘制度項氏爵號雖違古而猶襲之其秦政制度及項羽爵號雖知違古而猶襲之也孔安國尚書傳曰襲因也是以帝典闕而不補王綱弛而未張爲襲秦項故闕者不補弛者未張也道極數殫闇忽不還言天道既極厤數又殫故闇忽而滅不能自還也逮至大新受命大新王莽也已見西征賦上帝還資后土顧懷

言上帝迴還而資助后土顧眷而懷歸言天地福祐之也玄符靈契黃瑞涌出玄符天符也靈契地契也黃瑞謂王
莽承黃虞之後黃氣之瑞也漢書王莽曰予前在攝黃氣薰蒸以著黃虞之烈焉涌出而瑞之滭浡沕潏川流海渟
雲動風偃霧集雨散言衆瑞之多也誕彌八圻上陳天庭八圻猶八埏言下終八圻上列天庭
震聲日景言威聲如雷光景若日也易曰震為雷炎光飛響盈塞天淵之間炎光日景也飛響震
聲也塞乎天淵所及遠也天淵已見荅賓戲必有不可辭讓云爾言難辭也於是乃奉若天命
窮寵極崇尚書曰明王奉若天命與天剖神符地合靈契分天之符合地之契言應錄而王也創
億兆規萬世創業經乎億兆規模至於萬世也奇偉倜儻譎詭天祭地事言衆瑞所以咸臻者
由能祭天事地其異物殊怪存乎五威將帥班乎天下者四十有八章漢書曰莽
遣五威將王奇等班符命四十二篇於天下登假皇穹鋪衍下土假至也言衆瑞升至於皇天鋪衍於下土非
新家其疇離之離應也卓哉煌煌真天子之表也表儀也若夫白鳩丹烏
素魚斷蛇方斯蔑矣吳錄曰孫策使張紘與袁紹書曰殷湯有白鳩之祥然古者此事未詳其本尚書帝驗曰太子
發渡河中流火流為烏其色赤素魚白魚也已見封禪書漢書曰高祖夜經澤中有大蛇當徑高祖杖劍斬蛇分為兩道開也受命
甚易格來甚勤格至也言莽德盛故受天命甚易令衆瑞咸至甚勤也昔帝纘皇王纘帝隨前

踵古或無爲而治或損益而亡論語子曰無爲而治者其舜也與又曰殷因於夏禮所損益可知也豈
知新室委心積意儲思垂務委亦積也旁作穆穆明旦不寐勤勤懇懇者
非秦之爲與言新室所以旁作穆穆勤勤懇懇者以秦之所爲爲非故欲勤修德政也尚書曰勤施於四方旁作穆穆司馬
遷書曰勤勤懇懇夫不勤勤則前人不當不懇懇則覺德不愷言不勤勤則不能當先王
之意不懇懇則覺德不和也尚書曰篤前人成烈毛詩曰有覺德行左氏傳注曰愷和也是以發祕府覽書林遙
集乎文雅之囿翺翔乎禮樂之場言以文雅爲園囿以禮樂爲場圃胥殷周之失業
紹唐虞之絕風胥續也紹繼也懿律嘉量金科玉條律六律也嘉量斗斛也金科玉條謂法令也言
金玉貴之也神卦靈兆古文畢發蓍曰卦龜曰兆神靈尊之也古文先王之典籍也煥炳照曜靡
不宣臻宣徧也臻至也式軨軒旂旗以示之式用也漢書曰莽立大夫卿車服黻冕各有差軨軒皆車也尚
書大傳曰未命爲士車不得有飛軨鄭玄曰如今窻車也周禮曰交龍爲旂熊虎爲旗揚和鸞肆夏以節之大戴
禮曰行以和鸞趣中肆夏鄭玄周禮注曰鸞和皆金鈴也漢書音義曰肆夏詩樂也步則歌之以中節施黼黻袞冕以
昭之言制服有差亦明貴賤也尚書曰黼黻絺繡周禮曰公之服自袞冕而下正嫁娶送終以尊之漢書曰莽
請考論五經定娶禮親九族淑賢以穆之漢書莽詔曰姚嬀陳田王予之同族也尚書曰惇序九族五姓世世復無

有所與夫改定神祇上儀也漢書曰莽奏定南郊欽修百祀咸秩也漢書曰莽奏定羣神之禮
尚書召誥曰祀于新邑咸秩無文明堂雍臺壯觀也漢書曰莽奏起明堂辟雍九廟長壽極孝也
九廟已見西征賦漢書曰王莽隳壞孝元廟獨置孝元廟故殿以爲文母篡食堂既成名曰長壽宮制成六經洪業也
漢書曰莽奏立樂經然經有五而又立樂故云六經也北懷單于廣德也漢書曰莽重賂匈奴使上書慕從聖制以
誑曜太后若復五爵度三壤晉灼漢書注曰若預及之辭漢書曰莽奏曰周爵五等地四等臣請受爵者爵五等地四
等尚書曰列爵惟五分土惟三經井田漢書曰莽令天下公田口井其男口不盈八而田過一井者分餘田與九族周禮曰九夫
爲井免人役漢書曰莽令更名天下奴婢曰私屬皆不得賣之方甫刑漢書曰莽分移律令儀法尚書曰穆王作呂刑
孔安國曰後爲甫侯匡馬法馬法司馬穰苴之法也謂成出革車一乘教戎備也穰苴已見左太冲詠史詩恢崇祇庸
爍德懿和之風周禮曰以樂德教國子中和祇庸孝友爾雅曰懿爍美也廣彼搢紳講習言諫箴
誦之塗搢紳已見封禪書漢書賈山上蹏曰古者工誦箴諫瞽誦詩士傳言諫過也振鷺之聲充庭鴻鸞
之黨漸階振鷺鴻鸞喻賢也毛詩振鷺于飛于彼西雍我客戾止亦有斯容易曰鴻漸于陸俾前聖之緒布
濩流衍而不韞韣韞韣已見上文櫝與韣古字通音讀郁郁乎煥哉論語曰郁郁乎文哉又曰煥乎其有
文章天人之事盛矣鬼神之望允塞言有聖德信能允塞鬼神之望羣公先正罔不夷

儀尚書曰羣公既皆聽命又曰亦惟先正夷儀言有常儀也姦宄寇賊罔不振威尚書曰蠻夷猾夏寇賊姦宄

紹少典之苗著黃虞之裔史記曰黃帝者少典之子姓公孫河圖著命曰握登見大虹意生黃帝漢書曰予惟

黃帝舜帝咸有聖德營求其後將祚厥祀於是封姚恂爲初睦侯奉黃帝後媯昌爲始睦侯奉虞帝後帝典闕者已補

王綱弛者已張炳炳麟麟豈不懿哉麟麟光明也麟與燐古字同用厥被風濡化者

京師沈潛甸內匝洽侯衞厲揭要荒濯沐言風化所被近者逾深遠者稍淺故京師沈潛而要

荒濯沐也厲揭已見上文而術前典巡四民迄四嶽言法術前典而巡四民至於四嶽也管子曰士農工商四

民者國之石民也尚書曰二月東巡狩至于岱宗柴五月南巡狩至于南嶽八月西巡狩至于西嶽十有一月朔巡狩至于北嶽增

封泰山禪梁父斯受命者之典業也典常也言封禪之事王者常業也管子曰昔封泰山禪梁甫者

七十有二家漢書音義項岱曰梁父者泰山下小山也蓋受命日不暇給或不受命然猶有事

矣受命謂高祖也言高祖受命而不封禪始皇不受命猶有事乎泰山言俱失也史記曰始皇之上泰山中阪遇暴風雨況堂

堂有新正丁厥時崇嶽渟海通瀆之神咸設壇場望受命之臻焉言莽

既受命故嶽瀆之神皆設壇場而望來祭也堂堂盛也晏子景公春秋曰將去此堂堂國者而死乎海外遐方信延頸

企踵回面內嚮喁喁如也呂氏春秋曰聖人南面而立天下延頸舉踵矣論語素王受命讖曰莫不喁喁延頸

德帝者雖勤惡可以已乎何休公羊傳注惡猶於何也音烏宜命賢哲作帝典一篇
舊三爲一襲以示來人摛之罔極言宜命賢智作帝典一篇足舊二典而成三典也謂堯典舜典令
萬世常戴巍巍履栗栗巍巍高大也已見上文尚書曰栗栗危懼臭馨香含甘實言明德比於馨
香甘實故臭而含之鏡純粹之至精聆清和之正聲易曰剛健中正純粹精也則百工伊凝
庶績咸喜尚書曰允釐百工庶績咸熙又曰庶績其凝喜與古熙字通荷天衢提地釐孔安國尚書傳曰釐
理也上荷天道而下提地理言則而効之斯天下之上則已庶可試哉

典引一首蔡邕曰典引者篇名也典者常也法也引者伸也長也尚書疏堯之常法謂之堯典漢紹其緒伸而長之也范曄後漢書曰班固字孟堅亦云注典引

班孟堅　蔡邕注

臣固言永平十七年臣與賈逵傅毅杜矩展隆郗萌等善曰後漢書曰賈逵字景伯爲侍中七略曰尚書郎中北海展隆然七略之作雖在哀平之際展隆壽或至永平之中召詣雲龍門小黃門
趙宣持秦始皇帝本紀問臣等曰太史遷下贊語中寧有非耶臣對
此贊賈誼過秦篇云向使子嬰有庸主之才僅得中佐秦之社稷未
宜絕也此言非是卽召臣入問本聞此論非耶將見問意開寤耶臣

具對素聞知狀詔因曰司馬遷著書成一家之言揚名後世（善曰司馬遷書曰通古今之變成一家之言孝經曰揚名於後世）至以身陷刑之故反微文刺譏貶損當世非誼士也司馬相如夸行無節但有浮華之辭不周於用至於疾病而遺忠主上求取其書竟得頌述功德言封禪事忠臣效也至是賢遷遠矣臣固常伏刻誦聖論昭明好惡不遺微細緣事斷誼動有規矩雖仲尼之因史見意亦無以加臣固被學最舊受恩浸深誠思畢力竭情昊天罔極臣固頓首頓首伏惟相如封禪靡而不典楊雄美新典而亡實然皆游揚後世垂爲舊式臣固才朽不及前人蓋詠雲門者難爲音觀隋和者難爲珍不勝區區竊作典引一篇雖不足雍容明盛萬分之一猶啓發憤滿覺悟童蒙光揚大漢軼聲前代然後退入溝壑死而不朽臣固愚戇頓首頓首曰

太極之元（易曰太極是生兩儀）兩儀始分烟烟熅熅有沈而奧有浮而清（烟烟熅熅陰陽和一相扶貌也奧濁也言兩儀始分之時其氣和同沈而濁者爲地浮而清者爲天）沈浮交錯庶類混成（地體）

沈而氣昇天道滓而氣降升降交錯則衆類同矣善曰國語曰夏禹能平水土以品處庶類者也老子曰有物混成先天地生肇命
民主五德初始民主者天子也尚書曰成湯簡代夏作民主五德五行之德自伏羲已下帝王相代各據其一行始於木
終於水則復始也同於草昧易曰天造草昧玄混之中混猶溷濁踰繩越契寂寥而亡詔
者系不得而綴也言結繩書契已往其道寂漠亡聲莫能以相告故易系不得綴連也綴知銳切厥有氏號
所依爲氏也號功之表也號太昊曰伏羲炎帝曰神農黃帝曰軒轅少昊曰金天顓頊曰高陽帝嚳曰高辛堯曰陶唐舜曰有虞紹
天闡繹宗紹天地開道人事莫不開元於太昊皇初之首上哉敻乎其書猶得
而修也亞斯之代通變神化函光而未曜若夫上稽乾則降承龍翼
善曰翼法也言陶唐上能考天之則下能承龍之法也龍法龍圖也而炳諸典謨以冠德卓絶者莫崇
乎陶唐善曰春秋合誠圖曰黃帝德冠帝位陶唐舍胤而禪有虞有虞亦命夏后稷契
熙載越成湯武股肱既周天迺歸功元首將授漢劉天有五行之序堯與四臣各據
其一行而堯爲之正四臣已偏故歸功元首之子孫而授漢劉也高祖始於沛公起兵入關後爲漢王以卽尊位故遂曰漢也春秋左氏
傳曰陶唐氏既衰其後劉累者在夏爲御龍氏在商爲豕韋氏在周爲唐杜氏成王滅唐宣王殺杜伯杜伯之子隰叔奔晉其後士會奔
秦而復歸其子留秦者爲劉氏以是明之漢爲堯後善曰尚書曰熙帝之載元首股肱已見上文俾其承三季之荒

末值亢龍之災孽善曰國語郭偃曰夫三季王之亡宜也韋昭曰季末也三季王桀紂幽王也易曰亢龍有悔窮之災也縣象闇而恒文乖彝倫斁而舊章缺善曰易曰縣象著明莫大乎日月尚書曰帝乃震怒弗俾洪範九疇彝倫攸斁左氏傳曰季桓子命藏象魏曰舊章不可亡也故先命玄聖使綴學立制善曰玄聖孔子也莊子曰夫虛靜恬淡玄聖素王之道也春秋孔演圖曰玄丘制命帝卯行也宏亮洪業表相祖宗贊揚迪喆相助也始受命爲祖繼中爲宗皆不毀廟之稱也言仲尼之作亦顯助祖宗揚明其蹈喆之德備哉粲爛真神明之式也雖皐夔衡旦密勿之輔比茲褊矣茲孔子也善曰謂皐陶后夔阿衡周旦也密勿已見傳季友求贈劉前軍表是以高光二聖宸居其域言高祖光武如北辰居其所而衆星拱之時至氣動乃龍見淵躍善曰易曰見龍在田或躍在淵拊翼而未舉則威靈紛紜海內雲蒸雷動電熛胡縊莽分尚不莅其誅言二祖卽位胡亥王莽皆先已誅天之所爲先除也善曰史記曰始皇崩趙高立子胡亥爲太子襲位爲二世皇帝後陳勝等反趙高乃使閻樂誅二世二世自殺漢書曰王莽地黃四年十月漢兵從宣平城門入城中少年朱弟等恐見虜掠私燒其室門呼曰虜王莽何不出來降莽避火之漸臺衆兵上臺商人杜吳殺莽軍人裂莽尸然後欽若上下恭揖羣后正位度宗度居也宗尊也言二主既除亂諸侯推而尊之然後敬順天地恭揖諸侯正位居尊也善曰易曰君子正位凝命有于德不台淵穆之讓淵穆深美之辭也善曰尚書曰舜讓于德

不嗣漢書音義韋昭曰古文台為嗣靡號師矢敦奮撝之容矢陳也敦勉也毛詩曰矢于牧野善曰言漢取天下
無名號師衆陳兵誥誓勸勉秉旄奮麾之容撝與麾音義同蓋以膺當天之正統受克讓之歸運
善曰尚書曰誕膺天命又曰允恭克讓蓄炎上之烈精謂火漢之德也蓄聚也善曰尚書曰火曰炎上蘊孔佐
之弘陳云爾善曰孔佐即孔子也能表相祖宗故曰佐洋洋乎若德帝者之上儀誥誓所
不及已本事曰誥戎事曰誓鋪觀二代洪纖之度洪大也纖細也其賾可探也善曰探賾見文
賦並開迹於一匱同受侯甸之服奕世勤民以方伯統牧善曰言殷周二代初
皆微開迹於一匱並受夏殷侯甸之服勤勞治人或為方伯或為統牧也論語曰雖覆一簣桓子新論曰湯武則久居諸侯方伯之位德
惠加於百姓紀年曰武乙即位周王季命為殷牧師也乘其命賜彤弧黃鉞之威用討韋顧黎
崇之不恪韋豕韋顧己姓之國皆夏諸侯也黎崇殷諸侯也四國為不敬湯文王誅之毛詩曰韋顧既伐又曰既伐于崇作邑
於豐書曰西伯既戡黎善曰乘因也因其命賜以彤弓黃鉞乃始征伐也言至于參五華夏京遷鎬亳善曰
參五謂參五分之也言殷周參五而分華夏之地然後乃始京遷於鎬亳也論語曰參分天下有其二以服事殷解嘲曰四分五剖並為
戰國毛詩曰考卜維王宅是鎬京毛萇曰武王作邑於鎬京尚書湯誥曰王歸自夏至于亳孔安國傳曰湯還於亳遂自北面
虎螭其師革滅天邑天邑天子邑也善曰北面臣位也虎螭如虎如螭也史記武王曰勉哉夫子如虎如羆如豺如

離徐廣曰此音義訓並與蝶字同尚書曰肆予敢求爾于天邑商是故誼士華而不敦武稱未盡護

有慚德不其然歟武周樂也護殷樂也孔子曰韶盡美矣又盡善也謂武盡美矣未盡善也舜禪而周伐故未盡善也

延陵季子聘魯觀樂見舞大護者曰聖人之弘也而猶有慙德恥於始伐也豈不然乎左氏傳臧哀伯曰武王克商遷九鼎于洛邑義士

猶或非之亦猶於穆猗那翕純皦繹周頌曰於穆清廟商頌曰猗歟那歟孔子曰始作翕如也從之純如也皦

如也繹如也以崇嚴祖考殷薦宗配帝善曰周易曰先王作樂崇德殷薦之上帝以配祖考發祥流

慶對越天地者對荅也善曰毛詩曰對越在天鄭玄曰越於也舄奕乎千載舄奕光曜流行貌豈不

克自神明哉善曰言二代以臣伐君尚能作樂配天豈不能自神明其道哉周易曰聖人以此齋戒以神明其德誕略

有常審言行於篇籍光藻朗而不渝耳善曰言二代神明其道大略有常但審言行於篇籍光藻

明而不變言無殊功也矧夫赫赫聖漢巍巍唐基泝測其源乃先孕虞育夏甄

殷陶周言測度漢本至唐乃任舜育禹化契成稷皆爲之父母模範也甄陶已見上文然後宣二祖之重光

襲四宗之緝熙宣徧也襲因也高祖光武爲二祖孝文曰太宗孝武曰世宗孝宣曰中宗孝明曰顯宗二祖重光天下四

宗盛美相因而起也善曰尚書王曰昔君文王武王宣重光緝熙已見上文神靈日照光被六幽六幽謂上下四

方也尚書曰光被四表格于上下仁風翔乎海表威靈行乎鬼區鬼區絕遠之區也善曰尚書曰方行

天下至于海表鬼區鄭鬼方也毛詩曰覃及鬼方毛萇傳曰鬼方遠方也匿亡回而不泯微胡瑣而不頤
善曰頤養也何細而不養言皆養也故夫顯定三才昭登之績匪堯不興言明定天地人之道明登
天之功非堯莫能興也尚書曰昭登于上善曰周易曰易有天道焉有地道焉兼三才而兩之鋪聞遺策在下之訓
匪漢不弘厥道善曰言布聞古之遺策聖德在下之訓非漢不能弘道毛詩曰明明在下毛萇傳曰文王之德明明在天
下謂天之下也至於經緯乾坤出入三光言使日月星辰出以其節入以其期亡朒朓側匿盈縮之異也善曰
言漢之道能經緯天地出入三光也淮南子曰覆天載地紘宇宙而章三光也外運渾元內沾豪芒言漢道外則運
行於渾元內則沾潤於豪芒言臣細咸被也性類循理品物咸亨其已久矣易曰品物咸亨盛哉
皇家帝世德臣列辟功君百王言漢之德能臣古之列辟其功又爲百王之君也榮鏡宇宙
四表曰宇往古來今曰宙尊亡與亢乃始虔鞏勞謙鞏亦勞也易曰勞謙君子有終吉兢兢業業
貶成抑定不敢論制作尚書曰兢兢業業一日二日萬機禮記曰王者功成作樂治定制禮至令還正
黜色賓監之事渙揚寓內漢承周後當就夏正以十二月爲年首而秦以十月爲年首高祖又以十月至霸上
因而不改至武帝太初始改焉賈誼公孫臣等議以漢土德服色尚黃至光武中乃黜黃而尚赤立殷後曰紹嘉公周後曰承休公以賓
而監二代矣於四者宣揚海內制作之事由未章也禮記曰聖人南面而治天下也改正朔易服色而禮官儒林屯用

篤誨之士不傳祖宗之髣髴雖云優慎無乃葸與慎而無禮則葸優謂優游也尚書大傳曰周公作樂優游三年於是三事嶽牧之寮僉爾而進曰三事嶽牧已見上陛下仰監唐典中述祖則俯蹈宗軌躬奉天經惇睦辨章之化洽孝經曰夫孝天之經也尚書曰惇敘九族九族既睦平章百姓辨與平古字通也巡靖黎蒸懷保鰥寡之惠浹懷安也保養也巡靖巡狩而安之也毛詩曰日靖四方尚書周公曰懷保小民惠鮮鰥寡燔瘞縣沈肅祗羣神之禮備爾雅曰祭天曰燔柴祭地曰瘞埋祭山曰庪縣祭川曰浮沈是以來儀集羽族於觀魏貌恭體仁則鳳皇來儀尚書曰鳳皇來儀家語子夏曰商聞山書曰羽蟲三百有六十而鳳爲之長肉角馴毛宗於外囿視明禮修則麒麟來應廣雅曰麒麟狼題肉角家語子夏曰毛蟲三百有六十而麟爲之長擾緇文皓質於郊思睿信立則白虎擾騶虞也升黃輝采鱗於沼聽德知正則黃龍見禮記曰龜龍在宮沼甘露宵零於豐草德至天則甘露降毛詩曰湛湛露斯在彼豐草三足軒翥於茂樹烏反哺之鳥至孝之應也楚辭曰鸞鳥軒翥而翔飛若乃嘉穀靈草奇獸神禽應圖合諜窮祥極瑞者朝夕坰牧天子寰內也日月邦畿卓犖乎方州洋溢乎要荒昔姬有素雉朱烏玄秬黃䴬之事耳素雉白雉也已見東都主人朱烏火流爲烏也毛詩曰誕降嘉種惟秬惟秠爾雅曰秬黑黍也韓詩外傳曰貽我嘉䴬薛君曰䴬大麥也音莫侯切

君臣動色左右相趣濟濟翼翼峨峨如也濟濟翼翼已見上毛詩曰奉璋峨峨蓋用昭

明寅畏承聿懷之福毛詩曰昭事上帝聿懷多福尚書曰嚴恭寅畏亦以寵靈文武貽燕後

昆覆以懿鑠左氏傳薳啓彊曰辱見寡君寵靈楚國毛詩曰貽厥孫謀以燕翼子尚書曰垂裕後昆豈其爲身

而有顓辭也若然受之亦宜勲恁旅力恁思也旅陳也恁如深切以充厥道啓恭

館之金縢恭館宗廟金縢之所在御東序之祕寶以流其占東序牆也尚書曰顓頊河圖雒書在

東序流演也雒書皆存亡之事尚覽之以演禍福之驗也夫圖書亮章天哲也亮信也章明也言河圖洛書至信至

明而出天賜之使視而行之孔猷先命聖孚也繇道也言孔子先定道誠至信也體行德本正性

也體行正性習堯所履今天子復蹈之逢吉丁辰景命也言逢此吉當此時者皇天之大命也順命以創

制易曰湯武革命順乎天應乎人因定以和神洽定作樂以和人神荅三靈之蕃祉展放唐之

明文善曰三靈天地人也已見陸機高祖功臣頌尚書旋機鈐曰平制禮樂放唐之文茲事體大而允寤寐

次於心瞻前顧後善曰允信也次止也言此事體大式弘大信能寤寐常止於聖心不可忘也大戴禮曰神明自得聖

心備矣前謂前代帝王後謂子孫也豈蘉清廟憚勑天命也蘉輕也憚難也勑正也言封禪之事皆述祖宗之德

今乃推讓豈輕清廟而難正天命乎善曰毛詩序曰清廟祀文王也尚書曰勑天之命伊考自遂古乃降戾爰

伊維也遂古遠古也戾至也言自遠古以茲來至於此也楚辭曰遂古之初誰傳道之作者七十有四人善曰古封
禪者七十二君今又加之二漢有不俾而假素罔光度而遺章言前封禪之君有天下使之而尚假竹素
未有告之以光明之度而遺其篇章今其如台而獨闕也尚書曰夏罪其如台孔安國傳曰台我也是時聖
上固以垂精遊神苞舉藝文屢訪羣儒諭咨故老與之斟酌道德之
淵源肴覈仁誼之林藪以望元符之臻焉斟酌飲也肴覈食也肉曰肴骨曰覈水深曰淵水本
曰源叢木曰林澤無水曰藪言六藝者道德之深本而仁義之叢藪也天子與羣儒故老斟酌肴覈而行以天應之至也詩云泂酌彼行
潦又曰肴覈惟旅既感羣后之讜辭又悉經五繇之碩慮矣讜直言也經常也繇占也王者
巡狩預卜五年歲習其祥習則行不則修德而改卜言天下已舉五卜之占而習吉也將絣萬嗣揚洪輝奮景
炎揚奮皆振布之意也絣使也絣與栟古字通也扇遺風播芳烈久而愈新用而不竭汪汪
乎丕天之大律其疇能亘之哉唐哉皇哉皇哉唐哉言誰能竟此道惟唐堯與漢漢
與唐堯而已

文選卷第四十八

賜進士出身通奉大夫江南蘇松常鎮太等處承宣布政使司布政使胡克家重校刊

文選卷第四十九

梁昭明太子撰

文林郎守太子右內率府錄事參軍事崇賢館直學士臣李善注上

史論上

公孫弘傳贊一首　班孟堅

贊曰公孫弘卜式倪寬皆以鴻漸之翼困於燕雀李奇漢書注曰漸進也鴻一舉而進千里者羽翼之材也弘等言皆以大材初困爲俗所薄若燕雀不知鴻鵠之志遠迹羊豕之間非遇其時焉能致此位乎漢書曰公孫弘少時家貧牧豕海上年四十餘乃學春秋武帝初即位召賢良文學士是時弘年六十徵賢良文學對策拜博士遷丞相又曰卜式以田畜爲事式以入山牧羊十餘年羊致千餘頭上拜爲中郎遷御史大夫韋昭漢書注曰遠迹謂

（耕牧在遠方也）是時漢興六十餘載海內乂安府庫充實而四夷未賓制度多闕上方欲用文武求之如弗及始以蒲輪迎枚生見主父而歎息（漢書曰武帝爲太子聞枚乘名及卽位乘已年老迺以安車蒲輪徵乘又曰主父偃齊國臨淄人武帝時言九事其八事爲律令上書闕下朝奏暮召入見謂曰公安在何相見之晚也）羣士慕嚮異人並出卜式拔於芻牧弘羊擢於賈豎（漢書曰桑弘羊洛陽賈人子）衞青奮於奴僕日磾出於降虜（漢書曰衞青其父鄭季與陽信長公主家僮衞媼通生青青姊子夫入宮幸上召青爲建章監侍中又曰金日磾本匈奴休屠王子王降漢後悔昆邪王殺之將其衆降日磾以父不降沒入官輸黃門養馬馬肥好上拜爲馬監）斯亦曩時版築飯牛之明已（尚書序曰高宗夢得說使百工營求諸野得諸傅巖孟子曰傅說舉於版築之閒呂氏春秋曰甯戚飯牛居車下望桓公悲擊牛角而疾歌矣）漢之得人於茲爲盛儒雅則公孫弘董仲舒倪寬（漢書曰倪寬治尚書爲侍御史上問尚書一篇擢爲中大夫）篤行則石建石慶（漢書曰石奮長子建次子慶皆以馴行孝謹官至二千石）質直則汲黯卜式（汲黯已見西征賦漢書曰卜式言郡國不便鹽鐵船有筭可罷）推賢則韓安國鄭當時（漢書曰韓安國所推舉皆廉士賢於己者於梁舉壺遂臧固至此皆天下名士鄭當時已見西征賦）定令則趙禹張湯（漢書曰張湯遷太中大夫與趙禹共定諸律令又曰趙禹斄人至中大夫斄音邰）文章則司馬遷相如滑稽則東

方朔枚皐楚辭曰突梯滑稽如脂如韋王逸曰轉免隨俗也漢書曰枚皐字少孺不通經術談笑類俳倡以故得媟黷應
對則嚴助朱買臣漢書曰嚴助爲中大夫與朱買臣並在左右歷數則唐都落下閎漢書曰造
漢太初歷方士唐都巴郡落下閎與焉益部耆舊傳曰閎字長公巴郡閬中人也明曉天文地理隱於落亭武帝時友人同縣譙隆薦閎
待詔太史更作太初歷拜侍中辭不受風俗通曰姓有落下漢有落下閎協律則李延年漢書曰李延年中山人坐法腐
刑善歌新聲爲協律都尉運籌則桑弘羊漢書曰桑弘羊以心計爲侍中奉使則張騫蘇武張騫蘇武
已見西征賦將帥則衞青霍去病衞青霍去病已見長楊賦受遺則霍光金日磾漢書曰武
帝病篤霍光曰如有不諱誰當嗣者上曰立少子君行周公之事光讓日磾日磾亦曰臣不如光並受遺詔輔少主其餘不可
勝紀是以興造功業制度遺文後世莫及孝宣承統纂修洪業國語曰祭
公謀父曰時序其德纂修其緒亦講論六藝招選茂異六藝六經也漢書武帝詔曰察吏民茂才異等而蕭
望之梁丘賀夏侯勝韋玄成嚴彭祖尹更始以儒術進漢書曰蕭望之修齊詩事
同縣后倉又曰梁丘賀字長公從京房受易賀入說上善之以賀爲郎至少府又曰夏侯勝從濟南伏生受尚書至長信少府又曰韋賢
修詩傳子玄成至丞相又曰嚴彭祖字次公與顏安樂俱事眭孟公羊春秋有顏嚴之學爲太子太傅又曰穀梁學有尹更始爲諫議大
夫劉向王褒以文章顯將相則張安世趙充國魏相邴吉于定國杜

延年漢書曰張安世字子孺宣帝即位爲大司馬車騎將軍又曰杜延年字幼公爲太僕給事中宣帝任信之即奉駕入給事中趙充國于定國已見西征賦治民則黃霸王成龔遂鄭弘召信臣韓延壽尹翁歸趙廣漢嚴延年張敞之屬漢書曰黃霸字次公爲揚州刺史宣帝以爲穎川太守又曰王成爲膠東相政甚有聲宣帝最先褒之又曰龔遂字少卿宣帝以爲渤海太守人皆富實獄訟止息又曰鄭弘字稺卿爲淮陽相以高第入爲右扶風又曰召信臣字翁卿爲南陽太守吏民親愛號之曰召父又曰韓延壽字長公爲東郡太守吏民敬畏趨嚮之斷獄大減爲天下最又曰尹翁歸字子況拜東海太守東海大治又曰嚴延年字次卿爲涿郡太守道不拾遺趙張已見西征賦皆有功迹見述於後世參其名臣亦其次也

晉紀論晉武帝革命一首

干令升何法盛晉書曰干寶字令升新蔡人始以尚書郎領國史遷散騎常侍卒撰晉紀起宣帝迄愍五十三年評論切中咸稱善之

史臣曰帝王之興必俟天命尚書曰俟天休命苟有代謝非人事也淮南子曰二者代謝舛馳高誘曰代更也謝次也文質異時興建不同春秋元命苞曰王者一質一文據天地之道也天質而地文又曰正朔三而改文質再而復故古之有天下者柏皇栗陸以前爲而不有應而

不求執大象也莊子曰獨不知至德之時乎昔者柏皇氏栗陸氏若此之時則至治也淮南子曰天地大矣成而弗有老子曰執大象天下往鴻黃世及以一民也父子相承以一民之心也左氏傳史克曰昔帝鴻氏有不材子杜預曰帝鴻黃帝也禮記曰大人世及以爲禮堯舜內禪體文德也漢魏外禪順大名也謝靈運晉書禪位表曰夫唐虞內禪無兵戈之事故曰文德漢晉外禪有翦伐之事故曰順名以名而言安得不僭稱以爲禪代邪靈運之言似出于此文既詳悉故具引之湯武革命應天人也周易曰湯武革命順乎天而應乎人高光爭伐定功業也漢高祖及光武也仲長子昌言曰高光二祖之神武遇際會而不能得管子曰禹平治天下及桀而亂之湯放桀以定禹功也湯平治天下及紂而亂之武王伐紂以定湯功也各因其運而天下隨時隨時之義大矣哉周易曰隨元亨隨時之義大矣哉古者敬其事則命以始今帝王受命而用其終尚書曰月正元日舜格于文祖孔安國曰將即政故至文祖廟告也魏志曰陳留王咸熙二年十二月禪位于晉嗣王左氏傳曰晉侯使太子申生伐東山皐落氏狐突歎曰時事之徵也故敬其事則命以始今命以時卒閟其事也豈人事乎其天意乎

晉紀總論一首　干令升

史臣曰昔高祖宣皇帝以雄才碩量應運而仕范曄後漢書曰陶謙奏記於朱儁曰將軍既文且武應運而出值魏太祖創基之初籌畫軍國嘉謀屢中干寶晉紀曰魏武帝爲丞相命

高祖為文學掾每與謀策畫多善遂服輿軫驅馳三世干寶晉紀曰魏文帝即王位為丞相長史明帝即位遷驃
騎大將軍性深阻有如城府而能寬綽以容納行任數以御物而知人善
采拔管子曰聖君任法不任智任數不任說尚書禹曰知人則哲能官人故賢愚咸懷小大畢力尚書穆王
曰小大之臣咸懷忠良東觀漢記太史官曰明主勞神忠臣畢力爾乃取鄧艾於農隙引州泰於行
役委以文武各善其事魏志曰鄧艾字士林義陽人也典農綱紀上計吏因使見太尉司馬宣王宣王奇之辟以
為掾遷尚書郎郭頒世語曰初荊州刺史裴潛以州泰為從事司馬宣王鎮宛潛數遣詣宣王由此為宣王所知歷兗豫州刺史故
能西禽孟達東舉公孫淵干寶晉紀曰新城太守孟達反高祖親征之屠其城斬達魏志曰公孫淵為遼東太
守景初元年徵淵遂發兵逆於遼隧自立為燕王三年遣司馬宣王征淵斬淵傳首洛陽內夷曹爽外襲王陵干寶
晉紀曰高祖與曹爽俱受遺輔政爽橫恣日甚高祖乃奏事永寧宮廢爽兄弟以侯歸第有司奏黃門張當辭道爽反狀遂夷三族又曰
高祖東襲太尉王陵于壽春初陵以魏主非明帝親生且不明也謀更立楚王彪陵聞軍至面縛請降高祖解縛反服見之送之京都飲
藥而死神略獨斷征伐四克楊雄連珠曰兼聽獨斷聖王之法也法言曰湯武桓桓征伐四克維御羣
后大權在己春秋孔演圖曰天子執圖諸侯得之大權成屢拒諸葛亮節制之兵而東支
吳人輔車之勢漢書曰齊桓晉文之兵可謂入其域而有節制矣左氏傳宮之奇曰諺所謂輔車相依脣亡齒寒世

宗承基太祖繼業干寶晉紀曰世宗景皇高祖崩以撫軍大將軍輔政又曰太祖文皇帝母弟也世宗崩進位大將軍
錄尚書事輔政軍旅屢動邊鄙無虧於是百姓與能大象始構矣周易曰人謀鬼謀百
姓與能大象已見上文玄豐亂內欽誕寇外干寶晉紀曰中書令李豐推太常夏侯玄謀廢大將軍世宗聞之乃
遣王羨迎豐至世宗責之豐知禍及遂肆惡言勇士築殺之皆夷三族又曰楊州刺史文欽自曹爽死後陰懷異志乃矯太后令罪狀世
宗世宗自帥中軍討之欽敗得入吳又曰鎮東大將軍諸葛誕貳于我太祖親率六軍東征拔之斬誕首夷三族也潛謀雖密
而在幾必兆淮浦再擾而許洛不震咸黜異圖用融前烈左氏傳曰咸黜不端
尚書王曰公劉克篤前烈然後推轂鍾鄧長驅庸蜀干寶晉紀曰景元四年大舉伐蜀太祖部分諸軍指授方
略使征西將軍鄧艾自狄道攻姜維於沓中使鎮西將軍鍾會自駱谷襲漢中漢書馮唐曰上古王者遣將也跪而推轂曰閫以內寡人
制之閫以外將軍制之戰國策曰樂毅輕卒銳兵長驅至齊尚書曰及庸蜀人三關電掃劉禪入臣吳志賀邵曰劉
氏據三關之險守重山之固張瑩漢南記曰蜀有陽平江關白水關
此為三關干寶晉紀曰鄧艾進軍城北蜀主劉禪面縛輿櫬詣壘門
范曄後漢書閻忠說車騎將軍皇甫嵩曰旬月之間神兵電掃天符人事於是信矣東觀漢記耿純說上曰天時人
事已可知矣始當非常之禮終受備物之錫干寶晉紀曰天子命太祖為晉公九錫之禮又進公爵為
王左氏傳子魚曰備物典策名器崇於周公權制嚴於伊尹至於世祖遂享皇極

世祖武帝也尚書考靈耀曰建用皇極宋均曰建立也皇極大中也正位居體重言愼法周易曰君子正位居體也
法言曰重言重行言重則有法行重則有德仁以厚下儉以足用周易曰山附於地剝上以厚下安宅毛詩序曰
儉以足用寬以愛民和而不弛寬而能斷論語曰君子和而不同韋昭國語注曰弛廢也尚書曰寬而栗斷猶決也
故民詠惟新四海悅勸矣毛詩曰周雖舊邦其命惟新周易曰說以先民民忘其勞說以犯難民忘其死說之
大民勸矣哉聿修祖宗之志思輯戰國之苦毛詩曰無念爾祖聿修厥德腹心不同公
卿異議而獨納羊祜之策以從善爲衆干寶晉紀曰征南大將軍羊祜來朝上疏云以國家之盛
强臨吳之危樊軍不踰時尅可必也上納之而未宣左氏傳欒武子曰善鈞從衆夫善衆之主也從之不亦可乎故至於咸
寧之末遂排羣議而杖王杜之決干寶晉紀曰咸寧五年龍驤將軍王濬上疏曰吳王荒淫且觀時運
宜征伐上將許之賈充荀勗等陳諫以爲不可張華固勸之杜預亦上疏上先納羊祜之謀重以濬預之決乃發詔諸方大舉汎舟
三峽介馬桂陽左氏傳晉饑秦輸之粟命之曰汎舟之役劉淵林蜀都賦注曰三峽巴東永安縣有高山相對民謂之峽
左氏傳曰晉郤克與齊侯戰于鞍齊侯不佚介馬而馳之漢書曰有桂陽郡高帝置之役不二時江湘來同干寶
晉紀曰咸寧五年十一月命安東將軍王渾龍驤將軍王濬帥巴蜀之卒浮江而下太康元年四月王濬鼓譟入于石頭吳主孫皓面縛
輿櫬降于濬毛詩曰淮夷來同也夷吳蜀之壘垣通二方之險塞掩唐虞之舊域班

正朔於八荒漢書曰賈捐之曰堯舜之盛也地方不過數千里論語比考讖曰正朔所加莫不歸義甘泉賦曰八荒協兮萬國諧太康之中天下書同文車同軌禮記子曰今天下書同文車同軌牛馬被野餘糧棲畝行旅草舍外閭不閉東觀漢記曰建武十七年商賈重寶單車露宿牛馬放牧道無拾遺淮南子曰昔容成之時置餘糧於畝首蔡邕胡廣碑曰餘糧棲畝毛詩曰召伯所茇毛萇曰茇草舍也禮記曰外戶不閉謂之大同民相遇者如親其匱乏者取資於道路禮記孔子曰昔者大道之行也人不獨親其親不獨子其子故于時有天下無窮人之諺莊子孔子曰當堯舜而天下無窮人非知得也當桀紂而天下無通人非知失也雖太平未洽亦足以明吏奉其法民樂其生百代之一時矣東觀漢記詔曰吏安其職民樂其業孝經援神契曰天下歸往人人樂生論語曰百世可知言喻遠也武皇既崩山陵未乾漢書霍禹曰將軍墳墓未乾楊駿被誅母后廢黜干寶晉紀曰永平元年誅太傅楊駿遷太后楊氏于永寧宮策廢爲庶人居於金墉城朝士舊臣夷滅者數十族尋以二公楚王之變干寶晉紀曰太子太傅孟觀知中宮旨因譖二公欲行廢立之事楚王瑋殺太宰汝南王亮太保衛瓘張華以二公既亡楚必專權使董猛言於后遣謁者李雲宣詔免瑋付廷尉瑋以矯詔伏誅宗子無維城之助而閼伯實沈之郤歲構毛詩曰懷德維寧宗子維城左氏傳子產曰昔高辛氏有二子伯曰閼伯季曰實沈居曠林不相能日尋干戈以相征討閼伯實沈則參商也師尹無

具瞻之責而顛墜戮辱之禍日有毛詩曰赫赫師尹民具爾瞻至乃易天子以太
上之號而有免官之謠臧榮緒晉書曰惠帝永寧二年禪位于趙王倫倫以兵留守衛上號曰太上皇改金墉曰
永昌宮中書令繆播云太史案星變事當有免官天子民不見德唯亂是聞左氏傳卜偃曰民不見德唯戮是聞
朝爲伊周夕爲桀跖莊子曰施不及三王天下大駭矣下有盜跖上有曾史善惡陷於成敗毀
譽脅於勢利於是輕薄干紀之士役姦智以投之如夜蟲之赴火范曄
後漢書曰李寶勸劉嘉且觀成敗光武聞告鄧禹曰當是長安輕薄兒誤之耳左氏傳季孫盟臧氏曰無或如臧孫紇干國之紀呂氏春
秋曰人主有能明其德者天下之士歸之若蟬之赴明火也內外混淆庶官失才鄭玄毛詩箋曰內謂諸夏也外
謂夷狄也尚書曰推賢讓能庶官乃和名實反錯天綱解紐管子曰循名而案實案實而定名名實相爲情國
政迭移於亂人禁兵外散於四方方岳無鈞石之鎮關門無結草之
固漢書十六兩爲斤三十斤爲鈞四鈞爲石左氏傳曰晉輔氏之役魏顆見老人結草以亢杜回回躓而顛仆李辰石冰
傾之於荆揚干寶晉惠紀曰蜀賊李流攻益州發武勇以西赴益州兵不樂西征李辰因之誑曜百姓以山都民丘沈爲主
石冰應之石冰略揚州揚州刺史蘇峻降劉淵王彌撓之於青冀干寶晉紀曰劉淵遷離石遂謀亂淵在西河離
石攻破諸郡縣自稱王又曰王彌攻東莞東安二郡復攻青州二十餘年而河洛爲墟戎羯稱制二

帝失尊山陵無所干寶晉懷紀曰賊劉曜入京都百官失守天子蒙塵於平陽又愍紀曰劉曜寇長安劉粲寇於城下天子蒙塵於平陽矣何哉樹立失權託付非才四維不張而苟且之政多也管子曰不供祖舊則孝悌不備四維不張國乃滅亡四維一曰禮二曰義三曰廉四曰恥漢書王嘉上疏曰上下相望莫有苟且之意夫作法於治其弊猶亂作法於亂誰能救之左氏傳曰渾罕曰君子作法於涼其弊猶貪作法於貪弊將若之何故于時天下非暫弱也軍旅非無素也彼劉淵者離石之將兵都尉王彌者青州之散吏也干寶晉武紀曰太康八年詔淵領北部都尉蓋皆弓馬之士驅走之人凡庸之才非有吳先主諸葛孔明之能也新起之寇烏合之衆非吳蜀之敵也曾子曰烏合之衆初雖相歡後必相咋脫耒爲兵裂裳爲旗非戰國之器也賈誼過秦論曰斬木爲兵揭竿爲旗自下逆上非鄰國之勢也然而成敗異效擾天下如驅羣羊舉二都如拾遺孔安國尚書傳曰擾亂也淮南子曰兵略者乘勢以爲資清淨以爲常避實就虛若驅羣羊此所以言兵者也漢書梅福上書曰高祖舉秦如鴻毛取楚如拾遺將相侯王連頭受戮乞爲奴僕而猶不獲干寶晉紀曰劉曜入京都殺大將軍吳王晏光祿大夫竟陵王其餘官僚僵尸塗地百不遺一后嬪妃主虜辱於戎卒豈不哀哉孫盛晉陽秋曰劉曜入于京都六宮幽辱征西將軍南陽

王楳出降以楳妃劉氏賜胡張平爲妻夫天下大器也羣生重畜也文子老子曰天下大器也不可執也
不可爲也爲者敗之執者失之漢名臣奏陳風對問曰民如六畜在牧養者耳愛惡相攻利害相奪周易曰愛惡相
攻而吉凶生情僞相感而利害生六韜曰利害相臻猶循環之無端其勢常也若積水于防燎火於原
未嘗暫靜也周禮曰以防止水鄭玄曰偃豬畜流水之陂尚書曰若火之燎于原器大者不可以小道
治勢動者不可以爭競擾古先哲王知其然也是以扞其大患而不
有其功禦其大災而不尸其利禮記曰聖王之制祭祀也能禦大災則祀之能扞大患則祀之百姓
皆知上德之生己而不謂浚己以生也左氏傳子產寓書於子西以告宣子曰毋寧使人謂子子
實生我而謂子浚我以生乎杜預曰浚取也是以感而應之悅而歸之如晨風之鬱北林
龍魚之趣淵澤也毛詩曰鴥彼晨風鬱彼北林孫卿子曰川淵深而魚鼈歸之刑政平而百姓歸之川淵者龍魚之居
也國家者士人之居也順乎天而享其運應乎人而和其義然後設禮文以治
之斷刑罰以威之孝經曰安上治民莫善於禮毛詩序曰君臣上下動無禮文左氏傳叔向詒子產書曰嚴斷刑罰以
威其淫謹好惡以示之審禍福以喻之孝經曰示之以好惡而民知禁謝承後漢書曰朱雋宣國威靈
審示禍福求明察以官之篤慈愛以固之故衆知向方左氏傳叔向曰猶求聖哲之主明察

之官忠信之長慈惠之師禮記曰樂行而人向方皆樂其生而哀其死鶡冠子所謂人者惡死樂生悅其

教而安其俗孟子曰萬乘之國行仁政民悅之猶解倒懸也老子曰安其居樂其俗君子勤禮小人盡

力趙岐孟子章指曰治身勤禮君子所能家語曰子路治蒲孔子曰此其恭敬以信故其人盡力廉恥篤於家閭邪

僻銷於胷懷廉恥已見上注禮記曰情慢邪僻之氣不設於身體故其民有見危以授命而不

求生以害義論語子張曰士見危致命又子曰志士仁人無求生以害仁又況可奮臂大呼聚之

以干紀作亂之事乎漢書淮南王安上疏曰陳勝吳廣奮臂大呼天下嚮應基廣則難傾根深

則難拔文子曰人主之有民猶城之有基木之有根根深則本固基厚則上安理節則不亂膠結則不

還是以昔之有天下者所以長久也夫豈無僻主賴道德典刑以維

持之也左氏傳韓厥曰三代之令王皆數百年保天之祿夫豈無辟王賴前哲以免也毛詩曰雖無老成人尚有典刑故延

陵季子聽樂以知諸侯存亡之數短長之期者蓋民情風教國家安

危之本也左氏傳曰吳公子札來聘請觀於周樂使工爲之歌鄭曰其細已甚民不堪也是其先亡乎爲之歌齊曰表東海者

其太公乎國未可量也昔周之興也后稷生於姜嫄而天命昭顯文武之功起

於后稷毛詩序曰后稷生於姜嫄文武之功起於后稷故其詩曰思文后稷克配彼天又曰

立我蒸民莫匪爾極毛詩周頌文也鄭玄曰周公思先祖之有文德者后稷之功能配天又播殖百穀蒸民乃粒天下無不於汝得其中者言反其性又曰實穎實栗即有邰胎家室毛詩大雅文也毛萇曰穎垂穎也鄭玄曰栗成熟也后稷教世種黍稷堯改封於邰就其家室無變更也至于公劉遭狄人之亂去邰之豳身服厥勞故其詩曰乃裹餱糧于槖託于囊毛詩大雅文毛萇曰小曰槖大曰囊鄭玄曰爲狄人所迫逐不忍鬬其民裹糧食囊之中棄其餘而去陟則在巘復降在原以處其民毛詩大雅文也毛萇曰巘小山別於大山者也鄭玄曰原而升巘復下在原言反覆之重民居由以至于太王爲戎翟所逼而不忍百姓之命杖策而去之莊子曰太王亶父居豳狄人攻之太王曰與人之兄居而殺其弟與人之父居而殺其子吾不忍也子皆免居矣因杖策而去故其詩曰來朝走馬帥西水滸至于岐下毛詩大雅文鄭玄曰來朝走馬言其避惡早且疾也循西水涯漆沮側也謂亶父避狄循漆沮之水而至岐下周民從而思之曰仁人不可失也故從之如歸市毛萇詩傳曰古公處豳狄人侵之乃屬其耆老而告之曰吾聞之君子不以其養人而害人二三子何患無君去之踰梁山邑於岐山之下豳人曰仁人之君不可失也從之如歸市居之一年成邑二年成都三年五倍其初新序曰太王亶父止於岐下百姓扶老攜幼隨而歸之一年成邑二年成都三年五倍其初每勞來而安集之毛詩序曰萬民離散不安其居而能勞來安集之故其詩曰

乃慰乃止乃左乃右乃疆乃理乃宣乃畝毛詩大雅文也毛萇曰慰安也人心定乃安隱其居
乃左右而處之乃疆理其經界乃時耕其田畝者鄭玄曰時耕曰宣以至于王季能貊其德音毛詩曰維此王
季帝度其心貊其德音毛萇曰心能制義曰度貊靜也鄭玄曰德政應和曰貊故其詩曰克明克類克長克
君載錫之光毛詩大雅文也左傳曰勤施無私曰類教誨不倦曰長慶賞刑威曰君毛萇曰光大也鄭玄曰載始也始使之
顯著也至于文王備修舊德而惟新其命毛詩曰周雖舊邦其命惟新鄭玄曰太王國於周至文王
而受命言新者美之也故其詩曰惟此文王小心翼翼昭事上帝聿懷多福毛詩
大雅文也鄭玄曰小心翼翼恭順之貌也昭明也聿述也懷思也謂能明事上天又能述思多福由此觀之周家世
積忠厚仁及草木內睦九族外尊事黃耇養老乞言以成其福祿者
也毛詩行葦序文而其妃后躬行四教禮記曰古婦人教以婦德婦言婦容婦功鄭玄毛詩箋曰法度莫大於四
教尊敬師傅服澣濯之衣脩煩辱之事化天下以婦道毛詩葛覃序也詩曰葛之
覃兮毛萇曰葛所以為絺綌女功之事煩辱者也故其詩曰刑于寡妻至于兄弟以御于家
邦毛詩大雅文也毛萇曰刑法也鄭玄曰御治也文王以禮法接其妻至于宗族又能為正治於家邦是以漢濱之女
守絜白之志中林之士有純一之德毛詩曰漢有游女不可求思鄭玄曰女雖出游漢水之上人無

欲求犯禮者亦由貞絜使之然也毛詩曰肅肅兔罝施于中林赳赳武夫公侯腹心鄭玄曰亦言賢故曰文武自天保以上治內采薇以下治外始於憂勤終於逸樂毛詩六月序也鄭玄曰內謂諸夏也外謂夷狄也於是天下三分有二猶以服事殷諸侯不期而會者八百猶曰天命未至論語孔子曰三分天下有其二以服事殷周之德其可謂至德已矣周書曰武王將渡河不期同時一朝會於武王郊祀下者八百諸侯史記曰武王至於孟津諸侯皆曰帝紂可伐武王曰天命未至也以三聖之智伐獨夫之紂猶正其名教曰逆取順守保大定功安民和衆琴操曰崇侯譖文王於紂曰西伯昌聖人也長子發中子旦皆聖三聖合謀將不利於君尚書武王曰獨夫受洪惟作威孔安國尚書傳曰湯順天應人逆取順守左氏傳楚子曰夫武禁暴戢兵保大定功安民和衆豐財猶著大武之容曰未盡善也論語孔子曰謂武盡美矣未盡善也及周公遭變陳后稷先公風化之所由致王業之艱難者則皆農夫女工衣食之事也毛詩七月序也故自后稷之始基靜民十五王而文始平之十六王而武始居之十八王而康克安之國語曰靈王十二年穀洛鬭王欲壅之太子晉諫曰后稷始基靜民十五王而文始平之十八王而康克安之其難也如是韋昭曰基始也靜安也自后稷播百穀以始安民凡十五王世脩其德至文王乃平民受命也十五王謂后稷不窋鞠陶公劉慶節皇僕羌弗毀俞公非高圉亞圉公組太王王季文王也十八

者加武王成王康王并上十五故其積基樹本經緯禮俗節理人情恤隱民事如此
之經緯也潘元茂九錫文曰經緯禮律王肅家語注曰經緯猶織以成之也國語祭公謀父曰勤恤民隱爰及上代
雖文質異時功業不同文質已見上文及其安民立政者其揆一也安民已見上文
尚書有立政篇孟子曰先聖後聖其揆一也今晉之興也功烈於百王事捷於三代蓋有
為以為之矣禮記孔子曰昔者魯公伯禽有為為之宣景遭多難之時務伐英雄誅庶
桀以便事左氏傳司馬侯曰或乃多難戶子曰便事以立官也以固其國不及脩公劉太王之仁也
受遺輔政屢遇廢置故齊王不明不獲思庸於亳魏志曰齊王芳字蘭卿明帝崩即皇
帝位大將軍司馬景王廢帝以太后令遣芳歸藩于齊尚書曰太甲既立弗明伊尹放諸桐宮三年復歸于亳思庸也高貴沖
人不得復子明辟魏志曰高貴鄉公諱髦字士彥齊王廢即皇帝位魏氏春秋曰帝自出討文王擊戰鼓出雲龍門賈
充自外入帝師潰騎督成倅弟濟以矛進帝崩于師尚書曰惟予沖人弗及知又周公曰朕復子明辟二祖逼禪代之
期不暇待參分八百之會也二祖景文是其創基立本異於先代者也景福
殿賦曰武創元基又加之以朝寡純德之士鄉乏不二之老尚書曰昔君文武則有不二心
之臣風俗淫僻恥尚失所學者以莊老為宗而黜六經干寶晉紀劉弘教曰太康以來

天下共尚無爲貴談莊老少有說事談者以虛薄爲辯而賤名儉王隱晉書曰王衍不治經史唯以莊老虛
談惑衆劉謙晉紀應瞻表曰元康以來以儒術清儉爲羣俗行身者以放濁爲通而狹節信劉謙晉紀
應瞻表曰以宏放爲夷達王隱晉書曰貴遊子弟多祖述於阮籍同禽獸爲通又傅玄上疏曰魏文慕通達而天下賤守節也進仕
者以苟得爲貴而鄙居正鄭玄毛詩箋曰祿仕者苟得祿而已公羊傳曰君子大居正當官者以
望空爲高而笑勤恪劉謙晉紀應瞻表曰元康以來望白署空顯以台衡之量尋文謹案目以蘭薰之器是以
目三公以蕭杌之稱標上議以虛談之名干寶晉紀云言君上之議虛談也蕭杌未詳劉
頌屢言治道傅咸每糾邪正皆謂之俗吏干寶晉紀曰劉頌在朝忠正才經政事武帝重之訪
以治道悉心陳奏多所施行又曰尚書郭啓出赴妹葬疾病不辭左丞傅咸糾之尚書弗過王隱晉書傅玄曰論經禮者謂之俗生說法
理者名爲俗吏其倚杖虛曠依阿無心者皆名重海內若夫文王日昃不暇
食仲山甫夙夜匪懈者尚書曰文王自朝至于日中側弗皇暇食毛詩曰肅肅王命仲山甫將之夙夜匪懈以事
一人蓋共嗤點以爲灰塵而相詬火候反病矣鄭玄毛詩箋曰言時人骨肉無相詬病也說文曰詬
恥也由是毀譽亂於善惡之實情慝奔於貨欲之塗選者爲人擇官官
者爲身擇利謝承後漢書呂強上疏曰苟寵所愛私擢所幸不復爲官擇人反爲人擇官也而秉鈞當軸之

士身兼官以十數毛詩曰秉國之鈞四方是維桓寬鹽鐵論曰車丞相當軸處中括囊不言大極其尊小
錄其要機事之失十恒八九漢書解故曰機事所揔號令攸發胡廣曰機密之事而世族貴戚
之子弟陵邁超越不拘資次崇讓論曰非勢家之子率多因資次而進之悠悠風塵皆奔
競之士孔安國論語注曰悠悠周流之貌風塵以喻汙辱也晉諸公讚曰人人望品求者奔競列官千百無讓
賢之舉孫卿子曰天子千官諸侯百官史記曰司馬季主曰試官不讓賢子真著崇讓而莫之省干寶
晉紀曰時禮讓未興賢者壅滯少府劉寔著崇讓論孫盛晉陽秋曰劉寔字子真平原人子雅制九班而不得用
王隱晉書曰劉頌字子雅轉吏部尚書爲九班之制裴頠有所駮長虞數直筆而不能糾孫盛晉陽秋曰司隸
校尉傅咸勁直正厲果於從政先後彈奏百寮王戎多不見從其婦女莊櫛織紝女金反皆取成於婢
僕禮記曰婦事舅姑如事父母鷄初鳴咸盥漱櫛縰笄織紝見下句未嘗知女工絲枲胥里反之業中
饋酒食之事也禮記曰女子十年不出執麻枲治絲繭織紝組紃易曰在中饋無攸遂毛詩曰乃生女子無非無儀酒
食是議先時而婚任情而動故皆不恥淫逸之過不拘妬忌之惡有逆
于舅姑有反易剛柔有殺戮妾媵有黷亂上下爾雅曰婦稱夫之父曰舅稱夫之母曰姑
禮記曰婦將有事大小必請於舅姑又曰男子親迎男先於女剛柔之義也公羊傳曰媵者何諸侯娶一國則二國往媵之以姪娣禮記

曰婚禮者上以事宗廟而下以繼後世也尚書說命曰黷于祭祀時謂弗欽父兄弗之罪也天下莫之非
也又況責之聞四教於古修貞順於今以輔佐君子者哉四教已見上文列女
傳宋鮑女宗曰貞順婦人之至行也毛詩序曰后妃又當輔佐君子求賢審官禮法刑政於此大壞如室斯
構而去其鑿契如水斯積而決其隄防呂氏春秋曰若積大水而失其壅隄矣如火斯
畜而離其薪燎也國之將亡本必先顛其此之謂乎左氏傳齊仲孫謂齊侯曰臣聞
國之將亡本必先顛而後枝葉從之故觀阮籍之行而覺禮教崩弛之所由干寶晉紀曰阮籍宏
逸曠遠居喪不帥常檢察庾純賈充之事而見師尹之多僻干寶晉紀曰賈充饗衆官庾純後至
充曰君行常居人前今何以在後純曰有小市井事不了是以後世俗言純乃祖爲五伯又曰充之先爲市魁故以戲荅考平吳
之功知將帥之不讓干寶晉紀曰王渾愧久造江而王濬先之乃表濬違詔不受己節度濬上書自陳曰惡直醜正
實繁有徒欲構南箕成此貝錦思郭欽之謀而悟戎狄之有釁干寶晉紀御史大夫郭欽上書曰戎狄強
獷歷古爲患今西北郡皆與戎居若百年之後有風塵之警胡騎自平陽上黨不三日至盟津及平吳之盛出北地西河安定復上郡置
馮翊平陽帝弗聽覽傅玄劉毅之言而得百官之邪干寶晉紀傅玄上書曰昔魏氏虛無放誕之論
盈於朝野使天下無復清議而亡秦之病復發於今又上顧謂劉毅曰朕方漢何主對曰桓靈帝曰吾雖不及古賢猶尅己爲治方之桓

靈不亦甚乎對曰桓靈賣官錢入於官陛下賣官錢入私門以此言殆不若也核傳咸之奏錢神之論而覩
寵賂之彰干寶晉紀司隸校尉傅咸上書曰臣以貨賂流行所宜深絕又曰魯褒字元道南陽人作錢神論左氏傳曰郜大
鼎于宋臧哀伯諫曰官之失德寵賂彰也民風國勢如此雖以中庸之才守文之主治之
賈誼過秦篇曰陳涉材能不及中庸論語曰中庸之為德也其至矣乎民鮮久矣何晏曰庸常也中和可常行之德也公羊傳曰繼文王
之體守文王之法度何休曰引文王者文王始受命制度也辛有必見之於祭祀季札必得之於
聲樂左氏傳曰初平王之東遷也辛有適伊川見被髮而祭於野者曰不及百年此其戎乎其禮先亡矣又曰季札來聘請觀樂使
工為之歌陳曰國無主其能久乎范燮必為之請死賈誼必為之痛哭左氏傳曰范燮反自鄢陵
之役使其祝宗祈死曰君無禮而克敵天益其疾矣愛我者唯祝使我速死無及於難范氏之福也漢書賈誼上疏曰可為痛哭者一也
又況我惠帝以蕩蕩之德臨之哉惠帝已見西征賦毛詩曰蕩蕩上帝下民之辟故賈后肆
虐於六宮韓午助亂於外內其所由來者漸矣豈特嬖一婦人之惡
乎干寶晉紀曰賈庶人賜死初武帝為太子取后在宮不恭遜而甚妬忌有孕者輒殺子或以手戟擿之子隨刃墜又曰韓壽妻賈午
寔始助亂懷帝承亂之後得位羈於彊臣干寶晉懷紀曰太傅東海王越總兵輔政愍帝奔播
之後徒厠其虛名干寶晉紀曰洛京傾覆秦王業避難密南趣許頳豫州刺史閻鼎以天下無主有輔立之計天

下之政既已去矣非命世之雄不能取之矣孟子曰五百年必有王者興其間必有名世者廣雅曰命名也然懷帝初載嘉禾生于南昌徐廣晉紀曰太康五年八月嘉禾生南昌九月懷帝生毛詩曰文王初載天作之合載猶生也望氣者又云豫章有天子氣干寶晉紀曰初望氣者言豫章廣陵有天子氣及國家多難宗室迭興毛詩曰維予小子未堪家多難史記太史公曰遞興遞廢能者用事以愍懷之正淮南之壯成都之功長沙之權皆卒於傾覆王隱晉書曰愍懷太子遹立爲皇太子賈后無子妬害滋甚廢太子爲庶人送太子于許昌宮之別坊矯詔使小黃門孫慮害太子趙王倫酖殺賈后帝詔謚遹爲愍懷皇太子又曰武皇帝男允字欽度封淮南王領中護軍孫秀既害石崇等以懼允允遂進圍相府相國趙王倫閉門允兵四勝陷破無前倫息度爲二云有詔助淮南王王下車受詔遂害允又曰穎字章度封成都王拜越屯騎校尉趙王倫篡位穎謀舉義兵迎天子倫死後廢太子覃立穎爲皇太弟張方廢穎歸藩遣田徽殺之於鄴又曰乂字士度封長沙王拜步兵校尉齊王冏相攻冏敗縛至上前乂叱左右斬之河間王顒欲廢太子立成都王欲先誅乂出征連戰敗走遂誅之而懷帝以豫章王登天位干寶晉惠紀曰詔豫章王熾爲皇太弟皇帝崩太弟即位崩謚曰孝懷皇帝尚書曰天位艱哉劉向之讖云滅亡之後有少如水名者得之起事者據秦川西南乃得其朋案愍帝蓋秦王之子也得位於長安長安固秦地也干寶晉愍紀曰關中建秦王業爲皇太子本吳孝王之子出爲秦獻王後皇帝

崩太子即位于長安崩謚曰愍皇帝而西以南陽王爲右丞相東以琅邪王爲左丞相干寶晉紀愍帝詔琅邪王睿曰今以王爲侍中左丞相督陝東諸軍事右丞相南陽王督陝右諸軍事臧榮緒晉書曰南陽王保字景度太尉模世子或以南陽王爲秦王非也上諱業故改鄴爲臨漳漳水名也由此推之亦有徵祥而皇極不建禍辱及身皇極已見上文豈上帝臨我而貳其心毛詩曰上帝臨汝無貳爾心將由人能弘道非道弘人者乎淳耀之烈未渝故大命重集于中宗元皇帝晉中興書曰中宗元皇帝諱睿字景文嗣爲琅邪王愍帝崩于平陽陟皇帝位國語史伯曰黎爲高辛氏火正以淳耀敦大光照四海夫成天地之大功者其子孫未嘗不章韋昭曰淳大也耀明也

後漢書皇后紀論一首　范蔚宗

夏殷以上后妃之制其文略矣周禮王者立后三夫人九嬪二十七世婦八十一女御以備內職焉后正位宮闈同體天王夫人坐論婦禮九嬪掌教四德世婦主知喪祭賓客女御序于王之燕寢頒官分務各有典司禮記曰舜葬於蒼梧之野蓋三妃未之從也鄭玄曰帝嚳立四妃以象后妃四星其一明者爲正妃餘三小者次妃也帝堯因焉至舜不告而娶不立正妃但立三妃而已夏后氏增以三三而九合十二人春秋說云天子娶十二即夏制也以虞夏

及周制差之則殷人又增以三九二十七合三十九人周人上法帝嚳立正九妃又三九二十七爲八十一以增之合百二十一人其位后也夫人也婦也嬪也女御也五者相參以定尊卑周禮曰九嬪掌婦學之法教九御婦德婦言婦容婦功各帥其屬而以時御敘于王所世婦掌祭祀賓客喪紀之事女御書敘于王之燕寢以歲時獻功事女史掌王后之禮職掌內治之貳以詔后治內政也女史彤管記功書過毛詩曰靜女其孌貽我彤管毛萇曰古者后夫人必有女史彤管之法女史不記其過其罪殺之居有保阿之訓動有環珮之響列女傳曰齊孝孟姬者華氏之長女齊孝公之夫人也孝公遊於琅邪華姬從後車奔姬墮車碎孝公使駟馬載姬以歸姬曰妾聞妃后踰閾必乘安車輜軿下堂必從傅母保阿進退則鳴玉珮環今立車無軿非敢受命也曹大家曰玉環珮珮玉有環進賢才以輔佐君子哀窈窕而不淫其色毛詩序曰關雎樂得淑女以配君子憂在進賢不淫其色哀窈窕思賢才所以能述宣陰化脩成內則魏文帝典論曰欲納二女充備六宮佐宣陰教聿脩古義又禮記有內則篇閨房肅雍險謁不行者也毛詩序曰王姬猶執婦道以成肅雍之德又曰后妃內有進賢之志而無險詖私謁之心故康王晚朝關雎作諷宣后晏起姜氏請愆列女傳曰曲沃負謂其子如耳曰周之康王晏出朝關雎預見虞貞節曰其夫人晏出故作關雎之歌以感誨之列女傳曰姜后者齊侯之女宣王之后也宣王嘗夜臥而晏起后夫人不出於房姜后既出乃脫簪珥待罪於永巷曰妾不才妾之淫心見矣至使君王失禮而晏朝及周室東遷禮序凋缺諸侯僭縱軌制無章史記曰平王東徙雒邑周

室微諸侯以强弁弱齊桓有如夫人者六人左氏傳曰齊侯之夫人三王姬徐嬴蔡姬皆無子齊侯好內多寵內嬖如夫人者六人長衛姬生武孟少衛姬生惠公鄭姬生孝公葛嬴生昭公密姬生懿公宋華子生公子雍公與管仲屬孝公於宋襄公以爲太子雍巫有寵於衛恭姬因寺人貂以薦羞於公亦有寵也公許之立武孟管仲卒五公子皆求立齊桓公卒易牙入與貂因寵以殺羣吏而立公子無虧孝公奔宋晉獻升戎女爲元妃左氏傳曰初晉侯欲以驪姬爲夫人卜之不吉筮之吉公曰從筮立之生奚齊其娣生卓子及將立奚齊既與中大夫成謀姬謂太子曰君夢齊姜必速祭之太子祭於曲沃歸胙于公公田姬寘諸宮六日公至毒而獻之公祭之地地墳與犬犬斃與小臣小臣亦斃姬泣曰賊由太子太子奔新城自縊而死終於五子作亂冢嗣遘屯五子齊武孟等冢嗣晉太子也爰逮戰國風憲愈薄適情任欲顛倒衣裳毛詩曰綠兮衣兮綠衣黃裳鄭玄曰今衣黑而黃裳諭亂嫡妾之禮也以至破國亡身不可勝數斯固輕禮弛防先色後德者也秦幷天下多自驕大宮備七國爵列八品當秦之時凡有七國秦幷其六國故內職皆備置之而爵列八品焉漢書曰漢興因秦之稱號正嫡稱皇后妾皆稱夫人又有美人良人八子長使少使之號焉漢興因循其號而婦制莫釐孔安國尚書傳曰釐理也力之切高祖帷薄不修孝文衽席無辨漢書曰高祖得戚姬愛幸常從呂后年長常留守希見大戴禮曰古者大臣坐汚穢淫亂男女亡別者不曰汚穢曰帷薄不修漢書孝文竇皇后景帝母也上幸上林皇后慎夫人從其在禁中常同坐桓子新論曰文

帝愼夫人與皇后同席以亂尊卑鄭玄周禮注曰袵席單席然而選納尚簡飾玩華少自武元之
後世增淫費至乃掖庭三千增級十四班固漢書贊曰漢興因秦之稱號至武帝制婕妤元帝加
昭儀之號凡十四等妖倖毀政之符外姻亂邦之迹前史載之詳矣及光武中
興斲雕為朴漢書班固曰漢興破觚為圜斲雕為朴六宮稱號惟皇后貴人金印紫綬
俸不過粟數十斛又置美人宮人采女三等並無爵秩歲時賞賜充
給而已漢法常因八月筭民遣中大夫與掖庭丞及相工於洛陽鄉
中閱視良家童女年十三以上二十以下姿色端麗合法相者載還
後宮擇視可否乃用登御所以明愼聘納詳求淑哲應劭風俗通曰采女案采者擇
也以歲八月雒陽民遣中大夫與掖庭丞相工閱視童女年十三以上二十以下長壯妖絜有法相者載入後宮明帝聿遵
先旨宮教頗修登建嬪后必先令德內無出閫之言權無私溺之授
可謂矯其弊矣禮記曰外言不入於閫內言不出於閫向使因設外戚之禁編著甲令
如淳漢書注曰甲令者前帝第一令改正后妃之制貽厥方來豈不休哉毛詩曰詒厥孫謀雖
御己有度而防閑未篤毛詩序曰魯桓公不能防閑文姜故孝章以下漸用色授范曄

後漢書曰肅宗孝章皇帝諱炟顯宗第五子也炟丁達反恩隆好合遂忘淄蠹自古雖主幼時艱王家多釁委成冢宰簡求忠貞未有專任婦人斷割重器重器神器也唯秦芊太后始攝政事故穰侯權重於昭王家富於嬴國史記曰秦武王取魏女為后無子立異母弟為昭襄王襄王母楚人姓芊氏號宣太后又曰穰侯之富富於王家魏人范睢說秦昭王言穰侯擅權於諸侯漢仍其謬知患莫改東京皇統屢絕權歸女主外立者四帝臨朝者六后范曄後漢書曰孝安皇帝諱祐父清河孝王慶殤帝崩鄧太后與兄隲定策禁中立之又曰安帝崩閻太后與兄顯立濟北惠王子北鄉侯懿又曰桓帝諱志父蠡吾侯質帝崩梁太后與兄冀立之又曰靈帝諱宏父萇解瀆亭侯桓帝崩竇太后與父武立之又曰章德竇皇后和帝即位太后臨朝和熹鄧皇后立殤帝太后臨朝安思閻皇后立少帝太后臨朝順烈梁皇后立沖帝太后臨朝桓思竇皇后立靈帝太后臨朝曹節等遷太后於南宮雲臺家屬徙北景又曰靈思何皇后帝崩皇子辯即位太后臨朝董卓遷於永安宮莫不定策帷帟委事父兄貪孩童以久其政抑明賢以專其威任重道悠利深禍速身犯霧露於雲臺之上家嬰縲紲於圄犴之下范曄後漢書謝弼上封事曰竇太后幽隔空宮如有霧露之疾陛下何面目以見天下論語子曰公冶長可妻也雖在縲紲之中非其罪也毛詩曰宜犴宜獄湮滅連踵傾輈繼路運命論曰前鑒不遠覆車繼軌王隱晉書曰劉胤商貨繼路而赴蹈不息

燋爛爲期嵇康與山巨源書曰禽鹿長而見羈則赴蹈湯火袁崧後漢書朱穆上䟽曰養魚沸鼎之中棲鳥烈火之上用之不時必見燋爛也終於陵夷大運淪亡神寶漢書張釋之曰秦陵夷至于二世天下土崩史記作陵遲漢書哀帝詔曰尚書曰考終命言大運一終也詩書所歎略同一揆毛詩曰赫赫宗周褒姒威之毛萇曰威滅也尚書曰古人有言牝雞之晨惟家之索故考列行迹以爲皇后本紀雖成敗事異而同居正號者並列于篇其以恩私追尊非當世所奉者則隨他事附出親屬別事各依列傳其餘無所見則係之此紀以纘西京外戚云爾私恩謂桓順外立即位以私恩尊其母后似此者則隨他事附出不同此篇

文選卷第四十九

賜進士出身通奉大夫江南蘇松常鎮太等處承宣布政使司布政使胡克家重校刊

文選卷第五十

梁昭明太子撰

文林郎守太子右內率府錄事參軍事崇賢館直學士臣李善注上

史論下

范蔚宗後漢二十八將論一首

宦者傳論一首　逸民傳論一首

沈休文宋書謝靈運傳論一首

恩幸傳論一首

史述贊

班孟堅漢書述高紀贊一首

述成紀贊一首

述韓彭英盧吳傳贊一首

范蔚宗後漢書光武紀贊一首

後漢書二十八將傳論一首　范蔚宗

論曰中興二十八將前世以爲上應二十八宿未之詳也中興謂漢有王莽簒位後光武復興爲中興也天有二十八宿將以輔君治化者也然咸能感會風雲奮其智勇周易曰雲從龍風從虎史記太史公曰相如其處智勇可謂兼之稱爲佐命亦各志能之士也李陵書曰其餘佐命立功之士議者多非光武不以功臣任職至使英姿茂績委而勿用謝承後漢書序曰申徒蟠英姿磊落潘岳楊肇誄曰茂績惟嘉然原夫深圖遠筭固將有以爲爾若乃王道既衰降及霸德猶能授受惟庸勳賢兼序如管隰之迭升桓世先趙之同列文朝可謂兼通矣左氏傳寺人披曰齊桓公置射鉤而使管仲相又曰齊桓衞姬之子有寵於僖公有鮑叔牙隰朋以爲輔佐又曰晉蒐于被廬命趙衰爲卿讓於先軫杜預曰先軫晉下軍之佐原軫也降自秦漢世資戰力至於翼扶王室皆武人屈起亦有鬻繒盜狗輕猾之徒漢書曰灌嬰睢陽販繒者也高祖爲沛公以中涓從後剖符食頴陰至丞相又曰樊噲沛人也以屠狗爲事高祖爲沛公以舍人從後封舞陽侯或崇以連城之賞或任以阿衡之地班固漢書贊曰藩國大者跨州兼郡連城數十毛詩曰實惟阿衡左右商

王毛萇曰阿衡伊尹也故勢疑則隙生力侔則亂起蕭樊且猶縲紲信越終見
葅醢不其然乎李陵書曰昔蕭樊囚執韓彭葅醢自茲以降訖于孝武宰輔五世莫
非公侯遂使縉紳道塞賢能蔽壅司馬相如封禪書曰因雜縉紳先生之略術臣瓚曰縉赤色紳大帶也
朝有世及之私下多抱關之怨禮記曰大人世及以爲禮漢書曰蕭望之署小苑東門候王仲翁謂望之曰不肯錄錄反抱關爲
其懷道無聞委身草莽者亦何可勝言論語陽貨謂孔子曰懷其寶而迷其邦淮南子曰今至人生於亂世含德懷道而死者衆天下莫知貴其不言也
故光武鑒前事之違存
矯枉之志班固漢書贊曰漢興懲強秦之敗大啓九國可謂矯枉過其正也
雖寇鄧之高勳耿賈之
鴻烈分土不過大縣數四所加特進朝請而已范曄後漢書曰寇恂字子翼封雍奴侯邑萬戸爲執金吾鄧禹字仲華爲大司徒封高密侯食邑四縣耿弇字伯昭封好時侯食二縣以列侯奉朝請賈復字君文封膠東侯食六縣以列侯加位特進蔡邕獨斷曰諸侯功德優盛朝廷所異者賜位特進位在三公下孟康漢書注曰律春曰朝秋曰請
觀其治
平臨政課職責咎將所謂導之以法齊之以刑者乎論語子曰導之以政齊之以刑民免而無恥
若格之功臣其傷已甚何者直繩則虧喪恩舊撓情則違廢
禁典范曄後漢書第五倫上疏曰臣愚以爲貴戚可封侯以富之不當職事以任之何者繩以法則傷恩私以親則違憲
選德

則功不必厚舉勞則人或未賢參任則羣心難塞並列則其弊未遠言選德棄功參差雜用即怨望必多故云難塞若論功棄德並列於朝即葅戮相仍故云未遠不得不校其勝否即事相權言尊功而不尊德此功權於德任德而不任功此德權於功漢書曰量資弊權輕重於是有母權子而行有子權母而行韋昭曰重爲母輕爲子衡平也故高秩厚禮允荅元功峻文深憲責成吏職漢書曰翟方進爲相峻文深詆中傷者尤多建武之世建武光武年號侯者百數若夫數公者則與參國議分均休咎其餘並優以寬科完其封祿莫不終以功名延慶于後范曄後漢書郎顗上疏曰攘災延慶號令天下昔留侯以爲高祖悉用蕭曹故人郭伋亦議南陽多顯鄭興又戒功臣專任漢書曰上望見諸將往往數人偶語上曰此何語張良曰此謀反耳陛下起布衣與此屬取天下已爲天子而所封皆蕭曹故人所誅者皆平生仇怨故相聚謀反耳范曄後漢書曰光武以郭伋爲并州牧過京師謝恩帝即引見伋因言選補衆職當簡天下賢俊不宜專用南陽人帝納之又曰鄭興字少贛河南人徵爲太中大夫上疏曰道路流言咸曰朝廷欲用功臣功臣用則人位謬矣夫崇恩偏授易啓私溺之失至公均被必廣招賢之路意者不其然乎班固漢書引曰崇恩德以撫海內仲長子昌言曰人主臨之以至公永平中顯宗追感前世功臣顯宗明帝乃圖畫二十八將於南宮雲臺其外又有

王常李通竇融卓茂（范曄後漢書曰王常字顏卿潁川人封山桑侯拜為橫野大將軍位次與諸將絕席又曰李通字次元南陽人封固始侯拜大司空又曰竇融字周公扶風人封安豐侯為衞尉又曰卓茂字子康南陽人為密令世祖即位以茂為太）傅合三十二人故依本第係之篇末以志功次云爾

宦者傳論一首　范蔚宗

（宦者養也養閹人使其看宮人此是小臣後漢用之尊重故集為傳論）

易曰天垂象聖人則之宦者四星在皇位之側（仲長子昌言曰天文宦者四星在帝座傍）（而周禮有其官職）故周禮置官亦備其數閹者守中門之禁（周禮曰閹人掌守王宮中之門禁鄭玄曰中門於外內為中）寺人掌女宮之戒（周禮曰寺人掌王之內人及女宮之戒令）又云王之正內者五人（周禮曰寺人王之正內五人鄭玄曰正內路寢也）月令仲冬閹尹審門閭謹房室（禮記文也鄭玄曰閹尹主領閹豎之官也於周則為內宰掌治王之內政宮令譏出入及開閉之屬也重閉外內門）詩之小雅亦有巷伯刺讒之篇（毛詩小雅曰巷伯刺幽王也寺人傷於讒而作是詩也毛萇曰巷伯內小臣也）然宦人之在王朝者其來舊矣將以其體非全氣情志專良通關中人易以役養乎（老子曰未知牝牡之合而全作王弼曰作長也無物以損其身故全長也漢書曰元帝以石顯久典事中人無外黨

精專可信任遂委以政應劭漢官儀曰掖庭後宮所處中宮謂諸中人然而後世因之才任稍廣其能
者則勃貂管蘇有功於楚晉左氏傳曰呂郤畏偪焚公宮而殺晉侯寺人披請見公見之以難告又曰晉侯問原守於寺人勃鞮對曰昔趙衰以壺飧從徑餒而弗食故使處原杜預曰勃鞮披也史記以勃鞮爲履貂上新序曰楚恭王有疾告諸大夫曰管蘇犯我以義違我以禮與處不安不見不思然而有德焉吾死之後爵之於朝申侯順吾所欲行吾所樂與處則安不見則思然未嘗有得焉必速遣之景監繆賢著庸於秦趙史記曰商鞅入秦因孝公寵臣景監以求見又曰藺相如爲趙宦者令繆賢舍人趙求人使報秦者未得宦者令繆賢曰臣舍人藺相如可使及其弊也豎刁亂齊伊戾禍宋左氏傳曰齊桓公卒易牙入與寺人貂因內寵以殺羣吏而立公子無虧孝公奔宋杜預曰寺人內閹官豎刁也史記曰豎貂爲豎刁並音凋左氏傳曰楚客聘於晉過宋太子知之請野享之公使往伊戾請從至則爲坎用牲加書徵之而騁告平公曰太子將爲亂旣與楚客盟矣公使視之則信有焉太子死公徐聞其罪乃烹伊戾漢興仍襲秦制置中常侍官然亦引用士人以參其選皆銀璫左貂給事殿省范曄後漢書朱穆曰案漢故事中常侍或用士人建武以後乃悉用宦者假貂璫之飾任常伯之職及高后稱制乃以張卿爲大謁者出入臥內受宣詔令漢書高后紀曰太后臨朝稱制蔡邕曰天子命令之別二曰制書然制非皇后所行故曰稱也漢書劉澤傳田生求事呂氏所幸大謁者張釋卿如淳曰奄人也呂后紀云張釋劉澤傳又曰張卿然則張釋字子卿今漢書或爲釋卿誤也仲長子昌

言曰宦豎傳近房臥之內交錯婦人之間文帝時有趙談北宮伯子頗見親幸漢書曰孝文時宦者
則趙談北宮伯子至於孝武亦愛李延年漢書曰孝武時宦者李延年帝數宴後庭或潛
遊離館故請奏機事多以宦人主之漢書曰蕭望之以武帝遊燕後庭故用宦者非國舊制仲長子
昌言曰至於武皇遊燕後庭置中書之官領受軍事漢官解故曰機事所揔號令攸發胡廣曰機密之事元帝之世史遊
爲黃門令勤心納忠有所補益漢書曰急就一篇元帝黃門令史游作董巴輿服志曰禁門曰黃闥中人
主之其後弘恭石顯以佞險自進卒有蕭周之禍損穢帝德焉漢書曰前將軍
蕭望之及光祿大夫周堪建議以爲宦官罷中書宦官應古不近刑人由是大與石顯忤後皆害焉望之自殺堪廢錮不得復進用中
興之初宦官悉用閹人不復雜調他士如淳漢書注曰調選也至永平中始置
員數中常侍四人小黃門十人和帝卽祚幼弱而竇憲兄弟專揔權
威范曄後漢書曰孝和皇帝諱肇肅宗子也年十歲竇太后詔曰竇憲朕之元兄當以舊典輔斯職焉內外臣僚莫由
親接所與居者惟閹宦而已故鄭衆得專謀禁中終除大憝徒對反史記曰
景帝居禁中如淳漢書注曰省中本爲禁中蔡邕曰禁中者門戶有禁非侍御不得入故曰禁中尚書曰元惡大憝遂享分土
之封超登宮卿之位於是中宮始盛焉范曄後漢書曰鄭衆字季產南陽人和帝初竇憲圖作不

軌衆遂首謀誅之以功遷大長秋封鄛鄉侯）自明帝以後迄乎延平（范曄後漢書曰安帝年號延平）委用漸大而其資稍增中常侍至有十人小黃門亦二十人改以金璫右貂兼領卿署之職鄧后以女主臨政而萬機殷遠（和熹鄧后已見皇后紀論）朝臣圖議無由參斷帷幄稱制下令不出房闈之閒不得不委用刑人寄之國命（范曄後漢書朱穆曰自和熹太后以女主稱制不接公卿乃以閹人為常侍小黃門通命兩宮）手握王爵口含天憲（范曄後漢書諫議大夫劉陶上疏訟朱穆曰今權宦傾擅朝室手握王爵口含天憲非所以崇尊顯之高業守和平之隆祚）非復掖庭永巷之職閨牖房闈之任也（漢書曰掖庭八丞又曰永巷宮皆取其領事之號或曰永巷則曰永巷僕射）其後孫程定立順之功曹騰參建桓之策（范曄後漢書曰孫程字稚卿涿郡人安帝時為中黃門時江京等廢皇太子為濟陰王明年帝崩立北鄉侯為天子十月北鄉侯疾篤程謂濟陰王謁者長興渠曰王以嫡統遂至廢黜若北鄉不起共斬江京事乃可成渠然之北鄉薨程與十八人謀於西鍾下皆截衣為誓斬江京迎濟陰王立之是為順帝封程浮陽侯又曰順帝諱保安帝之子又曰曹騰遷中常侍桓帝立騰以定策封費亭侯大長秋）續以五侯合謀梁冀受鉞（范曄後漢書曰單超河南人徐璜下邳人貝瑗魏郡人左悺河南人唐衡潁川人桓帝呼超悺入室謂曰梁將軍兄弟專國今欲誅之於常侍意如何超等對曰誠國姦賊當誅日久五人遂定其議帝齧超臂出血為盟於是詔收冀悉誅之超封新豐侯

瓚武原侯侯瑗東武侯侯悺上蔡侯侯衡汝陽侯五人同日封故俗謂之五侯迹因公正恩固主心故中外服
從上下屏氣屏氣言恐懼也論語曰屏氣似不息者范曄後漢書曰陽球既誅王甫權門聞之莫不屏氣或稱伊
霍之勳無謝於往載或謂良平之畫復興於當今伊尹霍光張良陳平雖時有
忠公而競見排斥舉動迴山海呼吸變霜露阿旨曲求則寵光三族
直情忤意則參夷五宗漢之綱紀大亂矣陳琳檄曰所愛光五宗所惡滅三族若夫高
冠長劍紆朱懷金者布滿宮闈枚乘兔園賦曰高冠扁焉長劍閑焉法言曰或問使我紆朱懷金其樂不
可量也李軌曰朱紱也苴子余茅分虎南面臣民者蓋以十數尚書緯曰天子社東方青南方
赤西方白北方黑上冒以黃土封諸侯各取方土苴以白茅以爲社漢舊儀曰郡分銅虎符三府署第館基列於都
鄙子弟支附過半於州國南金和寶冰紈霧縠之積盈牣刃珍藏毛詩
曰元龜象齒大賂南金韓子曰楚人和氏得玉璞於楚山之中奉而獻之王使玉人理其璞而得寶焉漢書曰齊地織作冰紈臣瓚曰紈
之細密如堅冰也子虛賦雜纖羅垂霧縠嬙媛侍兒歌童舞女之玩充備綺室左氏傳子西曰今聞
夫差宿有妃嬙嬪御焉杜預曰妃嬙貴者也嬙音牆漢書曰初袁盎爲吳相時從史盜私盎侍兒文穎曰婢也仲長子昌言曰爲音樂則
歌兒舞女千曹而迭起左氏傳晏子謂齊侯曰高臺深池撞鍾舞女狗馬飾彫文土木被緹繡漢書東方朔曰

土木衣綺繡狗馬被繢罽倢伃傳曰董賢起大第闕下土木之功窮極伎巧柱檻衣以綈錦皆剝割萌黎競恣奢
欲搆害明賢專樹黨類其有更相援引希附權彊者皆腐身薰子以
自衒達班固漢書曰司馬遷述曰嗚呼史遷薰骨以行刑韋昭曰古者腐刑必薰合之同弊相濟故其徒有
繁潘元茂九錫文曰同惡相濟尚書曰簡賢附勢實繁有徒敗國蠹政之事不可殫書所以海內
嗟毒志士窮棲韋昭國語注曰山居曰棲寇劇緣間搖亂區夏劉騊駼與李子堅書曰下車負乘劇
賊未禽韓詩曰讒言緣間而起雖忠良懷憤時或奮發而言出禍從旋見孥戮尚書曰予
則孥戮汝因復大考鉤黨轉相誣染東觀漢記曰靈帝時故太僕杜密故長樂少府李膺各為鉤黨尚書曰下
本州考治時上年十三問諸常侍曰何鉤黨諸常侍對曰鉤黨人即黨人也即可其奏凡稱善士莫不罹被災
毒桓子新論曰居家循理鄉里和順出入恭敬言語謹遜謂之善士竇武何進位崇戚近乘九服之
囂怨協羣英之勢力周書曰乃辨九服之國謝承後漢書曰黃向對策以為羣英之表而以疑留不
斷至於殄敗斯亦運之極乎范曄後漢書曰竇武字游平扶風人也女立為皇后武為大將軍謀誅中官曹
節等矯詔將兵誅武又曰何進字遂高南陽人也女弟立為皇后為大將軍靈帝崩袁紹說進令誅中官謀泄張讓趙忠等因進入省共
殺進應劭風俗通曰秦因愚弱之極運雖袁紹龔行芟夷無餘范曄後漢書曰袁紹勒兵斬趙忠捕宦官無少

長丞斬之張讓投河而死尚書曰今予恭行天之罰左氏傳君子曰周任有言爲國家者見惡如農夫之務去草焉芟夷蘊崇之絕其本根勿使能殖然以暴易亂亦何云及史記伯夷歌曰登彼西山兮言采其薇以暴易亂兮不知其非自曹騰說梁冀竟立昏弱曹騰梁冀已見上魏文昏弱謂桓帝也魏武因之遂遷龜鼎魏武曹操也龜鼎國之守器以喻帝位也尚書曰寧王遺我大寶龜紹天明即命左氏傳王孫滿曰桀有昏德鼎遷於商商紂暴虐鼎遷於周所謂君以此始必以此終信乎其然矣左氏傳曰晉荀林父及楚子戰於邲楚子見左廣將從之乘屈蕩戶之曰君以此始必以此終

逸民傳論一首何晏論語注曰逸民言節行超逸　范蔚宗

易稱遯之時義大矣哉易曰艮下乾上遯象曰遯之時義大矣哉孔子曰遯逃也謂去代不求利是其大也又曰不事王侯高尚其事周易蠱卦上九爻辭是以堯稱則天而不屈潁陽之高論語子曰唯天爲大唯堯則之呂氏春秋曰昔堯朝許由於沛澤之中請屬天下於夫子許由遂之潁水之陽武盡美矣終全孤竹之絜論語曰子謂武盡美矣未盡善也史記伯夷叔齊孤竹君之子也武王已平殷亂天下宗周而伯夷叔齊恥之義不食周粟隱於首陽山自兹以降風流彌繁琴賦曰體制風流莫不相襲長往之軌未殊而感致之數匪一西征賦曰悟山潛之逸士卓長往而不返或隱居以求其志或迴避以全

其道論語孔子曰隱居以求其志行義以達其道又曰賢者避世其次避地或靜己以鎮其躁或去危
以圖其安言或靜默隱居以鎮心之躁競或去彼危難以謀己之安全也或垢俗以動其槩或疵物
以激其清言或垢穢時俗以動其槩或疵點萬物以發其清槩猶操也然觀其甘心畎畝之中憔
悴江海之上莊子曰舜以天下讓其友北人無擇北人無擇曰異哉后之為人也居於畎畝之中而遊堯舜之門不若是而
已又曰就藪澤處閑曠此江海之士避世之人也閑暇者之所好也豈必親魚鳥樂林草哉亦云介性
所至而已世說簡文入華林園顧謂左右曰覺鳥獸禽魚自來親人爾故蒙耻之賓屢黜不去其
國列女傳曰柳下惠死妻誄之曰蒙耻救民德彌大兮雖遇三黜終不弊兮蹈海之節千乘莫移其情史記
曰魯仲連謂新垣衍曰秦即為帝則連蹈東海死耳又曰魯連下聊城田單歸而欲爵之魯連逃隱於海上適使矯易去
就則不能相為矣論語曰長沮桀溺耦而耕孔子過之使子路問津焉桀溺曰與從避人之士豈若從避世之士哉子
路行以告夫子曰天下有道丘不與易也漢書賈誼上書曰胡越之人雖死不相為者教習然也彼雖硜硜有類沽
名者論語曰子擊磬於衛有荷蕢而過孔氏之門者曰有心哉擊磬乎既而曰鄙哉硜硜乎莫己知也已又子貢曰有美玉於斯韞
櫝而藏諸求善價而沽諸孔子曰沽之哉沽之哉我待價者也然而蟬蛻稅囂埃之中自致寰區之
外淮南子曰蟬飲而不食三十日而蛻異夫飾智巧以逐浮利者乎淮南子曰古之人同氣于天地與一

世而優游及僞之生飾智以驚愚設詐以巧上荀卿有言曰志意修則驕富貴道義重則輕王公也荀卿子曰志意修則驕富貴矣道義重則輕王公矣內省則外物輕矣漢室中微王莽篡位士之蘊藉慈夜義憤甚矣東觀漢記曰桓榮溫恭有蘊藉明經義文穎曰謂寬博有餘也是時裂冠毀冕相攜持而去之者蓋不可勝數范曄後漢書曰胡剛清高有志節值王莽居攝解其衣冠縣府門而去遂亡命交趾隱於屠肆之間左氏傳王使詹桓伯辭於晉侯曰伯父若裂冠毀冕拔本塞源毛詩序曰百姓莫不相攜持而去焉揚雄曰鴻飛冥冥弋人何篡焉言其違患之遠也法言曰鴻飛冥冥弋人何篡焉宋衷曰篡取也鴻高飛冥冥薄天雖有弋人執矰繳何所施巧而取焉喻賢者深居亦不罹暴亂之害今篡或爲慕誤也光武側席幽人求之若不及國語越王夫人去笄側席而坐韋昭曰側猶特也禮憂者側席而坐班固漢書公孫弘贊曰上方欲用文武求之如不及旌帛蒲車之所徵賁彼義相望於巖中矣言招士或旌以帛也漢書曰武帝以枚乘年老乃以安車蒲輪徵乘周易曰賁于丘園束帛戔戔若薛方逢步江萌聘而不肯至漢書曰薛方字子容王莽以安車迎方方因使者辭謝曰堯舜在上下有巢許今明主方隆唐虞之德亦猶小臣欲守箕山之節也使者以聞莽說其言不強致也世祖即位徵方於道病卒范曄後漢書曰逢萌字子康北海人也王莽殺其子宇萌將家屬入海客於遼東光武即位徵萌託以老耄迷路東西語使者曰朝廷所以徵我者以其有益於政尚不知方面所在安能濟時乎即便駕歸連徵不起以壽終嚴光周黨

王霸至而不能屈范曄後漢書曰嚴光一名遵會稽人與光武同遊學及光武卽位聘之三反而後至舍於北軍車駕卽日幸其館光臥不起帝卽其臥所撫光腹曰咄咄子陵不可相助爲政邪又眠不應良久乃張目熟視曰昔唐堯著德巢父洗耳士故有志何至相迫乎又曰周黨字伯況太原人建武中徵爲議郎以病去職遂將妻子居于澠池後復徵不得已乃著短布單衣穀皮綃頭巾待見尚書及光武引見黨伏而不謁自陳願守所志帝乃許焉又曰王霸字仲儒太原人建武中徵到尚書拜稱名不稱臣有司問其故霸曰天子有所不臣諸侯有所不友以病歸隱居守志羣方咸遂志士懷仁郭象莊子注曰一方得而羣方失論語子曰志士仁人無求生以害仁禮記曰君子有禮故物無不懷仁斯固所謂舉逸人則天下歸心者乎論語子曰舉逸人天下之人歸心焉肅宗亦禮鄭均而徵高鳳以成其節范曄後漢書曰肅宗孝章皇帝諱炟顯宗第五子又曰鄭均字仲虞東平任城人建初六年公車特徵再遷尚書數納忠言肅宗敬重之以疾乞骸骨又曰高鳳字文通南陽人建初中將作大匠任隗舉鳳直言到公車託病逃歸隱身漁釣終於家自後帝德稍衰邪孽當朝處子耿介與卿相等列束廣微補亡詩曰堂堂處子楚辭曰獨耿介而不隨俗至乃抗憤而不顧多失其中行焉論語子曰不得中行而與之必也狂狷乎蓋錄其絕塵不及同夫作者列之此篇莊子顏回問於仲尼曰夫子步亦步夫子趨亦趨夫子馳亦馳奔逸絕塵而瞠乎若後耳司馬彪曰言不可及也論語子曰作者七人包咸曰七人謂長沮桀溺丈人石門荷蕢儀封人楚狂接輿

宋書謝靈運傳論一首　　沈休文

沈休文修宋書百卷見靈運是文士遂于傳下作此書說文之利害辭之是非

史臣曰民稟天地之靈含五常之德剛柔迭用喜慍分情漢書曰夫人肖天地之貌懷五常之性聰明精粹有生之最靈者也應劭曰肖類也頭圓象天足方象地又曰凡民函五常之性而剛柔不同史記曰況懷五常含好惡鄭玄禮記注曰五常五行也孔安國尚書傳曰五行之德王者相承以取法禮記曰何謂七情喜怒哀懼愛惡欲夫志動於中則歌詠外發毛詩序曰情動於中而形於言嗟嘆之不足故永歌之又曰情發於聲聲成文謂之音六義所因四始攸繫升降謳謠紛披風什毛詩序曰詩有六義焉一曰風二曰賦三曰比四曰興五曰雅六曰頌又曰是謂四始詩之至也毛詩題曰鹿鳴之什說者云詩每十篇同卷故曰什也雖虞夏以前遺文不覩見虞書有帝庸作歌夏書有五子之歌已前不見歌文稟氣懷靈理或無異古猛虎行曰稟氣有豐約受形有短長然則歌詠所興宜自生民始也周室既衰風流彌著幽厲之時多有諷刺在下祖習如風之散如水之流故曰彌著屈平宋玉導清源於前賈誼相如振芳塵於後孫卿子曰君子養源源清則流清陸機大暑賦曰播芳塵之馥馥英辭潤金石高義薄雲天仲長子昌言曰英辭雨下吳越春秋樂師謂越王曰君王德可刻之於金石淮南子曰夫道潤乎草木浸乎金石法言曰或問屈原相如之賦孰愈曰原也過

以浮如也過以虛過過浮者蹈雲天過虛者華無根然原上援稽古下引鳥獸其著意子雲長卿亮不可及自茲以降情志
愈廣王褒劉向楊班崔蔡之徒范曄後漢書曰崔駰年十三能通百家言善屬文與班固傅毅同時齊名
又曰蔡邕少博學好辭章揚揚子雲班班孟堅異軌同奔遞相師祖禮記曰仲尼祖述堯舜雖清辭麗
曲時發乎篇而蕪音累氣固亦多矣賈逵國語注曰蕪穢也累猶負也若夫平子豔
發文以情變絕唱高蹤久無嗣響平子張衡字也至于建安曹氏基命三祖
陳王咸蓄盛藻續晉陽秋曰及至建安而詩章大盛尚書曰王如不敢及天基命定命建安獻帝年號魏志曰明帝青龍
四年有司奏武皇帝為魏太祖文皇帝為魏高祖明皇帝為魏烈祖也甫乃以情緯文以文被質鄭玄周禮
注曰甫始也言始將情意以緯於文自漢至魏四百餘年辭人才子文體三變相如工
為形似之言二班長於情理之說二班叔皮孟堅也子建仲宣以氣質為體
並標能擅美獨映當時是以一世之士各相慕習源其飈流所始莫
不同祖風騷續晉陽秋曰自司馬相如王褒揚雄諸賢代尚詩賦皆體則風騷詩總百家之言飆流即風流已見上文廣雅
曰祖法也徒以賞好異情故意製相詭說文曰詭變也降及元康潘陸特秀元康晉惠
帝年號也續晉陽秋曰逮乎西朝之末潘陸之徒有文質而宗歸不異律異班賈體變曹王縟旨星稠

繁文綺合論衡曰德彌盛者文彌縟又曰或能陳得失奏便宜應經傳文如星月若谷子雲唐子高者並爲高第漢書宣帝曰辭賦譬如女工有綺縠也綴平臺之逸響采南皮之高韻漢書曰梁孝王廣治睢陽城爲複道自宮連屬於平臺三十餘里招延四方豪傑逸響謂司馬相如之文南皮魏文帝所遊也高韻謂應徐之文也遺風餘烈事極江右史記曰宣王法文武遺風春秋元命苞曰文王積善所潤之餘烈江右西晉也在晉中興玄風獨扇爲學窮於柱下博物止乎七篇續晉陽秋曰正始中王弼何晏好莊子玄勝之談而俗遂貴焉老子爲柱下史莊子內篇其數有七馳騁文辭義殫乎此自建武暨于義熙歷載將百建武晉愍帝年號義熙晉安帝年號雖比響聯辭波屬雲委荅賓戲曰馳辨如濤波仲長統昌言曰妙句雲布孝經鉤命決曰雲委霧散殊錯沈浮莫不寄言上德託意玄珠孫綽子曰莊子多寄言渾沌得宗罔象得珠老子德經曰上德不德是以有德莊子曰黃帝遊乎赤水之北登乎崐崘之丘而南還歸遺其玄珠郭象曰此明得眞之所由遒麗之辭無聞焉爾孫綽集序曰綽文藻遒麗公羊傳曰紀子伯者何無聞焉爾仲文始革孫許之風叔源大變太元之氣仲文殷仲文也續晉陽秋曰許詢有才藻善屬文詢及太原孫綽轉相祖尚又加以三世之辭而風騷之體盡矣詢綽並爲一時文宗自此作者悉化之至義熙中謝混始改之叔源混字也太元晉武帝年號爰逮宋氏顏謝騰聲靈運之興會標舉延年之體裁明密興會情興所會也鄭玄周禮注曰興者託事於物也體裁制也

謝承後漢書曰魏朗為河內太守明密法令也並方軌前秀垂範後昆尚書曰垂裕後昆若夫敷衽論心商搉前藻楚辭曰跪敷衽以陳辭陸機樂府篇曰商搉為此歌工拙之數如有可言夫五色相宜八音協暢文賦曰暨音聲之迭代若五色之相宣由乎玄黃律呂各適物宜周易曰象其物宜是故謂之象欲使宮羽相變低昂舛節若前有浮聲則後須切響一簡之內音韻盡殊兩句之中輕重悉異妙達此旨始可言文至於先士茂製諷高歷賞言諷詠之者咸以為高歷載辭人所共傳賞子建函京之作仲宣灞岸之篇曹子建贈丁儀王粲詩曰從軍度函谷驅馬過西京王仲宣七哀詩云南登霸陵岸回首望長安子荊零雨之章正長朔風之句孫子荊陟陽候詩曰晨風飄岐路零雨被秋草王正長雜詩曰朔風動秋草邊馬有歸心並直舉胸情非傍詩史正以音律調韻取高前式自靈均以來多歷年代靈均屈原字也尚書周公曰殷禮陟配天多歷年所雖文體稍精而此秘未覩至於高言妙句音韻天成皆暗與理合匪由思至張蔡曹王曾無先覺論語曰抑亦先覺者是賢乎潘陸顏謝去之彌遠世之知音者有以得之此言非謬如曰不然請待來哲西征賦曰如其禮樂以俟來哲

恩倖傳論一首　　沈休文

（約言當時遇幸會者即得好官又以晉宋之閑皆取門戶不任才能故作此論）

夫君子小人類物之通稱蹈道則爲君子違之則爲小人（莊子曰天下盡殉也彼其所殉仁義也則俗謂之君子其所殉貨財也則俗謂之小人）屠釣卑事也板築賤役也太公起爲周師傅說去爲殷相（尉繚子曰太公屠牛朝歌史記曰太公望呂尚以漁釣奸周西伯戰國策范睢謂秦王曰呂尚之遇文王立爲太師尚書曰高宗夢得說乃審厥象俾以形旁求於天下說築傅巖之野惟肖爰立作相）非論公侯之世鼎食之資（家語曰子路南遊於楚列鼎而食）明敭幽仄唯才是與（尚書曰明明敭仄陋）逮于二漢茲道未革胡廣累世農夫伯始致位公相黃憲牛醫之子叔度名動京師（范曄後漢書曰胡廣字伯始南陽人六世祖剛值王莽居攝亡命交阯莽敗乃歸鄉里廣少孤貧法雄察廣孝廉試以章奏爲天下第一旬月拜尚書郎凡一履司空再作司徒三登太尉又曰黃憲字叔度南陽人世貧賤父爲牛醫同郡陳蕃臨朝而歎曰叔度若在吾不敢先佩印綬漢書曰鄭子真名震乎京師）且士子居朝咸有職業雖七葉珥貂見崇西漢（左太沖詠史詩曰金張藉舊業七葉珥漢貂）而侍中身奉奏事又分掌御服（應劭漢書注曰入侍天子故曰侍中晉令曰侍中除書表奏皆掌署之應劭漢官儀曰侍中出則佩璽抱劍）東方朔爲黃門

侍郎執戟殿下漢書曰東方朔初爲常侍郎後奏泰階之事拜爲太中大夫給事中嘗醉小遺殿上詔免爲庶人復爲中郎百官表郎中令屬官中有郎比六百石侍郎比四百石又黃門有給事黃門漢官儀云給事黃門侍郎位次侍中給事中故曰給事黃門然侍郎黃門侍郎二官全別沈以爲同悞也荅客難曰官不過侍郎位不過執戟非黃門侍郎明矣郡縣掾吏並出豪家負戈宿衛皆由勢族掾吏卑位負戈賤役豪家世族咸亦爲之言無貴賤之異也子虛賦曰幸得宿衛十有餘年非若晚代分爲二塗者也二塗謂士庶也言仕子不居賤職庶族不涉清階漢末喪亂魏武始基國語曰后稷始基靖民尚書曰太王肇基王迹軍中倉卒權立九品蓋以論人才優劣非謂世族高卑列子曰子華之門徒皆世族也因此相沿遂爲成法自魏至晉莫之能改言魏晉二朝咸遵魏武之法州都郡正以才品人傅子曰魏司空陳羣始立九品之制郡置中正平人才之高下各爲輩目州置州都而總其義而舉世人才升降蓋寡徒以憑藉世資用相陵駕人才不甚懸殊故因世資以成貴也都正俗士斟酌時宜品目少多隨事俯仰言法壞之漸也都正既皆俗士不能校其材藝乃隨時斟酌定其品差劉毅所云下品無高門上品無賤族者也臧榮緒晉書曰劉毅爲尚書左僕射上疏陳九品之弊曰上品無寒門下品無勢族言勢族之人不居下品寒門之子不居上班歲月遷訛斯風漸篤凡厥衣冠莫非二品言衣冠之族皆居二品之中自

此以還遂成卑庶衣冠以外皆同下科周漢之道以智役愚臺隸參差用成等
級左氏傳曰人有十等輿臣隸隸臣僚僚臣僕僕臣臺魏晉以來以貴役賤士庶之科較古學然
有辨太玄經曰君子之道較然見矣夫人君南面九重奧烏到絕楚詞曰豈不鬱陶而思君兮君之門以九
重陪奉朝夕義隔卿士堦闥之任宜有司存論語曾子曰籩豆之事則有司存既而
恩以狎生信由恩固爾雅曰狎習也無可憚之姿有易親之色孝建泰始主
威獨運沈約宋書曰孝建武帝年號泰始明帝年號空置百司權不外假而刑政糾雜理
難遍通耳目所寄事歸近習禮記月令曰仲冬省婦事無得淫雖有貴戚近習無有不禁鄭玄曰貴戚姑姊
妹也近習天子所親幸也賞罰之要是謂國權出納王命由其掌握於是方塗結
軌輻湊同奔莊子曰車軌結乎千里之外文子曰羣臣輻湊張湛曰如衆輻之集於轂人主謂其身卑位
薄以爲權不得重曾不知鼠憑社貴狐藉虎威晏子春秋景公問晏子曰理國亦有常乎
對曰讒佞之人隱在君側猶社鼠不熏也去此乃治矣戰國策荊宣
王問羣臣曰吾聞北方之畏昭奚恤也何如羣臣莫對江乙對曰虎
求百獸而食之得狐狐曰子無敢食我天帝命我長百獸今子食我
是逆天命子以我爲不信吾爲子先行子隨我後觀百獸之畏我虎
不知百獸之畏己而走也以爲畏狐也今王之地方五千里帶甲百
萬而專屬之於昭奚恤故北方之畏昭奚恤其實畏王之甲兵也猶

百獸之畏虎外無逼主之嫌內有專用之功勢傾天下未之或悟挾朋樹黨政以賄成左氏傳曰襄十年王朝卿士王叔陳生與伯輿爭政大夫瑕禽曰今自王叔之相也政以賄成鈇鉞瘡痏構於牀笫側里之曲西京賦曰所惡成瘡痏左氏傳趙孟曰牀笫之言不踰閾杜預曰笫簀也服冕乘軒出於言笑之下左氏傳衛太子謂渾良夫曰服冕乘軒三死無與南金北毳來悉方艚徂刀素縑丹魄至皆兼兩音亮北毳貚貂之屬艚舩也丹魄虎魄也色赤故曰丹孔安國尚書傳曰車稱兩西京許史蓋不足云晉朝王石未或能比漢書孝宣許皇后元帝母元帝封外祖父廣漢爲平恩侯又曰史良娣宣帝祖母也兄恭宣帝立恭已死封恭長子高爲樂陵侯王隱晉書曰王愷字君夫世祖舅自以外戚晉氏政寬又性至豪險又曰石崇貪而好利富擬王者及太宗晚運慮經盛衰沈約宋書曰明帝廟號太宗法言曰聖人之法未嘗不關盛衰焉權倖之徒慴憚丁達宗戚欲使幼主孤立永竊國權六代論曰君孤立於上臣弄權於下構造同異興樹禍隙帝弟宗王相繼屠勦尚書曰天用勦絕其命孔安國曰勦截也截絕謂滅之也民忘宋德雖非一塗寶祚夙傾實由於此寶祚猶寶命也嗚呼漢書有恩澤侯表又有佞倖傳今采其名列以爲恩倖篇云

史述贊三首

班孟堅

述高紀第一

皇矣漢祖纂堯之緒漢書曰劉向頌高祖云漢帝本系出自唐帝降及于周在秦作劉爾雅曰纂繼也寔天生德聰明神武項岱曰聽於無聞曰聰照臨四方曰明以內知外曰神克定禍亂闢土斥疆曰武論語子曰天生德於予周易曰古之聰明叡智神武而不殺者夫秦人不綱網漏于楚項岱曰秦重斂殘人天下叛之故貶言人耳綱以喻網網無綱無所成故漏也言秦人不能整其綱維令網目漏也於楚謂陳涉反而不能誅故高祖因而起爰茲發迹斷蛇奮旅神母告符朱旗乃舉漢書曰高祖夜經澤中有大蛇當徑拔劍斬蛇蛇分爲兩後人來至蛇所有一嫗夜哭曰吾子白帝子化爲蛇今者赤帝子斬之又曰高祖立爲沛公旗幟皆赤粵于厥蹈秦郊嬰來稽首元年冬十月沛公至霸上秦王子嬰素車白馬降于軹道革命創制三章是紀周易曰湯武革命順乎天而應乎人漢書曰高祖謂秦父老曰與父老約法三章耳殺人者死傷人及盜抵罪應劭曰抵至也除秦酷政但至於罪應天順民五星同晷晷光景也應劭曰東井秦之分野五星所在其下以義取天下之象也項氏畔換黜我巴漢漢書曰項羽背約更立沛公爲漢王王巴蜀漢中韋昭曰畔換跋扈也西土宅心戰士憤怨尚書曰逖矣西土之人又曰惟克厥宅心郭璞三蒼解詁曰西土謂長安也乘釁而運席卷三秦左氏傳士會謂晉侯曰會聞用師觀釁而動春秋握誠圖曰諸侯冰散席卷各爭恣志漢書曰韓信陳三秦易幷之計應劭曰章邯爲雍王司馬欣爲塞王董翳爲翟王分王秦地故曰三秦

割據河山保此懷民保安也懷歸也言漢據河山之固民懷歸者能保乂之漢書田肯賀上曰秦帶河阻山懸隔千

里尚書曰黎民懷之股肱蕭曹社稷是經蕭何曹參也禮記衛獻公曰有柳莊者非寡人之臣社稷之臣爪牙

信布腹心良平韓信英布張良陳平也毛詩曰予王之爪牙又曰赳赳武夫公侯腹心恭行天罰赫赫

明明恭行已見上文毛詩曰赫赫明明王命卿士

述成紀第十

孝成皇皇臨朝有光項岱曰皇皇華色盛也威儀之盛如珪如璋項岱曰珪璋玉之妙好雕

鏤者毛詩曰顒顒卬卬如珪如璋閫闈恣趙朝政在王閫闈閫門之內也門內恣趙昭儀姊妹以元舅侍中封陽

平侯王鳳爲大將軍領尚書事炎炎燎火光允不陽項岱曰允信也內損於飛鷰外見壅於王鳳等信不得陽也張

晏曰天子之威盛若燎火之陽今委政王氏不亦熾乎

述韓英彭盧吳傳第四

信惟餓隷布實黥徒漢書曰韓信家貧從下鄉南昌亭長寄食亭長苦之乃晨炊蓐食食時往不爲具食信知之自

絕去又曰黥布姓英少時客相之當刑而王及坐法黥欣然笑曰人相我當刑而王幾是乎越亦狗盜芮尹江湖

漢書曰彭越嘗漁鉅野澤中爲盜沛公攻昌邑越助之說苑曰管仲故城陰之狗盜漢書曰吳芮秦時鄱陽令也甚得江湖閒心號曰鄱

君音義曰尹正也雲起龍驤化爲侯王割有齊楚跨制淮梁韓信初爲齊王後楚王黥布爲
淮南王彭越爲梁王綰自同閈胡旦鎮我北疆應劭曰閈音扞南楚汝沛名里門曰閈綰爲燕王故曰北疆德
薄位尊非祚惟殃周易曰德薄而位尊智小而謀大左氏傳舟之僑曰無德而祿殃也吳克忠信胤嗣
乃長漢書曰芮爲長沙王薨子忠嗣自芮後傳位五世無子國除

後漢書光武紀贊一首　范蔚宗

贊曰炎政中微大盜移國東觀漢記序曰漢以炎精布曜中微謂平世衰也魯靈光殿賦序曰遭漢中微盜賊
奔突九縣飆迴三精霧塞三精日月星也孝經援神契曰天地至貴精不兩明宋均曰天精爲日地精爲月河圖曰
巛德布精上爲衆星民厭淫詐神思反德世祖誕命靈貺自甄尚書曰我文考誕膺天命春秋
元命苞曰通三靈之貺交錯同端鄭玄尚書緯注曰甄表也沈機先物深略緯文說文曰機主發之機也周書曰
經緯天地曰文矣尋邑百萬貔虎爲羣長轂雷野高旗彗蘇沒雲漢書曰劉聖公爲天子以
光武爲偏將軍徇昆陽光武令王常留守光武出收兵王莽遣大司徒王尋大司空王邑將兵百萬旌旗輜車千里不絕又驅諸猛獸虎
豹犀象之屬以助威武圍城數重光武遂進尋邑亦遣兵合戰光武奔之斬首數千級光武乃與敢死士三千人衝中堅尋邑陣亂遂殺
王尋鬻子曰紂虎旅百萬穀梁傳曰長轂五百乘范甯曰長轂兵車也東都主人曰戈鋋彗雲英威既振新都自焚

漢書曰莽封爲新都侯又曰更始兵到城中少年子弟自燒室門呼曰反虜王莽何不出降莽避火宣室火輒隨之虔劉庸代

紛紜梁趙范曄後漢書曰梁王劉永擅命睢陽又曰公孫述稱王巴蜀又曰卜者王郎爲天子都邯鄲又曰彭寵自立爲燕王代郎燕也三河未澄四關重擾三河洛陽也四關長安也范曄後漢書曰赤眉賊入函谷關敗更始光武乃遣鄧禹引兵西乘更始赤眉之亂時更始大司馬朱鮪等屯洛陽光武令馮異守孟津以拒之神旌乃顧遞行天討

金湯失險車書共道鹽鐵論曰秦金城千里氾勝之書曰神農之教雖石城湯池無粟者不能守也禮記子曰今天下車同軌書同文靈慶既啓人謀咸贊靈慶謂天符也易繫辭曰人謀鬼謀百姓與能王弼曰人謀謂衆議西都賓曰天啓之心人惎之謀明明廟謨赳赳雄斷廟謨廟筭也揚雄連珠曰兼聽獨斷聖王之法也於烏赫

有命系我皇漢毛詩曰有命自天蔡邕獨斷曰光武以再命復漢之祚

文選卷第五十

賜進士出身通奉大夫江南蘇松常鎮太糧道署理承宣布政使司布政使胡克家重校刊

文選卷第五十一

梁昭明太子撰

文林郎守太子右內率府錄事參軍事崇賢館直學士臣李善注上

論一

賈誼過秦論一首

東方朔非有先生論一首

王褒四子講德論一首

過秦論一首漢書應劭曰賈誼書第一篇名也言秦之過　賈誼

秦孝公據殽函之固擁雍州之地韋昭曰崤謂二殽函谷關也史記張良曰關中左殽函右隴蜀君臣固守以窺周室有席卷天下包舉宇內春秋握誠圖曰諸侯囊氷散席卷各爭恣妄括四海之意并吞八荒之心張晏曰括結囊也言能苞含天下也周易曰括囊無咎無譽當是時也商君佐之內立法度務耕織修守戰之具外連衡而鬭諸侯戰國策蘇秦說秦王曰始將連橫高誘曰合關東從通之於秦故曰連橫文穎曰關西為橫衡音橫於是秦人拱手而取西

河之外（李斯上書曰孝公用商鞅之法獲楚魏之師舉地千里）孝公既沒惠文武昭（史記曰孝公卒子惠文王立卒子武王立卒立異母弟是曰昭襄王也）蒙故業因遺策南取漢中西舉巴蜀東割膏腴之地收要害之郡（李斯上書曰惠王用張儀之計西幷巴蜀南取漢中東據成皐之險割膏腴之壤）諸侯恐懼會盟而謀弱秦不愛珍器重寶肥饒之地以致天下之士合從締交相與爲一（文穎曰關東爲從張晏曰締連結也徒帝切）當此之時齊有孟嘗趙有平原楚有春申魏有信陵（史記曰平原君趙勝者趙之諸公子也又曰孟嘗君者名文姓田氏又曰春申君者楚人也名歇姓黃氏又曰魏公子無忌者魏安釐王弟也爲信陵君）此四君者皆明智而忠信寬厚而愛人尊賢而重士約從離橫（言諸侯結約爲從欲以分離秦橫也）兼韓魏燕趙宋衛中山之衆於是六國之士有甯越徐尙蘇秦杜赫之屬爲之謀（呂氏春秋曰齊攻廩丘趙使孔青將而救之與齊人戰大敗齊人得尸三萬以爲二京甯越謂孔青曰惜矣不如歸尸以內攻之彼得尸而府庫盡於塟此之謂內攻之甯越趙人也徐尙未詳蘇秦已見上文呂氏春秋曰杜赫以安天下說周昭文君昭文君謂杜赫曰願學所以安周高誘曰杜赫周人也）齊明周最陳軫召滑樓緩翟（亭的）景蘇厲樂毅之徒通其意（戰國策東周齊明謂東周君曰臣恐西周之與楚韓寶令之爲己求地於東周也高誘曰齊明東周臣也戰國策曰齊令周最使鄭立韓擾而

廢公叔周最患之高誘曰周最周君之子也仕於齊故齊使之也字林曰最才勾切戰國策秦王謂陳軫曰吾聞子欲去秦而之楚信乎
軫曰然高誘曰陳軫夏人仕秦亦仕楚也韓子于象謂楚王曰前時王使召滑之越五年而能成之史記范蠉對楚王曰王前嘗用召滑
而郡江東召音劭滑音依字戰國策曰秦王伐楚魏王不欲樓緩謂魏王曰不與秦攻楚楚且與秦攻王王不如令秦楚戰王交制之高
誘曰樓緩魏相也翟景未詳史記曰蘇秦之弟厲因燕子而求見齊王齊王怨蘇秦欲因蘇厲燕子爲謝遂委質爲齊臣又曰樂毅賢而
好兵爲魏昭王使於燕燕昭王以客禮待之樂毅遂委質爲臣燕昭王以爲亞卿也吳起孫臏帶佗兒良王廖
田忌廉頗趙奢之倫制其兵史記曰吳起衞人也聞魏文侯賢事魏文侯以爲將又曰孫臏生阿甄之間臏
亦孫武之後也田忌進孫子於齊威王帶佗未詳佗徒何切呂氏春秋曰王廖貴先兒良貴後此二人者皆天下之豪士也兒五兮切廖
力彫切戰國策曰韓魏之君朝田侯鄒忌爲齊相田忌爲將使田忌伐魏三戰三勝高誘曰田侯宣王也史記曰廉頗趙之良將也趙惠
文王廉頗爲趙將伐齊大破之又曰趙奢者趙之田部吏也秦伐韓趙王令趙奢將而救之嘗以十倍之地百萬
之衆叩關而攻秦孔安國論語注曰叩擊也叩或爲仰言秦地高故曰仰攻之秦人開關而延敵
九國之師遁逃而不敢進九國謂齊楚韓魏燕趙宋衞中山也史記曰逡巡遁逃秦無亡矢遺
鏃之費而天下諸侯已困矣李巡爾雅注曰鏃以金爲箭鏃也於是從散約解爭割
地而賂秦秦有餘力而制其弊追亡逐北伏尸百萬流血漂櫓音魯韋昭

曰大楯曰櫓左氏傳曰狄虒彌建大車之輪以爲櫓因利乘便宰割天下分裂河山彊國請伏
弱國入朝施及孝文王莊襄王享國之日淺國家無事史記曰昭襄王卒子孝文
王立卒子莊襄王立公羊傳曰桓公之享國也長何休曰享食也及至始皇奮六世之餘烈張晏曰孝公惠
文王武王昭王孝文王莊襄王振長策而御宇內吞二周而亡諸侯以馬喻也說文曰振舉也史記
曰始皇滅二周置三川郡履至尊而制六合執敲扑浦木以鞭笞天下臣瓚以爲短曰敲長曰扑
說文曰敲擊也祜交切威振四海南取百越之地以爲桂林象郡漢書音義曰百越非一種
若今言百蠻也史記曰始皇略取陸梁地爲桂林象郡韋昭曰桂林今鬱林象郡今日南也百越之君俛首係計
頸委命下吏乃使蒙恬北築長城而守藩籬卻匈奴七百餘里胡人
不敢南下而牧馬士不敢彎弓而報怨於是廢先王之道燔百家之
言以愚黔首史記李斯曰請廢博士官所職天下敢有藏詩書百家語者詣守尉雜燒之又曰秦更名民曰黔首隳名
城殺豪俊應劭曰壞城恐復阻以爲己害收天下之兵聚之咸陽銷鋒鍉鑄以爲金
人十二以弱天下之民如淳曰鍉箭足也鄧展曰鍉是扞頭鐵也史記曰始皇收天下兵聚之咸陽以銷鋒鍉爲
鍾鐻金人十二重各千石置宮庭中鍉音的鍉或爲提鐻音巨然後踐華爲城因河爲池服虔曰斷華山爲城

美大之也晉灼曰踐登也據億丈之城臨不測之谿以爲固良將勁弩守要害之處信臣精卒陳利兵而誰何誰何問之也漢書有誰何卒如淳曰何謂何官也廣雅曰何問也天下已定始皇之心自以爲關中之固金城千里金城言堅也史記張良曰關中所謂金城千里天府之國也子孫帝王萬世之業史記秦始皇曰朕爲始皇帝後世以計數二世三世至于萬世傳之無窮始皇既沒餘威震于殊俗然而陳涉甕牖繩樞之子陳涉已見鄒陽上書禮記曰儒有蓬戶甕牖韋昭曰繩樞以繩扃戶爲樞也甿隸之人如淳曰甿古氓字氓人也而遷徙之徒也材能不及中庸方言曰庸賤稱也言不及中等庸人也非有仲尼墨翟之賢陶朱猗頓之富史記曰范蠡之陶爲朱公以爲陶天下之中諸侯四通貨物所交易也乃治產積十九年之閒三致千金孔叢子曰猗頓魯之窮士也耕則常飢桑則常寒聞朱公富往而問術焉公告之曰子欲速富當畜五牸乃適河東大畜牛羊于猗氏之南其滋息不可計以興富猗氏故曰猗頓也躡足行伍之閒俛起阡陌之中如淳曰躡音疊音義曰俛音免如淳曰時皆卑屈在阡陌之中率罷散之卒將數百之衆轉而攻秦斬木爲兵揭竿爲旗埤蒼曰揭高舉也巨列切莊子曰揭竿求諸海也天下雲集而響應贏糧而景從莊子曰今使民曰某所有賢者贏糧而趣之方言曰贏擔也音盈山東豪俊遂並起而亡秦族矣且夫天下非小弱也雍

州之地殽函之固自若也陳涉之位非尊於齊楚燕趙韓魏宋衛中山之君也鋤耰棘矜巨巾非銛息鹽於鉤戟長鎩所介也孟康曰耰鋤柄也張晏曰矜音權爾雅曰棘戟也言鋤柄及戟槿也耰音憂槿巨巾切如淳曰鉤戟似矛刃下有鐵橫上鉤曲也說文曰鎩鈹有鐔也謫戍之衆非抗於九國之師也通俗文曰罰罪曰讁丈厄切深謀遠慮行軍用兵之道非及嚮時之士也史記曰賢人深謀於廊廟論語曰人無遠慮必有近憂然而成敗異變功業相反試使山東之國與陳涉度長絜大比權量力則不可同年而語矣莊子曰大樹其絜百圍司馬彪曰絜帀也丁結切然秦以區區之地致萬乘之權招八州而朝同列百有餘年矣鄧展曰招猶舉也蘇林曰招音翹然後以六合為家殽函為宮一夫作難而七廟隳身死人手為天下笑者何也春秋考異郵曰君仁殺妻誅為天下笑仁義不施而攻守之勢異也

非有先生論

東方曼倩班固漢書東方朔字曼倩平原厭次人武帝即位言得失又設非有先生論

非有先生仕於吳進不能稱往古以廣主意退不能揚君美以顯其

功默然無言者三年矣吳王怪而問之曰寡人獲先人之功寄于衆
賢之上夙興夜寐未嘗敢怠也今先生率然高舉遠集吳地率然輕舉之貌
將以輔治寡人誠竊嘉之體不安席食不甘味目不視靡曼之色耳
不聽鐘鼓之音虛心定志欲聞流議者三年於茲矣呂氏春秋曰越王欲致必死於
吳身不安枕席口不甘厚味目不視靡曼耳不聽鐘鼓三年苦身勞力高誘曰靡曼好色也流議猶餘論也今先生進無
以輔治退不揚主譽竊爲先生不取也蓋懷能而不見是不忠也見
而不行主不明也意者寡人殆不明乎非有先生伏而唯唯吳王曰
可以談矣寡人將竦意而聽焉先生曰於戲可乎哉可乎哉於戲歎辭也於
音烏戲音呼可乎哉言不可也談何容易言談說之道何容輕易乎夫談者有悖蒲忽於目而佛於
耳謬於心而便於身者韓子曰聖人之救危國以忠佛耳字書曰佛違也佛扶勿切或有說於目
順於耳快於心而毀於行者非有明王聖主孰能聽之矣吳王曰何
爲其然也中人以上可以語上也論語孔子曰中人以上可以語上也中人以下不可以語上也先
生試言寡人將覽焉先生對曰昔關龍逢深諫於桀而王子比干直

言於紂尸子曰義必利雖桀殺關龍逢紂殺王子比干猶謂之必利也此二臣者皆極慮盡忠閔主澤不下流而萬民騷動故直言其失切諫其邪者將以爲君之榮除主之禍也今則不然反以爲誹方未謗君之行無人臣之禮如淳曰漢書注曰誹非上所行也果紛然傷於身蒙不辜之名戮及先人爲天下笑鄭玄禮記注曰戮猶辱也故曰談何容易是以輔弼之臣瓦解而邪諂之人並進春秋考異郵曰瓦解土崩遂及飛廉惡來革等史記曰中潏生蜚廉蜚廉生惡來惡來父子俱以材力事殷紂說苑子石曰費仲惡來革長鼻決目崇侯虎順紂之心欲以合於意武王伐紂四子身死牧之野三人皆詐僞巧言利口以進其身論語子曰巧言令色鮮矣仁又曰惡利口之覆邦家陰奉彫瑑刻鏤之好以納其心務快耳目之欲以苟容爲度遂往不戒身沒被戮宗廟崩弛國家爲墟殺戮賢臣親近讒夫詩不云乎讒人罔極交亂四國此之謂也毛詩小雅文也鄭玄曰極猶已也故卑身賤體說色微辭愉愉逾呴呴況于終無益於主上之治即志士仁人不忍爲也愉愉呴呴和說之貌也孝經鉤命決曰驩忻慎懼嘔嘔喻喻呴呴與嘔同音吁論語子曰志士仁人無求生以害仁也將儼然作矜莊之色深言直諫上以拂人主之邪下以

損百姓之害 拂與咈同 則忤於邪主之心歷於衰世之法故養壽命之士莫肯進也遂居深山之閒積土爲室編蓬爲戶彈琴其中以詠先王之風亦可以樂而忘死矣 尚書大傳曰子夏曰弟子所授書於夫子者不敢忘雖退而窮居河濟之閒深山之中作壤室編蓬戶尚彈琴瑟其中以歌先王之風則可以發憤矣 是以伯夷叔齊避周餓于首陽之下後世稱其仁 論語子曰伯夷叔齊餓於首陽之下人到于今稱之 如是邪主之行固足畏也故曰談何容易於是吳王懼然易容 懼敬貌也居具切 捐薦去几危坐而聽 捐薦去几自貶損也管子曰少者之事先生危坐向師顏色無作 先生曰接輿避世箕子被髮佯狂此二子者皆避濁世以全其身者也 論語曰楚狂接輿歌而過孔子尸子曰箕子胥餘漆體而爲厲被髮佯狂以此免也 使遇明王聖主得賜清讌之閒寬和之色發憤畢誠圖畫安危揆度得失上以安主體下以便萬民則五帝三王之道可幾而見也故伊尹蒙恥辱負鼎俎和五味以干湯太公釣於渭之陽以見文王 魯連子曰伊尹負鼎佩刀以干湯得意故尊宰舍六韜曰文王卜田史扁爲卜曰于渭之陽將大得焉非熊非羆非虎非狼兆得公侯天遺女師文王齋戒三日田于渭陽卒見呂望坐茅以漁 心合意同謀無不成計無不從誠

得其君也深念遠慮引義以正其身推恩以廣其下孟子曰推恩足以保四海本仁祖誼戰國策蘇代說齊王曰祖仁者王立義者霸褒有德祿賢能誅惡亂揔遠方壹統類美風俗此帝王所由昌也上不變天性下不奪人倫則天地和洽遠方懷之故號聖王臣子之職既加矣於是裂地定封爵為公侯傳國子孫名顯後世民到于今稱之以遇湯與文王也太公伊尹以如此龍逢比干獨如彼豈不哀哉故曰談何容易於是吳王穆然俛而深惟仰而泣下交頤穆猶默靜思貌也孫子兵法曰令發之日士寢者涕交頤曰嗟乎余國之不亡也綿綿連連殆哉世之不絕也說文曰綿聯微也爾雅曰殆危也於是正明堂之朝齊君臣之位舉賢才布德惠施仁義賞有功躬親節儉減後宮之費損車馬之用放鄭聲遠佞人論語顏回問為邦子曰放鄭聲遠佞人鄭聲淫佞人殆省庖廚去侈靡卑宮館壞苑囿填池塹以與貧民無產業者開內藏振貧窮存耆老恤孤獨薄賦斂省刑罰行此三年海內晏然天下大洽陰陽和調萬物咸得其宜孫卿子曰萬物得宜事變得應國無災害之變民無飢寒之色

家給人足畜積有餘囹圄空虛文子曰法寬刑緩囹圄空虛鳳皇來集麒麟在郊禮記曰鳳皇麒麟皆在郊藪甘露既降朱草萌芽禮記曰天降膏露鄭玄曰膏猶甘也尚書大傳曰德光地序則朱草生遠方異俗之人鄉風慕義各奉其職而來朝賀故治亂之道存亡之端若此易見呂氏春秋曰治亂存亡如可見如不可見而君人者莫肯爲也臣愚竊以爲過故詩曰王國克生惟周之貞濟濟多士文王以寧此之謂也毛詩小雅文也

四子講德論并序

王子淵

褒既爲益州刺史王襄作中和樂職宣布之詩又作傳漢書曰益州刺史王襄欲宣風化於衆庶聞王褒有俊才使褒作中和樂職宣布詩選好事者令依鹿鳴之聲習而歌之褒既爲刺史作頌又作傳如淳曰言王政中和在官者樂其職國語所謂宣布哲人之令德也名曰四子講德以明其意焉

微斯文學問於虛儀夫子曰蓋聞國有道貧且賤焉恥也論語子曰邦有道貧且賤焉恥也今夫子閉門距躍專精趨學有日矣距躍不行也應劭風俗通曰涉始於足足率長十寸十寸則尺一躍三尺法天地人再躍則涉幸遭聖主平世而久懷寶論語陽貨謂孔子曰懷其寶而迷其

邦可謂仁乎是伯牙去鍾期而舜禹遁帝堯也廣雅曰遁逃也於是欲顯名號建
功業不亦難乎夫子曰然有是言也夫蠹蝱終日經營不能越階序
說文曰蠹蝱齧人飛蟲也莊子曰蚉虻噆膚蠹亡云切蝱莫衡切爾雅曰東西牆謂之序附驥尾則涉千里攀鴻
翮則翔四海文子曰蚉與驥致千里而不飛僕雖嚚頑願從足下雖然何由而自達
哉文學曰陳懇誠於本朝之上行話談於公卿之門春秋說題辭曰秉懿誠之義思
至忠之功高誘淮南子注曰本朝國朝也夫子曰無介紹之道安從行乎公卿禮記曰介紹而傳命
文學曰何爲其然也昔甯戚商歌以干齊桓呂氏春秋曰甯戚飯牛車下望桓公而悲擊牛
角疾歌淮南子曰甯越商歌車下而桓公慨然而悟許慎曰商秋聲也越石負芻而寤晏嬰晏子春秋曰晏子之
晉至於中牟睹弊冠皮裘負芻息於途側者晏子曰吾子何爲者對曰我越石父者也晏子曰何爲此曰吾爲人臣僕於中牟見使將歸
晏子曰何爲爲僕對曰吾身不免凍餓之地吾是以爲僕也晏子曰可得而贖乎對曰可遂解左驂而贖之因載而與之俱歸至舍不辭
而入越石父立而請絕晏子使人應之子何絕我之暴也越石父對曰臣聞之士者詘乎不知己而申乎知己吾三年爲人臣而莫吾知
也今子贖我吾以子爲知我矣今不辭而入是與臣僕者同矣晏子出見之曰嚮也見客之容而今也見客之意非有積素
累舊之歡皆塗覲卒遇而以爲親者也故毛嬙西施善毀者不能蔽

其好慎子曰毛嬙先施天下之姣也衣之以皮倛則見之者皆走易之玄錫則行者皆止先施西施一也嫫暮姆母倭
傀善譽者不能掩其醜孫卿子曰閭娵子奢莫之媒也嫫姆力父是之喜也倭傀醜女未詳所見倭於爲切傀古
回切苟有至道何必介紹夫子曰咨夫特達而相知者千載之一遇也
招賢而處友者衆士之常路也是以空柯無刃公輸不能以斲但懸
曼矰蒲苴不能以射聲類曰但徒也薛君韓詩章句曰曼長也鄭玄周禮注曰結繳於矢謂之矰矰高也列子曰蒲
苴子弋弱弓纖繳乘風而振之連雙鶬於青雲故膺騰撇波而濟水不如乘舟之逸也說文曰撆
擊也撆與撇同也疋設切衝蒙涉田而能致遠未若遵塗之疾也才蔽於無人行
衰於寡黨此古今之患唯文學慮之文學曰唯唯敬聞命矣於是相
與結侶攜手俱遊求賢索友歷于西州有二人焉乘輅而歌倚輗五雞
而聽之輅車也白虎通曰名車爲輅者何言所以步之於路也包咸論語注曰輗者轅端橫木以縛軛也詠歎中雅
轉運中律嘽闡緩舒繹曲折不失節禮記曰嘽諧慢易繁文簡節之音作而民康樂問歌者
爲誰則所謂浮遊先生陳丘子者也於是以士相見之禮友焉儀禮曰士
相見之禮贄冬用雉夏用腒左頭奉之禮文既集韓子曰禮有文禮者義之文文學夫子降席而稱

曰俚力紀人不識寡見尠聞劉德漢書注曰俚鄙也曩從末路望聽玉音竊動心
焉尚書大傳曰天下諸侯莫不玉音金聲敢問所歌何詩請聞其說浮遊先生陳丘子
曰所謂中和樂職宣布之詩益州刺史之所作也刺史見太上聖明
股肱竭力如淳漢書注曰太上天子也尚書大傳曰股肱臣也德澤洪茂黎庶和睦天人並應
屢降瑞福故作三篇之詩以歌詠之也文學曰君子動作有應從容
得度南容三復白珪孔子睹其慎戒論語曰南容三復白珪孔子以其兄之子妻之太子擊
誦晨風文侯諭其指意韓詩外傳曰魏文侯有子曰擊次曰訢訢少而立之以爲嗣封擊中山三年莫往來其傅
趙倉唐諫曰何不遣使乎則臣請使擊曰諾於是遂求北犬晨鴈齎行倉唐至曰北藩中山之君再拜獻之文侯曰嘻擊知吾好北犬嗜
晨鴈也即見使者文侯曰中山之君亦何好乎對曰好詩文侯曰於詩何好曰好晨風文侯曰晨風謂何對曰詩云鴥彼晨風鬱彼北林
未見君子憂心欽欽如何如何忘我實多此自以忘我者也於是文侯大悅曰欲知其君視其所使中山君不賢惡能得賢傅遂廢太子
訢召中山君以爲嗣今吾子何樂此詩而詠之也先生曰夫樂者感人密深而
風移俗易禮記曰樂者聖人所作也其感人深又曰樂者所以移風易俗也吾所以詠歌之者美其
君術明而臣道得也君者中心臣者外體外體作然後知心之好惡

臣下動然後知君之節趨子思子曰民以君爲心君以民爲體心正則體修心肅則身敬也好惡不形則是非不分節趨不立則功名不宣故美玉蘊於碔武砆夫凡人視之怢焉馬融論語注曰蘊藏也戰國策曰白骨疑象武夫類玉張揖漢書注曰武夫石之次玉者廣蒼曰怢忽忘也怢他沒切良工砥之然後知其和寶也精練藏於鑛朴庸人視之忽焉精練金也金百練不耗故曰精練也說文曰鑛銅鐵璞也礦與鑛同瓜並切巧治鑄之然後知其幹也況乎聖德巍巍蕩蕩民氓所不能命哉論語子曰大哉堯之爲君也蕩蕩乎民無能名焉巍巍乎其有成功廣雅曰命名也是以刺史推而詠之揚君德美深乎洋洋罔不覆載紛紜天地寂寥宇宙言所覆者廣也紛紜衆多之貌也寂寥曠遠之貌也明君之惠顯忠臣之節究爾雅曰究窮也郭璞曰謂窮盡也皇唐之世何以加茲是以每歌之不知老之將至也論語子曰發憤忘食樂以忘憂不知老之將至也文學曰書云迪一人使四方若卜筮尚書曰故一人有事四方若卜筮無不是孚孔安國曰迪道也孚信也夫忠賢之臣導主志承君惠攄盛德而化洪天下安瀾比屋可封瀾水波安瀾以喻太平也尚書大傳曰周民可比屋而封何必歌詠詩賦可以揚君哉愚竊惑焉浮游先生色勃眥溢曰是何言與論語子曰君召

使擯色勃如也孝經子曰是何言與昔周公詠文王之德而作清廟建爲頌首吉甫歎宣王穆如清風列于大雅毛詩周頌曰清廟祀文王也周公既成雒邑朝諸侯率以祀文王焉毛詩大雅序曰烝民尹吉甫美宣王也詩曰吉甫作誦穆如清風夫世衰道微僞臣虛稱者殆也世平道明臣子不宣者鄙也鄙殆之累傷乎王道故自刺史之來也宣布詔書勞來不怠令百姓徧曉聖德莫不霑濡厖邈江眉耈者之老厖雜也謂眉有白黑雜色咸愛惜朝夕願濟須臾且觀大化之淳流於是皇澤豐沛主恩滿溢百姓歡欣中和感發是以作歌而詠之也感發謂情感於中發言爲詩也傳曰詩人感而後思思而後積積而後滿滿而後作言之不足故嗟歎之嗟歎之不足故詠歌之詠歌之不厭不知手之舞之足之蹈之也樂動聲儀文也此臣子於君父之常義古今一也今子執分寸而罔億度億度之言無限也韓子曰有尺寸而無億度又曰前識無緣而妄億度也馬融論語注曰罔誣也處把握而卻寥廓乃欲圖大人之樞機道方伯之失得不亦遠乎大人謂天子也周易曰利見大人又曰言行君子之樞機陳丘子見先生言切恐二客慙膝步而前曰先生詳之戰國策曰荊軻見太子太

子再拜而跽膝行流涕行潦老暴集江海不以爲多左氏傳曰君子曰潢汙行潦之水杜預曰行潦流潦

也莊子海若曰天下之水莫大於海百川歸之而不盈鰌鱓並逃九罭域不以爲虛爾雅曰鰼鰌郭璞曰

今泥鰌也鰼似立切鰌且由切郭璞山海經注曰鱓魚似蛇時闌切毛詩曰九罭之魚鱒魴爾雅曰九罭魚網也是以許由

匿堯而深隱唐氏不以衰呂氏春秋曰昔堯朝許由於沛澤之中請屬天下於夫子許由遂之箕山之下夷

齊恥周而遠餓文武不以卑夷齊已見上文夫青蠅不能穢垂棘毛詩曰營營青蠅止

於樊鄭玄曰蠅之爲蟲汙白使黑汙黑使白左氏傳曰晉荀息請以垂棘之璧假道於虞以伐虢邪論不能惑孔墨

今刺史質敏以流惠舒化以揚名采詩以顯至德歌詠以董其文爾雅

曰董正也受命如絲明之如綍禮記曰王言如絲其出如綸王言如綸其出如綍音弗鄭玄曰言出彌大也甘

棠之風可倚而俟也毛詩序曰甘棠美召伯也召伯之教明於南國二客雖窒計沮孳與議何

傷言二客雖於計窒塞於議沮敗何傷於理乎言未傷也爾雅曰窒塞也顧謂文學夫子曰先生微矜

於談道又不讓乎當仁論語子曰當仁不讓於師亦未巨過也願二子措意焉夫

子曰否夫雷霆必發而潛底震動呂氏春秋曰開春始雷則蟄蟲動矣枹孚鼓鏗苦耕鏘

七羊而介士奮竦左氏傳曰郤克援枹而鼓鄭玄周禮注曰介被甲也故物不震不發士不激不

勇今文學之言欲以議愚感敵舒先生之憤願二生亦勿疑言議前敵之愚
以感動之於是文繹復集乃始講德馬融論語注曰繹尋繹也文學夫子曰昔成康之
世君之德與臣之力也韓子曰晉平公問叔向曰齊桓公九合諸侯臣之力邪君之力邪與音余先生曰
非有聖智之君惡烏有甘棠之臣故虎嘯而風寥戾龍起而致雲氣
周易曰雲從龍風從虎聖人作而萬物覩蟋蟀俟秋吟蜉浮蝣由出以陰易通卦驗曰立秋蜻蛚鳴蔡邕
月令章句曰蟋蟀蟲也謂之蜻蛚也易曰飛龍在天利見大人鳴聲相應仇偶相從周易
曰同聲相應同氣相求水流濕火就燥人由意合物以類同是以聖主不偏窺望而視
以明不殫傾耳而聽以聰何則淑人君子人就者衆也毛詩曰淑人君子其儀不
忒故千金之裘非一狐之腋亦大廈之材非一丘之木太平之功非
一人之略也慎子曰廊廟之材蓋非一木之枝狐白之裘非一狐之皮也治亂安危存亡榮辱之施非一人之力也蓋
君爲元首臣爲股肱明其一體相待而成有君而無臣春秋刺焉公羊
傳曰宋公與楚人期戰于泓之陽宋師大敗故君子大其不鼓不成列臨大事而不忘大禮有君而無臣以爲雖文王之戰亦不過此
也何休曰惜其有王德而無王佐也三代以上皆有師傅五伯以下各自取友說苑郭隗曰帝

者之臣其名臣也其實師也王者之臣其名臣也其實友也伯者之臣其名臣也其實僕也齊桓有管鮑隰甯九
合諸侯一匡天下左氏傳曰鮑叔牙奉公子小白又曰齊桓衛姬之子有鮑叔牙隰朋以爲輔佐說苑鄒子曰甯戚叩
轅行歌桓公任之以國政論語子曰桓公九合諸侯不以兵車管仲之力也又曰管仲相桓公一匡天下民到于今受其賜晉文
公有咎犯趙衰楚危取威定霸以尊天子左氏傳曰晉公子重耳奔狄從者狐偃趙衰顛頡魏武子
司空季子杜預曰狐偃子犯也司空季子胥臣臼季也左氏傳曰先軫謂晉侯曰報施救患取威定霸於是乎在矣秦穆有王
由五羖攘卻西戎始開帝緒韓詩外傳曰昔戎將由余使秦秦繆公問得失之要對曰古之有國者未嘗不
以恭儉也失國者未嘗不以驕奢也繆公然之於是告內史王廖曰隣國有聖人敵國之憂也由余聖人也將奈之何王廖曰君其遺之
女樂以婬其志然後可圖繆公曰善乃使王廖以其女樂二列遺戎王史記曰百里奚亡秦走宛秦繆公聞百里奚故重贖之恐楚不予
請以五羖羊皮贖之楚人曰予之繆公與語國事大悅又曰秦用由余謀伐戎王并國十二遂霸西戎春秋保乾圖曰五帝異緒宋衷曰
緒業也楚莊有叔孫子反兼定江淮威震諸夏韓詩外傳曰沈令尹進孫叔敖於莊王叔敖治
楚三年而楚國霸左氏傳曰楚子圍鄭子反將右晉師救鄭及楚師戰于邲晉師敗績邲步必切勾踐有種蠡渫庸
剋滅彊吳雪會稽之恥漢書曰江都王問董仲舒曰越王勾踐與大夫渫庸種蠡謀伐吳遂滅之孔子稱殷有三
仁寡人亦以爲越有三仁史記曰吳王夫差伐越敗之越王勾踐乃以甲兵五千人棲於會稽又曰勾踐自會稽歸拊循其士民伐吳大

破之吳王自殺也魏文有段干田翟秦人寢兵折衝萬里呂氏春秋曰孟嘗君問白圭曰魏文侯名過桓公而功不及五伯何也白圭對曰文侯師子夏友田子方敬段干木此名之所以過桓公也而名號顯榮者三士羽翼之也史記魏文侯謂李克曰寡人之相非成則璜璜翟璜也成魏文侯弟名也呂氏春秋曰段干木者魏文敬之過其廬而軾秦欲攻魏而司馬康諫曰段干木賢者而魏禮之天下皆聞無乃不可加兵乎秦君以爲然乃止燕昭有郭隗樂毅夷破彊齊困閔於莒史記曰燕昭王以子之之亂而齊大破燕燕昭王怨齊於是詘身下士先禮郭隗以招賢者樂毅爲魏使於燕燕昭王以爲亞卿使樂毅伐齊破之追至于臨菑齊湣王走保於莒湣與閔同夫以諸侯之細功名猶尙若此而況帝王選於四海羽翼百姓哉高誘呂氏春秋注曰羽翼輔佐也故有賢聖之君必有明智之臣欲以積德則天下不足平也欲以立威則百蠻不足攘也毛萇詩傳曰攘除也今聖主冠道德履純仁被六藝佩禮文屢下明詔舉賢良求術士招異倫拔俊茂是以海內歡慕莫不風馳雨集襲雜並至塡庭溢闕含淳詠德之聲盈耳登降揖讓之禮極目進者樂其條暢怠者欲罷不能條猶理也漢書音義曰暢通也偃息匍匐乎詩書之門遊觀乎道德之域咸絜身修思吐情素而披心腹各悉精銳以貢忠誠允願推

主上弘風俗而騁太平濟濟乎多士文王所以寧也濟濟多士已見上文若乃美政所施洪恩所潤不可究陳舉孝以篤行崇能以招賢去煩蠲苛以綏百姓祿勤增奉以厲貞廉漢書宣紀曰律令有可蠲除以安百姓條奏又曰吏不廉平則治道衰今小吏皆勤事祿薄其益吏奉什五也減膳食卑宮觀宣紀曰令太官損膳省宰又曰郡國宮觀勿復修理省田官損諸苑宣紀曰池籞未御幸者假與貧人踈繇役振乏困宣紀曰流人還歸勿筭繇事又曰遣使者振貸乏困恤民災害不遑遊宴宣紀曰今天下頗被疾疫之災朕甚愍之閔耄老之逢辜憐縗絰之服事宣紀曰朕惟耆老之人髮齒墮落亦無暴虐之心諸年八十以上非誣告人殺傷人他皆勿坐又曰百姓遭縗絰凶災而吏繇事傷孝子之心自今有大父母父母喪者勿繇事惻隱身死之腐人悽愴子弟之縲匿宣紀曰今繫者或以掠辜若飢寒死獄中朕甚痛之又曰自今子首匿父母孫匿大父母皆勿坐恩及飛鳥惠加走獸胎卵得以成育草木遂其零茂尸子曰湯之德及鳥獸矣莊子曰至德之世禽獸成羣草木遂長愷悌君子民之父母豈不然哉毛詩大雅文先生獨不聞秦之時耶違三王背五帝滅詩書壞禮義信任羣小憎惡仁智詐偽者進達佞諂者容入宰相刻峭大理峻法廣雅曰峭急也謂嚴急也峻與峭同處位而任政者皆短於仁義

長於酷虐狠摯虎攫懷殘秉賊孟子曰賊仁者謂之賊賊義者謂之殘其所臨莅莫不肌栗慴伏吹毛求疵並施螫毒百姓征伀無所措其手足韓子曰古之人君大體者不吹毛而求小疵不洒垢而察難知方言曰征伀惶遽也論語子曰刑罰不中則民無所措手足伀章容切嗷嗷愁怨遂亡秦族是以養雞者不畜狸牧獸者不育豺樹木者憂其蠹保民者除其賊文子曰乳犬噬虎伏雞搏狸又曰所爲立君者以禁暴亂也夫養禽獸者必除豺狼又況牧民乎又曰木林生蠹還自食人生事因自賊故大漢之爲政也崇簡易尚寬柔進淳仁舉賢才上下無怨民用和睦孝經曰民用和睦上下無怨今海內樂業朝廷淑清天符既章人瑞又明品物咸亨山川降靈周易曰雲行雨施品物咸亨神光燿暉洪洞朗天宣紀曰鳶邕之夕神光交錯或降于天或登于地鳳皇來儀翼翼邕邕羣鳥並從舞德垂容宣紀曰鳳皇集魯羣鳥從之尚書曰鳳皇來儀爾雅曰翼翼恭也邕邕和也又曰邕邕者聲和也山海經曰鳳首文曰德神雀仍集麒麟自至宣紀神雀仍集九真獻奇獸甘露滋液嘉禾櫛比宣紀曰甘露降未央宮又曰嘉穀玄稷降于郡國大化隆洽男女條暢家給年豐咸則三壤豈不盛哉尚書曰咸則三壤成賦中邦昔文王應九尾狐而東夷歸周春秋元命苞曰天命文王以九尾狐武王獲白魚而

諸侯同辭（尚書琁璣鈐曰武王得兵鈐謀東觀白魚入舟俯取以燎八百諸侯順同不謀魚者視用無足翼從欲紂如魚乃誅）周公受秬鬯而鬼方臣（周公受秬鬯未詳鄭玄詩箋曰鬼方遠方也）宣王得白狼而夷狄賓（史記曰穆王征犬戎得四白狼以歸今云宣王未詳）夫名自正而事自定也（論語曰名不正則言不順言不順則事不成）今南郡獲白虎亦偃武興文之應也獲之者張武武張而猛服也是以北狄賓洽邊不恤寇甲士寢而旌旗仆也文學夫子曰天符既聞命矣敢問人瑞先生曰夫匈奴者百蠻之最彊者也（毛詩曰因時百蠻）天性憍蹇習俗傑暴（左氏傳曰彼皆偃蹇杜預曰偃蹇憍慠也）賤老貴壯氣力相高（史記曰匈奴貴壯健賤老弱也）業在攻伐事在獵射（史記曰匈奴因射獵爲生業習戰攻以侵伐）兒能騎羊走箭飛鏃（史記曰匈奴兒能騎羊引弓射鳥鼠也）逐水隨畜都無常處（史記曰匈奴逐水草遷徙無城郭常處）鳥集獸散往來馳騖周流曠野以濟嗜欲其耒耜則弓矢鞍馬播種則扞弦掌拊（禮記曰左佩決扞鄭玄曰扞拾也言所以拾弦也何旦切鄭玄禮記注曰拊弓把也音夫）收秋則奔狐馳兔穫（胡郭）刈則顛倒殪（伊計）仆（史記曰匈奴射狐兔用爲食）追之則奔遁釋之則爲寇（史記曰匈奴利則進不利則退不羞遁走）是以三王不能懷五伯不能綏驚邊

抗士屢犯匈蕘詩人所歌自古患之毛詩曰六月棲棲戎車既飭四牡騤騤載是常服玁狁孔熾我
是用急今聖德隆盛威靈外覆日逐舉國而歸德單于稱臣而朝賀宣紀
曰日逐王先賢撣將人衆來降鄭氏曰撣音纏東之纏又曰單于稱臣使弟奉珍朝賀正月乾坤之所開陰陽之
所接編蒲典結計沮顏焦齒梟瞯閑翦髮黥首文身裸力果袒徒旦之國編結
卽編髮也漢書終軍曰解辮髮削左衽又曰匈奴有罪小者軋音義曰刀刻其面蓋沮顏也焦齒未詳又曰大宛深目多鬚蓋梟瞷也黥
首蓋雕題也山海經曰雕題國在鬱林南靡不奔走貢獻懽忻來附婆娑嘔吟鼓掖而笑
夫鴻均之世何物不樂孔安國尚書傳曰洪大也鴻與洪古字通毛萇詩傳曰均平也飛鳥翕翼泉
魚奮躍毛詩曰鴛鴦在梁戢其左翼鄭玄曰明王之時人不驚駭也韓詩曰鳶飛戾天魚躍于泉薛君曰魚喜樂則踴躍於泉中
是以刺史感懣莫本舒音而詠至德鄙人黯淺不能究識黯不明也烏感切敬
遵所聞未剋殫焉於是二客醉于仁義飽于盛德毛詩曰既醉以酒既飽以德終
日仰歎怡懌而悅服

文選卷第五十一

賜進士出身通奉大夫江南蘇松常鎮太倉等處承宣布政使司布政使胡克家重校刊

文選卷第五十二

梁昭明太子撰

文林郎守太子右內率府錄事參軍事崇賢館直學士臣李善注上

論二

班叔皮王命論一首　魏文帝典論一首

曹元首六代論一首　韋弘嗣博弈論一首

王命論一首　班叔皮

善曰王命帝王受命也漢書曰彪遭王莽敗光武即位於冀州時隗囂據隴擁衆囂問彪曰往者周亡戰國並爭天下分裂意者從橫之事復起於今乎

昔在帝堯之禪曰咨爾舜天之厤數在爾躬舜亦以命禹善曰論語文也尚書帝曰來禹予懋乃德嘉乃丕績天之厤數在汝躬汝終陟元后孔安國曰厤數謂天道也元后天子也爾雅曰命告也暨于稷契咸佐唐虞光濟四海奕世載德至于湯武而有天下善曰稷武王之祖也契成湯之祖也杜預左氏傳注曰暨至也國語祭公謀父曰奕世載德孔安國尚書傳曰載行也雖其遭遇異時禪代

不同至于應天順人其揆一焉善曰周易曰湯武革命順乎天應乎人孟子曰先聖後聖其揆一也是故劉氏承堯之祚氏族之世著于春秋善曰漢書贊曰春秋晉史蔡墨有言陶唐氏既衰其後有劉累范氏其後也范氏爲晉士師魯文公世出奔秦後歸于晉其處者爲劉氏唐據火德而漢紹之善曰帝系曰帝堯封于唐爲火德漢書贊曰漢承堯運德祚已盛斷蛇著符旗幟尚赤協于火德自然之應得天統矣始起沛澤則神母夜號以彰赤帝之符善曰漢書曰高祖夜徑澤中有大蛇當徑高祖乃拔劍斬蛇後人來至蛇所有一老嫗夜哭曰吾子白帝子也化爲蛇當道今者赤帝子斬之又曰高祖立爲沛公旗幟皆赤由是知所殺蛇白帝子殺者赤帝子故也由是言之帝王之祚必有明聖顯懿之德善曰春秋河圖揆命篇曰倉戲農黃三陽翼天德聖明法言曰昔在有熊高陽高辛唐虞三代咸有顯懿故天因而祚之豐功厚利積累之業善曰史記崇侯虎曰西伯積善累德諸侯皆嚮之然後精誠通于神明流澤加於生民善曰孝經子曰孝悌之至通於神明尚書周公曰道洽政治澤潤生民故能爲鬼神所福饗天下所歸往善曰孟子萬章曰堯薦舜如何曰使之主祭百神享之使之主事事治而百姓安之易乾鑿度曰王者天下所歸韓詩外傳曰王者往也天下往之謂之王也未見運世無本功德不紀而得倔起在此位者也善曰世運五行更運相次之世也不紀不爲人所記也春秋元命苞曰五德之運應錄次相代埤蒼曰崛特起也崛與倔同世俗見高祖興於布衣不達其故

善曰漢書曰高祖曰吾以布衣取天下家語孔子曰舜起布衣而終以帝也以爲適遭暴亂得奮其劍善曰
適猶遇也漢書高祖曰吾提三尺劍取天下遊說之士至比天下於逐鹿幸捷而得之善曰
漢書隗囂曰秦失其鹿劉季逐而掎之時人復知漢乎太公六韜曰取天下若逐野鹿得鹿天下共分其肉不知神器有
命不可以智力求韋昭曰神器天子璽符服御之物善曰老子曰天下神器不可爲也爲者敗之也悲夫此
世之所以多亂臣賊子者也善曰孟子曰孔子成春秋而亂臣賊子懼若然者豈徒闇於
天道哉又不覩之於人事矣夫餓饉流隸飢寒道路善曰說文曰餓飢也穀梁傳曰
五穀不升謂之饉流隸流移賤隸也左氏傳曰人有十等輿臣隸也饉或爲殣荀悅曰道瘞謂之殣也思有短褐之襲
檐石之蓄韋昭曰短爲裋裋襦也毛布曰褐善曰裋丁管切說文曰襲重衣也字林曰襲大篋也晉灼曰無一檐與一斛之餘
所願不過一金終於轉死溝壑韋昭曰一斤爲一金善曰孟子謂滕文公曰爲人父母使老稚轉乎溝壑
惡在爲人父母也何則貧窮亦有命也善曰墨子曰貧富治亂固有天命不可損益也況乎天子之
貴四海之富神明之祚可得而妄處哉善曰禮記孔子曰舜其大孝也與尊爲天子富有四海之
內宗廟饗之子孫保之法言曰天因祚之爲神明主也故雖遭罹厄會竊其權柄勇如信布強
如梁籍成如王莽然卒潤鑊伏鑕烹醢分裂善曰史記曰項籍其季父項梁陳勝等起梁爲

楚上柱國軍下邳自號武信君北至定陶再破秦軍後秦大破之項梁死又況幺麽不及數子而欲闇干

天位者也善曰鶡冠子曰無道之君任用幺麽動則煩濁有道之君任用俊雄動則明白通俗文曰不長曰幺細小曰麽莫可

切爾雅曰干求也是故駑蹇之乘不騁千里之塗善曰廣雅曰駑駘也今謂馬之下者為駑王逸楚辭

注曰蹇跛也呂氏春秋曰所為貴驥者為其一日千里也鷰雀之疇不奮六翮之用善曰史記陳涉曰鷰雀安

知鴻鵠之志哉韓詩外傳蓋賁曰夫鴻鵠一舉千里所恃者六翮耳楶梲之材不荷棟梁之任應劭曰爾雅曰

栭謂之楶梲朱儒柱善曰說文曰栭枅上標周易曰棟隆之吉不橈乎下也楶音節梲之劣切斗筲之子不秉帝王

之重音義曰筲竹筥也受一斗善曰論語子曰斗筲之人何足筭也易曰鼎折足覆公餗不勝其任

也善曰周易鼎卦之辭也說文曰鬻鼎實也鬻與餗同音速當秦之末豪桀共推陳嬰而王之嬰

母止之曰自吾為子家婦而世貧賤卒富貴不祥不如以兵屬人事

成少受其利不成禍有所歸嬰從其言而陳氏以寧善曰史記文王陵之

母亦見項氏之必亡而劉氏之將興也是時陵為漢將而母獲於楚

有漢使來陵母見之謂曰願告吾子漢王長者必得天下子謹事之

無有二心遂對漢使伏劍而死以固勉陵其後果定於漢陵為宰相

封侯善曰史記文夫以匹婦之明猶能推事理之致探禍福之機善曰白虎通曰
庶人稱匹夫何言其夫妻爲偶也鄭玄周禮注曰致猶會也全宗祀於無窮垂冊書於春秋而況
大丈夫之事乎張晏曰冊書史記也晉灼曰至周名春秋考紀也善曰孟子曰富貴不能淫貧賤不能移此之謂大丈夫
也是故窮達有命吉凶由人善曰呂氏春秋曰道德於此窮達一也左氏傳周內史叔興曰吉凶由人嬰
母知廢陵母知興審此二者帝王之分決矣蓋在高祖其興也有五
一曰帝堯之苗裔二曰體貌多奇異善曰漢書曰高祖爲人隆準而龍顏美鬚髯左股有七十二黑
子三曰神武有徵應善曰徵應謂下衆瑞也四曰寬明而仁恕善曰漢書曰高祖寬仁愛人意
豁如也五曰知人善任使善曰高祖任張良以運籌委蕭何以關內是也加之以信誠好謀達
於聽受見善如不及用人如由己善曰論語子曰見善如不及從諫如順流趣時
如嚮起善曰左氏傳叔向曰齊桓公從善如流周易曰變通者趣時者也當食吐哺納子房之策善曰
漢書酈食其欲立六國後漢王以問張良良發八難漢王輟食吐哺曰豎儒幾敗乃公事拔足揮洗揖酈生之說
善曰漢書曰酈食其求見沛公方踞牀使兩女子洗足酈生不拜長揖曰足下必欲誅無道秦不宜踞見長者沛公起攝衣謝之延上坐
食其說沛公襲陳留悟戍卒之言斷懷土之情善曰漢書曰高祖西都洛陽戍卒婁敬說上曰陛下都洛陽不

便不如入關據秦之固是日車駕西都長安高四皓之名割肌膚之愛善曰漢書曰上欲廢太子立戚夫人
子趙王如意呂后不知所爲張良曰顧上有所不能致四人令太子爲書卑辭安車請以爲客令上見之則一助也於是太子迎四人至
上破黥布歸愈欲易太子及置酒太子侍四人者從上乃驚曰吾求公公逃避我今公何自從吾兒遊煩公幸卒調護太子竟不易太子
者良本招此四人之力也舉韓信於行陣收陳平於亡命善曰漢書曰蕭何薦韓信於漢王於是漢王齋
戒設壇場拜信爲大將軍又曰陳平亡楚來降漢王與語說之使驂乘監諸將英雄陳力羣策畢舉此高祖
之大略所以成帝業也善曰莊子許由曰我爲汝言其大略廣雅曰略法也若乃靈瑞符應又
可略聞矣善曰略粗略也初劉媼妊高祖而夢與神遇震電晦冥有龍虵之
怪善曰漢書曰高祖母媼嘗息大澤之陂夢與神遇是時雷電晦冥父往視則見蛟龍於其上已而有娠遂產高祖說文曰妊孕也如
蔭切及長而多靈有異於衆是以王武感物而折契呂公覩形而進女
善曰漢書曰高祖嘗從王媼武負貰酒時飲醉臥武負王媼見其上嘗有怪歲竟此兩家嘗折券棄債貰食夜切又曰呂公見高祖曰臣
少好相人相人多矣無如季相臣有息女願爲箕箒妾也秦皇東遊以厭其氣呂后望雲而知所
處善曰漢書秦始皇帝曰東南有天子氣於是東遊以厭當之高祖隱於芒碭山澤閒呂后與人俱求嘗得之高祖怪問呂后曰季所
居上常有雲氣故從往常得季說文曰厭塞也於冉切始受命則白蛇分西入關則五星聚善曰

白蛇分已見上文漢書曰元年冬十月五星聚於東井沛公至霸上也故淮陰留侯謂之天授非人力也善曰漢書韓信謂高祖曰且陛下天授非人力也又曰張良數以太公兵法說沛公沛公喜常用其策爲他人言皆不省良曰沛公殆天授遂從之故歷古今之得失驗行事之成敗稽帝王之世運考五者之所謂取舍不厭斯位符瑞不同斯度韋昭曰厭合也善曰一豔切而苟昧權利越次妄據外不量力內不知命善曰左氏傳曰息侯伐鄭君子曰不量力論語孔子曰不知命無以爲君子則必喪保家之主失天年之壽善曰左氏傳曰趙孟過鄭印段賦蟋蟀趙孟曰保家之主也莊子弟子問於莊子曰山中之木以不材得終其天年也遇折足之凶伏斧鉞之誅英雄誠知覺寤畏若禍戒超然遠覽淵然深識收陵嬰之明分絶信布之覬覦善曰左氏傳師服曰下無覬覦杜預曰下不敢望上位也說文曰覬幸也覦欲也距逐鹿之瞽說審神器之有授貪不可冀無爲二母之所笑韋昭曰幾望也今本作冀則福祚流于子孫天祿其永終矣善曰尚書曰四海困窮天祿永終

典論論文一首　魏文帝

文人相輕自古而然傅毅之於班固伯仲之間耳而固小之與弟超

書曰武仲以能屬文爲蘭臺令史下筆不能自休伯仲喻兄弟之次也言勝負在兄弟之間不甚相踰也范曄後漢書曰班超字仲升徐令彪之少子也夫人善於自見而文非一體鮮能備善是以各以所長相輕所短里語曰家有弊帚享之千金斯不自見之患也東觀漢記曰吳漢入蜀都縱兵大掠上詔讓漢曰城降孩兒老母口萬數一旦放兵縱火聞之可爲酸鼻家有弊帚享之千金禹宗室子孫故嘗更職何忍行此杜預左氏傳注曰亨通也亨或爲享今之文人魯國孔融文舉廣陵陳琳孔璋山陽王粲仲宣北海徐幹偉長陳留阮瑀元瑜汝南應瑒德璉東平劉楨公幹斯七子者於學無所遺於辭無所假咸以自騁驥騄於千里仰齊足而並馳以此相服亦良難矣千里已見上文毛萇詩傳曰田獵齊足尚疾也蓋君子審己以度人故能免於斯累呂氏春秋曰君子必審諸己然後任人楚辭曰羌內恕己以量人王逸曰量度也而作論文王粲長於辭賦徐幹時有齊氣然粲之匹也言齊俗文體舒緩而徐幹亦有斯累漢書地理志曰故齊詩曰子之還兮遭我乎嶩之間兮此亦舒緩之體也如粲之初征登樓槐賦征思幹之玄猿漏巵圓扇橘賦雖張蔡不過也然於他文未能稱是琳瑀之章表書記今之儁也應瑒和而不壯劉楨

壯而不密孔融體氣高妙有過人者然不能持論理不勝詞漢書東方朔枚臯不根持論孔叢子平原君謂公孫龍曰公無復與孔子高辯事也其理勝於辭公辭勝於理以至乎雜以嘲戲及其所善楊班儔也常人貴遠賤近向聲背實又患闇於自見謂己為賢夫文本同而末異蓋奏議宜雅書論宜理銘誄尚實詩賦欲麗此四科不同故能之者偏也唯通才能備其體文以氣為主氣之清濁有體不可力強而致譬諸音樂曲度雖均節奏同檢蒼頡篇曰檢法度也至於引氣不齊巧拙有素雖在父兄不能以移子弟桓子新論曰惟人心之所獨曉父不能以禪子兄不能以教弟也蓋文章經國之大業不朽之盛事年壽有時而盡榮樂止乎其身二者必至之常期未若文章之無窮是以古之作者寄身於翰墨見意於篇籍不假良史之辭不託飛馳之勢而聲名自傳於後故西伯幽而演易周旦顯而制禮司馬遷書曰西伯拘而演周易不以隱約而弗務不以康樂而加思周易曰隱約者觀其不懾懼夫然則古人賤尺璧而重寸陰懼乎時之過已淮南子曰聖人不貴尺之璧而重寸之陰時難得而易失孔叢子孔子曰不讀易則不知聖人之心必不

使時過已也而人多不強力貧賤則懾於飢寒富貴則流於逸樂鄭玄禮記注曰懾恐懼也賈逵國語注曰流放也遂營目前之務而遺千載之功日月逝於上體貌衰於下忽然與萬物遷化斯志士之大痛也古詩曰奄忽隨物化榮名以爲寶融等已逝唯幹著論成一家言

六代論一首論夏殷周秦漢魏也

曹元首魏氏春秋曰曹冏字元首少帝族祖也是時天子幼稚冏冀以此論感悟曹爽爽不能納爲弘農太守少帝齊王芳也

昔夏殷周之歷世數十而秦二世而亡紀年曰凡夏自禹以至于桀十七王殷自成湯滅夏以至于受二十九王大戴禮曰殷爲天子二十餘世而周受之周爲天子三十餘世而秦受之秦爲天子二世而亡何殷周有道而長秦無道而暴也何則三代之君與天下共其民故天下同其憂秦王獨制其民故傾危而莫救夫與人共其樂者人必憂其憂與人同其安者人必拯其危先王知獨治之不能久也故與人共治之班固漢書贊曰孝宣帝稱曰與我共此者其唯良二千石乎知獨守之不能固也故與人共守之班固漢書贊曰昔周盛則周召相其

治致刑措衰則五伯扶其弱與共守之兼親疏而兩用參同異而並進是以輕重足以
相鎮親疏足以相衛幷兼路塞逆節不生賈誼過秦曰秦幷兼諸侯山東三十郡漢書主父偃
說上曰今以法割削諸侯則逆節萌起及其衰也桓文帥禮齊桓晉文苞茅不貢齊師伐楚
宋不城周晉戮其宰左氏傳曰齊侯伐楚楚子使與師言曰不虞君之涉吾地何故管仲對曰爾貢苞茅不入王祭
不共無以縮酒寡人是徵又曰晉魏舒合諸侯之大夫于翟泉將以城成周宋仲幾不受功曰滕薛郳吾役也爲宋役亦職也士伯怒曰
必以仲幾爲戮乃執仲幾歸諸京師王綱弛而復張諸侯傲而復肅二霸之後寖以陵
遲漢書曰二霸之後寖以陵遲吳楚憑江負固方城雖心希九鼎而畏迫宗姬左氏
傳屈完對齊侯曰楚國方城以爲城漢水以爲池又曰楚子觀兵于周疆問鼎之大小輕重焉王孫滿對曰周德雖衰天命未改鼎之輕
重未可問也姦情散於胷懷逆謀消於脣吻亡粉反斯豈非信重親戚任用
賢能枝葉碩茂本根賴之與班固漢書述曰公族蕃滋枝葉碩茂自此之後轉相攻伐
吳幷於越晉分爲三魯滅於楚鄭兼於韓史記曰越王勾踐自會稽歸拊循其士民伐吳大破
之吳王自殺又曰魏武侯韓哀侯趙敬侯滅晉後而三分其地又曰楚考烈王伐滅魯又曰韓哀滅鄭幷其國曁乎戰國諸
姬微矣唯燕衞獨存然皆弱小西迫強秦南畏齊楚救於滅亡匪遑

相郵至於王赧匿簡降爲庶人猶枝幹相持得居虛位海內無主四十
餘年班固漢書贊曰暨于王赧降爲庶人用天年終號位已絕於秦天下尚猶枝葉相持莫得居其虛位海內無主四十餘年也
據勢勝之地騁譎詐之術征伐關東蠶食九國班固漢書贊曰秦據勢勝之地騁狙詐之
兵蠶食山東一切取勝賈誼過秦曰九國之師遁逃而不敢進至於始皇乃定天位尚書曰天位艱哉曠曰
若彼用力若此班固漢書贊曰至始皇乃并天下以德若彼用力如此其艱難也豈非深根固蔕不
拔之道乎老子曰有國之母可以長久是謂深根固蔕長生久視之道班固漢書贊曰所以親親賢賢褒表功德深根固本爲
不可拔者也易曰其亡其亡繫于苞桑周德其可謂當之矣周易否卦之辭也鄭玄曰
苞植也否世之人不知聖人有命咸云其將亡矣其將亡矣而聖乃自繫於植桑不亡也王弼曰心存將危乃得固也秦觀周
之弊將以爲以弱見奪於是廢五等之爵立郡縣之官班固漢書贊曰秦既稱帝
患周之敗以爲諸侯力爭四夷交侵以弱見奪於是剗去五等史記李斯奏曰置諸侯不便始皇於是分天下以爲三十六郡置守尉監
也棄禮樂之教任苛刻之政子弟無尺寸之封功臣無立錐之土內
無宗子以自毗輔外無諸侯以爲蕃衛班固漢書贊曰秦竊自號謂皇帝而子弟爲匹夫內亡骨
肉本根之輔外亡尺土蕃翼之衛莊子曰堯舜有天下子孫無置錐之地仁心不加於親戚惠澤不流於

枝葉譬猶芟刈股肱獨任胷腹浮舟江海捐棄楫櫂法言曰灝灝之海濟樓航之力
也航人無楫如航何通俗文櫂謂檝也觀者爲之寒心而始皇晏然自以爲關中之固
金城千里子孫帝王萬世之業也豈不悖哉賈誼過秦曰天下已定始皇之心以爲關中之
固金城千里子孫帝王萬世之業也是時淳于越諫曰臣聞殷周之王封子弟功臣千
有餘歲今陛下君有海內而子弟爲匹夫卒有田常六卿之臣而無
輔弼何以相救事不師古而能長久者非所聞也史記曰齊簡公立田常監止爲左右
相田氏殺監止簡公出奔田氏執簡公于徐州遂殺之又曰晉昭公卒六卿強公室卑六卿謂范氏中行氏智氏及趙韓魏也論語紀滑
讖曰陳滅齊六卿分晉尚書曰事不師古以克永代匪說攸聞始皇聽李斯偏說而絀其義至身死
之日無所寄付委天下之重於凡夫之手託廢立之命於姦臣之口
史記曰始皇崩趙高乃與胡亥丞相李斯陰破去始皇所封書賜公子扶蘇者而更詐爲丞相受始皇遺詔立子胡亥爲太子更爲書賜
公子扶蘇死至令趙高之徒誅鋤宗室史記曰二世尊用趙高申法令乃行誅大臣及諸公子春秋合誠圖
曰誅鋤民害胡亥少習剋薄之教長遵凶父之業史記曰趙高故嘗教胡亥書及獄律令法事史
記太史公曰商君其天資刻薄人也不能改制易法寵任兄弟而乃師謨申商諮謀趙

高自幽深宮委政讒賊史記李斯上書二世曰能明申韓之術而修商君之法法修術明而天下亂者未之聞也應劭漢書注曰申不害韓昭侯相衞公孫鞅秦孝公相李奇曰法皆深刻無恩史記曰二世常居禁中與趙高決事事無大小輒決於高蒼頡篇曰委任之也身殘望夷求爲黔首豈可得哉史記曰二世齋望夷宮欲祠涇使使責讓趙高以盜事高懼乃陰與其女壻咸陽令閻樂謀易上樂前即謂二世曰足下其自爲計二世曰願得妻子爲黔首閻樂麾其兵進二世自殺也遂乃郡國離心衆庶潰叛尚書曰受有億兆夷人離心離德左氏傳曰人逃其上曰潰勝廣唱之於前劉項斃之於後史記曰吳廣爲假王擊秦班固漢書贊曰秦竊自號謂皇帝而子弟爲匹夫吳陳奮其白挺劉項隨而斃之向使始皇納淳于之策抑李斯之論割裂州國分王子弟封三代之後報功臣之勞土有常君民有定主枝葉相扶首尾爲用雖使子孫有失道之行時人無湯武之賢姦謀未發而身已屠戮何區區之陳項而復得措其手足哉故漢祖奮三尺之劍驅烏集之衆曾子曰烏合之衆初雖相歡後必相咋也五年之中而成帝業漢書曰高祖五年斬羽東城即皇帝位於氾水之陽自開闢以來其興功立勳未有若漢祖之易者也夫伐深根者難爲功摧枯朽者易爲力理勢然也班固漢書贊曰漢無尺土之階繇一劍之任五年而成帝業書傳所未嘗有焉

何則古代相革皆承聖王之烈今漢獨收孤秦之弊鑴金石者難爲功摧枯朽者易爲力其勢然也漢鑒秦之失封植
子弟及諸呂擅權圖危劉氏漢書太后崩上將軍呂祿相國呂產專兵秉政謀作亂賈逵國語注曰權秉卽
柄字也而天下所以不能傾動百姓所以不易心者徒以諸侯強大盤
石膠固漢書宋昌曰高帝王子弟所謂盤石之宗也莊子曰待膠漆而固者是侵其德者也范曄後漢書曰鄭泰曰以膠固之衆
當解合之勢東牟朱虛授命於內齊代吳楚作衛於外故也漢書宋昌曰諸呂擅權專
制太尉卒以滅之內有朱虛東牟之親外畏吳楚齊代之彊又曰齊悼惠王肥高祖六年立又曰齊悼惠王子章高后封爲朱虛侯章弟
興居爲東牟侯向使高祖踵亡秦之法王逸楚辭注曰踵繼也忽先王之制則天下已
傳非劉氏有也然高祖封建地過古制大者跨州兼域小者連城數
十上下無別權侔京室故有吳楚七國之患班固漢書贊曰漢興懲戒亡秦孤立之敗於是
封王子弟大者跨州兼郡小者連城數十宮室百官制同京師賈誼曰諸侯強盛長亂起姦夫欲天
下之治安莫若衆建諸侯而少其力令海內之勢若身之使臂臂之
使指則下無背叛之心上無誅伐之事文帝不從漢書賈誼上疏之文至於孝
景猥用朝錯之計削黜諸侯親者怨恨疏者震恐吳楚唱謀五國從

風兆發高祖釁成文景由寬之過制急之不漸故也漢書曰朝錯數言吳過可削文帝寬不忍罰及景帝即位錯曰高帝初定天下諸子弱故大封同姓今吳謀作亂逆削之亦反不削亦反於是方議削吳吳王恐因欲發謀舉事諸侯既新削罰震恐多怨錯及吳先起兵膠西膠東淄川濟南楚趙亦皆反猥曲也所謂末大必折尾大難掉左氏傳楚子問於申無宇曰國有大城何如對曰末大必折尾大不掉君所知也杜預曰折折其本也尾同於體猶或不從況乎非體之尾其可掉哉武帝從主父之策下推恩之命自是之後齊分為七趙分為六淮南三割梁代五分漢書主父偃說上曰今諸侯或連城數十願陛下令諸侯得推恩分子弟以地侯之彼人人喜得所願上以德施實分其國必稍自銷弱矣上從其計又班固贊曰武帝施主父之策下推恩之令使諸侯得分戶邑以封子弟不行黜陟遂而國自析自是齊分為七趙分為六梁分為五淮南分為三也以陵遲子孫微弱衣食租稅不豫政事班固漢書贊曰景帝遭七國之難抑損諸侯諸侯唯得衣食租稅不與政事或以酎金免削或以無後國除漢書曰列侯坐獻黃金酎祭宗廟不如法奪爵者百六人漢儀注王子為侯侯歲以戶口酎黃金於漢廟皇帝臨受獻金助祭大祀日飲酎飲酎受金小不如斤兩色惡者王削縣侯免國漢書曰趙哀王福薨無子國除至於成帝王氏擅朝劉向諫曰臣聞公族者國之枝葉枝葉落則本根無所庇廕方今同姓疏遠母黨專政排擯宗室孤

弱公族非所以保守社稷安固國嗣也漢書劉向上疏之文其言深切多所稱引成帝雖悲傷歎息而不能用漢書曰成帝即位向數上疏言得失陳法戒書數十上以助觀覽補遺闕上雖不能盡用然嘉其言常嗟歎之至乎哀平異姓秉權假周公之事而爲田常之亂高拱而竊天位一朝而臣四海漢宗室王侯解印釋綬貢奉社稷猶懼不得爲臣妾或乃爲之符命頌莽恩德豈不哀哉班固漢書贊曰至哀平之際王莽知中外殫微因母后之權假伊周之稱詐謀既成遂據南面之尊漢諸侯王厥角稽首奉上璽韍唯恐在後或乃稱美頌德以求容媚豈不哀哉田常簒齊已見上文漢書曰王莽廢漢藩王廣陵王嘉獻符命封扶策侯又曰郚鄉侯閔以莽簒位獻神書言莽得封列侯郚音吾由斯言之非宗子獨忠孝於惠文之間而叛逆於哀平之際也徒以權輕勢弱不能有定耳賴光武皇帝挺不世之姿杜篤論都賦曰于時聖帝兼不世之姿禽王莽於已成紹漢祀於既絕斯豈非宗子之力耶而曾不鑒秦之失策襲周之舊制踵亡國之法而僥倖無疆之期至於桓靈奄豎執衡范曄後漢書曰桓帝立曹騰以定策功遷大長秋又曰靈帝時大將軍竇武謀誅中官曹節矯詔誅武等鄭玄尚書注曰稱上曰衡朝無死難之臣外無同憂之國君孤立於上臣弄權於下班固漢書

序曰漢興懲戒亡秦孤立之敗本末不能相御身手不能相使由是天下鼎沸姦凶並爭張超牋曰中外雲擾萬夫鼎沸宗廟焚為灰燼宮室變為蓁藪杜預左氏傳注曰燼火餘木也居九州之地而身無所安處悲夫魏太祖武皇帝躬聖明之資兼神武之略晉灼漢書注曰資材量也恥王綱之廢絕愍漢室之傾覆龍飛譙沛鳳翔兗豫魏志曰太祖武皇帝沛國譙人為兗州牧後太祖遷都於許許屬豫州東京賦曰龍飛白水鳳翔參墟埽除凶逆翦滅鯨鯢左氏傳曰楚子曰古者明王伐不敬取其鯨鯢而封以為大戮杜預曰鯨鯢大魚以喻不義之人也迎帝西京定都潁邑魏志曰天子東遷敗於曹陽太祖乃遣曹洪將兵西迎天子還雒董昭勸太祖都許漢書潁川郡有許縣德動天地義感人神漢氏奉天禪位大魏大魏之興于今二十有四年矣觀五代之存亡而不用其長策覩前車之傾覆而不改其轍迹晏子曰諺曰前車覆後車戒也子弟王空虛之地君有不使之民宗室竄於閭閻不聞邦國之政權均匹夫勢齊凡庶內無深根不拔之固外無盤石宗盟之助非所以安社稷為萬代之業也左氏傳曰周之宗盟異姓為後且今之州牧郡守古之方伯諸侯皆跨有千里之土兼軍武之任或比國數人或兄

弟並據而宗室子弟曾無一人間廁其間與相維持非所以強幹弱枝備萬一之慮也班固漢書贊曰徙吏二千石於諸陵蓋亦強幹弱枝也今之用賢或超爲名都之主或爲偏師之帥而宗室有文者必限以小縣之宰有武者必置於百人之上使夫廉高之士畢志於衡軛之內衡軛車之衡軛也言王者之御羣臣猶人之御牛馬故以衡軛喻焉畢志其內未得騁其駿足也才能之人恥與非類爲伍非所以勸進賢能褒異宗族之禮也夫泉竭則流涸根朽則葉枯枝繁者蔭根條落者本孤故語曰百足之蟲至死不僵扶之者衆也魯連子曰百足之蟲至斷不蹶者持之者衆也此言雖小可以譬大司馬相如諫獵書曰此言雖小可以喻大且墉基不可倉卒而成威名不可一朝而立文子曰人主之有人猶城之有基木之有根根深即本固基厚即上安也皆爲之有漸建之有素譬之種樹久則深固其根本茂盛其枝葉若造次徙於山林之中植於宮闕之下雖壅之以黑墳暖之以春日尚書曰厥土惟黑墳孔安國曰色黑而墳起也猶不救於枯槁何暇繁育哉夫樹猶親戚土猶士民建置不久則輕下慢上平居猶懼其離叛危急將如之何是聖王

安而不逸以慮危也存而設備以懼亡也故疾風卒至而無摧拔之憂天下有變而無傾危之患矣

博弈論一首（系本曰烏曹作博許慎說文曰博局戲也六箸十二棊也楊雄方言曰圍棊自關而東齊魯之間謂之弈）

韋弘嗣（吳志曰韋曜字弘嗣吳郡人爲太子中庶子時蔡穎亦在東宮性好博弈太子和以爲無益令曜論之後爲中書僕射孫晧誅之裴松之曰曜本名昭史爲晉諱改之也）

蓋君子恥當年而功不立疾沒世而名不稱（論語子曰君子疾沒世而名不稱焉）故曰學如不及猶恐失之（論語孔子之辭）是以古之志士悼年齒之流邁而懼名稱之不建也勉精厲操晨興夜寐不遑寧息經之以歲月累之以日力若甯越之勤董生之篤漸漬德義之淵棲遲道藝之域（呂氏春秋曰甯越中牟之鄙人也苦耕稼之勞謂其友曰何爲而可以免此苦耕也其友曰莫如學學三十歲則可達矣甯越曰請以十五歲人將休吾將不休人將臥吾將不敢臥十五歲而周威王師之漢書曰董仲舒修春秋三年不窺園圃其精如此）且以西伯之聖姬公之才猶有日昃待旦之勞（尚書周公曰文王自朝至于日中昃不遑暇食用咸和萬民孟子曰周公思兼

三王其有不合者仰而思之夜以繼日幸而得之坐以待旦故能隆興周道垂名億載況在臣庶
而可以已乎歷觀古今功名之士皆有積累殊異之迹勞神苦體契
闊勤思平居不惰其業窮困不易其素是以卜式立志於耕牧而黃
霸受道於囹圄終有榮顯之福以成不朽之名漢書曰卜式河南人以田畜為事入山牧
羊十餘年羊致千餘頭又曰黃霸字次公淮陽人遷丞相長史宣帝欲褒先帝夏侯勝曰武帝不宜為立廟樂勝坐非議詔書霸坐阿縱
勝不舉劾皆下獄勝霸既久繫霸欲從勝受經勝辭以罪死霸曰朝聞道夕死可矣勝賢其言遂授之繫更再冬講論不怠故山
甫勤於夙夜而吳漢不離公門豈有遊惰哉毛詩曰肅肅王命仲山甫將之夙夜匪解以事
一人東觀漢記曰吳漢字子顏南陽人鄧禹及諸將多漢舉者再三召見其後勤勤不離公門上亦以其南陽人漸親之今世之
人多不務經術好翫博弈廢事棄業忘寢與食窮日盡明繼以脂燭
當其臨局交爭雌雄未決專精銳意神迷體倦人事曠而不脩賓旅
闕而不接雖有太牢之饌韶夏之樂不暇存也至或賭及衣物徙棊
易行埤蒼賭賸也賭丁古切賸記被切廉恥之意弛而忿戾之色發然其所志不出
一枰之上所務不過方罫之間古方言曰投博謂之枰皮兵切桓譚買新論曰俗有圍棊或言是兵法之

類也及爲之上者張置䟽遠多得道而爲勝中者務相絶遮要以爭便利下者守邊趍作罫自生於小地猶薛公之言黥布反也上計取吳楚廣道者也中計塞城皐遮要爭利者也下計據長沙以臨越此守邊隅趍作罫者也更始帝將相不能防衛而令罫中死棊皆生
勝敵無封爵之賞獲地無兼土之實技非六藝用非經國立身者不階其術徵選者不由其道廣雅曰階因也求之於戰陣則非孫吳之倫也劉向圍棊賦曰略觀圍棊法於用兵怯者無功貪者先亡漢書曰孫子兵法八十二篇吳起三十八篇考之於道藝則非孔氏之門也以變詐爲務則非忠信之事也以劫殺爲名則非仁者之意也尹文子曰以智力求者喻如弈弈進退取與攻劫殺舍在我者也而空妨日廢業終無補益是何異設木而擊之置石而投之哉且君子之居室也勤身以致養其在朝也竭命以納忠臨事且猶旰食而何暇博弈之足耽左氏傳伍奢曰楚君大夫其旰食乎班固漢書述曰媚茲一人日旰忘食夫然故孝友之行立貞純之名章也方今大吳受命海內未平聖朝乾乾務在得人周易曰君子終日乾乾班固公孫弘贊曰漢之得人於茲爲盛勇略之士則受熊虎之任儒雅之徒則處龍鳳之署熊虎猛捷故以譬武龍鳳五彩故以喻文尚書曰如虎如貔如熊如羆于商郊蘇武荅李陵書曰其於學人皆如鳳如龍百行兼苞文武

並驚孝經鉤命決曰引與摘暴一字管百行博選良才旌簡髦俊賈逵國語注曰旌表也設程試之科垂金爵之賞說文曰程品也廣雅曰科條也誠千載之嘉會百世之良遇也桓子新論曰夫聖人乃千載一出周易曰亨者嘉之會也當世之士宜勉思至道愛功惜力以佐明時廣雅曰惜愛也使名書史籍勳在盟府左氏傳宮之奇曰虢叔爲文王卿士勳在王室藏於盟府乃君子之上務當今之先急也夫一木之枰孰與方國之封枯棊三百孰與萬人之將邯鄲淳藝經曰棊局縱橫各十七道合二百八十九道白黑棊子各一百五十枚袞龍之服金石之樂足以兼棊局而貿博弈矣周禮曰三公自袞冕而下鄭玄曰袞龍九章衣也東都賦曰修袞龍之法服左氏傳曰晉侯以樂之半賜魏絳始有金石之樂廣雅曰貿易之也假令世士移博弈之力用之於詩書是有顏閔之志也用之於智計是有良平之思也用之於資貨是有猗頓之富也猗頓已見賈誼過秦論用之於射御是有將帥之備也如此則功名立而鄙賤遠矣

文選卷第五十二

賜進士出身通奉大夫江南蘇松常鎮太等處承宣布政使司布政使胡克家重校刊

文選卷第五十三

梁昭明太子撰

文林郎守太子右內率府錄事參軍事崇賢館直學士臣李善注上

論三

養生論一首

嵇喜爲康傳曰康性好服食常采御上藥以爲神仙稟之自然非積學所致至於導養得理以盡性命若安期彭祖之倫可以善求而得也著養生篇

嵇叔夜

世或有謂神仙可以學得不死可以力致者王逸楚辭注曰謂說也鄭玄禮記注曰致之猶言至也或云上壽百二十古今所同過此以往莫非妖妄者養生經黃帝問天老曰人生上壽一百二十年中壽百年下壽八十年而竟不然者皆夭耳此皆兩失其情請試粗論之鄭玄禮記注曰粗麤也說文曰粗疏也徂古切夫神仙雖不目見然記籍所載前史所傳較角而論之其有必矣廣雅曰較明也似特受異氣稟之自然非積學所能致也

孔安國尚書傳曰稟受也夫自然者不知其然而然老子曰道法自然至於導養得理以盡性命上獲
千餘歲下可數百年可有之耳天老養生經老子曰人生大期以百二十年爲限節度護之可至千歲
而世皆不精故莫能得之何以言之夫服藥求汗或有弗獲而愧情
一集渙然流離漢書曰上問右丞相周勃曰天下一歲決獄幾何勃謝不知問天下錢穀一歲出入幾何勃又謝不知汗出
洽背媿不能對顏師古曰洽霑也周易曰渙汗其大號終朝未餐則囂然思食而曾子銜哀七
日不飢毛詩曰終朝采綠終朝謂從旦至食時囂然飢意也禮記曾子謂子思曰伋吾執親之喪也水漿不入於口者七日夜
分而坐則低迷思寢內懷殷憂則達旦不瞑古眠字韓子曰衞靈公至濮水之上夜分而聞
有鼓新聲者韓詩曰耿耿不寐如有殷憂漢書劉向曰夜觀星宿或不寐達旦勁刷理鬢醇醴發顏僅乃得
之通俗文曰所以理髮謂之刷也何休公羊傳注曰僅劣也壯士之怒赫然殊觀植髮衝冠淮南子曰
荊軻爲燕太子丹刺秦王高漸離宋如意爲擊筑而歌於易水之上荊軻瞋目裂眥髮植衝冠由此言之精神之於
形骸猶國之有君也神躁於中而形喪於外猶君昏於上國亂於下
也夫爲稼於湯之世偏有一溉之功者雖終歸燋爛必一溉者後枯
然則一溉之益固不可誣也種曰稼言種穀於湯之世值七年之旱終歸是死而彼一溉之苗則在後枯亦

猶人處於俗同皆有死能攝生者則後終也孫卿子曰禹十年水湯七年旱說文曰溉灌也而世常謂一怒不足以侵性一哀不足以傷身輕而肆之淮南子曰大怒破陰大喜墜陽養生要彭祖曰憂恚悲哀傷人喜樂過差傷人賈逵國語注曰肆恣也是猶不識一溉之益而望嘉穀於旱苗者也國語子餘謂秦伯曰使能成嘉穀君之力也是以君子知形恃神以立神須形以存悟生理之易失知一過之害生淮南子曰形者生之舍也氣者生之元也神者生之制也一失位則二者傷矣故脩性以保神安心以全身愛憎不棲於情憂喜不留於意泊然無感而體氣和平老子曰我獨泊然而未兆說文曰泊無爲也禮記曰樂行血氣和平又呼吸吐納服食養身使形神相親表裏俱濟也莊子曰吹呴呼吸吐故納新爲壽而已矣古詩曰服食求神仙夫田種者一畝十斛謂之良田此天下之通稱也不知區種可百餘斛氾勝之田農書曰上農區田大區方深各六寸相去七寸一畝三千七百區丁男女治十畝至秋收區三升粟畝得百斛也區音鄔侯切一曰謂區隴而種非漫田也田種一也至於樹養不同則功收相懸謂商無十倍之價農無百斛之望此守常而不變者也且豆令人重榆令人瞑經方小品倉公對黃帝曰大豆多食令人身重博物志云食豆三年則身重行止難又曰啖榆則瞑不欲覺也合歡蠲忿萱草忘憂愚

智所共知也神農本草曰合歡蠲忿萱草忘憂崔豹古今注曰合歡樹似梧桐枝葉繁互相交結每一風來輒自相離了不
相牽綴樹之堦庭使人不忿毛詩曰焉得萱草言樹之背毛萇詩傳曰萱草令人忘憂名醫別錄曰萱草是今之鹿葱也薰辛害
目豚魚不養常世所識也養生要曰大蒜勿食葷辛害目又神農曰豬肉虛人不可久食又曰㹠肉損人與豬
同說文曰蒜葷菜也薰與葷同豚魚無血食之皆不利人也蝨處頭而黑麝食柏而香抱朴子曰今頭
蝨著身皆稍變而白身蝨處頭皆漸化而黑則是玄素果無定質移易存乎所漸本草名醫云麝香形似麞常食柏葉五月得香又夏月
食蛇多至寒香滿入春患急痛以脚剔去著矢溺中覆之皆有常處人有遇得乃勝殺取頸處險而癭於井齒居晉
而黃淮南子曰險阻之氣多癭謂人居於山險樹木瘤臨其水上飲此水則患癭齒黃未詳推此而言凡所食
之氣蒸性染身莫不相應豈惟蒸之使重而無使輕害之使闇而無
使明薰之使黃而無使堅芬之使香而無使延哉方言曰延年長也故神農
曰上藥養命中藥養性者本草曰上藥一百二十種為君主養命以應天無毒久服不傷人輕身益氣不老延
年中藥一百二十種為臣主養性以應人養生經曰上藥養命五石練形六芝延年中藥養性合歡蠲忿萱草忘憂也誠知性
命之理因輔養以通也而世人不察惟五穀是見聲色是耽目惑玄
黃耳務淫哇法言曰哇則鄭李軌曰哇邪也周禮鄭玄注曰五穀麻黍稷麥豆也滋味煎其府藏醴醪

鬻其腸胃莊子曰聲色滋味之於人心不待學而樂之漢書曰五藏六腑周禮曰凡齊事鬻盬以待戒令鄭玄曰鬻盬謂練化之鬻今之煑字也香芳腐其骨髓喜怒悖其正氣廣雅曰悖亂也文子曰循理而動者正氣思慮銷其精神哀樂殃其平粹文子曰人之性欲平又曰真人純粹應劭漢書注曰粹淳也夫以蕞爾之軀攻之者非一塗左氏傳子產曰蕞爾小國杜預注曰蕞爾小貌也易竭之身而外內受敵身非木石其能久乎其自用甚者飲食不節以生百病好色不倦以致乏絶素問黃帝曰有病心腹滿此何病歧伯曰此飲食不節故時病七發曰百病咸生漢書杜欽上疏曰佩玉晏鳴關雎歎之知好色之伐性短年也風寒所災百毒所傷中道夭於衆難莊子曰終天年不中道夭者是智之盛世皆知笑悼謂之不善持生也方言曰悼哀也笑悼謂笑其不善養生而又哀其促齡也至于措身失理亡之於微積微成損積損成衰從衰得白從白得老從老得終悶若無端莊子曰藏乎無端之紀中智以下謂之自然穀梁傳荀息曰中智以上乃能慮之臣料虞君中智以下也縱少覺悟咸歎恨於所遇之初而不知慎衆險於未兆老子曰未兆易謀是由桓侯抱將死之疾而怒扁鵲之先見以覺痛之日爲受病之始也韓子曰扁鵲謂桓侯曰君有疾在腠理猶可湯熨桓侯不信後病迎扁鵲鵲逃之桓侯遂死史記曰扁鵲

療簡子東過齊見桓侯東晳曰齊桓在簡子前且二百歲小白後無齊桓侯田和子有桓公午去簡子首末相距二百八年史記自爲舛錯韋昭曰魏無桓侯臣瓚曰魏桓侯新序曰扁鵲見晉桓侯然此桓侯竟不知何國也害成於微而救之於著故有無功之治馳騁常人之域故有一切之壽仰觀俯察莫不皆然以多自證以同自慰謂天地之理盡此而已矣縱聞養生之事則斷以所見謂之不然其次狐疑雖少庶幾莫知所由其次自力服藥半年一年勞而未驗志以厭衰中路復廢或益之以畎古犬澮古外而泄之以尾閭尚書曰濬畎澮距川孔安國曰一畝之間廣尺深尺曰畎廣二尋深二仞曰澮畎澮深之亦入海也莊子海若曰天下之水莫大於海萬川歸之不知何時止而不盈尾閭泄之不知何時已而不虛司馬彪曰尾閭水之從海水出者也一名沃燋在東大海之中尾者在百川之下故稱尾閭者聚也水聚族之處故稱閭也在扶桑之東有一石方圓四萬里厚四萬里海水注者無不燋盡故名沃燋欲坐望顯報者或抑情忍欲割棄榮願而嗜好常在耳目之前所希在數十年之後說文云希望也穀梁傳荀息曰夫人玩好在耳目之前而患在一國之後又恐兩失內懷猶豫楚辭曰心猶豫而狐疑尸子曰五尺大犬爲豫說文云隴西謂犬子爲猶顏師古以爲人將犬行豫在人前待人不得又來迎侯如此往還至于終日斯乃豫之所以爲未定也故稱猶豫或以爾雅云猶如麂善登木猶獸名聞人聲乃猶豫緣木如此上下故

稱猶豫心戰於內物誘於外交賒相傾如此復敗者夫至物微妙可以
理知難以目識譬猶豫章生七年然後可覺耳淮南子曰豫章之生七年可知延叔堅曰
豫章與枕木相似須七年乃可別耳枕音尤今以躁競之心涉希靜之塗老子道經曰聽之不聞名曰希
王逸楚辭注曰無聲曰靜意速而事遲望近而應遠故莫能相終夫悠悠者既以
未效不求論語桀溺曰滔滔者天下皆是也而求者以不專喪業偏恃者以不兼無
功追術者以小道自溺凡若此類故欲之者萬無一能成也善養生
者則不然矣清虛靜泰少私寡欲莊子曰廣成子謂黃帝曰必靜必清無勞汝形無搖汝精乃可以長
生老子曰少私寡欲知名位之傷德故忽而不營非欲而彊禁也左氏傳曰名位不同禮亦
異數識厚味之害性故棄而弗顧非貪而後抑也國語單襄公曰厚味實腊毒也外物
以累心不存神氣以醇白獨著慎子曰夫德精微而不見聰明而不發是故外物不累其內莊子曰外物
不可必司馬彪曰物事也忠孝內也而外事咸不信受也淮南子曰古之人神氣不蕩乎外莊子曰虛室生白向秀曰虛其心則純白獨
著曠然無憂患寂然無思慮莊子曰聖人平易恬淡則憂患不能入也邪氣不能襲也故其德全而神不虧
矣故曰聖人不思慮不預謀也又守之以一養之以和和理日濟同乎大順老子曰聖人抱

一爲天下式河上公曰抱守也守一乃知萬事故能爲天下法式王弼曰一少之極也式猶則也文子曰古之爲道者養以和持以適莊子曰古之治道者以恬養知知生而無以知爲也謂之以知養恬知與恬交相養而和理出其性老子曰玄德深矣遠矣與物反矣乃至大順河上公曰大順者天理也鍾會曰反俗以入道然乃至於大順也

然後蒸以靈芝潤以醴泉白虎通曰醴泉者美泉也狀如醴酒也晞以朝陽綏以五絃毛萇詩傳曰晞乾也無爲自得體妙心玄莊子曰天無爲以之清地無爲以之寧故兩無爲相合萬物皆化之也孰能得無爲哉老子曰玄之又玄衆妙之門忘懽而後樂足遺生而後身存莊子曰天下有至樂無有哉曰至樂無樂郭象曰忘懽而後樂足樂足而後身存莊子曰棄事則形不勞遺生則精不虧夫形全精復與天爲一若此以往恕可與羨門比壽王喬爭年何爲其無有哉聲類曰恕人心度物也史記曰始皇之碣石使燕人盧生求羨門韋昭曰羨門古仙人也列仙傳曰王子喬者周靈王太子晉也道人浮丘公接以上嵩高山

運命論一首運謂五德更運帝王所稟以生也春秋元命苞曰五德之運各象其類興亡之名應籙以次相代宋均曰運籙運也春秋元命苞曰命者天下之命也

李蕭遠集林曰李康字蕭遠中山人也性介立不能和俗著遊山九吟魏明帝異其文遂起家爲尋陽長政有美績病卒

夫治亂運也窮達命也貴賤時也墨子曰貧富治亂固有天命不可損益王命論曰窮達有命吉凶由

人莊子北海若曰貴賤有時未可以爲常也故運之將隆必生聖明之君春秋河圖揆命篇曰倉戲農黃三陽翼天德聖明聖明之君必有忠賢之臣其所以相遇也不求而自合其所以相親也不介而自親介紹介也禮記曰介紹而傳命唱之而必和謀之而必從道德玄同曲折合符老子曰知者不言言者不知是爲玄同論語比考讖曰君子上達與天合符得失不能疑其志讒構不能離其交然後得成功也其所以得然者豈徒人事哉授之者天也告之者神也成之者運也夫黃河清而聖人生里社鳴而聖人出易乾鑿度曰聖人受命瑞應先見於河河水先清清變白白變赤赤變黑黑變黃各三日春秋濳潭巴曰里社明此里有聖人出其响百姓歸天辟亡宋均曰里社之君鳴則教令行教令明惟聖人能之也响鳴之怒者聖人怒則天辟亡矣湯起放桀時蓋此祥也明與鳴古字通羣龍見而聖人用易曰見羣龍無首吉又曰聖人作而萬物覩故伊尹有莘氏之媵臣也而阿衡於商說苑鄒子說梁王曰伊尹有莘氏之媵臣湯立以爲三公毛詩曰實維阿衡左右商王毛萇傳曰阿衡伊尹也太公渭濱之賤老也而尚父於周史記曰太公望以漁釣干周西伯六韜曰文王卜田史扁爲卜曰于渭之陽將大得焉非熊非羆非虎非狼兆得公侯天遺汝師王乃齋戒三日田于渭陽卒見呂尚坐茅以漁毛詩大雅曰維師尚父時維鷹揚諒彼武王肆伐大商百里奚在虞而虞亡在秦而秦霸非

不才於虞而才於秦也呂氏春秋曰凡亂也者必始乎近而後及遠始乎本而後及末亦然故百里奚處乎虞而虞亡處乎秦而秦霸百里奚之處乎虞知非遇也其處於秦非加益也有其本也其本也者定分之謂也張良受黃石之符誦三略之說黃石公記序曰黃石者神人也有上略中略下略河圖曰黃石公謂張良曰讀此爲劉帝師以遊於羣雄其言也如以水投石莫之受也及其遭漢祖其言也如以石投水莫之逆也漢書曰張良以兵法說沛公沛公喜之常用其策爲它人言皆不省非張良之拙說於陳項而巧言於沛公也漢書張良乃說項梁立韓成爲韓王而漢書張良無說陳涉今此言之未詳其本也然則張良之言一也不識其所以合離合離之由神明之道也故彼四賢者名載於籙圖事應乎天人其可格之賢愚哉春秋考異郵曰稽之籙圖參於秦古易坤靈圖曰湯臣伊尹振鳥陵春秋命厤序曰文王受丹書呂望佐昌發春秋保乾圖曰漢之一師爲張良生韓之陂漢以興春秋感精記曰西秦東闚謀襲鄭伯晉戎同心遮之殽谷反呼老人百里子哭語之不知泣血何益蒼頡篇曰格量度之也孔子曰清明在躬氣志如神嗜慾將至有開必先天降時雨山川出雲禮記文也鄭玄曰清明在躬氣志如神謂聖人也嗜慾將至謂其王天下之期將至也神有以開之必先爲之生賢智之輔佐若天將降時雨山川爲之出雲也詩云惟嶽降神生甫及申惟申及甫惟周之翰運命之謂也詩大

雅文也箋云申申伯甫甫侯也毛萇傳曰翰幹也言周道將興五嶽爲之生佐仲山甫及申伯爲周之幹臣也豈惟興主亂
亡者亦如之焉呂氏春秋曰世有興主之士也幽王之惑褒女也袄始於夏庭史記曰昔
夏后氏之衰也有神龍二止於夏帝之庭而言曰余褒之二君也夏帝卜殺之與去之與止之莫吉卜請其漦而藏之乃吉於是布幣而
策告之龍亡而漦在夏氏乃櫝而去之比三代莫之敢發至厲王之末發而觀之漦流於庭不可除厲王使婦人躶而譟之漦化爲玄黿
以入王後宮後宮童妾既齔遭之既笄而孕無夫而生一女子懼而棄之宣王之時童謠檿弧箕服寔亡周國於是宣王聞之有夫婦賣
是器者宣王使執而戮之於道而鄉者後宮妾所棄妖子出於路者聞其夜啼哀而收之夫婦遂奔於褒褒人有罪請入棄子以贖罪棄
子出於褒是爲褒姒幽王廢申后立褒姒爲后后父申侯怒攻幽王遂殺幽王酈山下漦仕淄切曹伯陽之獲公孫
彊也徵發於社宮左氏傳曰初曹人或夢衆君子立於社宮而謀亡曹曹叔振鐸請待公孫彊許之旦而求之曹無之
戒其子曰我死爾聞公孫彊爲政必去之及曹伯陽卽位好畋弋曹鄙人公孫彊好弋且言畋弋之說說之因訪政事說於曹伯從之乃
背晉而奸宋宋人伐之執曹伯陽以歸殺之叔孫豹之暱豎牛也禍成於庚宗左氏傳曰初穆子去
叔孫氏及庚宗遇婦人使私爲食而宿焉魯人召之所宿庚宗之婦人獻以雉問其姓對余子長矣召而見之遂使爲豎有寵長使爲政
田於蒲丘遂遇疾焉豎牛曰夫子疾病不欲見人使寘饋于介而退牛弗進則置虛器命徹叔孫不食卒吉凶成敗各以
數至春秋考異郵曰吉凶有效存亡出象王命論曰驗行事之成敗數厤數也孔安國尚書傳曰厤數謂天道也咸皆不

求而自合不介而自親矣昔者聖人受命河洛曰以文命者七九而衰以武興者六八而謀河洛謂河圖洛書也文謂文德卽文王也武謂武功卽武王也言以文德受命者或七世九世而漸衰微以武功興起者或六世八世而謀也及成王定鼎於郟鄏卜世三十卜年七百天所命也左氏傳王孫滿之辭也其世之多少年之短長皆天所命也七九六八卽卜世數也杜預注曰郟鄏今河南也武王遷之成王定之故自幽厲之間周道大壞言自成王至于厲王凡有八世卽應七而衰也毛詩序曰蕩召穆公傷周室大壞也二霸之後禮樂陵遲二霸齊桓晉文也自厲王至于二霸之卒凡有九世卽應九而衰也毛詩序曰禮義陵遲男女淫奔也文薄之弊漸於靈景自二霸之卒至于景王凡有六世卽應六而謀也尚書大傳曰周人之教以文上教以文君子其失也小人薄鄭玄曰文謂尊卑之差制也習文法無悃誠也靈景周之王末者也辯詐之僞成於七國言文薄既弊詐僞乃成也七國謂韓魏齊趙燕楚秦也自景王至于七國凡有八世卽應八而謀也酷烈之極積於亡秦言詐僞既成故加之以酷烈也解嘲曰呂刑靡弊秦法酷烈也文章之貴棄於漢祖言周人之教以文故漢承之以貴也漢書曰陸賈爲太中大夫賈時上前說稱詩書高帝罵之曰迺公以馬上得之安事詩書也仲長子昌言曰漢祖輕文學而簡禮義雖仲尼至聖顏冉大賢家語冉有曰孔子者大聖兼該文武並通又曰顏回字子淵以德行著名孔子稱其賢又曰冉求字子有以政事著名性多謙退揖讓於規矩之內誾誾於洙泗之上

不能遏其端論語曰孔子朝與上大夫言誾誾如也孔安國曰誾誾中正之貌禮記曾子謂子夏曰吾與汝事夫子於洙泗之間鄭玄曰洙泗魯水名也史記曰甚哉魯之衰也洙泗之間誾誾如也桓子新論曰遏絕其端其命在天孟軻孫卿體二希聖從容正道不能維其末周易子曰君子知幾其神乎顏氏之子其殆庶幾乎有不善未嘗不知知之未嘗復行韓康伯曰在理則昧造形而悟顏氏子之分也失之於幾故有不善得之於二不遠而復故知之未嘗復行也法言曰睎驥之馬亦驥之乘睎顏之人亦顏之徒也顏嘗睎夫子矣李軌曰希望也言顏回嘗望孔子也禮含文嘉曰從容中道陰陽度行也天下卒至于溺而不可援言小人之失在薄故孔孟所不能援也孟子曰天下溺則援之以道夫以仲尼之才也而器不周於魯衛以仲尼之辯也而言不行於定哀史記曰魯定公以孔子為司寇季桓子受齊女樂不聽政孔子遂行適衛衛靈公置粟六萬居頃之或譖孔子於靈公孔子恐獲罪去衛也以仲尼之謙也而見忌於子西史記曰楚昭王興師迎孔子將以書社地七百里封孔子楚令尹子西曰王之使使諸侯有如子貢者乎曰無有王之將帥有如子路者乎曰無有王之官尹有如宰予者乎曰無有且楚之祖封於周為子男五十里今孔丘述三五之法明周召之業王若用之則楚國安得世世土土方數千里乎文王在豐武王在鎬卒王天下今孔丘得據土壤賢弟子為佐非楚之福也昭王乃止以仲尼之仁也而取讎於桓魋史記曰孔子適宋與弟子習禮大樹下宋司馬桓魋欲殺孔子拔其樹孔子弟子曰可以速行矣孔子曰天生德於予桓魋其如予何以仲尼之智也而屈厄

於陳蔡家語曰楚昭王聘孔子孔子往拜禮焉路出乎陳蔡陳蔡大夫相與謀曰孔子賢聖其刺譏皆中諸侯之病若用於楚則陳蔡危矣遂使徒兵距孔子孔子不得行絕糧七日外無所通藜羹不充以仲尼之行也而招毀於叔孫論語曰叔孫武叔毀仲尼子貢曰無以爲也仲尼不可毀也他人之賢者丘陵也猶可踰也仲尼日月也無得而踰焉人雖自絕也其何傷於日月乎多見其不知量也夫道足以濟天下而不得貴於人周易曰智周萬物而道濟天下言足以經萬世而不見信於時文子曰養生以經世莊子曰未嘗聞任氏之風俗其不可與經於世亦遠矣行足以應神明而不能彌綸於俗孝經曰孝悌之至通於神明周易曰故能彌綸天地之道應聘七十國而不一獲其主說苑趙襄子謂子路曰吾嘗問孔子曰先生事七十君無明君乎孔子不對何謂賢也驅驟於蠻夏之域屈辱於公卿之門蠻謂蔡楚也毛詩曰蠢爾蠻荊夏謂宋衛也公謂魯侯也卿謂季氏也列子楊朱曰孔子屈於季氏見辱於陽虎也其不遇也如此及其孫子思希聖備體而未之至史記曰伯魚生伋字子思孟子曰子夏子游子張皆有聖人之一體冉伯牛閔子顏回則具體而微劉熙曰體者四支股脚也具體者皆微者也皆具聖人之體微小耳體以喻德也封己養高勢動人主國語叔向曰引黨以封己韋昭曰封厚也魏志高柔上疏曰三事不使知政遂各偃息養高其所遊歷諸侯莫不結駟而造門雖造門猶有不得賓者焉其徒子夏升堂而未入於室者也退老於家

魏文侯師之西河之人肅然歸德比之於夫子而莫敢閒其言論語子曰由也升堂矣未入於室也家語曰卜子夏孔子卒後教於西河之上魏文侯師事之而咨問國政焉禮記曾子謂子夏曰吾與汝事夫子於洙泗之間退而老於西河之上使西河之人疑汝於夫子陳羣論語注曰不得有非閒之言也故曰治亂運也窮達命也貴賤時也而後之君子區區於一主歎息於一朝屈原以之沈湘賈誼以之發憤不亦過乎楚辭曰臨沅湘之玄淵兮遂自忍而沈流漢書曰天子以賈誼任公卿之位絳灌之屬盡害之乃毀誼於是天子亦疎之以誼爲長沙王太傅誼既以謫去意不自得及渡湘水爲賦以弔屈原屈原楚賢臣也被讒遂投江而死誼追傷之因以自諭揚雄反騷曰欽弔楚之湘纍音義曰屈原赴湘故曰湘纍然則聖人所以爲聖者蓋在乎樂天知命矣周易曰樂天知命故不憂故遇之而不怨居之而不疑也其身可抑而道不可屈漢書孫寶曰道不可詘身詘何傷其位可排而名不可奪譬如水也通之斯爲川焉塞之斯爲淵焉管子曰水有大小出之溝流於大水及海者命之曰川出於地而不流命曰淵水升之於雲則雨施沈之於地則土潤淮南子曰夫水者大不可極深不可測上天爲雨露下地爲潤澤無公無私水之德也周易文言曰雲行雨施天下平也禮記月令曰季夏之月土潤溽暑鄭玄云土潤謂塗濕也體清以洗物不亂於濁受濁以濟物不傷於清晏子春秋景公問晏子曰廉正而長

久其行何也晏子對曰其行水也美哉水平清其濁無不寀塗其清無不灑除是以長久也管子曰夫水淖溺以清好灑人之惡仁也寀
式甚切是以聖人處窮達如一也呂氏春秋曰古之得道者窮亦樂達亦樂所樂非窮達也道得於此則窮
達一也夫忠直之迕於主獨立之負於俗理勢然也小雅曰迕犯也鄭玄禮記注曰負背
也故木秀於林風必摧之堆出於岸流必湍之廣雅曰秀出也論衡曰風衝之物不得育
水湍之岸不得峭行高於人衆必非之史記曰商君說秦孝公曰夫有高人之行者固見非於世前監不
遠覆車繼軌毛詩曰殷鑒不遠晏子春秋諺曰前車覆後車戒然而志士仁人猶蹈之而弗
悔操之而弗失何哉將以遂志而成名也史記司馬遷曰詩書隱約者欲遂其志之思也班固
漢書贊曰雖其陷於刑辟自與殺身成名也求遂其志而冒風波於險塗家語曰不觀巨海何以知風波
之患也求成其名而歷謗議於當時司馬遷書曰下流多謗議彼所以處之蓋有筭
矣蒼頡篇曰筭計也子夏曰死生有命富貴在天論語子夏曰商聞之死生有命富貴在天故道
之將行也命之將貴也論語子曰道之將行也與命也則伊尹呂尚之興於商周百
里子房之用於秦漢不求而自得不徵而自遇矣論衡曰命吉不求自得富貴之命西
京賦曰不徵自遇道之將廢也命之將賤也論語子曰道之將廢也與命也豈獨君子恥之

而弗爲乎蓋亦知爲之而弗得矣凡希世苟合之士蘧蒢戚施之人莊子曰原憲謂子貢曰夫希世而行比周而友憲不忍爲也司馬遷報任安書曰苟合取容毛詩云燕婉之求蘧蒢不鮮又曰燕婉之求得此戚施俛仰尊貴之顏逶迤勢利之間杜預左氏傳注曰俛仰伏也鄭玄毛詩箋曰蘧蒢觀人顏色而爲辭故不能俯又曰戚施下人以色故不能仰史記曰蘇秦嫂逶迤而謝曰見季子位高金多也意無是非讚之如流言無可否應之如響毛詩曰巧言如流史記淳于髡曰鄒忌其應我若響之應聲也以闚看爲精神以向背爲變通周易曰變通者趣時者也勢之所集從之如歸市勢之所去棄之如脫遺孟子曰太王居豳狄人侵之乃踰梁山邑于岐山下從者如歸市焉廣雅曰脫誤也毛詩曰弃予如遺鄭玄曰如人遺忘忽然不省存也其言曰名與身孰親也得與失孰賢也榮與辱孰珍也老子曰名與身孰親得與亡孰病也家語子貢曰與其俱失二者孰賢鄭玄儀禮注曰賢猶勝也故遂絜其衣服矜其車徒冒其貨賄淫其聲色杜預左氏傳注曰冒貪也脈脈然自以爲得矣爾雅曰脈脈相視也郭璞曰脈脈謂相視貌也蓋見龍逢比干之亡其身而不惟飛廉惡來之滅其族也尸子曰義必利雖桀殺關龍逢紂殺王子比干猶謂義之必利也史記曰中潏生蜚廉蜚廉生惡來惡來父子俱以材力事殷紂說苑子石曰費仲惡來革去鼻決目崇侯虎順紂之心欲以合於意武王伐紂四子死牧之野蓋知伍子胥之屬音燭

鏤力於吳而不戒費無忌之誅夷於楚也左傳曰吳將伐齊越子率其屬以朝焉王及列士皆饋賂吳人皆喜惟子胥懼曰是豢吳也使於齊屬其子於鮑氏爲王孫氏反役王聞之使賜之屬鏤以死杜預曰改姓爲王孫欲以辟吳禍屬鏤劍名又左傳曰沈尹戌言於子常曰夫無極楚之讒人也去朝吳出蔡侯朱喪太子建殺連尹奢子而弗圖將焉用之子常曰是瓦之罪也乃殺費無極鄢將師盡滅其族以說其國蓋譏汲黯之白首於主爵而不懲張湯牛車之禍也漢書曰汲黯爲東海太守東海大治召爲主爵都尉又曰上以張湯爲懷詐面欺使使簿責湯湯自殺諸子欲厚葬湯母曰湯爲天子大臣被惡言而死何厚葬爲載以牛車有棺而無槨蓋笑蕭望之跋蒲末躓竹利於前而不懼石顯之絞縊於後也漢書曰前將軍蕭望之及光祿大夫周堪建白以爲宜罷中書宦官應古不近刑人由是大與石顯忤後皆害焉望之自殺毛詩曰狼跋其胡載躓其尾漢書曰成帝立丞相奏顯舊惡免官徙歸故郡憂懣不食道病死故夫達者之筭也亦各有盡矣曰凡人之所以奔競於富貴何爲者哉若夫立德必須貴乎則幽厲之爲天子不如仲尼之爲陪臣也左氏傳王饗管仲管仲曰陪臣敢辭杜預注曰諸侯之臣曰陪臣必須勢乎則王莽董賢之爲三公不如楊雄仲舒之闃其門也漢書曰拜王莽爲大司馬又曰董賢代丁明爲大司馬楊雄自序曰雄家代素貧嗜酒人希至其門又曰董仲舒爲博士下帷講誦弟子傳以文次相授業或莫見其面必須富乎則齊景之千駟

不如顏回原憲之約其身也論語子曰齊景公有馬千駟死之日民無得而稱焉又曰顏淵問仁子曰克己復禮爲仁馬融曰克己約身也家語曰原憲宋人字子思清約守節貧而樂道其爲實乎則執杓而飲河者不過滿腹棄室而灑雨者不過濡身過此以往弗能受也桓公新論曰子貢對齊景公曰臣事仲尼譬如渴而操杯器就江海飲滿腹而去又焉知江海之深也其爲名乎則善惡書于史冊毀譽流於千載淮南子曰三代之善千歲之積譽也桀紂之惡千載之積毀也賞罰懸於天道吉凶灼乎鬼神固可畏也廣雅曰灼明也將以娛耳目樂心意乎南都賦曰遊觀之好耳目之娛譬命駕而遊五都之市則天下之貨畢陳矣孔叢子孔子歌曰巾車命駕漢書曰王莽於五都立均官更名雒陽邯鄲臨淄宛成都市長皆爲五均司市師也褰裳而涉汶問陽之丘則天下之稼如雲矣毛詩曰子惠思我褰裳涉溱公羊傳曰莊公會諸侯盟于柯曹子曰願請汶陽之田如雲言多也椎直追紒而守敖庾海陵之倉則山坻之積在前矣漢書曰尉佗魋結服虔曰魋音椎今兵士椎頭結張揖上林賦注曰紒鬟後垂也紒卽髻字也于子正文引此而爲髻字漢書曰築甬道屬河以取敖倉粟又枚乘上書曰夫漢轉粟西向不如海陵之倉毛詩曰曾孫之庾如坻如京毛萇詩傳曰京丘也鄭玄曰庾露積穀也扱衽而登鍾山藍田之上則夜光璵余璠煩之珍可觀矣爾雅曰扱衽曰擷廣雅曰扱插也並初洽切淮南子曰鍾山之玉范

子計然曰玉英出藍田許愼淮南子注曰夜光之珠有似明月故曰明月也左氏傳曰季平子卒陽虎將以璵璠斂杜預曰璵璠美玉也

夫如是也爲物甚衆爲己甚寡不愛其身而嗇其神呂氏春秋曰凡事之本必理身嗇其大寶高誘曰嗇愛也寶身也風驚塵起散而不止風驚塵起喻惡積而釁生塵散而不止喻釁生而不滅

六疾待其前五刑隨其後左氏傳曰昭元年晉侯求醫於秦秦使醫和視之和曰是謂近女室公曰女不可近乎對曰天有六氣淫生六疾六氣曰陰陽風雨晦明淫則爲災陰淫寒疾陽淫熱疾風淫末疾雨淫腹疾晦淫惑疾明淫心疾今君不節能無及此乎書曰惟敬五刑以成三德利害生其左攻奪出其右而自以爲見身名之親疏分榮辱之客主哉言奔競之倫禍敗若此而乃尚自以爲審見身名親疏之理妙分榮辱客主之義哉言惑之甚也

天地之大德曰生聖人之大寶曰位何以守位曰仁何以正人曰義周易曰天地之大德曰生聖人之大寶曰位何以守位曰仁何以聚人曰財理財正辭禁人爲非曰義故古之王者蓋以一人治天下不以天下奉一人也淮南子曰古之立帝王者非以奉養其欲也爲天下掩衆暴寡故立天子以齊一之也古之仕者蓋以官行其義不以利冒其官也論語子曰君子之仕行其義也杜預左氏傳注曰冒貪也古之君子蓋恥得之而弗能治也不恥能治而弗得也原乎天人之性核胡革乎邪正之分呂氏春秋曰衆正之所積其福無不及衆邪之

所積其禍無不違權乎禍福之門終乎榮辱之筭其昭然矣爾雅曰權輿始也尸子曰聖人權福則取重權禍則取輕呂氏春秋曰少多治亂不可不察此禍福之門也管子曰爲善者有福爲不善者有禍孟子曰仁則榮不仁則辱孫卿子曰先義後利者榮先利後義者辱故君子舍彼取此言舍欲利而取仁義也老子曰故去彼取此若

夫出處不違其時默語不失其人周易曰君子之道或出或處或默或語天動星迴而辰極猶居其所言君子之性語默出處雖從其時而中心常不改其操似天動星迴而北辰常居其所而不改也論語子曰爲政以德譬如北辰居其所而衆星拱之鄭玄曰北極謂之北辰璣旋輪轉而衡軸猶執其中尚書曰琁璣玉衡以齊七政孔安國曰璣衡王者正天文之器可運轉者馬融曰琁璣渾天儀可轉旋鄭玄曰轉運者爲機持正者爲衡莊子曰軸不運而輪致千里既明且哲以保其身貽厥孫謀以燕翼子者毛詩大雅文也毛萇傳曰燕安也翼敬也箋云貽猶傳也孫順也言傳其所順以天下之謀以安其敬事之子孫謂使行之也昔吾先友嘗從事於斯矣論語曾子曰以能問於不能昔者吾友嘗從事於斯矣

辯亡論上下二首孫盛曰陸機著辯亡論言吳之所以亡也

陸士衡

昔漢氏失御姦臣竊命姦臣謂董卓也荅賓戲曰王塗蕪穢周失其御法言曰上失其政姦臣竊國命禍基京畿毒徧宇內皇綱弛紊王室遂卑荅賓戲曰廓帝紘恢皇綱劇秦美新曰皇綱弛而未張尚書傳

曰紊亂也新序曰及定王王室遂卑矣於是羣雄蜂駭義兵四合廣雅曰駭起也漢高祖曰吾以義兵誅殘
賊又魏相曰救亂誅暴謂之義兵吳武烈皇帝慷慨下國電發荆南吳志曰漢以孫堅爲長沙太守
董卓專權諸州郡並興義兵欲以討卓堅亦舉兵荆州刺史王叡素遇堅無禮堅過殺之北至南陽衆數萬人楚辭曰雷動電發權
略紛紜忠勇伯世公羊傳曰權者反於經而後有善者也威稜則夷羿震盪達朗兵交則
醜虜授馘漢書曰武帝報李廣書曰威稜憺乎鄰國李奇曰神靈之威曰稜左氏傳魏莊子謂晉侯曰寒浞伯明氏之讒子弟
也夷羿收之以爲己相杜預曰夷氏也羿善射左氏傳曰兵交使在其閒毛詩曰仍執醜虜箋云馘所格者之左耳也遂掃清
宗祊補育蒸禋皇祖毛詩曰祝祭于祊毛萇傳曰祊廟門內之祭也爾雅曰冬祭曰蒸尚書孔氏傳曰精意以饗謂之禋
皇祖謂漢祖也吳書曰堅入洛掃除漢宗廟祠以太牢于時雲興之將帶州飇起之師跨邑哮
呼交闞之羣風驅熊羆之衆霧集毛詩曰進厥武臣闞如虓虎尚書武王曰勖哉夫子尚桓桓如虎如貔如
熊如羆雖兵以義合同盟勠力左氏傳曰諸侯同盟於亳國語曰勠力一心賈逵曰勠力并力也然皆
苞藏禍心阻兵怙亂左氏傳曰楚公子圍聘于鄭鄭使行人子羽與之言曰大國無乃苞藏禍心以圖之又衆仲曰
夫州吁阻兵而安忍杜預曰阻恃也又君子曰史佚所謂無怙亂也或師無謀律喪威稔寇言出師之法必以律
齊之今則不然各恃兵怙亂而出師無律也稔寇言喪其威權令資熟於寇也周易曰師出以律否臧凶左氏傳萇弘曰毛得必亡是昆

吾稔之日杜預曰稔熟也忠規武節未有如此其著者也漢書武帝詔曰躬秉武節武烈既沒
長沙桓王逸才命世弱冠秀發吳志曰權稱尊號追諡策曰長沙王言桓王挺英逸之才命世而出也禮
記曰人生二十曰弱冠招攬遺老與之述業神兵東驅奮寡犯衆范曄後漢書陳忠曰旬月
之間神兵電掃攻無堅城之將戰無交鋒之虜誅叛柔服而江外底旨定左氏
傳隨武子曰君討鄭怒其貳而哀其卑叛而伐之服而赦之伐叛刑也柔服德也二者立矣尚書曰震澤底定飾法脩師則
威德翕赫周易曰先王明罰飭法趙充國頌曰諭以威德賓禮名賢而張昭爲之雄吳志曰策以彭
城張昭爲謀主班固漢書曰班伯諸所賓禮皆名豪又述曰賓禮故老交御豪俊而周瑜爲之傑吳志曰策
徙居舒與周瑜相友收合士大夫江淮間人咸向之彼二君子皆弘敏而多奇雅達而聰哲故
同方者以類附等契者以氣集而江東蓋多士矣周易曰方以類聚物以羣分又曰同
聲相應同氣相求將北伐諸華誅鉏干紀左氏傳曰吳周之冑裔也今而始大比于諸華又季孫盟臧氏曰無
或如臧孫紇干國之紀犯門斬關春秋合誠圖曰誅鉏民害旋皇輿於夷庚反帝座乎紫闥吳志曰曹
公與袁紹相拒於官渡策陰謀襲許迎漢帝繁欽辨惑曰吳人者以船檝爲輿馬以巨海爲夷庚臧榮緒晉書司徒王謐議曰夷庚未入
乘輿旅館然夷庚者藏車之所崔駰達旨曰攀台階闚紫闥挾天子以令諸侯清天步而歸舊物

戰國策張儀謂秦惠王曰挾天子以令天下此王業也毛詩曰天步艱難之子不猶左氏傳伍員曰少康祀夏配天不失舊物戎車
既次羣凶側目大業未就中世而殞漢書曰列侯宗室見邳都側目范曄後漢書陳蕃上疏曰羣凶
側目禍不旋踵周易曰富有之謂大業用集我大皇帝吳志曰權薨諡曰大皇帝以奇蹤襲於逸軌
叡心因於令圖從政咨於故實播憲稽乎遺風國語樊穆仲對宣王曰魯侯賦事行刑必
問於遺訓而諮於故實史記曰宣王即位脩政法文武成康遺風諸侯復宗周室也而加之以篤固申之以節
儉疇咨俊茂好謀善斷尚書帝曰疇咨若時登庸班固王命論曰信誠好謀束帛旅於丘園旌
命交於塗巷周易曰賁于丘園束帛戔戔孟子曰夫招士以弓大夫以旌謝承後漢書曰鄧道不應州郡旌命故豪
彥尋聲而響臻志士希光而景騖異人輻湊猛士如林班固公孫弘贊曰異人並
出文子曰羣臣輻湊張湛曰如衆輻之集轂也漢高祖歌曰安得猛士守四方毛詩曰其會如林於是張昭為師傅
吳志曰權待張昭以師傅之禮周瑜陸公魯肅呂蒙之儔入為腹心出作股肱吳志曰呂
蒙字子明汝南人也為武威將軍南郡太守餘並已見三國名臣頌毛詩曰赳赳武夫公侯腹心尚書曰命汝予翼作股肱心膂甘
寧凌統程普賀齊朱桓朱然之徒奮其威吳志曰甘寧字興霸巴郡臨江人也少有氣力好游
俠拜西陵太守又曰凌統字公績吳郡人也拜偏將軍又曰程普字德謀右北平人也領江夏太守遷盪寇將軍又曰賀齊字公苗會稽

人也為蘄春太守又曰朱桓字休穆吳郡人也拜前將軍領青州牧又曰朱然字義封朱治姊子也姓施氏初治未有子然年十三乃啓
策乞以為嗣為左大司馬右軍師 韓當潘璋黃蓋蔣欽周泰之屬宣其力吳志曰韓當字義公
遼西人也遷昭武將軍又加都督之號又曰潘璋字文珪東郡人也拜平北將軍襄陽太守又曰黃蓋字公覆零陵人也拜武鋒中郎將
加偏將軍又曰蔣欽字公奕九江人也拜右護軍又曰周泰字幼平九江人也拜漢中太守奮威將軍尚書曰予欲宣力四方汝為風
雅則諸葛瑾張承步騭以名聲光國諸葛瑾已見三國名臣頌吳志曰張昭長子承字仲嗣少以才
學知名為濡須督奮威將軍又曰步騭字子山臨淮人也孫權為討虜將軍召騭為主記權稱尊號代陸遜為丞相誨育門生手不釋卷
蔡邕陳太丘碑曰紆佩金紫光國垂勳 政事則顧雍潘濬呂範呂岱以器任幹職吳志曰顧
雍代孫劭為丞相平尚書事其所選用文武將吏隨能所任心無適莫又曰潘濬字承明武陵人也弱冠從宋仲子受學權稱尊號拜為
少府遷太常又曰呂範字子衡汝南人也權拜裨將軍亮即位遷揚州牧又遷大司馬又曰呂岱字定公廣陵人也權拜上將軍亮即位
拜大司馬岱清身奉公所在可述許慎淮南子注曰幹彊也 奇偉則虞翻陸績張溫張惇以諷議
舉正虞翻已見三國名臣頌吳志曰虞翻性不協俗數犯顏諫爭又曰陸績字公紀吳郡人也孫權統事辟為奏曹掾又曰張溫字
惠恕吳郡人也權拜議郎徙太子太傅甚見信重吳錄曰張惇字叔方吳郡人也德量淵懿清虛淡泊又善文辭孫權以為車騎將軍出
補海昏令毛詩曰出入諷議 奉使則趙咨沈珩衡 以敏達延譽吳志曰權遣都尉趙咨使魏魏帝問

吳王何等主也咨對曰聰明仁智雄略之主也帝問其狀對曰納魯肅於凡品是其聰也拔呂蒙於行陣是其明也獲于禁而不害是其仁也取荊州兵不血刃是其智也據三州虎視於天下是其雄也屈身於陛下是其略也吳書曰咨字德度南陽人拜騎都尉又曰沈珩字仲山吳郡人也權以珩有智謀能專對乃使至魏魏文帝問曰吳嫌魏東向乎珩曰不嫌也曰何以知曰信恃舊盟言歸于好是以不嫌若魏渝盟自有備豫文帝善之以奉使有稱封永安鄉侯官至少府國語曰使張老延君譽于四方

術數則吳範趙達以機祥協德韋昭漢書注曰厤數占術也吳志曰吳範字文則會稽人也以治厤數知風氣聞於郡中權以範爲騎都尉領太史令又曰趙達河南人也治九宮一筭之術究其微旨孫權行師征伐每令達有所推步皆如其言呂忱字林曰禨祆祥也居衣切天文志曰臣主共憂患其察禨祥如淳曰呂氏春秋曰荊人鬼而越人禨今之巫祝禱祀之比也晉灼曰機音珠璣之璣

董襲陳武殺身以衛主吳志曰董襲字元世會稽人也爲偏將軍曹公出濡須口襲從權赴之襲督五樓船住濡須口夜卒暴風樓船傾覆左右散走遠舸乞使襲出怒曰受將軍任在此備賊何等委去也敢復言此者斬於是莫敢干其夜船敗襲死權改服臨殯又曰陳武字子烈廬江人也累有功勞進位偏將軍建安二十年從擊合肥奮命戰死權哀之自臨其喪

駱統劉基彊諫以補過吳志曰駱統字公緒會稽人也權召爲功曹志在補察苟所聞見夕不待旦又曰劉繇長子基字敬輿權爲吳王基爲大司農權嘗宴飲騎都尉虞翻醉酒犯忤權欲殺之威怒甚盛由基諫爭翻以得免左氏傳士季謂晉侯曰詩云袞職有闕惟仲山甫補之能補過也

謀無遺諝舉不失策廣雅曰諝智也思與切東觀漢記魯恭上疏曰舉無遺策動不失其中

故

遂割據山川跨制荊吳而與天下爭衡矣爭衡謂角其輕重也漢書公孫玃曰吳楚之王西與
天子爭衡鄭玄周禮注曰稱上曰衡魏氏嘗藉戰勝之威率百萬之師漢書晁錯曰戰勝之威民氣百
倍浮鄧塞去之舟下漢陰之衆孔安國尚書傳曰順流曰浮酈元水經注曰鄧塞者即鄧城東北小山也
先後因之以爲鄧塞漢陰漢水之南也莊子曰子貢南遊於楚過漢陰羽檝萬計龍躍順流羽檝言疾也羽獵曰
杖鏌邪而羅者以萬計周易曰見龍在田或躍在淵銳騎千旅虎步原隰李陵詩曰幸託不肖軀且當猛虎步謨
臣盈室武將連衡包咸論語注曰衡軛也戎車武將所駕故以連衡喻多也喟然有吞江滸之志
一宇宙之氣毛萇詩傳曰水涯曰滸而周瑜驅我偏師黜之赤壁吳志曰曹公入荊州權遂
遣瑜與備幷力逆曹公遇於赤壁初一交戰公軍破退喪旗亂轍僅而獲免收迹遠遁左氏傳曹劌曰
吾視其轍亂望其旗靡鄭玄禮記注曰遁逃也漢王亦憑帝王之號帥巴漢之民乘危騁變
結壘千里志報關羽之敗圖收湘西之地而陸公亦挫之西陵覆師
敗績困而後濟絶命永安蜀志曰孫權襲殺關羽取荊州先主忿孫權之襲關羽遂乃伐吳吳將陸遜大破先
主軍遂弃船還魚復改縣曰永安先主徂于永安宮吳志曰備升馬鞍山陸遜促諸軍四面蹙之土崩瓦解馬鞍山在西陵之西續
以濡須之寇臨川摧銳吳歷曰曹公出濡須作油船夜渡洲上權以水軍圍取得三千餘人其沒溺者數千人

蓬籠之戰子輪不反魏志曰張遼之討陳蘭別遣臧霸至皖討吳吳將韓當遣兵逆霸與戰于蓬籠楚辭曰登蓬籠而下隕兮王逸曰蓬籠山名也公羊傳曰晉敗秦於殽匹馬隻輪無反者由是二邦之將喪氣挫鋒勢衂奴六財匱而吳莞然坐乘其弊論語曰子之武城聞絃歌之聲莞爾而笑何晏曰莞爾小笑貌故魏人請好漢氏乞盟左氏傳曰隱公攝位而欲求好於邾又曰鄭伯乞盟請服遂躋天號鼎跱而立方言曰躋登也漢書蒯通說韓信曰今爲足下之計莫若三分天下鼎足而立其勢莫敢先動西屠庸益之郊北裂淮漢之涘王逸楚辭注曰屠裂也東包百越之地南括羣蠻之表賈誼過秦曰南取百越之地薛君韓詩章句曰括約束也於是講八代之禮蒐三王之樂八代三皇五帝也杜預左氏傳注曰蒐閱也蒐與搜古字通三王夏殷周也告類上帝拱揖羣后尚書曰肆類于上帝孔安國曰類謂攝位事類遂以攝告天及五帝也尚書曰班瑞于羣后典引曰欽若上下恭揖羣后虎臣毅卒循江而守毛詩曰進厥虎臣左氏傳君子曰殺敵爲果致果爲毅漢書伍被曰彊弩臨江而守長棘勁鎩望飇而奮爾雅曰棘戟也說文曰鎩鈹有鐔也亦曰長刃矛刀之類也山列切庶尹盡規於上四民展業于下尚書曰庶尹允諧孔安國傳曰尹正也衆官之長國語召康公曰天子聽政近臣盡規又曰內史過曰庶人工商各守其業以供其上化協殊裔風衍遐圻左氏傳曰天子之地一圻杜預曰一圻方千里圻界也言風教及遠乃俾一介行人撫巡外域左氏傳曰晉人使子貢對

鄭使曰君有楚命亦不使一介行李告于寡君杜預曰一介獨使也巨象逸駿擾於外閑周禮曰天子十有二閑馬
六種鄭玄曰每廄爲一閑明珠瑋寶耀於內府周禮曰玉府掌王之金玉玩好珍瑰重迹而至奇
玩應響而赴漢書息夫躬曰羽檄重積而狎至輶由軒騁於南荒衝輣息於朔野揚雄
荅劉歆書曰嘗聞先代輶軒之使班固漢書述曰戎車七征衝輣閑閑字略作轒樓也音義曰輣兵車名也薄萌切齊民免干
戈之患戎馬無晨服之虞而帝業固矣漢書難蜀父老曰今割齊民以附夷狄如淳曰齊等無有
貴賤故謂之齊民老子曰天下無道戎馬生郊爾雅曰虞度也大皇既歿幼主莅朝幼主孫亮也吳志曰孫亮字子
明權少子也立爲太子權薨卽尊號姦回肆虐景皇聿興尚書曰崇信姦回南都賦曰豺狼肆虐吳志曰孫休字子
烈權第六子也亮廢孫綝使宗正孫楷迎休卽位薨謚曰景帝毛萇詩傳曰聿遂也虔修遺憲政無大闕守文
之良主也南都賦曰朝無闕政公羊傳曰繼文王之體守文王之法度也降及歸命之初吳志曰孫皓降晉晉
賜號歸命侯典刑未滅故老猶存尚書曰尚有典刑毛詩曰召彼故老大司馬陸公以文武
熙朝左丞相陸凱以謇諤盡規吳志曰孫皓卽位拜陸抗大司馬荊州牧又曰陸凱字敬風吳郡人也孫
皓遷爲左丞相凱上表疏皆指事不飾忠懇孔安國尚書傳曰熙廣也周易曰王臣謇謇匪躬之故史記趙簡子曰諸大夫在朝徒聞唯
唯子不聞周舍之諤諤盡規已見上文而施績范愼以威重顯吳志曰施績字公緒遷將軍督領盜賊事持法

不傾拜左大司馬吳錄曰范慎字孝敬廣陵人也竭忠知己之君纏緜三益之友時人榮之孫晧以為太尉丁奉離斐以武毅稱吳志曰丁奉字承淵廬江人也少以驍勇為小將亮即位為冠軍將軍魏將諸葛誕據壽春降魏人圍之使奉與黎斐解圍奉為先登黎斐力戰有功拜左將軍黎與離音相近是一人但字不同孟宗丁固之徒為公卿吳志曰孫晧以左右御史大夫丁固孟仁為司徒司空吳錄曰初固為尚書夢松樹生腹上謂人曰松字十八公也後十八歲當為三公卒如夢焉又曰孟仁字恭武江夏人也本名宗避晧字易焉楚國先賢傳曰累遷光祿勳遂至三公樓玄賀劭之屬掌機事吳志曰樓玄字承先沛郡人也孫晧遂用玄為宮下錄事禁中侯主殿中事又曰賀劭字興伯會稽人也晧時為中書令漢官解故曰機事所摠號令攸發元首雖病股肱猶存尚書大傳曰元首君也股肱臣也爰及末葉羣公既喪然後黔首有瓦解之志皇家有土崩之釁黔首已見過秦論漢書徐樂上書曰何謂瓦解吳楚齊趙之兵是也當是之時安土樂俗之民衆故諸侯無境外助此之謂瓦解又曰何謂土崩秦之末葉是也人困而主不恤下怨而上不知此之謂土崩也厤命應化而微王師躡運而發厤命厤數天命也王師謂晉師也言躡其運數而發也干寶晉紀曰咸寧五年十一月命安東將軍王渾向揚州龍驤將軍王濬帥巴蜀之卒浮江而下卒散於陣民奔于邑城池無藩籬之固山川無溝阜之勢過秦論曰楚師深入鴻門曾無藩籬之難非有工輸雲梯之械智伯灌激之害墨子曰公輸班為雲梯必取宋史記曰晉智伯攻晉陽歲餘引汾水灌其

城不沒者三版城中懸釜而炊易子而食楚子築室之圍燕人濟西之隊左氏傳曰楚子圍宋將去之申叔時曰築室反耕者宋必聽命王從之宋人乃懼遂及楚平史記曰燕昭王使樂毅為上將軍伐齊破之濟西軍未浹辰而社稷夷矣左氏傳君子曰莒恃其陋浹辰之間而楚克其三都杜預曰浹辰十二日也浹祖牒切干寶晉紀曰太康元年四月王濬鼓入于石頭吳主孫皓面縛輿櫬降于濬雖忠臣孤憤烈士死節將奚救哉襄陽記曰張悌字臣先襄陽人晉伐吳悌逆之吳軍大敗諸葛靚退走使過迎悌悌不肯去靚自牽之悌垂泣曰今日是我死日也靚遂放之為晉軍所殺韓子有孤憤篇司馬遷書曰世又不與能死節者也夫曹劉之將非一世所選向時之師無曩日之衆向時謂太康之役也曩日謂昔日之曹劉也戰守之道抑有前符符猶法也險阻之利俄然未改而成敗貿理古今詭趣何哉廣雅曰貿易也說文曰詭變也詭與恑同彼此之化殊授任之才異也

辯亡論下

昔三方之王也魏人據中夏漢氏有岷益吳制荊楊而奄交廣東都賦曰自中夏以布德毛萇詩傳曰奄覆也曹氏雖功濟諸華虐亦深矣其民怨矣左氏傳曰吳周之胄裔也今而始大比于諸華毛詩序曰亡國之音哀以思其民怨劉公因險以飾智功已薄矣其俗陋

矣淮南子曰僞之生飾智以驚愚范曄後漢書吳祐曰遠在海濱其俗誠陋也夫吳桓王基之以武太祖
成之以德聰明叡達懿度弘遠矣周易曰古之聰明叡智神武而不殺者夫莊子許由曰齧缺之爲人也聰明叡智
其求賢如不及卹民如稚子論語曰子曰見善如不及謝承後漢書曰延篤遷京兆尹卹民如子
接士盡盛德之容親仁罄丹府之愛拔呂蒙於戎行識潘濬於係
虜吳志曰呂蒙年十五六隨鄧當擊賊策見而奇之引置左右張昭薦蒙拜別部司馬又曰潘濬字承明武陵人也江表傳曰權剋荊
州將吏悉皆歸附而濬獨稱疾不見權遣人以牀就家輿致之濬伏面著牀不起涕泣交橫哀哽不能自勝權慰勞與語呼其字曰承明
昔觀丁父鄀俘也武王以爲軍帥彭仲爽申俘也文王以爲令尹此二人卿荊國之先賢也初雖見囚後皆擢用爲楚名臣卿獨不然未
肯降意將以孤異古人之量邪使親近以巾拭面濬起下地拜謝卽以爲治中荊州諸軍事一以咨之毛萇詩傳曰識用也推誠
信士不恤人之我欺量能授器不患權之我逼執鞭鞠躬以重陸公
之威悉委武衛以濟周瑜之師吳志陸機爲遜銘曰魏大司馬曹休侵我北鄙乃假公黃鉞統御六師及
中軍禁衛而攝行王事主上執鞭百司屈膝江表傳曰曹公入荊州周瑜夜請見權曰諸人徒見操書言水步八十萬而各恐懼不復斷
其事實今以實較之不過十五六萬軍已久疲得精兵五萬自足制之權曰五萬兵難卒合已選三萬人船載糧具俱辦卿與子敬便在
前發孤當增發人衆多載資糧爲軍後援也卑宮菲食以豐功臣之賞披懷虛己以納謨

士之弊論語曰禹菲飲食而致孝乎鬼神卑宮室而盡力乎溝洫馬融曰菲薄也漢書李尋傳曰王根輔政數虛己問尋故
魯肅一面而自託士燮蒙險而致命吳志曰魯肅字子敬臨淮人也周瑜薦肅才宜佐時當廣求其
比以成功業不可令去也權即召肅與語甚說之衆賓罷退獨引肅還合榻對飲又曰士燮字威彥蒼梧人也漢時燮為綏南中郎將董
督七郡領交阯太守孫權遣步騭為交州刺史燮率兄弟奉承節度權加燮為左將軍燮遣子廞入質高張公之德而
省遊田之娛賢諸葛之言而割情欲之歡吳志曰張昭為軍師權每田獵常乘馬射虎虎嘗突
前攀持馬鞍昭變色而前曰將軍何有當爾夫為人君者謂能駕御英雄驅使羣賢豈謂馳逐於原野校勇於猛獸者乎如有一日之患
奈天下笑何權謝昭曰年少慮事不遠慙君然猶不能已諸葛瑾事未詳感陸公之規而除刑法之煩奇
劉基之議而作三爵之誓吳志曰陸遜陳便宜勸以施德緩刑寬賦息調權報曰君以為太重孤亦何利焉但
不得已而為之爾於是令有司盡寫科條使郎中褚逢齎以就遜意所不安令損益之權既為吳王歡宴之末自起行酒虞翻伏地陽醉
不持權去翻起坐權於是大怒手劍欲擊之侍坐者莫不惶遽惟大司農劉基起抱權諫曰大王三爵後殺善士雖翻有罪天下孰知之
翻由是得免權因勑左右自今酒後言殺皆不得殺屏氣跼局蹐脊以伺子明之疾分滋損甘
以育凌統之孤論語曰屏氣似不息者毛詩曰謂天蓋高不敢不跼謂地蓋厚不敢不蹐吳志曰呂子明疾發權時在公
安迎置內殿所以治護者萬方募封內有能愈蒙者賜千金欲數見其顏色又恐其勞動常穿壁瞻之見其小能下食則喜顧左右言

笑不然則咄唶夜不能寐病小瘳為下赦令羣臣畢賀後更增篤自親臨視淩統卒權為之數日減膳言及流涕乃列封統二子年各數
歲權內養於宮愛待與諸子同賓客進見呼示之曰此吾虎子也登壇慷慨歸魯子之功削投惡言
信子瑜之節吳志曰權既稱尊號臨壇顧謂公卿曰昔魯子敬嘗道此可謂明於事勢矣時或言諸葛瑾別遣親人與備相
聞權曰孤與子瑜有死生不易之誓子瑜之不負孤猶孤不負子瑜也是以忠臣競盡其謨志士咸得
肆力孔安國尚書傳曰謨謀也又曰肆陳也洪規遠略固不猒夫區區者也言其規略宏遠不安
茲小國也左氏傳曰初楚靈王卜曰余尚得天下不吉投龜詬天而呼曰是區區者而不余畀方言曰猒安也於豔切故百官
苟合庶務未遑論語曰子謂衛公子荊善居室始有曰苟合矣少有曰苟完矣初都建業羣臣請備
禮秩天子辭而不許曰天下其謂朕何宮室輿服蓋慊口簟如也漢書文帝
曰豫建太子謂天下何賈逵國語注曰謂告也言何以告天下也劉兆穀梁傳注曰慊不足也爰及中葉天人之分
既定百度之缺粗脩粗古粗字韋昭漢書注曰粗略也才古切雖醲化懿綱未齒乎上代
杜預左氏傳注曰齒列也抑其體國經邦之具亦足以為政矣周禮曰惟王建國體國經野地
方幾萬里杜預左氏傳注曰幾音其近也帶甲將百萬其野沃其兵練韋昭國語注曰沃肥善也
其器利其財豐東負滄海西阻險塞長江制其區宇峻山帶其封域

國家之利未巨有弘於茲者矣借使中才守之以道善人御之有術陳琳爲曹洪與文帝書曰謂爲中才處之殆難倉卒論語子張問善人之道子曰不踐跡亦不入於室也敦率遺典勤民謹政循定策守常險則可以長世永年未有危亡之患也左氏傳北宮文子曰有其國家令聞長世尚書曰降年有永有不永或曰吳蜀脣齒之國左氏傳宮之奇曰諺所謂輔車相依脣亡齒寒蜀滅則吳亡理則然矣夫蜀蓋藩援之與國而非吳人之存亡也漢書項梁曰田假與國之王也如淳曰相與友善爲與國黨與也何則其郊境之接重山積險陸無長轂之徑穀梁傳曰長轂五百乘范甯曰長轂兵車也川阨流迅水有驚波之艱雖有銳師百萬啓行不過千夫詩曰元戎十乘以先啓行舳艫千里前驅不過百艦胡減切漢書曰自尋陽浮江舳艫千里李斐曰舳船後持柂處也艫船前頭刺櫂處也言其船多前後相銜千里不絕故劉氏之伐陸公喩之長蛇其勢然也蛇鬬以首尾救故銳師百萬而無所施也昔蜀之初亡朝臣異謀或欲積石以險其流或欲機械以御其變戰國策曰公輸班爲攻宋機械天子總羣議而諮之大司馬陸公公以四瀆天地之所以節宣其氣固無可遏之理國語太子晉曰夫天地成而聚於高歸物於下疏爲川谷以道其氣韋昭曰聚聚物也高山陵也下藪澤也疏通也而機

械則彼我之所共彼若棄長技以就所屈卽荊楊而爭舟楫之用是
天贊我也漢書晁錯曰匈奴之長技三中國之長技五左氏傳子魚曰勍敵之人隘而不成列天贊我也將謹守峽
口以待禽耳逮步闡之亂憑寶城以延強寇重資幣以誘羣蠻國語單穆
公曰量資幣戰國策曰荊軻至秦持千金之幣厚遺中庶子蒙嘉于時大邦之衆雲翔電發雲翔言衆也戰
國策頓子說秦王曰今楚魏之兵雲翔而不敢拔然此雲翔與戰國微異不以文害意也懸於江介築壘遵渚毛詩
曰鴻飛遵渚毛萇傳曰遵循也襟帶要害以止吳人之西而巴漢舟師沿江東下陸
公以偏師三萬北據東阬東阬在西陵步闡城東北長十餘里陸抗所築之城在東阬上而當闡城之北其迹
並存深溝高壘案甲養威反虜踠於遠跡待戮而不敢北窺生路彊寇敗
績宵遁喪師太半分命銳師五千西御水軍東西同捷獻俘萬計吳志
曰西陵督步闡據城以叛遣使降晉陸抗聞之因部分諸軍吳彥等徑赴西陵勅軍營更築嚴圍自赤谿至故市內以圍闡外以禦寇圍
備始合晉巴東監軍徐胤率水軍詣建平荊州刺史楊肇至西陵抗令張咸固守其城公安督留慮距胤身率三軍憑圍對肇肇攻至月
餘計屈夜遁抗使輕騎躡之肇大破敗胤等引還抗遂陷西陵城誅夷闡族左氏傳曰僖二十年晉侯敗楚師于城濮還師歸國獻俘授
馘杜預曰獻楚俘于廟俘卽囚也信哉賢人之謀豈欺我哉孟子公明儀曰文王我師也周公豈欺我哉

自是烽燧罕警封域寡虞言少有虞度之事也陸公歿而潛謀兆吳釁深而六師駭蒼頡篇曰駭驚也夫太康之役衆未盛乎曩日之師廣州之亂禍有愈乎向時之難吳志曰孫皓天紀三年郭馬反攻殺廣州都督虞授馬自號都督交廣二州諸軍事安南將軍曩日向時皆謂曹劉之世而邦家顛覆宗廟爲墟嗚呼人之云亡邦國殄瘁不其然與詩大雅文易曰湯武革命順乎天周易革卦之辭也玄曰亂不極則治不形太玄經曰陰不極則陽不生亂不極則德不形言帝王之因天時也古人有言曰天時不如地利孟子曰天時不如地利地利不如人和趙岐曰天時支干五行王相孤虛之屬易曰王侯設險以守其國言爲國之恃險也周易坎卦之辭也又曰地利不如人和在德不在險言守險之由人也史記魏武侯曰山河之固此魏國之寶也吳起對曰在德不在險吳之興也參而由焉孫卿所謂合其參者也孫卿子曰天有其時地有其財人有其治夫是之謂能參合所以參而顛覆所參則惑矣及其亡也恃險而已又孫卿所謂舍其參者也夫四州之萌非無衆也大江之南非乏俊也山川之險易守也勁利之器易用也先政之策易循也功不興而禍遘者何哉所以用之者失也是故先王達經國

之長規審存亡之至數謙己以安百姓敦惠以致人和寬沖以誘俊乂之謀慈和以結士民之愛是以其安也則黎元與之同慶孝經鈎命決曰天有顧眄之義授圖子黎元也及其危也則兆庶與之共患安與衆同慶則其危不可得也危與下共患則其難不足恤也夫然故能保其社稷而固其土宇麥秀無悲殷之思黍離無愍周之感矣尚書大傳曰微子將朝周過殷之故墟見麥秀之蘄蘄曰此父母之國宗廟社稷之所立也志動心悲欲哭則朝周俯泣則婦人推而廣之作雅聲毛詩序曰黍離閔宗周也周大夫行役過故宗廟宮室盡爲禾黍故爲黍離之詩

文選卷第五十三

賜進士出身通奉大夫江南蘇松常鎮太等處承宣布政使司布政使胡克家重校刊

文選卷第五十四

梁昭明太子撰

文林郎守太子右內率府錄事參軍事崇賢館直學士臣李善注上

論四

陸士衡五等論一首　劉孝標辯命論一首

五等論五等公侯伯子男也言古者聖王立五等以治天下至漢封樹不依古制乃作此論

陸士衡

夫體國經野先王所慎周禮曰惟王建國體國經野鄭玄曰體猶分也漢書王嘉曰王者代天爵人尤宜慎之創制垂基思隆後葉典引曰順命以創制論語比考讖曰以俟後聖垂基也然而經略不同長世異術左氏傳楚芋尹無宇曰天子有經略古之制也又北宮文子曰有其國家令聞長世五等之制始於黃唐郡縣之治創自秦漢漢書曰周爵五等蓋千八百國而太昊黃帝後唐虞侯伯猶存至秦遂并四海分天下爲郡縣前聖苗裔靡有孑遺者矣漢興因秦制度以撫海內班固漢書述曰自昔黃唐經略萬國三代損益降及秦漢革剗五等制立郡縣得失成敗備在典謨王命論曰歷古今之得失驗行事之成敗書序曰典謨訓誥是以其詳可得

而言夫先王知帝業至重天下至曠楊雄長楊賦曰恢帝業孫卿子曰國者天下之大器也重任也
廣雅曰曠遠也曠不可以偏制重不可以獨任任重必於借力制曠終乎
因人故設官分職所以輕其任也周禮曰設官分職以爲民極並建五長所以弘
其制也尚書曰外薄四海咸建五長於是乎立其封疆之典財其親疎之宜賈逵國語
注曰裁制也裁與財古字通使萬國相維以成盤石之固周禮曰凡邦國小大相維漢書宋昌曰漢所謂
盤石之宗也宗庶雜居而定維城之業毛詩曰宗子維城無俾城壞無獨斯畏又有以見綏
世之長御識人情之大方大方法也呂氏春秋曰凡耕之大方力者欲柔知其爲人不如厚
己利物不如圖身周易曰利物足以和義莊子曰愛人利物之謂仁左氏傳欒武子曰季孫圖其身不忘其君安
上在於悅下爲己在乎利人孝經曰安上治民莫善於禮左氏傳邾子曰天生民而樹之君以利之也民既
利矣孤必與焉故易曰說以使民民忘其勞周易兌卦之辭也孫卿曰不利而利之
不如利而後利之之利也孫卿子曰不利而利之不如利而後利之之利也不愛而用之不如愛而後用之之
功也利而後利不如利而不利者之利也愛而後用之不如愛而弗用者之功也利而不利愛而不用者取天下者也利而後利之愛而
後用之者保社稷者也不利而利之不愛而用之者危國家者也是以分天下以厚樂而已得與之

同憂饗天下以豐利而我得與之共害孟子謂齊宣王曰樂以天下憂以天下然而不王者未之有也趙岐曰古賢君樂則以己之樂與天下同之憂則以天下之憂與己共之如是未有不王者也鄭玄儀禮注曰饗勸強之也利博則恩篤樂遠則憂深呂氏春秋曰衆封建非以私賢也所以博利博義也利博義博則無敵也毛詩序曰憂深思遠故諸侯享食土之實萬國受世及之祚矣杜預左氏傳注曰享受也禮記曰大人世及以爲禮鄭玄曰大人諸侯之謂也夫然則南面之君各務其治論語子曰雍也可使南面也包氏曰可使南面言王諸侯治之也九服之民知有定主周書曰乃辨九服之國也上之子愛於是乎生周書文王曰周視民如子愛也禮記曰子庶民則百姓勸鄭玄曰子猶愛也下之體信於是乎結禮記曰先王能脩禮以達義體信以達順鄭玄注曰體猶親也世治足以敦風道衰足以御暴故強毅之國不能擅一時之勢孟子曰彼一時也此一時也雄俊之士無所寄霸王之志漢書宣帝曰漢家本以霸王道雜之然後國安由萬邦之思治主尊賴羣后之圖身毛詩序曰下泉思治也譬猶衆目營方則天網自昶目綱目也以喻諸侯天網以喻王室也營布居也老子曰天網恢恢疏而不失呂氏春秋曰一引其綱万目皆張廣雅曰昶通也四體辭難而心膂獲乂四體亦喻諸侯心膂亦喻王室也論語丈人曰四體不勤尚書穆王曰作股肱心膂三代所以直道四王所以垂業也論語子曰三代

之所以直道而行也包氏曰三代夏商周也禮記曰三王四代唯其飾鄭玄曰四代謂虞夏商周也漢書武帝策詔曰屬統垂業廢興何
如夫盛衰隆弊理所固有教之廢興繫乎其人漢書韓安國曰夫盛之有衰猶朝之必暮
禮記哀公問政子曰文武之政布在方策其人存則其政舉其人亡則其政息愿法期於必涼明道有時而
闇言法不可常愿故期在於必薄道不可常明故有時而或闇以諭盛衰廢興抑唯常理也孔安國尚書傳曰愿慤也娛萬切左氏傳
渾罕曰君子作法於涼其弊猶貪杜預曰涼薄也故世及之制弊於彊禦言諸侯世及而盛彊其弊在於彊禦
而難制也毛詩曰曾是彊禦厚下之典漏於末折言封建踰禮而為害其漏在於末大而本折也周易曰剝上以
厚下安宅左氏傳楚子問申無宇曰國有大城何如對曰鄭京櫟實殺曼伯宋蕭亳實殺子游由是觀之則害於國末大必折尾大不掉
杜預曰折折其本也侵弱之釁遘自三季言諸侯秉權而王室侵弱斯乃遘自三季也班固異姓諸侯王表序曰秦
患周之敗以為四夷交侵以弱見奪於是削去五等杜預左氏傳注曰釁瑕隙也國語郭偃曰三季王之亡宜也韋昭曰季末也三季王
桀紂幽王也陵夷之禍終于七雄言七雄力政而王道因之陵夷漢書張釋之曰秦陵夷至于二世天下土崩東
京賦曰七雄並爭昔者成湯親照夏后之鑒公旦目涉商人之戒夏后之鑒即殷鑒也
毛詩曰殷鑒不遠在夏后之世尚書曰爾唯舊人爾丕克遠省爾知寧王若勤哉孔安國傳曰目所親見法之又明之也文質相
濟損益有物春秋元命苞曰王者一質一文據天地之道天質而地文論語子曰殷因於夏禮所損益可知也周因於殷禮

所損益可知也物禮物也故五等之禮不革于時封畛之制有隆焉爾者呂氏春秋曰等
步畝封畛所以一之也小雅曰封畛界疆也豈玩二王之禍而闇經世之筭乎二王謂夏殷也經世
已見李蕭遠運命論固知百世非可懸御善制不能無弊而侵弱之辱愈於殄
祀土崩之困痛於陵夷也家語孔子曰文武之祀無乃殄乎漢書徐樂上書曰何謂土崩秦之末葉是也人困
而主不恤下怨而上不知此之謂土崩是以經始權其多福慮終取其少禍毛詩曰經始靈臺吳
越春秋曰大夫種善圖始范蠡善慮終賈逵國語注曰權秉也尸子曰聖人權福則取重權禍則取輕非謂侯伯無可
亂之符郡縣非致治之具也故國憂賴其釋位主弱憑其翼戴左氏傳王
子朝告于諸侯曰王居于彘諸侯釋位以閒王政又叔向語宣子曰文之伯也翼戴天子加之以恭及承微積弊王室
遂卑新序曰及定王王室遂卑猶保名位祚垂後嗣左氏傳曰名位不同班固漢書序曰後嗣承序以廣親親
皇統幽而不輟神器否而必存者豈非置勢使之然與東京賦曰怨皇統之見替
鄭玄論語注曰輟止也老子曰天下神器不可爲也爲者敗之降及亡秦棄道任術史記曰商鞅見秦孝公謂景監
曰吾說君以帝王之道君曰吾不能待吾以彊國之術說君君大悅懲周之失自矜其得言懲周以弱見奪自矜以
力滅周也尋斧始於所庇制國昧於弱下弱下之術前王所棄秦以爲是故謂之昧焉左氏傳宋昭公將

去羣公子樂豫曰不可公族公室之枝葉也若去之則本根無所庇蔭矣葛藟猶能庇其本根故君子以爲比況國君乎此所謂庇焉而
縱尋斧也賈逵國語注曰尋用也國慶獨饗其利主憂莫與共害國語曰晉國有慶未嘗不怡史記范
雎曰主憂臣辱雖速亡趨亂不必一道毛萇詩傳曰速召也顛沛之釁實由孤立毛詩曰人
亦有言顛沛之揭毛萇曰顛仆也沛拔也揭見根貌也漢書曰漢興懲戒亡秦孤立之敗也是蓋思五等之小怨
忘萬國之大德毛詩曰忘我大德思我小怨知陵夷之可患闇土崩之爲痛也周
之不競有自來矣左氏傳鄭石奠謂子囊曰今楚實不競行人何罪又叔孫曰叔出季處有自來矣國乏令
主十有餘世左氏傳治區夫曰爲乏令主楊雄連珠曰古之令主所以統天者不遠焉爾雅曰令善也然片言勤
王諸侯必應論語子曰片言可以折獄左氏傳狐偃言於晉侯曰求諸侯莫如勤王也一朝振矜遠國先
叛公羊傳葵丘之會齊桓公震而矜之叛者九國震之者何猶曰振振然矜之者何猶莫若我也何休曰震矜色自美之貌故彊
晉收其請隧之圖暴楚頓其觀鼎之志左氏傳晉侯朝王王享醴命之宥請隧弗許曰王章也未
有代德而有二王叔父之所惡也又曰楚子伐陸渾之戎遂至于雒定王使王孫滿勞楚子問鼎之大小輕重焉杜預曰示欲逼周取天
下也豈劉項之能闚關勝廣之敢號澤哉漢書沛公自武關入秦又曰羽至函谷關使當陽君擊關
羽入至戲又曰勝廣爲屯長行至蘄西大澤鄉勝自立爲將軍廣爲都尉借使秦人因循周制雖則無道

有與共弊覆滅之禍豈在曩曰曩曰謂士崩之禍也漢矯秦枉大啓侯王班固漢書
表曰藩國大者夸州兼郡可謂矯枉過其正矣毛詩曰大啓爾宇爲周室輔境土踰溢不遵舊典東京賦曰規摹
踰溢尚書曰舊典時式故賈生憂其危朝錯痛其亂漢書賈誼曰夫樹國固必相疑之勢下數被其殃上
數爽其憂甚非所以安上而全下也又朝錯曰請諸侯之罪過削其支郡不如此宗廟不安也是以諸侯阻其國家
之富憑其士民之力阻恃也勢足者反疾土狹者逆遲六臣犯其弱綱
七子衢其漏網漢書賈誼曰大抵彊者先反及淮陰王楚最彊則先反韓信倚胡則又反及貫高因趙資則又反陳豨兵
精則又反彭越用梁則又反黥布用淮南則又反盧綰最弱最後反然誼言八而機言六者貫高非五等盧綰亡入匈奴故不數之漢書
曰景帝即位朝錯說上令削吳及書至吳王起兵誅漢吏二千石以下膠西膠東淄川濟南楚趙亦皆反也皇祖夷於黥
徒西京病於東帝皇祖高祖也南都賦曰皇祖止焉史記曰淮南王黥布反高祖自往擊之布走高祖時爲流矢所中
行道病史記曰荊王劉賈者不知何屬高祖立賈爲荊王淮南王黥布反東擊荊賈與戰不勝走富陵爲布軍所殺漢書曰賈稱從兄而
機以爲皇祖蓋別有所見杜預左氏傳注曰夷傷也楚漢春秋曰下蔡亭長詈淮南王曰封汝爵爲千乘東南盡日所出尚未足黥徒羣
盜所邪而反何也然黥當爲黥漢書曰吳王濞反削吳會稽豫章郡書至起兵反以袁盎爲太常使吳吳王聞盎來知其欲說笑而應曰
我已爲東帝尚誰拜不肯見盎是蓋過正之災而非建侯之累也矯枉過其正已見上文周易曰利用

建侯行師然呂氏之難朝士外顧宋昌策漢必稱諸侯漢書曰呂產呂祿自知背高皇帝約
因作亂朱虛侯使人告兄齊王令發兵西太尉勃丞相平爲內應以誅諸呂齊王遂發兵又曰呂后崩大臣迎立代王郎中令張武曰以
迎大王爲名實不可往宋昌曰羣臣議非也內有朱虛東牟之親外畏吳楚淮南琅邪齊代之强故迎大王大王勿疑也逮至中
葉忌其失節割削宗子有名無實天下曠然復襲亡秦之軌矣漢書曰諸
侯小者淫荒越法大者睽孤橫逆以害身喪國故文帝采賈生之議分齊趙景帝用朝錯之計削吳楚是以五侯作威
不忌萬邦新都襲漢易於拾遺也五侯已見鮑明遠數詩尚書曰臣作福作威害于而家凶于而國漢
書曰封王莽爲新都侯襲猶取也漢書梅福上書曰昔高祖舉秦如鴻毛取楚如拾遺光武中興纂隆皇統而
猶遵覆車之遺轍養喪家之宿疾言光武猶遵前漢之失也晏子春秋諺曰前車覆後車戒也尚書
曰卿士有一于身家必喪僅及數世姦軌充斥尚書曰寇賊姦宄軌與宄古字通左氏傳士文伯讓子產曰以政刑
之不修寇盜充斥卒有彊臣專朝則天下風靡彊臣謂梁冀之屬也楚辭曰世從俗而變化隨風靡而成
行一夫縱衡則城池自夷豈不危哉一夫謂董卓也漢書曰縱恣意衡古橫字在周之衰
難興王室放命者七臣干位者三子左氏傳曰初王姚嬖于莊王生子頹子頹有寵蔿國爲之師及
惠王即位取蔿國之圃以爲囿邊伯之宮近於王宮王取之王奪子禽祝跪與詹父田而收膳夫之秩故蔿國邊伯石速詹父子禽祝跪

作亂因蘇氏秋五大夫奉子穨以伐王不克出奔溫蘇子奉子穨以奔衛衛師燕師伐周冬立子穨杜預曰石速士也不在五大夫之數又曰初甘昭公有寵於惠后惠后將立之未及而卒昭公奔齊襄王復之又通於隗氏王替隗氏穨叔桃子曰我實使狄狄遂奉太叔以狄師伐周大敗周師王出適鄭處于氾杜預曰甘昭公王子太叔帶也又曰王子朝賓起有寵於景王王崩子朝因舊官百工之喪職秩者與靈景之族以作亂單子逆悼王于莊宮以歸杜預曰子朝景王之長庶子悼王子猛也班固漢書述曰孝景蒞政諸侯方命韋昭曰方放命不承天子之制七臣蔿國邊伯詹父子禽祝跪及穨叔桃子賓起也王命論曰闔于天位爾雅曰干求也三子子穨叔帶子朝嗣王委其九鼎凶族據其天邑嗣王惠襄悼也凶族三子也史記曰秦取周九鼎寶器尚書曰肆予敢求爾于天邑商鉦征鼙震於閫宇鋒鏑流乎絳闕傅玄正都賦曰巍巍絳闕然禍止畿甸害不覃及毛詩曰覃及鬼方毛萇曰覃延也天下晏然以治待亂漢書難蜀父老曰及臻厥成天下晏如也淮南子曰靜以合躁治以待亂是以宣王興於共和襄惠振於晉鄭史記曰周人相與畔襲厲王王出奔于彘召公周公二相行政號曰共和共和十四年厲王死於彘二相乃共立宣王又曰惠王即位衛師燕師伐周立子穨鄭伯見虢叔曰盍納王乎虢公曰寡人之願也同伐王城鄭伯將王自圉門入虢叔自北門入殺王子穨及五大夫又曰天王出居于鄭避母弟之難也晉侯辭秦師而下次于陽樊右師圍溫左師逆王王入於王城取太叔于溫殺之杜預曰叔帶襄王同母弟也豈若二漢階闥暫擾而四海已沸階闥暫擾謂王莽也孽臣朝入而九服夕亂哉孽臣董卓

也范曄後漢書曰何進私呼卓入朝以脅太后卓至遂廢少帝爲弘農王遠惟王莽篡逆之事近覽董卓

擅權之際億兆悼心愚智同痛左氏傳蘧啓彊曰與二三臣悼心失圖孤然周以之存漢

以之亡夫何故哉豈世乏囊時之臣士無匡合之志歟聖主得賢臣頌曰齊侯設

庭燎之禮故有匡合之功論語子曰管仲相桓公一匡天下又曰桓公九合諸侯蓋遠績屈於時異雄心挫

於卑勢耳左氏傳劉子謂趙孟曰子蓋亦遠績禹功而大庇民乎阮瑀與孫權書曰大丈夫雄心能無憤發故烈士

扼腕終委寇讎之手漢書曰燕齊之間方士瞋目扼腕中人變節以助虐國之桀漢書

張博書曰公卿變節史記王歜謂燕將曰今爲君將是助桀爲暴也雖復時有鳩合同志以謀王室漢書

曰王莽居攝翟義心惡之遂與劉宇劉璜結謀舉義兵范曄後漢書曰董卓以尚書韓馥爲冀州刺史侍中劉岱爲兗州刺史馥等到官

各舉義兵討卓然上非奧主下皆市人漢書曰翟義立劉信爲天子左氏傳曰蔡公召子干子晳將納之子干歸

韓宣子問於叔向曰子干其濟乎對曰難共王有寵子國有奧主呂氏春秋曰驅市人而戰之可以勝人之教卒也師旅無先

定之班君臣無相保之志是以義兵雲合無救劫弑之禍范曄後漢書曰卓聞

劉馥等兵起乃鴆殺弘農王文子曰用兵有五誅暴救弱謂之義漢書班彪曰假號雲合民望未改而已見大漢

之滅矣漢書曰莽聞翟義起兵乃拜王邑爲虎牙將軍以擊義破之於是莽自謂大得天人之助遂即真矣漢書陳涉詐稱公子

扶蘇從民望也或以諸侯世位不必常全公羊傳曰諸侯世位故國君爲一體也全或爲今非昏主暴
君有時比迹故五等所以多亂唐子曰暴主闇君不可生殺范曄後漢書孔融薦謝該曰該實卓然比迹
前列今之牧守皆以官方庸能雖或失之其得固多故郡縣易以爲治
夫德之休明黜陟日用左氏傳王孫滿曰德之休明尚書曰三載考績三考黜陟幽明長率連屬咸
述其職禮記曰千里之外設方伯五國以爲屬屬有長十國以爲連連有帥尚書大傳曰古者諸侯之於天子五年一朝謂之述
職述其職者述其所職也而淫昏之君無所容過左氏傳宋子魚曰又用諸淫昏之鬼何則其不治
哉故先代有以之興矣茍或襃陵百度自悖尚書曰不役耳目百度惟貞鬻官之
吏以貨準才則貪殘之萌皆如羣后也安在其不亂哉故後王有以
之廢矣且要而言之五等之君爲己思治民安己受其利故曰爲己郡縣之長爲
利圖物物能利己乃始圖之故云爲利何以徵之蓋企及進取仕子之常志企及進取奔競
以招譽禮記曰不至焉者企而及之史記蘇秦說燕王曰忠信者所以自爲也進取者所以爲人也修己安民良士之
所希及修己安民積德以厚下論語子曰修己以安百姓尚書咎繇曰在安民孔安國論語注曰希少也夫進取之
情銳而安民之譽遲鄭玄禮記注曰情實也銳猶疾也是故侵百姓以利己者在位

所不憚安民譽遲不若侵之以利己鄭玄論語注曰憚難也損實事以養名者官長所夙夜也
進取名速故損實事以求之列子曰范氏有子曰子華善養私名君無卒歲之圖臣挾一時之志五
等則不然知國爲己土衆皆我民民安己受其利國傷家嬰其病說文
曰嬰繞也故前人欲以垂後後嗣思其堂構尚書曰若考作室子乃弗肯堂矧肯構爲上無
苟且之心羣下知膠固之義漢書王嘉上疏曰孝文時吏居官者或長子孫然後上下相望莫有苟且之意
莊子曰待膠漆而固者是侵其德者也范曄後漢書鄭泰曰以膠固之衆當解合之勢使其並賢居治則功有
厚薄言八代同建五等而廢興殊迹者譬並賢居治而功有優劣也兩愚處亂則過有深淺言秦漢同立郡
縣而脩短異期者譬兩愚居亂而過有輕重也然則八代之制幾可以一理貫八代謂五帝三王也然此
八代異於辯士各觀文立義也崔寔政論曰今既不能純法八代故宜參以霸政論語曰吾道一以貫之秦漢之典殆可
以一言蔽矣論語子曰詩三百一言以蔽之曰思無邪孔安國尚書傳曰蔽斷也

辯命論并序劉璠梁典曰峻字孝標辯命論蓋以自喻云

劉孝標孝標植根淄右流寓魏庭冒履艱危僅至江左負材矜地自謂坐致雲霄豈圖逡巡十稔而榮慙一
命因茲著論故辭多憤激雖義越典謨而足杜浮競也

主上嘗與諸名賢言及管輅主上謂梁武帝也魏志曰管輅字公明平原人也舉秀才弟辰謂輅曰大將軍
待君意厚冀當富貴乎輅長嘆曰然天與我才明不與我年壽恐四十七八間不見女嫁男娶婦也是歲八月爲少府丞明年二月卒年
四十八歎其有奇才而位不達時有在赤墀之下豫聞斯議歸以告余
漢書梅福上書曰願涉赤墀之塗說文曰墀塗地也禮天子赤墀余謂士之窮通無非命也莊子孔子謂子
路曰聖人知窮之有命知通之有時臨大難而不懼聖人之勇也故謹述天旨因言其致云鄭玄禮記注曰
致之言至也
臣觀管輅天才英偉珪璋特秀郭璞曰孫子荆上品狀王武子曰天才英博亮拔不羣抱朴子曰故侍郎
周生恭遠英偉名儒禮記曰珪璋特達抱朴子曰陸士龍士衡曠世特秀超古邈今實海內之名傑豈日者卜
祝之流乎墨子曰墨子北之齊遇日者日者曰帝今日殺黑龍於北方先生之色黑不可以北墨子不聽史記有日者列傳然
則占候時日謂之日者司馬遷書曰僕之先人文史星歷近乎卜祝之間而官止少府丞年終四十八天
之報施何其寡與史記曰司馬遷曰天之報施善人何如哉然則高才而無貴仕饕餮而
居大位自古所歎焉獨公明而已哉左氏傳楚叔伯曰夫有大功而無貴仕其人能靖者與有幾又
曰縉雲氏有不才子貪于飲食冒于貨賄天下之人以比三凶謂之饕餮故性命之道窮通之數夭閼烏葛

紛綸莫知其辯家語魯哀公問於孔子曰人之命與性何謂孔子對曰分於道謂之命形於一謂之性王肅曰分於道始得爲人也人各受陰陽剛柔之性故曰形於一也莊子曰風之積也不厚則其負大翼也無力故九萬里則風斯在下矣而後乃今培風背負青天而莫之夭閼者司馬彪曰夭折也閼止也言無有折止使不通者也封禪書曰紛綸葳蕤鄭玄儀禮注曰辨別也仲任蔽其源子長闡其惑范曄後漢書曰王充字仲任鄭玄論語注曰蔽塞也論衡曰凡人有生死壽夭之命亦有貴賤貧富之命命當貧賤雖富貴之猶涉患禍失其富貴命當富貴雖貧賤之猶逢福善離其貧賤今言隨操行而至此命在末不在本也司馬遷字子長蒼頡篇曰闡開也史記或曰天道無親常與善人伯夷叔齊可謂善人而餓死七十子之徒仲尼獨薦顏淵爲好學然蚤夭盜跖日殺不辜肝人之肉竟以壽終此其大較者也余甚惑焉至於鶡冠甕牖必以懸天有期鼎貴高門則曰唯人所召七略鶡冠子者蓋楚人也常居深山以鶡爲冠故曰鶡冠禮記孔子曰儒者蓬戶甕牖論衡曰夫命懸於天吉凶在乎時吳都賦曰高門鼎貴漢書賈捐之曰石顯方鼎貴又于公曰少高大門令容駟馬高蓋車左傳閔子騫曰禍福無門惟人所召譊譊讙咋異端斯起蜀志曰孟光好公羊春秋而譏呵左氏每與來敏爭此二義常譊譊讙咋裴松之曰譊音奴交切讙音許袁切咋音祖格切論語子曰攻乎異端蕭遠論其本而不暢其流子玄語其流而未詳其本李蕭遠作運命論言治亂在天故曰論其本郭子玄作致命由己論言吉凶由己故曰語其流嘗試言之曰莊子曰請嘗試言之天無爲以之清地無爲以之寧杜預左氏傳曰嘗試之也夫通生萬物則謂

之道生而無主謂之自然老子曰大道汜兮萬物得之以生而不辭功成而不有愛養萬物而不爲之主王弼
曰萬物皆得道而生管子曰萬物以生萬物以成命之曰道老子曰天法道道法自然自然者物見其然不知
所以然同焉皆得不知所以得莊子曰孔子觀於呂梁見一丈夫謂孔子曰吾長於水而安於水性也不
知吾所以然命也張湛曰固然之理不可以智知知其不可知故謂之命也莊子曰天下誘然皆生而不知其所以生同焉皆得而不知
其所以得也鼓動陶鑄而不爲功庶類混成而非其力周易曰鼓天下之動者存乎辭韓康
伯曰爻辭也爻以鼓動効天下之動也莊子肩吾謂連叔曰藐姑射之山有神人居焉猶陶鑄堯舜也孰肯以物爲事典引曰沈浮交錯
庶類混成生之無亭毒之心死之豈虔劉之志老子曰亭之毒之蓋之覆之王弼曰亭謂品其形毒
謂成其質左氏傳呂相曰芟夷我農功虔劉我邊陲言殺也墜之淵泉非其怒升之霄漢非其悅
墜之淵泉鱗屬也升之霄漢羽族也言稟性不同非天之有悅怒也淮南子曰鳥魚生於陰屬於陽故魚遊於水鳥飛於雲夫鳥排虛而
飛獸蹠實而走蛟龍水居虎豹山處天地之性也蕩乎大乎萬寶以之化確乎純乎一化而
不易莊子曰形非道不生生非德不明蕩蕩乎忽然出勃然動萬物從之乎又曰夫道覆載萬物者也洋洋乎大哉庚桑楚曰夫春
氣發而百草生正得秋而萬寶成又楚狂接輿謂肩吾曰夫聖人之治也治外乎正而後行確乎能其事者而已矣司馬彪曰確乎不移
易又曰道流而不明純純常常乃比於狂又曰吾一受其成形而不化以待盡也又曰性不可易命不可變化而不易則

謂之命命也者自天之命也呂氏春秋曰若命之不可易春秋元命苞曰命者天之命也所受於帝行正不過得壽命也定於冥兆終然不變祖台之論命曰存亡壽夭咸定冥初魏文帝典論曰夫生之必死天地所不能變鬼神莫能預聖哲不能謀西征賦曰生有脩短之命位有通塞之遇鬼神莫之要聖哲弗能預觸山之力無以抗倒日之誠弗能感淮南子曰昔共工之力怒觸不周之山使地東南傾與高辛爭為帝許慎曰昔共工古諸侯之強者也不周之山西北之山也陸機弔魏武文曰夫以迴天倒日之力而不能振形骸之內短則不可緩之於寸陰長則不可急之於箭漏淮南子曰聖人不貴尺之璧而重寸之陰漢書曰漏刻以百二十為度韋昭曰舊漏晝夜共百刻哀帝有短祚之期故欲增之至德未能踰上智所不免孝經曰先王有至德要道論語子曰唯上智與下愚不移魏文帝典論曰夫生之必死賢聖所不能免是以放勛之世浩浩襄陵天乙之時焦金流石尚書曰放勛欽明又帝曰湯湯洪水方割蕩蕩懷山襄陵浩浩滔天史記天乙立是為成湯呂氏春秋曰成湯之旱煎沙爛石楚辭曰十日並出流金鑠石文公疐其尾宣尼絕其糧傳子曰周文王子公旦有聖德謚曰文毛詩曰狼跋美周公也狼跋其胡載疐其尾毛萇曰疐跲也疐音致漢書平紀曰追謚孔子曰宣尼公論語曰子在陳絕糧從者病莫能興顏回敗其叢蘭冉耕歌其芣苢家語曰顏回年二十九而髮白三十二而早死文子曰日月欲明浮雲蓋之叢蘭欲茂秋風敗之家語曰冉耕魯人字伯牛以德行著名有惡疾韓詩曰采苢傷夫有惡疾也詩曰采采芣苢

薄言采之薛君曰芣苢澤寫也芣苢臭惡之菜詩人傷其君子有惡疾人道不通求己不得發憤而作以事興芣苢雖臭惡乎我猶采采而不已者以興君子雖有惡疾我猶守而不離去也夷叔斃淑媛之言子輿困臧倉之訴崔琦七蠲曰三王行化夷叔隱己古史考曰伯夷叔齊者殷之末世孤竹君之二子也隱於首陽山采薇而食之野有婦人謂之曰子義不食周粟此亦周之草木也於是餓死曹植與楊脩書曰有南威之容乃可以論於淑媛傅子曰昔仲尼既歿仲弓之徒追論夫子言謂之論語其後鄒之君子孟子輿擬其體著七篇謂之孟子然子輿孟子之字也孟子曰魯平公將出嬖人臧倉曰有司未知所之敢請公曰將見孟子曰何哉子孟子之後喪踰前喪君無見公曰諾樂正子春見孟子曰克告於君君將來見也嬖人有臧倉者沮君君是以不果來孟子曰吾之不遇魯侯天也臧氏之子焉能使予不遇哉聖賢且猶若此而況庸庸者乎大戴禮孔子曰所謂庸人者口不能道善言而志不邑邑此可謂庸人也馮衍顯志賦曰獨慷慨以遠覽兮非庸庸之所識至乃伍員浮尸於江流三閭沈骸於湘渚史記曰子胥自剄死王乃取子胥尸盛以鴟夷之革浮之於江中楚辭漁父見屈原曰子非三閭大夫與漢書曰賈誼渡湘水爲賦以弔屈原楊雄反騷曰欽弔楚之湘纍音義曰諸不以罪死曰纍屈原赴湘死故曰纍也賈大夫沮志於長沙馮都尉皓髮於郎署漢書曰賈誼爲長沙王太傅誼既以謫去意不自得又曰馮唐以孝著爲郎中署長事文帝帝輦過問曰父老何自爲郎君山鴻漸鎩殺羽儀於高雲敬通鳳起摧迅翮於風穴此豈才不足而行有遺哉東觀漢記曰桓譚字君山少好學徧治五

經光武即位拜議郎詔會議雲臺上問譚曰吾以讖決之何如譚不應良久對曰臣生不讀讖問其故譚頗有所非是上怒曰桓譚非法
將去斬之譚叩頭流血乃貰由是失旨遂不復轉遷出補六安太守丞之官意不樂道病卒周易曰鴻漸于陸其羽可用為儀許慎淮南
子注曰鐵羽殘羽也應璩與從弟書曰弋下高雲之鳥東觀漢記曰馮敬通少有俶儻之志明帝以為衍材過其實抑而不用遂皆寠失
志以壽終於家淮南子曰鳳皇之翔至德也濯羽弱水暮宿風穴許慎曰風穴風所從出韓詩外傳曰子路謂孔子曰夫子尚有遺行乎
奚居之隱也 近世有沛國劉瓛瓛桓弟璡津並一時之秀士也蕭子顯齊書曰劉瓛
字子珪沛國人宋大明四年舉秀才少篤學博通五經為安成王撫軍行參軍公事免自此不復仕永明初遇疾卒瓛弟璡字子璥方軌
正直文惠太子召璡入侍東宮每上事輒削草尋署射聲校尉卒官呂氏春秋曰舜耕於歷山秀士從之璥君影切 瓛則關西
孔子通涉六經循循善誘服膺儒行范曄後漢書曰楊震字伯起經明博覽無不窮究諸儒為之語
曰關西孔子楊伯起論語顏淵曰夫子循循然善誘人禮記曰回之為人也得一善則拳拳服膺而不失之矣又禮記有儒行篇 璡
則志烈秋霜心貞崑玉亭亭高竦不雜風塵范曄後漢書孔融論曰凜凜焉皜皜焉其與秋
霜崑玉比質可也西京賦曰狀亭亭以岧岧岧郭璞遊仙詩曰高蹈風塵外 皆毓德於衡門並馳聲於天地
周易曰君子以振民毓德毛詩曰衡門之下可以棲遲 而官有微於侍郎位不登於執戟相次
殂落宗祀無饗荅客難曰官不過侍郎位不過執戟尚書曰帝乃殂落孔安國曰殂落死也 因斯兩賢以

言古則昔之玉質金相英髦秀達毛詩曰追琢其章金玉其相毛萇曰相質也又曰髦俊也皆擯
斥於當年韞奇才而莫用司馬彪莊子注曰擯棄也馬融論語注曰韞藏也徽草木以共彫
與麋鹿而同死楚辭曰願徽幸而有待兮宿莽與壄草同死王逸曰將與百草俱殂落也論衡曰身與草木俱朽楚辭曰
死曰將至兮與麋鹿同坑膏塗平原骨塡川谷堙滅而無聞者豈可勝道哉檄蜀文曰
肝腦塗中原膏液潤野草封禪書曰堙滅而不稱者不可勝數此則宰衡之與皁隸容彭之與殤子
尚書曰冢宰掌邦治毛詩曰實維阿衡左右商王左氏傳曰人有十等士臣皁皁臣輿輿臣隸列仙傳曰容成公者自稱黃帝師見於周
穆王能善補導之事髮白復黑齒落復生事與老子同亦云老子師又曰彭祖殷賢大夫歷夏至商末號年七百莊子南郭子綦曰天下
莫大于秋毫之末而太山為之小莫壽于殤子而彭祖為之夭猗頓之與黔婁陽文之與敦洽猗頓已見
過秦論皇甫謐高士傳曰黔婁先生修清節不求進於諸侯及終曾參來弔曰何以為謚妻曰以康為謚曾子曰先生存時食不充虛衣
不蓋形死則手足不斂傍無酒肉何樂於此而謚為康哉淮南子曰不待脂粉西施陽文也許愼曰楚之好人也呂氏春秋曰陳有惡人
焉曰敦洽讎麋推顙廣顏色如漆赭垂髮臨鼻長肘而盭陳侯見而甚悅之高誘曰醜而有德也咸得之於自然不
假道於才智抱朴子曰聖人體天皆得之於自然莊子曰古之至人假道於仁託宿於義故曰死生有命
富貴在天其斯之謂矣論語子夏曰死生有命富貴在天然命體周流變化非一或

先號後笑或始吉終凶或不召自來或因人以濟周易曰同人先號咷而後笑老子曰不召而自來傅子曰昔人知下相接之易故因人以致人交錯糾紛迴還倚伏非可以一理徵非可以一途驗而其道密微寂寥忽慌無形可以見無聲可以聞子虛賦曰交錯糾紛鶡冠子曰禍兮福之所倚福兮禍之所伏思玄賦曰北叟頗識其倚伏抱朴子曰鶩銳不可以一塗驗箏琴不可以膠柱調也鬼谷子曰即欲闓之貴密密之貴微西征賦曰寥廓忽恍文子曰道以無有為體視之不見其形聽之不聞其聲謂之幽冥呂氏春秋曰道也者視之弗見聽之弗聞不可為狀管子曰視之不見其形聽之不聞其聲而序其成謂之道必御物以效靈亦憑人而成象譬天王之冕旒任百官以司職言性命之道雖係于天然其來也必憑人而御物譬如天王冕旒而執契必因百官司職以立政文子曰德仁義禮四者聖人之所以御萬物也而或者覩湯武之龍躍謂龜亂在神功聞孔墨之挺生謂英睿擅奇響成湯武王也周易曰見龍在田又曰或躍在淵墨子曰夏桀時天乃命湯於鑣宮有神來告曰夏德大亂往攻之予必使汝大戡之商王紂時周武王見三神曰予既沈漬殷紂於酒德往攻之予必使汝大戡之孔孔子墨墨翟蔡邕陳太丘碑曰元方季方皆命世挺生膺期特授視彭韓之豹變謂鷙猛致人爵見張桓之朱紱謂明經拾青紫彭彭越韓韓信易曰君子豹變其文蔚禮記曰鷙蟲攫搏不程其勇者鄭玄曰鷙蟲猛獸也孟子曰有天爵有人爵仁義忠信樂善不倦此天爵也公卿大夫此人爵也漢書

曰張禹字子文善說論語令禹授太子遷光祿大夫賜關內侯范曄後漢書曰桓榮治歐陽尚書授太子爲太子少傅封關內侯禮記曰
諸侯佩山玄玉而朱組綬蒼頡篇曰綬紱也漢書夏侯勝曰士病不明經經術苟明取青紫如俛拾地芥豈知有力者運
之而趨乎莊子曰夫藏舟於壑藏山於澤謂之固矣然而夜半有力者負之而走昧者不知故言而非命有
六蔽焉爾論語子曰由汝聞六言六蔽矣乎然文雖出此蔽義則殊請陳其梗槩東京賦其梗槩如此夫靡
顏膩理哆噅許爲顣子六頞烏割形之異也楚辭曰靡顏膩理遺視矊些王逸曰靡緻也膩滑也淮南子曰
哆噅蘧蒢戚施醜也說文曰哆張口也音侈通俗文曰噅口不正也去皮切史記唐舉見蔡澤曰先生魋顏蹙齃朝秀晨終
龜鵠千歲年之殊也淮南子曰朝秀不知晦朔許慎曰朝生暮死蟲也生水上似蠶蛾養生要曰龜鶴壽千百之數
性壽之物也聞言如響智昏菽麥神之辨也史記曰淳于髡說鄒忌畢趨出自是人者吾語之微言五
其應我若響之應聲是人必封不久矣左氏傳曰程滑殺厲公荀罃士魴逆周子于京師而立之周子有兄而無惠不能辨菽麥故不可
立杜預曰菽大豆也豆麥殊形易別故以之爲癡者之候也同知三者定乎造化榮辱之境獨曰
由人是知二五而未識於十其蔽一也淮南子曰大丈夫恬然無爲與造化逍遙高誘曰造化天
地也莊子曰定乎內外之分辨乎榮辱之境左氏傳叔輿曰吉凶由人史記齊威王使人說越曰晉楚不鬭越兵不起知二五而不知十也
龍犀日角帝王之表朱建平相書曰頟有龍犀入髮左角日右角月王天下也河目龜文公侯之

相孔叢子曰夫子適周見萇弘萇弘語劉文公曰孔子仲尼有聖人之表河目而隆顙是黃帝之形貌也王肅家語注曰河目上下匡
平而長也范曄後漢書曰李固貌狀有奇表鼎角匿犀足履龜文後爲太尉撫鏡知其將刑壓紐顯其膺
錄蜀志曰蜀郡張裕曉相術每舉鏡視面自知刑死未嘗不撲之於地左氏傳曰初楚恭王無冢適有寵子五人無適立焉乃大有事
於羣望而祈曰請神擇五人主社稷乃偏以璧見於羣望曰當璧而拜者神所立也與巴姬密埋璧於太室之庭使五人拜康王跨之靈
王肘加焉子干子晳皆遠之平王弱抱而入再拜皆壓紐星虹樞電昭聖德之符夜哭聚雲鬱興
王之瑞春秋元命苞曰大星如虹下流華渚女節夢意感生朱宣宋均曰華渚渚名也朱宣少昊氏詩含神務曰大電繞樞照郊
野感符寶生黃帝漢高祖功臣頌曰彤雲晝聚素靈夜哭國語曰與王賞諫臣皆兆發於前期渙汗於後葉
周易曰渙汗其大號渙散也若謂驅貔虎奮尺劍入紫微升帝道則未達窅冥之
情未測神明之數其蔽二也尚書武王曰如虎如貔如熊如羆于商郊孔安國曰貔執夷虎屬也史記高祖
曰吾提三尺劍取天下此非天命乎薛綜西京賦注曰天有紫微宮王者象之曰紫微宮淮南子曰源道者測窅冥之深呂氏春秋曰窅
乎冥莫知其情王命論曰神明之祚可得而妄處哉空桑之里變成洪川歷陽之都化爲魚鼈
呂氏春秋曰有莘氏女子採桑得嬰兒于空桑之中獻之其君令烰人養之察其所以然曰其母居伊水之上孕夢有神告之曰白出水
而東走毋顧明日視白水出告其鄰東走十里而顧其邑盡爲水身因化爲空桑故命之曰伊尹淮南子曰歷陽淮南之縣名今屬九江

郡歷陽中有老嫗常行仁義有兩諸生告過之謂曰此國當沒為湖嫗視東城門閫有血便走上山勿反顧也自此嫗數往視門門吏問
之嫗對如其言東門吏殺雞以血塗門明日嫗早往視門有血便走上山國沒為湖楚師屠漢卒睢息惟河鯁其
流秦人坑趙士沸聲若雷震漢書曰項羽晨擊漢大戰彭城靈辟東睢水上大破漢軍多殺士卒睢水為不
流戰國策蔡澤謂應侯曰白起率數萬之師越韓魏而敗彊趙北坑馬服屠四十餘萬衆流血成川沸聲如雷使秦業帝白起之勢也論
衡曰言有命者曰夫天下之大人民之衆一歷陽之都一長平之坑同命俱死未可怪也命當溺死故相聚於歷陽命當壓死故相積於
長平火炎崑嶽礫石與琬琰俱焚嚴霜夜零蕭艾與芝蘭共盡尚書曰火炎崑
岡玉石俱焚又曰弘璧琬琰在西序傅玄鷹兔賦曰秋霜一下蘭艾俱落毛萇詩傳曰蕭蒿也雖游夏之英才伊顏
之殆庶焉能抗之哉其蔽三也史記曰言偃吳人字子游夏子夏也伊伊尹也顏顏回也孟子曰得天下
之英才而教育之易曰顏氏之子其殆庶幾乎王弼曰庶幾於知幾者也或曰明月之珠不能無纇夏后
之璜不能無考淮南子曰夏后氏之璜不能無考明月之珠不能無纇高誘曰考不平也纇瑕也故亭伯死
於縣長相如卒於園令范曄後漢書曰崔駰字亭伯竇憲為車騎將軍辟駰為掾察駰高第出為長岑長駰自以
遠去不得意遂不之官而歸卒于家漢書曰相如拜為孝文園令既病免家居茂陵而死才非不傑也主非不明
也而碎結緣之鴻輝殘懸黎之夜色抑尺之量有短哉戰國策應侯謂秦王曰梁

有懸黎宋有結綠而爲天下名器楚辭鄭詹尹曰尺有所短寸有所長若然者主父偃公孫弘對策不升第歷說而不入牧豕淄原見棄州部設令忽如過隙溘苦合死霜露其爲詬恥豈崔馬之流乎及至開東閤列五鼎電照風行聲馳海外寧前愚而後智先非而終是漢書主父偃齊國臨淄人也學長短縱橫術家貧假貸無所得北遊燕趙中山皆莫能厚客甚困乃上書闕下拜爲郎至中大夫偃曰大丈夫生不五鼎食死則五鼎烹耳又曰公孫弘淄川人也家貧牧豕海上太常上對諸儒太常奏弘第居下策天子擢弘對爲第一後至丞相於是起客館開東閤以延賢士莊子曰賓放於鄉里逐於州部又曰人生天地之間若白駒之過隙楚辭曰寧溘死以流亡兮余不忍爲此態也漢書詔曰公孫弘不幸罹霜露之疾說文曰詬恥也范曄後漢書吳漢謂臧宮曰將軍嚮者經虜城下震揚威靈風行電照九州春秋閻忠說皇甫嵩曰今將軍威德震本朝風聲馳海外將榮悴有定數天命有至極而謬生妍蚩其蔽四也應璩與曹元長書曰春生者繁華秋榮者零悴自然之數豈有恨哉孫子荊陟陽候詩曰三命皆有極夫虎嘯風馳龍興雲屬淮南子曰虎嘯而谷風至龍舉而景雲屬四子講德論曰風馳雨集故重華立而元凱升辛受生而飛廉進史記曰虞舜名曰重華左氏傳季孫行父曰昔高陽氏有才子八人蒼舒隤敳檮戭大臨尨降庭堅仲容叔達天下之民謂之八愷高辛氏有才子八人伯奮仲堪叔獻季仲伯虎仲熊叔豹季狸天下之民謂之八元舜臣堯舉八愷使主后土舉八元使布五教于四方史記曰帝乙崩子辛立是

為帝辛天下謂之紂尚書曰祖伊恐奔告于受孔安國曰受紂也音相亂史記曰仲裔生蜚廉蜚廉生惡來父子俱以材力事殷紂然
則天下善人少惡人多闇主衆明君寡莊子曰天下之善人少而不善人多法言曰聖君少庸君
多杜篤弔比干文曰闇主之在上豈忠諫之是謀而薰蕕不同器梟鸞不接翼家語顏回曰聞薰蕕不同
器而藏堯桀不共國而治以其類異也孫盛晉陽秋王夷甫論曰夫芝蘭之不與茨棘俱植鸞鳳之不與梟鵄同棲天理固然易在曉晤
西都賦曰接翼側足是使渾胡本敦徒本檮桃杌兀踵武於雲臺之上仲容庭堅耕
云耘於巖石之下左氏傳太史克曰昔帝鴻氏有不才子掩義隱賊好行凶德醜類惡物頑嚚不友是與比周天下之人謂
之渾敦顓頊氏有不才子不可教訓不知話言告之則頑舍之則嚚傲狠明德以亂天常天下之人謂之檮杌楚辭曰忽奔走以先後及
前王之踵武東觀漢記曰詔賈逵入講南宮雲臺使出左氏大義仲容庭堅八愷之二已見上注法言曰谷口鄭子真不詘其節而耕於
巖石之下横去謂廢興在我無繫於天其蔽五也漢書董仲舒對策曰治亂廢興在於己非天降
命不可得反彼戎狄者人面獸心宴安鴆毒戎狄謂魏也班固漢書贊曰夷狄之人被髮左衽人面獸
心左氏傳管敬仲曰宴安鴆毒不可懷也以誅殺為道德以蒸報為仁義漢書曰匈奴其俗寬則隨畜田
獵禽獸為生業急則人習戰攻以侵伐其天性也父死妻其後母兄弟死皆取其妻妻之小雅曰上淫曰蒸下淫曰報雖大風
立於青丘鑿齒奮於華野比於狼戾曾何足喻淮南子曰堯之時猰貐鑿齒九嬰大風封

猰修虵皆爲害堯乃使羿誅鑿齒於疇華之澤殺九嬰於凶水之上繳大風於青丘之野上射十日而下殺窫窳斷修蛇於洞庭禽封豕
於桑林高誘曰疇華南方地九嬰水火爲人害者北狄之地有凶水大風鷙鳥青丘東方封豕大豕桑林湯禱旱地戰國策張儀曰趙王
狼戾無親自金行不競天地板蕩左帶沸脣乘閃電發金行謂晉也干寶搜神記曰程猗說
石圖曰金者晉之行也左氏傳師曠曰吾驟歌北風又歌南風南風不競毛詩曰上帝板板毛萇曰杯晚切又曰蕩蕩上帝鄭玄曰蕩蕩
法度廢壞之貌左帶左衽也尚書曰四夷左衽罔弗咸賴王元長勸給虜書啓曰息沸脣於桑墟然齊梁之間通以虜爲沸脣也魏志詔
曰劉備孫權乘間作禍辨亡論曰電發荊南遂覆瀍洛傾五都東京賦曰泝洛背河左伊右瀍干寶晉紀愍帝詔曰
羣邪作逆傾盪五都居先王之桑梓竊名號於中縣毛詩曰維桑與梓必恭敬止漢書高紀詔曰秦徙中
縣之人南方三郡與三皇競其萌黎五帝角其區宇韋昭漢書注曰萌民也孔安國尚書傳曰黎衆
也東京賦曰區宇乂寧種落繁熾充仞神州范曄後漢書曰梁商上表曰匈奴種類繁熾不可殫盡子虛賦曰充
仞其中不可勝記河圖曰崑崙東南地方千里名曰神州嗚呼福善禍淫徒虛言耳尚書湯曰天道福善禍淫
降災于夏以彰厥罪豈非否泰相傾盈縮遞運而汨骨之以人其蔽六也周易曰泰
者通也物不可以終通故受之以否老子曰高下相傾淮南子曰孟春始贏孟秋始縮高誘曰贏長也縮短也孔安國尚書傳曰汨亂也
然所謂命者死生焉貴賤焉貧富焉治亂焉禍福焉此十者天之所

賦也死生有命已見上文論衡曰凡人有死生夭壽之命亦有貴賤貧富之命墨子曰貧富治亂固有天命不可損益呂氏春秋曰禍福之所自來衆人以爲命焉知其所由之也愚智善惡此四者人之所行也桓範世要論曰遇不遇命也善不善人也夫神非舜禹心異朱均才絓中庸在於所習舜禹二帝也淮南子曰性命可說不待學問而合於道堯舜文王也不可教以道不可喻以德者丹朱商均也夫上不及堯舜下不若商均此教訓之所喻也高誘曰丹朱堯子也商均舜子也廣雅曰絓止也胡卦切賈誼過秦曰陳涉材能不及中庸論衡曰中人之性在所習習善爲善習惡爲惡是以素絲無恆玄黃代起鮑魚芳蘭入而自變言在所習也淮南子曰墨子見練絲而泣之爲其可以黃可以黑高誘曰閔其化也大戴禮曰與君子游苾乎如入蘭芷之室久而不聞則與之化矣與小人游臭乎如入鮑魚之肆久而不聞則與之化矣是故君子慎其所去就也故季路學於仲尼厲風霜之節尸子曰子路東鄙之野人孔子教之爲賢士王隱晉書曰應瞻爲太守人歌之曰威若風霜恩如父母楚穆謀於潘崇成殺逆之禍左氏傳曰楚子欲立王子職而黜太子商臣商臣聞之告其師潘崇曰能事諸乎曰不能能行大事乎曰能以宮甲圍成王王縊穆王立潘崇太子師而商臣之惡盛業光於後嗣仲由之善不能息其結纓楚之後業皆商臣之子孫周易曰盛德大業至矣哉尚書曰在今後嗣王左氏傳曰衛渾良夫與太子入舍於孔氏之外圃欲劫孔悝而納太子季子曰太子無勇若燔臺半必舍孔叔大子聞之懼下召石乞盂黶敵子路以戈擊之斷纓子路曰君子死冠不免結纓而死杜預曰季子

子路是也斯則邪正由於人吉凶在乎命或以鬼神害盈皇天輔德周易曰鬼
神害盈而福謙尚書曰皇天無親惟德是輔故宋公一言法星三徙呂氏春秋曰宋景公有疾司馬子韋曰熒
惑守心心宋分野也君當移於相公曰相股肱也除心腹之疾而置之股肱可乎曰可移於民公曰民所以爲國無民何以爲君曰可移
於歲公曰歲所以養民歲不登何以畜民子韋曰君善言三熒惑必退三舍延君命二十一年覩之信廣雅曰熒惑謂之罰星或謂之執
法殷帝自翦千里來雲呂氏春秋曰湯克夏四年天大旱湯乃以身禱於桑林於是翦其髮磨其手自以爲犧用
祈福於上帝雨乃大至淮南子曰湯之時旱七年以身禱於桑林之祭而四海之雲湊千里之雨至若使善惡無徵未
洽斯義因此而言則害盈輔德其由影響若以善惡猶命故未洽乎斯義毛萇詩傳曰洽合也且于公高門以
待封嚴母掃墓以望喪漢書曰于定國父于公其閭門壞父老方共修之于公謂之曰少高大閭門令容駟馬高
蓋車我理獄多陰德未嘗有所寃子孫必有興者至定國爲丞相封侯傳世又曰嚴延年遷河南太守其母從東海來欲從延年臘到雒
陽適見報囚母大驚畢正臘已謂延年曰天道神明人不可獨殺我不自意當老見壯子被刑戮也行矣去女東歸掃除墓地耳後歲餘
果敗此君子所以自彊不息也言善惡有徵故君子庶幾自彊而不息也周易象曰天行健君子以自彊不息
如使仁而無報奚爲修善立名乎斯徑廷定之辭也若必爲仁而無報何故修善而
立名乎是不由命明矣或爲茲說者斯乃徑廷之言耳莊子肩吾問于連叔曰大有徑廷不近人情司馬彪曰徑廷激過之辭也夫

聖人之言顯而晦微而婉幽遠而難聞河漢而不測（此釋聖人之言顯晦難測也左氏傳君子曰春秋之稱微而顯志而晦婉而成章莊子市南宜僚見魯侯曰南越有邑焉名建德之國君曰彼其道幽遠而無人又肩吾問于連叔曰吾聞言於接輿大而無當往而不反吾驚怖其言猶河漢而無極司馬彪曰極崖也言廣若河漢無有崖也）或立教以進庸怠或言命以窮性靈（此釋不同之所由也）積善餘慶立教也鳳鳥不至言命也（周易曰積善之家必有餘慶徐幹中論曰北海孫翶云積善餘慶誘民於善路耳論語子曰鳳鳥不至河不出圖吾已矣）

夫今以其片言辯其要趣何異乎夕死之類而論春秋之變哉（毛萇詩傳曰蜉蝣渠略也朝生夕死莊子曰蟪蛄不知春秋也）且荊昭德音丹雲不卷周宣祈雨珪璧斯罄（左氏傳曰有雲如衆赤烏夾日飛三日楚子使問周太史太史曰其當王身乎若禜之可移於令尹司馬王曰除腹心之疾而寘諸股肱何益不穀不有大過天其夭諸有罪受罰又焉移之遂弗禜毛詩序曰雲漢仍叔美宣王也毛詩曰圭璧既卒寧莫我聽）于叟種德不逮勛華之高延年殘獷未甚東陵之酷（勛華已見上文說文曰獷不可附也古猛切莊子曰伯夷叔齊死名於首陽之下盜跖死利於東陵之上）為善一為惡均而禍福異其流廢興殊其迹蕩蕩上帝豈如是乎（毛詩曰蕩蕩上帝下民之辟）詩云風雨如晦雞鳴不已（此釋君子所以自彊也毛詩鄭風也鄭玄箋曰喻君子雖居亂世不變改其節度也）故善人為善焉有息哉

尚書曰吉人爲善惟日不足家語孔子曰事君之難也焉可以息哉夫食稻粱進芻豢衣狐貉襲冰紈
觀窈眇之奇儛聽雲和之琴瑟此生人之所急非有求而爲也論語子曰
食夫稻韓詩外傳田饒謂魯哀公曰黃鵠啄君稻粱國語曰芻豢幾何論語子曰狐貉之厚以居漢書曰齊地織作冰紈長楊賦曰憎聞
鄭衞窈眇之聲阮籍詠懷詩曰北里多奇儛周禮曰孤竹之管雲和之琴瑟修道德習仁義敦孝悌立忠
貞漸禮樂之腴潤蹈先王之盛則此君子之所急非有求而爲也然
則君子居正體道樂天知命公羊傳曰君子大居正莊子弇堈弔曰夫體道者天下之君子也郭象曰言體
道者人之宗主也周易曰樂天知命故不憂明其無可奈何識其不由智力莊子曰知不可奈何而安
之若命唯有德者能之王命論曰不知神器有命不可以智力求逝而不召來而不距生而不喜死
而不慼莊子曰予惡乎知說生之或非邪予惡乎知惡死之非弱喪而不知歸者邪瑤臺夏屋不能悅其
神尸子曰人之言君天下者瑤臺九累而堯白屋楚辭曰冬有大夏王逸曰夏大屋也毛詩曰於我乎夏屋渠渠士室編蓬
未足憂其慮士室編蓬已見非有先生論不充詘於富貴不遑遑於所欲禮記孔子曰儒
有不隕穫於貧賤不充詘於富貴皇甫謐高士傳黔婁先生妻謂曾子曰先生不慼慼於貧賤不遑遑於富貴論語曰富與貴是人之所
欲也豈有史公董相不遇之文乎司馬遷爲太史公故曰史公遷集有悲不遇賦法言曰災異董相李軌曰

董相江都相董仲舒也
仲舒集有士不遇賦

文選卷第五十四

賜進士出身通奉大夫江南蘇松常鎭太等處承宣布政使司布政使胡克家重校刊

文選卷第五十五

梁昭明太子撰

文林郎守太子右內率府錄事參軍事崇賢館直學士臣李善注上

論五

劉孝標廣絶交論一首

連珠

陸士衡演連珠五十首

論

廣絶交論

劉璠梁典曰劉峻見任昉諸子西華兄弟等流離不能自振生平舊交莫有收卹西華冬月著葛布帔練裙路逢峻峻泫然矜之乃廣朱公叔絶交論到溉見其論抵几於地終身恨之

劉孝標

客問主人曰朱公叔絶交論爲是乎爲非乎此假言也爲是爲非疑而問之也范曄後漢書曰朱穆字公叔爲侍御史感俗澆薄慕尚敦篤著絶交論以矯之稍遷至尚書卒贈益州刺史主人曰客奚此之問

奚何也何故有此問也未詳其意故審覆之也客曰夫草蟲鳴則阜螽躍雕虎嘯而清風起

欲明交道不可絶故陳四事以喻之毛詩曰喓喓草蟲趯趯阜螽鄭玄曰草蟲鳴則阜螽跳躍而從之異類相應也雕虎已見思玄賦淮

南子曰虎嘯而谷風至龍舉而景雲屬許慎曰虎陰中陽獸與風同類也故絪縕相感霧涌雲蒸嚶鳴相

召星流電激元氣相感霧涌雲蒸以相應鳥鳴相召星流電激以相從言感應之遠也周易曰天地絪縕萬物化醇淮南子

曰山雲蒸而柱礎潤毛詩曰伐木丁丁鳥鳴嚶嚶鄭玄云其鳴之志似於友道然曹植辯問曰游說之士星流電耀荅賓戲曰游說之徒

風颷電激是以王陽登則貢公喜罕生逝而國子悲此明良朋也良朋之道情同休戚故貢禹

喜王陽之登朝子產悲子皮之永逝也漢書曰王吉與貢禹為友世稱王陽在位貢禹彈冠言其趣舍同也罕生子皮國子子產也左氏

傳曰子產聞子皮卒哭且曰吾以無為為善唯夫子知我也且心同琴瑟言鬱郁於蘭茝齒道叶

膠漆志婉孌於塤篪心和琴瑟則言香蘭茝道合膠漆則志順塤篪言和順之甚也毛詩曰妻子好合如鼓瑟琴曹

子建王仲宣誄曰好和琴瑟鬱郁香也上林賦曰芳芳漚鬱酷烈淑郁楚辭曰蘭茝幽而獨芳周易曰同心之言其臭如蘭范曄後漢書

曰陳重字景公雷義字仲頊重少與義友鄉里為之語曰膠漆自謂堅不如雷與陳班固漢書贊曰婉孌董公塤篪已見鸚鵡賦聖

賢以此鏤金版而鐫盤盂書玉牒而刻鐘鼎聖賢以良朋之道故著簡策而傳之太公金匱

曰屈一人之下申萬人之上武王曰請著金版墨子曰琢之盤盂銘於鐘鼎傳於後世玉牒已見上若乃匠人輟成風

之妙巧伯子息流波之雅引此言良朋之難遇也莊子曰莊子送葬過惠子之墓謂從者曰郢人堊漫其鼻端若蠅翼使匠石斲之匠石運斤成風斲之盡堊而鼻不傷郢人立不失容宋元君聞之召匠石曰嘗試爲寡人爲之匠石曰臣則嘗能斲之雖然臣質死久矣自夫子之死也吾無以爲質矣吾無與言也伯牙及雅引已見上文范張款款於下泉尹班陶陶於永夕范曄後漢書曰范式字巨卿少與張劭爲友劭字元伯元伯卒式忽夢見元伯呼曰巨卿吾以某日死當以某時葬永歸黃泉子未我忘豈能相及式怳然覺悟便服朋友之服數其葬日馳往赴之既至壙將窆而柩不進其母撫之曰元伯豈有望邪遂停柩移時乃見素車白馬號哭而來其母望之必范巨卿既至叩喪言曰行矣元伯死生各異永從此辭式執引柩乃前式遂留冢次修墳種樹然後乃去司馬遷書曰試欲効其款款之愚王仲宣七哀詩曰悟彼下泉人東觀漢記曰尹敏與班彪相厚每相與談常晏暮不食晝即至冥夜徹旦彪曰相與久語爲俗人所怪然鍾子期死伯牙破琴曷爲陶陶哉駱驛縱橫煙霏雨散巧厤所不知心計莫能測駱驛縱橫不絶也煙霏雨散衆多也魯靈光殿賦曰縱橫駱驛各有所趣陸機列仙賦曰騰煙霧之霏霏劇秦美新曰霧集雨散莊子曰巧厤不而能得而況凡乎漢書曰桑弘羊雒陽賈人子以心計年十三侍中朱益州汩彝敘粤謨訓捶直切絶交游比黔首以鷹鸇媿人靈於豺虎蒙有猜焉請辨其惑言朋友之義備在典謨公叔亂常道而絶之故以爲疑也尚書曰彝倫攸敘又曰聖有謨訓家語孔子曰祁奚對平公云羊舌大夫信而好直其切也王肅曰言其切直也爾雅曰丁丁嚶嚶者相切直也列子曰公孫穆屏親昵

絶交游司馬遷書曰交游莫救視鷹鸇豺虎貪殘而無親也黥首已見過秦論左氏傳太史克曰見無禮於其君者誅之如鷹鸇之逐鳥
雀爾雅曰嬈妃也尚書曰惟人萬物之靈杜夷幽求子曰不仁之主人心懷豺虎長楊賦曰蒙切惑焉論語子張曰敢問崇德辨惑
人听魚謹然而笑曰客所謂撫絃徽音未達燥濕變響張羅沮澤不覩
鴻鴈雲飛言朋友之道隨時盛衰醇則志叶斷金醨則昌言交絶今以絶交爲惑是未達隨時之義猶撫絃者未知變響張羅
者不覩雲飛謬之甚也上林賦曰亡是公听然而笑鄭玄禮記注曰撫以手按之也許慎淮南子注曰鼓琴循絃謂之徽也韓詩外傳曰
趙遣使於楚臨去趙王謂之曰必如吾言辭時趙王方鼓琴使者因跪曰大王鼓琴未有如今日之悲也請記其處後將法焉王曰不可
夫時有燥濕絃有緩急徽柱推移不可記也使者曰臣愚請借此以譬之何者楚之去趙二千餘里變改萬端亦猶絃不可記也難蜀父
老曰鷦鵬已翔乎寥廓之宇而羅者猶視乎藪澤悲夫沮澤已見蜀都賦吳都賦曰雲飛水宿蓋聖人握金鏡闡風
烈龍驤蠖屈從道汙隆言聖人懷明道而闡風教如龍蠖之驤屈蓋從道之汙隆也春秋孔錄法曰有人卯金刀
握天鏡雒書曰秦失金鏡鄭玄曰金鏡喻明道也春秋考異郵曰後雖殊世風烈猶合於持方宋均曰持方受命者名也班固漢書韓彭
述曰雲起龍驤化爲侯王蠖屈已見潘正叔贈王元貺詩禮記子思曰道隆則從而隆道汙則從而汙鄭玄曰汙猶殺也日月聯
璧贊亹亹之弘致雲飛電薄顯棣華之微旨若五音之變化濟九成
之妙曲此朱生得玄珠於赤水謨神睿而爲言日月聯璧謂太平也雲飛電薄謂衰亂也

王者設教從道汙隆太平則明亹亹微妙之弘致道衰則顯棣華權道之微旨然則隨時之義理非一塗也若五音之變化乃濟九成之
妙曲今朱公叔絕交是得矯時之義此猶得玄珠於赤水謨神睿而爲言謂窮妙理之極也易坤靈圖曰至德之萌日月若聯璧周易曰
定天下之吉凶成天下之亹亹者莫善於著龜王弼曰亹亹微妙之意也鄭玄周禮注曰致至也漢書高祖歌曰大風起兮雲飛揚淮南
子曰陰陽相薄爲雷激而爲電論語曰棠棣之華偏其反而何晏曰逸詩也棠棣之華反而後合賦此詩以言權反而後至於大順也長
笛賦曰五音代轉尚書曰簫韶九成鳳皇來儀莊子曰黃帝遊於赤水之北遺其玄珠乃使象罔求而得之司馬彪曰赤水水假名玄珠
喻道也孔安國尚書傳曰謨謀也睿聖也至夫組織仁義琢磨道德驩其愉樂恤其陵夷
此言良友每事相成道德資以琢磨仁義因之組織居憂共戚處樂同驩仲長統昌言曰道德仁義天性也織之以成其物練之以成其
情禮記曰如切如瑳道學也如琢如磨自修也白虎通曰朋友之交樂則思之患則死之陵夷已見五等論寄通靈臺之
下遺迹江湖之上風雨急而不輟其音霜雪零而不渝其色斯賢達
之素交歷萬古而一遇良朋款誠終始若一故寄通神於心府之下遺迹相忘於江湖之上也莊子曰萬惡不可
內於靈臺司馬彪曰心爲神靈之臺也李陵書曰人之相知貴相知心莊子曰魚相忘於江湖人相忘於道術郭象曰各自足故相忘也
今引江湖唯取相忘之義也不輟其音已見辨命論莊子曰天寒既至霜雪既降吾是以知松柏之茂也素雅素也萬古一遇難逢之甚
也逮叔世民訛狙詐飈起谿谷不能踰其險鬼神無以究其變競毛

羽之輕趫錐刀之末上明良朋此明損友也左氏傳叔向曰三辟之興皆叔世也毛詩曰民之訛言鄭玄曰訛僞也漢書曰狙詐之兵音義曰狙伺人之閒隙也荅賓戲曰游說之徒風飈電激並起而救之莊子孔子曰凡人之心險於山川難知於天董仲舒士不遇賦曰生不丁三代之盛隆兮丁三季之末俗鬼神不能正人事之變戾聖賢亦不能開愚夫之違惑葛龔集曰龔以毛羽之身戴丘山之施左氏傳叔向曰錐刀之末將盡爭之於是素交盡利交興天下蚩蚩鳥驚雷駭毛詩曰氓之蚩蚩廣雅曰蚩亂也崔寔正論曰秦時赭衣塞路百姓鳥驚無所歸淮南子曰月行日動電奔雷駭也然則利交同源派流則異較角言其略有五術焉廣雅曰較明也韓詩曰報我不術薛君曰術法也若其寵鈞董石權壓梁竇董賢石顯已見西京賦權猶勢也范曄後漢書曰梁冀字伯卓爲大將軍專擅威柄凶恣日積竇憲已見范曄宦者論雕刻百工鑪捶朱靡萬物吐漱興雲雨呼噏下霜露九域聳其風塵四海疊其熛灼雕刻鑪捶諭造物也覆載天地刻雕衆形而不爲巧尚書曰百工惟時莊子曰黃帝之忘其智皆在鑪捶之閒聲類曰爐火所居也李頤莊子音義曰捶排口鐵以灼火也范曄後漢書曰舉動迴山海呼吸變霜露九域已見潘元茂九錫文爾雅曰聳懼也夏侯湛東方朔畫贊曰彷彿風塵用垂頌聲毛萇詩傳曰疊懼也西征賦曰當恭顯之任勢也熛灼四方燿都鄙震靡不望影星奔藉響川鶩雞人始唱鶴蓋成陰高門旦開流水接軫蔡伯喈郭林宗碑曰于時紳佩之士望形表而影附聆嘉聲而響和者猶百川之歸巨海鱗介之宗龜龍也周禮曰

雞人凡國事爲期則告之時鄭玄曰象雞知時也劉楨魯都賦曰蓋如飛鶴馬似遊魚高門已見辨命論范曄後漢書明德馬后曰前過
濯龍門上見外家問起居者車如流水馬如龍也皆願摩頂至踵隳膽抽腸約同要離焚妻
子誓殉荆卿湛沈七族是曰勢交其流一也孟子曰墨子兼愛摩頂放踵趙岐曰放至也鄒
陽上書曰見情素隳肝膽李顒詩曰焦肺枯肝抽腸裂膶鄒陽上書曰荆軻沈七族要離焚妻子豈足爲大王道哉富埒陶白
貲巨程羅山擅銅陵家藏金穴出平原而聯騎居里閈而鳴鍾陶朱公已
見過秦論程鄭已見蜀都賦漢書曰白圭周人也樂觀時變天下言治生者祖白圭又曰成都羅裒貲至鉅萬又曰鄧通蜀郡人也文帝
賜通蜀嚴道銅山得鑄錢鄧氏錢布天下楊雄蜀都賦曰西有鹽泉鐵冶橘林銅陵范曄後漢書曰光武帝郭皇后弟況爲大鴻臚數賞
賜金錢京師號況家爲金穴連騎鳴鍾已見西京賦應劭漢書注曰里門曰閈則有窮巷之賓繩樞之士冀
宵燭之末光邀潤屋之微澤魚貫鳧躍颯沓鱗萃分鴈鶩之稻粱霑
玉斝之餘瀝漢書曰陳平家貧負郭窮巷以席爲門過秦論曰陳涉甕牖繩樞之子戰國策曰甘茂去秦且之齊出關遇蘇
子曰君聞夫江上之處女乎夫江上之處女有家貧而無燭者處女相與語欲去之家貧無燭者將去矣謂處女曰妾以無燭之故常先
掃室布席何愛餘明之照四壁者處女以爲然留之今臣棄逐於秦出關願爲足下掃室布席幸無我逐也賈逵國語注曰邀求也禮記
曰富潤屋德潤身貫魚已見鮑昭出自薊北門行潘岳哀辭曰望歸瞥見鳧藻踴躍張衡羽獵賦曰輕車颯沓西京賦曰鳥集鱗萃魯連

子曰君鴈鶩有餘粟韓詩外傳田饒謂魯哀公曰黃鵠止君園池啄君稻粱說文曰琫玉爵也史記淳于髡曰親有嚴客持酒於前時賜餘瀝銜恩遇進款誠援青松以示心指白水而旌信是曰賄交其流二也陸士龍為顧彥先贈婦詩曰銜恩非望始遇謂以恩相接也秦嘉婦詩曰何用敘我心惟思致款誠禮記曰其在人也如松柏之有心周松執友論曰推誠歲寒功標松竹左氏傳晉公子曰所不與舅氏同心者有如白水陸大夫宴喜西都郭有道人倫東國公卿貴其籍甚搢紳羨其登仙漢書曰高祖拜陸賈為太中大夫陳平以錢五百萬遺賈為食飲費賈以此遊公卿閒名聲籍甚音義曰狼籍甚盛也西征賦曰陸賈之優游宴喜范曄後漢書曰郭泰字林宗博通墳籍善談論游洛陽後歸鄉諸儒送之與李膺同舟而濟衆賓望之以為神仙舉有道不應林宗雖善人倫不為危言覈論東國洛陽也加以顩羌錦頤蹙頞涕唾流沫騁黃馬之劇談縱碧雞之雄辯解嘲曰蔡澤顩頤折頞涕唾流沫西揖彊秦之相而奪其位時也莊子曰惠施其言黃馬驪牛三辯者以此與惠施相應終身無窮司馬彪曰牛馬以二為三兼與別也曰馬曰牛形之三也曰黃曰驪色之三也曰黃馬曰驪牛形與色之三也蜀都賦曰劇談戲論扼腕抵掌馮衍與鄧禹書曰衍以為寫神輸意則聊城之說碧雞之辯不足難也王褒碧雞頌曰持節使者敬移金精神馬縹縹碧雞歸來歸來漢德無疆黃龍見兮白虎仁歸來歸來可以為倫歸來翔兮何事南荒也敘溫郁則寒谷成暄論嚴苦則春叢零葉飛沈出其顧指榮辱定其一言毛萇詩傳曰燠煖也郁與燠古字通也寒谷已見顏延年秋胡詩王

逸楚辭注曰嚴壯也風霜壯謂之嚴說文曰苦猶急也張升反論曰噓枯則冬榮吹生則夏落荀爽與李膺書曰任其飛沈與時抑揚莊子曰手撓顧指四方之民莫不俱至周易曰樞機之發榮辱之主於是有弱冠王孫綺紈公子道不挂於通人聲未遒於雲閣攀其鱗翼丐其餘論附騏子驥之旄端軼歸鴻於碣石是曰談交其流三也弱冠已見辯士論漢書漂母謂韓信曰吾哀王孫而進食又曰班伯與王許子弟爲羣在於綺襦紈袴之閒論衡曰夫能該一經者爲儒生博覽古今者爲通人應劭漢書注曰遒好也應瑒釋賓曰子猶不能騰雲閣攀天衢楊子法言曰攀龍鱗附鳳翼子虛賦曰願聞先生之餘論說文曰騏壯馬也張敞集曰蒼蠅之飛不過十步託驥之尾乃騰千里之路何休公羊傳注曰軼過也淮南子曰馮遲大丙之御也過歸鴻於碣石也陽舒陰慘生民大情憂合驩離品物恒性西京賦曰人在陽時則舒在陰時則慘莊子曰藏天下於天下而不得所遯是恒物之大情也相呴以沫憂合也相忘江湖驩離也周易曰品物咸亨故魚以泉涸而呴沫鳥因將死而鳴哀莊子曰泉涸魚相與處於陸相呴以濕相濡以沫論語曾子曰鳥之將死其鳴也哀同病相憐綴河上之悲曲恐懼寘懷昭谷風之盛典吳越春秋曰伯嚭來奔於吳子胥請以爲大夫吳大夫被離承宴問子胥曰何見而信伯嚭乎子胥曰吾之怨與嚭同子聞河上之歌者乎同病相憐同憂相救驚翔之鳥相隨而集瀨下之水回復俱流誰不愛其所近悲其所思者乎詩谷風曰將恐將懼寘予于懷斯則斷金由於湫隘刎頸起於苦蓋周易曰二人同心其

利斷金左氏傳曰景公欲更晏子之宅曰子之宅湫隘囂塵漢書曰張耳陳餘相與爲刎頸之交左氏傳范宣子數戎子駒支曰乃祖吾
離被苫蓋是以伍員濯溉於宰嚭浦几張王撫翼於陳相是曰窮交其流四
也言宰嚭由伍員濯溉而榮顯嚭既貴而譖員陳餘因張耳撫翼而奮飛餘既尊而襲耳故曰窮交也毛詩曰可以濯溉說文曰濯浣
也毛萇詩曰溉灌也在於貧賤類乎泥滓靡之好爵同於濯溉史記曰伍子胥者楚人名員楚王誅員父奢子胥往吳闔廬既立得志以
子胥爲行人楚又誅大臣伯州犂州犂之孫亡奔吳吳亦以嚭爲大夫吳越春秋曰帛否來奔於吳王闔廬問伍子胥帛否何如人也伍子
胥對帛否者楚州犂孫楚平王誅州犂否因懼出奔聞臣在吳而來吳王因子胥請帛否以爲大夫與之謀於國事史記曰闔廬死夫差
既立以伯嚭爲太宰吳敗越於會稽大夫種厚幣遺吳太宰請和將許之子胥諫不聽太宰既與子胥有隙因讒子胥王乃使賜子胥屬
鏤之劍乃自刎左氏傳曰哀公會吳橐皋吳子使太宰嚭請尋盟然本或作伯喜或作帛否或作太宰嚭字雖不同其人一也班固漢書
述曰張陳之交好如父子攜手遯秦撫翼俱起馳騖之俗澆薄之倫無不操權衡秉纖纊衡
所以揣其輕重纊所以屬其鼻息若衡不能舉纊不能飛雖顏冉龍
翰鳳雛曾史蘭薰雪白阮子政論曰交遊之黨爲馳騖之所廢淮南子曰澆天下之淳許慎曰澆薄也漢書曰衡
平也權重也衡所以任權而鈞物平輕重也鄭眾考工注曰稱錘曰權鄭玄尚書注曰稱上曰衡尚書曰厥篚纖纊說文曰揣量也儀禮
曰屬纊以候氣運命論曰顏冉大賢魏志崔琰曰邴原張範所謂龍翰鳳翼習鑿齒襄陽記曰舊目諸葛孔明爲臥龍龐士元爲鳳雛曾

曾參史史魚也莊子曰削曾史之行鉗楊墨之口魏都賦曰信陵之名蘭芬也葛龔薦郝彥文曰雪白冰折皦然曜世也舒向金玉淵海卿雲黼黻河漢言舒向之辭同於淵海也論衡曰儒世之金玉又曰劉子駿漢朝之智囊筆墨之淵海言卿雲之文類於河漢也論衡曰繡之未刺錦之未織恒絲庸帛何以異哉加五綵之巧施針縷之飾文章玄耀黼黻華蟲學士有文章猶絲帛之有五色之巧也又曰漢諸儒作書者以司馬長卿楊子雲河漢也其餘涇渭也視若游塵遇同士梗莫肯費其半菽罕有落其一毛游塵士梗喻輕賤也左太沖詠史詩曰視之若埃塵嵇含司馬誄曰命危朝露身輕游塵莊子魏文侯曰吾所學者直士梗耳司馬彪曰梗士之榛梗也漢書項羽曰歲飢人貧卒食半菽孟子曰楊氏爲我拔一毛而利天下不爲也若衡重錙銖纊微彯飄撇匹滅雖共工之蒐慝驩兜之掩義南荊之跋扈東陵之巨猾錙銖已見任彥升彈曹景宗文侯瑾箏賦曰微風彯撆泠氣輕浮左氏傳季孫行父曰少昊氏有子靖譖庸回伏讒蒐慝杜預曰謂共工也蒐隱慝惡也左氏傳季孫行父曰帝鴻氏有子掩義隱賊好行凶德杜預曰謂驩兜也南荊謂楚也演連珠曰南荊有寡和之歌韓子莊周子謂楚莊王曰莊蹻爲盜於境內吏不能禁西京賦曰睢盱跋扈東陵盜跖也已見任昉王儉集序東京賦曰巨猾閒疊蹻其略切皆爲匍匐逶迤折枝舐痔金膏翠羽將其意脂韋便辟婢亦導其誠說文曰逶迤邪行去也史記曰蘇秦笑謂嫂何前踞而後恭嫂逶迤蒲服而謝曰見季子位高金多也孟子曰爲長者折枝語人曰吾不能是不爲也非不能也趙岐曰折枝案摩折手節解罷枝也莊子謂宋人曹商曰秦王有病召

醫破癰潰痤者得車一乘舐痔者得車五乘子豈療其痔邪金膏已見江賦漢書曰繇王閩侯亦遺江都王建犀甲翠羽毛詩序曰又實幣帛以將其厚意鄭玄曰將助也楚辭曰如脂如韋王逸曰柔弱曲也論語孔子曰損者三友友便僻損矣故輪蓋所游必非夷惠之室苞苴所入實行張霍之家謀而後動毫芒寡忒是曰量交其流五也禮記曰苞苴簞笥問人者鄭玄曰苞苴裹魚肉者也或以葦或以茅張張安世霍霍光也苔賓戲曰銳思毫芒之內凡斯五交義同賈古鬻故桓譚譬之於闤闠林回喻之於甘醴杜預左氏傳注曰賈買也鄭衆周禮注曰鬻賣也譚集及新論並無以市喻交之文戰國策譚拾子謂孟嘗君曰得無怨齊士大夫乎孟嘗君曰然譚拾子曰富貴則就之貧賤則去之請以市喻市朝則滿夕則虛非朝愛市而夕憎之也求存故往亡故去願君勿怨然此以市喻交疑拾誤爲桓遂居譚上耳莊子林回曰君子之交淡若水小人之交甘如醴司馬彪曰林回人姓名也夫寒暑遞進盛衰相襲或前榮而後悴或始富而終貧或初存而末亡或古約而今泰循環翻覆迅若波瀾周易曰寒往則暑來暑往則寒來盛衰已見琴賦說文曰襲因也說苑雍門周對孟嘗君曰臣之能令悲者先貴而後賤古富而今貧笙賦曰有始泰終約前榮後悴尚書大傳曰三王之統若循連環周則復始窮則反本陸機樂府詩曰休咎相乘躡翻覆若波瀾此則殉利之情未嘗異變化之道不得一由是觀之張陳所以凶終蕭朱所以隙末斷焉可知矣言貪利情同譎詐殊道也范曄後漢

書王丹曰交道之難未易言也張陳凶其終蕭朱隙其末故知全之者鮮矣漢書蕭育字次君朱博字子元育少與博爲友故長安語曰蕭朱結綬王貢彈冠言相薦達也後育爲九卿博先至丞相與博有隙也而翟公方規規然勒門以箴客何所見之晚乎莊子曰規規然自失也漢書曰下邽翟公爲廷尉賓客亦復塡門及廢門外可設爵羅後復爲廷尉賓客欲往翟公大署其門曰一死一生乃知交情一貧一富乃知交態一貴一賤交情乃見穀梁傳曰至城下然後知何知之晚也因此五交是生三舋杜預左氏傳注曰舋瑕隙也敗德殄義禽獸相若一舋也尚書曰侮慢自賢反道敗德史記衛平曰天有五色以辯白黑人民莫知辯也與禽獸相若也難固易攜讎訟所聚二舋也杜預左氏傳注曰攜離也名陷饕餮貞介所羞三舋也饕餮已見上漢書贊曰勢利之交古人羞之古人知三舋之爲梗懼五交之速尤毛萇詩傳曰梗病也又曰速召也故王丹威子以檟楚朱穆昌言而示絕有旨哉有旨哉有梁之初淳風已喪俗多馳競人尚浮華故敘叔世之交情刺當時之輕薄朱生示絕良會其宜重言之者歎美之至范曄後漢書曰王丹字仲回其子有同門生喪親家在中山白丹欲奔慰丹怒而撻之令寄縑以祠焉禮記曰夏楚二物收其威也鄭玄曰夏榣也楚荊也夏與檟古今字也昌言已見王元長策秀才文孫綽子曰莊多寄言渾沌得宗罔象得珠旨哉言乎近世有樂安任昉海內髦傑早綰銀黃夙昭民譽漢書上以書勑責楊僕曰懷銀黃垂三組夸鄉里左氏傳曰晉悼公卽位六官之長皆民譽也遒文麗藻方駕曹

王英踦俊邁聯横許郭類田文之愛客同鄭莊之好賢孫綽集序曰綽文藻遒麗
方駕已見西京賦曹王子建仲宣也魏志曰崔琰謂司馬朗子之弟剛斷英踦裴松之案踦或作特竊謂英特爲是辯亡論曰武將連衡
范曄後漢書曰許劭少峻名節好人倫多所賞識故天下言拔士者咸稱許郭史記曰孟嘗君名文姓田氏在薛招致諸侯賓客食客數
千人漢書曰鄭當時字莊爲大司農每朝候上間說未嘗不言天下長者班固述曰莊之推賢於茲爲德見一善則盱衡
扼腕遇一才則揚眉抵掌雌黄出其脣吻朱紫由其月旦孟子曰舜聞一善言
見一善行若決江河沛然莫之能禦盱衡已見魏都賦扼腕已見蜀都賦大戴禮曰孔子愀然揚眉戰國策曰蘇秦說趙王抵掌而言孫
盛晉陽秋曰王衍字夷甫能言於意有不安者輒更易之時號口中雌黄東觀漢記曰汝南太守宗資等任用善士朱紫區別范曄後漢
書曰許子將與從兄靖俱有高名好共覈論鄉黨人物月旦輒更品題故汝南俗有月旦評焉於是冠蓋輻湊衣裳
雲合輜軿擊轊爲歲坐客恒滿蹈其閫閾若升闕里之堂入其隩隅謂
登龍門之阪西都賓曰冠蓋如雲漢書曰郡國輻湊浮食者多解嘲曰天下之士雷動雲合范曄後漢書曰袁紹賓客所歸
輜軿比轂塡接街陌說文曰軿車前衣車後爲輜史記蘇秦曰臨菑之塗車轂相擊說文曰輜車軸端范曄後漢書孔融曰座上客恒滿
鄭玄禮記注曰閫閾皆門限也闕里孔子所居也升堂入隩已見孔融薦禰衡表范曄後漢書曰李膺字元禮獨持風裁士有被其容接
者名爲登龍門至於顧盼增其倍價剪拂使其長鳴彯組雲臺者摩肩趍走

丹墀者疊迹戰國策蘇代說淳于髡曰客有謂伯樂曰臣有駿馬欲賣之比三日旦而立於市人莫與言願子還而視之去而顧之臣請獻一朝之費伯樂乃旋視之去而顧之一旦而馬價十倍又汗明說春申君曰夫驥服鹽車上太行中坂遷延負轅不能上伯樂遭之下車攀而哭之驥於是迎而鳴者何也彼見伯樂之知己今僕居鄙俗之日久矣君獨無湔拔僕也湔拔剪拂音義同也長鳴已見劉琨荅盧諶詩雲臺已見辯命論史記蘇秦說齊王曰臨菑之塗人肩相摩漢典職儀曰以丹漆地故稱丹墀吳都賦曰躍馬疊跡

莫不締恩狎結綢繆想惠莊之清塵庶羊左之徽烈過秦論曰合從締交禮記曰賢者狎而敬之鄭玄曰狎習也近也李陵詩曰獨有盈觴酒與子結綢繆淮南子曰惠施死而莊子寢說言世莫可為語也楚辭曰日闇赤松之清塵烈士傳曰陽角哀左伯桃為死友聞楚王賢往尋之道遇雨雪計不俱全乃并衣糧與角哀入樹中苑應璩與王將軍書曰雀鼠雖愚猶知徽烈

及瞑目東粵歸骸洛浦繐帳猶懸門罕漬酒之彥墳未宿草野絕動輪之賓東粵謂新安昉死所也洛浦謂歸葬揚州也莊子曰夫差瞑目東粵楚詞曰歸骸舊邦莫誰語魏武遺令曰於臺堂上施六尺牀繐帳謝承後漢書曰徐穉字孺子前後州郡選舉諸公所辟雖不就有死喪負笈赴弔常於家預炙雞一隻一兩綿漬酒日中曝乾以裹雞徑到所赴冢隧外以水漬之使有酒氣斗米飯白茅藉以雞置前醱酒畢留謁即去不見喪主禮記曰朋友之墓有宿草而不哭焉動輪范式也已見上文

藐爾諸孤朝不謀夕流離大海之南寄命嶂癘之地諸孤昉子也劉璠梁典曰昉有子東里西華南客北叟並無術學墜其家業左氏傳晉獻公曰以是藐諸孤又趙孟

曰朝不謀夕何可長也李陵與蘇武書曰流離辛苦幾死朔北之野范曄後漢書朱勃上書曰士人飢困寄命漏刻蔣子萬機論曰許文
休東渡江乃在嶂氣之南梁典不言昉子遠之交桂今言大海之南者蓋言流離之甚也自昔把臂之英金蘭之
友曾無羊舌下泣之仁寧慕郈成分宅之德此謂到溉兄弟也劉孝標與諸弟書曰任既假
以吹噓各登清貫任云亡未幾子姪漂流溝渠洽等視之悠然不相存贍平原劉峻疾其苟且乃廣朱公叔絕交論焉東觀漢記曰朱暉
同縣張堪有名德每與相見常接以友道暉以堪宿成名德未敢安也堪至把暉臂曰欲以妻子託朱生堪後物故南陽飢暉聞堪妻子
貧窮乃自往候視見其困厄分所有以賑給之歲送穀五十斛帛五疋以為常羊舌氏叔向也春秋外傳曰叔向見司馬侯之子撫而泣
之曰自此父之死也吾蔑與比事君也昔者此其父始之我終之我始之夫子終之孔叢子曰郈成子自魯聘晉過于衛右宰穀臣止而
觴之陳樂而不作酣畢而送以璧成子不辭其僕曰不辭何也成子曰夫止而觴我親我也陳樂不作告我哀也送我以璧託我也由此
觀之衛其亂矣行三十里而聞衛亂作右宰穀臣死之成子於是迎其妻子還其壁隔宅而居之嗚呼世路險巇許宜
一至於此太行孟門豈云嶄絕盧諶詩曰山居是所樂世路非我欲楚詞曰何周道之平易兮然蕪穢而
險巇王逸曰險巇猶顛危也孟門太行二山名也史記曰殷紂之國左孟門右太行也是以耿介之士疾其若
斯裂裳裹足棄之長騖獨立高山之頂歡與麋鹿同羣皦皦然絕其
雰濁誠恥之也誠畏之也耿介之士峻自謂也韓子曰耿介之士寡而商賈之人多墨子曰公輸欲以楚攻宋

墨子聞之自魯往裂裳裹足十日至郢曹植應詔詩曰弭節長騖郭象莊子注曰亢然獨立高山之頂楚詞曰高山崔巍兮水湯湯死日將至兮與麋鹿同坑論語子曰鳥獸不可與同羣孔安國曰隱居山林是同羣也范曄後漢書曰皦皦者易汙楚詞曰吸精氣而吐雰濁兮說文曰雰亦氛字

連珠傅玄敘連珠曰所謂連珠者興於漢章之世班固賈逵傅毅三子受詔作之其文體辭麗而言約不指說事情必假喻以達其旨而覽者微悟合於古詩諷興之義欲使歷歷如貫珠易看而可悅故謂之連珠

演連珠五十首　陸士衡

劉孝標注

臣聞日薄星迴穹天所以紀物山盈川沖后土所以播氣天地所以施生日薄於天星迴於漢穹蒼所以紀陰陽之節在山則實在地則化所以散剛柔之氣也善曰禮記曰季冬之月日窮于次月窮於紀星迴於天數將幾終歲且更始國語太子晉曰山土之聚也川氣之通也天地成而聚於高歸物於下疏爲川谷以導其氣也字書曰沖虛也鄭玄考工記注曰播散也五行錯而致用四時違而成歲夫五行四時佐天地造物者也然水火相殘金木相代而共成陶鈞之致春秋異候寒暑繼節而俱濟一歲之功也善曰莊子曰四時殊氣天不私故歲成五官殊職君不私故國治也是以百官恪居以赴八音之離明君執契以要克諧之會三才理通趣舍不異天地

既然人理得不効之哉所以臣敬治其職膺金石之別響君執契居中納鏗鏘之合韻善曰左氏傳閔子騫曰敬恭朝夕恪居官次老子曰聖人執左契而不責於人有德司契無德司徹尚書曰八音克諧呂氏春秋曰宮徵商羽角各處其處音皆調均而不可以相違此所以無不受也賢主之立官有似於此百官各處其職治其事以待主主無不安矣

臣聞任重於力才盡則困用廣其器應博則凶是以物勝權而衡殆形過鏡則照窮夫錙銖之衡懸千斤之重徑尺之鏡照尋丈之形用過其力傷其本性故在權則衡危於鏡則照暗也善曰勝或為稱爾雅曰稱舉也一曰稱亦勝也吳錄子胥曰越未能與我爭稱負也故明主程才以効業貞臣厎力而辭豐由衡危鏡凶哲人所以為戒故主則程其才而授官臣則辭其豐而致力此唐虞所以緝熙稷契所以垂美也善曰說文曰程品也廣雅曰効驗也王肅尚書注曰厎致也

臣聞髦俊之才世所希乏丘園之秀因時則揚是以大人基命不擢才於后土明主聿興不降佐於昊蒼此章言賢人雖希而無世不有故亡殷三仁辭職隆周十亂入朝故明主之興非天地特為生賢才在引而用之為貴爾善曰毛萇詩傳曰髦俊也周易曰六五賁于丘園束帛戔戔王肅曰失位無應隱處丘園蓋象衡門之人道德彌明必有束帛之聘戔戔委積之貌也鄭玄曰秀士有德行道藝者也尚書曰王如不敢及天基命定命

臣聞世之所遺未為非寶主之所珍不必適治是以俊乂之藪希蒙

軺車之招金碧之巖必辱鳳舉之使言末代闇主崇神棄賢故俊乂無軺車之徵金碧有鳳舉之使也善曰毛萇詩傳曰適之也陳敬仲曰軺軺車乘招我以弓豈不欲往畏我友朋漢書曰或言益州有金馬碧雞之神可醮而致於是遣諫大夫王褒使持節而求之班固功德論曰朱軒之使鳳舉於龍堆之表

臣聞祿放於寵非隆家之舉官私於親非興邦之選是以三卿世及東國多衰弊之政五侯並軌西京有陵夷之運寵謂五侯親謂三卿言三桓專魯而哀公見逐五侯用權而漢氏以亡善曰孔安國論語注曰放依也論語孔子曰政逮大夫四世夫三桓子孫微矣孔安國曰三桓謂仲孫叔孫季孫也東國謂魯也法言曰夷惠無仲尼西山之餓夫東國之黜臣漢書曰成帝悉封舅王譚王商王立王根王逢時列侯五人同日封故世謂之五侯廣雅曰軌迹也陵夷已見上文春秋命歷敘曰五德之運應錄次相代也

臣聞靈輝朝覯稱物納照時風夕灑程形賦音是以至道之行萬類取足於世大化既洽百姓無匱於心言至道均被萬物取而咸足淳化普洽百姓用而不匱猶靈耀覯而品物納光清風流而百籟含響也善曰淮南子曰猶條風之時灑許慎曰灑猶汎也

臣聞頓綱探淵不能招龍振綱羅雲不必招鳳是以巢箕之叟不眄丘園之幣洗渭之民不發傅巖之夢古之隱人結巢以居故曰巢父或言即許由也洗耳一說巢父

也記籍不同未能詳孰是又傳說築於傅巖而精通武丁言巢許冥心長往故無發夢之符善曰頓猶整也說文曰振舉也陸云洗渭而劉之意云洗耳據劉之意則以洗渭為洗耳乎呂氏春秋曰昔者堯朝許由於沛澤之中曰請屬天下於夫子許由遂之箕山之下潁水之陽琴操曰堯大許由之志禪為天子由以其言不善乃臨河而洗耳李陵詩曰許由不洗耳後世有何徵魏子曰昔者許由之立身也恬然守志存己不甘祿位洗耳不受帝堯之讓謙退之高也益部耆舊傳秦密對王商曰昔堯優許由非不弘也洗其兩耳皇甫謐逸士傳曰巢父者堯時隱人也及堯讓位乎許由也由以告巢父焉巢父責由曰汝何不隱汝光何故見若身揚若名令聞若汝非友也乃擊其膺而下之由悵然不自得乃過清泠之水洗其耳皇甫謐高士傳云巢父聞許由之為堯所讓也以為汙乃臨池水而洗耳譙周古史考曰許由堯時人也隱箕山恬泊養性無欲於世堯禮待之終不肯就時人高其無欲遂崇大之曰堯將以天下讓許由由恥聞之乃洗其耳或曰又有巢父與許由同志或曰許由夏常居巢故一號巢父不可知也凡書傳言許由則多言巢父者少矣范曄後漢書嚴子陵謂光武曰昔唐堯著德巢父洗耳士故有志何至相迫乎然書傳之說洗耳參差不同陸既以巢箕為許由洗耳為巢父且復水名不一或亦洗於渭乎

臣聞鑑之積也無厚而照有重淵之深目之察也有畔而眡（視）周天壤之際何則應事以精不以形造物以神不以器是以萬邦凱樂非悅鍾鼓之娛天下歸仁非感玉帛之惠（鏡質薄而能照目形小而能視以其精明也故聖人以至）

精感人至神應物爲樂不假鍾鼓之音爲禮不待玉帛之惠此所感之至也善曰廣雅曰鑑謂之鏡莊子曰千金之珠在九重之淵又曰壼子曰吾示之以天壤司馬彪曰壤地也論語子曰禮云禮云玉帛云乎哉樂云樂云鍾鼓云乎哉

臣聞積實雖微必動於物崇虛雖廣不能移心是以都人治容不悅西施之影乘馬班如不輟太山之陰美女之影不惑荒淫之人高山之陰不止不進之馬虛實之驗在茲也善曰治容已見陸機樂府詩潛夫論曰夫圖西施毛嬙可說於心而不若醜妻陋妾而可御於前也周易曰乘馬班如王肅曰班如盤桓不進也呂氏春秋曰審堂下之陰而知日月之行高誘曰陰晷影之候也

臣聞應物有方居難則易藏器在身所乏者時是以充堂之芳非幽蘭所難繞梁之音實縈絃所思此章言賢明有才不遇知者所以自古爲難芬芳之氣罕有而幽蘭豐其氣才明之術所希而賢人懷其術然則縈曲之絃無繞梁以盡妙不世之姿寡明時以取窮善曰劉云縈曲之絃謂絃被縈曲而不申者也言縈曲之絃思繞梁以盡妙以喻藏器之士候明時以効績鄭玄論語注曰方常也何休公羊傳曰充滿也周易曰君子藏器於身尸子曰繞梁之鳴許史鼓之非不樂也墨子以爲傷義是弗聽也

臣聞智周通塞不爲時窮才經夷險不爲世屈是以凌飇之羽不求反風耀夜之目不思倒日鳶鵲能飛不假風力鵂鶹夜見豈藉還曜此與聖人通塞而不窮夷險而不屈何以

異哉善曰莊子曰鵲巢於高榆之顛巢折凌風而起淮南子曰鴟鵂夜撮蚤察毫末晝出瞋目而不見丘山言殊性也高誘曰鴟鵂謂之老菟鵂音休蚤音爪

臣聞忠臣率志不謀其報貞士發憤期在明賢是以柳莊黜殯非貪瓜衍之賞禽息碎首豈要先茅之田夫黜尸以諫觸車以進賢並發之於忠誠豈有求而然哉善曰韓詩外傳曰昔衛大夫史魚病且死謂其子曰我數言蘧伯玉之賢而不能進彌子瑕不肖而不能退死不當居喪正堂殯我於室足矣衛君問其故子以父言聞於君乃召蘧伯玉而貴之彌子瑕退之徙殯於正堂成禮而後去可謂生以身諫死以尸諫然經籍唯有史魚黜殯非是柳莊豈為書典散亡而或陸氏謬也左氏傳曰晉侯賞桓子狄臣千室亦賞士伯以瓜衍之縣曰吾獲狄土子之功微子吾喪伯氏矣韓詩外傳曰禽息秦人知百里奚之賢薦之於穆公為私而加刑焉公後知百里之賢乃召禽息謝之禽息對曰臣聞忠臣進賢不私顯烈士憂國不喪志奚陷刑臣之罪也乃對使者以首觸楹而死以上卿之禮葬之論衡曰傳言禽息薦百里奚繆公出當門仆頭碎首以達其友應劭漢書注曰繆公出當車以頭擊門而劉云觸車未詳其旨左氏傳曰襄公以再命命先茅之縣賞胥臣曰舉郤缺子之功也杜預曰先茅絕後故取其縣以賞胥臣也

臣聞利眼臨雲不能垂照朗璞蒙垢不能吐輝是以明哲之君時有蔽壅之累俊乂之臣屢抱後時之悲言讒人在朝君臣否隔明君時有蔽壅喻利眼臨雲而息照俊

又後時而屢數喻玥玉蒙垢而掩輝善曰論衡曰日月猶人之有目任子云日月天下眼目而人不知德抱朴子云日月之蝕乃至於盡天何爲當故壞其眼目以行譴人乎尸子曰鄭人謂玉未理者爲璞

臣聞郁烈之芳出於委灰繁會之音生於絶絃是以貞女要名於沒世烈士赴節於當年香以燔質而發芳絃以特絶而流響喻貞女沒身而譽立烈士効節而名彰也善曰上林賦曰酷烈淑郁王逸楚辭注曰委棄也楚辭曰五音紛其繁會

臣聞良宰謀朝不必借威貞臣衞主脩身則足是以三晉之強屈於齊堂之俎千乘之勢弱於陽門之哭晏嬰立威於樽俎子罕慟哭於介夫終使晉人輟謀齊宋不撓良宰貞臣有効於斯者也善曰晏子春秋曰晉平公使范昭觀齊國政景公觴之范昭起曰願得君之樽爲壽公命左右酌樽以獻晏子命徹去之范昭不悅而起舞顧太師曰爲我奏成周之樂太師曰盲臣不習也范昭歸謂平公曰齊未可幷吾欲試其君晏子知之吾欲犯其樂太師知之於是輟伐齊謀孔子聞曰善不出樽俎之閒而折衝千里之外晏子之謂也禮記曰晉人之覘宋者反報於晉侯曰陽門之介夫死而子罕哭之哀而人說殆不可伐也孔子聞之曰善哉覘國乎史記曰韓哀侯魏武侯趙敬侯共滅晉參分其地故曰三晉陸氏從後通言爾非謂平公之日已有三晉之名也

臣聞赴曲之音洪細入韻蹈節之容俯仰依詠是以言苟適事精麤

可施士苟適道修短可命此言取其正事而已豈復係門閥乎婁敬一言漢以遷都醜女暫說齊以爲后亦猶鼓缶而會時搖頭而韻曲也善曰高誘呂氏春秋注曰適中適也

臣聞因雲灑潤則芬澤易流乘風載響則音徽自遠是以德教俟物而濟榮名緣時而顯此言物有因而易彰也善曰乘猶因也孔安國尚書傳曰載行也孫卿曰吾嘗順風而呼聲非加疾而聞者彰君子生非異也善假於物也

臣聞覽影偶質不能解獨指迹慕遠無救於遲是以循虛器者非應物之具翫空言者非致治之機此言爲事非虛立功須實故三章設而漢隆玄言流而晉滅此其驗也

臣聞鑽燧吐火以續湯谷之晷揮翮生風而繼飛廉之功是以物有微而毗著事有瑣而助洪物有小而益大不可忽也若緹縈獻書而除肉刑此其例也善曰論語宰予曰鑽燧改火楚辭曰後飛廉使奔屬王逸曰飛廉風伯也

臣聞春風朝煦蕭艾蒙其溫秋霜宵墜芝蕙被其涼是故威以齊物爲肅德以普濟爲弘春秋不以善惡殊其彫榮人君不以貴賤革其賞罰故詩云柔亦不茹剛亦不吐也善曰薛君韓詩章句曰煦暖也

臣聞巧盡於器習數則貫道繫於神人亡則滅是以輪匠肆目不乏奚仲之妙瞽叟清耳而無伶倫之察

此言事在外則易致妙在內則難精奚仲巧見於器故輪工能繼其致也伶倫妙在其神故樂人不傳其術也善曰杜預左氏傳注曰肆極也世本曰奚仲作車尸子曰造車者奚仲也伶倫已見上文

臣聞性之所期貴賤同量理之所極卑高一歸是以准月稟水不能加涼晞日引火不必增輝

言物雖貴賤殊流高卑異級至其極也殊塗共歸雖方諸稟水於月而不加於水之涼陽燧取火於日不加於火之輝也善曰周禮曰司烜氏掌以夫遂取明火於日以鑒取明水於月以共祭祀之明齍明燭共明水鄭玄曰夫遂陽燧也鑒鏡屬也取水者世謂之方諸鄭司農曰夫發聲也明齍謂以明水滫滌粢盛黍稷烜音燬

臣聞絕節高唱非凡耳所悲肆義芳訊非庸聽所善是以南荊有寡和之歌東野有不釋之辯

商鞅言帝王之術而孝公以之睡此其義也善曰孔安國尚書傳曰肆陳也宋玉集楚襄王問於宋玉曰先生有遺行歟宋玉對曰唯然有之客有歌於郢中者其始曰下里巴人國中屬而和者數千人既而陽春白雪含商吐角絕節赴曲國中唱而和之者彌寡呂氏春秋曰孔子行於東野馬逸食野人稼野人留其馬子貢說而請之野人終不聽於是鄙人馬圉乃復往說曰子耕東海至於西海吾馬何得不食子苗野人大悅解馬還之

臣聞尋煙染芬薰息猶芳徵音錄響操終則絕何則垂於世者可繼

止乎身者難結是以玄晏之風恒存動神之化已滅周孔以禮樂訓世故其迹可尋倪惠以堅白爲辭故其辯難繼是以唐虞遠而淳風流存蘇張近而解環易絕也善曰字書曰薰火煙上出也曹植魏德論曰玄晏之化豐洽之政尚書益曰至誠感神

臣聞託闇藏形不爲巧密倚智隱情不足自匿是以重光發藻尋虛捕景大人貞觀探心昭忒善曰日月發輝既尋虛而捕影欲藏形而託暗豈得施其巧密乎以喻聖人正見既探心而明惑欲隱情而倚智豈足自匿其事乎善曰鄧析子曰藏形匿影鬼谷子曰藏形其有欲也不能隱其情重光日也尚書五行傳曰明王踐位則日儷其精重光以見吉祥說文曰捕取也思玄賦曰朝貞觀而夕化應劭曰貞正也易曰天地之道貞觀者也仲長子昌言曰探心測意世加甚焉

臣聞披雲看霄則天文清澄風觀水則川流平是以四族放而唐劭二臣誅而楚寧凶邪亂正亦由浮雲蔽天疾風激水故舜流四凶而朝穆穆楚戮費鄢而王道洽也善曰尚書舜流共工于幽州放驩兜于崇山竄三苗於三危殛鯀于羽山四罪而天下咸服小雅曰劭美也二臣費無極與鄢將師也已見李蕭遠運命論

臣聞音以比耳爲美色以悅目爲歡是以衆聽所傾非假百里之操萬夫婉孌非俟西子之顏故聖人隨世以擢佐明主因時而命官物之

企競由乎不足政之不治才不合時故也心苟自足不假美女之麗用會其朝不勞稷契之賢矣善曰楊雄荅客難曰工聲調於比耳張衡舞賦曰既娛心以悅目孟子曰西子蒙不潔則人皆掩鼻而過之趙岐曰西子古好女西施也

臣聞出乎身者非假物所隆牽乎時者非克己所勗是以利盡萬物不能叡童昏之心德表生民不能救棲遑之辱善曰下愚由性非假物所移弊俗係時非克己能正是以放勳化被四表不革丹朱之心仲尼德冠生人不救棲遑之辱善曰漢劉向上疏曰雖有堯舜之聖不能化丹朱荅賓戲曰聖哲之治棲棲遑遑孔席不煖墨突不黔

臣聞動循定檢天有可察應無常節身或難照是以望景揆日盈數可期撫臆論心有時而謬檢謂定檢不瀾漫也此言晷景有節尺圭可以知其數深情難測淵識不能知其心故光武蔽於龎萌魏武失之張邈善曰趙岐孟子章指曰言循性守故天道可知妄改常心乖性命之指蒼頡篇曰檢法度也

臣聞傾耳求音眡優聽苦澄心徇物形逸神勞是以天殊其數雖同方不能分其感理塞其通則並質不能共其休耳之與目同在於身而苦樂有殊不能相救良由造化隔其通七竅理其用也善曰莊子曰棄生以徇物又曰譬如耳目鼻口皆有所明不能相通猶百官衆技皆有所長時有所用也

臣聞遯世之士非受匏瓜之性幽居之女非無懷春之情是以名勝欲故偶影之操矜窮愈達故凌霄之節厲名則傳之不朽窮則身居萬全故謂之勝所以烈士貞女棄彼而取此也善曰周易曰遯世無悶王逸楚辭注曰遯隱也論語子曰吾豈匏瓜也哉焉能繫而不食禮記曰幽居而不淫漢書蒯通曰婦人有幽居守寡者毛詩曰有女懷春吉士誘之廣雅曰矜急也厲高也

臣聞聽極於音不慕鈞天之樂身足於蔭無假垂天之雲是以蒲密之黎遺時雍之世豐沛之士忘桓撥之君搖頭鼓缶秦之樂也秦人樂之此故不願天帝之音故子路之惠政卓茂之仁恕豐沛之甄復三者自足其樂矣豈復思時雍桓撥之治哉善曰身蔭既足故無假垂天之雲垂天言雲之大也莊子曰北溟有魚名之曰鯤化爲鵬怒而飛翼若垂天之雲家語曰子路爲蒲宰夫子入其境而歎子貢執轡而問曰夫子未見由而三稱善何也曰吾入其境田疇甚易草萊甚辟此恭敬以信故其人盡力也入其邑墉屋甚嚴樹木甚茂此忠信以寬故其民不偷也至其庭甚閑此明察以斷其民不擾也密令卓茂已見孔德璋北山移文尚書堯典曰黎民於變時雍豐沛謂漢也桓撥謂殷也毛詩曰玄王桓撥毛萇曰玄王契也或者以密爲宓子賤但子賤爲政雖則有聞以邑對姓恐文非體也

臣聞飛轡西頓則離朱與矇瞍收察懸景東秀則夜光與武夫匿耀是以才換世則俱困功偶時而並劭運若時來則賢明易與數逢澆季則愚聖一揆故堯在朝而舜

登庸哀公居位而仲尼逐也善曰飛巒懸景皆謂日也日有御故云
巒也頓猶舍也西頓謂已夕也東秀謂日明也廣雅曰秀出也慎子
曰離朱之明韓詩曰矇瞍奏公薛君曰無珠子曰矇珠子具而無見
曰瞍大戴禮云日歸于西起明于東月歸于東起明于西鄒陽上書
曰夜光之璧戰國策曰
白骨疑象碔砆類玉

臣聞示應於近遠有可察託驗於顯微或可包是以寸管下傃天地不能以氣欺尺表逆立日月不能以形逃寸管黃鍾九寸之律以灰飛所以辨天地之數郎示近之義也以夏至立丈二表於陽城表觀其晷影以知日月之度斯所謂託驗於顯者也善曰司馬彪續漢書曰候氣之法為室三重戶閉塗釁必周密布緹幔室中以木為桉每律各一內庳外高從其方位加律上以葭灰抑其內端案歷而候之氣至者灰去其氣所動者其灰散人及風所動者其灰聚鄭玄禮記注曰傃猶向也周禮曰土圭之法測土深正日景以求地中日至之景尺有五寸謂之地中四時之所交也風雨之所會也陰陽之所和也

臣聞絃有常音故曲終則改鏡無畜影故觸形則照是以虛己應物必究千變之容挾情適事不觀萬殊之妙常音謂君臣宮商之音夫絃節有恒清濁之聲難越對物有恒則應化之功不廣然明鏡無心物來斯照聖人玄同感至皆應是以滯有之與懷黯道難得而校也善曰文子曰事猶琴瑟每終改調淮南子曰鏡不設形故能形也高誘曰鏡不豫設人形貌清明以待人形形見則見之鵩鳥賦曰千變萬化未始有極淮南子曰

隔而不通分爲萬殊

臣聞柷敔希聲以諧金石之和鼙鼓疎擊以節繁絃之契是以經治必宣其通圖物恒審其會夫道上環中理貴特會希發而節樂者繫一柷之功也一契而御衆者聖人之能也善曰廣雅曰疎遲也

臣聞目無嘗音之察耳無照景之神故在乎我者不誅之於己存乎物者不求備於人言爲政之道恕己及物也耳目在身施之異務不以通塞之故而誅之於己是以存乎物者豈求其備哉善曰杜預左氏傳注曰嘗試也論語周公曰無求備於一人孔安國尚書傳曰誅猶痛責之甚也

臣聞放身而居體逸則安肆口而食屬厭則充是以王鮪登俎不假吞波之魚蘭膏停室不思銜燭之龍此欲令各當其所而無企羨之心抑亦在鵬鷃之義也善曰杜預左氏傳注曰肆放也左氏傳閻沒汝寬曰及饋之畢願以小人之腹而爲君子之心屬厭而已鄭玄周禮注曰充猶足也周禮曰春獻王鮪劉邵趙都賦曰巨鼇冠山陵魚吞舟吸潦吐波氣成雲霧楚辭曰蘭膏明燭華容備王逸曰以蘭香練膏也楚辭曰日安不到燭龍何照王逸曰言天西北有幽冥無日之國有龍銜燭而照之也

臣聞衝波安流則龍舟不能以漂善曰楚辭曰衝風起兮橫波王逸曰衝隧也言及遇隧風大波涌起

楚辭曰使江水兮安流淮南子曰龍舟鷁首天子之乘廣雅曰漂激也震風洞發則夏屋有時而傾善曰法言曰吾不見震風能動聾聵也洞疾貌也楚辭曰夏屋廣大沙堂秀莊子云風謂蛇曰折大木飛大屋唯我也何則具牽乎動則靜凝言舟牽乎水波靜而舟定故曰靜凝也善曰屋雖靜而爲動之所牽則靜止而爲動也鄭玄儀禮注曰凝止也自定之貌也係乎靜則動貞言屋係乎地風動而屋傾是動貞也善曰舟雖動而爲靜之所係則動正而爲靜也周易曰貞正也然此文勢與上句稍殊不可以文而害意也是以淫風大行貞女蒙治容之悔淳化殷流盜跖挾曾史之情此謂物無常性惟化所珍故水本驚蕩風靜則安屋本貞堅風來則傾亦由貞專之女值淫奔之俗或有桑中之心凶虐之人被淳風之化當挾賢士之義善曰言舟本搖蕩流靜則安流爲水及風誤也悔當爲誨曾當爲參史魚

臣聞達之所服貴有或遺窮之所接賤而必尋是以江漢之君悲其墜屨少原之婦哭其亡簪言人居窮則志篤處達則恩輕是以楚君施戀激三軍之澆俗少原流慟誚輕薄之頹風善曰賈子曰楚昭王與吳人戰軍敗走昭王亡其踦屨已行三十步後還取之左右曰大王何惜於此昭王曰楚國雖貧豈無此一踦屨哉吾悲與之偕出而不與之偕反於是楚俗無相棄者韓詩外傳曰孔子出遊少原之野有婦人中澤而哭甚哀孔子怪之使弟子問焉婦人對曰向者刈蓍薪而亡吾簪是以哀孔子曰刈蓍薪而亡蓍簪有何悲也婦人曰非傷亡簪吾所以悲者不忘故也

臣聞觸非其類雖疾弗應感以其方雖微則順是以商飇漂山不興

盈尺之雲，谷風乘條必降彌天之潤故暗於治者唱繁而和寡審乎物者力約而功峻商風漂蕩本無興雲之候暗君政亂不能懷百姓之心至谷風習習必陰必雨明主在上則天下自安也善曰毛詩曰習習谷風維風及雨毛萇詩傳曰乘升也洪範五行傳曰雲起於山而彌於天鄭玄周禮注曰彌徧也

臣聞煙出於火非火之和情生於性非性之適故火壯則煙微性充則情約是以殷墟有感物之悲周京無佇立之跡殷墟謂紂也周京幽王也棄性逐欲遂令身死國家為墟故微子視麥秀而悲殷周大夫見禾黍而悲感者也善曰夫性者生之質情者性之欲故性充則國興情後則國亂二王皆棄性而縱欲所以滅亡也或者以詩序云彷徨不忍去而疑佇立之跡然序又云盡為禾黍豈得佇立哉

臣聞適物之技俯仰異用應事之器通塞異任是以鳥棲雲而繳飛魚藏淵而網沈賁鼓密而含響朗笛疎而吐音賢聖之道動合物宜隨俗汙隆用行其正取其濟物而已由求鳥必高其繳須魚必沈其網也善曰爾雅曰大鼓謂之鼖賁與鼖古字同鄭玄禮記注曰密之言閉也說文曰疎通也

臣聞理之所守勢所常奪道之所閉權所必開是以生重於利故據圖無揮劍之痛義貴於身故臨川有投迹之哀善曰性命之道含靈所惜以利方生則生

重利不以利喪生是理之所守道之所閉也以身方義則義貴身而以義棄身是勢之所奪權所必開也是以據圖無揮劍之痛以利輕於生臨川有投迹之哀以身輕於義文子曰左手據天下之圖而右手刎其喉愚者不爲身貴乎天下也死君之難者視死若歸義重於身故也天下大利也比身則小身所重也比義則輕臨川自投謂北人無擇也已見桓温薦譙元彥表

臣聞通於變者用約而利博明其要者器淺而應玄是以天地之賾該於六位萬殊之曲窮於五絃事得其要雖寡而用博易之六爻該綜萬象琴之五絃備括衆聲善曰廣雅曰玄遠也小雅曰賾深也周易曰大明終始六位時乘五絃琴也蔡邕琴操曰伏羲氏作琴絃有五象五行

臣聞圖形於影未盡纖麗之容察火於灰不覩洪赫之烈是以問道存乎其人觀物必造其質此言令人尋本而棄末也善曰法言曰或問經難易曰其人存則易亡則難

臣聞情見於物雖遠猶疎神藏於形雖近則密是以儀天步晷而脩短可量臨淵揆水而淺深難察天布列象物所以知其度此卽遠猶疎淵之積水人所不能測此卽藏於器也善曰儀猶法象也鄭玄尚書大傳注曰步推也說文曰晷日景也愼子曰離朱之明察毫末於百步之外下於水尺而不能見淺深非目不明也其勢難覩也

臣聞虐暑熏天不減堅冰之寒涸陰凝地無累陵火之熱是以呑縱

之強不能反蹈海之志漂鹵之威不能降西山之節言勢有極也虐暑涸陰之隆不能易火冰之性吞縱漂鹵之威不能移貞介之節善曰淮南子曰夫寒之與煖相反寒地坼水凝火弗爲衰其勢暴也見下文吞縱謂秦也六國爲縱而秦滅之故曰吞縱過秦曰秦有并吞八荒之心史記曰魏將軍新垣衍說趙使尊秦爲帝魯連曰彼秦者棄禮義而上首功之國也卽肆然而爲帝則連有蹈東海而死耳吾不忍爲之民尚書序曰武王伐殷尚書曰前徒倒戈攻于後以北血流漂杵過秦曰伏尸百萬流血漂櫓說文曰漂浮也史記曰武王伐紂伯夷叔齊叩馬諫曰以臣伐君可謂仁乎左右欲兵之太公曰此義人也扶而去之武王以平殷亂伯夷叔齊恥之隱於首陽山及餓且死作歌其辭曰登彼西山兮採其薇

臣聞理之所開力所常達數之所塞威有必窮是以烈火流金不能焚景沈寒凝海不能結風金爲火所流海爲寒所凝此是理開而常達也然則能流金而不能焚景能凝海而不能結風此理閉而所窮也善曰高誘呂氏春秋注曰數術也

臣聞足於性者天損不能入貞於期者時累不能淫是以迅風陵雨不謬晨禽之察勁陰殺節不凋寒木之心夫冒霜雪而松柏不凋此由是堅實之性也天雖損無害也雞善伺晨雖陰晦而不輟其鳴此謂時累不能淫也善曰莊子曰孔子謂顏回曰無受天損易無受人益難淫猶侵也法言曰震風陵雨然後知夏屋之帡幪李軌曰陵雨暴雨也帡莫經切幪莫公切

文選卷第五十五

賜進士出身通奉大夫江南蘇松常鎮太等處承宣布政使司布政使胡克家重校刊

文選卷第五十六

梁昭明太子撰

文林郎守太子右內率府錄事參軍事崇賢館直學士臣李善注上

箴

張茂先女史箴一首

銘

班孟堅封燕然山銘一首

崔子玉座右銘一首

張孟陽劍閣銘一首

陸佐公石闕銘一首

新漏刻銘一首

誄上

曹子建王仲宣誄一首

潘安仁楊荊州誄一首

楊仲武誄一首

箴

女史箴一首 曹嘉之晉紀曰張華懼后族之盛作女史箴

張茂先

茫茫造化二儀既分淮南子曰大丈夫恬然無爲與造化逍遙高誘曰造化天地周易曰易有太極是生兩儀散氣流形既陶既甄家語孔子曰地載神氣流形庶物無非教也漢書董仲舒曰泥之在鈞唯甄者之所爲如淳曰陶人作瓦器謂之甄在帝庖羲肇經天人周易曰庖犧氏之王天下也始作八卦以通神明之德以類萬物之情也爰始夫婦以及君臣周易曰有天地然後有萬物有萬物然後有男女有男女然後有夫婦有夫婦然後有父子有父子然後有君臣家道以正王猷有倫周易曰家道正而天下定毛詩曰王猷允塞猷與猶古字通婦德尚柔含章貞吉周易曰坤至柔而動也剛妻道也又曰含章貞吉以時發也婉嫕淑慎正位居室漢書曰孝平王皇后爲人婉嫕有節操服虔曰嫕音翳桑之翳曹大家列女傳注婉柔和嫕深邃也毛詩曰淑慎爾止周易曰女正位乎內施衿結褵虔恭中饋儀禮曰女嫁母施衿結帨曰勉之敬之夙夜無違父母之誡毛詩曰親結其褵九十其儀毛萇曰褵婦人之幃也褵與離古字通也周易曰在中饋無攸遂肅慎爾儀式瞻清懿毛詩曰敬慎威儀又曰各敬爾

儀樊姬感莊不食鮮禽衞女矯桓耳忘和音志厲義高而二主易心列女傳曰楚莊樊姬者楚莊王之夫人莊王初卽位好狩獵畢弋樊姬諫不止乃不食禽獸之肉三年王改又曰齊侯衞姬者衞侯之女齊桓公之夫人桓公好淫樂衞姬爲不聽鄭衞之聲曹大家曰衞國作淫泆之音衞姬疾桓公之好是故不聽以厲桓公也玄熊攀檻馮媛趍進夫豈無畏知死不恡漢書曰孝元馮昭儀上幸虎圈鬭獸熊佚出圈攀檻欲上殿左右貴人傅昭儀皆走馮婕妤直前當熊而立左右格殺熊上問何故當熊婕妤曰猛獸得人而止妾恐至御座故身當之帝嗟嘆以此倍敬重焉班妾有辭割驩同輦夫豈不懷防微慮遠漢書曰成帝遊於後庭欲與班婕妤同輦載婕妤辭曰妾觀古圖畫賢聖之君皆有名臣在側三代末主乃有嬖女今欲同輦得無近似乎道罔隆而不殺物無盛而不衰長楊賦曰事罔隆而不殺物靡盛而不虧日中則昃月滿則微周易曰日中則昃月盈則蝕毛詩曰彼月而微此日而微鄭玄曰謂不明也崇猶塵積替若駭機人咸知飾其容而莫知飾其性蔡邕女誡曰夫心猶首面一旦不脩飾則塵垢穢之人心不修善則邪惡入之人盛飾其面而莫脩其心惑矣家語孔子曰容不可不飾也性之不飾或愆禮正斧之藻之克念作聖法言曰吾未見斧藻其德若斧藻其粲者尚書曰惟狂克念作聖出其言善千里應之周易子曰君子居其室出其言善則千里之外應之況其邇者乎居其室出其言不善則千里之外違之況其邇者乎苟違斯義則同衾以疑徐幹中論曰苟失其

心同衾爲遠夫出言如微而榮辱由茲周易曰言行君子之樞機樞機之發榮辱之主勿謂幽昧

靈監無象勿謂玄漠神聽無響無矜爾榮天道惡盈周易曰鬼神害盈而福謙無

恃爾貴隆隆者墜楊雄解嘲曰炎炎者滅隆隆者絕鑒于小星戒彼攸遂毛詩序曰小星惠及

下也詩曰嘒彼小星三五在東周易曰無攸遂王弼曰盡婦人之正義無所必遂也比心螽斯則繁爾類毛詩曰螽

斯羽詵詵兮宜爾子孫振振兮驩不可以黷寵不可以專國語司空季子謂文公曰男女不相及畏黷敬也黷

則生怨怨亂毓災災毓滅性韋昭曰畏褻黷其類也漢書曰孝成趙皇后入宮寵少衰而女弟絕幸姊弟專寵十餘年卒皆無子也專

實生慢愛極則遷致盈必損理有固然文子老子曰天道極即反盈即損日月是也魯連子譚子

曰物之必至理固然也美者自美翩以取尤列子曰楊朱過宋東之於逆旅逆旅人有妾二人其一美其一惡惡

者貴而美者賤楊子問其故逆旅小子對曰其美者自美吾不知其美也其惡者自惡吾不知其惡也冶容求好君子

所讎周易曰慢藏誨盜冶容誨淫結恩而絕職此之由漢書曰王立與諸劉結恩左氏傳范宣子數諸戎曰

言語漏洩職汝之由故曰翼翼矜矜福所以興太公金匱師尚父謂武王曰舜之居人上矜矜乎如履薄冰湯

之居人上翼翼乎懼不敢息靖恭自思榮顯所期毛詩曰靖恭爾位好是正直女史司箴敢告

庶姬毛萇詩傳曰古者后夫人必有女史彤管之法女史不記其過其罪殺

封燕然山銘一首并序范曄後漢書曰齊殤王子都鄉侯暢來弔國憂竇憲遣客刺殺暢發覺憲懼誅
自求擊匈奴以贖死會南單于請兵北伐乃拜憲車騎將軍以執金吾耿秉爲副大破單于遂登燕然山刻石
勒功紀漢威德令班固作銘　班孟堅

惟永元元年秋七月有漢元舅曰車騎將軍竇憲范曄後漢書曰孝和皇帝母梁貴人
爲竇皇后所譖憂卒竇后養帝以爲己子卽位改年曰永元又曰竇憲字伯度女弟立爲皇后竇憲稍遷侍中和帝卽位太后臨朝寅
亮聖皇登翼王室尚書曰三孤寅亮天地弼予一人登翼謂登用輔翼納于大麓惟清緝熙尚書
曰納于大麓烈風雷雨弗迷毛詩曰維清緝熙文王之典乃與執金吾耿秉述職巡禦治兵于朔
方范曄後漢書曰耿秉字伯初爲執金吾與竇憲北擊匈奴大破之左氏傳臧僖伯曰三年而治兵杜預曰三年而大習出曰訓兵
鷹揚之校螭虎之士爰該六師毛詩曰惟師尚父時惟鷹揚史記曰武王乃作泰誓曰勗哉夫子尚桓桓
如虎如貔如熊如羆徐廣曰此音訓並與上同也毛詩曰整我六師暨南單于東胡烏桓西戎氐羌侯
王君長之羣驍騎十萬范曄後漢書曰南單于休蘭尸逐侯鞮單于屯屠河立時北虜大亂南單于將討幷北庭
上言願發國中諸部胡會虜北竇太后從之元戎輕武長轂四分毛詩曰元戎十乘以先啓行司馬彪續漢書曰
輕車古之戰車孫吳兵法曰有巾有蓋謂之武剛車者先驅轂梁傳曰長轂五百乘范甯曰長轂兵車也雷輜蔽路萬有

三千餘乘漢書楊雄河東賦曰奮電鞭驂雷輜勒以八陣莅以威神雜兵書八陣者一曰方陣二曰圓陣
三曰牝陣四曰牡陣五曰衝陣六曰輪陣七曰浮沮陣八曰鴈行陣玄甲耀日朱旗絳天漢書曰發屬玄甲李陵與
蘇武書曰雷鼓動天朱旗翳日遂凌高闕下雞鹿漢書曰遣將軍衞青出雲中至高闕臣瓚曰山名也范曄後漢書曰
竇憲與南匈奴萬騎出朔方雞鹿塞經磧鹵絕大漠說文曰鹵西方鹹地也漢書曰衞青復將六將軍絕漠臣瓚曰沙土
曰漠直度曰絕也斬温禺以釁鼓血尸逐以染鍔范曄後漢書曰匈奴其大臣次左右曰逐王次左右
温禺鞮王皆單于子弟次第當爲單于者也其異姓大臣左右骨都侯次左右尸逐骨都侯左傳智罃曰不以釁鼓也然後四
校横徂星流彗掃蕭條萬里野無遺寇於是域滅區殫反旆而旋考
傳驗圖窮覽其山川遂踰涿邪跨安侯乘燕然范曄後漢書曰度遼將軍鄧鴻與後諸軍
皆會涿邪山又曰南單于上言北單于創刈南兵遯逃遠去依安侯河西躡冒頓之區落焚老上之龍庭
漢書曰頭曼單于有太子曰冒頓冒頓以鳴鏑射殺頭曼遂自立爲單于冒頓死子稽粥立號曰老上單于又曰匈奴正月諸長小會單
于庭祠五月大會蘢城祭其先天地鬼神蘢音龍將上以攄高文之宿憤光祖宗之玄靈高祖
祖也宗太宗文帝也史記曰高祖自將擊韓王信遂至平城爲匈奴所圍七日又文紀曰匈奴攻朝鄉塞殺北都尉徐廣曰姓孫也下
以安固後嗣恢拓境宇振大漢之天聲甘泉賦曰天聲起兮勇士厲兹可謂一勞

而久逸暫費而永寧也（漢書楊雄上疏曰以爲不一勞者不久佚不暫費者不永寧）乃遂封山刊石昭銘威德其辭曰（刊石刻石即謂立銘也）鑠王師兮征荒裔（毛詩曰於鑠王師遵養時晦）勦凶虐兮截海外（毛詩曰相土烈烈海外有截）敻其邈兮亘地界封神丘兮建隆嵑（說文曰碣立石也嵑與碣同）熙帝載兮振萬世（尚書曰有能奮庸熙帝之載）

座右銘一首

崔子玉（范曄後漢書曰崔瑗字子玉涿郡人也早孤銳志好學盡能傳其父業舉茂才爲汲令遷濟北相疾卒）

無道人之短無說己之長施人愼勿念受施愼勿忘（戰國策唐雎謂信陵君曰人之有德於我不可忘也吾之有德於人不可不忘也）世譽不足慕唯仁爲紀綱隱心而後動謗議庸何傷（劉熙孟子注曰隱度也周易曰君子安其身而後動易其心而後語呂氏春秋曰內反於心不慚然後動也）無使名過實守愚聖所臧（越絕書范子曰名過實者滅聖人不使名過實家語孔子曰聰明睿智守之以愚功被天下守之以讓）在涅貴不淄曖曖內含光（論語子曰不曰堅乎磨而不磷不曰白乎涅而不淄晏子春秋仲尼曰星之昭昭不如月之曖曖周易曰含弘光大品物咸亨）柔弱生之徒老氏誡剛強（老子曰人生也柔弱其死

也堅強萬物草木生也柔脆其死也枯槁故堅強者死之徒柔弱者生之徒也又曰柔弱勝剛強河上公曰柔弱者久長剛強者先亡也

行行鄙夫志悠悠故難量論語曰閔子侍側誾誾如也子路行行如也子曰若由也不得其死然鄭玄曰行行剛強貌慎言節飲食知足勝不祥周易曰君子以慎言語節飲食老子曰知足不辱行之苟有恒久久自芬芳郭璞三蒼曰苟誠也

劍閣銘一首

張孟陽臧榮緒晉書曰張載父收為蜀郡太守載隨父入蜀作劍閣銘益州刺史張敏見而奇之乃表上其文世祖遣使鐫石記焉

巖巖梁山積石峨峨楊雄益州箴曰巖巖岷山古曰梁州毛萇詩傳曰巖巖積石貌也遠屬荊衡近綴岷嶓尚書曰荊及衡陽惟荊州孔安國曰北據荊山南及衡山之陽也尚書曰岷嶓既藝孔安國曰岷山嶓冢皆山名也南通邛僰蒲北北達褒斜漢書音義服虔曰邛蜀都西部也僰夷名也梁州記曰萬石城泝漢上七里有褒谷口南口曰褒北口曰斜狹過彭碣高踰嵩華劉淵林蜀都賦注曰岷山都安縣有兩山相對立如闕號曰彭門孔安國尚書注曰碣石海畔山也惟蜀之門作固作鎮是曰劍閣壁立千仞酈元水經注曰小劍戍北去大劍三十里連山絕險飛閣相通故謂之劍閣也窮地之險極路之峻周易曰地險山川丘陵也西都賦曰臨峻路而

啓扉世濁則逆道清斯順閉由往漢開自有晉閉由劉備故曰往漢開自鍾會故曰有晉也鍾會之伐蜀雖在魏朝政由晉王故歸功於晉也秦得百二并吞諸侯齊得十二田生獻籌漢書田肯賀上曰陛下得韓信又治秦中持戟百萬齊得十二此所謂東西秦也矧茲狹隘土之外區一人荷戟萬夫趑趄陳琳為曹洪荅文帝書曰一夫揮戟萬人不得進廣雅曰趑趄難行也形勝之地匪親勿居漢書田肯曰秦形勝之國也齊有琅邪之饒非親子弟莫可使王齊也昔在武侯中流而喜山河之固見屈吳起與實在德險亦難恃洞庭孟門二國不祀史記曰魏武侯浮西河而下中流顧而謂吳起曰美哉乎河山之固此魏國之寶也吳起對曰在德不在險昔三苗氏左洞庭而右彭蠡恃此險也德義不修禹滅之夏桀之居左河濟右太華伊闕在其南羊腸在其北修政不仁湯放之殷紂之國左孟門右太行常山在其北大河經其南修政不德武王殺之由此觀之在德不在險若君不修德舟中之人盡為敵國武侯曰善自古迄今天命匪易尚書曰爾亦弗知天命不易憑阻作昏鮮不敗績左氏傳曰凡師大崩曰敗績杜預曰喪其功績也公孫既滅劉氏銜璧范曄後漢書曰公孫述為導江卒正假稱蜀都太守自立為天子漢使吳漢伐之述死吳漢盡滅公孫氏蜀志曰後主諱禪先主子也魏使鄧艾伐之後主輿櫬自縛詣壘門左氏傳曰楚子圍許僖公面縛銜璧覆車之軌無或重跡晏子春秋諺曰前車覆後車戒范曄後漢書陳忠上疏曰覆車之軌其迹不遠勒銘山阿敢告梁益

石闕銘一首

陸佐公 劉璠梁典曰陸倕字佐公吳郡人少篤學善屬文起家議曹從事遷太子中舍人後仕至太常卿詔使爲漏刻石闕二銘冠絕當世賜以束帛朝野榮之

昔在舜格文祖禹至神宗周變商俗湯黜夏政尚書帝曰舜汝陟帝位正月上日受終於文祖又帝曰禹惟汝諧正月朔旦受命于神宗墨子曰紂之亂武王理之當此之時時不渝而人不易上變政而人改俗尚書曰湯既黜夏命復歸于亳雖革命殊乎因襲揖讓異於干戈而晷緯冥合天人啓惎巨吏克明俊德大庇生民其揆一也舜禹揖讓也湯武干戈也言揖讓干戈之道雖殊而用賢愛仁之義爲一也周易曰湯武革命順乎天而應乎人論衡曰漢力勝周多矣舜以司徒受堯禪文王百里爲西伯武王襲文王皆有因緣力易爲也孔叢子曾子謂孔子曰舜禹揖讓湯武用師非相詭此乃時也三國名臣序贊曰揖讓之與干戈說文曰晷日影也緯五星也易乾鑿度曰五緯順軌四時和粟西都賦曰天啓之心人惎之謀尚書曰克明俊德以親九族左傳鄭子駟曰以待強者而庇民焉孟子曰先聖後聖其揆一也在齊之季昏虐君臨威侮五行怠棄三正吳均齊春秋曰東昏侯蕭寶卷高宗子高宗崩太子卽位左傳子囊曰赫赫楚國而君臨之書曰有扈氏威侮五行怠棄三正刑酷然炭暴踰膏柱民怨神怒衆叛親離蹐地無歸瞻烏靡託六韜曰紂患刑輕乃更爲銅柱以膏塗之加於然炭之上使有

罪者緣焉滑跌墮火中紂與妲己笑以爲樂名曰炮烙之刑鄭玄尚
書五行傳注曰民怨神怒左氏傳衆仲曰州吁阻兵而安忍衆叛親
離難以濟矣毛詩曰謂天蓋高不敢不跼謂
地蓋厚不敢不蹐又曰瞻烏爰止于誰之屋於是我皇帝拯之乃操
斗極把鉤陳翼百神禔支萬福我皇梁武帝也斗極天下之所取法
賦曰高祖順斗極運天關樂汁圖曰鉤陳後宮也服虔漢書音義曰
紫宮外營陳星毛萇詩傳曰翼敬也禮記曰禮行於郊百神受職焉
漢書曰司馬相如難蜀父老曰遐邇一體龍飛黑水虎步西河雷動
中外禔福毛詩曰樂只君子萬福攸同
風驅天行地止謂舉義旗以伐齊也何之元梁典曰齊明帝崩遺詔
授高祖雍州刺史永元二年十一月高祖擁南康王
寶融以主號令以高祖督前鋒三年十二月義旗發自襄陽己酉檄
京師東都賦曰龍飛白水陳孔璋爲袁紹檄豫州曰雷震虎步並集
虜庭尚書曰黑水西河惟雍州沈約宋書曰元嘉中割荊州之襄陽
爲雍州西京賦曰千乘雷動萬騎龍趨楊修許昌宮賦曰晻曖低佪
天行命旅致屯雲之應登壇有降火之祥龜筮協從人祇響附命旅
地止誓衆
也登壇祭天也杜篤論都賦曰大漢開基高祖有勳斬白蛇屯黑雲
尚書帝命驗曰太子發渡河中流火流爲烏其色赤鄭玄曰以魚燎
於天有火自上復于下至于王屋流爲烏尚書曰詢謀穿胸露頂之
僉同鬼神其依龜筮叶從吳質魏都賦曰英雄響附
豪箕坐椎髻之長莫不援旗請奮執銳爭先博物志曰昔禹平天下
會諸侯於會稽之野防
風後至殺之夏德盛二龍降之使范成光御之以行域外既周南經
防風之神見禹使怒而射之有迅雷二龍升去二臣恐以刃自貫其

心死禹哀之乃拔其刃療以不死之草皆生是爲穿胸人去會稽萬五千里范曄後漢書西域傳論曰自兵威之所肅服財賂之所懷誘
莫不露頂肘行東向而朝漢書曰高祖使陸賈賜尉佗印爲南越王賈至尉佗魋結箕踞見賈豪士賦序曰援旗誓衆奮於阡陌之上趙
充國頌請奮其旅于罕之羌漢書陳餘說陳涉曰將軍被堅執銳以誅暴秦楚辭曰矢之墜兮士爭先夏首憑固庸岷
負阻協彼離心抗茲同德楚辭曰過夏首而西浮王逸曰夏首水口也孔安國尚書傳曰庸國名也岷山名也
尚書曰受有億兆夷人離心離德予有亂臣十人同心同德帝赫斯怒秣馬訓兵嚴鼓未通兇渠
泥首毛詩曰王赫斯怒爰整其旅左氏傳子重曰秣馬利兵又趙宣子曰訓卒利兵軍戰令曰嚴鼓一通步騎士悉嚴然鼓一曲爲
一通尚書曰殲厥渠魁張溫表曰臨去武昌庶得泥首闕下弘舸連軸巨檻接艫鐵馬千羣朱旗
萬里吳都賦曰弘舸連軸巨檻接艫鐵馬鐵甲之馬范曄後漢書公孫瓚與子書曰厲五千鐵騎於北隰之中陳琳爲袁紹檄豫州
曰胡馬之千羣朱旗已見上文折簡而禽盧九傳檄以下湘羅兵不血刃士無遺鏃
而樊鄧威懷巴黔底定魏略王陵密欲立楚王彪司馬宣王自討之陵自縛歸罪遙謂太傅曰卿直以折簡召我
我不當至邪太傅曰以卿非肯遂折簡者也盧盧江九九江二郡名也伏滔正淮曰盧九之閬流溺兵死者十而七八焉漢書韓信曰三
秦可傳檄而定湘羅二水名也孫卿子曰舜伐有苗禹伐共工湯伐有夏文王伐崇武王伐紂遠方慕義兵不血刃過秦論曰秦無亡矢
遺鏃之費而天下諸侯已困矣尚書曰大邦畏其力小邦懷其德尚書曰震澤底定於是流湯之黨握炭之徒

守似藩籬戰同枯朽六韜曰紂之卒握炭流湯者十八人以牛爲禮過秦論曰蒙恬北築長城而守藩籬班固漢書贊曰漢獨收孤秦之弊鐫金石者難爲功摧枯朽者易爲力其勢然也華車近次師營商牧華夷士女

冠蓋相望扶老攜幼一旦雲集壺漿塞野簞食盈塗鄭玄周禮注曰兵車革路也左氏傳曰凡師過信爲次尚書曰王至于商郊牧野左氏傳曰孔子曰夷不亂華尚書曰惟其士女篚厥玄黃昭我周王漢書曰天子遣使冠蓋相望於道覆案梁事又淮南王上書曰越必攜幼扶老以歸聖德西都賦曰雲集霧散孟子曰葛伯不祀湯往征之其君子實玄黃于篚以迎君子小人簞食壺漿以迎小人也似夏民之附成湯殷士之窺周武安老懷少

伐罪吊民農不還業市無易賈尚書中候曰天乙在薄夏桀迷惑諸鄰國襁負歸湯帝王世紀曰商容及殷人觀周軍之入見武王至殷人曰是吾新君也容曰然聖人爲海內討惡見惡不怒見利不喜顏色相副是以知之論語曰老者安之少者懷之尚書曰奉辭伐罪孟子曰湯始征自葛誅其君弔其民呂氏春秋曰曰桀爲無道湯立爲天子夏人大悅農不去疇商不變肆

八方入計四隩奉圖羽檄交馳軍書狎至一日二日非止萬機河圖龍文曰鎮星光明八方歸德漢書曰張蒼領主郡國上計者又曰嚴助願奉三年計如淳曰助自欲入奉之也尚書曰四隩既宅范曄後漢書曰光武平河北吳漢與諸將奉圖書上尊號漢書息夫躬曰軍書交馳而輻湊羽檄重迹而狎至尚書曰兢兢業業一日二日萬機而尊嚴之度不僭於師旅淵默之容無改於行陣計如投水思若轉規

策定帷幄謀成几案會未浹辰獨夫授首班固漢書贊曰成帝臨朝淵默尊嚴若神可謂穆穆
天子之容矣李康運命論張良及其遭漢祖其言也如以石投水莫之逆也范曄後漢書曰朱勃上疏訴馬援寃曰謀如涌泉勢如轉規
又光武詔曰將軍鄧禹與朕謀謨帷幄決勝千里仲長子昌言曰運籌於几案之前而所制者乃百代之後左氏傳君子曰莒恃其陋不
修其城郭浹辰之閒而楚克其三都杜預曰浹辰十二日也梁典曰永元三年十二月丙寅張齊殺東昏于含德殿其夜以黃油裹首縋
而下尚書曰獨夫受洪惟作威鍾士季檄蜀文曰蜀侯見禽於秦公孫述授首於漢乃焚其綺席棄彼寶衣歸
琁臺之珠反諸侯之玉六韜曰紂時婦人以文綺爲席衣以綾紈者三千人又曰武王伐紂蒙寶衣投火而死帝
王世紀曰王命歸琁臺之珠玉說苑曰武王大敗殷人上堂見玉曰誰之玉曰諸侯之玉卽取而歸於諸侯天下聞之曰王廉於財指
麾而四海隆平下車而天下大定拯茲塗炭救此橫流功均天地明
並日月新序劉向曰先王之所以指麾而四海賓服者誠德之至也孝經鉤命決曰俱在隆平優劣殊流禮記曰下車而封夏后
之後於杞封殷之後於宋尚書曰一戎衣天下大定又曰有夏昏德民墜塗炭孟子曰當堯之時鴻水橫流氾濫於天下漢書曰德配天
地明並日月於是仰叶三靈俯從億兆受昭華之玉納龍敘之圖春秋元命苞曰
造起天地鑄演人君通靈之既交錯同瑞劉琨勸進表曰億兆攸歸曾無與二尚書大傳曰堯得舜推而尊之贈以昭華之玉春秋元命
苞曰堯游河渚赤龍負圖以出圖赤如綈狀龍沒圖在楊雄覈靈賦曰大易之始河序龍馬雒貢龜書類帝禋宗光有

神器升中以祀羣望攝袂而朝諸夏尚書曰肆類于上帝又曰禋于六宗國語富辰謂王曰光有天下而和寧百姓老子曰天下神器不可爲也爲者敗之禮記曰升于中天而鳳凰降左氏傳曰乃大有事于羣望漢書徐樂上書曰南面負扆攝袂而揖王公陛下之所服也論語子曰夷狄之有君不如諸夏之亡也布教都畿班政方外謀協上策刑從中典周禮曰正月之吉始和布教于邦國都鄙袁淑謝中丞章曰懸法象魏班政甸衞東觀漢記段熲上疏曰先零東羌討之難破降爲上策戰爲下計周禮曰大司寇掌三典以佐王二曰刑平國用中典也南服緩耳西羈反舌劍騎穹廬之國同川共穴之人杜篤論都賦曰連緩耳瑣雕題呂氏春秋曰善爲君者蠻夷反舌皆服德厚也高誘曰夷狄語言與中國相反因謂反舌一說南方有反舌國舌本在前末到向喉故曰反舌也漢書曰匈奴力能彎弓盡爲甲騎其長兵則弓矢短兵則刀鋋漢書烏孫公主歌曰穹廬爲室兮旃爲牆杜篤論都賦曰同穴裘褐之域共川鼻飲之國莫不屈膝交臂厥角稽顙鑿空萬里攘地千都幕南罷鄣河西無警喩巴蜀文曰交臂受事屈膝請和孟子曰武王之伐殷也百姓若崩厥角趙岐曰厥角叩頭以額角犀厥地禮記孔子曰拜而後稽顙漢書曰通西北國張騫鑿空蘇林曰鑿開空通也戰國策蔡澤謂應侯曰公孫鞅爲秦攘地千里漢書曰驃騎封於狼居胥山匈奴遠逃而漠南無王庭漢書武帝謂狄山曰使居一障閒蒼頡曰障小城也漢書晉文公攘戎狄居於西河圁洛之閒圁音銀謝承後漢書曰祝良爲梁州刺史歷年無警於是治定功成邇安遠肅忘茲鹿駭息此狼顧禮記曰王者功成作樂治定制禮尚

書曰柔遠能邇鹽鐵論曰以賢人爲兵聖人爲守
則中國無狗吠之警而邊境無鹿駭狼顧之憂也乃正六樂治五禮
改章程創法律周禮曰保氏掌諫王而養國子以道乃教之六樂鄭
玄曰六樂雲門大咸大韶大夏大護大武尚書曰修
五禮孔安國五禮吉凶軍賓嘉也漢書曰高祖
令張蒼定章程又曰蕭何次律令韓信申軍法置博士之職而著錄
之生若雲開集雅之館而款關之學如市漢書曰武帝初置五經博
士范曄後漢書曰張興稍
遷至博士弟子自遠至者著錄且萬人司馬彪續漢書曰負書來學
雲集京師劇秦美新曰遙集乎文雅之囿翱翔乎禮樂之場史記曰
由余款關請見三輔黃圖曰元始中起明堂列槐樹數百
行朔望諸生持經書及當郡所出物於此賣買號槐市興建庠序
啓設郊丘一介之才必記無文之典咸秩漢書曰平帝立學官鄉曰
庠聚曰序禮記曰立春之
日天子迎春於東郊周禮曰冬至於地上之圜丘若樂六變天
神皆降尚書秦穆公曰如有一介臣又曰禋秩元祀咸秩無文於是
天下學士靡然向風人識廉隅家知禮讓班固漢書贊曰公孫弘以
治春秋爲丞相封侯天下
學士靡然鄉風矣禮記曰儒有砥礪廉
隅論語子曰能以禮讓爲國乎何有教臻侍子化洽期門區宇乂
安方面靜息役休務簡歲阜民和漢書曰呼韓邪遣子右賢王銖婁
渠堂入侍漢書曰武帝與北地良
家子期諸殿門故有期門之號范曄後漢書曰樊準上疏曰明帝卽
位自期門羽林介胄之士悉令通孝經匈奴遣伊秩訾王來入就學
東京賦曰區宇乂寧思和求中方面四方面也仲長子昌言曰五位
以正方面孫楚客主言曰晉主聖明方面割地長楊賦曰休力役賈

逵國語注曰阜厚也左氏傳季梁曰民和而神降之福歷代規摹前王典故莫不芟夷翦截允執厥中史記曰高祖雖日不暇給規摹弘遠矣東觀漢記東平王蒼上疏曰事過典故孔安國尚書序曰芟夷煩亂翦截浮辭尚書帝曰允執厥中以爲象闕之制其來已遠春秋設舊章之教經禮垂布憲之文左氏傳曰司鐸火季桓子命藏象魏曰舊章不可忘也禮記曰經禮三百曲禮三千鄭玄曰禮經謂周禮也周禮曰太宰以正月之吉懸治象之法於象魏使萬民觀治象鄭玄曰吉朔日也象魏闕也周禮曰布憲中士二人戴記顯游觀之言周史書樹闕之夢禮記戴聖所傳故號戴記曰昔者仲尼與於蜡賓事畢出游於觀之上喟然而嘆周書曰文王至自商至程太姒夢見商之庭生棘太子發取周庭之梓樹之於闕閒化爲松柏北荒明月西極流精神異經曰西北荒中有二金闕高百丈金闕銀盤圓五十丈二闕相去百丈上有明月珠徑三丈光照千里十洲記曰崑崙山有三角其角一正東有墉城有流精之闕西王母所治也海岳黃金河庭紫貝史記曰三神山傳在海中黃金白銀爲宮闕楚辭曰魚鱗屋兮龍堂紫貝闕兮珠宮王逸曰言河伯所居以紫貝作闕也蒼龍玄武之製銅雀鐵鳳之工三輔舊事曰未央宮東有蒼龍闕北有玄武闕魏文帝歌曰長安城西有雙圓闕上有一雙銅爵一鳴五穀生再鳴五穀熟薛綜西京賦注曰圓闕上作鐵鳳凰令張兩翼舉頭敷尾或以聽窮省冤或以布化懸法李尤闕銘曰悉心聽省乃無窮冤布化懸法已見上文或以表正王居或以光崇帝里尚書王曰表正萬邦周易曰王居無咎正位也桓子新論

曰昔周公光崇周道澤被四表蜀都賦曰嶓函有帝皇之宅河洛爲王者之里也晉氏浸弱宋歷威夷禮經
舊典寂寥無記鴻規盛烈湮沒罕稱乃假天闕於牛頭託遠圖於博
望有欺耳目無補憲章漢書曰浸弱微滅也韓詩曰周道威夷左氏傳曰以繼好息民謂之禮經東都主人曰唯
子頗識舊典司馬相如美人賦曰上宮閑館寂寥至虛封禪書曰湮滅而不稱不可勝數山謙之丹陽記曰大輿中議者皆言漢司徒義
與許彧墓二闕高壯可徙施之王茂弘弗欲後陪乘出宣陽門南望牛頭山兩峯卽曰此天闕也豈煩改作帝從之今出宣陽望此山艮
似闕沈約宋書曰孝武大明七年博望梁山立雙闕禮記曰仲尼祖述堯舜憲章文武乃命審曲之官選明中
之士陳圭置臬魚列瞻星揆地興復表門草創華闕周禮曰或審曲面勢明中謂四時昏
明各有中星也尚書考靈耀曰冬至日月在牽牛一度求昏中者取六項加三旁蠡順除之鄭玄曰盡行十二項中正而分之左右各六
項也蠡猶羅也昏中在日前故言順數也明中在日後故言却也周禮曰土圭之法測土深正日影以求地中又曰匠人建國求地中置
埶以縣視其影鄭玄曰埶古文臬假借字也周禮曰晝參諸日中之影夜考之極星以正朝夕東觀漢記博士等議曰陛下除殘去賊興
復祖宗西京賦曰正紫宮於未央表嶢闕於閶闔論語曰禪諶草創之西都賦曰樹中天之華闕封冠山之朱堂於是歲次
天紀月旅太簇天紀星紀也左氏傳梓慎曰歲在星紀而淫於玄枵杜預曰歲星也星紀斗牛之次也漢書曰太簇位在
於寅正月也皇帝御天下之七載也搆茲盛則與此崇麗方且趨以表敬

觀而知法劉璠梁典曰天監七年正月戊戌詔曰昔晉氏青蓋南移日不暇給而兩觀莫築懸法無所今禮盛化光役務簡便
可營建象闕以表舊章於是選匠量功鐫石爲闕窮極壯麗冠絕古今奇禽異羽莫不畢備漢書曰萬石君過宮門闕必下車趨列女傳
衞靈公夫人曰妾聞禮下公門式路馬所以廣敬也物覩雙碣之容人識百重之典周易曰聖人作而萬
物覩西京賦曰圓闕竦以造天若雙碣之相望徐幹七喻曰豐屋廣夏崇闕百重作範垂訓赫矣壯乎鄭正釋讖
曰創制作範匪時不立家語南宮敬叔曰孔子作春秋垂訓後嗣曹府君陳寔誄曰赫矣陳君爰命下臣式銘盤石
其辭曰
惟帝建國正位辨方周營洛涘漢啓岐梁此言建國立都不恒一所故洛涘岐梁咸爲帝宅也
周禮曰惟王建國辨方正位周周成王也尚書序曰召公既相宅周公往營成周作洛誥蔡邕祝禊文曰自求多福在洛之涘漢漢高祖
也西京賦曰岐梁汧雍陳寶鳴雞在焉居因業盛文以化光爰有象闕是惟舊章帝王所居
因功業而後盛禮文之德由政化而益光也周易曰後得主而有常含萬物而化光青蓋南洎黃旗東指懸法
無闕藏書弗紀言帝祚南遷王綱弛紊懸法藏書咸皆廢紀青蓋晉也虞預晉書王導上言曰迴青蓋以反上京司馬彪
續漢書曰皇子皆朱班輪青蓋黃旗謂吳也司馬德操與劉恭嗣書曰黃旗紫氣恒見東南終成天下者揚州之君子臧榮緒晉書曰孫
氏無闕大晉南都亦不暇立門闕遂廢矣藏書則淡曰斂而藏之見下句大人造物龍德休否建此百常

興茲雙起周易曰飛龍在天大人造也莊子孔子曰夫造物者爲人司馬彪曰造物謂道也周易曰龍德而正中者也又否卦
曰九五休否王弼曰居尊位能休否道者也張景陽七命曰表以百常之闕雙起猶雙立也魯靈光殿賦曰崇墉岡連以嶺屬朱闕巖巖
以立雙偉哉偃蹇壯矣巍巍旁映重疊上連翠微王逸楚辭注曰偃蹇高貌也何晏論語注
曰巍巍者高大之稱也重疊宮觀之多者也七命曰重殿疊起交綺對幌蜀都賦曰鬱氛氳以翠微布教方顯浹日初
輝懸書有附委篋知歸布教已見上文周禮曰正月乃懸治象之法于象魏使萬民觀治象浹日而斂之懸書則
懸法也委篋則藏書也重用之故變文耳鬱崫魚勿重軒穹隆反宇形聳飛棟勢超浮柱甘泉
賦曰洪臺崫其獨出西都賦曰重軒三階穹隆見下句西京賦曰反宇業業何禎許都賦曰景福鬱抗以雲起飛棟鳥企而翼舒甘泉賦
曰抗浮柱之飛榱兮神莫莫而扶傾色法上圓製模下矩周望原隰俛臨煙雨上圓天也下矩
地也繁欽建章鳳闕賦曰上規圓以穹隆下矩地而繩直望原隰臨煙雲言其高也前賓四會却背九房北通
二轍南湊五方王逸楚辭注曰賓列也陸機洛陽記曰有銅駝二枚在宮之南四會道頭鄭玄禮記注曰却返也東京賦
曰復廟重屋八達九房則明堂之制也鄭玄禮記注曰天子廟及路寢皆如明堂制也然路寢在門北故云却背也暑來寒往
地久天長神哉華觀永配無疆周易曰寒往則暑來暑往則寒來老子曰天長地久毛詩曰申錫無疆集
云盤石鬱崫重軒穹隆色法上圓製模十四字是至尊所改也

新刻漏銘一首并序

陸佐公劉璠梁典曰天監六年帝以舊漏乖舛乃勑員外郎祖暅治之漏刻成太子中舍人陸倕爲文

司馬彪續漢書曰孔壺爲漏浮箭爲刻下漏數刻以考中星昏明星焉

夫自天觀象昏旦之刻未分治歷明時盈縮之度無準周易曰古者庖犧氏之王天下也仰則觀象於天俯則觀法於地五經要義曰昏闇也旦明也日入後漏三刻爲昏日出前漏三刻爲明周易曰君子以治歷明時淮南子曰孟春始嬴孟秋始縮高誘曰嬴長也縮短也挈壺命氏遠哉義用周禮曰挈壺氏下士六人鄭玄曰壺盛水器也挈壺水以爲漏也揆景測辰徼叫宮戒井守以水火分茲日夜揆景測辰謂晝夜漏也徼宮謂徼巡其宮也衛宏漢舊儀曰晝漏盡夜漏起宮中衛宮城門擊刀斗周廬擊木柝周禮曰挈壺氏掌壺以令軍井凡喪事縣壺以哭皆以水火守之分以日夜鄭司農曰挈壺以令軍井謂爲軍穿井井成挈壺縣其上令軍中衆皆望見知此下有井也壺所以盛飲故以壺表井也鄭玄曰以水守壺者爲沃漏也以火守壺者夜視刻數也分以日夜者異晝夜漏也而司歷亡官疇人廢業孟陬殄滅攝提無紀左氏傳仲尼曰今火猶西流司歷過也漢書曰三代既沒五霸之末史官喪紀疇人子弟分散如淳曰家業世世相傳爲疇漢書曰孟陬殄滅攝提失方音義曰正月爲孟陬歷紀廢絕閏餘乖錯不與正歲相值謂之殄滅攝提星名隨斗杓所指建十二月若歷誤春三月當指辰而乃指巳是爲失方衞宏載傳呼之節較而未

詳霍融叙分至之差詳而不密衞宏漢舊儀曰夜漏起宮中宮城門傳五伯官直符行衞士周廬擊木柝讙呼備火司馬彪續漢書曰太史令霍融上言漏刻率九日增減一等不與天相應或時差至二刻半不如夏歷密也陸機之賦虛握靈珠孫綽之銘空擅崐玉陸機孫綽皆有漏刻銘曹子建與楊德祖書曰人人自謂握靈蛇之珠家家自謂抱荊山之玉新序固乘曰珠產江漢玉產崑山弘度遺篇承天垂旨王隱晉書曰李充字弘度集有漏刻銘沈約宋書曰宋太祖頗好歷數太子率更令何承天私撰新法元嘉二十年上表詔付外詳之有司奏承天歷術令施行布在方冊無彰器用禮記哀公問政子曰文武之道布在方冊左氏傳臧僖伯曰山林川澤之實器用之資譬彼春華同夫海棗春華言其文麗海棗譬其無實荅賓戲曰摛藻如春華晏子春秋曰齊景公謂晏子曰東海之中有水赤其中有棗華而不實何也晏子曰昔者秦穆公乘舟理天下黃布裹蒸棗至海而掾其布破黃布故水赤蒸棗故華不實公曰吾佯問子對曰嬰聞佯問者佯對也寧可以軌物字民作範垂訓者乎左氏傳曰隱公將如棠觀魚臧僖伯諫曰君將納民於軌物者也講事以度軌量謂之軌取材以章物采謂之物不軌不物謂之亂政周書成王曰朕不知字民之道敬問伯父作範垂訓已見上文且今之官漏出自會稽蕭子雲東宮雜記曰天監六年上造新漏以臺舊漏給宮漏銘云咸和七年會稽山陰令魏丕造卽會稽內史王舒所獻漏也積水違方導流乖則陸機刻漏賦曰積水不過一鍾導流不過一筐也六日無辨五夜不分淮南子曰冬至子午夏至卯酉冬至加三日則夏至之日也歲遷六日終而復

始高誘曰遷六日今年以子冬至後年以午冬至衞宏漢舊儀曰晝夜漏起省中用火中黃門持五夜甲夜乙夜丙夜丁夜戊夜也歲
躔閹茂月次姑洗爾雅曰太歲在戌曰閹茂禮記曰季春之月律中姑洗皇帝有天下之五載
也樂遷夏諺禮變商俗孟子夏諺曰吾王不游吾何以休尚書曰商俗靡靡利口惟賢業類補天功
均柱地列子曰昔女媧氏煉五色之石以補其闕斷鼇之足以立四極其後共工氏與顓頊爭為帝怒而觸不周之山折天柱絕
地維也河海夷晏風雲律呂禮斗威儀曰君乘土而王其政太平則河濂海夷十洲記曰天漢三年西國王使獻
靈膠四兩吉光毛裘受以付庫使者曰常占東風入律十旬不休青雲干呂連月不散意者閣浮有好道之君我王故搜奇蘊而貢神香
步天材而請猛獸乘毛車以濟弱水于今十三年矣坐朝晏罷每旦晨興呂氏春秋曰上稱三皇五帝之業以諭其
意蚤朝晏罷以告制兵者也尚書大傳曰帝猶反側晨興辟四門來仁賢屬傳漏之音聽雞人之響周禮曰雞
人掌大祭祀夜呼旦以叫百官集云雞人二字是沈約所改作也以為星火謬中金水違用左氏傳張趯曰
火中寒暑乃退鄭玄毛詩箋曰火星中寒暑退陸機漏刻銘曰寤蟾蜍之棲月識金水之相緣時乖啓閉箭異錙銖
左氏傳曰凡分至啓閉必書雲物為備故也鄭禮記注曰八兩為錙漢書曰二十四銖為兩也玄爰命日官草創新
器左氏傳曰天子有日官諸侯有日御於是俯察旁羅登臺升庫周易曰仰則觀於天文俯以察於地理史
記曰黃帝順天地之紀旁羅日月星辰左氏傳曰公既視朔遂登觀臺以望而書禮也又曰宋衞陳鄭皆火梓慎登大庭之庫以望之曰

宋衛陳鄭也則于地四參以天一言壺用金而漏用水也漢書曰天以得一生水地以得四生金也建武
遺蠹咸和餘舛司馬彪續漢書霍融曰四分施於建武咸和漏刻卽上魏丕所造也金筩方員之制飛
流吐納之規金則壺也而形方筩則引水者而形員孫綽漏刻銘曰乃制妙器挈壺氏銓累筩三階積水成川陸機漏刻銘
曰口納胸吐水無滯咽變律改經一皆懲革蔡邕律歷志曰凡歷所革以變律呂相生至六十也天監六
年太歲丁亥十月丁亥朔十六日壬寅漏成進御以考辰正晷測表
候陰陸機集志議曰考正三辰審其所司是談天紀綱也測表候陰謂土圭也不謬圭撮無乖黍累漢書曰夫
推歷生律制器量多少者不失圭撮權輕重者不失黍累應劭曰圭自然之形陰陽之始也四圭曰撮十黍一累十累一銖又可
以校運筭之睽合辨分天之邪正漢書曰造漢太初歷治歷者方士唐都巴郡落下閎與焉都分天部
而閎運筭轉歷也察四氣之盈虛課六歷之踈密爾雅曰春爲發生夏爲長嬴秋爲收成冬爲安寧四
氣和爲通正漢書曰史記有黃帝顓頊夏商周及魯歷漢興張蒼用顓頊歷比於六歷疏闊中最爲微近又曰淳于陵渠覆太初歷晦朔
弦望皆最密也永世貽則傳之無窮赫矣煥乎無得而稱也昔嘉量微物盤
盂小器猶其昭德記功載在銘典周禮栗氏爲量其銘曰嘉量既成以觀四國永啓厥後茲器惟則七
略曰盤盂書者其傳言孔甲爲之孔甲黃帝之史也書盤盂中爲誡法或於鼎名曰銘蔡邕銘論曰德非此族不在銘典況入神

之制與造化合符孫綽子曰藝妙者以入神造化已見上文論語比考讖曰君子上達與天合符成物之能
與坤元等契周易曰乾知太始坤作成物又曰至哉坤元萬物資生勳倍楹席事百巾机蔡邕銘論
曰武王踐祚咨于太師而作席机楹杖雜銘又曰黃帝有巾机之法孔甲有盤盂之戒寧可使多謝曾水有陋
昆吾郭象莊子注曰不可多謝堯舜而推之爲兄也蔡邕銘論曰昔召公作誥先王賜朕鼎出于武當曾水呂尚作周太師而封于
齊其功銘于昆吾之野西都賓序曰有陋洛邑之義金字不傳銀書未勒者哉崔玄山瀨鄉記曰老子母碑老
子把持仙籙玉簡金字編以白銀紀善綴惡劉人本觀書賦曰玉牒石記銀書金字奧矣不窮邈乎昭備乃詔小臣爲其
銘曰集曰銘一字至尊所改勑書辭曰故當云銘
一暑一寒有明有晦周易曰日月運行一寒一暑莊子曰消息滿虛一晦一明日改月化也神道無跡
天工罕代莊子老聃謂孔子曰夫神生於道其來無迹其去無方尚書曰無曠庶官天工人其代之乃置挈壺是
惟熙載氣均衡石晷正權概呂氏春秋曰仲春日夜分鈞衡石角斗桶正權概高誘曰角平升桶權概皆令
均等也世道交喪禮術銷亡莊子曰世喪道矣道喪世矣世與道交相喪也毛詩序曰禮義消亡遽遷水
火爭倒衣裳水火已見上文毛詩曰東方未明顛倒衣裳擊刁笄次聚木乖方漢書曰李廣行無部
曲不擊刁斗自衛孟康曰以銅作鐎受一斗晝炊飯食擊持行夜周禮挈壺氏曰凡軍事懸壺以序聚欜鄭玄曰謂擊欜兩木相敲行夜

時也爰究爰度時惟我皇毛詩曰維彼四國爰究爰度方壺外次圓流內襲洪殺殊
等高卑異級陸機漏刻賦曰擬洪殺於漏鍾順卑高而爲級靈虬承注陰蟲吐噏孫綽漏刻銘曰靈虬
吐注陰蟲承瀉倏往忽來鬼出神入呂氏春秋曰倏忽往來而莫知其方淮南子曰並應無窮鬼出神入微若
抽繭逝如激電陸機漏刻賦曰形微獨繭之絲逝若垂天之電耳不輟音眼無留眄銅史司
刻金徒抱箭張衡漏水轉渾天儀制曰蓋上又鑄金銅仙人居左壺爲胥徒居右壺皆以左手抱箭右手指刻以別天時早
晚履薄非兢臨深罔戰授受靡僭登降弗爽毛詩曰戰戰兢兢如臨深淵如履薄冰衛宏漢
舊儀曰夜漏起中黃門持五夜相傳授籍田賦曰挈壺掌升降之節惟精惟一可法可象尚書曰惟精惟一允執厥
中孝經曰作事可法左氏傳北宮文子謂衛侯曰有儀可象謂之儀月不遁來日無藏往分以符契至
猶影響周易曰日月往則日來杜預左氏傳注曰分春秋分也至冬夏至也袁彥伯三國名臣序贊曰若合符契尚書曰惠迪吉從
逆凶惟影響合昏暮卷蓂莢晨生周處風土記曰合昏槿也葉晨舒而昏合田俅子曰堯爲天子蓂莢生於庭爲
帝成歷也尚辨天意猶測地情詩汜歷樞曰靈臺參天意周易曰聖人觀其所感而天地萬物之情可見矣況
我神造通幽洞靈陸機漏刻賦曰來象神造猶鬼之變配皇等極爲世作程呂氏春秋曰後世以
爲法程高誘曰程度也曹植列女傳頌曰尚卑貴禮來世作程

誄上　王仲宣誄一首并序　曹子建

建安二十二年正月二十四日戊申魏故侍中關內侯王君卒嗚呼哀哉皇穹神察喆人是恃如何靈祇殲我吉士毛詩曰彼蒼者天殲我良人誰謂不庸早世即冥范曄後漢書桓帝詔曰遭家不造先帝早世誰謂不傷華繁中零史記華陽夫人姊說夫人曰不以繁華時樹本存亡分流夭遂同期莊子曰雖有夭壽相去幾何又曰聖也者遂於命也朝聞夕沒先民所思論語曰朝聞道夕死可也毛詩曰先民有作何用誄德表之素旗鄭司農周禮注曰誄謂積累生時德行儀禮士喪禮曰爲銘各以其物鄭玄曰銘明旌也雜帛爲物大夫士之所建也以死者不可別故以其旗識之楊雄元后誄曰著德太常注諸旒旍何以贈終哀以送之孝經曰哀以送之遂作誄曰

猗歟侍中遠祖彌芳公高建業佐武伐商史記曰魏之先畢公高與周同姓武王伐紂而高封於畢也爵同齊魯邦祀絕亡流裔畢萬勳績惟光晉獻賜封于魏之疆天開之祚末冑稱王史記曰公高苗裔曰畢萬事晉獻公滅魏封畢萬爲大夫卜偃曰萬滿數也魏大名也以是始賞天開之矣國稱陳留風俗記曰浚儀縣魏之都也魏滅晉獻公以魏封大夫畢萬後世文侯初盛至子孫稱王是爲惠王然以稱王因氏焉楚詞曰伊伯庸之末冑也厥姓斯氏條分葉散世滋芳烈揚聲秦漢會遭陽九

炎光中矇漢書曰陽九厄曰初入百六陽九音義曰易稱所謂陽九之厄百六之會者也典引曰蓄炎上之烈精蔡邕曰謂大
漢之盛德也中矇謂遭王莽之亂也說文曰矇不明也世祖撥亂爰建時雍世祖謂光武皇帝也公羊傳曰撥亂
反正莫近於春秋尚書曰黎民於變時雍三台樹位履道是鍾春秋漢含孶曰三公象五嶽在天法三能台能同周
易曰履道坦坦龍爵之加匪惠惟恭自君二祖爲光爲龍張璠漢紀曰王龔字伯宗有高名於
天下順帝時爲太尉暢字叔茂名在八俊靈帝時爲司空魏志曰粲曾祖父龔祖父暢皆爲漢三公毛詩曰既見君子爲龍爲光毛萇曰
龍寵也僉曰休哉宜翼漢邦或統太尉或掌司空百揆惟敘五典克從
尚書曰納于百揆百揆時敘又曰愼徽五典五典克從天靜人和皇教遐通伊君顯考弈葉佐
時魏志曰粲父謙爲大將軍何進長史入管機密朝政以治張衡四愁詩序曰久處機密出臨朔岱
庶績咸熙粲父無傳其官未詳尚書曰庶績咸熙君以淑懿繼此洪基既有令德材技
廣宣強記洽聞幽讚微言孔叢子萇弘曰仲尼洽聞强記博物不窮周易曰幽贊於神明而生蓍論語讖曰子
夏六十人共撰仲尼微言也文若春華思若涌泉春華已見上文東觀漢記朱勃理馬援曰謀如涌泉勢如轉圜
發言可詠下筆成篇魏志粲善屬文舉筆便成無所改定時人常以爲宿構何道不洽何藝不
閑碁局逞巧博弈惟賢魏志曰粲觀人圍碁局壞粲爲復之碁者不信以帊蓋局使更以他局爲之用相比不誤

一道其強記默識如此論語子曰不有博弈者乎爲之猶賢乎已皇家不造京室隕顛毛詩曰閔予小子遭家不造宰臣專制帝用西遷宰臣董卓也帝獻帝也魏志曰董卓以山東豪傑並起恐懼不寧初平元年二月乃徙天子都長安君乃羈旅離此阻艱翕然鳳舉遠竄荊蠻魏志曰粲以西京擾亂乃之荊州依劉表左氏春秋陳敬仲曰羈旅之臣杜預注曰羈寄也旅客也崔瑋七蠲曰翩然鳳舉軒爾龍騰毛詩曰蠢爾蠻荊身窮志達居鄙行鮮振冠南嶽濯纓清川盛弘之荊州記曰襄陽城西南有徐元直宅其西北八里方山山北際河水山下有王仲宣宅故東阿王誄云振冠南嶽濯纓清川集本清或爲清誤也潛處蓬室不干勢權列子曰北宮子庇其蓬室若廣廈之蔭也我公奮鉞耀威南楚我公魏太祖也荊人或違陳戎講武禮記曰乃命將帥講武習射御君乃義發筭我師旅魏志曰劉表卒粲勸表子琮令降太祖高尚霸功投身帝宇桓譚陳便宜曰所謂霸功者法度明正百官修治威令流行者也傅幹後漢王命敘曰世祖攘亂復帝宇斯言既發謀夫是與斯言謂琮降也毛詩曰謀夫孔多是用不售是與伊何饗我明德投戈編鄀若稽潁漢北漢書南郡有編鄀縣我公實嘉表揚京國金龜紫綬以彰勳則魏志曰太祖辟粲爲丞相掾賜爵關內侯漢舊儀曰列侯黃金龜鈕又曰金印紫綬勳則伊何勞謙靡已周易曰勞謙君子有終吉憂世忘家殊略卓峙史記穰苴曰將命之日則忘其家趙岐孟子章指曰憂國忘家乃署祭酒與君

行止魏志曰後遷軍謀祭酒周易曰時止則止時行則行算無遺策畫無失理孟子曰計及下者無遺策東觀
漢記魯恭上疏曰舉無遺策動不失其中我王建國百司儁乂周禮曰維王建國尚書曰俊乂在官君以顯
舉秉機省闥戴蟬珥貂朱衣皓帶魏志曰魏國建拜粲侍中蔡邕獨斷曰侍中常侍皆冠惠文加貂附
蟬也入侍帷幄出擁華蓋劉歆遂初賦曰奉華蓋於帝側榮曜當世芳風晻藹漢書曰韋玄成
繼父相位封侯榮當世焉爾衡顏子碑曰秀不實振芳風也嗟彼東夷東夷謂吳憑江阻湖騷擾邊境
勞我師徒光光戎路霆駭風徂君侍華轂輝輝王塗漢書劉向上封事曰今王氏一
姓乘朱輪華轂者二十三人蔡邕劉寬碑曰統艾三事以清王塗也思榮懷附望彼來威言仲宣思念寵榮志在懷
附異類望彼吳國畏威而來也漢書曰王尊懷來徼外蠻夷歸附其威信也如何不濟運極命衰寢疾彌
留吉往凶歸鳴呼哀哉魏志曰建安二十一年從征吳二十二年春道病卒尚書王曰病日臻既彌留翩翩
孤嗣號慟崩摧蔡邕袁成碑曰呱呱孤嗣含哀長慟發軫北魏遠迄南淮經歷山河泣
涕如頹楚辭曰登山長望中心悲怨彼青青泣如頹哀風興感行雲徘徊游魚失浪歸鳥
忘栖鳴呼哀哉吾與夫子義貫丹青丹青二色名言不渝也好和琴瑟分過友
生毛詩曰妻子好合如鼓瑟琴又曰矧伊人矣不求友生庶幾遐年攜手同征如何奄忽棄我

夙零感昔宴會志各高厲予戲夫子金石難弊人命靡常吉凶異制毛詩曰天命靡常春秋保乾圖曰利害同門吉凶異域此驩之人孰先殞越左氏傳齊侯曰小白恐殞越于下何寤夫子果乃先逝又論死生存亡數度春秋考異郵曰吉凶有數存亡有象子猶懷疑求之明據儻獨有靈游魂泰素列子曰泰素者質之始也我將假翼飄颻高舉超登景雲要子天路孝經援神契曰德至山陵則景雲出西京賦曰美往昔之喬松要羨門乎天路喪柩既臻將反魏京靈輀迴軌白驥悲鳴說文曰輀喪車也李陵詩曰轅馬顧悲鳴五步一彷徨虛廓無見藏景蔽形孰云仲宣不聞其聲梁商誄曰孰云忠侯不聞其音延首歎息雨泣交頸嗟乎夫子永安幽冥人誰不沒達士徇名莊子曰小人徇財君子徇名天下皆然不獨人也一生榮死哀亦孔之榮嗚呼哀哉論語子貢曰夫子其生也榮其死也哀

楊荊州誄一首并序　　潘安仁

維咸寧元年王隱晉書咸寧武帝年號夏四月乙丑晉故折衝將軍荊州刺史東武戴侯滎陽楊史君薨嗚呼哀哉楊肇已見懷舊賦夫天子建國諸侯立家左氏傳師服曰吾聞國家之立也天子建國諸侯立家是以人服事其上而下無覬覦也選賢與能政是以和禮記

曰選賢與能講信修睦周賴尚父殷憑太阿太阿阿衡謂伊尹也毛詩曰惟師尚父時惟鷹揚又曰實維阿衡實
左右商王矯矯楊侯晉之爪牙毛詩曰矯矯武臣又曰予王之爪牙忠節克明茂績惟嘉尚書
曰予懋乃德嘉乃丕績將宏王略肅清荒遐降年不永玄首未華尚書曰降年有永有不永
范曄後漢書樊準上䟽曰故朝多皤皤之良華首之老銜恨沒世命也奈何嗚呼哀哉范曄後漢書東
海王彊上䟽曰銜恨黃泉論語子曰君子疾沒世而名不稱焉自古在昔有生必死法言曰有生者必有死有始者
必有終自然之道也身沒名垂先哲所韙東征賦曰唯令德為不朽身既沒而名猶存也行以號彰德
以述美周禮曰謚者行之迹號者功之表也蔡邕郭有道碑曰德音猶存亦賴之見述也敢託旒旗爰作斯
誄旒旗已見上文其辭曰
邈矣遠祖系自有周昭穆繁昌枝庶分流族始伯喬氏出楊侯漢書曰楊
雄其先出自有周伯喬者以支庶食菜於晉之楊因氏焉不知伯喬與周何別也楊在河汾之閒周衰而楊氏或稱侯號曰楊侯弈
世丕顯允迪大猷尚書曰公稱丕顯德毛詩曰秩秩大猷聖人莫之天獸漢德龍戰未分左氏
傳曰天而既獸周德矣周易曰龍戰于野其血玄黃伊君祖考方事之殷左氏傳曰鄢陵之戰楚子使工尹襄問郤
至以弓曰方事之殷有韎韋而跗注者君子也杜預云殷盛也鳥則擇木臣亦簡君左氏傳仲尼曰鳥則擇木家語

孔子曰君擇臣而任之臣亦擇君而事之投心魏朝策名委身左氏傳狐突曰策名委質貳乃辟也奮躍淵塗跨騰風雲荅賓戲曰振拔洿塗跨騰風雲或統驍騎或據領軍潘岳楊肇碑序曰肇驍騎府君之嫡孫領軍肅侯之嗣子賈弼之山公表注曰楊恪字仲義驍騎將軍生暨字休先領軍將軍篤生戴侯茂德繼期纂戎洪緒克構堂基毛詩曰纂戎祖考尚書曰若考作室子弗肯堂矧肯構弱冠味道無競惟時弱冠已見上文桓譚荅楊雄書曰子雲勤味道腴毛詩曰無競惟烈孝實蒸蒸友亦怡怡尚書曰克諧以孝蒸蒸乂弗格姦怡怡已見上文多才豐藝強記洽聞尚書周公曰不若旦多才多藝洽聞強記已見上文目睇毫末心筭無垠慎子曰離朱之明察秋毫之末荅賓戲曰研桑心計於無垠草隸兼善尺牘必珍漢書曰陳遵善書與人尺牘主皆藏去以為榮也足不輟行手不釋文翰動若飛紙落如雲學優則仕乃從王政論語子夏曰仕而優則學學而優則仕左氏傳子產謂子皮曰僑聞學而後入政未聞以政學者也散璞發輝臨軹止作令肇碑曰嘉平初除軹令漢書河內郡有軹縣化行邑里惠洽百姓越登司官肅我朝命肇碑曰肇遷治書侍御史惟此大理國之憲章肇碑曰肇兼統大理之任漢書曰廷尉秦官掌刑辟景帝中六年更名大理君蒞其任視民如傷左氏傳逢滑曰國之興也視人如傷庶獄明慎刑辟端詳尚書周公曰庶獄庶慎聽參皋呂稱侔于張尚書帝曰咎繇蠻夷猾夏寇賊

姦宄汝作士惟明克允又序曰呂命穆王訓夏贖刑作呂刑漢書曰于定國為廷尉其決疑平法務在哀鰥寡罪從輕朝廷稱之又曰張
釋之為廷尉周亞夫見釋之持議平乃結為親友縣此天下稱之改授農政于彼野王肇碑曰除野王典農中郎
將魏略曰典農中郎將太祖置秩比二千石漢書河內郡野王縣倉盈庾億國富兵彊毛詩曰我倉既盈我庾惟
億新序曰孫叔敖相楚國富兵彊煌煌文后鴻漸晉室君以兼資參戎作弼肇碑曰文后歷
數在躬為參軍周易曰鴻漸于陸其羽可用為儀漢書華陰守丞嘉上疏曰朱雲兼資文武用錫土宇膺茲顯秩
青社白茅亦朱其紱肇碑曰五等初建封東武子毛詩曰錫爾土宇歸章尚書緯曰天子社東方青南方赤西方白
北方黑上冒以黃土將封諸侯各取方土苴以白茅以為社毛萇詩傳曰諸侯赤黻黻與紱古今字同魏氏順天聖皇
受終魏志曰陳留王奉皇帝璽綬策禪位于晉嗣王周易曰湯武革命順乎天尚書曰正月上日受終于文祖烈烈楊侯
實統禁戎肇碑曰皇祖之始典戎武衛司管闈闥清我帝宮晉宮閣銘曰洛陽城闈闥門漢書曰東牟
侯興居先清宮應劭曰天子行幸所至先案行清靜殿中以虞非常苛慝不作穆如和風國語內史過曰神亦往焉
觀其苛慝毛詩曰穆如清風謂督勳勞班命彌崇肇碑曰以清宮勳勞進封東武伯說文曰督察也茫茫
海岱玄化未周毛詩曰洪水茫茫尚書曰海岱及淮惟徐州蔡邕陳留太守頌曰玄化洽矣滔滔江漢疆
埸分流毛詩曰滔滔江漢南國之紀尚書曰江漢朝宗于海孔安國曰二水經此州而入海也秉文兼武時惟

楊侯既守東莞官乃牧荆州肇碑曰領東莞相荆州刺史漢書琅邪有東莞屬徐州也折衝萬里
對揚王休肇碑曰加折衝將軍晏子春秋孔子曰不出樽俎之閒而折衝千里之外晏子之謂也毛詩曰虎拜稽首對揚王休
聞善若驚疾惡如讎國語楚藍尹亹謂子西曰夫闔廬聞一善言若驚得一士若賞謝承後漢書曰張儉清絜中正
疾惡若讎示威示德以伐以柔左氏傳倉葛曰德以柔中國刑以威四夷又曰伐叛刑也柔服德也二者立矣吳
夷凶侈僭師畏逼將乘讎釁席卷南極班固高紀述秉釁而運席卷三秦繼褰糧盡
神謀不忒楊肇伐吳而敗已見辨亡論下君子之過引曲推直如彼日月有時則食
左氏傳曰晉師歸桓子請死晉侯欲許之士貞子諫曰夫其敗也如日月之食焉何損於明負執其咎功讓其力
毛詩曰誰敢執其咎亦既旋旆為法受黜左氏傳孔子曰趙宣子古之良大夫也為法受惡退守丘壑
杜門不出漢書曰王陵杜門不朝請游目典墳縱心儒術祁祁搢紳升堂入室毛詩
曰采蘩祁祁封禪書曰雜搢紳先生之略術論語子曰由也升堂矣未入於室也靡事不咨無疑不質毛詩傳
曰訪問於善為咨咨事為諏漢書曰張竦居貧好事者從之質疑問事位貶道行身窮志逸毛詩曰我位孔貶毛
萇傳曰貶墜也論語子曰道之將行也與命也弗慮弗圖乃寢乃疾毛詩曰昊天疾威弗慮弗圖楚辭曰寢疾而日
愁昊天不弔景命其卒嗚呼哀哉毛詩曰不弔昊天蔡邕楊公誄曰功成化洽景命有順子囊

佐楚遺言城郢史魚諫衞以尸顯政〔左氏傳曰楚子囊還自吳卒將死遺言謂子庚必城郢君子謂子囊忠君薨不忘增其名將死不忘衞社稷可不謂忠乎韓詩外傳曰昔衞大夫史魚病且死謂其子曰我數言蘧伯玉之賢而不能進彌子瑕不肖而不能退死不當居喪正堂殯我於室足矣衞君問其故子以父言聞君召蘧伯玉而貴之子瑕退之徙殯於正堂也〕伊君臨終不忘忠敬寢伏牀蓐念在朝廷朝達厥辭夕殞其命聖王嗟悼寵贈衾襚誄德策勳考終定謚〔肇碑曰肇薨天子愍焉遣謁者祠以少牢謚曰戴侯漢書曰列侯薨大行奏謚誄策應劭曰賜與謚及哀策誄文也〕羣辟慟懷邦族揮淚孤嗣在疚寮屬含悴〔毛詩曰煢煢在疚〕赴者同哀路人增欷嗚呼哀哉余以頑蔽覆露重陰〔國語張老謂趙文子曰先王覆露子也韋昭曰露潤也〕仰追先考執友之心〔禮記曰見父之執不謂之進不敢進不謂之退不敢退〕俯感知己識達之深〔晏子春秋越石父曰士者申乎知己也〕承諱忉怛涕淚霑襟〔楚辭曰泣歔欷而沾襟〕豈忘載奔憂病是沈在疚不省於士不臨舉聲增慟哀有餘音嗚呼哀哉

楊仲武誄一首并序

潘安仁

楊綏字仲武滎陽宛陵人也中領軍肅侯之曾孫荊州刺史戴侯之

孫肅侯楊暨也戴侯楊肇也並已見上文東武康侯之子也康侯楊潭也八歲喪父其母鄭氏光祿勳密陵成侯之元女賈瑯之山公表注曰鄭袤爲司空密陵元侯生默爲光祿勳密陵成侯默女適滎陽楊潭潭生仲武成侯或爲元侯誤也漢書音義服虔曰元長也操行甚高恤養幼孤以保乂夫家而免諸艱難尚書周公曰巫咸保乂王家戴侯康侯多所論著又善草隸之藝子以妙年之秀曹子建自試表曰終軍以妙年使越固能綜覽義旨而軌式模範矣雖舅氏隆盛而孤貧守約心安陋巷體服菲薄余甚奇之論語子曰回也在陋巷人不堪其憂又曰禹菲飲食馬融曰菲薄也若乃清才儁茂盛德日新周易曰日新之謂盛德吾見其進未見其已也論語子謂顏淵曰吾見其進也未見其止也既藉三葉世親之恩而子之姑余之伉儷焉左氏傳曰已不能庇其伉儷而亡之又不能字人之孤而殺之將何以終遂誓施氏往歲卒於德宮里陸機洛陽記曰德宮里名也喪服同次綢繆累月苟人必有心此亦款誠之至也不幸短命論語孔子對哀公曰有顏回者不幸短命死矣春秋二十九元康九年夏五月己亥卒嗚呼哀哉乃作誄曰伊子之先奕葉熙隆惟祖惟曾載揚休風顯考康侯無祿早終左氏傳子產曰公孫段無祿早世不獲久享君德名器雖光勳業

未融篤生吾子誕茂淑姿克岐克嶷知章知微毛詩曰克岐克嶷以就口食周易曰君子
知微知章鉤深探賾味道研機周易曰探賾索隱鉤深致遠又曰夫易聖人之所以極深而研機也匪直也
人邦家之輝毛詩曰匪直也人秉心塞淵又曰樂只君子邦家之光子之遘閔曾未齓髫鄭玄周禮
注曰齓毀齒也埤蒼曰髫髦也如彼危根當此衝猋德之休明靡幽不喬言德之休明無有處
幽而不遷喬也左氏傳王孫滿曰德之休明毛詩曰出自幽谷遷于喬木弱冠流芳傳聲清劭韶爾舅惟
榮爾宗惟瘁幼秉殊操違豐安匱撰錄先訓俾無隕墜舊文新藝罔
不必肄潘楊之穆有自來矣矧乃今日慎終如始老子曰慎終如始則無敗事爾
休爾戚如實在己新序曰晉襄公之孫周爲晉國休戚不倍本也視予猶父不得猶子論語曰顏
回死門人欲厚葬之子曰回也視予猶父也予不得視猶子也敬亦既篤愛亦既深雖殊其年實同
厥心日昃景西望子朝陰如何短折背世湮沈嗚呼哀哉尚書曰六極一曰凶
短折孔安國曰短未六十折未三十也寢疾彌留守茲孝友彌留已見上文毛詩傳曰善父母爲孝善兄弟爲友
臨命忘身顧戀慈母哀哀慈母痛心疾首毛詩曰哀哀父母生我劬勞左氏傳呂相絶秦曰諸
侯痛心疾首暱就寡人噭噭叫同生悽悽諸舅莊子曰我噭噭隨而哭之春蘭擢莖方茂其

華荆寶挺璞將剖于和含芳委耀毀璧摧柯言德業之美類於蘭玉始含芳而積耀遽毀璧而摧柯言早夭也太玄經曰破璧毀珪逢不幸也嗚呼仲武痛哉奈何德宮之艱同次外寢惟我與爾對筵接枕自時迄今曾未盈稔姑姪繼隕何痛斯甚嗚呼哀哉披帙散書屢覩遺文有造有寫或草或真執玩周復想見其人紙勞于手涕沾于巾張衡四愁詩曰側身北望涕沾巾龜筮既襲埏隧既開尚書曰乃卜三龜一習吉又曰卜不襲吉孔安國曰襲因也聲類曰埏墓隧也痛矣楊子與世長乖朝濟洛川夕次山隈歸鳥頡頏行雲徘徊毛詩曰燕燕于飛頡之頏之臨穴永訣撫櫬盡哀毛詩曰臨其穴惴惴其慄杜預左氏傳注曰櫬棺也遺形莫紹增慟余懷魂兮往矣梁木實摧嗚呼哀哉往矣已見上文禮記曰孔子早作負手曳杖逍遙於門歌曰泰山其頹乎梁木其壞乎鄭玄曰太山衆山所仰梁木衆木所放也

文選卷第五十六

賜進士出身通奉大夫江南蘇松常鎮太等處承宣布政使司布政使胡克家重校刊

西元二〇二二年一月一日重製一版

文選李善注

冊三

（梁蕭統撰
唐李善注）

平裝四冊基本定價參仟參佰元正
（郵運匯費另加）

發行人　張敏君
發行處　中華書局
臺北市內湖區舊宗路二段一八一巷八號五樓（5FL., No. 8, Lane 181, JIOU-TZUNG Rd., Sec 2, NEI HU, TAIPEI, 11494, TAIWAN）
客服電話：886-8797-8396
公司傳真：886-8797-8909
匯款帳戶：華南商業銀行西湖分行
179100026931
印　刷：經典數位印刷有限公司
海瑞印刷品有限公司

No. N3065-3

國家圖書館出版品預行編目(CIP)資料

文選李善注/(梁)蕭統撰 ; (唐)李善注. -- 重製一版. --
臺北市 : 中華書局, 2022.01
冊 ; 公分
ISBN 978-986-5512-76-7(全套 : 平裝)

830.13 110021470